# 腹有诗书气自华

## 古典诗词曲品读三百首

梁振名 编著

花城出版社
中国·广州

## 图书在版编目（CIP）数据

腹有诗书气自华：古典诗词曲品读三百首 / 梁振名编著. -- 广州：花城出版社，2024.1
ISBN 978-7-5360-9592-2

Ⅰ．①腹… Ⅱ．①梁… Ⅲ．①古典诗歌－诗歌欣赏－中国 Ⅳ．①I207.2

中国国家版本馆CIP数据核字(2023)第181449号

出 版 人：张 懿
责任编辑：梁秋华
责任校对：李道学
技术编辑：林佳莹
封面设计：张年乔

| 书　　名 | 腹有诗书气自华——古典诗词曲品读三百首<br>FUYOU SHISHU QI ZI HUA GUDIAN SHICIQU PINDU SANBAI SHOU |
|---|---|
| 出版发行 | 花城出版社<br>（广州市环市东路水荫路11号） |
| 经　　销 | 全国新华书店 |
| 印　　刷 | 深圳市福圣印刷有限公司<br>（深圳市龙华区龙华街道龙苑大道联华工业区） |
| 开　　本 | 880毫米×1230毫米　32开 |
| 印　　张 | 16.625　1插页 |
| 字　　数 | 470,000字 |
| 版　　次 | 2024年1月第1版　2024年1月第1次印刷 |
| 定　　价 | 78.00元 |

如发现印装质量问题，请直接与印刷厂联系调换。
购书热线：020-37604658　37602954
花城出版社网站：http://www.fcph.com.cn

# 序 腹有诗书气自华

我的这份古诗品读笔记初稿提交给花城出版社后，出版社社长张懿同志给了我这个集子一个很好的书名：《腹有诗书气自华》。我很喜欢她给我定下的这个书名。

"腹有诗书气自华"，是宋代文学家苏轼一首七律《和董传留别》中的诗句。是时苏轼罢官凤翔，正要经长安回汴京，平日与他交游甚密的董传也随之到了长安，临别时苏轼写下此七律送给董传。董传是时正备考科举。苏轼在诗中写下"粗缯大布裹生涯，腹有诗书气自华"的传世名句，赞扬他虽身穿粗糙麻布衣衫，过着艰难生活，但仍饱读诗书，养成了不同凡响的高尚气质。他在诗中鼓励董传，要鼓起勇气，自信应考，争取科举考试的成功。

《和董传留别》的全诗，不一定能被后人喜爱与传诵，但"腹有诗书气自华"一句，却成了传世的经典名句，常为后人所引用，成了鼓励后生诵读经典诗书，传承中华文化的动力。

习近平总书记曾在多次公开讲话中，一再引用"腹有诗书气自华"这句诗，鼓励国人，特别是青年学生，努力学习古今中外的经典著作，特别是我们国家优秀传统文化书籍。

习近平总书记从青少年时期开始，就是一个饱读诗书的典范。他经常在一些公开讲话中引用历朝诗作，这里我们且举出几个例子供大家学习。

千磨万击还坚劲，任尔东西南北风。
——清·郑板桥《竹石》

习近平总书记在北京大学一次师生座谈会上发表讲话时，曾引用清代诗人郑板桥《竹石》中的诗句："千磨万击还坚劲，任尔东西南北风。"

这是郑板桥对竹子品格的描述：站定青山之上，扎根岩石之中，不管风吹雨打，总是坚劲挺直。竹子的品格，也正像人的品格。为什么一些人为了理想，能"虽九死其犹未悔"？为什么一些人为了事业，能"历百折而仍向东"？原因就在于，他们有着坚定的理想和崇高的信念。信念之于人，就像青山与岩石之于竹子，有了它，才能向着目标前行，不为困难所扰、不为矛盾所惑、不为利益所诱。只有树立高度的价值观自信，才能站稳价值立场，才能保持清醒认识，才能具备政治定力。自信，才有执着的坚守；自信，才有自觉的践行。而一个国家要达到发展的目标、一个民族要实现自己的梦想，同样需要有定力、有航标，同样需要扎根传统、抱持自我。

不要人夸颜色好，只留清气满乾坤。

——元·王冕《墨梅》

在党的十九大闭幕后召开的记者见面会上，习近平总书记引用了元朝诗人王冕的《墨梅》诗中的两句："不要人夸颜色好，只留清气满乾坤。"这两句诗，彰显了新一届党中央领导班子的大国大党的自信，体现出大国大党领导集体的从容清醒与淡定，表现出党和国家领导人埋头苦干的决心。

昨夜西风凋碧树。独上高楼，望尽天涯路。

——宋·晏殊《蝶恋花》

衣带渐宽终不悔，为伊消得人憔悴。

——宋·柳永《蝶恋花》

> 众里寻他千百度。蓦然回首，那人却在，灯火阑珊处。
> ——宋·辛弃疾《青玉案》

清末民初著名学者王国维的文学批评著作《人间词话》中，有一则《劝学篇》。其中，他提出的"人生三境界说"，是对历史上无数成功人士的经验总结。王国维发现，成功有其共同的内在逻辑，这种逻辑，在晏殊、柳永、辛弃疾的三首词作的词句中得到体现。第一境界是"昨夜西风凋碧树。独上高楼，望尽天涯路"，出自晏殊的《蝶恋花》，王国维将此句解读为：做学问成大事业者，首先要有执着的追求，登高望远，瞻察路径，明确目标与方向。第二境界"衣带渐宽终不悔，为伊消得人憔悴"，出自柳永的《蝶恋花》，概括了一种锲而不舍的坚毅性格和执着态度；尽管遇到百般困难，也要执着地追求，忘我地奋斗。第三境界"众里寻他千百度。蓦然回首，那人却在，灯火阑珊处"，出自辛弃疾的《青玉案》，意指人在经过多次周折、多年磨炼之后，就会日渐成熟，豁然开朗，进而取得最后的成功。

习近平总书记在论及领导干部的理论学习时，就曾引用王国维的"三境界"说，并详加阐述：首先，要有"望尽天涯路"那样志存高远的追求，耐得住"昨夜西风凋碧树"的清冷和"独上高楼"的寂寞，静下心来通读苦读；其次，要勤奋努力，刻苦钻研，舍得付出，百折不挠，下真功夫、苦功夫、细功夫，即使"衣带渐宽"也"终不悔"，"人憔悴"也心甘情愿；再次，学习贵在独立思考、学用结合、学有所悟、用有所得，在学习和实践中"众里寻他千百度"，最终"蓦然回首"，在"灯火阑珊处"领悟真谛。

从上面三段习近平总书记对中华文化的经典诗词的解读与运用的例子中，我们看到了"腹有诗书气自华"的强大作用。我们应该向习近平总书记学习，认真学习中华民族的优秀文化经典，从而增进对中华民族优秀的传统文化的认识，使自己的文化气质、思想定力得到进一步的提升。这是我们国家成为学习强国的需要，是提升我国整体国民文化素质和民族气质的需要。

这本集子的编著，以普及中华民族的诗歌文化为出发点。收到集子里的诗歌，按文学史顺序排列，从《诗经》谈起，到"楚辞"、汉乐府诗、南北朝民歌，到唐诗、宋词、元曲，到清代维新派的近代诗。目的是想以文学史为纲，对松散的各朝诗歌进行"知识归类"，从而使读者读后能得到系统知识的收获。

这本集子，其实是我近十年来写下、积累而成的三百余篇读诗笔记。我认为，读诗不应是一般的通读，不是一般的能读懂、读通就算了，而是应该仔细认真地品读，主要是要品出诗作中的"诗情"与"画意"来；要着重找出这首诗与众不同的优点。这样读诗，就是"品诗"。我是极力想达到这样的"品诗"高度的。所以，我诚恳地希望各方诗友在读后，从选篇是否恰当，还有哪些诗作应该补充，哪些诗篇可以删除，以及解说中有哪些谬误，能向我提出批评与指正。让我们共同为发掘和传承中华诗歌文化做出努力！

笔者谨识

2022 年秋于华南师范大学

# 目录

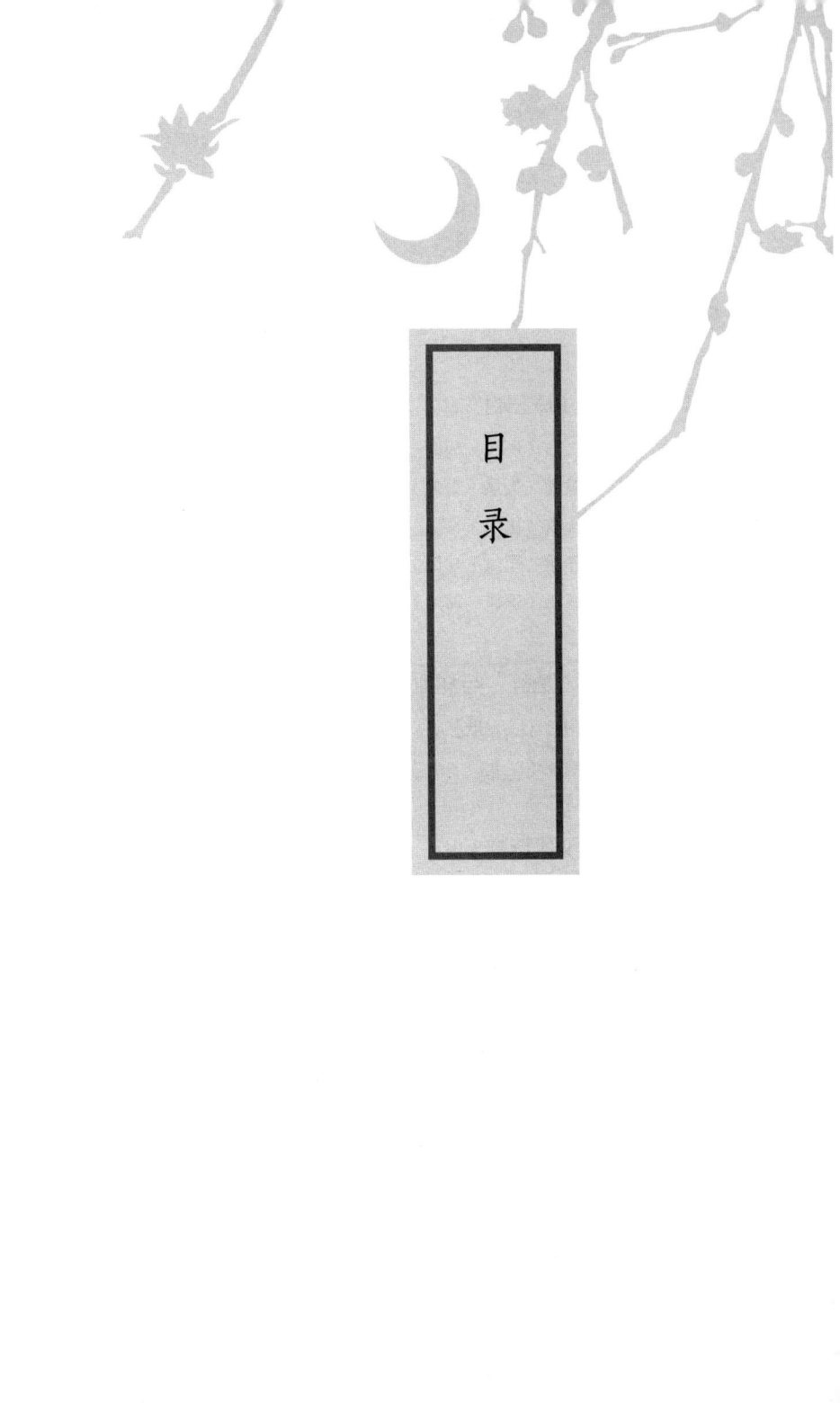

## 卷一　先唐诗歌

### 第一章　"诗三百" /2

关雎（国风·周南）/ 3　　芣苢（国风·周南）/ 5

蒹葭（国风·秦风）/ 6　　伐檀（国风·魏风）/ 7

无衣（国风·秦风）/ 10　　静女（国风·邶风）/ 12

子衿（国风·郑风）/ 13　　氓（国风·卫风）/ 14

式微（国风·邶风）/ 18　　采薇（小雅）/ 20　　鹿鸣（小雅）/ 23

### 第二章　"楚辞"与屈原 / 26

国殇（《九歌》）/ 27　　湘夫人（《九歌》）/ 30

橘颂（《九章》）/ 35　　离　骚（节选）/ 38

### 第三章　汉代诗歌 / 41

#### 一、两汉乐府诗 / 41

长歌行 / 42　　江南 / 43　　陌上桑 / 44　　战城南 / 47

十五从军征 / 49　　饮马长城窟行 / 51

#### 二、两汉的文人诗作 / 53

招隐士（[西汉] 淮南小山）/ 53　　涉江采芙蓉 / 56

迢迢牵牛星 / 57　　行行重行行 / 59　　孔雀东南飞（并序）/ 60

#### 三、建安诗歌 / 68

*曹操：观沧海 / 69　　龟虽寿 / 70　　短歌行（其一）/ 72

\* 曹植：七步诗 / 74　泰山梁甫行 / 75

\* 刘桢：赠从弟（其二）/ 77

## 第四章　魏晋诗歌 / 78

\* 阮籍：咏怀八十二首（其一）/ 79

\* 左思：咏史八首（其二）/ 80

\* 陶渊明：归园田居（其一）/ 82　归园田居（其三）/ 84

　　　　　饮酒诗二十首（其五）/ 85　杂诗十二首（其一）/ 86

　　　　　咏荆轲 / 87　挽歌（其三）/ 90

## 第五章　南北朝古诗 / 92

### 一、南朝民歌 / 93

西洲曲 / 93　子夜歌（三首）/ 96

### 二、南朝的文人诗 / 98

\* 鲍照：拟行路难（其四）/ 98

\* 吴均：山中杂诗（其一）/ 99

\* 柳恽：捣衣诗 / 100

### 三、北朝民歌 / 102

敕勒歌 / 102　木兰辞 / 103

### 四、北朝的文人诗 / 106

\* 庾信：拟咏怀（其七）/ 106

\* 王褒：渡河北 / 108

## 卷二　唐代诗歌

### 第一章　初唐诗坛 / 112

* 虞世南：蝉 / 113
* 王绩：野望 / 114
* 卢照邻：长安古意 / 115
* 骆宾王：咏鹅 / 121
* 王勃：送杜少府之任蜀州 / 122
* 张若虚：春江花月夜 / 124
* 陈子昂：登幽州台歌 / 128
* 贺知章：回乡偶书 / 129　咏柳 / 130
* 李峤：风 / 131

### 第二章　盛唐诗坛 / 133

#### 一、边塞诗与军旅诗 / 133

* 王翰：凉州词 / 134
* 王之涣：凉州词 / 135　登鹳雀楼 / 136
* 王昌龄：从军行 / 137　出塞 / 138
* 王维：使至塞上 / 139
* 高适：燕歌行 / 141
* 岑参：逢入京使 / 144　白雪歌送武判官归京 / 145
　　　　走马川行奉送封大夫出师西征 / 148　行军九日思长安故园 / 150
* 卢纶：塞下曲 / 151
* 李益：夜上受降城闻笛 / 152

## 二、山水田园诗 / 153

* 张九龄：望月怀远 / 153
* 孟浩然：春晓 / 154　宿建德江 / 155　夜归鹿门歌 / 156
  　　　　过故人庄 / 157　望洞庭湖赠张丞相 / 159
* 王湾：次北固山下 / 160
* 王昌龄：采莲曲（其二）/ 162
* 王维：九月九日忆山东兄弟 / 163　画 / 164　山居秋暝 / 165
  　　　积雨辋川庄作 / 166　送元二使安西 / 167　鸟鸣涧 / 168
  　　　鹿柴 / 169　竹里馆 / 170
* 刘长卿：送灵澈上人 / 171　逢雪宿芙蓉山主人 / 172
  　　　　长沙过贾谊宅 / 173
* 张继：枫桥夜泊 / 174
* 张志和：渔歌子 / 175
* 韦应物：滁州西涧 / 176
* 刘方平：月夜 / 178

## 三、送别诗及其他 / 179

* 岑参：送杨子 / 179
* 王昌龄：芙蓉楼送辛渐 / 180
* 高适：别董大 / 181
* 崔颢：黄鹤楼 / 182
* 钱起：省试湘灵鼓瑟 / 183
* 韩翃：寒食 / 185

## 四、"诗仙"李白的诗作 / 187

（一）求学与游学时的诗作 / 187

古朗月行 / 187　峨眉山月歌 / 189　渡荆门送别 / 189
望天门山 / 191　静夜思 / 192　送孟浩然之广陵 / 193
（二）第一次京畿求职前后的诗作 / 194
蜀道难 / 194　行路难（其一）/ 197　春夜洛城闻笛 / 199
望庐山瀑布 / 200
（三）在翰林院供职时的诗作 / 201
月下独酌（其一）/ 202　子夜吴歌·秋歌 / 203
送友人 / 204
（四）"赐金放还"后的诗作 / 205
梦游天姥吟留别 / 206　赠汪伦 / 209
金陵酒肆留别 / 210　闻王昌龄左迁龙标遥有此寄 / 211
将进酒 / 212　秋浦歌（其十五）/ 216
越中览古 / 217　苏台览古 / 217
（五）白帝获赦后的晚年诗作 / 218
早发白帝城 / 219　书怀赠江夏韦太守良宰 / 219
独坐敬亭山 / 223

## 五、"诗圣"杜甫的诗作 / 224

（一）少壮游学时的诗作 / 225
望岳·东岳泰山 / 225　绝句·迟日江山丽 / 226
奉赠韦左丞丈二十二韵 / 227
（二）安史之乱中苦诵沉吟 / 231
春望 / 232　月夜忆舍弟 / 233　石壕吏 / 235
羌村三首（其三）/ 237
（三）在成都草堂时的诗作 / 238
水槛遣心（其一）/ 239　绝句·两个黄鹂鸣翠柳 / 240

客至 / 241　江畔独步寻花（其五）/ 243

江畔独步寻花（其六）/ 243　绝句漫兴（其七）/ 244

春夜喜雨 / 246　蜀相 / 247　茅屋为秋风所破歌 / 248

（四）安史之乱后在川江漂泊时的诗作 / 250

闻官军收河南河北 / 251　旅夜书怀 / 252　阁夜 / 253

登高 / 255　咏怀古迹（其三）/ 256

（五）晚年漂泊时的诗作 / 258

登岳阳楼 / 258　江南逢李龟年 / 259

## 第三章　中唐诗坛 / 262

### 一、"诗王"白居易的诗作 / 262

（一）求学求职时的诗作 / 262

赋得古原草送别 / 263　长恨歌 / 264

（二）贬官丁忧时的诗作 / 269

观刈麦 / 270　卖炭翁 / 272　村夜 / 275

（三）贬职江州时的诗作 / 276

琵琶行 / 277　大林寺桃花 / 281

（四）在苏杭任官时的诗作 / 282

暮江吟 / 282　池上 / 283

钱塘湖春行 / 284　忆江南（三首）/ 285

### 二、中唐诗坛群星 / 288

* 柳宗元：登柳州城楼寄漳汀封连四州刺史 / 289

渔翁 / 290　江雪 / 292

* 韩愈：听颖师弹琴 / 293　早春呈水部张十八员外 / 295

晚春 / 297　左迁至蓝关示侄孙湘 / 297

\* 刘禹锡：酬乐天扬州初逢席上见赠 / 299　望洞庭 / 301

　　　　秋词 / 302　浪淘沙（其一）/ 303　浪淘沙（其七）/ 304

\* 李贺：李凭箜篌引 / 305　雁门太守行 / 307

　　　　秦王饮酒 / 309　马诗（其五）/ 311

\* 孟郊：游子吟 / 312　春雨后 / 313

\* 贾岛：寻隐者不遇 / 314　题李凝幽居 / 315

\* 张籍：秋思 / 316

\* 王建：雨过山村 / 317　十五夜望月寄杜郎中 / 318

\* 李绅：悯农（其一）/ 319　悯农（其二）/ 320

\* 林杰：乞巧 / 321

\* 胡令能：小儿垂钓 / 322

## 第四章　晚唐诗坛 / 324

\* 李商隐：无题 / 325　锦瑟 / 326　夜雨寄北 / 329

　　　　嫦娥 / 330　贾生 / 331　七夕 / 332

\* 温庭筠：商山早行 / 333　菩萨蛮 / 334

\* 杜牧：山行 / 336　泊秦淮 / 337　赤壁 / 338　秋夕 / 339

　　　　清明 / 340　江南春 / 341　寄扬州韩绰判官 / 342

\* 赵嘏：江楼感旧 / 343

\* 许浑：咸阳城东楼 / 344

\* 罗隐：蜂 / 346

\* 皮日休：天竺寺八月十五日夜桂子 / 347

\* 王驾：社日 / 349

\* 吕岩：牧童 / 350

\* 韦庄：菩萨蛮 / 351

## 卷三　唐后诗歌

### 第一章　五代十国的诗歌 / 354

* 李璟：浣溪沙 / 354
* 李煜：相见欢（其一）/ 356　相见欢（其二）/ 357
　　　浪淘沙 / 358　虞美人 / 360

### 第二章　宋代诗歌 / 363

一、北宋诗词 / 363

（一）北宋的诗 / 363

* 苏轼：惠崇春江晚景 / 364　新城道中（其一）/ 365
　　　饮湖上初晴后雨 / 366　六月二十七日望湖楼醉书（其一）/ 368
　　　题西林壁 / 369
* 苏辙：文氏外孙入村收麦 / 370
* 王安石：泊船瓜洲 / 371　元日 / 373　登飞来峰 / 374
　　　　书湖阴先生壁 / 375　梅花 / 376
* 范仲淹：江上渔者 / 377

（二）北宋的词 / 377

* 柳永：雨霖铃·寒蝉凄切 / 378　望海潮 / 380
* 潘阆：酒泉子（其十）/ 383
* 范仲淹：渔家傲·秋思 / 384
* 晏殊：破阵子·春景 / 385
* 欧阳修：采桑子 / 387
* 王安石：桂枝香·金陵怀古 / 388

\* 苏轼：念奴娇·赤壁怀古 / 390　水调歌头 / 392
　　　 定风波 / 395　浣溪沙（其四） / 396　江城子·密州出猎 / 397
　　　 江城子·乙卯正月二十日夜记梦 / 400
\* 黄庭坚：清平乐 / 402
\* 李之仪：卜算子 / 403
\* 秦观：鹊桥仙 / 405　行香子 / 407

### 二、南宋诗词 / 408

（一）两宋之交时的诗词 / 409
\* 李清照：如梦令 / 409　一剪梅 / 410　夏日绝句 / 411
　　　　 声声慢 / 412　渔家傲 / 415
\* 陈与义：临江仙·夜登小阁忆洛中旧游 / 417　襄邑道中 / 418
\* 曾几：三衢道中 / 419

（二）南宋中兴期的诗词 / 420
\* 岳飞：满江红 / 421
\* 林升：题临安邸 / 423
\* 陆游：游山西村 / 424　卜算子·咏梅 / 425
　　　 病起书怀（其一） / 426　书愤 / 427　秋夜将晓出篱门迎凉有感 / 428
　　　 十一月四日风雨大作 / 430　示儿 / 431
\* 范成大：四时田园杂兴（其二十五） / 432
　　　　 四时田园杂兴（其三十一） / 432
\* 杨万里：小池 / 433　宿新市徐公店 / 434
　　　　 过松源晨炊漆公店 / 436　稚子弄冰 / 437
\* 朱熹：观书有感（其一） / 438　观书有感（其二） / 439　春日 / 440

（三）南宋中期诗词 / 442

* 辛弃疾：永遇乐·京口北固亭怀古 / 442

　　　　　丑奴儿·书博山道中壁 / 445

　　　　　南乡子·登京口北固亭有怀 / 446

　　　　　破阵子·为陈同甫赋壮词以寄之 / 447

　　　　　西江月·夜行黄沙道中 / 449

　　　　　太常引·建康中秋夜为吕叔潜赋 / 450　清平乐·村居 / 451

* 叶绍翁：游园不值 / 452　夜书所见 / 452
* 姜夔：扬州慢 / 453
* 赵师秀：约客 / 456
* 翁卷：乡村四月 / 456

（四）南宋末期的诗词 / 458

* 卢钺：雪梅 / 458
* 雷震：村晚 / 459
* 蒋捷：一剪梅·舟过吴江 / 460
* 文天祥：过零丁洋 / 462　南安军 / 463

## 第三章　元代诗歌 / 465

* 马致远：天净沙·秋思 / 466
* 张养浩：山坡羊·潼关怀古 / 468　山坡羊·骊山怀古 / 469
* 关汉卿：南吕宫·不伏老 / 470
* 睢景臣：般涉调·高祖还乡 / 473
* 王冕：墨梅 / 478

## 第四章　明代诗歌 / 479

* 于谦：石灰吟 / 480　观书 / 481
* 夏完淳：别云间 / 482
* 王磐：朝天子·咏喇叭 / 483
* 汤显祖：牡丹亭·游园 / 485

## 第五章　清代诗歌 / 487

### 一、康熙至乾隆时期的诗歌 / 487

* 王士祯：将至桐城 / 488
* 纳兰性德：长相思 / 489
* 郑燮：竹石 / 491
* 袁枚：所见 / 492
* 赵翼：论诗（其二） / 494
* 黄景仁：酷相思·春暮 / 495
* 高鼎：村居 / 497

### 二、鸦片战争至辛亥革命前夕的诗歌 / 498

* 龚自珍：己亥杂诗（其五） / 499　己亥杂诗（其二百二十） / 501
* 张维屏：新雷 / 502
* 谭嗣同：潼关 / 503
* 黄遵宪：今别离（其一） / 505
* 秋瑾：满江红 / 508

## 卷一 先唐诗歌

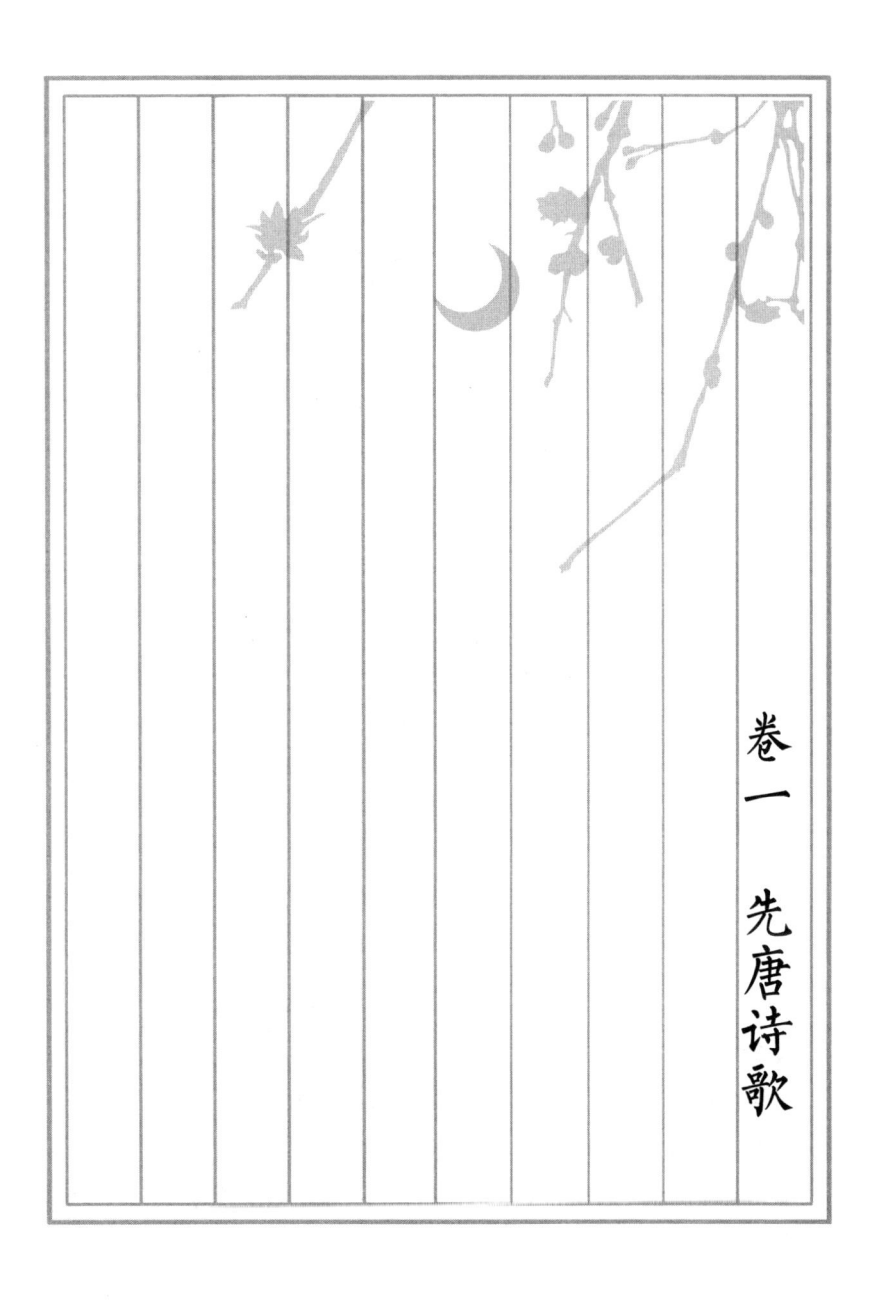

# 第一章 "诗三百"

歌谣是诗的源头，到了殷商后期西周前期，歌谣才发展成为较成熟的诗歌，其中有百姓在渔猎、农樵、征战，乃至婚恋中吟唱的民谣，也有贵族为祭祖、宴客、出兵等隆重活动而作的献诗。周王朝为制礼作乐的需要，派采诗官于春秋二季到民间采集口头传诵的诗歌，用当时已日趋成熟的文字记载下来，累积之，就是《诗经》的雏形。

西周后期，孔子从教育需要出发，对采诗官采集来的"诗"进行筛选、整理，组成名为"诗三百"的史上第一本诗歌汇编。这部诗集编成后，就成了教育课本。它能让学子多识鸟兽草木之名，得到认识语文的收获，还能使学子在生产、行商、婚媾等社会活动场合，以及朝会、外交等政治活动中，以"诗"作讽喻进行交际应对。所以，"诗"在语文教育乃至生活教育、政治教育中，都起了重大作用。到了汉代，人们尊崇孔子，就把经孔子选编的"诗三百"，尊称为《诗经》了。

《诗经》分为"风""雅""颂"三部分。"风"，是从各诸侯国与西周本土采集来的民歌，由于有十五个区域或诸侯国之分，所以又称"国风"。如《关雎》，属"周南"，是取自周都城南边江河地区的民歌；《蒹葭》，属"秦风"，是取自秦地（今陕西、甘肃一带）的民歌。"雅"，因其产生时代与乐调的不同，而分为"大雅"与"小雅"："大雅"多是西周时的作品；"小雅"则多是周王室衰微之后的作品。"雅"，多是士大夫、文人的创作，与"国风"中民歌感情表达的直接、粗犷相比，显然较为文雅。当时，个体的人在"诗"的创作与流传中的作用并不明显，所以，流传下来的"雅"诗都是没有署名的。

"颂",是用于宗庙祭祀的歌舞曲,内容多为歌颂氏族祖先功德,具民族史诗的性质。

后人把《诗经》归纳为"赋""比""兴"三种表达方式。"赋"是铺陈叙述;"比"是比喻;"兴"是起兴,是感情的抒发与咏叹。但我们很难找出《诗经》中的一首诗,是单独属"赋""比"或"兴"的。它往往是"赋""比""兴"综合运用于一首诗中的。如"卫风"中的《氓》,就是"赋""比""兴"和谐结合运用得很好的范例。

《诗经》以四言为主,但也时有"杂言诗"的出现。如"邶风"《式微》,就有二言、三言、四言、五言等几种句式同时出现在一首诗歌中。《诗经》的语言表达也富有音乐性,双声连绵(如"参差")、叠韵连绵(如"窈窕"),以及诗句重复吟咏、回环往复等现象常常出现,因而在语言上也表现出音乐的美感。

## 关 雎
### (国风·周南)

关关雎鸠,在河之洲。窈窕淑女,君子好逑。
参差荇菜,左右流之。窈窕淑女,寤寐求之。
求之不得,寤寐思服。悠哉悠哉,辗转反侧。
参差荇菜,左右采之。窈窕淑女,琴瑟友之。
参差荇菜,左右芼之。窈窕淑女,钟鼓乐之。

《关雎(jū)》是《诗经》开卷第一篇,是周都城南边河网地区的民歌。

《关雎》以爱情为主题,描写了一小伙子对心仪的姑娘从相亲,到求爱,到失恋,到再追求,到结婚的经历,表现了小伙子心中那纯真而热烈的爱情。民歌手在描写小伙子爱情经历的同时,还描述了富有地方风情的民俗活动,如少男少女在节日自由相见,以歌唱、奏乐等形式求婚,以及以钟鼓齐鸣迎亲,等等。

开头四句,以"关关雎鸠,在河之洲"的环境描写起兴:两只雎鸠在河流的沙洲上"关关"和鸣("关关"是拟声词,模拟雎鸠的叫声,一只叫"关",另一只也回应"关")。传说中的"雎鸠"是一种忠于爱情的鸟。以如此描写起兴,引出比兴的叙述:一个形象俊俏的姑娘("窈窕淑女")被一个小伙子看上了;在他看来,她与自己很般配,正是他要找的好配偶("君子好逑"。好:读hǎo;逑:读qiú,配偶)。——这前面雎鸠和鸣的描写,是起兴,是为了引入描写小伙子对那个俊俏姑娘的向往。后面两句,才是这四句描述的主体。

接着四句写小伙子求爱。民歌手先以水中的"参差荇菜,左右流之"的状态描写,表明要抓住这些"荇菜"并不容易,由此引出联想,小伙子要把"窈窕淑女"追求到手也是不容易的,就算你不管是醒着还是睡梦,都在苦苦追求("寤寐求之"),也是很难得手的。

再接着"求之不得"四句,写的是小伙子求爱失败。"求之不得"是说,他初次求爱失败了,而"寤寐思服"("服",郁结之意),则显示他求爱失败后,日夜痛苦地怀想"淑女";"悠哉悠哉,辗转反侧",就是他痛苦思念情状的描述:他思念得发愁("悠",忧思的意思),以致"辗转反侧",无法入睡。——由此可见,失恋之苦是如何地折磨着这个小伙子了。

接着四句,是写小伙子初次求爱虽然失败了,但并没有灰心,终于找到了向"窈窕淑女"再次表达爱意的方法。这里也是先用"参差荇菜,左右采之"的景物描写起兴。如此景物描写,与上面的"左右流之"是有承接关系的,既然荇菜是左右流荡,飘忽不定,那我就坚持不舍,"左右采之"。这又一次起兴,引出他对"窈窕淑女"的第二次"攻心战"。这次的新招就是"琴瑟友之":他来到姑娘家的窗牖下,温情脉脉地弹琴鼓瑟,用音乐之声表达爱意。小伙子这回如此充满爱慕之情的求爱,"窈窕淑女"当然很难不心动了。

最后四句写求婚成功。"参差荇菜,左右芼(mào)之"还是起兴,"芼"的意思是选择定了才采摘,此时已是成功采摘了。以此起兴引出后面的"钟鼓乐之",显然已是迎娶"淑女"的宣昭了。这钟鼓齐鸣迎淑女,与上面的"琴瑟友之"相比,当然会更为热烈了。

读这首诗,还应欣赏其音乐美。双声连绵(如"参差")、叠韵连绵(如"窈窕"),以及重复吟咏,都利于歌咏,也增加了诗歌的音乐美。

## 芣 苢
(国风·周南)

采采芣苢,薄言采之。采采芣苢,薄言有之。
采采芣苢,薄言掇之。采采芣苢,薄言捋之。
采采芣苢,薄言袺之。采采芣苢,薄言襭之。

《芣苢》也是一首周都城南边村落的民谣,是一首运用重章叠句很出色的歌谣。

第一章开头第一句的"采采"二字,是形容词,是文采、光彩的意思,用以赞美芣苢(fúyǐ)果实的美丽。芣苢外壳光滑,逗人喜爱,所以姑娘们一再高歌赞叹。全诗"采采"共出现六次,就是她们一再重章叠句,赞美"芣苢"光彩美丽的表现。"薄言采之"的句式,在这首诗中也重复了六次,但中间的动词"采"字却更换了五次,换成了"有、掇、捋、袺、襭"。意思接近,但用字却是各不相同的。在短短的一首诗中,同时采用了两种"重章叠句"的方式,这在《诗经》各篇中是比较少见的。

这首诗中,逢单数句是"采采芣苢"的简单重复;逢双数则是更改句中的动词。也就是说,全诗三章十二句,只有六个动词是不断变化的,但这六字的变化,却有它特殊的效果。这六个动词,先说"采",是说她们开始采摘;二说"有",是说她们开始有所收获了;三说"掇",是伸长手去拾取;四说"捋"(luō),是用手握物而脱取(这一"掇"一"捋",可见果实之繁多与劳作的繁忙);五说"袺"(jié),是提着衣襟兜着;六说"襭"(xié),是用衣服的下摆兜围(这一"袺"一"襭",也足以显示"芣苢"的丰收)。我们从中可以想象到劳动者兴高采烈地一边唱歌一边采集芣苢的丰收场景。

## 蒹 葭
### (国风·秦风)

蒹葭苍苍,白露为霜。所谓伊人,在水一方。
溯洄从之,道阻且长。溯游从之,宛在水中央。

蒹葭萋萋,白露未晞。所谓伊人,在水之湄。
溯洄从之,道阻且跻。溯游从之,宛在水中坻。

蒹葭采采,白露未已。所谓伊人,在水之涘。
溯洄从之,道阻且右。溯游从之,宛在水中沚。

《蒹葭(jiānjiā)》是一首笼罩着缥缈的浪漫色彩的民歌。诗中的"伊人",是一个美丽绝伦的姑娘。她是小伙子梦中一个可望而不可即的美人。

第一章的头节,以景物描写起兴:水面远处有一片茂密的芦苇林("蒹葭苍苍");在秋月映照下,芦荻洒满白露,铺上霜粉("白露为霜")。民歌手以如此柔美景物引出第二节"所谓伊人,在水一方"。接着第三、四节，是写小伙子对姑娘的追求与寻觅。他逆着水流、绕过漩涡，去与她相见（"溯洄从之"。洄，读huí，水流回旋之意，这里形容水中漩涡），但这水路曲折漫长，没法走到尽头（"道阻且长"）；顺着水流去找吧（"溯游从之"），但她只是"宛在水中央"，到跟前又看不见了。这姑娘是如此可望不可即，就更撩起小伙子的思念。——从这第一章，我们已可体味到姑娘在朦胧仙境中那仙女般的魅力，以及小伙子对姑娘寻觅的浪漫与痴情了。

后面两章也是反复吟咏。但不是简单重复，而是用字词的变换给场景增添色彩，从而加深了人们对小伙子浪漫追求的印象。如第二章"蒹葭萋萋，白露未晞"句，就不是秋夜而是春晨之景了：朝阳照在萋萋的芦苇叶上（"萋萋"，形容春天植物绿叶繁茂的样子），叶子上还有露珠，朝阳的热力还不足以把露珠晒干，所以，男子的寻觅该是在秋冬过后春天来临之时。而第三章"蒹葭采采，白露未已"的描写，那"采采"二字，显然是比"萋萋"更为繁茂的夏天景象，男子此时的寻觅，已经是在夏天。又如描写美人所在之处，第一章说是"宛在水中央"，第二章说是"宛在水中坻"（"坻"，读chí，是水中的小块陆地），第三章则说是"宛在水中沚"（"沚"，读zhǐ，是水中高地）。地点的变换，说明了美人行踪的飘忽，也更进一步衬托出男子在那"可望而不可即"的寻觅中的惆怅。

这首诗歌也像其他民歌一样，采取双声连绵（如"蒹葭"）、叠字（如"苍苍"）、重复咏唱等手法，使其增添了声音的美感。

# 伐　檀
（国风·魏风）

坎坎伐檀兮，置之河之干兮，河水清且涟猗。
不稼不穑，胡取禾三百廛兮？

不狩不猎，胡瞻尔庭有县貆兮？
彼君子兮，不素餐兮！

坎坎伐辐兮，置之河之侧兮，河水清且直猗。
不稼不穑，胡取禾三百亿兮？
不狩不猎，胡瞻尔庭有县特兮？
彼君子兮，不素食兮！

坎坎伐轮兮，置之河之漘兮，河水清且沦猗。
不稼不穑，胡取禾三百囷兮？
不狩不猎，胡瞻尔庭有县鹑兮？
彼君子兮，不素飧兮！

《伐檀》是魏国民歌。魏国在今河南北部、陕西东部、山西西南部和河北南部。《诗经》中的"魏风"诗，有浓郁的"山林文化"特色，因着重表现平民生活而独树一帜，因而也是魏人精神的生动写照。

当时的魏国，已步入奴隶社会。社会上层统治者对中下层民众的剥削越演越烈，阶级矛盾越来越突出。这引起了劳动者对统治者的怨恨。在这首民歌中，愤懑的奴隶向不劳而获的剥削者发出了正义的质问。这是《诗经》中反剥削意识最有代表性的诗篇之一。

全诗分三章。三章诗句意思相同，复沓重唱，但在三章的重唱中，诗人借景物与情景描述起兴，进而直抒感怀的思维线索，使得三章的描写与抒情都有所升华。

第一章的结构可分三个层次：第一层写伐檀的艰苦。头两句直叙其事，写伐木者把砍下的檀树运到河边岸上（"坎坎"，象声词，伐木声；"干"，岸边）；第三句转而写景，写伐木者赞叹河水的清澈及波澜回旋（"涟"同"澜"；"猗"，读yī，义同兮，语气助词）之美。第二层是伐木者因景（劳作情景及自然环境）起兴，引出感情的迸发：由看见河水波澜自由地回旋流淌而引起联想，想到自己成天从事繁重的劳动，没有一点自由，而那些大人君子，不稼不穑（"稼"读jià，播种；"穑"，读sè，收获），不狩不猎（"狩"，冬猎；"猎"，夜猎。此诗中皆泛指打猎），却"取禾三百廛"（"禾"，谷物；"三百"，意为很多，并非实数；"廛"，读chán，通"缠"，古代的度量单位，三百廛就是三百束）；而且"庭有县貆"（"县"，读xuán，通"悬"，悬挂；"貆"，读huán，猪獾，也有说是幼小的貉）。他们愈想愈愤怒，无法压抑，就迸发出那句严厉的责问来。第三层，进一步揭露剥削者不劳而获，巧妙运用反语作结："彼君子兮，不素餐兮（"君子"，系反话，指有地位有权势者；"素餐"，白吃饭，不劳而获）"！对剥削者冷嘲热讽，点明主题，发泄蕴藏在胸中的反抗怒火。

第二、第三章写"伐辐"（"辐"，车轮上的辐条）与"伐轮"（"轮"，车子上的圆轮），点明他们在伐檀后还要造车，劳动地点也由河边高岸迁到水边，再迁到河口。这就写出了劳动的全过程，显示出劳作的艰辛。写河水也由"清且涟（'涟'，流水在回旋）"写到"清且直（'直'，河水的直流）"，再写到"清且沦（'沦'，小波纹）"，写出了河水流动的变化。另外猎物名称"貆""特（三岁大兽）""鹑（chún，即鹌鹑）"的变换，也说明剥削者对猎物无论是兽是禽、是大是小，一概据为己有，也表现了他们的贪婪成性。此两章逐步加深直抒胸臆，叙事逐步增加了愤怒情感的表露。

这首诗歌，除了采用赋、比、兴的传统手法外，在诗的句式灵活多变上也有所创新，从四言、五言、六言、七言乃至八言都有，纵横错落，也使感情得到自由的抒发，是一首最早的杂言诗的典型。

# 无 衣

（国风·秦风）

岂曰无衣？与子同袍。
王于兴师，修我戈矛。与子同仇！

岂曰无衣？与子同泽。
王于兴师，修我矛戟。与子偕作！

岂曰无衣？与子同裳。
王于兴师，修我甲兵。与子偕行！

《无衣》是秦地民歌。秦人以尚武著称。那时各诸侯国间常有战事，打仗是部族生活的重要内容。秦人部落实行兵制，男子平时习武备战；遇有战事，就自备军装、武器，投军入伍。

这首诗是秦人尚武精神的赞美诗。诗中的声韵掷地有声，有如一位威武的军士，在向"同袍"发出同仇敌忾、共赴疆场的召唤。

《无衣》有三章，每章二十字，字字声威有力，读来震撼人心。

第一章头两句"岂曰无衣？与子同袍"，就写出了军中生死与共的"同袍"情谊。他们之间好得可以同穿一件战袍，由此可见，秦军中的战友情谊是何等深厚。（这"与子同袍"诗句之流传广远，后世把军中战友称作"同袍"缘出于此。）而"王于兴师（'于'，语助词），修我戈矛"两句，就让读者看到，在君王兴师的号令下，军中出现一派磨戈擦矛以备战的景象。这一节结尾的"与子同仇"四字，则像是武士们在磨刀擦枪的繁忙中，互相激励的豪言壮语："我们就把矛头指向共同的仇敌吧！"

第二、第三章，采用《诗经》惯用的反复吟咏手法，说出与第一章基本相同的意思。但这反复中的重点文词有所不同：第一章中的"同袍"，在第二、第三章改成了"同泽"和"同裳"。这两章，都是采用指代的修辞法，"泽"是战袍里的衬衫，"裳"称作"裙"，是战袍下摆，"泽"与"裳"在这首诗中，其实说的都是"袍"，但用了不同的字词，就避免了简单重复的单调感。

同样，这三章中的第四句，也是分别用了"修我戈矛""修我矛戟""修我甲兵"三个基本意义相同的文词。"戈矛""矛戟""甲兵"，都是指代武器，但用了不同的字词，诗歌也就不单调了。而三个句子中，都有相同的"修"字，"修"，是个动词，可表示不同程度的"修"：第一章的"修"字，可理解为"磨砺"。我们可想象出整个营寨的武士都在磨刀砺矛，砺声霍霍，此起彼落，场面是如此壮阔。第二章的"修"字，可理解为"操练"。演兵场上，刀光剑影闪亮，战士杀声震响，这声势足以威震敌胆。第三章的"修"可理解为"整备"。将士们把防守护身的铠甲和进攻的兵器都整备齐全了，威武整齐的军阵，也就出现在他们行进的山野间了。我们如此对三个"修"字，作不同的解读，军队的战斗豪情就一步步升华，武士群体的英雄形象也就越来越显现了。

三章中的第五句，是反复吟咏，但所表达的诗情却是逐步升华的。第一章"与子同仇"，可想象为民歌手正向"磨刀霍霍"的"同袍"发出"同仇敌忾"的召唤；第二章的"与子偕作"，则像是民歌手在向演兵场上挥舞"矛戟"演练的"同泽"传送准备起行（"作"，在古汉语中，可解读为"起"，开启、起行的意思）共赴国难的号令；第三章"与子偕行"，则是民歌手在引领军阵唱出进行曲，步伐坚定、掷地有声地向前线奋进。

这首诗其实是一首军歌，充满了激昂慷慨、同仇敌忾的气概，表现了秦人团结互助、共御外侮的高昂士气，其矫健的风格，正是秦人尚武精神的反映。

# 静 女
## （国风·邶风）

静女其姝，俟我于城隅。爱而不见，搔首踟蹰。
静女其娈，贻我彤管。彤管有炜，说怿女美。
自牧归荑，洵美且异。匪女之为美，美人之贻。

《静女》属"邶（bèi）风"，是西周时代一个叫"邶"（在今河北省内）的小诸侯国的民歌。

这是一个英俊少年吟唱的情歌。"静女"是题目，按当时惯例，取作品第一句中前二字为题。但这题目也指出了诗歌描画的中心人物是"静女"，因而也可说是以诗歌内容取题。

诗歌的第一章，写的是少年与姑娘初次相见。这一章，既写出姑娘的美（"姝"，读shū，形容女子美丽），也从举止描画中，显出她娴静的品性：她与少年约好见面地点在"城隅"，但初见男子那种矜持与羞涩，又使得她在浓荫深处躲藏起来（"爱"，是"薆"的假借字，隐蔽躲藏之意）。作者对少年形象的描画，也是相当独到的。少年对"静女"是苦心寻觅的，寻觅未见时就挠头搔发，以至惆怅地踟蹰。男子的举动，处处都显出他对"静女"追求的热切。

初次约会的结局，这首情歌没有交代，但从第二章写第二次相会时，女子给男子赠送彤管的情节看，他们的第一次约会还是成功的，所以才有第二次约会中男子感谢姑娘赠送彤管的表白。从诗句中我们可以看到，这第二次约会，"静女"的容貌由于心情愉悦（"说"借代"悦"）显得更为姣好（"娈"）了。她把鲜明而光亮（"炜"）的"彤管"（用彤管草制成的小乐器）赠送给少年，少年就立刻以少女的"彤管"为她吹奏。可见少年是何等喜悦了。我们从中可感到他对她急切追求的爱意。

第三章四句,描写了少男少女在爱情收获期中的欢乐。从这四句中,我们可以看到,姑娘赠予的象征应允婚媾的幼嫩白茅("荑",音tí,即始生的"白茅"),虽然无色无香,但是在热切追求她的小伙子看来却是特别美("洵",音xún,实在、诚然。"异",特殊)。因为这是"静女"赠送的定情信物,他当然是喜出望外了。

## 子 衿
### (国风·郑风)

青青子衿,悠悠我心。纵我不往,子宁不嗣音?
青青子佩,悠悠我思。纵我不往,子宁不来?
挑兮达兮,在城阙兮。一日不见,如三月兮。

这首诗,以一少女思念情郎为内容。后世诗家评说,这首诗描画少女的内心情怀,可视为中国文学史上描写相思情之经典。

前两章诗句通过少女的自言自语,道出了她对情郎的思念:你那青色的衣领("青青子衿"。衿,音jīn),是我心中时刻的思念("悠悠我心")。即使我不去找你("纵我不往"),你为何不找人传个音信过来啊("子宁不嗣音"。"宁不",何不;"嗣音",传音信)?你那腰上长长的乌青佩带,就像我悠悠想念的情思("青青子佩,悠悠我思")。即使我不去找你,你就不能自己过来找我吗("纵我不往,子宁不来")?——八句自言自语,是对情人的埋怨,但也掩盖不了她对情郎的热望;是她那如火般炽热情怀的流露,但也依然不失少女矜持的本性。

如果说前面八句写少女默默的思念,那后面四句则是从行动上显现少女对情郎的热望。她来到"城阙"之上,来来回回、手足无措地走动

("挑兮达兮,在城阙兮"。挑、达指独自走来走去的样子);因为她与情郎约定今天见面,所以她一大早就来到此等候。在焦急的等待中,她那"一日不见,如三月兮"的自言自语,就显露了她的盼望是如何焦急与迫切。她究竟有多久没见到她的情郎,这里没说,反正一日如三月,如此算来,她是觉得自己不知有多少年没见过情郎的面了!——如此夸张的话语,把相思对人的煎熬表述得淋漓尽致。

## 氓
### (国风·卫风)

氓之蚩蚩,抱布贸丝。匪来贸丝,来即我谋。
送子涉淇,至于顿丘。匪我愆期,子无良媒。
将子无怒,秋以为期。

乘彼垝垣,以望复关。
不见复关,泣涕涟涟;既见复关,载笑载言。
尔卜尔筮,体无咎言。以尔车来,以我贿迁。

桑之未落,其叶沃若。
于嗟鸠兮,无食桑葚;于嗟女兮,无与士耽。
士之耽兮,犹可说也;女之耽兮,不可说也。
桑之落矣,其黄而陨。自我徂尔,三岁食贫。

淇水汤汤,渐车帷裳。
女也不爽,士贰其行。士也罔极,二三其德。
三岁为妇,靡室劳矣;夙兴夜寐,靡有朝矣。
言既遂矣,至于暴矣。

兄弟不知，咥其笑矣。静言思之，躬自悼矣。

及尔偕老，老使我怨。淇则有岸，隰则有泮。
总角之宴，言笑晏晏。信誓旦旦，不思其反。
反是不思，亦已焉哉！

这首诗属"卫风"，是一首以叙事为主兼有抒情成分的诗歌。这首诗，可说是"赋""比""兴"手法完美结合的范例。

这首诗共分五章。我们现在就把各章内容以及各章中"赋""比""兴"手法的运用分述如下：

第一章，叙说心上人借"贸丝"之名前来与她相会，并约定"秋以为期"成婚的事情。一个从外地来的小伙子，相貌忠厚淳朴（"氓之蚩蚩"。"氓"，读作méng，专指从外地来的人；"蚩蚩"，读chīchī，忠厚的样子）；他抱着布匹来到我们村，说是要用布匹交换我家缲出的蚕丝（"抱布贸丝"）。其实，他哪里是来买缲丝的啊（"匪来贸丝"。"匪"，非），他来就是想靠近我，和我相会，还想尽法子要我答应和他成亲（"来即我谋"。"即"，靠近；"谋"，想法子）。——其实，这小伙子是她从小就在一起的玩伴，后来才迁到外地的，她和他早就相爱，他的心思她又怎么会不知道呢（关于这点，后面还有交代）！他跑那么老远，想法子和我相会，我怎能不感激呢！所以，他回去时我就去送他，一直送他涉过淇水（"送子涉淇"），直到靠近他住的地方顿丘（"至于顿丘"），我才往回走。临别时我对他说：不是我故意拖延时日不答应你啊（"匪我愆期"），你这次来，怎么不正正经经地找个好媒人来说事儿呢（"子无良媒"）！看见他不高兴了，我又连忙哄他：请你不要发火啊！（"将子无怒"。"将"，读qiāng，请的意思），到秋天吧（"秋以为期"），到时请你再来！

第二章，女子接着叙述她盼望的心上人终于依约前来迎娶的经过。

开头就说，秋天到来时，她如何朝思暮想，盼他到来。她登上村里那颓败的屋垣（"乘彼垝垣"），望着他上次回去时通过的城关（"以望复关"）；望不到男子在那城关出现，她泪流不止（"不见复关，泣涕涟涟"）；见到他终于在城关出现了，就迎上前去，又说又笑（"既见复关，载笑载言"）了。我对他说：快告诉我你打卦占卜（"尔卜尔筮"。"卜"，以龟壳占卜；"筮"，以蓍草占卦）预测婚事吉凶的结果吧！他回答说：卜筮的结果都是吉言，没有什么不吉利啊（"体无咎言"。"体"，指卜与筮的兆头，即卜筮的结果）！既然一切都完备了，神灵也保佑我们，我们就结婚了，男方派车前来迎娶，我就带着陪嫁的财物，嫁了过去（"以尔车来，以我贿迁"）。

以上两章叙事真切，女主角的少女纯情，以及男子当初对爱情追求的迫切，都刻画得栩栩如生。

第三章，运用的是"比"与"兴"结合的手法，以"比"引"兴"，唱出这对男女婚后情感的变化。"桑之未落，其叶沃若"是"比"，实质上是比喻诗中女子初婚时亮丽的容颜；而"于嗟鸠兮，无食桑葚"也是"比"，以斑鸠不能多吃桑葚，桑葚甜，多吃了就会醉，比喻女子过分沉迷于婚恋生活，就会受骗。四句之"比"，引出后面"于嗟女兮，无与士耽。士之耽兮，犹可说也；女之耽兮，不可说也"的慨叹（"兴"）。这是女子对自己婚后过于沉迷婚恋生活而后悔的言辞。这段由"比"引出的"兴"，虽是沉痛的自省，但我们也从中可知她在初婚时迷恋婚爱的状态如何了。末尾以"桑之落矣，其黄而陨"与开头的"桑之未落，其叶沃若"相对比，以表明女子年龄已由盛到衰。接着就是以"比"引"兴"，说出她对自己婚后遭遇的慨叹："自我徂尔，三岁食贫。"——她嫁过去那么多年（"三岁"，多年。三是虚数，言其多），直至如今不再年轻了，一直都没过上好日子（"食贫"），一直都没有得到丈夫的关爱。如此结束这一段，就为第四章的夫妻不和，终至破裂的叙述做了铺垫。

第四章开头,就是"淇水汤汤,渐车帷裳"的情景描写。其实这两句写的,是女子遭抛弃后不得已又坐着车子,渡过淇水回娘家去的情景。这两句,描画出女子的座车涉水行驶,帷裳被河水沾湿,车子艰难前进的情景。而随后的诗句,则是女子在车外"汤汤"(读shāngshāng)流水声的画外音的映衬下,在车子里反复思量自己被遗弃的过程:自己并无差错("女也不爽"。"爽",差错),是男子的行为不好("士贰其行"。"贰",与"爽"同义),是他行为没有定准("士也罔极"。"罔极",没有准则),言行前后不一致("二三其德"),把我遗弃的啊!接着"三岁为妇,靡室劳矣;夙兴夜寐,靡有朝矣"四句,是补叙她为人妇多年的苦楚:我在你家做了多年媳妇,什么家务都是我辛苦劳碌;天天早起晚睡,每天都是这样过,这样的日子没有尽头啊!但这也说明,她对家庭、对丈夫是尽心尽力的,婚姻的失败完全是那个貌似老实的男子("氓")的责任:他抱得新人归的心愿得到满足后,暴戾脸孔就显露出来了("言既遂矣,至于暴矣"。"言",无义)。这是对前面所说的她丈夫"士贰其行"以及"士也罔极,二三其德"的补充。后四句写她回到娘家后兄弟们对她的态度:她的兄弟们不了解她在夫家受虐待,乃至被遗弃的情况("兄弟不知"),就对她冷嘲热讽("咥其笑矣"。"咥",读xì,大笑的样子)。面对兄弟的哂笑,她心里很不好受,唯有"静言思之",暗自神伤("躬自悼矣")了。

　　第五章是全诗的终结,女子对她与那男子的婚恋变故进行反思。她反思时的思绪是翻江倒海的,所以在表达时就"赋""比""兴"并施,极力把自己错综复杂的思绪显示出来。"及尔偕老"是当初双方信誓旦旦的爱情表白,而"老使我怨"则是说出最后婚姻破裂的结局。这悲痛的回顾,由"赋"入手,联想到"淇则有岸,隰则有泮"的自然风光:"汤汤"流淌的淇水,总会有个堤岸;广阔连绵的沼泽("隰",读xí,低湿的地方,沼泽),也会有个边际。那我的怨恨,到什么时候才有个了结啊！——这显然是"比"的联想了。"总角之宴，言笑晏晏（'总角'，古时儿童两边梳辫，如双角，指童年。'宴'，欢聚。'晏晏'，欢乐之狀。'言'，音节助词）。信誓旦旦，不思其反（当初，你'信誓旦旦'，说要'及尔偕老'，但想不到现在你竟然反口了）"四句，是女子进一步对她的痛苦经历做更具体的回顾。她在回顾事情经过时，是带着强烈谴责负心汉的情感来诉说的，从这四句"赋"的陈述中，我们可感受到女子怨恨情感的宣泄，所以是"赋"中有"兴"。到了最后，则是回忆从婚恋到离弃的整个过程后，来一次感情的直接抒发：反正我不再去想他了（"反是不思"），我们的事情就这样了结（"亦已焉哉"）吧！——这可以说是以"兴"作结：她宣示决心与那男子割断感情上的联系了。

　　这首诗，叙述了一个男女间婚姻情爱的故事，塑造了一个追求纯真爱情，却受到不公平对待，乃至被遗弃的女子形象。同时，作为对比，也描画了一个始乱终弃的"二三其德"的男子形象。故事很动人，深刻反映了"夫权"对善良女子的祸害，诗人借此宣泄对男女不平等的社会现实的愤懑。

## 式　微
（国风·邶风）

　　式微，式微，胡不归？
　　微君之故，胡为乎中露！

　　式微，式微，胡不归？
　　微君之躬，胡为乎泥中！

　　《式微》，属邶风。这首民歌所咏叹的，是农奴对遭受奴役之苦的怨艾。

"微"是"天色昏黑,已近黄昏"的意思。前面那个"式"字,是个无义的衬字。"胡",疑问代词,用法相当于"何""为什么";"胡不归",就是"为什么还不归家"的意思。

"微君之故"中的"微",与"式微"中的"微"意思又不同。古时"微"的读音与当今粤语的"微"相近,意思则近似现代汉语中的"没"(不是、没有)。"微君之故"的意思是"如果不是你这个首领的缘故(商周常称部落主为君)"。同样,第二组中"微君之躬",则可解作"如果不是为了你这个首领自身的利益"("躬",解作"自身")。"胡为乎中露"中的"胡为",意思与"胡不归"中的"胡"意思相近,解作"怎么会";"乎"用如"于";"中露"是倒装用法,即"露中"。但到了第二组 "胡为乎泥中"句的"泥中",就恢复了正常的词序。

诗歌中的古今词义的差别弄清楚了,这首诗读来就明白如话了:

> 天暗了,近黄昏了,我为什么还不能回家?
> 如果不是为君主,我何以还要在露水中劳作!
>
> 天黑了,是夜晚了,我为什么还不能回家?
> 如果不是为君主,我何以还要在泥淖中辛劳!

从这首民歌中,我们可以感受到奴隶对奴隶主的怨艾与反抗情绪,从而加深了对这首民歌的人民性的认识。但这首诗的精彩之处不单于此,更为主要的是民歌手对语言艺术运用的独到与精彩。

两节的第一行"式微,式微,胡不归",是个设问句。民歌手并不是不知道天黑了,他为何还不能回家,而是先来个设问,在第二行才自己做出回答。在艺术上,如此设问,以及如此作答,就强化了语言效果，引人注意，启人以思；同时也使诗篇显得婉转而有情致。

民歌手对语言艺术运用恰当与独到，除了表现在对修辞手法的运用上，还表现在长短句式的兼用、押韵的和谐，以及重章换字等语言技巧的运用上。《式微》打破了《诗经》中惯用的四言句式，在四行三十二字的诗歌中，兼用了三言、四言、以至五言的句式，参差错落，工整与灵活整合，对表达主人公思想感情的起伏，增强诗的节奏感，都是有利的。此外，诗歌注意了两句间押韵，"微"与"归"、"故"与"露"，"躬"与"中"，就算用现代语音去读，都是押韵的，增强了诗歌的音乐美。再有就是，前后两节采用了重章换字的方式，既起了反复强调的作用，也显示了诗人表达同样意思时使用词句的灵活变化。这些都强化了诗歌的文学韵味。

## 采 薇
（小雅）

采薇采薇，薇亦作止。曰归曰归，岁亦莫止。
靡室靡家，猃狁之故。不遑启居，狁之故。

采薇采薇，薇亦柔止。曰归曰归，心亦忧止。
忧心烈烈，载饥载渴。我戍未定，靡使归聘。

采薇采薇，薇亦刚止。曰归曰归，岁亦阳止。
王事靡盬，不遑启处。忧心孔疚，我行不来！

彼尔维何？维常之华。彼路斯何？君子之车。
戎车既驾，四牡业业。岂敢定居？一月三捷。
驾彼四牡，四牡骙骙。君子所依，小人所腓。

四牡翼翼，象弭鱼服。岂不日戒？玁狁孔棘！

昔我往矣，杨柳依依。今我来思，雨雪霏霏。
行道迟迟，载渴载饥。我心伤悲，莫知我哀！

《采薇》属《小雅》，是当时的文人仿民歌风格写成的一首诗。诗歌以一个戍边军士自述的口吻而写。全诗可分为五章，按序记叙了他战后奔赴家乡途中之所想所念。

开头八句是第一章，描写戍边军士在岁末终于踏上归家的路途；在途中，他想起了当初他从军时恶劣的战争环境。开头先以岁晚时薇菜的长势作比以起兴，引出归家时已是岁晚的感慨：采薇菜啊采薇菜，薇菜已滋长起来了（"采薇采薇，薇亦作止"。"薇"，一种野菜；"作"，滋长；"止"，句末助词，无实义）！说归家啊盼归家，到现在终于成行，已经是岁晚了（"曰归曰归，岁亦莫止"。"莫"，暮，指岁晚）！接着，他由归来之"迟"，想到了当年从军之"早"，还想到当年从军的原因：我在出征前，家里就没法过正常生活了，是因为有北方民族入侵啊（"靡室靡家，玁狁之故"。"靡"，无，没有；"室、家"，指代家庭生活。"玁狁"，读xiǎnyǔn，北方民族名）！那时候人在家里，无法安定坐下、住下，也是因为有北方民族入侵啊（"不遑启居，狁之故"。"不遑"，没有空闲；"启"，坐下来；"居"，住下来；"狁"，也是北方一个民族的名字。玁、狁音同，疑是同一字）！——这后四句是倒叙的开始，说起当初迫于时势、生活不安稳而不得不从军戍边的往事。

第二章又是八句。采薇菜啊采薇菜，薇菜已长出柔软的枝叶来了（"采薇采薇，薇亦柔止"。"柔"，形容薇菜进一步生长的状况）；说归家啊盼归家，如今我走在归家的路上，心里就越来越担忧起家里人来了（"曰归曰归，心亦忧止"）。从离家开始，我想家想得心焦如焚，如饥如渴啊（"忧心烈烈，载饥载渴"）；但我从军戍边，驻扎无定处，没法告诉家人一个固定地址（"我戍未定"）；也找不到信使给家带去一个问候啊（"靡使归聘"。"聘"，读chéng，问候）！——在这一章中，先由薇菜进一步生长再起兴，写如今在回家路上如何想家。

第三章的八句，是戍边军士在回家路上回忆起去年十月回家之事被延误的情况：采薇菜啊采薇菜，薇菜已经长得很坚挺（"采薇采薇，薇亦刚止"。"刚"，坚挺的样子）！说归家啊盼归家，眼看又到了"十月小阳春"了（"曰归曰归，岁亦阳止"。"阳"，十月，人称"十月小阳春"）。可是战事还没完，我们又怎能歇息呢（"王事靡盬，不遑启处"。"盬"，读gǔ，停止）！虽然想家之苦越来越挠心，但又怎能踏上归程呢（"忧心孔疚，我行不来"。"孔"，很大；"疚"，痛苦；"行不来"，不能踏上归程）！——这一章以回想"十月小阳春"时薇菜生长坚挺的景象起兴，引出后面的倒叙，说出战事不停，他无闲歇息；尽管原定的归期已到，他还是回不了家。

接着十六句是第四章。是"我"在归家途中对误归期后的战事的回忆：路边开着的是什么花呀（"彼尔维何"。"彼"，那个；"维"，为、是）？是棠棣之花（"维常之华"）。那战场上跑的是什么车啊（"彼路斯何"。"路"，同"辂"，大车）？那是将军的战车（"君子之车"）！那战车奔驰起来，由四匹高头大马拉着（"戎车既驾，四牡业业"。"牡"，公马。"业业"，高大的样子）。我们跟着马车奔跑，哪敢停下来喘口气啊（"岂敢定居"）？在一个月内就打了三场大仗（"一月三捷"）。那四匹公马拉着的战车在奔驰，公马都雄健威武（"驾彼四牡，四牡骙骙"。"骙骙"，雄健威武）。将军赖以冲锋陷阵，我们也赖以作为掩护前进的屏障（"君子所依，小人所腓"。"腓"，屏障）。一匹匹训练有素的战马在奔驰，一辆辆整齐的战车在前进（"四牡翼翼"。"翼翼"，训练有素，显出整齐的样子），将士们个个手不离战弓,身不离箭袋("象弭鱼服"。"象弭",象牙装饰、骨角制作的战弓;"鱼服",鱼皮缀成、坚韧无比的箭袋)。我们怎敢不戒备("岂不日戒"),北方民族的侵袭既激烈又频繁啊("狎狁孔棘"。"孔棘",很紧急)!——这第四章,是补充回忆上一章依军令延误回家后继续参战的情况。回忆由路边的棠棣之花起兴,引出对战场上战车奔驰、战马嘶鸣的战斗情景,以及恶战后依然战弓不离手,箭袋不离身的时刻戒备的紧张情况的回忆。

最后八句是第五章。此章与开头写归家路上所见所思相呼应,写主人公回到家乡时的所见所思:出征时是春天,杨柳轻柔,随风飘曳("昔我往矣,杨柳依依"。"昔",从前,指出征时。"依依",形容柳丝轻柔、随风摇曳的样子);现在我回来已是冬天,细雨绵绵,雪花纷飞,白茫茫一片("今我来思,雨雪霏霏"。"思",用在句末,没有实在意义。"霏"读fēi,雨雪纷落的样子)。我越近家乡越是行路迟缓("行道迟迟"),这是因为我日夜赶路,渴了饿了("载渴载饥")啊;想起这由春到冬的遭遇,我的心悲伤啊!这积聚了一年的甜酸苦辣,是只有我自己才能知道,是没有人可以理解的啊!("我心伤悲,莫知我哀!")——这八句,是给前面的边走边回想来个归结,是从回忆之中回到现实世界来了。

## 鹿　鸣
### (小雅)

呦呦鹿鸣,食野之苹。我有嘉宾,鼓瑟吹笙。
吹笙鼓簧,承筐是将。人之好我,示我周行。

呦呦鹿鸣,食野之蒿。我有嘉宾,德音孔昭。
视民不恌,君子是则是效。

我有旨酒，嘉宾式燕以敖。

呦呦鹿鸣，食野之芩。我有嘉宾，鼓瑟鼓琴。
鼓瑟鼓琴，和乐且湛。
我有旨酒，以燕乐嘉宾之心。

这首诗属《小雅》，是当时文人之作。从诗歌内容看，应该是为君王撰写的宴会欢迎歌。

诗歌采用民歌反复吟咏的方法，八句为一章，每章都以"鹿鸣"起兴：原野之上，一群麋鹿在啃食着各种嫩草（苹、蒿、芩都是野生的蒿草。"芩"，音qín），发出和悦的"呦（yōu）呦"鸣叫，营造出和谐轻快的意境。诗人三度以此起兴，引出三次气氛和谐轻快的饮宴场面的描述。

第一章写宴会开始时君王给群臣送礼物。平日朝会，君臣严肃相对，但现在君臣同乐，君王特意为宾客"鼓瑟""吹笙""鼓簧"，还赠送礼物（"承筐是将"，把盛着币帛的"筐"送上。"承"，奉也；"筐"，以盛币帛之竹器；"将"，送的意思），为群臣营造一个和谐的、利于畅所欲言的氛围，希望群臣能因之"好我"（喜欢我）而"示我周行"（周行：周全的大道理）——向我贡献出一番安邦治国的大道理。从这一节的描写看，君王让乐队演奏轻松的乐曲，给群臣赏赐礼帛，都是有目的的，就是让群臣在轻松气氛中畅所欲言，说出平时不易说出的安邦良策来。

第二章八句是饮宴中的劝酒词。外面鹿鸣呦呦，宫内和谐轻快。在饮宴中听了嘉宾的好建议后，君王以对嘉宾的赞扬作答：我的嘉宾个个都是"德音孔昭"——道德与声誉都显赫昭著。你们语言不轻佻，行为不欺诈，给老百姓树立了好榜样（"视民不恌"。"视"，同"示"；"恌"，轻佻、欺诈），仁人君子都以之为榜样（"君子是则是效"

"则""效",规范学习,作动词用)。赞颂过后,他又举杯劝饮,以示谢意——我这里有的是美酒("我有旨酒"。"旨",甘美),你们就尽情畅饮,畅快嬉戏好了("嘉宾式燕以敖"。"式",语助词;"燕",同"宴";"敖",同"遨",嬉游)。

第三章八句,是宴会高潮时君王的再一次祝酒,把宴会和乐的气氛推向高潮。在外面"呦呦鹿鸣"的和谐景象的衬托下,宫内的气氛更是和乐一团。宴会宫内,鼓起了瑟,弹起了琴,和乐的气氛越来越浓了("和乐且湛"。"且湛",越来越浓厚。"湛",深厚,乐之久曰湛)。君王再次举杯祝酒,说:"我这里的美酒('我有旨酒')和宴饮,都是为了使大家能开心('以燕乐嘉宾之心'。'乐'是使动用法,指使嘉宾的心快乐)。嘉宾们就尽情地宴饮,尽情地玩乐好了。"

宋代学者朱熹提到这首诗时说,这是君王宴请群臣的饮宴歌。它记下了饮宴过程的礼仪,以及君王祝酒和对来宾的礼赞、劝饮的经过,为后世查考当时的饮宴礼仪习俗提供了依据。朱熹还说,这首饮宴歌后来传到民间,就成了民间饮宴时的饮宴歌了。这首歌流行甚广,东汉末期曹操在《短歌行》中也曾引用,可见其影响的深远了。

# 第二章 "楚辞"与屈原

中国古代诗歌有两个源头，一个源头是"诗"，就是后来经孔子整理而成的"诗三百"——《诗经》；另一源头是"楚辞"。

"楚辞"，原来是战国时位于南方河网区域的楚国的民歌。与北方四言为主的"诗"不一样，楚地民歌是以"四一三"句式为主的杂言诗。楚国诗人屈原搜集、整理和提高了这种民歌样式，在此基础上进行新的创作，使楚地民歌样式有了新的发展，成了与"诗"风格不一样的新诗体——"楚辞"。"楚辞"以别样的美学风格出现，以波荡浪涌的感情、奇幻瑰丽的想象、铺陈华丽的语言，显出了极强的浪漫色彩和艺术感染力。

屈原，战国时楚国人，出生于楚国丹阳（今湖北省宜昌）。芈（mǐ）姓，屈氏，名平，字原。少年时受过良好的教育，博闻强记，志向远大。早年受楚怀王信任，任左徒、三闾大夫，兼管内政外交大事。后因遭贵族排挤毁谤，被流放到汉北和沅湘流域。秦攻破楚都郢（今湖北江陵）后，屈原自沉于汨罗江，以身殉国。屈原是中国浪漫主义文学的奠基人，屈原的出现，标志着中国诗歌进入了一个由集体歌唱到个人独创的新时代。屈原的主要作品有《九歌》《九章》《天问》《离骚》《招魂》《卜居》《渔父》等二十五篇巨著。

《九歌》，是屈原搜集并重新创作的一组民间祭神歌。这个"九"字，是个约数，表示"众多"之意；事实上，选入《九歌》的迎神曲就有十一首。

《离骚》是屈原代表作中之最著者，是我国古代诗歌中最长的一首抒情诗。按司马迁在《史记·屈原列传》中"离骚者,犹罹忧也"的说法,《离骚》写的是诗人遇上的忧心事,以及他心中的忧虑。屈原一心为国,但他提出的许多维护楚国利益的主张,都不为楚怀王接受。为此,他感到委屈,感到郁闷,这些在《离骚》中都有所反映。此外,屈原诗丰富的想象力与浪漫主义风格,在《离骚》中反映也尤为显著。中国古代神话传说为他提供了丰富想象的源泉。他利用这些神话,加上他异想天开的想象力,描绘出许多绚丽无比的图景。而他的诗句,也因其富于想象力的浪漫主义风格的糅入,而显得尤其绚丽,文学评论家郑振铎曾说,屈原诗句,"一句一辞,都如大珠小珠落玉盘,各自圆莹可喜,又如春园中的群花,似若散漫而实各在向春光斗妍"。这些,我们从《离骚》的诗句中就可找到例证。

## 国　殇
### (《九歌》)

操吴戈兮被犀甲,车错毂兮短兵接。
旌蔽日兮敌若云,矢交坠兮士争先。
凌余阵兮躐余行,左骖殪兮右刃伤。
霾两轮兮絷四马,援玉枹兮击鸣鼓。
天时坠兮威灵怒,严杀尽兮弃原野。
出不入兮往不反,平原忽兮路超远。
带长剑兮挟秦弓,首身离兮心不惩。
诚既勇兮又以武,终刚强兮不可凌。
身既死兮神以灵,魂魄毅兮为鬼雄!

这是《九歌》中的一首,是为祭奠捐躯沙场的壮士而写的挽歌。开头十句,是诗歌的上半部,写壮士们参与的一场惨烈的战斗。

由两军短兵相接写起，直至壮士全部战死，弃尸原野，战场一片死寂为止，写出了战斗的全过程。这十句，显示了一幅幅威武雄壮的战斗画面，这些画面合起来，形成了一幅英雄浴血奋战的气势磅礴、荡气回肠的战争史画。

第一句"操吴戈兮被犀甲"，就是一个填满画面的特写镜头：一个楚军战士，手握的吴戈是最好的戈（"吴戈"，吴地以产戈著名，吴戈是公认的最好的戈），披（"被"，同"披"）在身上的甲，也是最好的甲（"犀甲"，用犀牛皮制的革，是最坚韧的甲）。这吴戈犀甲的装备，凸显了战士形象的威武。第二句"车错毂兮短兵接"，诗人把镜头稍为放宽，显示了这威武的壮士正站在战车上，与敌军战车上的士兵格斗。"车错毂"，是说敌我双方兵车的车轮子互相碰撞，连车轮中心的轴子（"毂"）也交错在一起了；而"短兵接"则显示了他与敌军士兵的兵器相互碰撞，正在混战中。如此两句描写，就像是电影的开头，先把近镜头聚焦在战士格斗的场面上了。接着两句，则是把镜头猛然拉阔，显示出了广阔战场上两军对垒的场面："旌蔽日兮敌若云"，是眺望对面敌阵之所见，"旌蔽日"，可知敌军阵势之浩大，"敌若云"，也可见敌军的人多势众；"矢交坠"，则描画了两个战阵间箭雨如麻交加相坠的情景，而"士争先"，则描写战士冒着箭雨奋不顾身地冲向敌阵。——继敌我两辆兵车按那时代的战争规矩交锋之后，双方兵阵集团式的冲刺与混战开始了。

接着四句，诗人把镜头移向楚军阵地，描写楚军阵地上双方攻防"战犹酣"的激战场面："凌余阵兮躐余行"，写敌军向我军阵地冲击，侵犯了（"凌"）我军的阵地，践踏了我军的行列；"左骖殪兮右刃伤"，则写在敌军攻击下，楚军拉车的四匹马，左边的（两旁的马叫"骖"，"左骖"就是左边的马。"骖"，读cān）死了（"殪"，读yì），右边的也被砍伤了。"霾两轮兮絷四马"，是说被四匹马拉着的兵车，两个车轮陷入沙场上的松土，没法转动了（"霾两轮"），而拉车的四匹马，不管是活着的，还是死了的，现在都被泥土与缰绳羁绊，动弹不得了；"援玉枹兮击鸣鼓"则是说，兵车上的楚军战士，在这马匹死伤、兵车动弹不得的危难时刻，仍然斗志不减，抄起鼓槌（"援玉枹"。"玉枹"，镶玉的鼓槌），擂响战鼓，激励战阵上其他还拿着吴戈的同袍与敌人作殊死的搏斗。——这四句描写，把楚军将士坚持战斗的英雄气概充分显露出来了。

"天时坠兮威灵怒，严杀尽兮弃原野"，是写这场战斗结束时的场景。"天时坠"写乌云压顶，好像天要塌下来似的；"威灵怒"，实际上是写天空中正在电闪雷鸣，只不过是把天空中的电闪雷鸣做了神人化的描写罢了。前面写了宏伟而惨烈的战斗场面，现在又加以乌天黑地、电闪雷鸣的背景气氛的衬托，这场战斗是如何的惊天动地、如何的令鬼哭神嚎，就可想而知。接着"严杀尽兮弃原野"一句，写战斗的结束：经过惨烈的战斗，刀枪剑戟杂乱的格斗声平息了，天空中的电闪雷鸣也停止了，战士的喊杀声也停止了，留在沙场上的是一片寂静。战士们都战死沙场了（"严杀尽"），尸首就遗弃在辽阔的原野上（"弃原野"）。

后面八句，是诗歌的下半部，是诗人为国殇壮士咏唱的缅怀与悼念之赞歌。

"出不入兮往不反，平原忽兮路超远。带长剑兮挟秦弓，首身离兮心不惩"四句，就像是诗人遥望着远方的原野，在追思那些为国捐躯的魂灵。他先是回顾战士奔赴沙场时那种"出不入兮往不反"（"出不入"就是"往不反"，这里是同义反复，如此重复吟咏，更显出了追思的深沉）的赴死如归的坚定神态。接着"平原忽兮路超远"（"平原忽"与"路超远"，也是同义反复），则是回顾他们出征路途的遥远，让我们想到了一幅将士们在茫茫平原、迢迢长路中艰难跋涉的图景。而"带长剑兮挟秦弓，首身离兮心不惩"，则是一幅定了格的战后沙场上的画面：沙场上，硝烟尚未散尽，但"带长剑""挟秦弓"，一身威武的壮士,已经首身分离地躺倒在茫茫平原之上,他们向天仰卧的英姿,好像还在诉说虽"首身分离"仍矢志无悔("心不惩")的心愫。

最后四句,作为诗歌的结尾,诗人以壮士英勇献身的形象引入,带出了对壮士"心不惩"的内在精神世界的赞颂:"诚既勇兮又以武"("诚",果然、诚然之意;"武",力量强大之意),是赞扬壮士的身心中,诚然存在着既勇且武的精神与力量;"终刚强兮不可凌",则是赞扬勇武的壮士始终以刚强的意志去战斗,直至战死也始终保持着神圣不可凌辱("凌")的威严;"身既死兮神以灵,魂魄毅兮为鬼雄",则是赞扬壮士"身既死"却精神("神")不灭,就像永远萦绕在空中的灵魂("灵")似的;这灵魂("魂魄")是刚毅不屈("毅")的,虽然成了"鬼",也是鬼中的豪杰("雄")啊!——这诗歌的结尾,是诗人以无比诚挚与崇敬的心情唱出的赞歌。如此结尾,把诗歌激越的情感,推向了巅峰。

## 湘夫人
### (《九歌》)

帝子降兮北渚,目眇眇兮愁予。
嫋嫋兮秋风,洞庭波兮木叶下。
登白薠兮骋望,与佳期兮夕张。
鸟何萃兮蘋中,罾何为兮木上?
沅有芷兮澧有兰,思公子兮未敢言。
荒忽兮远望,观流水兮潺湲。

麋何食兮庭中,蛟何为兮水裔?
朝驰余马兮江皋,夕济兮西澨。
闻佳人兮召予,将腾驾兮偕逝。

筑室兮水中，葺之兮荷盖。
荪壁兮紫坛，播芳椒兮成堂。
桂栋兮兰橑，辛夷楣兮药房。
罔薜荔兮为帷，擗蕙櫋兮既张。
白玉兮为镇，疏石兰兮为芳。
芷葺兮荷屋，缭之兮杜衡。
合百草兮实庭，建芳馨兮庑门。
九嶷缤兮并迎，灵之来兮如云。

捐余袂兮江中，遗余褋兮醴浦。
搴汀洲兮杜若，将以遗兮远者。
时不可兮骤得，聊逍遥兮容与。

　　这是屈原仿照楚地民歌风格写就的一首诗歌。
　　战国时的楚国，十分盛行祭祀水神的活动。这与楚国特有的自然环境有关。楚国，即现湖南湖北一带，境内有许多美丽的河流湖泊，湘江、沅水、澧水、汉水、荆江、长江、洞庭湖、洪泽湖等星罗棋布、纵横其间，为楚人提供了休养生息的优越环境；楚人对这些江河湖泊珍爱、崇拜，视若圣灵，并由此生发出许多美丽动人的神话传说与祭祀水神的民俗活动。
　　这次迎神盛典拜祭的水神是湘夫人。湘夫人与男神"湘君"是湘江上一对热恋的神仙。在祭祀湘夫人的礼仪中，有一环节是"迎神"，由扮演"湘君"的男艺人演唱迎神曲《湘夫人》。这首迎神曲，是屈原为扮演湘君的男艺人写的唱词脚本。屈原吸取楚地神话传说之精华，以及楚地民歌风格，融合于这首迎神曲中，就成了这么一首富于美丽神话色彩的"爱情神曲"。

开头十二句，是这首"爱情神曲"的第一环节："企盼"，写出了湘君企盼湘夫人的急切。

"帝子降兮北渚，目眇眇兮愁予"两句，写湘君听说"帝子"（指湘夫人）已经到了"北渚"，就焦急担忧地眯眼远望。接着，"嫋嫋兮秋风，洞庭波兮木叶下"是他远望所见：袅袅秋风吹得洞庭湖漾起微波，树叶也开始飘落了。如此冷清的秋水秋景，也映衬出湘君对心上人的思念之苦，是写景陈情。接着"登白薠兮骋望，与佳期兮夕张"两句，再写湘君登上遍种白薠的山头（"登白薠"）而骋目远望（"骋望"），本来他是依佳期来与湘夫人相会的（"与佳期"），但等到夕阳西下，张目企盼（"夕张"），仍未见她出现。再接着"鸟何萃兮蘋中，罾何为兮木上"两句又写景：鸟儿为何都聚集到河中水草茂盛的地方（"鸟萃苹蘋中"）？渔人为何都已归家，把渔网挂上树木去晾干（"罾为木上"）？此两句加上"何"字，就变成疑问句式，显示出湘君看眼前景色时的惊奇。其实这是慨叹时间流逝得太快，不知不觉已是黄昏了。随后四句，则进一步写他"夕张"的情状。"沅有芷兮澧有兰"，是他远望所见，"思公子兮未敢言"则是他远望时的联想：他心中有"公子"（这里的"公子"是指湘夫人），就像沅水上有白芷、澧水上有石兰一样，是不言而喻的；但这一直存有的思念之情，却一直不敢表白。他就是这样心神恍惚地一边遐想一边张望（"荒忽兮远望"），眼看前面江水在慢慢地流动（"观流水兮潺湲"）。——最后一句又写景，但我们从这景色的描写中也可感受到，他心中的愁思，不就像那潺湲的沅水与澧水，永无休止吗？

从"麋何食兮庭中"起六句是第二环节"寻觅"，写出湘君对湘夫人的痴心。

这一环节先以"麋食庭中，蛟游水裔"的幻景描写作比兴。此幻景是异常景象，所以以诧异的疑问语气来引起：在山林中游走的麋鹿，怎么走到庭院中觅食来了（"麋何食兮庭中"。"麋"，麋鹿）？在深水中潜游的蛟龙，怎么也迷失到水边来了（"蛟何为兮水裔"。"裔"，边，音yì）？以此怪异景象比兴，带出的必然不是好事。果然，继而叙说的，正是湘君对湘夫人之苦苦寻觅。由于昨夜湘君未见湘夫人，他大清早起来就策马赶到江边高地（"朝驰余马兮江皋"）四处瞭望，傍晚又渡江到了对面的涯岸（"夕济兮西澨"。"西澨"，西边的涯岸；"澨"读作chì）去寻找，终于听到了她传来的信息，她约他在某个地方相见（"闻佳人兮召予"），于是他骑上骏马又奔腾前去（"将腾驾兮偕逝"）。

从"筑室兮水中"到"灵之来兮如云"十六句，是这首"爱情神曲"的第三环节："备婚"。

湘君奔赴约会地点后，立即开始备婚。他把庐舍建在水中（"筑室兮水中"），用清香的荷叶修葺房顶（"葺之兮荷盖"），芬芳的荪草夯筑墙壁，还用紫色的贝壳垒成花坛（"荪壁兮紫坛"）；厅堂遍撒芳香的花椒（"播芳椒兮成堂"）；房梁是用散发着香气的桂树圆木造的，房顶瓦片用香兰木椽条顶着（"桂栋兮兰橑"）；门楣则用香草辛夷来装点，房间也用香草白芷熏过（"辛夷楣兮药房"。"药房"，用白芷熏房）；屋里的帷幕用香草薜荔编织的纱网制作（"罔薜荔兮为帷"。"罔"，同网，这里用作动词，为编织之意；"帷"，帐子）；已经安放好的、用来间隔空间的屏风，则是用剖开的蕙櫋香木造成（"擗蕙櫋兮既张"。这个句子省略了主语"屏风"。"擗"，劈开；"蕙櫋"，带蕙草香味的蕙櫋木，櫋读mián；"既"，已经；张，设置）；床上镇席的，是洁白的玉石（"白玉兮为镇"。"镇"，镇席的物件）；还把石兰花散放在床上，让它散发香气（"疏石兰兮为芳"。"疏石兰"，让石兰散发香气）。白芷装点着墙面，荷叶铺盖着屋顶（"芷葺兮荷屋"）；杜衡草缠绕着庐舍的四边（"缭之兮杜衡"）；四方搜集来的百草，则摆满了整个庭院（"合百草兮实庭"）；甚至连门廊也以花草装饰，让芬芳的香气弥漫其间（"建芳馨兮庑门"。"庑门"，门廊）。最后两句"九嶷缤兮并迎，灵之来兮如云"，是邀请宾客。湘君把九嶷山上的众神都请来了（"并迎"），他们纷纷前来，络绎不绝，就像天上的云朵，都聚集到他和新娘的庐舍来了。

上面湘君为迎娶湘夫人而做的准备，处处都表现出了一种欢乐的气氛。迎神，迎接湘夫人的气氛越来越热烈了。此时，婚礼的一切都准备好了，就等着湘夫人"千呼万唤始出来"了。

最后六句是第四环节："迎娶"。写湘君紧张迎娶湘夫人，已经到了立刻拉开大幕的时刻了。

头两句写湘君在湘江与醴浦（澧水）中沐浴清身。这是参加庄严的典礼前表示虔诚的一种方式，即所谓"斋戒沐浴"是也。他把自己的外衣扔进湘江之中清洗（"捐余袂兮江中"。"袂"，mèi，本义是衣袖，这里是以衣袖指代整件衣服），又把内衣抛入澧水中冲濯（"遗余褋兮醴浦"。"褋"，内衣），可谓认真至极了。沐浴之后，他又到江中沙洲采来最为洁白无瑕的杜若花（"搴汀洲兮杜若"。"搴"，qiān，摘取），打算在与湘夫人行大礼时赠送给这位远方来的至爱的女神（"将以遗兮远者"）。结语两句"聊逍遥容与，时不可兮骤至"，是湘君在迫切的等待中对自己的宽解。尽管佳期立即就要到来了，但对望眼欲穿就等待这一刻来临的湘君来说还是太长久了；他唯有宽解自己：好事多磨，佳期不是立刻就可以得到的，我唯有放宽心情，安闲自得地去等待好了。

因为《湘夫人》的作者是屈原，评论家们很容易就有了与屈原身世的联想。有人把这首诗视为屈原借湘君身份以自述，而湘夫人就是态度反复无常的楚王。于是，湘君对湘夫人的痴情，就成了屈原忠于楚王的表现；诗后段写湘君"捐余袂兮江中，遗余褋兮醴浦"，就成了屈原埋怨情绪的发作，把楚王昔日的赏赐都捐弃了；但最后湘君又摘花送湘夫人，则成了屈原回心转意，继续痴心等待楚王对自己重新重用的表现。——如此解读，给诗歌添入了忠君思想。但这样的意思，诗人在诗中并没有表白。是否真的如此,就得读者自己去猜想了。

## 橘　颂
### (《九章》)

后皇嘉树,橘徕服兮。
受命不迁,生南国兮。
深固难徙,更壹志兮。
绿叶素荣,纷其可喜兮。
曾枝剡棘,圆果抟兮。
青黄杂糅,文章烂兮。
精色内白,类任道兮。
纷缊宜修,姱而不丑兮。

嗟尔幼志,有以异兮。
独立不迁,岂不可喜兮。
深固难徙,廓其无求兮。
苏世独立,横而不流兮。
闭心自慎,不终失过兮。
秉德无私,参天地兮。
愿岁并谢,与长友兮。
淑离不淫,梗其有理兮。
年岁虽少,可师长兮。
行比伯夷,置以为像兮。

这首诗,以咏橘之高尚品质为题,道出了屈原以橘为榜样的志向。《橘颂》风格颇似《诗经》。诗歌分两章,两章的结构相似。开头都有起兴的六句,以赞颂橘的品格"深固难徙"提起下文,带出对橘更为深刻的赞颂。上下两章形成反复咏叹的音乐美。而两章表达的意思,是后章比前章深刻,第一章赞颂橘的外在形态美;第二章赞颂橘的内在品德美。两章令人有思想逐步升华、情绪越来越高亢之感。

  第一章开头六句是起兴的序曲。第一句"后皇嘉树",诗人就展现出一幅"嘉树"(形象美好的大树)的美景:它在"后土""皇天"("后皇"即地与天)的广阔背景前矗立。如此一个特写镜头,创立了橘树的美好形象。接着诗人说它"橘徕服兮",落地于此,就适应了此方的水土("徕",同"来";"服",适应)。此两句,是诗人对橘树最初的赞词。接着,诗人歌颂橘树受命于天地,降生到南国,就落地生根,不再迁徙了("受命不迁,生南国兮");它深深依恋这南国土地,爱得如此深切,很难再迁徙了("深固难徙"),可见它对南国之楚地是始终忠心矢志的("更壹志兮")。——这起兴六句是由橘的特性引申开来的对橘的赞美。

  总起之后十句,主要赞颂橘树外在的美。"绿叶素荣,纷其可喜兮"——绿的叶,衬着白的花("素荣"),叶茂花繁("纷"字形容花繁叶茂),的确喜人。"曾枝剡棘,圆果抟兮"——枝丫层层叠叠("曾",同"层"),上有尖锐的利刺("剡",yǎn,尖利;"棘",荆棘,枝丫上的刺);枝丫上挂着的果子圆圆实实的("抟",tuán,圆圆的)。"青黄杂糅,文章烂兮"——还没熟透的果实颜色是青绿的,熟了的果子则变黄了,黄绿相杂,色彩是如此斑斓可观("文章",指色彩;"烂",斑斓)。再接着,"精色内白"则由果实外面有鲜明的色彩,写到里面果肉的洁白。如何"内白"?诗人以"类任道兮"的联想去说明。果肉的内白,不就像那些敢于担当道义责任("任道")的人那纯洁的内心世界吗!——读到这里,屈原颂橘,实则颂人的用心披露了。但此段毕竟是颂橘,所以最后还是以赞颂它的美态"纷缊宜修,姱而不丑"作结,它枝叶繁茂("纷缊"),修饰得体("宜修"),形态美好("姱",读kuā,美好的样子),一点也不丑陋。

　　第二章开头六句,再次唱起了橘树"深固难徙"的主旋律。但这六句在作"序曲"第二次咏叹时显然有所"变奏":对橘的吟咏,显然已经把橘人格化了,为后面颂扬有橘的品格的人做铺垫。在这变奏中,诗人说:可嗟可叹的是,他从小就立下了与旁人不一样的志向("嗟尔幼志,有以异兮");他如此年幼,就能如此独立,如此坚定不移地立足于本土("独立不迁"),岂不是难能可贵、可喜可贺的品质吗("岂不可喜兮")?他"深固难徙",正是因为他胸怀开阔,无欲无求啊("廓其无求兮")。

　　六句起兴之后的十四句,是对橘之人格化美德的描画与赞颂。"苏世独立,横而不流兮。闭心自慎,不终失过兮",是说橘在浊水横流的人世间坚守独立,洁身自守。"苏世独立",就是"举世皆浊我独清,众人皆醉我独醒"(《渔父》中屈原语),是在浑浑噩噩的人世间,始终保持苏醒的状态,保持立身处世的原则;"横而不流",是说立身处世的坚定,就像中流砥柱屹立于凶涛恶浪的江流中而毫不动摇。"闭心自慎,不终失过兮",是说洁身自守,使自己与浊世陋习隔绝,静下心来("闭心"),谨慎自己的言行("自慎"),所以自始至终都不会有过失("不终失过兮")。接着,"秉德无私,参天地兮"两句,是说能坚守("秉")无私的品德,始终都是个顶天立地的人("参天地兮")。"愿岁并谢,与长友兮"——如此的橘树(其实是有橘树的好品格的人),我是愿意("愿")与他共度岁月("岁"),直至终老("谢",凋谢,死亡),是愿意与他一生一世做朋友的。看来诗人已忘了自己的叙述者身份,插话写出自己的愿望来了。

　　最后六句,是对橘树做总结性的赞美,并说出以橘为师的心声。"淑离不淫,梗其有理兮"("淑",善良;"离",美丽;"淫",放荡;"梗",正直;"理",规矩),是对橘树外丽内秀的赞美。而

"年岁虽少，可师长兮。行比伯夷，置以为像兮"，是诗人表示以橘为师、以橘为榜样（"像"）的心声。

史家评论称，这是中国最早的咏物诗。诗家认为，屈原咏橘，实为咏人；屈原咏橘，其实是在表白自己。橘与屈原，是合二为一的。

## 离 骚（节选）

驷玉虬以乘鹥兮，溘埃风余上征。
朝发轫于苍梧兮，夕余至乎县圃。
欲少留此灵琐兮，日忽忽其将暮。
吾令羲和弭节兮，望崦嵫而匆迫。
路曼曼其修远兮，吾将上下而求索。
饮余马于咸池兮，总余辔乎扶桑。
折若木以拂日兮，聊逍遥以相羊。
前望舒使先驱兮，后飞廉使奔属。
鸾皇为余先戒兮，雷师告余以未具。
吾令凤鸟飞腾兮，继之以日夜。
飘风屯其相离兮，帅云霓而来御。
纷总总其离合兮，斑陆离其上下。
吾令帝阍开关兮，倚阊阖而望予。

在选录的这章中，我们可看到屈原那想象力丰富的浪漫主义特点。

选章的中心句是"吾将上下而求索"，可以视作这个选段的中心思想。闻一多认为，这是屈原为寻找自己心中向往的美人，不惜在万里长空中到处翱翔，到处"求索"的幻想。但我们从屈原一生追寻正道的人生轨迹看，应该把选章中描写的上下求索，看作是他对人生理想与真理的追寻。

"驷玉虬以乘鹥兮,溘埃风余上征。"——我("余")驾驭着四条白色玉龙拉着的天车,在一群五彩神鸟的簇拥下("虬",读qiú,龙。"鹥",读yī,一种神鸟),趁着卷起阵阵尘土的大风,呼的一声,就向天空出发了("溘",读kè,突然之意;"埃风",大风;"上征",出发)。

"朝发轫于苍梧兮,夕余至乎县圃。"——早晨,我在南方的苍梧发轫(发车时将抵住车轮的木头撤去,叫发轫),傍晚我就来到了北方昆仑山那悬在半山中的空中花圃("县",同"悬")歇脚了。

"欲少留此灵琐兮,日忽忽其将暮。"——很想在这个神仙聚集的泽圃("灵琐",仙人聚会的草泽。"琐","薮"字之借代,指草泽,也就是上句所说的"县圃")多待一会儿啊,但是,太阳光闪闪忽忽的,快要下山了,我还是继续赶路吧!

"吾令羲和弭节兮,望崦嵫而匆迫。"——我恳求羲和把太阳车赶慢些(羲和:神话中每天为太阳驾车的神人,在诗人的梦幻中,他的玉龙车是跟着羲和的太阳车前行的。"弭节",减慢速度),好给我多点时间,但他不听我的,还是继续往崦嵫山("崦嵫",读yānzī,神话中山名,日入之处)急匆匆赶过去。

"路曼曼其修远兮,吾将上下而求索。"——长路漫漫,道途修长啊!但为了找到我心之向往,我就算是上天入地,也一定要找到底的!

"饮余马于咸池兮,总余辔乎扶桑。"——我紧跟着羲和的太阳车往前赶,羲和服侍太阳在咸池洗澡时,我也让我的玉龙马在咸池饮水;然后把玉龙马的缰绳绾结在一起("总余辔"。"辔",读pèi,缰绳),系在扶桑木(长在东方日出处的树)上。明天,太阳在咸池升起,羲和载卜太阳继续赶路时,我又可以借着早晨的阳光继续上路了。

"折若木以拂日兮,聊逍遥以相羊。"——赶了一天的路,羲和的太阳车,又在昆仑最西面的若木树下歇息了。落日不那么炽热了,但我还是把若木树(神话中长在日入处的一种树)上的茎叶折下一枝来遮挡阳光（"拂"，遮蔽），好让自己能舒服地到处徜徉（"相羊"，徜徉，随意徘徊）。

"前望舒使先驱兮，后飞廉使奔属。"——我又上路了，现在是望舒在前面为我做先驱（望舒是神话中为月亮驾车的神人），而风神飞廉则跟在我后面奔跑，当我的随从（"属"，zhǔ，跟随）。

"鸾皇为余先戒兮，雷师告余以未具。吾令凤鸟飞腾兮，继之以日夜。"——凤凰鸟（"鸾皇"）飞在我的马车前面，它们是为我当前卫的，戒备着可能出现的一切；而司雷之神（"雷师"），早在我出发之前就为我检查出游的器具，事先告诉我有什么东西还没准备好。我们又启程了，我要凤凰鸟飞快些，夜以继日向天宫飞去。

"飘风屯其相离兮，帅云霓而来御。纷总总其离合兮，斑陆离其上下。"——天宫近了。飘荡的和风聚拢（"屯"，聚合。"离"，读lí，通"丽"，附丽、靠拢之意），在我那天车的周围，和风还携带云霓前来迎接我（"御"，读yà，通"迓"，迎接）。那些云霓啊，飘荡在我那天车的上上下下，一簇一团的（"纷总总"），忽聚忽散（"离合"），斑驳参差，绚丽多彩（"斑"，色彩驳杂的样子。"陆离"，参差）。

"吾令帝阍开关兮，倚阊阖而望予。"——我叫天帝的守门人（"帝阍"。"阍"，读hūn，守门人）为我打开门闩（"关"，门闩），他呢，却倚着天门（"阊阖"，读chānghé，天门）斜着眼睛望着我呢！

阅读这个选段，我们可以感到诗人"上下而求索"的执着。他由地上找到天上，不怕困难，不怕艰辛，目的就是要找到他心中的向往。他描写的这些梦幻般的情事，其实是想说出他那政治追求的执着，是他在现实的生活中极力寻求出路的心态的反映。

上天求索的幻想过程，经诗人如椽巨笔，描画得十分绚丽，令人有如仙人在天上遨游之感。但幻想终归是幻想，当他来到天宫的大门，被守门人待之以白眼时，我想，他该是又回到令他沮丧的现实中去了吧！

# 第三章　汉代诗歌

在"诗三百"和"楚辞"诗体的基础上，汉时的诗歌创作，进入了一个繁荣发展的时期。

首先是民间诗歌有了新的发展，出现了两种新形式的诗体，一是五言韵诗，一是利于演唱的间有长句或短句的杂言诗。这两种新出现的诗体，汉人都称之为"乐府诗"。

再者，是文人诗作也大有发展。虽然诗作署名的风气仍未盛行，但也有以集体笔名署名之作品出现，如《招隐士》。此外，如《古诗十九首》，以及收入《玉台新咏》的《孔雀东南飞（并序）》，虽未有署名，但都被认定是汉时文人的作品。

东汉末年的三国时期，出现了以曹操父子为代表的"建安风骨"的新诗风。曹操的《观沧海》《龟虽寿》《短歌行》，曹植的《七步诗》《泰山梁甫行》，都是"建安诗"中的名篇。

## 一、两汉乐府诗

"乐府诗"的得名，源于当时建立的一个叫"乐府"的音乐机构。史载，秦及汉初就已建立了"乐府"，但乐府真正运作起来是在汉武帝时。汉廷要求乐府官员到民间采风，回来后对采集来的民歌加以整理，配以音乐，在酒宴、典礼上演出。后来人们就把这些乐府官员搜集、整理、演唱的民歌叫作"乐府诗"，或称为"乐府歌辞"。

"乐府诗"多继承《诗经》的民歌传统，是佚名民歌手的创作。这些民歌,"感于哀乐,缘事而发",多反映社会底层劳动人民的生活状况,以及喜怒哀乐的思想感情,诗歌的涉及面相当广阔。这些两汉时期的乐府诗,从内容到主题,都反映了当时的文学作品一定的人民性。

## 长歌行

> 青青园中葵,朝露待日晞。
> 阳春布德泽,万物生光辉。
> 常恐秋节至,焜黄华叶衰。
> 百川东到海,何时复西归?
> 少壮不努力,老大徒伤悲。

这首乐府民歌的主旨是劝勉少年珍惜时光,勤奋努力。开头四句是对阳春三月大好春光的描写:花园里葵花青青("青青园中葵"),葵叶上的露珠正等待着朝阳的映照("朝露待日晞"),待太阳升起,葵叶在阳光映照下,将会闪闪发光。在那阳光普照的阳春三月,万物生长是最为旺盛生辉的("阳春布德泽,万物生光辉")。这四句虽写的是大自然的景象,但点出了阳春三月大好春光为人所喜爱的意思。这是传统的比兴手法的运用,先以春景起兴,以引出后面的话,为最后直言"少壮不努力,老大徒伤悲"的主旨做铺垫。

接着五、六句,承接上四句,说春光不能长久,枝叶不能常绿,花朵不能常开,秋天到来,绿叶会枯黄,鲜花会落地("常恐秋节至,焜黄华叶衰")。这是以秋来叶落作比,把珍惜春光的意思挑明了。

再接着七、八句,写江水东流的趋势:我们看见的河流,大都是东流到海的,有谁在什么时候见过河川的水会倒流向西呢("百川东到海,何时复西归")?——这也是作比,是以流水东向的趋势,说明时间不会倒流,岁月不会重来,以此呼应要珍惜春光、珍惜光阴的主题。

经过开头四句春光美好的起兴，经过五六句秋日叶落的铺垫、七八句江水东流不复回的打比方，诗歌的主旨已经呼之欲出了，于是到了最后两句，"少壮不努力，老大徒伤悲"的主题就直接呼唤而出了。

整首诗用的是比兴手法。前四句以春景起兴，再四句是两度作比，最后才带出主旨。这种古代民歌常见的比兴手法，是由《诗经》开头的，汉代乐府诗多继承这种手法。正是比兴手法的运用，这首诗的主旨，才有了既发人深省，又通俗易懂的特点。

## 江 南

江南可采莲，莲叶何田田。
鱼戏莲叶间：
鱼戏莲叶东，鱼戏莲叶西，
鱼戏莲叶南，鱼戏莲叶北。

朱自清的《荷塘月色》中，有"弥望的是田田的叶子"句，就是出自此诗的"莲叶何田田"。

这首乐府诗，题目是"江南"，是沿用《诗经》取题的方法，以诗歌开头二字为题；同时也是源于内容，这首诗描画的，正是一幅富于江南地方特色的风情画。

不用怀疑，这幅"采莲图"的主角，当是一群采莲女。然而事实上，这首诗歌中，采莲女并没有出现。只有富于想象力的读者，才可以在诗歌的字里行间，听出采莲女在田田荷叶中的欢声笑语。

我们只要仔细体味整首诗，就可发现，采莲女正活跃在田田荷叶之间。采莲女拨开撩挠脸面的荷叶和荷花，操艇穿行，满眼都是"莲叶何田田"——这是广角镜描写；而"鱼戏莲叶间"则是采莲女低头所见——这是近镜头描写。"鱼戏莲叶东，鱼戏莲叶西，鱼戏莲叶南，鱼戏莲叶北",则让我们想到,在这里采莲的不只是一个采莲女,而是一群,她们遍布荷湖的东南西北,正在互相欢快地叫喊着、呼应着:"我东边这儿有鱼!""我西边这儿有鱼!""我南边这儿也有鱼!"……

但这些采莲女的活动,都没有在诗歌的字里行间出现,而是"意在言外"的。然而,这并不妨碍这首诗作为一幅"采莲图"出现在我们的面前。这幅采莲图,由于有美丽的荷湖景色的描画,又有了"意在言外"的人物活动的参与,就更显得多姿多彩了。

## 陌上桑

日出东南隅,照我秦氏楼。秦氏有好女,自名为罗敷。

罗敷善蚕桑,采桑城南隅。青丝为笼系,桂枝为笼钩。头上倭堕髻,耳中明月珠。缃绮为下裙,紫绮为上襦。行者见罗敷,下担捋髭须。少年见罗敷,脱帽著帩头。耕者忘其犁,锄者忘其锄。来归相怨怒,但坐观罗敷。

使君从南来,五马立踟蹰。使君遣吏往,问是谁家姝。

"秦氏有好女,自名为罗敷。"

"罗敷年几何?"

"二十尚不足,十五颇有余。"

使君谢罗敷:"宁可共载不?"

罗敷前致辞:"使君一何愚!使君自有妇,罗敷自有夫!"

"东方千余骑,夫婿居上头。何用识夫婿?白马从骊驹,青丝系马尾,黄金络马头;腰中鹿卢剑,可值千万余。十五府小吏,二十朝大夫,三十侍中郎,四十专城居。为人洁白晰,鬑鬑颇有须。盈盈公府步,冉冉府中趋。坐中数千人,皆言夫婿殊。"

这是汉乐府收录的一首五言诗。五言诗是乐府诗中最为常见、流行时间也最长的一种诗歌形式。这首记叙诗记叙了一个美丽的故事。

诗歌头四句,罗敷的出场就十分引人注目:黎明日出,红光普照,"秦氏楼"被映照得光彩夺目("日出东南隅,照我秦氏楼")。这是背景画面。就在这美轮美奂的背景映衬下,民歌手让主角"好女"登场,就像传统剧曲那样,自报姓名:"秦氏有好女,自名为罗敷。"如此亮相,无疑会给读者留下深刻的印象。这四句,可以说是故事的引子。

从"罗敷善蚕桑"开始,是这首叙事诗的主体。这个主体故事,又可分为上、下两部分。从"罗敷善蚕桑"到"但坐观罗敷"是上部。故事一开始,民歌手就向读者展现了在桑林劳作的秦家"好女"罗敷的美好形象。一是以罗敷用的采桑工具之美来映衬她的美:那装采来的桑叶的篓子("笼"),是用墨绿色的丝绳("青丝")系(jì)着的;而那挑在肩上能钩住篓子的"笼钩",是用带有桂花香气的桂树枝丫削成的——这是对劳动工具做了艺术美的加工,有如舞台上跳"劳动舞"的工人拿的锤子、农民拿的镰刀,都比现实的好看,甚至会缠上红绸以装饰一样,是艺术表达的需要。二是写她装扮与服饰之美:头上的发髻偏在一边,呈浪漫的垂落状("头上倭堕髻"。"髻",读jì);耳环上面镶着明珠("耳中明月珠");裙子是用有花纹的浅黄色的丝织品制成的("缃绮为下裙"。"缃",浅黄色;"绮",读qǐ,有花纹有图案的丝织品);上身的短袄是用紫色的绫罗制造的("紫绮为上襦"。"襦",读rú)。这是主角登台亮相的延续,给人留下了美的印象。接着八句,民歌手写出了在"陌上"经过或劳作的人,如何倾慕罗敷的美貌:"行者见罗敷,下担捋髭须",是说挑担经过这里的老者看见罗敷,特意放下担子,多看几眼,"捋髭须"是描写老者对罗敷的美貌赞赏有加的神态;"少年见罗敷,脱帽著帩头",说的是青年后生看见美丽端庄的罗敷,禁不住脱下帽子,整理自己头上束发的头巾("帩头"),希望能给罗敷一个好印象;"耕者忘其犁",是说正在赶牛犁田的农夫看见"好女"来了,忘记赶牛驱犁,停下来望她;"锄者忘其锄",是说"锄者"正在锄地,看见她来了,也停下来看她。"来归相怨怒,但坐观罗敷",是说上面提到的"行者""少年""耕者"与"锄者",回过头来时("来归")就互相埋怨:看,我们为了看"好女",乃至把劳作都耽误了。——以上虽然没文字具体提到罗敷容貌如何姣好,但这些人看罗敷时的神态,也是对罗敷美丽容貌的间接肯定。

故事下部,从"使君"在"陌上"出现开始,直到罗敷奚落"使君",令他在罗敷面前败下阵来才结束。

使君从南而至("使君从南来"),坐着五匹马拉的车驾来到"陌上"。看见采桑女时,连拉车的五匹马也放慢了脚步,为她的美丽而诧异,而徘徊("五马立踟蹰")。他于是派人上前问讯("使君遣吏往"):这美丽的女子,究竟是谁家的姑娘("问是谁家姝"。"姝",读shū,美女)。探者回来说,这美女是秦家的,名叫罗敷("秦氏有好女,自名为罗敷")。使君再问探者:"罗敷年几何?"探者回答:"二十尚不足,十五颇有余。"——"使君"为罗敷所动而问讯,也是间接说出了罗敷容貌之姣好。接着使君开始进一步行动了,要求共载而归,充分暴露了其调戏妇女的丑恶行径。

接着是罗敷面对使君道貌岸然的调戏所做出的尖锐反击。"使君一何愚!使君自有妇,罗敷自有夫!"这三句,罗敷就直斥使君的言语行为有违人伦道德,这就让自己站上了道德高地,戳穿了使君在人格方面的肮脏与污秽。接着是罗敷炫耀地说出夫君的英俊与威风,把使君的气焰压下去。诗歌中,罗敷对夫君形象的描述,用的是烘托的手法。从"东方千余骑,夫婿居上头。何用识夫婿?白马从骊驹,青丝系马尾,黄金络马头;腰中鹿卢剑,可值千万余"这一段描画中,我们可以看到,一位青年将军,在"千余骑"马队的簇拥下出现。为了让这青年男子形象更英俊醒目,采桑女把他所骑的马、所佩的剑,都做了不同凡响的描画：马是"白马"，而随从的马，以及"千余骑"马队的马，只是"骊驹"——小黑马；而且青年将军骑的马，是"青丝系马尾，黄金络马头"；佩剑，也是"可值千万"的"鹿卢剑"（历代秦王用的剑）。再者，如此之马阵与坐骑，与使君那"踟蹰"的"五马"车驾相比，不也杀了他的威风吗？"十五府小吏，二十朝大夫，三十侍中郎，四十专城居"几句，是采桑女夸自己"夫君"的才华。他在短短二十五年间，不断得到升擢，由地方小吏成为镇守一方的干将，说明了他才华的出众。这样的才华，自然就把只是"知县"或"太守"的使君比下去了。再接着，是采桑女夸赞"夫君"的容貌、仪态与举止。"为人洁白晰，鬑鬑颇有须"是说夫君容貌的英俊；"盈盈公府步，冉冉府中趋"是说他举止仪态的大度得体；"坐中数千人，皆言夫婿殊"则是借众人之口做总结，道出"夫君"的出人头地。——经过如此一番抢白，我们可以想象，使君是如何威风扫地，败下阵去了。

我们读采桑女抢白使君的一段话，应从中感受她话锋的凌厉，以及她嘲弄使君的大快人心。这段话，使我们看到了采桑女的泼辣、聪明，以及不惧恶势力，勇敢应对的性格特点。有人说，这段正是这首诗的糟粕所在，暴露出一个贵妇人在以势压人。笔者认为，读者对罗敷说的话不必过于较真，也可认为，这是采桑女在使君面前故意编的。但从这段话的效果来看，能打击这个使君的气焰就够了。

# 战城南

战城南，死郭北，野死不葬乌可食。
为我谓乌：且为客豪！
野死谅不葬，腐肉安能去子逃？
水深激激，蒲苇冥冥；
枭骑战斗死，驽马徘徊鸣。

> 梁筑室,何以南?何以北?
> 禾黍不获君何食?愿为忠臣安可得?
> 思子良臣,良臣诚可思:
> 朝行出攻,暮不夜归!

这是一首民歌手为在战场上阵亡的壮士而作的悼亡歌。在一场大战之后,作者来到已经寂静下来的、曾经激战的战场,满怀哀伤凭吊那些战死的亡灵,唱出了一曲悲壮的悼亡歌。

开头三句"战城南,死郭北,野死不葬乌可食",回顾了阵亡者战死沙场,被弃尸荒野的经过。我们可以想象一下,城南、郭北、战争过后,到处横七竖八躺满了尸体,成群的乌鸦"呀呀"叫着,争啄着这些无人掩埋的阵亡壮士。面对这样的惨状,谁都不能不惊心动魄。

"为我谓乌:且为客豪!野死谅不葬,腐肉安能去子逃"四句,是民歌手想象中的场景:被弃尸原野的壮士,对啄食他们尸体的鸟雀请求:乌鸦呀,苍鹰啊,你们在啄食我们尸骨之前,先为我们这些惨死的战士恸哭吧("豪"当同"嚎",是大声哭叫。"且为客豪",是诗人请求乌鸦为战死的战士大声号哭)!你们不必着急啊,那些腐烂的肉体,难道还能逃离被你们啄食的命运吗?

"水深激激,蒲苇冥冥"两句,是对战后沙场的大环境的景物描写,进一步渲染战场荒凉凄惨的气氛:河水流淌声激激,蒲苇也被寒风吹得瑟瑟作响,似乎在向人们哭诉着战争带来的灾难。"枭骑战斗死,驽马徘徊鸣"句,则是沙场大环境中的特写镜头:骁悍勇猛的骑士("枭骑")已经战死;已经受伤了的、忠实于他的坐骑("驽马")还恋恋不舍地在骑士尸体周围徘徊,长嘶悲鸣,不肯离去。如此大环境描写与特写镜头的描写相互呼应,颇具匠心地叙说出战后沙场景象。这两幅景象,是诗人精心挑选的典型画面,其中寄托着诗人深沉的感情。

"梁筑室,何以南?何以北?禾黍不获君何食?愿为忠臣安可得?"民歌手从战场回到城南郭北,看到战后城郭间留下的残存的营垒工事("室"),这些残存的工事就建在平民平日往来的桥梁间("梁筑室")。看见这些工事,民歌手不禁想到了这场战争失败的原因,于是不由得向当事者提出了严厉的质问,追究起战争失败的责任来了:一问"梁筑室,何以南?何以北?"——在通衢的交通桥梁上筑起了工事,军民又怎能南来北往,出去耕种,出去打仗呢?二问"禾黍不获君何食?"——交通断绝,老百姓没有禾黍收获,你这当官的又怎能吃饱肚子呢?三问"愿为忠臣安可得?"——将士们饥乏无力,就算他们愿意为忠臣,又怎有能力去打仗,去坚守阵地呢?如此三问,把当事者的昏庸的本质暴露了出来,也把战争失败的根源找出来了。

最后四句,诗人抒发了对死难将士的哀悼之情。"思子良臣,良臣诚可思"句意思是:怀念战死疆场的良臣啊!他们实在令人怀念!"子"和"良臣"是同位语,指那些牺牲了的将士。诗人饱含感情,用一个"诚"字("诚",确实),倾吐了自己内心的真切怀念。"朝行出攻,暮不夜归"句是说:早晨发起攻击时,个个都还是那样生龙活虎,怎么到了夜晚,却见不到你归来的身影呢?语句是极其沉痛的。结尾两句同开头勇士战死遥相呼应,使全诗充溢了浓重的悲恸气氛。

## 十五从军征

十五从军征,八十始得归。
道逢乡里人:"家中有阿谁?"
"遥看是君家,松柏冢累累。"
兔从狗窦入,雉从梁上飞。
中庭生旅谷,井上生旅葵。
舂谷持作饭,采葵持作羹。
羹饭一时熟,不知贻阿谁。

**出门东向看，泪落沾我衣。**

　　这一首歌行体叙事诗，是一个征夫归家途中之吟唱，叙述他过了六十五年的征夫生活后才能回归故里的苦况。

　　诗歌以归家之前的六十五年经历开头。虽然只有"十五从军征，八十始得归"十字，但已可令人感到征夫经历之苦：十五离家，八十得归，可见服役之长；至于六十五年征夫生涯中苦况如何，诗中没说，但其中那个"始"字，是带情绪的字眼，既可见征夫对超长服役的怨恨，也可见其对终于得以脱离苦海的庆幸，这六十五年的苦况，也就尽在不言中了。这六十五年经历在本诗中不是重点，却非交代不可；否则，后面归家之后情况的叙述就成了无缘之木了。

　　六十五年之后回家，最为迫切的，当然是想知道家人的状况了。所以，他在路上就向乡人打听（"道逢乡里人：'家中有阿谁？'"）。他不提名道姓，看来是心里没底，只能抱着侥幸之心如此发问。而"乡里人"的回答则是闪烁其词："遥看是君家，松柏冢累累。"——前面有松柏、有墓冢的地方，就是您老的家了！婉转的回答，看来是不想伤老人的心，但也让老人知道了现实：家已破了，人也亡了。

　　接着是写老征夫这个旧日庭院的荒凉："兔从狗窦入，雉从梁上飞。中庭生旅谷，井上生旅葵。"——野兔从过去狗出入的窟窿走了进来，野鸡也在老屋的残垣败瓦与倾倒的梁中惊飞而起；老屋前面的庭院长出了"旅谷"（野谷被风吹起，随处落地，长出谷穗来，所以叫"旅谷"），旧日的井台边，长出了"旅葵"（野生的野葵菜，由于种子也是大风吹来的，所以叫"旅葵"）。——这已是个荒凉、颓败的庭院，看来不知什么时候就是如此一个没人烟的破宅了。站在如此颓败的故园中，叫他如何不伤悲呢？

　　"舂谷持作饭，采葵持作羹。羹饭一时熟，不知贻阿谁"四句，说他回到这个不成家的"家"做的第一顿"饭"。——做饭的米，是用

"中庭"所生的旅谷舂成的；所吃的羹，是采"井上"所生的旅葵煮成的。煮好饭、煮好羹，按惯例，理应是给在田头垄上劳作的家人送去；但是，家已破，人已亡，这顿饭，又该给谁送去呢？

诗歌最后"出门东向看，泪落沾我衣"两句，以征夫走出门外茫然张望作结。此情此景，悲伤再也无法抑制，泪水终于情不自禁地迸发出来了。"泪落沾我衣"，这是征夫情感的最激烈的迸发！

## 饮马长城窟行

青青河畔草，绵绵思远道。
远道不可思，夙昔梦见之。
梦见在我傍，忽觉在他乡。
他乡各异县，展转不相见。
枯桑知天风，海水知天寒。
入门各自媚，谁肯相为言？
客从远方来，遗我双鲤鱼。
呼儿烹鲤鱼，中有尺素书。
长跪读素书，书中意何如？
上言加餐食，下言长相忆。

这是东汉时一首乐府诗，收录在《乐府诗集》中。是一首借一妇人之口，以第一人称抒写的怀念远戍边疆的丈夫的诗歌。

诗歌开头八句，写妇人孤独地留守家中，思念远戍边疆之丈夫。开头两句以景起兴：是"青青河畔草"的眼前景色，引起了妇人"绵绵思远道"之情。有了如此的"触景生情"，下面六句说她"远道不可思，夙昔梦见之"（丈夫远在连想象也想象不到的"远道"，她唯有在过往的一个又一个长夜中与丈夫梦中相见）；说她梦中看见丈夫就在自己身旁("梦见在我傍"),梦过才醒觉他还在他乡("忽觉在他乡");说她醒来后勾起对身在"他乡"、居无定所("各异县")、"展转"各地不能相见的丈夫的思念,也就顺理成章了。

"枯桑知天风"开始的十二句,是诗的第二节,叙述邻居有人从远道归来,给她带来丈夫因边疆战事的持续,依然不能归家的音信。"枯桑知天风,海水知天寒"是又一次以景起兴:桑叶飘落,是寒秋就要来到的征兆;而在大海中,海水变冷,也预兆这寒秋的到来。以气候变冷起兴,下接家里人想念远方挨冷受冻的亲人,希望能从回归的邻居那里得到夫君的消息,这样过渡就很自然了。接着就写邻居回归,带回书信的情景。"入门各自媚,谁肯相为言",前句写一户邻居亲人从远方回来,邻居喜出望外,相互亲热("媚");后句则描述留守妇人不敢贸然向邻居询问亲人消息。她既盼望知道讯息,又害怕听到坏消息,心情是忐忑的。接着,"客从远方来,遗我双鲤鱼",是写妇人终于从邻居那里收到了丈夫的家书。接着写她和儿子打开鱼形木盒取书与读信的情景(假鱼本不能煮,为了生动故意将打开书函说成烹鱼)。"长跪读素书",还写出了妇人读信时的情状:本来在座席上坐着读信的,但读着读着,就转为"长跪"的姿态了,可见她神情是如何急切了。至于最后三句"书中意何如?上言加餐食,下言长相忆",是写信的内容。信中只有寥寥几字,"上言"是"努力加餐饭,保重好身体","下言"是以"等待着相见的日子"的意思共勉。诗歌对女子读信的描写只有十二字,但我们从这十二字中,已可感受到她长跪读信时那时而迫切、时而失望的心情了。

## 二、两汉的文人诗作

汉朝流传于世的诗歌,多是民歌,一些传说是文人诗的,其实也很难确定是某人所作。如有署名,也往往是一集体笔名。如《招隐士》,署名为"淮南小山",就是西汉淮南王刘安属下门客的集体笔名。

这一单元还收有《古诗十九首》中三首东汉时期的五言古诗:《涉江采芙蓉》《迢迢牵牛星》和《行行重行行》。《古诗十九首》,是南朝梁代昭明公子萧统把东汉时佚名文人写的五言古体诗共十九首收集起来集为诗集的。同样,选入本单元的著名叙事诗《孔雀东南飞(并序)》,也该是一首文人诗,但收入《玉台新咏》时也没有把作者的名字记录下来。

## 招隐士
[西汉]淮南小山

桂树丛生兮山之幽,偃蹇连蜷兮枝相缭。
山气巃嵸兮石嵯峨,溪谷崭岩兮水曾波。
猿狖群啸兮虎豹嗥,攀援桂枝兮聊淹留。
王孙游兮不归,春草生兮萋萋。
岁暮兮不自聊,蟪蛄鸣兮啾啾。

坱兮轧,山曲㟮,心淹留兮恫慌忽。
罔兮沕,憭兮栗,虎豹穴,
丛薄深林兮人上栗。
嵚岑碕礒兮碅磳磈硊,树轮相纠兮林木茷骫。
青莎杂树兮薠草靃靡,白鹿麏麚兮或腾或倚。
状㒸虎兮峨峨,凄凄兮漇㵀。

> 猕猴兮熊罴，慕类兮以悲。
> 攀援桂枝兮聊淹留，虎豹斗兮熊罴咆，
> 禽兽骇兮亡其曹。
> 王孙兮归来！山中兮不可以久留。

这是西汉时淮南王刘安的门客写的一首诗。刘安是刘邦的孙子，继承父亲刘长（刘邦的第七子）的封号而称淮南王。他好诗文，本人就是写诗撰文的高手，他奉帝命编撰《离骚传》，对屈原《离骚》做了最早的诠释，是历史上对屈原做出高评价的第一人。他本人喜爱"离骚体"，他的门客也仿作"离骚体"。这首诗，就是他的门客写的一首"骚诗"。因这首诗属离骚体，所以东汉王逸在编撰《楚辞章句》时，把这首西汉时的骚体诗也编到书中去了。这首诗名为《招隐士》，当是门客为刘安召唤那些退隐山林的"隐士"归来投他门下而作。

从首句至"蟪蛄鸣兮啾啾"是这首诗的第一章。开头六句是诗歌的主角"隐士"的亮相。先五句写深山老林的险恶环境："桂树丛生兮山之幽，偃蹇连蜷兮枝相缭"。满山谷生长的，是高大的乔木桂树。这里的桂树，盘根错节，枝条弯曲缠绕如麻（"偃蹇"，yǎnjiǎn，弯曲的样子；"连蜷"，杂乱缠绕的样子），给山谷形成个幽深阴暗的景象。接着"山气巃嵸兮石嵯峨，溪谷崭岩兮水曾波"两句中，前句"巃嵸"（lóngsǒng）二字，是描写云气弥漫的样子，那弥漫四野、凝聚不散的山岚雾霭，把幽山中的嵯峨怪石都笼罩起来了；后句写溪谷中的流水越过突兀的"崭岩"，一层层地踏级向下奔流（"水曾波"）。接着诗人又在这雾霭弥漫、溪流潺潺的幽山密林中添上了猿狖虎豹啸嗥的声音（"猿狖群啸兮虎豹嗥"。"狖"，读yòu，一种长尾猿），就更使得这深山显得阴森可怖了。以上五句，是"隐士"出场的背景，为第六句"隐士"以"攀援桂枝兮聊淹留"的姿态登场做了铺垫。"隐士"是为了躲避野兽的袭击，才不得不"攀援桂枝"，姑且（"聊"）"淹留"

于高树之上的。——"隐士"如此登场并不光彩,但如此描写为后面"招隐士"归来提出了必要的理由。

接着"王孙游兮不归,春草生兮萋萋。岁暮兮不自聊,蟪蛄鸣兮啾啾"四句,是写"隐士"(这里以"王孙"代指"隐士")长期"淹留"的山居生活:他们在山里游走,从"春草萋萋"的春天,淹留到"蟪蛄"(读huìgū,夏蝉)"鸣啾啾"的夏天,再淹留到"岁暮"的冬天,一年到头就是这样淹留幽山,过着无聊的岁月。——这是继写"隐士"在险恶的深山老林中隐居之后,写他们在深山中"淹留"的孤独寂寞的生活情状。

"从块兮轧,山曲弗"到全诗末句,是第二章。"块兮轧,山曲弗",形容山景的广博雄伟:山间尘埃("块",yǎng,尘埃)积聚,形成浓厚广博的云气("轧",gá,拥挤、积聚的样子);而云气之上,则是迂回曲折、高低起伏("弗",fú,山岭高低起伏的样子)的山岭。诗人以如此之山景描画作起兴,引出下面一句"心淹留兮恫慌忽"对"隐士"在山中心境的推测:他们虽有心淹留,但内心却免不了"恫慌忽"。随后"罔兮沕,憭兮栗,虎豹穴"九字句,是对他们如何"恫慌忽"做具体的描画:他们失魂落魄("罔沕",失魂落魄的样子;"沕",wù),心惊胆战("憭栗",哀怆、恐惧的样子;"憭",liáo,哀怆、凄凉),看见虎豹在奔突(闻一多认为,"穴"应是野兽奔突的"突",因印刷活字之损坏而成"穴"字),他们唯有"丛薄深林兮人上栗",在深山老林中"攀援桂枝",在树上"憭栗"发抖了。

再接着九句,再写深山老林中万物的情状。"嶔岑碕礒兮碅磳魁硊"写石:满山石头,或高峻,或突兀,奇形怪状("嶔岑",qīncén;"碕礒",qíyǐ;"碅磳",jūnzēng;"魁硊",kuíguì。都是指山石形状怪异奇特)。"树轮相纠兮林木茷骫"写树:一棵棵粗圆的古树("树轮")枝藤相互缠绕("相纠");林间草叶茂盛

("茇"，fá，草叶茂盛状），树枝盘根错节，扭曲弯曲（"骫"，wěi，像长歪了的骨头那样弯曲）。"青莎杂树兮薠草靃靡"是写草：青莎草杂生在林木之间，柔弱的薠草，也在林间随风披拂（"靃靡"，huòmí，细弱的山草随风披拂的样子）。接下来五句，则写林中的野兽。"白鹿麏䴢兮或腾或倚，状皃崟崟兮峨峨，凄凄兮漇漇"写鹿：各种各样的麋鹿（"白鹿麏䴢"，泛指各种各样的鹿类动物。"白鹿"，古时以为是一种神鹿；"麏䴢"，jūnjiā，两种雄性麋鹿），有的奔腾，有的互相抵倚休息；它们昂首挺角的状貌（"状皃"），是如此高耸（"崟崟"，yīnyīn，高耸貌），犹如巍峨（"峨峨"）的山尖；它们的皮毛像是被水沾湿了（"凄凄"，沾湿的样子），显得湿润亮泽（"漇漇"，xǐcóng，润泽的样子）。"猕猴兮熊罴，慕类兮以悲"则写猕猴与熊、罴（"罴"，pí，棕熊）：它们召唤同类（"慕类"。"慕"，用如"募集"的"募"）的声音，有如悲哀的哭啼。如此对深山老林中万物情状进行描写，都是为了引出"禽兽骇兮亡其曹"的警示：连禽兽也会害怕，乃至丢弃族类，逃离险境。

最后两句"王孙兮归来，山中兮不可以久留"，是诗人以深山老林中处处阴森恐怖、处处危机重重为由，劝说隐士们快快做出尽早归来的决定。

## 涉江采芙蓉

涉江采芙蓉，兰泽多芳草。
采之欲遗谁，所思在远道。
还顾望旧乡，长路漫浩浩。
同心而离居，忧伤以终老。

这是《古诗十九首》中的第六首。后世以其首句为题。

这首诗共八句，写的是男欢女爱、分离而思的事情。

开头四句，采莲女唱道："涉水过江到对岸去采莲花（涉江，徒步涉水过江；'芙蓉'，莲花的另一叫法）啊，兰泽湖边有许多芬芳的香草（'兰泽'，湖名）。我采来芙蓉花送给谁呢（'遗'，赠送）？我所思念的人还在远方的道路上徘徊呢（'所思'，所思念的人）！"——这是以眼前看见的景物（兰泽湖上的芙蓉、兰泽湖岸上的芳草）起兴，唱出对远方情人的思念。

后面四句，则是她"远道"上的情人的对唱。用的也是"兴"的方法。开头两句"还顾望旧乡，长路漫浩浩"，唱出了他在"远道"之所见：回过头去，想再望一眼故乡的模样，但故乡是如此遥远，看到的只是长路漫漫，迷迷茫茫啊（"还顾"，回头看；"浩浩"，迷茫、渺茫之意）！而"同心而离居，忧伤以终老"，则是眼见"长路漫浩浩"而引起的回乡无望的哀叹：他对远方的情人诉说自己与她是心连心（"同心"）的，但现在却不能生活在一起，这种"同心而离居"的状况是多么令人"忧伤"啊！但是，"长路漫浩浩"是不能逾越的障碍，看来我们是得"忧伤以终老"了！

事实上，这样的情男爱女之间的情歌对唱，在"长路漫浩浩"的阻隔面前，是不可能出现的。但是在诗人的幻想世界里，这样的隔江对唱，乃至隔山相望的男女情思，却是十分自然、充满美丽憧憬的爱情境界。

## 迢迢牵牛星

迢迢牵牛星，皎皎河汉女。
纤纤擢素手，札札弄机杼。
终日不成章，泣涕零如雨。

> 河汉清且浅，相去复几许？
> 盈盈一水间，脉脉不得语。

开头两句，介绍了故事的主人公——牛郎与织女，也即诗中所写的"迢迢牵牛星"和"皎皎河汉女"。天上银河系中，确是有"牵牛星"的，因为他在银河的对面，在织女看来，就是在迢迢的远方了。而织女因为住在银河边，按人间习惯，把河流说成是"河汉"，所以称她为"河汉女"。

中间四句是专就织女一方来写。说她虽然整天在织，却织不成匹，因为她心里悲伤不已。"纤纤擢素手（'纤纤'，纤细柔长的样子。'擢'，读zhuó，引、抽。'素'，洁白），札札弄机杼（'札札'，象声词，机织声。'弄'，摆弄。'杼'，读zhù，织布机上的梭子）"，意思是说，她伸出纤细柔长的、白嫩的手，去摆弄"札札"作响的织布机上的梭子。而"终日不成章（'章'，指布帛上的经纬纹理，这里指整幅的布帛），泣涕零如雨"则是说她在织布时因思念牛郎而抽泣流涕如雨下的情状，尽显夫妻河汉相隔不能朝夕相处带来的凄苦心情。

最后四句是诗人的慨叹：河汉虽然清浅，但织女与牵牛只能脉脉相视而不得语（"盈盈"的本意是满溢，这里也应是形容水的充盈。"脉脉"，可解释为相视貌）。

这首诗感情浓郁，真切动人。全诗以神话喻人，构思精巧。诗主要写织女，写牛郎只一句，且从织女角度写，十分巧妙。从织女织布"不成章"，到"泪如雨"，再到"不得语"，充分表现了分离的悲苦。诗歌对织女的描写很细腻，抓住了细节，如"纤纤擢素手""泣涕零如雨"。同时，"札札弄机杼"又是动态的描写。如此，人物就在这样的描写中跃然而出在读者面前了。

## 行行重行行

行行重行行,与君生别离。
相去万余里,各在天一涯。
道路阻且长,会面安可知?
胡马倚北风,越鸟巢南枝。
相去日已远,衣带日已缓。
浮云蔽白日,游子不顾返。
思君令人老,岁月忽已晚。
弃捐勿复道,努力加餐饭。

  元代陈绎曾《诗谱》中,对《古诗十九首》有"情真、景真、事真、意真"的评价。这首《行行重行行》,写一个留守家乡的妻子对离家远行的丈夫的思念。诗行中对当年送别情景的抒写,以及如今思念丈夫的情结的抒发,都显出其"情真、景真、事真、意真"的特点。

  全诗可分三章。开头六句为第一章,追忆当年送别夫君远行"相去万余里"的哀怨。开头两句,描画妇人送君千里那难舍难分的情景。"行行重行行",五字中四字连叠,加之中间以一"重(chóng)"字联结上下,令人感觉到送别路上他们步幅的迟缓,他们面前路途的漫长;而"与君生别离",又令人想到"送君千里,终须一别"的难舍难分。接着四句,当是临别时刻妻子说出的"伤别离"的话语:夫君你远走他方,那地方与家乡"相去万余里",我们从此就"各在天一涯"了,道路是这么艰难,又是这么遥远("道路阻且长"),要再见面也不知道是什么时候才能实现的事情了("会面安可知")!——如此送行情境的描写,给人以"景真""事真"的印象,妇人撕心裂肺的话语,也的确给人以"生别离"的"情真""意真"的感受。

  接着六句是第二章,写妇人后来对丈夫"相去日已远"的怀念与怨恨。"胡马倚北风,越鸟巢南枝"句以眼前景象比兴,引发出下面四句对夫君的想念与怨恨——"胡马"尚且会"倚北风","越鸟"尚且会"巢南枝",你怎么就不思念归家呢?"相去日已远,衣带日已缓",是诉说自己随着夫君离去的日子越长,相思之苦就越甚,以至人消瘦,腰间衣带一天比一天松弛了。"浮云蔽白日,游子不顾返"两句,是对迟迟不归的夫君的怨恨与猜疑:是不是他鬼迷心窍,为他乡女子所迷惑了?抑或是在他乡过得很快乐,以至忘记了故乡,忘记了当初的旦旦誓约?——这段相思至极而猜疑生恨的描写,更能反映妇人久望夫归而未得时的真实情思。

最后四句是第三章,是诗歌的结尾。虽然怨恨夫君不归,但她还是盼望夫君归来的。所以,在这结尾一章中,妇人继续抒发自己对丈夫的迫切思念,说自己"思君令人老,岁月忽已晚"——在那揪心的长久思念中,岁月流逝了,青春年华也逝去了。但只要夫君还有回还的希望,她还会等待下去的,所以她劝勉自己:"不要再去想他"之类的晦气话就不要再说("弃捐勿复道")了,还是"努力加餐饭",好好保养自己,等待夫君归来就好了!

## 孔雀东南飞(并序)

序曰:汉末建安中,庐江府小吏焦仲卿妻刘氏,为仲卿母所遣,自誓不嫁。其家逼之,乃投水而死。仲卿闻之,亦自缢于庭树。时人伤之,为诗云尔。

孔雀东南飞,五里一徘徊。
"十三能织素,十四学裁衣,十五弹箜篌,十六诵诗书。十七为君妇,心中常苦悲。君既为府吏(官府中的办事人员),守节(指妻子守妇道)情不移。贱妾留空房,相见常日稀。鸡鸣入机织,夜夜不得息。三日断五匹,大人故嫌迟。非为织作迟,君家妇难为!妾不堪驱使,徒留无所施(白白留下来也无用。施:用)。便可白公姥(偏义复词,专指'姥'),及时相遣归。"

府吏得闻之,堂上启阿母:"儿已薄禄相(命相不好,没有高官厚禄的命),幸复得此妇。结发同枕席,黄泉共为友。共事二三年,始尔未为久。女行无偏斜,何意致不厚(招致不满意)?"

阿母谓府吏:"何乃太区区(愚蠢笨拙)!此妇无礼节,举动自专由(一举一动全凭自己的心意)。吾意久怀忿,汝岂得自由!东家有贤女,自名秦罗敷。可怜(可爱)体(体态、姿态)无比,阿母为汝求。便可速遣之,遣去慎莫留!"府吏长跪告:"伏惟(用在说话开头表示尊敬,无深义)启阿母:今若遣此妇,终老不复取(取通'娶')!"

阿母得闻之,槌床(用拳头敲打坐具。床:一种坐具)便大怒:"小子无所畏,何敢助妇语!吾已失恩义,会(当然)不相从许!"

府吏默无声,再拜还入户(进房间)。举言谓新妇,哽咽不能语:"我自不驱卿,逼迫有阿母。卿但暂还家,吾今且报府(到衙门去办公)。不久当归还,还必相迎取。以此下心意(委屈自己),慎勿违吾语。"

新妇谓府吏:"勿复重纷纭(不要再给你增添麻烦了)!往昔初阳岁(初阳岁即冬至后立春前),谢家来贵门。奉事循公姥,进止敢自专?昼夜勤作息,伶俜(孤单的样子)萦苦辛。谓言无罪过,供养卒大恩;仍更被驱遣,何言复来还!妾有绣腰襦(读rú,齐腰短袄),葳蕤(读wēiruí,繁盛灿烂的样子)自生光;红罗复斗帐,四角垂香囊;箱帘(帘通'奁',箱子)

六七十,绿碧青丝绳,物物各自异,种种在其中。人贱物亦鄙,不足迎后人,留待作遗施(赠送、施与之物。遗读作wèi),于今无会因。时时为安慰,久久莫相忘!"

鸡鸣外欲曙,新妇起严妆。著我绣夹裙,事事四五通。足下蹑丝履,头上玳瑁光。腰若流纨素(像流水飘动似的白丝带),耳著明月珰(像明月般明亮的耳坠)。指如削葱根,口如含朱丹。纤纤作细步,精妙世无双。

上堂拜阿母,阿母怒不止。"昔作女儿时,生小出野里。本自无教训,兼愧贵家子。受母钱帛多,不堪母驱使。今日还家去,念母劳家里。"却与小姑别,泪落连珠子。"新妇初来时,小姑始扶床;今日被驱遣,小姑如我长。勤心养公姥,好自相扶将。初七及下九(七月初七与每个月的十九,是妇女欢聚的节日),嬉戏莫相忘。"出门登车去,涕落百余行。

府吏马在前,新妇车在后。隐隐何甸甸("隐隐""甸甸"皆指车行的声音),俱会大道口。下马入车中,低头共耳语:"誓不相隔卿,且暂还家去;吾今且赴府,不久当还归。誓天不相负!"

新妇谓府吏:"感君区区(此处区区指情意真挚)怀!君既若见录(对自己惦记着。见:用在动词前面,表示对自己怎么样),不久望君来。君当作磐石,妾当作蒲苇,蒲苇纫如丝,磐石无转移。我有亲父兄,性行暴如雷,恐不任我意,逆以煎我怀(想到将来,我心里像受到煎熬一样。逆:想到将来。以:助词,而如)。"举手长劳劳(举手告别,忧伤不已。长劳劳:忧伤不已的样子),二情同依依。

入门上家堂,进退无颜仪(无脸面见人)。阿母大拊掌(拍手,表示惊讶),不图子自归:"十三教汝织,十四能裁衣,十五弹箜篌,十六知礼仪,十七遣汝嫁,谓言无誓违(没什么过失。誓：疑为'愆'的错字，错失之意）。汝今何罪过，不迎而自归？"兰芝惭阿母："儿实无罪过。"阿母大悲摧。

还家十余日，县令遣媒来。云有第三郎，窈窕世无双。年始十八九，便言（很会说话）多令才（很好的才能）。

阿母谓阿女："汝可去应之。"

阿女含泪答："兰芝初还时，府吏见丁宁（对我叮咛，嘱咐我），结誓不别离。今日违情义，恐此事非奇（不宜）。自可断来信，徐徐更谓之（以后慢慢再说。徐徐：慢慢）。"阿母白媒人："贫贱有此女，始适（刚出嫁没多久）还家门。不堪吏人妇，岂合令郎君？幸可广问讯，不得便相许（答应）。"

媒人去数日，寻遣丞请还。说有兰家女，承籍有宦官。云有第五郎，娇逸未有婚。

遣丞为媒人，主簿通语言。直说太守家，有此令郎君，既欲结大义，故遣来贵门。阿母谢媒人："女子先有誓，老姥岂敢言！"

阿兄得闻之，怅然心中烦。举言谓阿妹："作计何不量！先嫁得府吏，后嫁得郎君，否泰如天地（坏运气与好运气，有如天地之别），足以荣汝身。不嫁义郎（好郎君）体，其往欲何云？"

兰芝仰头答："理实如兄言。谢家事夫婿，中道还兄门。处分适兄意（怎么处理，就完全照哥哥的主意吧。适：依照），那得自任专（哪能任由自己的主意呢）！虽与府吏要，渠会（与他相会。渠：他）永无缘。登即（立即）相许和，便可作婚姻。"

媒人下床去，诺诺复尔尔。还部白府君："下官奉使命，言谈大有缘。"府君得闻之，心中大欢喜。视历复开书，便利此月内，六合（指结婚的好日子）正相应。良吉三十日，今已二十七，卿可去成婚。交语速装束，络绎如浮云。青雀白鹄舫，四角龙子幡。婀娜随风转，金车玉作轮。踯躅青骢马（缓步行走的毛色青白相杂的马。踯躅读zhízhú），流苏金镂鞍。赍钱（赠送的钱币）三百万，皆用青丝穿。杂彩三百匹，交广市鲑珍（到交州和广州去采办山珍海味。交广：今广东、广西一带）。从人四五百，郁郁登郡门。

阿母谓阿女："适得府君书，明日来迎汝。何不作衣裳？莫令事不举！"

阿女默无声，手巾掩口啼，泪落便如泻。移我琉璃榻（装饰着琉璃的坐榻），出置前窗下。左手持刀尺，右手执绫罗。朝成绣夹裙，晚成单罗衫。晻晻日欲暝（天色阴沉沉的，快天黑了。晻晻：读yǎnyǎn，指天色昏暗），愁思出门啼。

府吏闻此变，因求假暂归。未至二三里，摧藏马悲哀（马的哀鸣，摧折心肝。藏：肝脏）。新妇识马声，蹑履（轻步上前）相逢迎。怅然遥相望，知是故人来。举手拍马鞍，嗟叹使心伤："自君别我后，人事不可量。果不如先愿，又非君所详。我有亲父母，逼迫兼弟兄。以我应他人，君还何所望（你回来还有什么指望呢）！"

府吏谓新妇："贺卿得高迁！磐石方且厚，可以卒千年；蒲苇一时纫，便作旦夕间。卿当日胜贵，吾独向黄泉！"

新妇谓府吏："何意出此言！同是被逼迫，君尔妾亦然（你这样我也这样）。黄泉下相见，勿违今日言！"执手分道去，各各还家门。生人作死别，恨恨那可论（心中愤恨哪里说得完）？念与世间辞，千万不复全（生命无论如何不能再保全了）！

府吏还家去，上堂拜阿母："今日大风寒，寒风摧树木，严霜结庭兰。儿今日冥冥，令母在后单。故作不良计（是我特意出此下策。不良计：指自杀），勿复怨鬼神！命如南山石，四体康且直（是对母亲祝愿的话语。直：腰板挺直，即身子骨硬朗）！"

阿母得闻之，零泪应声落："汝是大家子，仕宦于台阁（在官府任职）。慎勿为妇死，贵贱情何薄（你和她贵贱不同，你休弃她，何薄情之有）！东家有贤女，窈窕艳城郭，阿母为汝求，便复在旦夕。"

府吏再拜还，长叹空房中，作计乃尔立。转头向户里，渐见愁煎迫。

其日牛马嘶，新妇入青庐（进入青布搭成的帐篷。东汉时，有搭青布帐篷作举行婚礼的场所的习俗）。奄奄黄昏后，寂寂人定（人定即亥时，相当于现在的晚上9点到11点。这里指夜深人静的时候）初。

"我命绝今日，魂去尸长留！"揽裙脱丝履，举身赴清池。

府吏闻此事，心知长别离。徘徊庭树下，自挂东南枝。

两家求合葬，合葬华山（庐江境内的一座小山）傍。东西植松柏，左右种梧桐。枝枝相覆盖，叶叶相交通。中有双飞鸟，自名为鸳鸯。仰头相向鸣，夜夜达五更。行人驻足听，寡妇起彷徨（寡妇听见了，从床上起来，心中甚为不安）。多谢（多多告诉。谢：告诉）后世人，戒之慎勿忘！

这首五言乐府诗，是先唐文学中最长的叙事诗，与《木兰辞》共称"叙事诗双璧"。这首诗首次出现在南朝陈国徐陵（507—582）的《玉台新咏》中。诗文前有"序"，说及此乃东汉末年"时人伤之"而"为诗"。按此，作者当为汉末时人。但此诗不为记录汉时作品之经典所载，而是初现于南朝，所以也有南朝人写东汉事的可能。

"孔雀东南飞，五里一徘徊"，是这首长诗的开头两句，可自成一段。以失偶的孔雀徘徊起兴，引出下面的故事，给全诗留下了一个哀伤的氛围。

第一部分从"十三能织素"到"会不相从许",写焦仲卿母亲逼儿子休妻。

这部分只写了焦仲卿妻、焦仲卿及焦母三个人的五段对白,其中没有人物形象描画,没有场景交代,也没有情节的叙述,但这三人的对话,已对三人的不同性格有所展现。焦仲卿妻刘氏的说话,让人感到她是一个能干的女子,也是一个不那么驯服的,对家婆的苛刻管治敢于表示"君家妇难为"的不满的、有独立性格的女子。她的"请归",也是对家婆苛刻管治的抗议。而母子两人的对话,一方面可看出焦母的专横;另一方面,焦仲卿则是夹在婆媳矛盾之间的人物,他爱妻子,所以他会到母亲面前为妻子请命,甚至向母亲发出"今若遣此妇,终老不复取"的声言。但在家长威严不可侵犯的家规之下,他也只能忍声无言。这是故事的开头,是故事矛盾的初步展开。

第二部分从"府吏默无声"到"二情同依依",写焦仲卿夫妻的誓别。先写焦仲卿与刘兰芝的私房对话,焦仲卿的话表示了他休妻之无奈。他的话是"再拜还入户"之时"哽咽"着说的,可见他仍受到母亲严威的震慑;而他所说的话,也是叫妻子"以此下心意",暂且忍受委屈,可见他对母亲是顺从的,还在幻想着母亲怒气消散后会收回成命。另一方面,他的话也表现出他对妻子的爱仍然是矢志不渝的。而刘氏的答话,则显示她面对被休现实的从容姿态,她清醒地认识到"复来还"是幻想,所以借此和仲卿叙别。随后,有"兰芝严妆"的一节描写,对兰芝的容貌与行为的描绘,是作者有意的铺排:"精妙世无双"的形象,以及告别家婆时那不卑不亢的姿态与话语,不但展示她态度之从容,也显示了她对婆婆态度骄横的抗议;而与小姑告别时之"泪落连珠子",则表示了姑嫂之间的情深。作者显然是想以这些铺排说明刘氏并不是家婆所说的一个行为偏邪、无礼自专的儿媳,而是一个从容貌到品性俱佳的优秀女子。至于夫妻俩"俱会大道口"时的耳鬓厮磨,则是夫妻二人情意绵绵之反映;二人的"盟誓",更是发自肺腑的对爱情忠贞不渝的表白。——这一段的人物描述以及故事情节的推进，仍然以人物对话为主，但加入了人物外貌形象以及人物举动的描述，从而使得人物的性格特点更为显现。

第三部分从"入门上家堂"到"莫令事不举"，写"刘氏抗婚"。这部分可分为"含辱还家""拒媒抗婚""顺兄假嫁"三个特定情节。在"含辱还家"一节中，写刘氏"不迎自归"而蒙羞，令母亲大为悲伤，但她理直气壮地表白"儿实无罪过"，表示了她胸怀的纯洁与无邪。在"拒媒抗婚"一节中，县令与太守家先后遣媒到刘家求婚，说明了刘氏确实是一个优秀女子；而她拒绝了县令与太守家的求婚，只等待着焦仲卿再来续婚的行为，则说明了她坚守爱情的承诺、对爱情忠贞不贰的高尚品德。到"顺兄假嫁"一节，在兄长因一心攀附权贵而逼婚时，刘兰芝的表现是极具性格的：她那"仰头答"的神态是异常的，是对事情已有某种决定的决绝神情，也是对攀附权贵的兄长鄙视的反映；而那完全顺从了兄长要求的答话显然也有异于她日常的倔强乃至叛逆的品性。刘氏如此异常的表现，其实已暗示了她以死抗婚的打算。接着是太守家准备迎娶的铺张描写，这热闹的氛围对即将发生的悲剧做了反衬，也为故事推向悲剧的高潮做了预兆。

从"阿女默无声"到"自挂东南枝"是诗歌的第四部分，写夫妻殉情。这个部分又可分为三个小节。第一小节为"刘氏裁衣"，写她含泪裁衣，衣成而掩面痛哭的表现，是她对自己命运的哀叹：焦仲卿再来接她回家看来是无望了，她只能决意殉情了；所裁之衣，不是嫁衣而只能是殓服了。第二小节为"夫妻誓别"。焦仲卿赶回了解究竟时，"摧藏马悲哀"的环境气氛的描写，"新妇识马声，蹑履相逢迎"的急切动作，夫妻间"怅然遥相望"的哀切神情，都对高潮的即将到来起了推波助澜的作用；夫妻相会，妻子的表白，丈夫的埋怨，以及最后两人相约以死明志的"生人作死别"等语言及行为，既是两人性格之充分表露，也是两人坚贞不渝的爱情的真切表现。第三小节为"夫妻殉情"。

焦仲卿与母亲的最后对话，是他对命运所做的最后抗争，他以"故作不良计"告母，其实是想让母亲回心转意，答应再迎刘氏，但母亲坚守家长及礼教之威严拒绝了；抗争无望，焦仲卿终于下了以死抗争的决心。夫妇二人在刘氏"入青庐"之夜，双双殉情而死，把故事情节推到了最高潮。

"两家求合葬"，是这首长诗之尾声。"两家求合葬"说明两家家长对此件事情已有所悔悟。而两人墓上枝叶相交，以及鸳鸯和鸣之描写，又给这首爱情诗篇增添了浪漫色彩，给人以荡气回肠之感。

## 三、建安诗歌

东汉末年献帝建安年间，文人的文学创作有过一段繁盛时期，后世就把这时的文学创作称为"建安文学"。

"建安文学"以诗歌创作为主。其中创作最丰者，当推曹操、曹植、曹丕三父子和王粲、刘桢、徐干、陈琳、阮瑀、孔融、应玚等"建安七子"。他们的诗作，一扫汉末颓唐的诗风，表现出期盼建功立业、有所作为的奋发精神。此时建安诗人的诗作不尚雕琢，具有清新刚健的风格。后人把建安诗歌的风格，称为"建安风骨""汉魏风骨"。

汉献帝时的丞相曹操，是"建安文学"的创建者。他的《观沧海》《龟虽寿》《短歌行》等诗，气势磅礴，表现出奋发向上的精神。曹操的儿子曹植的《七步诗》，显现出他受到父兄压制时的冤屈与愤懑的情绪；《泰山梁甫行》则表现了边海百姓生活的艰辛，是一首同情百姓疾苦的人民性作品。

刘桢是东汉末年著名诗人，他常与曹操、曹植吟诗作赋，对酒欢歌，深得曹氏父子喜爱。他以诗歌见长，其五言诗颇负盛名，后人将他与曹植并称"曹刘"；还有人称他为"五言之冠冕"。他是"建安七子"中的佼佼者。《赠从弟》是他的一首代表作。

\*曹　操（155—220）

　　字孟德，沛国谯县（今安徽省亳州市）人，原是东汉末期汉军中一校尉，以"护驾勤王"名义，参与讨伐董卓的战争。后成为汉献帝时的丞相；公元200年，他在"官渡之战"与后来的辽西乌桓之战中两败袁绍，基本统一了中原，为后来三国中的魏国的建立奠定了基础。

　　曹操除政治与军事的才能外，在文学、书法领域亦成就丰满，是建安文学的创建者。

## 观沧海

东临碣石，以观沧海。
水何澹澹，山岛竦峙。
树木丛生，百草丰茂。
秋风萧瑟，洪波涌起。
日月之行，若出其中。
星汉灿烂，若出其里。
幸甚至哉，歌以咏志。

　　这是曹操站在黄河北岸的碣石山上，眺望浩瀚大海，意气风发，吟咏出的一首四言诗歌。

　　据考证，曹操所游的碣石山在河北昌黎，现在周围已被陆地包围，但曹操游山时，还是东临大海的。诗人游山时想到另一座"碣石"——秦皇汉武为宣示皇权曾经登临的山东"碣石"，所以才会在诗中流露出一种"君临天下"的豪气来。

　　开头两句"东临碣石，以观沧海"，就显示出了那种"君临天下"

的气势。我们仿佛看到一个骑着高头大马的将军,勒马碣石山上,居高临下地观看大海那种豪迈的气概。

接着"水何澹澹,山岛竦峙",是诗人对大海的第一印象:水波安静地荡漾着的大海,高耸的"山岛"矗立在辽阔的洋面上("澹",读dàn,安静之意。"竦峙",读sǒngzhì,耸立、屹立之意)——这是在内陆难得一见的壮阔场面。

接着四句,是对眼下大海的具体描画。"树木丛生,百草丰茂",是诗人望见近处一个"山岛"所见;而"秋风萧瑟,洪波涌起"则是写萧瑟秋风起时,海面大浪滔天、惊涛拍岸的令人震撼的气势。

再接着四句,是诗人对面前的浩瀚海洋的进一步遐想。在遐想中,他是站在"君临天下"的高度去鸟瞰大海的。他以巨人的眼光从高处去看辽阔的洋面,辽阔洋面上的一切动静,仿佛都已在他的视野无比广阔的眼界之内,所以才能想象得到"日月之行,若出其中;星汉灿烂,若出其里"的景象;他仿佛看到了星移斗转,看到了灿烂的银河在海面升起、在海面沉降的壮丽情景。

最后两句,是这种古体乐府诗结束时的"套语",一般来说,不必关注。但在这首诗中,似乎还有可关注之处:他感到,来到"碣石",虽然不是秦皇汉武到过之地,却勾起了雄心壮志的联想。这可说是"幸甚至哉"的。至于"歌以咏志"四字,则道出了他写这首诗的目的是言志,并不是一般的写景。

## 龟虽寿

神龟虽寿,犹有竟时。
腾蛇乘雾,终为土灰。
老骥伏枥,志在千里;
烈士暮年,壮心不已。

盈缩之期，不但在天；
养怡之福，可得永年。
幸甚至哉，歌以咏志。

这是曹操用《诗经》的四言体写出的一首言志的诗歌，以抒发他虽年已近晚，但依然"壮心不已"。

开头八句，写出"神龟""螣蛇"终会消亡的客观事实：神话中的"神龟"有千年之寿，但终归会走到生命的尽头；而"螣蛇"（"螣"，读téng），也是可以腾云驾雾的神物，但终归也有化为土灰之时。这里诗人采用了《诗经》中常用的"兴"的手法，先言他物以引起咏叹："神龟"与"螣蛇"是起兴之物，激起诗人随后四句的联想。他先是联想到将到尽年的"老骥"（"骥"，千里马），尽管被关在马槽里（"枥"，马槽），但仍然志在驰骋千里——这是"初起兴"；再进一步联想到一些已近"暮年"的志向高远的人（看来还包括自己），拿暮年"烈士"的"壮志不已"与伏枥"老骥"的"志在千里"相比——这是"兴中含比"的"再起兴"。如此，一个志向高远的不服老的壮士形象就鲜明地凸现在诗笺的字里行间了。

再接着四句，是说人的生命的长短（"盈缩之期"。"盈"指长，"缩"指短），不只是由老天决定的（"不但在天"），也在于人的自身的努力，因此"暮年"的"烈士"调养好身心，定当很好地颐养天年（"养怡之福，可得永年"）。这几句是运用了"赋"的手法，是直抒胸臆之言。

最后两句"幸甚至哉，歌以咏志"，是沿用乐府诗的老套写下的结束语，无甚特别意思，这里就不多做解释了。

# 短歌行（其一）

对酒当歌，人生几何？
譬如朝露，去日苦多。
慨当以慷，忧思难忘。
何以解忧？惟有杜康。
青青子衿，悠悠我心。
但为君故，沉吟至今。
呦呦鹿鸣，食野之苹。
我有嘉宾，鼓瑟吹笙。
明明如月，何时可掇？
忧从中来，不可断绝。
越陌度阡，枉用相存。
契阔谈䜩，心念旧恩。
月明星稀，乌鹊南飞。
绕树三匝，何枝可依。
山不厌高，海不厌深。
周公吐哺，天下归心。

  这是一首当众吟诵的招兵买马歌。曹操想招纳有纵横天下、叱咤风云才能的良将贤士，投奔他的门下。所以他在招兵买马时，要以情动人，以理服人，激起良将贤士投奔他的热情。他在咏唱中，一方面袒露自己要成就一番事业的宏愿，一方面又显示自己要招纳贤才帮助自己建功立业的热切心情。

  开头"对酒当歌，人生几何？譬如朝露，去日苦多"四句是说，他一边喝酒，一边歌唱，慨叹"人生几何"，慨叹人生的短暂就像"朝露"那样，太阳出来了，它就消逝了。当回顾一生时，过去的日子越来越多，而剩下来的日子就越来越少了。——在这里，曹操是在慨叹人生苦短，却与一般文人对时暮的哀叹不一样，他是在慨叹天公留给他的时间太短，是一种对时间的紧迫感的慨叹；是一种在越来越少的来日中，有许多建功立业的大事还未做的感叹。紧接上面的吟咏，诗人唱出了"慨当以慷，忧思难忘。何以解忧？惟有杜康"四句。他是在"慨而慷"的歌咏与豪饮之中，唱出了自己心中有"忧"的，并且说明，这心中的"忧思"实在是太沉重了，虽然想以"杜康"解忧，但还是萦绕心中，不易拂去，以至到了"忧思难忘"之地步。

这连"杜康"也消解不了的"难忘忧思"究竟是什么呢？诗人先引用《诗经·郑风·子衿》中的诗句"青青子衿，悠悠我心"起兴，引出"但为君故，沉吟至今"的吟咏。"青青子衿，悠悠我心"原是表现姑娘对穿着配有黑色衣领（"青衿"）服装的情郎的思念。她的情郎是个读书人，黑色衣领的服装正是读书人穿的衣服。曹操借用这两句诗，表达了自己对有才学的贤人的倾慕。再接着"呦呦鹿鸣，食野之苹；我有嘉宾，鼓瑟吹笙"四句，也是采取近似上面的手法，直接引用《诗经·小雅·鹿鸣》的原句，表达了如能得到贤士来归，我将把他们当作"嘉宾"，"鼓瑟吹笙"，热诚相迎。"明明如月，何时可掇？忧从中来，不可断绝"四句，则是诗人求贤若渴心情的直接表达。他把求贤比作"天上揽明月"，可见他是明知求贤之难的，所以才有"何时可掇"的慨叹；也是由于"天上揽明月"之难，他心中才会升起连绵不断（"不可断绝"）之"忧"。如此真情的流露，相信远方的贤士，听到他吟咏的典故，也是很难不为之动容的。

接下来是对贤士来归的直接呼吁。诗人先写出老朋友来归的盛况："越陌度阡，枉用相存。契阔谈䜩，心念旧恩。"——老朋友们穿过田野间纵横交错的小路，屈驾到我这里来慰问我。老朋友久别重逢，欢宴长谈，怀念早就存于心中的旧情。曹操以老朋友来归受到热诚款待作招徕，呼唤新朋友也来归。这样就有了下面写"乌鹊"觅枝投林的四句：

"月明星稀,乌鹊南飞。绕树三匝,何枝可依。"这里说的"乌鹊",其实是指代那些还在歧路彷徨的贤士。三国时,群雄各树旗帜,天下贤士要归属哪面旗是很难抉择的。所以才有"绕树三匝,何枝可依"之说。曹操提及这些,其实是对彷徨的"乌鹊"呼吁,别再犹豫了,就降落在我的枝头好了。最后四句"山不厌高,海不厌深。周公吐哺,天下归心"就更是对贤士的直接呼吁了。曹操在这里是拿"周公"自比,说自己会像周公那样礼贤下士,以达到天下贤士归心。

全诗曹操多次用典。其中吟咏《诗经》作典就有两次,甚至直接引用《诗经》原句入诗。这种写法是春秋以来的传统。文人学士、朝臣辩士,在朝会应对中,就常引用《诗经》以表情达意,这是一个人的学识乃至身份的象征。后来古人作文赋诗也常用典,原因就在这里。

## *曹 植(192—232)

字子建,是曹操第三子,生前曾为陈王,去世后谥号"思",因此又称陈思王。曹植是三国时著名文学家,是建安文学的代表人物之一。其诗以笔力雄健和词采华美见长。

## 七步诗

煮豆持作羹,漉菽以为汁。
萁在釜下然,豆在釜中泣。
本自同根生,相煎何太急?

三国时,曹植在和他哥哥曹丕争王位的争斗中败阵之后,更是常常受到已争得王位的曹丕的欺负。一天,曹丕逼着曹植要在七步之内写出一首诗来。曹植原本就满肚子委屈了,于是就利用这个"恩准"的机会,把久郁于心的愤懑与怨气发泄出来,成了一首千古流传的《七步诗》。

阅读这首诗,要注意诗歌阐述题旨逐步加深、逐步展开的特点。

开头两句平平,读来会觉得,只不过是写"煮豆持作羹"(把豆煮成糊状的羹汤),"漉菽以为汁"(把研碎的豆末过滤出豆汁来)之类的家居琐事罢了。也许,曹丕听到这里还会以为:所谓"诗才"也不外如此吧!

然而这平平的开端却为下四句提供了泄怨气的"蒸汽阀"。先是两句"萁在釜下然(豆的枝叶在锅底燃烧),豆在釜中泣(豆子在沸腾的锅中翻滚,发出吱吱的响声,就好像在哭泣似的)",曹丕和那些陪着曹丕的大臣听了是应明白此两句所指的。再接着两句"本自同根生,相煎何太急?"是承前面说豆子哭泣的话,是用拟人手法把豆子在锅里的"吱吱"声想象为豆子说的话。这两句话,曹丕听来肯定是刺耳了。因为这两句诗太容易引起联想了。曹丕对曹植的欺负,豆萁对豆子的煎熬,两者间的可类比性太大了。

据说,曹丕当时是有火发不出,事后对曹植的态度也有所收敛。原因大概是弟弟毕竟没有直指哥哥的不是,只不过是在诗中说了个豆子和豆萁的故事罢了!再者,也许是文学作品的威力起了作用,曹丕对曹植的态度转变,给曹植封王晋爵,使他过上"斗酒十千恣欢谑"的生活。曹植这首诗后来流传很广,占领了道德与舆论高地,作为皇帝的曹丕,对曹植的蛮横态度也就不能不有所收敛了。

## 泰山梁甫行

八方各异气,千里殊风雨。
剧哉边海民,寄身于草野。
妻子象禽兽,行止依林阻。

柴门何萧条,狐兔翔我宇。

这首诗写于魏明帝时。是时徭役繁兴,赋敛苛刻,百姓为逃避征调,常不敢家居而窜入山林。诗中写的正是这种悲惨情景。曹植这首诗,表现了他对下层人民的深切同情。

"八方各异气,千里殊风雨"两句,是说各地的情况殊不相同。这两句用意是:"边海民"的艰难困顿,是四面八方的人很难了解的。接着下面四句,以"剧哉边海民"开头,实写"边海民"剧烈非常的凄惨生活:"寄身于草野"("寄身",居住,生活。"草野",荒野、原野),妻和儿巢息穴居,所以说"妻子象禽兽";他们不敢出来,怕被人发现、抓走,每天就钻在山林里边("行止",行动和休息,泛指生活。"林阻",山林险阻的地方)。句中一个"依"字,把逃民要靠在林中采集食物而存活,要靠险阻的坳壑以藏躲,白天足不出林莽,黑夜也不敢明火高声,生怕暴露行迹的生活状况表露无遗。再接着,"柴门何萧条,狐兔翔我宇"两句,则写出狐兔在边海民的原家园窜来窜去,竟像鸟儿在空中任意飞翔一样("柴门",以柴木为门,喻边海民原居处的穷困。"翔",形容狐兔到处乱窜):逃民们每日出没山林与狐兔争食争住,而他们原来的家园却变成了狐兔嬉戏的乐园。

这首诗,前写"边海民"已与禽兽混迹于荒野;而后则写他们家园已成"狐兔翔我宇"的禽兽乐园。两相对照,他们又怎能不哀叹呢!

# *刘 桢(?—217)

汉末魏初诗人。刘桢善五言诗,与曹植齐名,人称"曹刘"。刘桢也是文学史上颇负盛名的"建安七子"之一。

# 赠从弟（其二）

亭亭山上松，瑟瑟谷中风。
风声一何盛，松枝一何劲！
冰霜正惨凄，终岁常端正。
岂不罹凝寒，松柏有本性！

这是一首咏物诗。头两句描绘了一幅"松柏傲风图"，图中最显著的位置是挺立的松柏。而作为画面背景的，是幽幽的深谷，还有在深谷中呼啸肆虐的狂风。诗人以"亭亭"二字形容"山上松"也别具新意："亭亭"二字，一般是用以形容少女姿态的，但这里却以之形容松柏，反而让我们感受到松柏在狂风面前"乱云飞渡仍从容"的姿柔淡定的神态。三四句，用了两个"一何"，一是极言风之暴虐（"风声一何盛"），一是极言松柏的坚强（"松枝一何劲"）：狂风极尽暴虐，松柏也极尽其坚韧不拔的本性。五六句，写的是"冰霜"正以惨烈凄厉的气势给万物以摧残（"冰霜正惨凄"），进一步显示了大自然的淫威；但另一方面却写出了松柏无论春夏秋冬，都是保持着常青树的姿态，是永不凋落的（"终岁常端正"）。

最后两句"岂不罹凝寒，松柏有本性"是全诗归结。松柏四季常青，难道是什么都会冻结的寒冷天气（"凝寒"）对它情有独钟，使它没受到"凝寒"的祸害？当然不是！这是松柏坚挺不拔的本性使然。

自古以来的咏物诗，往往咏物不是其本意，借物体的象征意义以咏人，才是这些诗歌的真谛。这首诗，是诗人借歌颂松柏以彰显人的正直品质以自勉，并以此勉励从弟，要他也以松柏为榜样，做一个不怕困难、不畏强暴、坚韧不拔的人！

# 第四章　魏晋诗歌

　　**魏朝**魏理宗当政的正始年间，朝政为司马懿父子所把持。在如此之政治环境中，被称为"竹林七贤"的七文士，虽不满司马氏的霸道，却不敢明言，于是就以迷恋玄学、故作旷达的姿态躲进竹林吟诗论道，这就是当时文士中风行的旷达、逍遥、仿如不食人间烟火的所谓"玄风"。这些"玄风"诗文，被后世称为"正始文学"。这里录入的阮籍《咏怀八十二首（其一）》，可作为"正始文学"的一首代表作。

　　到了265年，司马昭之子司马炎取代魏室，建立了晋朝。西晋的建立，造就了短暂的统一与繁荣，原来对晋朝统治取不合作态度的文人，不再坚持原来的立场，纷纷向统治集团归拢，成为西晋权贵门下的宾客，为新政权粉饰太平，诗坛也因而出现了一阵畸形的繁荣。他们的诗歌多为写景，讲究辞藻华丽，思想上则表现为道学思想与儒学思想的混沌结合，诗歌也因而显得深涩难懂。这是"玄学诗风"的延续，并没给后世留下多少有影响的诗作。但那时，还有逆潮流而动的诗人出现。如左思、刘琨，就写出了逆潮流、保持建安风骨的杰作。如左思的《咏史八首（其二）》，就反映了他在诗坛沉沦时保持风骨的努力。

　　西晋灭亡后，原驻守江南建康的晋皇室宗亲司马睿（ruì），以建康为京都重建晋朝，史称东晋。东晋朝廷偏安江左一隅，得到一时的安稳，文化也因而出现了一段繁荣，文人诗作也随之增多。在文化政策上，由于朝廷的主导与推崇，老庄玄学与佛教学说合流，使得西晋时已出现的"玄言诗"得到了发展，成了东晋诗坛的主流。就算是后来以田园诗著称于世的陶渊明，他的诗歌中也多少可看到"玄言诗"的影响。

## *阮 籍（210—263）

陈留尉氏（今河南开封）人，是"竹林七贤"之一。崇奉老庄之学，政治上则采取谨慎避祸的态度。作为"正始文学"的代表，著有《咏怀八十二首》《大人先生传》等，其著作收录在《阮籍集》中。

# 咏怀八十二首（其一）

夜中不能寐，起坐弹鸣琴。
薄帷鉴明月，清风吹我襟。
孤鸿号外野，翔鸟鸣北林。
徘徊将何见？忧思独伤心。

这是一首咏怀诗。阮籍所咏之"怀"，其实是心中的"忧"，用诗中的话来说，就是"忧思独伤心"。但他如何"忧思"，如何"伤心"，在诗中都没有明说。阮籍写诗向来隐晦，从这首诗中也可见一斑。古人在谈到这首诗时说：此诗通篇写"忧"，却未言明，只是"直举情形色相以示人"。事实上，诗人那股"忧思"，是一种情绪、体验与感受，本来就是无形的，的确很难"言明"；但诗人在这首诗中，却将内心的情绪含蕴在形象的描写中，将无形的"忧思"化为"情形色相"，用现代的语言来说，就是化作了直观的形象，于是，这"忧思"就形象地出现在人的眼前了。

开头两句，就以仲夜不能寐，起坐弹琴的情状，表现出他内心的"忧思独伤心"：正是因为有久萦于心的忧思，他才"夜中不能寐"；也正是他正处于思潮翻滚之中，才会"起坐弹鸣琴"，让他那伤心摧肺的忧思借助击琴而得以发泄。"弹鸣琴"三字，直观地表现出他心中的忧愁和情绪的激越，他不是在柔和轻快地弹，而是在击琴，要古琴发出震撼人心的"鸣声"来。

接着四句进一步描写他抚琴时周围的环境。"薄帷鉴明月"句说月之"明"，乃至"明"如"鉴"（镜），那"鉴"般的寒光穿破窗户上的"薄帷"，映衬出他所处环境的清冷；而"清风吹我襟"句写秋夜的"清风"把正在击琴的诗人的衣襟也吹开了，撩起了他更加冷清、凄苦的感觉。加之庭院外"孤鸿号外野，翔鸟鸣北林"，也与诗人此时心中的"忧思"相映衬。此情此境，又怎能不勾起诗人百感交集的愁绪呢？

诗歌最后两句，是最为直接的"咏怀"。诗人先以自己的行状示人：他在夜不能寐、起坐弹琴之后，站了起来，徘徊于庭院中。他走来走去，仿佛是要寻觅什么、看到什么似的；那他寻觅、看到了什么呢？最后一句做了回答，那就是自己的"忧思独伤心"。——诗人在诗歌的最后，把自己内心的苦衷点示出来了。

这首诗以心理描写见长，诗人以自己的行状，以及周围环境的描写，表达他内心的愤懑、悲凉、落寞与忧虑，的确是心理描写之范例。

## *左　思（约250—约305）

字泰冲，齐鲁临淄（今山东临淄）人，西晋著名文学家。其《三都赋》颇被当时称颂，造成"洛阳纸贵"。另外，其《咏史诗》《娇女诗》也很有名。

## 咏史八首（其二）

郁郁涧底松，离离山上苗。
以彼径寸茎，荫此百尺条。
世胄蹑高位，英俊沉下僚。

地势使之然,由来非一朝。
金张藉旧业,七叶珥汉貂。
冯公岂不伟,白首不见招。

在西晋正要完成统一大业、准备攻打东吴之时,左思来到晋京洛阳,一心想凭自己的满腹经纶成就一番功业。但由于门阀制度的掣肘,他未能参与攻打东吴的"大业",一直到东吴灭亡、西晋一统天下,他仍然在仕途上无所进展。这首诗,就反映了他对门阀制度的憎恶。

郁绿一片、生长有年的古"松",委屈地长在"涧底"("郁郁涧底松");而嫩芽与嫩叶翠绿一片的新生小树,却在山顶上独享阳光雨露("离离山上苗")。这些嫩芽嫩叶的"山上苗","以彼径寸茎",把下面的百尺松柏都遮蔽起来了("荫此百尺条")。诗人以"松"喻人才,写出了对英才受到不公平待遇的怨恨。

诗歌以比喻引入之后,就直接指斥当时门阀制度的不公:历代皇亲国戚及世家的子弟("世胄"),登上社会高层("蹑高位"),而真正有才华的人("英俊"),顶多也就当个低级官吏("沉下僚")。之所以如此,诗人指出,这是"地势使之然",人生长在什么地方,生长在什么家庭,决定了他日后所处的社会地位。也就是说,封建社会的门阀制度是注定人的一生的。诗人还进而指出,这样的门阀制度,"由来非一朝"("朝",读作cháo),是早已有之,是历史形成的。

接下来进入了"咏史"。"金张藉旧业,七叶珥汉貂"是说,西汉金日磾(mìdī)和张汤两家的子孙("金张"),凭借("藉")世袭的功业("旧业"),七代人("七叶")衣冠上都插有("珥")"汉貂"(汉代凡侍中、中常侍等大官衣冠皆插貂尾)。这是门阀制度形成的社会现象的一方面。而"冯公岂不伟,白首不见招",则是说门阀制度所带来的另一方面现象:冯公,即汉文帝时的冯唐,他虽才能出众("伟",奇伟出众),但直到老年("白首"),仍然不被重用

("不见招"),屈居低微的郎署。诗人以此来声讨门阀制度对人才的扼杀。

## *陶渊明(约365—427)

字元亮,晚年更名潜,别号五柳先生,浔阳柴桑(今江西九江西南)人。他是东晋杰出的诗人,曾任江州祭酒、镇军参军等;最末一次出仕为彭泽县令,但八十多天便弃职归隐田园。被誉为"隐逸诗人之宗""田园诗派之鼻祖"。

陶渊明写有田园诗与咏怀诗。田园诗表现农村的恬美以及诗人以田园为乐的怡然心境;咏怀诗,则多表现其归隐以"守拙"的心态。

## 归园田居(其一)

少无适俗韵,性本爱丘山。
误落尘网中,一去三十年。
羁鸟恋旧林,池鱼思故渊。
开荒南野际,守拙归园田。
方宅十余亩,草屋八九间。
榆柳荫后檐,桃李罗堂前。
暧暧远人村,依依墟里烟。
狗吠深巷中,鸡鸣桑树颠。
户庭无尘杂,虚室有余闲。
久在樊笼里,复得返自然。

这首五言诗,记叙陶渊明辞官归故里后的田园生活。

开头六句是诗的前部,是诗人对辞官前四十余年生活的自省。"少无适俗韵，性本爱丘山"，说他从小就喜欢高雅、不爱俗韵（"俗韵"，原意是不高雅的乐声，这里用以指庸俗的言行、习俗等），却对山野幽林非常喜爱。但也"误落尘网中，一去三十年"（他二十八岁起出外当官，时断时续，计有十三年。"一去三十年"之说只能看作是个约数）。那"误落尘网"的生活自然是不自由的，所以萌生了脱离"尘网"的念头，于是就"羁鸟恋旧林，池鱼思故渊"了。

从"开荒南野际"至结尾是诗歌后部，写诗人"归田园"后的生活。他归田是为了守住自己淳朴的本性（"守拙"）；于是在城镇南郊的边缘（"南野际"）开荒结庐。下面具体描写他所结的"庐"："方宅十余亩，草屋八九间"，是说他的住宅旁（"方宅"。"方"，读作"旁"）有十几亩地，而他的"宅"就是"草屋八九间"；"榆柳荫后檐，桃李罗堂前"是说，在他"草屋"后园种有榆树和柳树，而堂前则种满了桃和李。再接着，写"田园"周围的风光：在昏暗阳光的映照下，是远处村庄那模糊的影像（"暧暧远人村"。"暧"，读ài，日光昏暗，这里用以表示景物的模糊）；还可以看见远处村庄那有如枝叶轻柔随风摇动的炊烟（"依依墟里烟"。"依依"，枝叶轻柔随风摇动的样子；"墟"，村庄）。而接着的"狗吠深巷中，鸡鸣桑树颠"是近写，是从听觉写自己居住的小村：从"深巷中"传来"狗吠"，以及有人走过村道，引起鸡骚动而飞到低矮的桑枝上鸣叫。再接着，诗人眼光移得更近了，特写自家庭院居室的情景："户庭无尘杂，虚室有余闲"。诗人为我们展现了一个清净无尘、宽阔有余的家居环境，给我们以田园生活安乐闲逸的感觉。最后两句，与前面所说的"误落尘网中"相呼应：过了整整十三年的牢笼似的生活（"久在樊笼里"），现在是真正回归到自然的生活（"复得返自然"）来了！——这是诗人直抒胸臆，道出了如今田园生活的怡然自得，是整首诗的归结。

诗歌道出为官"入世"之苦，以及"出世"回归田园之乐。整首诗是陶渊明受老庄思想影响，以回复"天道自然"为乐的思想的反映。

## 归园田居（其三）

种豆南山下，草盛豆苗稀。
晨兴理荒秽，带月荷锄归。
道狭草木长，夕露沾我衣。
衣沾不足惜，但使愿无违。

这首诗是陶渊明归隐后第二年写的，写他"返自然"后的生活。

"种豆南山下"，"南山下"就是《归园田居（其一）》中说的"南野际"。开荒才一年，在这块初垦地上"种豆"，"草盛豆苗稀"是不足为奇的。这种状态，非经过艰辛的劳动是不会改变的。于是，这两句就成了后面描写他艰苦劳作的因由了。

中间四句写劳作之艰辛：晨早起来（"晨兴"）就到地里除杂草（"理荒秽"），到晚上才披星戴月（"带月"）扛锄头回家（"荷锄归"）；还得在这草木丛生的狭窄山路上行走（"道狭草木长"）好长一段时间，直至夜露沾湿衣衫（"夕露沾我衣"）还未能到家。

最后，诗歌承接前句"夕露沾我衣"的描写，来了两句诗以言志："衣沾不足惜，但使愿无违。"——衣服只不过被夜露沾湿，没什么可惜的，只要我所做的一切，与我坚持"守拙"、保持心灵淳朴洁净的志向不相违背，任何艰辛我都是可以承受的。这是对前面描写的艰苦的看法，是诗人不以苦为苦的人生态度的直接表白。

理解了诗人坚持自己本性的人生态度后，我们当可感到，这首诗字里行间有一种啖苦若饴的意味。

# 饮酒诗二十首（其五）

结庐在人境，而无车马喧。
问君何能尔，心远地自偏。
采菊东篱下，悠然见南山。
山气日夕佳，飞鸟相与还。
此中有真意，欲辨已忘言。

陶渊明嗜酒，《饮酒诗二十首》就可作为他嗜酒的一个印证。据说，这些诗都是在酒后写下的，我们可以把这些诗看成是"酒话"。既然是酒话，就会有些迷迷糊糊的醉态。但俗语说，"酒后吐真言"，这些诗歌也许是他最真实的思想感情的反映呢！

我们看这首《饮酒（其五）》，似乎也可感到那微微的醉意，也可窥测到他隐逸田园、回归真实自然的心态。

头四句写他"大隐隐于市"的生活。据资料，他厌恶官场回归故里后，就住在江西浔阳。浔阳并不是山旮旯，而是"车马喧"之"人境"；加之，他是浔阳之望族（他的曾祖陶侃是东晋初名将），亲朋至好不少，要隐于山林是很难的，于是他顺其自然，来了个"大隐隐于市"。他"结庐在人境"，就是把宅舍建在热闹的"人境"中。既然是"人境"，是免不了"车马喧"的，那又为什么会"而无车马喧"呢？是有点"酒后胡言"吧？但看来不是，这正是他"大隐隐于市"的表现。有了"大隐隐于市"的心态，明明是"车马喧"的"人境"，就反而感觉不到了。接着第三、四句，他以设问的句式自问自答："问君何能尔，心远地自偏。"——要问我为什么能这样？那是因为我的心态宁静，就像身处于僻远的山林与田园似的，所以这地方尽管"车马喧"，也自然觉得偏远了。

接着四句，是对他所"结"之"庐"，以及"庐"中生活的描画。

"采菊东篱下。悠然见南山"两句,一个"采"字,给人一种轻松的感觉,仿佛随手就可把菊花摘下来似的;而一个"见"字,又让我们感到,你只需"悠然"地一抬眼,就可看见满眼碧绿的"南山"了。再看山前与篱笆墙间的景色:"山气日夕佳,飞鸟相与还"。——山色在太阳落山时是最美的;一群群飞鸟在暮色渐浓的山前飞过,相约飞向巢穴。这么一来,"庐"的雅静,以及"庐"中闲适的生活状态,就有声有色、活灵活现地显现在我们面前了。当然,这里毕竟是"在人境",实际环境并没有这么僻静,甚至可能只是在醉意中出于"心远地自偏"的幻象而已。然而,无论是实景也好,是幻景也好,至少可说明,陶渊明对幽静的环境与安逸的生活是无限向往的。

最后"此中有真意,欲辨已忘言"句,更像是似醉非醉的"酒话"了。他在"庐"中之所见所作,是"此中有真意"的。但"此中""真意"是什么?他想说出来,却"欲辨已忘言"了!这是诗歌的结语,用似醉非醉的"酒话"说出来,的确很巧妙。他借"酒话"把思考的余地留给读者,也就给诗歌留下了余韵。

## 杂诗十二首(其一)

人生无根蒂,飘如陌上尘。
分散逐风转,此已非常身。
落地为兄弟,何必骨肉亲!
得欢当作乐,斗酒聚比邻。
盛年不重来,一日难再晨。
及时当勉励,岁月不待人。

这是陶渊明退隐回家后写的一首五言诗。这首诗,表明了他自己的人生态度。

开头四句,是他对人生无定的感慨。经历过官场上几升几沉、几进几退之后,陶渊明认定,官场不是他栖身之所,于是决意退隐归乡。但他在官场升降沉浮的经历,回想起来却令他感慨万千。他觉得,人生在世,不像植物有根有蒂,反而像田野上随风飘荡的尘土,是任由命运摆布的。尽管经过多年漂泊后已回到故乡,但他觉得他已经不是少年时那个纯真的自己了。以上四句,是本诗的第一层。

接着四句是说他回故里之后与新朋旧友相聚的感受:人生下来,就应该是兄弟,遑论有无血缘关系,都是应该相亲相爱的。我们现在有了这个与新朋故旧欢聚的机会("得欢"),就应该好好享受这个快乐时光("当作乐"),哪怕只有一斗酒,也是可以与比邻共享,与兄弟同乐的。这四句与前面的"此已非常身"的感慨有承接关系:既然过去的生活使得自己"此已非常身",那现在与新朋故旧的欢聚,就好像是寻回了自己,这是"今是而昨非"的醒悟。这四句说明,这样的生活,他觉得才是"常身"的正常生活。

最后四句,承接前面的"今是而昨非",说出"盛年不重来,一日难再晨"和"岁月不待人"之意,表示我们应"及时当勉励",把握大好时光,与新朋故旧好好欢聚,过好今后的每一天。

## 咏荆轲

燕丹善养士,志在报强嬴。
招集百夫良,岁暮得荆卿。
君子死知己,提剑出燕京。
素骥鸣广陌,慷慨送我行。
雄发指危冠,猛气冲长缨。
饮饯易水上,四座列群英。
渐离击悲筑,宋意唱高声。

萧萧哀风逝，淡淡寒波生。
商音更流涕，羽奏壮士惊。
心知去不归，且有后世名。
登车何时顾，飞盖入秦庭。
凌厉越万里，逶迤过千城。
图穷事自至，豪主正怔营。
惜哉剑术疏，奇功遂不成。
其人虽已没，千载有余情！

鲁迅说，陶渊明也有他"金刚露目"的一面。他的作品，有的也表现出他壮怀激烈的男儿本色。《咏荆轲》就是其中的一首。

这是一首以叙事为主兼有抒情的古诗，是以战国时的历史事件"荆轲刺秦王"为本作咏。

开头四句，交代了故事的背景，人物的位置，及其肩负之重任。"燕丹善养士，志在报强嬴"简述太子丹养士，摆出了当时秦国与列国尖锐对立的政治形势；"招集百夫良，岁暮得荆卿"句则表明，荆轲是他颇费时日到"岁暮"才找到的"百夫良"中之精英。

从"君子死知己"到"且有后世名"，写"荆轲出燕"。开头"君子死知己，提剑出燕京"两句，突出了一个"义"字，说明荆轲"提剑出燕京"，是从"士为知己者死"的义气出发，是下了必死决心去执行这项任务的。接着写他"出燕"壮行的场面。整个壮行场面，也突出了"义"字：出行的坐骑是匹"白马"（"素骥"），它在开阔的大路上踢蹄嘶鸣（"鸣广陌"），就像是慷慨高歌，为荆轲壮行（"慷慨送我行"）。接着是对荆轲外貌的描写，雄气冲天的荆轲，好像头发也直竖起来，把原来就很高的帽子（"危冠"）顶得更高了；勇猛的气势，也好像要把帽上的长丝绦（"长缨"）吹得飘动起来。接着写易水边大路旁的践行酒宴的壮伟。一是参加的人，是"四座列群英"；二是宴会上气氛的悲壮:擅长击筑(一种有十三弦的打击乐器)的好友高渐离奏响了送别的乐曲("渐离击悲筑"),勇士宋意也高声唱起了雄壮的歌曲("宋意唱高声")。萧萧的风声呼啸而过("萧萧哀风逝"),易水上,水波流动("淡淡",即澹澹,水波流动的样子)的秋水在闪动着寒光("寒波生")。在风声中,在寒波上,乐器奏出凄凉的"商音",让人热泪盈眶("商音更流涕");歌手唱出的慷慨"羽音"也让四座的壮士为之惊心("羽奏壮士惊")。最后,是荆轲内心的道白:"心知去不归,且有后世名。"——荆轲此去是毫无生还希望的。但他坚持前行就是为了留下一个忠于名节的好名声。

接着四句写"荆轲入秦",着重写荆轲的义无反顾:"登车何时顾"写他登车远行、义无反顾的神态:登上马车,你看他什么时候回过头来望一眼啊("顾",这里是回头望,是徘徊、犹豫的表现)!而"飞盖入秦庭"则描写马车飞速前奔,突出他行动的决绝("盖",是车上的"华盖",这里指代马车)。而"凌厉越万里,逶迤过千城"则是描写马车飞越万里路程,经过上千座城镇的情景("凌厉",奋勇直前的样子。"逶迤",迂曲长远的样子),也显示了不畏前路如何艰险,依然一往直前的勇气与决心。

再接着四句,写"荆轲刺秦王"的情景及结果。前两句"图穷事自至,豪主正怔营"写刺秦王的情景:当展开燕国督亢地图到卷轴之末("图穷")时,行刺秦王的事情就开始了("事自至"),这突然的袭击,使得秦王("豪主")不由得一阵惊慌失措("正怔营")。而"惜哉剑术疏,奇功遂不成"写行刺的结果。这两句是带感情的叙述,"惜哉"就表示了诗人对荆轲行动失败的惋惜。

"其人虽已没,千载有余情"句,是最后的赞叹。人已逝去,但精神却永远留存给了后世。这是对荆轲义举的无穷无尽的赞叹。

## 挽　歌（其三）

荒草何茫茫，白杨亦萧萧。
严霜九月中，送我出远郊。
四面无人居，高坟正嶕峣。
马为仰天鸣，风为自萧条。
幽室一已闭，千年不复朝。
千年不复朝，贤达无奈何。
向来相送人，各自还其家。
亲戚或余悲，他人亦已歌。
死去何所道，托体同山阿。

陶渊明晚年改名陶潜。临死前两个月，病中的他为自己写了五言古诗《挽歌》。《挽歌》共三首，这是第三首。诗人写"我"死后，看着亲人为自己送葬、下葬，自己被关在黑暗的"幽室"后，亲人就都散去了。他安慰自己：人死去，身体与泥土和合，与泥土一起长存世上，那也该满足了。

开头四句，写亲友"送我至远郊"。"荒草何茫茫，白杨亦萧萧"写远郊的环境；"严霜九月中"写天气，可见出殡时正是深秋，已有霜冻，加之前面远郊环境的萧索，就营造出冷清、孤寂的氛围来了。接着四句，写坟地的萧条：这是个"四面无人居"，个个土坟高耸（"嶕峣"，高耸的样子）的山地；来到这萧条的墓地，送葬者的坐骑似乎也觉凄凉，仰天嘶鸣；西风也在呼啸，使得坟地环境更为萧条、凄凉了。再接着两句，写闭棺下葬。以"幽室"形容棺木，说棺木一经闭合，就永远看不见早晨的阳光了。

接着下面"千年不复朝，贤达无奈何"是"过渡句"。先用顶真句"千年不复朝"与上面的送葬下葬的描述相衔接，并引出下面的一句感慨"贤达无奈何"：这永不见天日的状况，就算你是如何贤能的达人，也是只能无可奈何的。

　　随后六句，是"死者"对送葬之事发出慨叹。"向来相送人，各自还其家。亲戚或余悲，他人亦已歌"四句，是"死者"就下葬后送葬的人各自散去发出慨叹：亲人也许心中还有一点尚未消散的哀愁，而其他朋友却已忘记了哀愁，也许正在那里唱歌呢。但从语句的感情色彩看，"死者"也没对这"亲戚或余悲，他人亦已歌"的送葬者有更多的指责，因为他知道这毕竟是人之常情。而最后"死去何所道，托体同山阿"两句，是就此安慰自己：人已逝去，他人对你的态度如何，你何必再去计较？你的躯体下葬土坑，也就与"山阿"同体，融合一起永存于世了。这不也是很美满的结局吗！

# 第五章　南北朝古诗

公元420年，东晋军官刘裕取代东晋建国，国号宋。为与后来宋朝相区别，史上称刘宋。继刘宋后出现齐、梁、陈朝。此四朝合称为南朝。

南朝文化承楚国吴越之风骚，接三国东吴之灵气，形成了如水般柔润的江南文化风韵。南朝民歌，如《西洲曲》《子夜歌》，以爱情为题材，情调柔婉，语言活泼，诗中描画景色，也尽显江南山水的秀丽。

文人的诗歌创作，南朝时也出现繁荣景象。风靡东晋的"玄言诗"退潮后，诗界受江南民歌影响，南朝宋文帝元嘉年间，谢灵运、鲍照等诗歌作者，以清新的风格创作诗歌，后人称之为"元嘉诗风"。到了南朝齐武帝永明年间，诗歌的形体又有了变化，诗人陆厥、谢朓等的诗作讲究韵律格调，语言显得流畅而自然；诗歌形体已近于唐朝的近体诗，被后世诗家称为"永明体"。南朝梁代，是南朝文人诗歌创作的最盛时。这个时期涌现的诗人吴均，诗作音韵和谐，风格清丽，时人称其诗体为"吴均体"。

西晋为刘渊的赵汉灭后，北方陷入政局混乱。先是匈奴、羯、鲜卑、羌及氐等五个北方民族入主中原，在中原地区建立了大大小小共十六个国家。后来，到439年，鲜卑族首领拓跋焘灭十六国中的最后一个小国北凉，统一了北方，建立北魏，是为北朝时期开始。

北朝先后经历了北魏、东魏、西魏、北齐、北周五个王朝，这五个王朝，都是鲜卑人的政权，东魏、西魏、北齐、北周，是北魏鲜卑族政权的分支，因而可归为一朝，称"北朝"。

鲜卑人建立北朝，给中原大地带来了一次民族文化的大融合。一方面，北魏君王拓跋焘尊崇汉文化，积极推进鲜卑人的汉化；但鲜卑人在汉化的同时，也把鲜卑文化元素渗入中华文化之中。富有北方民族特色的鲜卑民歌《敕勒歌》与《木兰辞》被翻译成汉语，并在中华大地传播，就是这种文化融合的反映。

北朝一百五十年间，极力学习与吸收汉文化的鲜卑人，对南方的诗歌文化是推崇备至的。但北朝并没出现过对后世留有大影响的诗人。倒是几个北来的南朝诗人，成了北朝诗界的代表。其中的梁代诗人庾信、王褒，就是佼佼者。他们诗作的特点，是摒弃他们在南朝时习惯了的追求艳丽与淫乐的"宫体诗"风格，而转为现实主义的写作态度，作品抒发对家乡的怀念，以及对北国风情的真实写照。

## 一、南朝民歌

### 西洲曲

忆梅下西洲，折梅寄江北。
单衫杏子红，双鬓鸦雏色。
西洲在何处？两桨桥头渡。
日暮伯劳飞，风吹乌桕树。
树下即门前，门中露翠钿。
开门郎不至，出门采红莲。
采莲南塘秋，莲花过人头。
低头弄莲子，莲子清如水。
置莲怀袖中，莲心彻底红。
忆郎郎不至，仰首望飞鸿。

鸿飞满西洲，望郎上青楼。
楼高望不见，尽日栏杆头。
栏杆十二曲，垂手明如玉。
卷帘天自高，海水摇空绿。
海水梦悠悠，君愁我亦愁。
南风知我意，吹梦到西洲。

这是一首江南民歌。江南民歌言情，比较开放；在大胆表达爱情方面，更是鲜明豁达。史上诗家在提到这首民歌时，都赞不绝口，甚至有称为"言情之绝唱"的。

诗歌描写了一个江南女子朝思暮想牵挂江北情郎的苦况，是这个身住江南的女子以第一人称叙述自己的苦相思。

开头"忆梅下西洲，折梅寄江北"是说：想来"我"托人带去的那束梅花该到西洲了吧？我采摘下梅花寄往江北西洲已很久了。西洲，也许就是她和情郎初次见面的地方；而梅花，正是当年他向她示爱的寄情之物，所以她特意寄去梅花，以撩起他的情思吧！

"单衫杏子红，双鬓鸦雏色"，写的是"我"的打扮。这里写的虽然是服饰打扮，但承接上两句，似乎也隐藏着如下的意思：梅花是春天寄出的，到现在已是夏天了，"我"都可以穿单衣了，情哥哥该收到梅花，该来看我了吧！——计算日子，也许今天就要到了。于是"我"穿上了"杏子红"的"单衫"，把"双鬓"梳理得就像小乌鸦的羽毛那样油光闪亮，好迎接我的情哥哥的到来。——所谓"女为悦己者容"，她如此打扮，可见她对情哥哥的到来是如何的盼望了！

"西洲在何处？两桨桥头渡"，是有点怨气的话。这么久，情哥哥还不来，于是就有了怨气：西洲在什么地方呢？划船从"桥头渡"往江北划两桨，不就到了吗？——其实，这西洲在江北，而她在江南，无论是她到江北，还是他到江南，都颇费周折，绝不是划两桨就到的，她这么说，是等人等久了说的埋怨话罢了。

"日暮伯劳飞，风吹乌桕树。树下即门前，门中露翠钿"，是说"我"从自家门内窥视外面的情况。伯劳鸟，这种夏天才出没的鸟，正绕着屋外的乌桕树盘旋；而夏风正吹拂着乌桕树，把树叶吹得沙沙作响。树下就是她家的门口，她打开了一道门缝往外看，她那头戴"翠钿"的精心打扮的模样就显露出来了。

接下来八句写出门采莲。"我"一直盼到了秋天（"南塘秋"），还是盼不到情哥哥的到来（"开门郎不至"），于是出门去采红莲了。在莲池中，含情脉脉的女子在过人头的莲花簇拥下"低头弄莲子"：这人与景和谐结合，给人以无限的美感；并且，此情景的描写又与人的心境相配合——眼下弄莲子，心中在"怜子"，在想念心中的情哥哥。把莲子采摘了揣在袖里，莲子从外到里都是红的（"莲心彻底红"），而她内心对情哥哥的爱，不也像红莲一样火红吗？

"忆郎郎不至，仰首望飞鸿。鸿飞满西洲，望郎上青楼"写深秋望君。大雁从北方飞过来了，已是深秋了；思念中的情哥哥还是没来，唯有"仰首望飞鸿"，希望飞鸿能给她带来情哥哥的书信。但从西洲飞过来的鸿雁满天都是，哪有他给"我"的书信啊！书信收不到，"我"唯有登上青山上的楼阁去遥望远处的西洲了。

"楼高望不见，尽日栏杆头。栏杆十二曲，垂手明如玉。卷帘天自高，海水摇空绿"，是对"望郎上青楼"的具体描述。这青山上的楼阁尽管够高，但还是望不见西洲啊！我唯有扶着"栏杆头"继续往高处爬，在高处望着日尽西山。"我"顺着"十二曲"的弯弯曲曲的栏杆往前走，希望能找到一个距离西洲最近的位置，但无论如何，"我"还是看不见西洲啊，"我"唯有无奈地垂下臂膀。无奈之间，她百无聊赖地卷起青楼上的帘子，窗外天空显得高阔了，蔚蓝的天空，就像无边大海翻滚着绿波似的：这是一片空落的天空，但这片空落，不正是她内心的空落与寂寞的映衬吗？

最后"海水梦悠悠,君愁我亦愁。南风知我意,吹梦到西洲"四句,承接上面关于天空像海水的描述,直抒"我"内心的苦愁与思念:自己对情哥哥的思念,魂牵梦绕,无法排解,这悠悠的梦就像海水一样没有尽头。"我"在愁,情哥哥也在为两地相隔而发愁吧,那就请"知我意"的"南风",把我的梦吹到西洲,告诉我的情哥哥吧。

读完这首缠绵的情歌,你当感到震撼人心的爱情力量了吧!

## 子夜歌(三首)

### 其一

始欲识郎时,两心望如一。
理丝入残机,何悟不成匹。

### 其二

夜长不得眠,明月何灼灼。
想闻散唤声,虚应空中诺。

### 其三

侬作北辰星,千年无转移。
欢行白日心,朝东暮还西。

《乐府诗集》收有《子夜歌》四十二首,其内容多是女子吟唱其爱情生活的悲欢。这里选取的三首,相信是宋齐时的民歌手所作。

《其一》的特点,是利用同音假借、比喻来表达女子对负心汉的怨怼。以"理丝入残机"无法织成布，来借喻她与负心汉之间爱情之无望。这种借喻手法，是在古代民歌中常有运用的。另外一点，就是同音假借的运用："丝"，谐"思"；"悟"，谐"误"；而"匹"，这里是度量单位（布帛宽二尺二寸为幅，长四丈为匹），但也用语双关，暗喻匹配，"不成匹"就是不能匹配。我们只要读懂了这些语义双关、同音假借的谐音字，就能把这首五言短诗读懂了。

《其二》是描画恋爱中的少女那心痴神迷的心理状态的绝佳范例。头两句，出句写少女因思念情郎而夜不能寐（"夜长不得眠"），对句则写景：天上的月光是多么明亮啊（"明月何灼灼"）。其中"明月何灼灼"，虽是写景，但我们联系出句，当可想到，此刻女子为思念情郎夜不能寐，正眼睁睁地望着窗外那"何灼灼"的明月的神情。这正是心理活动在人的神情上的反映。后面一联就更加精彩了："想闻散唤声"一句表明，根本就没有什么情郎断断续续的呼唤声，而只是她在想象中听到的声音，只是她在恍惚中的幻觉而已！更有甚者，在幻觉听到情哥哥的呼唤后，她居然不自禁地对着空荡荡的天空答应了一声（"虚应空中诺"）！这"想闻""虚应"，是失常的举止，但从这失常的举止中，就可足见女子思念情人是多么如痴似醉了。

《其三》，是女子对心爱男子发出预防爱情变故的预警。侬，是吴地人自称，是女子说自己。上两句"侬作北辰星，千年无转移"，说的是自己对爱情就像北极星一样稳定，是坚贞不移的；后两句"欢行白日心，朝东还暮西"说，你是我喜爱的男人，但你的行为也可能像天上的太阳，"朝东暮还西"（"还"，读旋，这里是"转"的意思）。这是一个热恋中的女子（"侬"）对自己喜爱的男人（"欢"）诉说自己对爱情的坚贞不移；同时也笑骂心上人可能会出现的对爱情的"朝东暮西"。我们从她对心上人称呼"欢"这亲昵的语气看，她并不是在谴责，而只是做出打情骂俏般的预警而已。但这虽是打情骂俏的爱昵之语，我们还是能感到她对男子是否忠于爱情的担忧。

## 二、南朝的文人诗

**\*鲍　照（约414—466）**

　　字明远，东海（今山东郯城，有争议）人，南朝刘宋文学家，与颜延之、谢灵运并称"元嘉三大家"。在文学创作方面，鲍照在游仙、游山、赠别、咏史、拟古等方面均有佳作留世，有力地推动了中国古典诗歌的发展。

## 拟行路难（其四）

　　泻水置平地，各自东西南北流。
　　人生亦有命，安能行叹复坐愁？
　　酌酒以自宽，举杯断绝歌路难。
　　心非木石岂无感？吞声踯躅不敢言。

　　这是鲍照的一首杂言乐府诗。鲍照出身卑微、家世贫贱。在当时门阀制度主导的社会中，他虽和许多读书人一样有心于仕途进取，想以此改变自己的命运；但他的卑贱身世，成了他实现理想的无法逾越的障碍。这首杂言诗，就反映了他对封建门阀制度的憎恶与反抗。

　　"泻水置平地，各自东西南北流"是起兴。水泻于地，有的流向东，有的流向西，有的向南，有的向北。此乃地势使然，水对流向是无法选择的。诗人以此自然现象起兴，引出两句对命运的感慨："人生亦有命，安能行叹复坐愁？"——人的命运如何，也像水的流向一样，是无从选择的，哪能"行叹复坐愁"，埋怨自己出身之卑贱呢？从这四句看，在门阀制度面前，他是无可奈何的。

　　既然是"人生亦有命"，那就"酌酒以自宽，举杯断绝歌路难"

吧!他先是一边举杯酌酒,一边唱着"行路难"的歌;但到了酒酣之时,就连歌也唱不下去了。——前面虽然说他已在"自宽""安能行叹复坐愁",但他既喝醉酒又醉唱酒歌的情状,不正是他因门阀制度不能得志而"行叹复坐愁"的狂态的表露吗?而最后两句,更是进而说出自己内心的愤懑:人心非木石,哪会对压制自己的门阀制度毫无感觉呢("心非木石岂无感")?只不过是"吞声踯躅不敢言"罢了!这两句,从字里行间看,已是在无声地抗议了——他已经不是什么"吞声踯躅不敢言",而是发出了最为激烈的控诉与抗争了。

## *吴 均（469—520）

吴兴故鄣（今浙江安吉）人。南朝梁史学家,著有《齐春秋》三十卷,注释范晔《后汉书》九十卷等。同时也是著名的文学家,他的诗文自成一家,常描写山水景物,被称为"吴均体"。

## 山中杂诗（其一）

> 山际见来烟,竹中窥落日。
> 鸟向檐上飞,云从窗里出。

吴均这首四句的五言小诗,是他写景状物诗中的一首代表作。

《山中杂诗》共三首,这是其一。题目里"山中"二字,可谓是诗歌之"眼",全诗四句,写的都是"山中"之景。诗歌没有人的出现,是一首纯写景的诗,但又无处不感到人的存在,是人在"山中";描写的这些景色,都是人在山中之所见。

第一句"山际见来烟",是远处的山景:从深山的幽居远望,可以看到远处的群山。山峦重叠,前山与后山之间（"山际"）是一片浮动飘忽的暮霭("来烟");一座座山峦在雾霭的衬托下,显出了轮廓分明的山影。此刻是黄昏(下句"落日"二字点明了的),山影逐渐变灰、变暗,会给人带来越来越寂静、越来越幽深的感觉。

第二句"竹中窥落日",则是诗人近看所见。他幽处于竹林围绕的山居中,落日时分,透过屋前那尖叶翠绿的竹林,可以"窥见"红彤彤的夕阳正在落下,"落日"在茂密的竹林的掩映下,给大地留下了斑驳的红光。如此色彩柔和的一幅山区美景,当然也会给人一种舒心的感觉。

第三句"鸟向檐上飞",是诗人在山居中抬眼上望所见:屋檐上,百鸟正归巢,从远处飞回来的鸟雀,有的已挤进屋檐上的鸟窝,有的正叽叽喳喳地向梁上的鸟巢飞去。

最后一幅图景是"云从窗里出",写从眼前的窗户所见:山中暮霭越积越厚,飘至窗前,于是就有了如入神仙之境的"云从窗里出"的感觉。这也说明,诗人的山居是在多么高远的深山之中了。

## *柳　恽(465—517)

河东郡解县(今山西省运城市)人,南朝梁大臣、学者。历任广州刺史、吴兴太守等;也是齐梁时有成就的诗人之一。诗风与吴均相似,是"吴均体"诗风的创立人之一。

## 捣衣诗

行役滞风波,游人淹不归。
亭皋木叶下,陇首秋云飞。
寒园夕鸟集,思牖草虫悲。
嗟矣当春服,安见御冬衣?

"捣衣"在两汉魏晋南北朝时期的"闺怨诗"中,是多见的内容。在这些诗歌中,"捣衣"是缝制衣服,特别是缝制冬衣的借代词。在深秋寒冷将至之时,闺阁女子会思念远行的男人,想他们的衣服是否足够,于是会赶制寒衣寄给男人。她们一边"捣衣",一边思念自己的男人。

这首诗取名"捣衣",但全诗除题目外,没有一字具体写捣衣。然而通读全诗,我们当可感到,这首诗每一句都与"捣衣"有关。

"行役滞风波,游人淹不归",写服役在外的男人因遭遇风波滞留远方不能归家。"行役"与"游人"都是指她的男人。风波,是南方人常用来形容各种意外的词语。这里使得"游人淹不归"的,是边庭上如外族扰边、战事不断等事件。——这两句是留守闺阁中的女子对男人现状的猜想与描述。如此描述,正是闺阁女子"捣衣"的缘由所在。

接着三、四句,"亭皋木叶下",是写她在水边"捣衣"时所见:水边有高地("皋"),高地上有可登高远望的亭台("亭"),时正深秋,树叶飘落,树木近乎光秃("木叶下");而"陇首秋云飞"则是她捣衣时想象的男子戍守的边塞景象("陇首",也可作"陇头",古诗中常以指边塞)。而边塞那"秋云飞"的景象,又怎能不令她想到男人的挨冷受冻,又怎能不加快"捣衣"的速度呢!——可见,此两句虽是写景,但也是与"捣衣"这个题旨相关的。

"寒园夕鸟集,思牖草虫悲"还是写景,是对家居环境的描写。晚上,她临窗("牖")而坐。做什么?显然是在窗前缝衣。傍晚,她看到了窗外寒冷的庭园("寒园")中"夕鸟"归巢("夕鸟集");入夜,她又听到了窗外园里草丛中秋虫悲鸣("草虫悲")。这些都不由得撩起她的愁思万千("思"):傍晚,"夕鸟"也懂归巢,但她的男人却还没归来;寒夜,"草虫"也会悲秋,她的男人却还在"陇首"挨冻受冷。这两句虽是写景,但也把这个临窗缝衣的女子的情思活脱脱地描画出来了。

最后两句"嗟矣当春服,安见御冬衣",写的还是捣衣女在缝衣时之所思。她在哀叹:唉("嗟矣")!虽然如今我在缝制冬衣,但路途遥远啊!等冬衣寄到"陇首"时,当已是春天,人们已经要穿着春衣了("当春服");那时候,在"陇首",哪里还能看见人们穿"冬衣"呢!——这是全诗中与"捣衣"最有关系的两句了。

## 三、北朝民歌

北朝民歌,以建立北魏的鲜卑族的民歌最为著名。鲜卑族地处塞外,事事处处皆显示出边塞民族的文化特点。如《敕勒歌》就尽显北国"天苍苍,野茫茫,风吹草低见牛羊"的特色;从《木兰辞》中也可见塞外民族那尚武、豁达的民族特性。

## 敕勒歌

敕勒川,阴山下,
天似穹庐,笼盖四野。
天苍苍,野茫茫,
风吹草低见牛羊。

这首诗,是鲜卑族人对美丽家乡的颂歌。

诗歌开头两句"敕勒川,阴山下",是说他们居住的地点。"川"字,是"一望平川"的开阔原野;这"敕勒川"尽管开阔却不单调,有连绵的"阴山"作背景,就成了一幅"山下草原"的美景了。

但光是"敕勒川,阴山下",还不足以表现他们鲜卑人家乡的美丽,于是民歌手又把我们带到"敕勒川"原野的中央,让我们去看

"天似穹庐，笼盖四野"的景象，要我们切身体味这原野的辽阔，以及这天空的深邃与无穷。这些"穹庐"，就是他们日常居住的帐篷，站在草原中央去望"天"，去瞭望"四野"，与在蒙古包里看帐篷的圆顶不是很相似吗？民歌手的描写与形容，不但贴切，而且也显出了浓郁的民族特色。

第五、六句"天苍苍，野茫茫"，以"苍苍""茫茫"，极写天地之广大与辽阔。这两句，可以说是上面四句的小结，又可以说是为最后一个句子蓄势。当读到这两句诗歌，特别是第六句"野茫茫"的时候，我们是否会觉得，这首民歌还没唱完，于是，大家都在等待着歌手唱出下一句。果然，歌手在卖关子之后，终于唱出了这"茫茫"草原中最美丽的一面——"风吹草低见牛羊"！风吹过，在肥美的牧草中，"牛羊"在走动、在吃草，这是一幅多么美丽而富饶的景象啊。并且，加上最后一句，一幅静态的美景，就变成了更加动人的有"风吹草低""牛羊"出现的大自然的动态美景了。

## 木兰辞

唧唧复唧唧，木兰当户织。不闻机杼（机杼，指织布机。杼，读zhù）声，惟闻女叹息。问女何所思，问女何所忆。女亦无所思，女亦无所忆。昨夜见军帖（军队的公告），可汗大点兵。军书十二卷，卷卷有爷名。阿爷无大儿，木兰无长兄。愿为市（到市场买）鞍马（鞍和马），从此替爷征。

东市买骏马，西市买鞍鞯（读ānjiān，指马鞍和马鞍下面的垫子），南市买辔头（读pèitóu，驾驭牲口用的嚼子和缰绳），北市买长鞭。旦辞爷娘去，暮宿黄河边。不闻爷娘唤女声，但闻黄河流水鸣溅溅。旦辞黄河去，暮至黑山头。不闻爷娘唤女声，但闻燕山胡骑鸣啾啾。

万里赴戎机（军事机宜或用兵的时机），关山度若飞。朔气（指北风）传金柝（古代军中夜间报更用器。柝，读tuò），寒光照铁衣。将军百战死，壮士十年归。

归来见天子，天子坐明堂。策勋十二转（策勋，随军的书记员记录下将士在战斗中的功勋。"一转"是最低一级，等于获得七品官待遇；木兰得到"十二转"之策勋，是最高的奖赏），赏赐百千强（形容数量多。强，有余）。可汗问所欲，木兰不用尚书郎，愿驰千里足，送儿还故乡。

爷娘闻女来，出郭相扶将；阿姊闻妹来，当户理红妆；小弟闻姊来，磨刀霍霍向猪羊。开我东阁门，坐我西阁床。脱我战时袍，著我旧时裳。当窗理云鬓，对镜帖花黄。出门看火伴，火伴皆惊惶。同行十二年，不知木兰是女郎。

雄兔脚扑朔，雌兔眼迷离；双兔傍地走，安能辨我是雄雌？

这是一首北朝民歌，是由北魏时的鲜卑族民歌翻译成汉语的，主要写木兰女扮男装、代父从军的事情。

开头第一段写木兰决定代父从军。诗歌一开头就以木兰的美丽女性形象示人：在"唧唧复唧唧"的机杼声中，木兰坐在窗前织布。"当户"二字，给人物形象以光线的映照，从而也增强了女子形象的美感。接着写她停机叹息（"不闻机杼声，惟闻女叹息"），显然是女儿姿态。她的叹息引起了父亲的注意，于是有了从"问女何所思"到"从此替爷征"的一段父女对话。从对话中，我们当可感到，木兰关心老父的细心周密、体贴入微的女性行事的特点。

第二段写木兰准备出征与奔赴战场。"东市买骏马，西市买鞍鞯，南市买辔头，北市买长鞭"写"市鞍马"，准备出征。东市、西市、南市、北市，其实是同一个"市"（圩镇、市场），四句简单表述为"至市市鞍马"也可以,但这里用了四个排比句去铺陈,令人感到她做事情的周密,以及准备的紧张。另外,如此排比、铺陈,也令人感到那浓郁的民歌风味。接着写行军、奔赴前线。一方面,我们可看到行军的急促,军情之紧迫;另一方面,我们也当看到,作为"女儿"的木兰那思念"爷娘"的心态:行军队伍离家乡越来越远了,"爷娘唤女声"也就越去越远,只听见"黄河流水鸣溅溅",只听见"燕山胡骑鸣啾啾"了,这怎能不挑起"女儿"那思乡思亲的伤感情怀呢?!

第三段,概写木兰十来年的征战生活。"万里赴戎机,关山度若飞",夸张地描写了木兰身着戎装,万里迢迢,奔往战场,飞越一道道关口,一座座高山。"朔气传金柝,寒光照铁衣",描写边塞的艰苦生活:夜晚,凛冽的朔风传送着"金柝"的打更声,寒光映照着身上冰冷的铠甲。"将军百战死,壮士十年归",概述战争旷日持久,战斗激烈悲壮。由于这首民歌的重点不是写木兰如何英勇善战,而是着重突出描述她乔装从军的事情,所以这战斗经过就从略从简了。

第四段,写木兰还朝辞官。先写木兰朝见天子,然后,"策勋十二转",写木兰功劳之大,"赏赐百千强",是说天子赏赐之多。再说到木兰辞官不就("木兰不用尚书郎"),愿意回到自己的故乡("愿驰千里足,送儿还故乡")。这固然是她对家园生活的眷念,但也自有秘密在,即她是女儿身,但她不便明言,天子却不知底里,读来颇有戏剧意味。由于这段与木兰乔装从军的关系密切,所以就作为重点去描述了。

第五段,写木兰还乡与亲人团聚。开头以三个结构颇为一致的排比句作铺陈,分别叙述了父母、姊、弟,各自符合身份、性别、年龄的举动,描写家中的欢乐气氛,展现浓郁的亲情,读来极具民歌特点。再以木兰一连串女儿的行为,写出她对旧时闺房的亲切感,和恢复女儿装时的喜悦心情。这是木兰天然的女儿情态的最为直接的描述。最后写理了云鬓、贴了花黄、恢复了女儿装束的木兰与伙伴相见。这时,木兰最美的形象，就突出地显现在众人面前了。

最后四句，可理解为木兰对上段提到的惊诧的伙伴说的话，她以双兔在一起奔跑，难辨雌雄来比喻她长年女扮男装隐藏军中的事情，是相当机巧的比喻，使全诗锦上添花，既妙趣横生又令人回味，同时也表现了木兰对十年从军却没透露自己的女儿身份的作为的自豪。

这首诗写的是一个英雄故事，女扮男装、代父从军、驰骋沙场、建功立业，都是英雄作为。但这首民歌却没有把这些作为重点来写，反而处处突出"木兰是女郎"的意思。然而，突出了这一点，对木兰的英雄形象并没有损害。木兰女子情性的表露，更能显出她在干男人才能干的事情的勇气，以及克服困难的英雄气概。如此描写，反而更增添了这个英雄形象的文学韵味与力量。于是，这首民歌所塑造的女英雄形象，就更为吸引人了。

## 四、北朝的文人诗

### *庾　信（513—581）

字子山，南阳郡新野县（今河南新野）人。原是南朝梁官员，受朝廷委派，出使北朝西魏。就在他出使西魏期间，西魏把梁朝灭了，庾信遂滞留西魏。他的诗才为西魏皇室所赏识，遂委以官位，成了西魏的官员。他到北朝后的诗作，一改往日写作"宫体诗"绮艳轻靡之风，以北方风物入诗，诗风显得踏实纯朴了。

### 拟咏怀（其七）

榆关断音信，汉使绝经过。
胡笳落泪曲，羌笛断肠歌。

纤腰减束素，别泪损横波。
恨心终不歇，红颜无复多。
枯木期填海，青山望断河。

南朝梁衰亡后，庾信被留在长安，但他仍常怀念南方故国。这首诗就显示了他思念故国的情怀。

诗歌开头的"榆关断音信，汉使绝经过"，写故国音信断绝后，他身处北国的寂寞孤清。榆关在今陕西榆林东，是通往南方的关口。但现在，南来北往的"汉使"（汉朝的使臣，这里代指南朝的使者）已断绝来往了。

"胡笳落泪曲，羌笛断肠歌"两句，是说他在这异邦之地，听到胡笳与羌笛这些异邦之音，引起内心的伤悲。

"纤腰减束素，别泪损横波"句，写诗人在寂寞与孤清的环境中度日，日子难熬，本来就是"纤腰"了，由于思乡的忧愁，束腰的白绢（"束素"）也减短了（间接说明人消瘦了）。而眼睛（"横波"）也因流了很多离愁别恨的眼泪而哭坏了。

最后四句，是就上述的离愁别恨抒发感慨。"恨心终不歇，红颜无复多"是说，自己有无穷无尽的离愁别恨；离愁别恨能伤人，青春的模样也没有多少了（"恨心"，就是别恨。"红颜"，指青春）。"枯木期填海，青山望断河"，则是引入神话"精卫填海"作结，说自己虽然回不去了，但仍然希望有一天能像炎帝之女化为"精卫鸟"，以枯木填海，用青山断河，来实现自己的故国梦。

## *王　褒（约513—576）

字子渊，琅邪临沂（今山东临沂）人。梁元帝时，西魏围攻江陵，元帝投降，王褒亦随之降西魏。西魏称善王褒之诗才，聘其北行，委以重任，王褒也因而创作更丰。后西魏灭亡，北周建国，喜好诗文的北周明帝，亦常与王褒论诗说文。他到北朝后的诗作，多写北国风光，但也融合了南方与北方的风格。

## 渡河北

秋风吹木叶，还似洞庭波。
常山临代郡，亭障绕黄河。
心悲异方乐，肠断陇头歌。
薄暮临征马，失道北山阿。

这首《渡河北》是王褒北渡初入西魏时的诗作。

开头两句，写眼前黄河岸边的秋景，但也是对南方家乡秋景的追思与怀念。王褒离江陵北渡，至河北时，正值深秋，眼前是一派北国寒秋景色：秋风吹，黄叶落，树木稀疏几剩枝丫；黄河上，风瑟瑟，秋风劲吹秋波荡漾。这使得诗人想起战国时楚国诗人所描画的南国秋景——"嫋嫋兮秋风，洞庭波兮木叶下"：黄河水在秋风吹动下秋波荡漾的情景，使得他思念起南方，思念起洞庭湖的秋景来了。

然而，这里的秋水景色，只是"还似洞庭波"而已，它是改变不了这里是北国的现实的。于是，由"还似"二字，引出下面四句，直写眼前的北国风光："常山临代郡"一句，说明此时，他已渡过了黄河，到了"常山"，已经临近"代郡"的地面了（"常山""代郡"均是河北地名）。接着"亭障绕黄河"，是对眼前的北国边塞景色的描画：亭障，是西魏人修筑的军事防御工事。它利用黄河天险作屏障，"绕黄河"修起了一座座堡亭、关隘，是戒备森严的北国边塞的景象。再接着，"心悲异方乐，肠断陇头歌"两句，则是给这萧瑟的北国边塞景象配上了与南国情调迥异的"异方乐"，和那也许是流落此处的异乡人吟唱的思乡曲"陇头歌"（"陇头歌"的内容多是游子思乡）。这是景中的画外音，但也是他进入西魏边地后伤感的思乡情怀的流露。

最后两句，是诗人渡过黄河，继续在河北那陌生的大地上悲苦前行的写照。天黑了，周围孤寂一片，他所面对的，就只有面前这一匹不知已经踏过多少路途的"征马"了。在这"北山"之"阿"（山的拐角处），诗人迷路了（"失道"），四周白茫茫，路究竟在何方啊！——这是诗人在陌生的北国大地上的失落，也是他对人生道路的迷茫与失落。

卷二 唐代诗歌

# 第一章　初唐诗坛

初唐，指的是唐高祖李渊开国（618年）至唐睿宗李旦禅位玄宗李隆基（712年）的一段时期，历时94年。

初唐时期，诗坛显现蓬勃发展的景象，代表各种风格诗派的著名诗人有："宫廷诗人"上官仪，在野诗人王绩，"初唐四杰"卢照邻、王勃、骆宾王、杨炯。

高宗之后，是武则天当政的"武周"时期。此时政局波动，宫廷中的文学侍从以写宫体诗著名。宫廷之外，却涌现了不少卓有影响的诗人。他们的诗作冲破了宫体诗的局限，把眼界扩阔，从宏观的、纵深的角度去看世界，使得诗歌的意境显得博大而精深。陈子昂的《登幽州台歌》，就是这类诗作中的佼佼者。此外，被称为"吴中四士"中的两人张若虚与贺知章，也有骄人的诗作留传后世。张若虚的《春江花月夜》，奠定了他在中国诗史上的地位。而贺知章的七绝《回乡偶书》与《咏柳》，也成了传诵千古的绝唱。

及至后来唐中宗、睿宗执政，唐朝社会又回复繁荣。由于社会环境的变化，那些以写宫体诗而有诗名的文学侍从，诗作的内容与主题也多少发生变化，如因精通宫廷文学而被称为"文章四友"之一的李峤，此时也写出了咏物诗《风》，让读者领略到宫廷外大自然万物的景象。

\***虞世南**（558—638）

隋末唐初诗人、书法家。越州余姚鸣鹤（今属浙江慈溪）人。传世墨迹有《孔子庙堂碑》《破邪论》等。另有诗文集10卷行于世。

## 蝉

垂緌饮清露，流响出疏桐。
居高声自远，非是藉秋风。

首句是写蝉的形状与食性。"垂緌"（"緌"，读ruí）是说蝉有两根触须；而低头吸吮梧桐树夜晚残留的露珠，则是写蝉食性清淡的特点。

次句描写蝉声之传播。梧桐是高树，用一"疏"字，更见其枝干的清高挺拔，蝉声就是借此高树远播的。"流响"二字状蝉声的长鸣不已；"出"字则写蝉声的远播，让人感受到蝉鸣的响度与力度。有了这句对蝉声传播的生动描写，后两句的发挥才字字有根。

三、四两句是全诗比兴的"点睛"之笔，是在一、二两句基础上引发出来的议论。蝉声远播，一般人往往认为是借助于秋风的传送，作者却别有慧心，强调这是出于蝉"居高"的原因，只有"居高"，才能"致远"。并不是单靠"秋风"来传声的。

这是一首咏物诗，但咏物中有所象征。诗人写的虽是蝉的形体、习性和声音，却都暗喻着一些高人高洁清远的品行和志趣。在这首诗中，诗人暗示自己像蝉有触须一样，是戴着有"垂緌"的官帽的；也像蝉在高树上吸吮"清露"一样，是有"清德"的。所以能名声远播，成为贞观年间画像悬挂于凌烟阁的二十四位勋臣之一。

虞世南博学多能，品性高洁耿介，为贞观之治做出了独特贡献。但他从不以鲲鹏自居，而是以一不甚起眼的蝉自况，表达出他对内在品格修养的执着和高度的自信。

## *王　绩（约589—644）

绛州龙门（今山西河津）人，隋时曾举孝廉，待诏门下省，时有诗作问世。隋末天下大乱，他弃官还乡，躬耕于东皋山，自号"东皋子"。他的诗歌平近而不肤浅，质朴而不庸俗。在律诗初现于隋唐之际，他参与律诗的创作，可视为律诗成型的先声。

### 野　望

东皋薄暮望，徙倚欲何依。
树树皆秋色，山山唯落晖。
牧人驱犊返，猎马带禽归。
相顾无相识，长歌怀采薇。

此诗是唐初王绩闲居在家时所写。他是隋朝旧员，想加入唐朝官衙为新朝服务，但未被接纳，他为之彷徨失落，于是写下这首诗。

首联"东皋薄暮望，徙倚欲何依"，应题目之"望"字，写登皋远望，却徘徊而无所依的心情。"东皋"，是"望"的地点，从他自称"东皋子"看，这是他家乡的一个地方（"皋"字，原意是水边高地，但从诗歌下文看，此处理解为高地即可）；"薄暮"，点出了"望"的时间。"徙倚欲何依"，从字面解释，是他在高地上走来走去，却找不到一个可以靠背的地方。但这样解释很不靠谱，难道山头上连个靠背的树或者石头都没有吗？再说，就算有，这样解释就诗味全无了。看来这"徙倚欲何依"不是指物，而是另有所指。指什么，我们看下去再说。

颔联"树树皆秋色，山山唯落晖"，写的是自然景物：一棵棵树，树叶都枯黄了，或者像秋天的枫叶那样，变成红色了（所以说"树树皆秋色"）；而"山山唯落晖"，则是傍晚景色：夕阳西下时分，每个山头都被夕阳映照，落日的余晖给一座座山头镶上一道道金边。看来，这一联也是应题，应题目中的"野"字。

而颈联"牧人驱犊返，猎马带禽归"，写的则是在东皋上望见皋下人的活动：薄暮时分牧人与猎人归来，他们赶着牛羊、拉着猎马，提着猎物出现在山野之间。如此图景，当然也是美景，特别是出现在心情愉快的人的眼中，是会令他感到怡人可心的；但在王绩这类觉得前路茫茫的人看来，那就是另一番感受了。

尾联是"相顾无相识，长歌怀采薇"，道出了他的感受——大概是牧人与猎人在他面前走过，他望着他们，他们也望着他，大家都不相识。——王绩过了多年的归隐生活，淡于与人交往，所以他与乡人互不相识。于是，他唯有长歌《采薇》，追思商代隐者伯夷、叔齐，在追思中和故人作心仪交往了。——这是何等孤独寂寞的感受啊！

这尾联又与首联呼应：首联说他"徙倚欲何依"，想有所倚靠却无着落。这尾联就含蓄地点明，"欲何依"的不是物，而是人。他现在苦恼的，就是"相顾无相识"。说得明白一点，就是还没找到赏识他的人！

## *卢照邻（约637—约686）

幽州范阳县（今河北涿州）人。他能文能诗，与王勃、杨炯、骆宾王并称为"初唐四杰"。卢照邻的诗，以歌行体最佳。

## 长安古意

长安大道连狭斜（"狭斜"指代小巷），青牛白马（表示拉车的牲口的名贵与优良）七香车（豪车上甚至还有香花装饰，可见这些车辆的金贵）。玉辇（本指皇帝所乘的车，这里泛指豪门贵族那华丽的座驾）纵横过主第（"第"，宅第），金鞭络绎向侯家。龙衔宝盖（"宝盖"，华盖）承朝日，凤吐流苏带晚霞。百尺游丝（是说树丛中小昆虫之多之活跃）争绕树，一群娇鸟共啼花。游蜂戏蝶千门（"千门"，指众多宫门）侧，碧树银台（"银台"，金碧辉煌的建筑）万种色。复道（宫苑中用木材架设在空中的通道）交窗（有花格图案的木窗）作合欢，双阙（"阙"，宫门前望楼）连甍（"甍"，屋脊）垂凤翼。梁家（穷极土木的汉代贵族梁冀）画阁中天起，汉帝金茎（"金茎"，铜柱。汉武帝刘彻于建章宫内立铜柱，高二十丈，上置铜盘，名仙人掌，以承露水）云外直。

楼前相望不相知，陌上相逢讵（"讵"，同"岂"）相识？借问吹箫向紫烟（"紫烟"，指天空），曾经学舞度芳年。得成比目何辞死，愿作鸳鸯不羡仙。比目鸳鸯真可羡，双去双来君不见？生憎帐额绣孤鸾，好取门帘帖双燕（"好取"，愿将）。

双燕双飞绕画梁，罗帷翠被郁金香（一种名贵的香料）。片片行云（"行云"，形容发型蓬松美丽）着蝉翼（"蝉翼"，古代妇女的一种发式），纤纤初月（额上用黄色涂成弯弯的月牙形，是当时女性面部化妆的一种样式）上鸦黄。鸦黄粉白车中出，含娇含态情非一（非同一般的神情）。妖童（指行头醒目的童仆）宝马铁连钱（"铁连钱"，指马的毛色青而斑驳，有连环的钱状花纹），娼妇（指上文所说的歌姬舞女）盘龙金屈膝（"屈膝"，同"屈戍"，指车门上的铰链）。

御史府中乌夜啼，廷尉门前雀欲栖。隐隐朱城（"朱城"，宫城里的亭台楼阁）临玉道（漂亮的道路），遥遥翠幰（"翠幰"，镶有翡翠的帷幕，这里用以指代闺秀小车。"幰"，读xiān）没金堤。挟弹飞鹰杜陵北，探丸借客渭桥西。俱邀侠客芙蓉剑，共宿娼家桃李蹊（"桃李蹊"，指娼家的地方）。娼家日暮紫罗裙，清歌一啭口氤氲。北堂夜夜人如月，南陌朝朝骑似云。南陌北堂连北里（"北里"，是唐代长安妓女聚居之处），五剧三条控三市。弱柳青槐拂地垂，佳气（脂粉香气）红尘（在红灯映照下，车辆扬起的尘土也成了耀眼的红尘）暗天起。汉代金吾千骑来，翡翠屠苏鹦鹉杯（"翡翠"与"鹦鹉杯"，是酒器；"屠苏"是酒名）。罗襦宝带为君解，燕歌赵舞为君开。

别有豪华称将相，转日回天（即左右皇帝的意志。"日"与"天"指代帝王）不相让。意气由来排灌夫（"灌夫"，汉武帝时期的一位将军，与丞相武安侯田蚡不和，终被田蚡陷害而诛族），专权判不容萧相（"萧相"，指萧望之，汉宣帝朝为御史大夫、太子太傅。后被排挤，饮鸩自尽）。专权意气本豪雄，青虬紫燕坐春风。自言歌舞长千载，自谓骄奢凌五公（"五公"，如萧望之等五个已被他们推翻的著名权贵）。

节物风光（指节令、时序）不相待，桑田碧海须臾改。昔时金阶白玉堂，即今惟见青松在。寂寂寥寥扬子（"扬子"，指扬雄，汉朝辞赋家、思想家）居，年年岁岁一床书。独有南山桂花发，飞来飞去袭人裾。

古人拟古诗往往写古事而抒今情，这首诗也是写汉时旧事而说出对唐时长安风情的感慨。

从整首诗的内容与结构分析，可把它分为两部分。

"长安大道连狭斜"到"汉帝金茎云外直"，是诗人以鸟瞰的视角，铺陈描述汉都之豪华，是前部第一节。"长安大道连狭斜，青牛白马七香车"两句，是对古皇都作鸟瞰：宽阔的大街与小巷相互交织，密如蛛网；而在这"大道""狭斜"中，有许多"青牛白马七香车"在穿梭，给人以长安宏伟的感觉。接着，他看到的是城中"玉辇纵横过主第，金鞭络绎向侯家。龙衔宝盖承朝日，凤吐流苏带晚霞"的景象：车夫挥着"金鞭"，驾驶着"龙衔宝盖"与装饰着"凤吐流苏"的"玉辇",在两旁是高门大宅的大街中"纵横"奔驰,从"朝日"初升到"晚霞"将合,大街都是"络绎"不绝。接着,诗人写街道上生意盎然的自然美景:"百尺游丝争绕树,一群娇鸟共啼花。游蜂戏蝶千门侧,碧树银台万种色"。——树丛中小昆虫在游走蠕动,花丛中鸟儿在歌唱;还有蜂蝶在宫门旁游戏,一座座"银台"周围种着"万种色"的"碧树"。这四句写出皇家庭园宫殿的怡人景色。再接着"复道交窗作合欢,双阙连甍垂凤翼。梁家画阁中天起,汉帝金茎云外直"四句,写宫殿建筑的宏伟:"复道""交窗""双阙""连甍",都是建筑中的部件,再加上"合欢花"的图案、凤鸟翅膀的装点,这宫殿群的建筑,就显出辉煌来了;"画阁中天起","金茎云外直"的描写,就显示出贵族豪宅与皇家建筑的气派。

　　从"楼前相望不相知"至"好取门帘帖双燕",诗人巡城的"天眼"停留在豪宅区一角,看到一对男女生活的特写镜头。这是诗歌前部的第二节。诗人先说这对男女在箫竹传情:两人挨楼而居,却"楼前相望不相知,陌上相逢讵相识"。一天,男子遥见对门楼上女子在"吹箫向紫烟",就扬声"借问"女子身世,得知她"曾经学舞度芳年",就传声说出自己的热望:"得成比目何辞死,愿作鸳鸯不羡仙。"接着女子也做出反应:我也同样羡慕"比目"与"鸳鸯",它们"双去双来",双栖双息,这是你也知道的!我也讨厌绣在我帐子前横幅上的"孤鸾",也想把"双燕"的图案贴在门帘上呀!

　　接着,从"双燕双飞绕画梁"到"娼妇盘龙金屈膝",是诗歌前部第三节。诗人的"天眼"转而注视豪宅中歌女舞姬的生活情状:"双燕双飞绕画梁",是说她们居所的华丽;"罗帷翠被郁金香",是说其闺房的香艳;"片片行云着蝉翼,纤纤初月上鸦黄",则写其梳妆打扮的妖娆;而"鸦黄粉白车中出,含娇含态情非一",是写她们打扮好外出下车时的婀娜多姿以及不同一般的神情;而"妖童宝马铁连钱,娼妇盘龙金屈膝"两句,则以随从童仆的华丽行头与马匹的优良,以及车辆的华丽来映衬她们的雍容华贵。——她们其实只是豪宅主人的玩物,已有如此骄奢的生活,豪宅中的王侯贵胄如何骄奢,也就可想而知了。

从"御史府中乌夜啼"到"燕歌赵舞为君开",是诗歌前部第四节。这一节着重写夜长安的豪华,以及夜幕掩护下"豪华者"所干的"豪华事"。"御史府中乌夜啼,廷尉门前雀欲栖,隐隐朱城临玉道,遥遥翠幰没金堤"四句写京城的黄昏:官府宅第中昏鸦啼叫,归鸟飞向屋檐下栖息;宫城亭台楼阁间华丽的道路在雾霭中"隐隐"可见,那些镶着翡翠帷幕的闺秀小车行走在河堤上,也逐渐隐没到越来越浓厚的夜暮时的雾霭中。随后六句,诗人引领我们随着那辆"翠幰"走进那灯红酒绿的夜长安。我们首先来到一个"豪华者"夜晚寻欢作乐的"娼家",看到"挟弹飞鹰"的浪荡公子和"探丸借客"的仗剑杀手的活动:他们白天在"杜陵北"与"渭桥西"作奸犯科,夜晚就"俱邀侠客芙蓉剑,共宿娼家桃李蹊"了。他们在那里迷恋着舞姬那飘忽舞动的"紫罗裙",陶醉在歌女张口歌唱时那"氤氲"的香气中。接着的六句承接上文,描写夜长安"娼门"繁华的状况。"北堂夜夜人如月",是说"娼门"中的舞姬歌女夜夜都打扮得美容如月地迎接客人;"南陌朝朝骑似云",则是说娼门外的大路上天天都是这样门庭若市。而"南陌北堂连北里,五剧三条控三市。弱柳青槐拂地垂,佳气红尘暗天起"四句,更是把视角从这"娼家"扩阔,描写夜长安"娼门"之繁多:过去"南陌""北堂"都是"娼家",现在连"北里"也是了;而"五剧""三条"指各种街道,"三市",是长安著名的三个商业区,现在是"五剧三条控三市",也可见这些街道是如何纵横连接,"娼门"集中的市面是如何繁华了。而这些"娼家"的繁华景象,是隐藏在"弱柳青槐拂地垂,佳气红尘暗天起"的夜色之中的。这两句可谓是把长安夜景写绝了:天黑了,垂地飘拂的"弱柳青槐",仿佛给夜色加了一层浓重的幕帐;浓妆艳抹的"娼女",仿佛使得这"南陌北堂连北里","连风也是香的";而车马走过扬起的飞尘在都市红灯的映照下,也成了耀眼的红尘一片。这"佳气",这"红尘",在夜幕中越来越浓了。在这夜幕的遮掩下,长安城显然成了冒险家的乐园。诗人以"汉代金吾千骑来,翡翠屠苏鹦鹉杯。罗襦宝带为君解,燕歌赵舞为君开"四句,特写夜幕掩护下"豪华者"的豪强霸道作为:大批禁军军官("金吾")来了;他们用名贵的酒杯喝酒,与"娼家"歌女舞姬共卧,沉醉在歌女舞姬们的热歌艳舞中。总之,一切声色娱乐,他们都玩尽了。

诗人在诗歌前部第五节中,干脆离开巡城式的访古描述,直接忆述汉时位极人臣的"豪华者"所干的骄横跋扈的"豪华事"。开头"别有豪华称将相,转日回天不相让"两句,带出如"将相"的"豪华者"的登场。这些"豪华者",与上面提到的浪荡公子、黑帮"侠客",以及"金吾"军爷等城中"豪强"相比,是"别有豪华"气派的"将相",是顶级的"豪华者",他们干的事,才是真正的"豪华事";他们权势之大,可以"转日回天",连天王老子也"不相让"。接着下面,"意气由来排灌夫,专权判不容萧相"就是他们具有"转日回天"的霸气的例证:他们的气派从来都是如此盛气凌人,连权极一时的灌夫也能排斥出局;就算是对汉时掌管朝政、手握"专权"的"备位宰相"萧望之,也能说"不"。接着"专权意气本豪雄,青虬紫燕坐春风。自言歌舞长千载,自谓骄奢凌五公"四句,正是他们的"专权意气"盛气凌人情状的写照:他们驾虬骑燕,春风得意,以为从此可以"歌舞长千载",可享受比"五公"还要骄奢的生活了。

最后八句是诗歌后部。前四句是对"豪华者"做出历史的批判:"节物风光不相待,桑田碧海须臾改。昔时金阶白玉堂,即今惟见青松在。"——岁月不留人,沧海已变桑田;当年的豪华者住的"金阶白玉堂",如今都已化成灰土,灰土上也长出了青松。这说明,古人的一世豪华,在历史长河中,只不过是过眼烟云。"寂寂寥寥扬子居,年年岁岁一床书。独有南山桂花发,飞来飞去袭人裾"四句则说:不是豪华者的扬雄,一生"寂寂寥寥",住的不是豪华屋,拥有的财富不外是"年年岁岁一床书",但与已湮灭无闻的"别有豪华"者相比,名声却像"南山桂花发",给后世人留下"袭人"的清香。如此结尾,就是对那些"豪华者"做出的深刻批判。

卢照邻在写汉代长安的繁华与骄奢时,实际上也是写唐京长安的繁华与骄奢。最后诗人以扬雄的"寂寂寥寥",终能"南山桂花发"的往事来激励自己,也是把自己的期盼寄托于古意。

## *骆宾王(约619—约687)

字观光,婺州义乌(今属浙江)人。唐代大臣、诗人,是"初唐四杰"之一。有《骆宾王文集》存于世。

## 咏 鹅

鹅!鹅!鹅!
曲项向天歌。
白毛浮绿水,
红掌拨清波。

这是骆宾王七岁时写的诗。因这首诗,他被人称为神童。

儿童眼里的世界是美丽的。七岁的骆宾王所看到的,只是一群游水的鹅;这是极普通的现象。但在孩童眼里,却是能引起一阵兴奋的。

"鹅!鹅!鹅!"——连续三个"鹅"字并列,可能是儿童看见白鹅时惊喜的叫喊;也可能是儿童以为鹅在唱歌,在模仿鹅的叫声。——这是富于童趣的形容,显示出童真的美。接着第二句"曲项向天歌",就更是直接把鹅弯曲着颈项仰天呼叫与歌唱联想起来,觉得就像是英雄在引吭高歌了!

第三、四句"白毛浮绿水,红掌拨清波",写的是鹅在水面浮游。在江南水乡,这是常见的普通景象,但在还是孩童的骆宾王看来,却是一幅色彩鲜艳的美丽图景。所以他用孩童天真的语言作彩笔,把一幅色彩鲜艳的图画展现在我们面前:绿色的水面浮游着白色的鹅;水是那样清澈,碧绿透明,鹅的红掌在水里拨动的动作也可清楚看见。这是一幅多么美丽的"白鹅戏水图"啊!

## *王 勃(约650—约676)

字子安,绛州龙门(今山西河津)人。与杨炯、卢照邻、骆宾王并称为"初唐四杰"。王勃在诗歌体裁上擅长五律和五绝。

## 送杜少府之任蜀州

城阙辅三秦,风烟望五津。
与君离别意,同是宦游人。
海内存知己,天涯若比邻。
无为在歧路,儿女共沾巾。

这首诗大概写于王勃二十岁前,那时他离乡到京城当了个"朝散郎"和"沛王府修撰"的小官。

这首诗是他为送别杜姓好友而写。杜姓好友在蜀州(四川)谋得一职位。名义上称"少府",其实只不过是芝麻县官手下一个小武官而已。这与他离开绛州到长安的际遇十分相像,所以有"同是宦游人"之慨叹。但朋友有了差事也算是件好事,此刻为他送别,虽有离愁别恨,但也不至于愁思难耐,因而诗中的情绪还是比较开朗的。

第一联是"启",写送别的地点和杜少府要去的地方。"城阙"

（城门两侧的瞭望阁楼）指代长安；"三秦"（指长安周围的关中地区。秦亡后，项羽三分秦故地关中，以封秦朝三个降将，因此关中又称"三秦"）指代拱卫长安的京畿大地。这头一句对长安的恢宏景象做了最为简洁又最为贴切的描写。第二句"风烟望五津"，则是诗人想象肉眼无法看到的千里之外的景象。透过朦胧的"风烟"，"望"着（其实是想象着）千里之外的"五津"（"五津"是四川境内岷江上的五个渡口）。"蜀州"是一个地名而已，在人的脑海中是抽象的，但有了"五津"作指代，就变得具体而秀丽了。这里，"风烟"是一根想象的红线，把"长安"和"蜀州"两个地方连在一起了。

第二联是"承"，承接首联的意思，写出眼前"城阙"与遥远"五津"引发的感慨。杜少府去蜀州，与诗人离绛州到长安，都是为了寻出路而离乡背井，大家情感相通；所以说"与君离别意，同是宦游人"。

第三联，是"转"，情绪转为高昂。"海内存知己，天涯若比邻"，是由伤感的"离别意"转向对朋友做展望前途的劝慰：四海之内，无论走到哪里，我们知己之心不变，就算远在"天涯"，心依然是"若比邻"，永远是紧紧相靠的。这两句，是诗人对离别的朋友做出的忠诚于友谊的保证。

第四联"无为在歧路，儿女共沾巾"，是"合"。它承接第三联，以欢快的语句道出劝慰，不但让我们联想到一个形象具体的痴情男女送别的画面，还因为这近乎开玩笑的语气，给别离增添了些许欢快气氛。诗歌在欢快情绪中作结，显然是能收到很好的宽慰效果的。

## *张若虚（生卒年不详）

扬州人（今属江苏）。留世诗作仅二首，但一首《春江花月夜》已使他名扬诗史。

## 春江花月夜

春江潮水连海平,海上明月共潮生。
滟滟随波千万里,何处春江无月明?
江流宛转绕芳甸,月照花林皆似霰。
空里流霜不觉飞,汀上白沙看不见。
江天一色无纤尘,皎皎空中孤月轮。
江畔何人初见月?江月何年初照人?
人生代代无穷已,江月年年只相似。
不知江月待何人,但见长江送流水。
白云一片去悠悠,青枫浦上不胜愁。
谁家今夜扁舟子?何处相思明月楼?
可怜楼上月徘徊,应照离人妆镜台。
玉户帘中卷不去,捣衣砧上拂还来。
此时相望不相闻,愿逐月华流照君。
鸿雁长飞光不度,鱼龙潜跃水成文。
昨夜闲潭梦落花,可怜春半不还家。
江水流春去欲尽,江潭落月复西斜。
斜月沉沉藏海雾,碣石潇湘无限路。
不知乘月几人归?落花摇情满江树。

　　这首七言乐府古诗,诗人写出了春江花月夜的美景,以及由这美景所引起的天马行空般的遐想。

　　开头两句,诗人就让这首诗的主角"月"亮丽登场了:在一望无际的长江入海口,春潮涌动,潮水涨满,几与江口的海水持平("春江潮水连海平");涨满的大江入海口的水面托出了一轮明月("海上明月共潮生")。这景色出现在人们面前,就好像是潮水托出的是一个新生命。这是何等宏伟壮丽的景象啊!

接着诗人以五个联句分别描写"春江""春花""春夜"与"春月"。先是以两句写"春江":夜晚,在月亮的映照下,"千万里"的长江,江水随波东流,波光在"滟滟"闪动("滟滟随波千万里"。"滟",读yàn);月光普照之下,江上岸上,处处一派澄明("何处春江无月明")。——这是一幅广阔无比、柔美有加的春夜大江图。接着两句写"春花"。诗人仿佛是站在高空的月亮上,鸟瞰下面的"芳甸"与"花林"似的。他看见的是江流宛转地绕着的一个个长满鲜花的小洲("江流宛转绕芳甸");是月亮映照下的"花林"——由于是夜晚,又有月光映照,加上远观,"花林"上鲜花的颜色是看不清的,只能看见披上了月亮银光似的"皆似霰"的一片("月照花林皆似霰"),给了我们一个"春花"柔美与洁净的印象。再接着两句是写"春夜"。古人以为霜是在空中飘荡的,所以都习惯说"飞霜"("空里流霜")。由于月光映照的原因,天空显得更通透("空"),所以才"流霜不觉飞"。而"汀上白沙看不见"一句,则是用眼睛在夜晚的错觉去写夜色。夜色毕竟朦胧,月色映照着汀上的白沙,乃至令人觉得月光与白沙融合一起,再也看不清"汀上白沙"是怎么个样子了。——这月下夜色的描写,写出了一种扑朔迷离的朦胧美。然后是着重写天上"春月"的两句。由于月光明亮,远处水天相连,"江天一色",空间显得洁净通透,就好像"无纤尘"似的;由于"无纤尘",这江天就更显得晶莹皎洁,更"空"、更寥廓了,于是悬在天空中的"月轮",也就显得"孤"了("皎皎空中孤月轮")。——"江天一色","皎皎空中"托出一个"孤月轮",这"孤月轮"给人的印象就更加深刻了。

诗人观景,往往会引起遐想。这首诗也一样,继上面一段景色描写之后,后面的诗句就写诗人天马行空的遐想。

遐想的开头,是由那悬空的"月轮"引起的,读来有点孩童般的天真:"江畔何人初见月?江月何年初照人?"这是个谁也回答不了的、诗人自己也不打算回答的问题。他只是想说明：人看见月亮，与月亮照人，都是很久以前就有的事情了。提出这个看似幼稚的问题后，诗人就转向到对一个人生哲学问题的思考去了："人生代代无穷已，江月年年只相似。不知江月待何人，但见长江送流水。"——从古到今，江上、岸上生活的人，已更换过不知多少代了，但江月却是年年代代一个样，始终没有变化。江月之所以不变化，大概是在等候什么人吧？但是它又能等到谁呢！江上和岸上的人，就像那分分秒秒都不一样的东流水一样，随着时间的流逝，是世世代代都不一样的。

诗人刚想完一个人生哲学的大问题，现在眼球又被另一景色吸引住，于是又勾起了新的遐想。引起他注意的景色是"白云一片去悠悠"，以及白云下面的"青枫"林立的水边陆地（"浦"）。古代文学作品中常有个叫"青枫浦"的地方，是人们送别的一个水边埠头；此处"青枫浦"，虽然不是那令人想起离愁别恨的地方，但所描述的景色，也足够引起他"不胜愁"的联想，他想到"谁家今夜扁舟子？何处相思明月楼"来了。"扁舟子"是游子常常在旅途中寄身的"一叶扁舟"，"明月楼"则是留守夫人独守的空房。无论是游子还是留守夫人，他们都得忍受这分离的寂寞与孤独。——诗人由眼前的景色，想到人世间许许多多忍受着寂寞与孤独的游子与留守夫人了。

接着，他想到了留守夫人在家乡的孤寂。诗人把月亮拟人化了，以月亮的运行来见证留守夫人的孤寂。月亮对"明月楼"上的留守夫人充满了同情：她的亮光在楼上"徘徊"，就是"可怜"楼上的女子（"可怜楼上月徘徊"）的表示，她在安慰留守夫人的孤寂：把光亮映照在她的梳妆台上（"应照离人妆镜台"）。照在她窗户的纱帘上，那光亮是卷帘怎么卷也卷不走的（"玉户帘中卷不去"）；就算她夜不能眠去洗衣，想用捣衣棒拍打砧石上的衣服，想拂去月光，那月光也是会依恋着她，刚拂去又会立刻回来的（"捣衣砧上拂还来"）。此时，孤寂的女子和她思念的游子是在望着同一个月亮吧，却不能相互听见对方的说话("此时相望不相闻"),她愿意追随在云朵中穿行的月亮,漂流到夫君那"扁舟子"的上空,借那拂照着夫君的月光,给夫君一点慰藉的("愿逐月华流照君")。但那是不可能的,传书的鸿雁飞不出月光照耀的范围("鸿雁长飞光不度"),带信的"鱼龙"无论怎样"潜跃",也只不过能在水里留下一点涟漪("鱼龙潜跃水成文")而已,何况是我呢!——这是写妻子思念远行的夫君之苦。

接着,诗人的遐想由西边思念夫君的妻子,转到江东头"扁舟子"上的夫君了。诗人仿佛已看见他在自言自语:"昨夜这'扁舟子'停泊在这江潭上,我梦见春花摇落了('昨夜闲潭梦落花');春季已过半,我还不能回家('可怜春半不还家')。"他想到时日就像江水流逝("江水流春去欲尽");江潭上的月亮也西斜了("江潭落月复西斜")。——时日的流逝,又激起他有家不能归的遗憾来了。

最后四句写月沉景象引起的情思:海雾从连海的江东头涌过来了,把正向西边沉落的月亮裹在雾霭中("斜月沉沉藏海雾");从东边的碣石,到西边的潇湘,其间相隔无限("碣石潇湘无限路"),不知又有几人能乘月归去("不知乘月几人归")呢?对这个问题,诗人是无法回答的,只能把它交给挑动了人间情思的"满江树"和"落花"("落花摇情满江树")了。

诗人描画的图卷,让我们看到了沿江景色;看到了月生,月轮当空,月西斜,到月西沉的全过程;乃至阅览了"人生代代无穷已,江月年年只相似"的历史长河。它给我们的艺术享受的确是美不胜收的。

## *陈子昂(659—700)

字伯玉,梓州射洪(今属四川)人。初唐诗文革新人物之一。陈子昂存诗共100多首,其诗风骨峥嵘,寓意深远,苍劲有力。其中最有代表性的作品为《登幽州台歌》。

## 登幽州台歌

前不见古人，后不见来者。
念天地之悠悠，独怆然而涕下。

幽州台是北京大兴一处历史遗址，战国时，燕昭王为招纳天下贤士建台于此，史称"幽州台"。诗人凭吊此遗址，想起历代叱咤风云的英雄豪杰，感慨万千，顿悟人生短暂而渺小的哲理，于是写下这首意境苍茫、气势遒劲的伟作。

诗人登上"幽州台"时，此台已被历史湮没，他所见到的，只是脚下的一抔黄土，为怀古而来的诗人，就只能发出一声"前不见古人"的感慨了。另外，从历史发展的眼光看，这块土地，当然也是后代豪杰活动的舞台，而自己，只不过是历史长河中一滴水珠而已，当然是没法看到后代豪杰的生生息息了，于是又发出了一声"后不见来者"的慨叹。——这两声慨叹，是诗人在历史长河中瞻前顾后而发出的人生短暂的慨叹，是哲人对历史沧桑变化的睿智认识的反映。

第三句"念天地之悠悠"，写出了诗人对眼前空间环境的感受。诗人面前的景色，不外是山与水而已，但诗人却从眼前山水想到更为辽阔、更为恢宏的"天地"。"天地"是人的肉眼不能尽极的，也是不能用言语说清的，所以，诗人用极其含糊的"悠悠"二字去形容；但正是这两个字，给读者留下了至为广阔的想象空间。而那个"念"字也用得极妙：正因为"天地"无法"极目"，它只能想象，用"念"字是最恰当不过的。在这广阔的空间中，人自然就"渺小"了。

诗人的顿悟，是哲人的大彻大悟。正因为如此，他为自己的顿悟流下了泪水，以至"怆然而涕下"。而前面那个"独"字，则是对上面三句的感触的总结：在历史的长河中，在辽阔的天地间，他是渺小的、孤独的、无助的。

这首诗的用词造句,与屈原写的楚辞《远游》有相似之处。《远游》有云:"惟天地之无穷兮,哀人生之长勤。往者余弗及兮,来者吾不闻。"因而《远游》与《登幽州台歌》,是可以互作诠释的两首诗歌。

## *贺知章(约659—约744)

字季真,越州永兴(今浙江杭州萧山区)人。武周时中状元。诗作甚丰,与张若虚、张旭、包融并称"吴中四士"。诗作以绝句见长,写景抒怀,风格独特,清新潇洒。

## 回乡偶书

少小离家老大回,乡音无改鬓毛衰。
儿童相见不相识,笑问客从何处来。

偶书,是随意记下的意思。题目告诉读者,诗人是随意地把回乡遇见的事情记录下来的。

开头一句,是"起"。"离家"久了,要"回"乡看看,这是回乡的起因。如何表现"离家"之久呢?诗人用了对比十分强烈的四个字词:"少小"对"老大";"离"对"回"。正因为是"少小离家",所以思乡才更切,即使"老大"了,也要回来看看。

第二句是"承"。"乡音无改"承接"少小离家":"少小离家"却"乡音无改",可见诗人对家乡之情深;"鬓毛衰"则承接"老大","老大"了才会"鬓毛衰"。这一句说出了自己出现在家乡人面前鬓毛衰落、变灰变白的形象。此句与第一句是承接关系,在第一句的基础上,故事铺开了一点。

第三句是"转"。"转"就是来个"转折"。前面两句诗,我们可以感到,诗人尽管已回到家乡,但长年积在心头的"乡愁"依然未消;鬓毛已衰引起的他的"垂老感"更是溢于言表。但这第三句的情调却来了个变化。入村遇见的一群"儿童",把满腹"乡愁"的他逗乐了,诗歌的语调也变得欢乐了。但这"转",也不是凭空而来,而是有所承接的,正是因为"少小离家老大回","儿童"才会"相见不相识";也正是由于来了个"鬓毛"已"衰",却说着他们家乡话的老者,才会引起孩童的注意。有了前面两句的铺垫,这里的"转"就转得合情合理了。

第四句是"合"。"合",就是要让事情的叙述有个完满的结尾。孩童"笑问客从何处来",是全诗中最为引人注目的诗句,它给了这个小故事一个欢乐的收场:满脸笑容的孩童围上了这个虽不相识,却满口乡音、鬓毛衰白的老人,问长问短,尽显儿童的天真烂漫,也带来了欢乐的气氛。这些该是诗人孙辈的孩童所问的问题,也令回乡的诗人心中产生了谐趣之感,他们居然把他这个该是他们祖辈的乡人叫作"客"了!这是多么有趣的误会啊!的确,从叙述的角度看,这是这首叙事诗的结尾,也应该是这个小故事的最高潮,这是可以让人留下了深刻的印象的。

## 咏　柳

　　碧玉妆成一树高,万条垂下绿丝绦。
　　不知细叶谁裁出,二月春风似剪刀。

第一句"碧玉妆成一树高"是远观,诗人看到前方远处有一排柳树,每棵柳树都很高大,都是"碧玉妆成"的,就像是远处站立着一群亭亭玉立的少女。

第二句,诗人走得近些了,他看见这树林里的柳树垂下万千条嫩绿的枝叶,就像少女衣裙上披挂着的"绿丝绦"(用绿色丝线编织成的丝带。"绦",读tāo)。"碧玉妆成"的少女,现在又有"绿丝绦"衬托,就更是风姿绰约了。

第三句,诗人走得更近了,看清了"绿丝绦"上的细叶嫩绿细长,就好像有个细心的裁缝一块块剪裁出来似的。他发问:"不知细叶谁裁出?"他来了个"设问",是"明知故问"。但这"明知故问",却对读者起了启发作用,也为自己在第四句的回答做了铺垫。

第四句,是对前句的回答,是诗人在自问自答。联系前句可知,"细叶"与"剪刀"是相关的。只有"剪刀"才能剪出"细叶",而把"二月春风"比作"剪刀",更是画龙点睛之巧笔。如果前面三句是赞颂柳树风姿绰约、柳叶如玉之碧翠的话,那这一句是进而歌颂使得柳树如此风姿绰约的"似剪刀"的"春风"了。因此,我们说,歌颂春风,才是这首诗歌的主旨所在。

## *李 峤(约645—714)

字巨山,赵州赞皇(今属河北)人。以写五言近体诗著称。他擅长写咏物诗,留世的咏物诗达120首,自风云月露、飞动植矿,乃至服章器用之类,他都能刻意描绘。他的咏物诗,对少年儿童的自然科学常识教育,有很大贡献。

## 风

解落三秋叶,能开二月花。
过江千尺浪,入竹万竿斜。

《风》这首咏物诗，所咏的"风"是一种看不见、摸不着的东西，的确是很难进行具体描述的。但诗人却以风过时自然景物的种种变化，让读者感到风的存在以及它在大自然中的力量。于是，虚渺的风，在诗人笔下，就成了实实在在的东西了。

第一句"解落三秋叶"，是说深秋时分的西风。"三秋叶"，指的是农历九月时的落叶（七月是初秋，八月是中秋，九月是晚秋，初秋、中秋、晚秋合称"三秋"；这里的"三秋"，特指"晚秋"）。晚秋时分，树叶枯黄，西风一吹（秋季的季候风是西风），能让黄叶飘洒而下（"解"，可解作能、会）。这时，人们从飘洒的树叶感觉到了"风"的存在。

第二句"能开二月花"，说的是仲春的东风。从古到今，人们都认为，是东风（春季的季候风是东风）把二月的花朵吹开的。于是，人们又从山野间的万紫千红中感受到"风"的存在。

第三、四句"过江千尺浪，入竹万竿斜"，写的是狂风。如果说，一、二句中，春风是和风送暖，秋风也只是让黄叶自然飘落，都不算狂暴的话；那么，这三、四句，则让读者看到了"风"狂暴的一面。飓风时节，狂风在江海上掀起巨浪，"过江千尺浪"正是这种情景的真实写照；而当狂风刮过树林时，也会显现出摧枯拉朽的力量来，作者特别以竹林来显示这个情景，显然更能令人对风的力量有真切的感受。在树木中，竹子比较柔韧，风吹竹林，竹子的摆动、竹叶的呼啸，都会比较显眼、比较喧嚣，这也令人对风的力量的印象会比较深刻。

作者选择四幅图景写风，恰到好处地反映了不同季节、不同情境中的风的形态，可见作者观察自然景物的全面与入微。在诗歌中，前后两个对偶句的运用也十分得当，分别把温和与暴虐两种情景铺陈得十分鲜明入目。

## 第二章　盛唐诗坛

历史上的"盛唐",指的是唐高宗李治继位的永徽时代,到唐宪宗李纯的元和年间。那时的唐朝,国家统一、经济繁荣,政治开明,文化发达,对外交流频繁,社会充满自信,处处呈现出一派繁华景象。

中国诗歌发展,在唐代是高峰,而盛唐时代的诗歌,则是站在这高峰的顶端上的。这一时期,不但出现了伟大诗人李白、杜甫,还涌现出一大批才华横溢的优秀诗人,如孟浩然、王维、高适、岑参、王昌龄、卢纶、张九龄,等等。许多千百年来脍炙人口、广为传诵的诗篇,便是在这一时期产生的。这些诗人,按他们喜爱采用的题材分,可分为山水田园诗人与边塞诗人两大类。当然,这只是按主要倾向来划分,其实不少诗人是既有山水田园诗的创作,也有边塞诗的创作的。

热情洋溢、豪迈奔放、具有浓烈的浪漫气质,是盛唐诗的主要特征;即使是恬静优美之作,也同样是生气弥漫、光彩熠熠的。这就是为后人所艳羡的"盛唐之音"。

## 一、边塞诗与军旅诗

唐代疆域广阔,远接戈壁西域,常与周边的塞外民族有战事发生。盛唐时国力强盛,唐人多以旺盛的爱国热情参战报国。于是,边关的军旅生活也就成了当时诗歌创作的中心内容。这个流派的诗人众多,创作诗歌的数量也很多。其中以高适、岑参成就最高,他们与王昌龄、王之涣,合称为"边塞四诗人"。

## *王　翰（687—726）

或作王瀚，字子羽，并州晋阳（今山西太原西南）人。其诗作留存于《全唐诗》中有13首，其中以边塞诗《凉州词》为代表作。

# 凉州词

葡萄美酒夜光杯，欲饮琵琶马上催。
醉卧沙场君莫笑，古来征战几人回。

《凉州词》是一首军人的抒情曲。它所表露的守边将士的情怀十分感人。明代王世贞把此诗推为唐代七绝的压卷之作。

这首诗的西域特色十分明显，从题目到内容，都反映出西域的风貌：凉州词，是西域流行的乐调；葡萄美酒，是西域著名的出产；夜光杯，是西域生产的一种玉石磨制而成、在黑暗中可发光的酒杯；琵琶，是西域的乐器。这西域特色的显示，使诗歌一开始就带有一种悲壮的情调。

第一句"葡萄美酒夜光杯"由两个名词词组组成。这酒和酒杯，构成了军帐中豪饮时觥筹交错的场景。军中自古以来都有在一场生死未卜的决战前以丰盛的酒宴为将士壮行的习俗。酒宴之后，将士们就得义无反顾地奔赴战场了。

第二句"欲饮琵琶马上催"：酒宴还未结束，营帐外众多琵琶已奏响催人出征的乐声，队伍要进入出征的准备状态了。于是，这撼人心弦的琵琶声，把饮宴推上了高潮。在琵琶齐声奏响后，这出征前的饮宴更加热烈了，将士们觥筹交错，坐起而喧，相互祝福，诉说心声。

第三、四句"醉卧沙场君莫笑，古来征战几人回"，是豪饮将士奔赴沙场前互勉的话语。不说战死沙场，而说"醉卧沙场"；还把"古来征战几人回"看作常态。这就把将士豪爽悲壮的情怀表露无遗了。

历来评家多认为此诗悲凉感伤，表露将士的厌战情绪。但清代施补华却认为："作悲伤语读便浅，作谐谑语读便妙。"清代《唐诗三百首》的编撰者蘅塘退士孙洙也说，对此诗"作旷达语"理解，更为恰当。我们回顾全诗，首句用语绚丽显出盛宴的气派；二句极写热烈场面，酒宴外加音乐，着意渲染气氛；三、四句极写将士出征前对饮，豪放旷达。的确，对此诗作旷达观才符合此诗实际。

## *王之涣（688—742）

蓟门（今属河北省）人，一说晋阳（今山西太原）人。以善于描写边塞风光著称。是唐代著名的"边塞四诗人"之一。

## 凉州词

黄河远上白云间，一片孤城万仞山。
羌笛何须怨杨柳，春风不度玉门关。

这是一首感叹军士戍守边城之孤独与寂寞的诗歌。

第一句"黄河远上白云间"，是王之涣凭想象写出的远景。这句诗与李白的诗句"黄河之水天上来"的意境相近。由于是想象中的远观，动的黄河变静了，向下奔腾的黄河，也被想象为悠游地"远上白云间"了。

第二句"一片孤城万仞山"，描画比前句稍为靠近的画面，那画面所描画的地方，该是在"远上白云间"的黄河前面，是一簇"万仞"群山；在那万仞群山的画面中，有一个"一片孤城"的特写镜头。——作者是熟悉中国画的构图特点的。中国画家能在有限的画纸上画上肉眼无法看到的完整的高山与大河，同时也能在同一画幅中以微缩的手法，在远山远水中精细地绘画出一城、一屋，乃至一桌一椅、一人一马。由于有了恢宏的"黄河远上白云间"的大背景与高厚的"万仞山"的中背景的衬托，这微观特写的边城玉门关，就显得更加孤独、更加遥远了。

第三、四句"羌笛何须怨杨柳，春风不度玉门关"，是对孤城进一步的描写："羌笛"的哀怨，给"万仞山"中"孤城"的特写镜头加上了画外音，令人更觉孤城的孤独；而"春风不度"四字，也令人想起这"孤城"的荒凉。大概是王之涣与朋友话别间，听到"羌笛"奏响送别的乐曲《折杨柳》，那哀怨的乐音勾起了他人在"孤城"的孤独感，于是自怨自艾地对吟出一句"春风不度玉门关"来了！

## 登鹳雀楼

> 白日依山尽，黄河入海流。
> 欲穷千里目，更上一层楼。

鹳雀楼，古名鹳鹳楼，唐朝时地处山西黄河岸边的小山城，离长安、洛阳甚远，应属边远地区。所以这首《登鹳雀楼》，也可归入边塞诗范畴中。

这是一首观景悟理的诗。前两句写日落西山、黄河东流的壮阔图景，后两句则是由此图景悟出了"站得高才能看得远"的哲理。

开头两句，诗人用文字描画出了一幅远近并纳、虚实并举的壮丽河山图。首句"白日依山尽"写山，这山虽是远景，却是眼见为实之山景；"白日"也是实景。此时太阳已开始下山，它的光亮，已经被层层山峦遮挡住，只留下山峦上一片红霞的天空了。第二句"黄河入海流"写水，这则是一个远近并纳、虚实并举的诗句。黄河就在楼下流淌，这是眼见为实的近景；但"黄河"的"入海流"，则只是诗人想象中的幻景而已。所以说，画家无法描绘的远景，诗人能以文字去描写，把肉眼看不见的远景，活灵活现地显现在读者的脑海中。

杜甫《戏题王宰画山水图歌》中有两句诗："尤工远势古莫比，咫尺应须论万里。"是杜甫对王宰诗作的赞颂。但杜甫的诗句，用来评论王之涣这首诗近远并纳、虚实并举，做到了缩万里于咫尺，使咫尺有万里之势，也是非常贴切恰当的。

后面两句，是用以记述诗人登楼时的心境的；也可以把它看成是诗人在表述他对"站得高才能看得远"的人生哲理的认识。一般来说，"诗忌说理"。但这应当只是说，诗歌不要生硬地、枯燥地、抽象地说理，而不是不能揭示和宣扬哲理。像这首诗，从观赏景物入手，深入思考，提升到哲理的层面去认识眼前的景物，把哲理与景物、情事融合得天衣无缝，读者不觉得它在说理，但理已在其中矣。

## *王昌龄（698—757）

字少伯，河东晋阳（今山西太原）人，又一说京兆长安人。盛唐著名的"边塞四诗人"之一。后人誉为"七绝圣手"。其诗以七绝见长，尤以赴西北边塞所作边塞诗最著，有"诗家夫子"之誉。

## 从军行

青海长云暗雪山，孤城遥望玉门关。
黄沙百战穿金甲，不破楼兰终不还。

这是王昌龄以汉乐府旧题《从军行》写作的一组七言绝句（共七首）中的一首。题目中的"行"，就是"歌行"，加上前面"从军"二字，我们可以理解为唐代军人的军歌。

第一、二句,写的是边塞景象:近处是一片汪洋似的"青海";远处是白皑皑的、云雾缭绕的"雪山";另一方则是著名的要塞"玉门关";与玉门关相望的,是一座有军士驻守的"孤城"。这"青海""雪山""玉门关",还有"孤城",综合起来,就是一幅浩瀚而荒凉的边地风光图。此地氛围肃杀:青海湖上升起厚厚的云层笼罩着雪山,使得雪山也变暗了;关门之外有一孤城,与玉门关遥遥相望,形成掎角之势。这是战事随时都可能发生的前线,完全是一派战云密布、将士随时准备战斗的氛围。

第三、四句,写的是守边将士的坚强意志与必胜信心。"黄沙百战穿金甲",是说他们在这边疆沙漠身经百战,以至铠甲都磨穿了,可见战斗的艰苦。但他们没忘记守边的职责,"不破楼兰终不还"就是他们宏伟心志的反映("楼兰"是边疆一个已消亡了的古国。这里是以楼兰指代犯边的外族,并非实指)。

## 出　塞

秦时明月汉时关,万里长征人未还。
但使龙城飞将在,不教胡马度阴山。

王昌龄生活的年代正值盛唐,唐军在边疆战事中屡屡取胜,但同时,频繁的边塞战争也使人民不堪重负,他们渴望和平生活的恢复;这首《出塞》对人民的和平愿望就有所反映。

首句"秦时明月汉时关",就是一幅壮阔的边塞图景:一轮孤月,照耀着边疆关塞,显示出这个古老边塞的孤寂与苍凉。诗人在"月"和"关"前面,用"秦时""汉时"加以修饰,令人感觉到,现在的明月,还是秦汉时的明月;现在的城关,也还是秦汉时的城关。如此写来,就给这个边疆关塞增添历史的沉重感。

但在这个充满历史沧桑的边塞中,却长年驻守着许多"万里长征人未还"的士卒。这样的景象令人触景生情,想起秦汉以来无数献身边疆、至死未归的军士。所以,这"万里长征人未还",就是诗人的一声慨叹,既是对戍边士卒的同情,也引起了后两句的历史的问责:为什么边疆战事会连绵不断,以致士卒戍边至死也不能回归?这是个从秦到汉乃至于唐代,都没能解决的大问题。这个问题,诗人在三、四句,就做出了间接回答:如果汉时的"龙城飞将"李广还在,外敌想跨越长城、越过阴山的梦想就永远不会成功,"万里长征人未还"的现象,也就永远不会出现了。

三、四两句语带讽刺,流露出对朝廷不能选贤任能,以致国无良才的不满。

## *王 维(701—761)

字摩诘,因官至尚书右丞,世称王右丞。前期写过边塞为题材的诗篇,后期则以山水诗创作最为著称。诗与孟浩然齐名,并称"王孟"。

## 使至塞上

单车欲问边,属国过居延。
征蓬出汉塞,归雁入胡天。
大漠孤烟直,长河落日圆。
萧关逢候骑,都护在燕然。

当时,唐军在边疆打了个胜仗,时任监察御史的王维,奉命出使塞外劳军。这首诗写的就是他出塞途中的见闻。

首联写他此行的目的,是到边疆去劳军,现在已路过边城居延了。

"单车",说明他这次到边疆慰问,是轻车简从的;"属国",是官名"典属国"的简称,诗人只是以此指代自己,并不是他真正的官衔。

颔联是写他出"汉塞"(居延位于现在内蒙古境内,当时已归入唐朝版图,所以可称作"汉塞")后的所见所感。出了居延,看到天苍苍、野茫茫的广漠天地,他感到了人的渺小,觉得自己就像随风飘荡的蓬草飘出"汉塞";他又看到苍茫的"胡天"之间,有雁阵在飞行。在这里,他是要飘向远方的"征蓬";而大雁则是回归故里的"归雁";他是"单车""问边",而大雁是"青春作伴好还乡"。从这对比中可见,诗人在这广漠的天地间,是不无寂寞之感的。

颈联进一步写诗人塞外所见。这两句诗,把塞外风光具体化、形象化了:"漠"是"大漠",广阔无边;"河"是"长河",望不到头也望不到尾。"烟",是野炊的士兵燃起的炊烟。以"孤"来形容,显出了大漠的广阔,也显出在大漠上行军结寨的军士的孤寂;而"烟"之"直",则告诉我们,这是一个无风的傍晚,显示出战斗平息时的和平气氛。然后,诗人往西边上游望去,看见的是"圆"的"落日"。诗人突出"落日"的"圆",是与"大漠"之"大"相配合。因为只有在一望无际的"大漠"上,才能看到最大最圆的"落日"。诗人站在广漠的塞外大地上,站在大漠上流淌而过的"长河"旁边,望着这越来越圆、越来越大的"落日"向大河的水平线沉下去。那是一幅多么宏伟壮丽、令人震撼的图景啊!

尾联与首联的"单车欲问边"相呼应。看来,王维出"居延"后,已走过"大漠孤烟直,长河落日圆"的原野,又往更远的边塞走去了。他到"萧关"的时候,遇到通信联络的斥候骑兵("候骑"),问起他要去慰劳的唐军长官("都护"是边疆地区的军政首长的官名)驻地在何方,斥候回答,是在更远的边塞"燕然"——这是以"还得继续往前走"作结尾,说明他要去的地方比望不到边的尽头还要远!如此谈话内容,与军事相关,也增添了边塞风光。

## *高　适（704—765）

渤海蓨（今河北沧州）人，后来迁居宋州宋城（今河南商丘睢阳）。高适多作边塞诗，有《高常侍集》传世。他的边塞诗笔力雄健，气势奔放，洋溢着盛唐诗作所特有的奋发进取、蓬勃向上的时代精神。

### 燕歌行

开元二十六年，客有从御史大夫张公出塞而还者，作《燕歌行》以示适，感征戍之事，因而和焉。

汉家烟尘在东北，汉将辞家破残贼，
男儿本自重横行，天子非常赐颜色。
摐金伐鼓下榆关，旌旆逶迤碣石间。
校尉羽书飞瀚海，单于猎火照狼山。
山川萧条极边土，胡骑凭陵杂风雨。
战士军前半死生，美人帐下犹歌舞！
大漠穷秋塞草腓，孤城落日斗兵稀。
身当恩遇常轻敌，力尽关山未解围。
铁衣远戍辛勤久，玉箸应啼别离后。
少妇城南欲断肠，征人蓟北空回首。
边庭飘飖那可度，绝域苍茫更何有？
杀气三时作阵云，寒声一夜传刁斗。
相看白刃血纷纷，死节从来岂顾勋？
君不见沙场征战苦，至今犹忆李将军。

从这首诗的小序中，我们得知：诗人是在看了一位边塞长官的诗歌后，有感于这场战事的失败，写下此诗以抒发自己的感慨。

诗歌记叙了戍边将士一场失败的战斗。记叙了战士出征时抵御外寇的豪情，以及在这场失败的战斗中的艰辛历程，以及战斗间隙中思乡的哀伤；同时也揭露了将领骄奢带来战事失败的黑幕。

头四句，写这场战争的缘起。"汉家烟尘在东北"，是说东北边庭发生了战事（"汉家"，其实是指当朝；唐人写诗，爱以昔"汉"代今"唐"）。"汉将辞家破残贼"，是说唐将奉命出发到东北疆域粉碎外寇入侵。这句诗叙述语气轻松，似乎"辞家""破敌"有如家常便饭般轻易；特别是"破残贼"三字，把入侵之敌视作未战已残，可见他们轻敌之甚，这也为后面写战事之失利做了铺垫。"男儿本自重横行"句，则写出征将士立马横刀、踌躇满志的神态；但"横行"二字，也暗示了将领的恃勇轻敌（《史记·季布传》记载：汉时，樊哙在吕后前夸海口："臣愿得十万众，横行匈奴中"。中郎将季布当场就斥责他说大话欺君："当年，高皇帝率领四十万大军尚且被匈奴围困在平城，如今你樊哙怎么能用十万人马就横扫匈奴呢？这不是当面撒谎吗！"所以，这"横行"二字，有揶揄唐将骄奢轻敌的意味在其中）。而"天子非常赐颜色"句则是说，"天子"对这样一个踌躇满志的将军，是"非常赐颜色"，给足了面子的。具体如何给足面子，诗人没说，大概是赐酒壮行之类吧！

接着四句，写唐军奔赴前线。"摐金伐鼓下榆关，旌旆逶迤碣石间"，写唐军声势浩荡地向边域进发：唐军擂金击鼓（"摐金"，撞击铜鼓、铜锣等打击乐器。摐，音chuāng），摇动旌旗（"旌"与"旆"，都是旗帜。旆，音pèi，末端如燕尾的旗），逶迤前行，下榆关、碣石（地名，在今河北省）。由此可见唐军威势之盛，是一种藐视外敌的气势。而接着的"校尉羽书飞瀚海"句，则是写唐军到前线后面临的紧张态势：唐军"校尉"的快马，在大漠（"瀚海"）军营间来回奔跑,传送"羽书"(就是"鸡毛信",军中的紧急情报或军令),显出了一种临战的氛围;后面"单于猎火照狼山"句,则写敌营的威势("单于",是对匈奴首领的称呼;唐时已无匈奴存在,这里说的"单于"只不过是指代入侵外敌的首领。"狼山",是塞外的山岭名),既凸显前线临战的紧张气氛,也可见敌军并不是唐军原先所想的"残贼",而是与唐军旗鼓相当、势均力敌的。

接着八句是写沙场交锋、唐军败北的情景。"山川萧条极边土"描画了这"极边土"(最为偏远的边疆地域)萧条、偏僻的景象。"胡骑凭陵杂风雨",是说敌方铁骑凭天时地利,趁着风雨,向不习惯这"边土"地势和气候的唐军发起了攻击,侵入了唐军的阵地。"战士军前半死生"则是写在敌军的凌厉攻击下,唐军将士浴血奋战,死伤过半的场景。接着"美人帐下犹歌舞"句,写在士兵浴血奋战之同时,唐军将领还在军帐中欣赏美女的歌舞;由此可见唐军将领的骄奢轻敌。"大漠穷秋塞草腓,孤城落日斗兵稀",则写出了广阔战场上唐军呈现败象:在寒冷的深秋季节,大漠上荒凉一片,满目皆是枯萎的草木("腓",音féi,草木枯萎);唐军将士在凄凉落日的映照下,孤独地镇守边城,由于敌我势力悬殊,抵抗越来越稀落。"身当恩遇常轻敌",写出了苦斗中的将士的悔恨:我们如今陷入困境,不正是因常常受到皇帝的嘉奖与赏赐而滋长"轻敌"之心引起的吗?"力尽关山未解围",则是描写将士拼死奋战仍不能解围。

接着是诗歌后半部,写戍边战士在战斗间隙中的所想所思。

"铁衣远戍辛勤久,玉箸应啼别离后。少妇城南欲断肠,征人蓟北空回首",写战士对家乡亲人的怀想:我身挂"铁衣"(铠甲),远戍边关,时日已久;家中妻子("少妇")该流下不少哀伤的泪水了吧(用"玉箸"借代两串哀伤的泪珠)!但我("征人")在这"蓟北"边庭,也只能"空回首",徒自思念你在家里"欲断肠"了!

接着六句,写战士回顾边庭战斗的艰苦。"边庭飘飖那可度",是寄语远方亲人：边庭依然动荡，回乡无望啊。"绝域苍茫更何有"是说，边域的苍凉，生活之迷茫是很难为人所知的。"杀气三时作阵云，寒声一夜传刁斗"，则是说边庭的紧张氛围：白天，无论是晨，是午，是昏（"三时"），都是杀气弥漫；晚上，不时传来"刁斗"（形状大小似斗，有柄。白天用来烧饭，晚上敲击巡逻）那令人胆寒的声音。"相看白刃血纷纷"，则是说战斗归来，同袍"相看"，手握的刀枪，都沾满了血迹。"死节从来岂顾勋"是说他们在一场场生死搏斗中，是不曾想到过要得到帝王授勋的荣耀的。

"君不见沙场征战苦，至今犹忆李将军"是结语：军士们在"沙场征战苦"时，自然会想起既能捍御强敌，又能爱抚士卒的汉将李广来。如此结尾，其实是在针砭这次战争的失败：在"战士军前半死生"时，将领却"美人帐下犹歌舞"。与李广的爱兵相比，真有天渊之别；如果"飞将军"犹在，这场仗就不至于如此惨败了！

## *岑　参（约715—770）

唐代"边塞四诗人"之一，江陵（今湖北省荆州市荆州区）人。唐玄宗天宝三载（744年）进士，曾两次从军边塞。现存诗360首。对边塞风光、军旅生活，以及少数民族的文化风俗有亲身的感受，故其边塞诗尤多佳作。

## 逢入京使

故园东望路漫漫，双袖龙钟泪不干。
马上相逢无纸笔，凭君传语报平安。

岑参这首诗，写的是他第一次出塞的情景；表现了诗人在出征边疆、离家越来越远时,对故园亲人深深的怀念。

第一句写诗人出征、离家越来越远的情景。当时诗人应征从军,到安西去当一位节度使手下的幕府书记。他离开长安向安西进发,离"故园"越来越远了。当他东望长安故园时,那故园已经在既不可望更不可即的"漫漫"长路的东头远处了。

第二句中,"龙钟"是"泪流"的意思,"双袖龙钟",意思就是眼泪流进双袖,以致双袖"泪不干"——可以想象,就是诗人不歇止地流泪,刚用双袖揩拭,眼泪又继续流下来,以致双袖就没有干过。可见他心中的乡愁是多么浓重了。

第三、四句是说,他遇见了因公事从边塞回京城的官员("入京使");他看见有人入京,就忍不住想托他给家里带信。可是,"马上相逢无纸笔",他唯有"凭君传语报平安"——请"入京使"代他给家里带口信报平安了。

关于这首诗,明代钟惺有"只是真"的三字评价。游子想家,是人之常情;路见有人入景,顿起给家里带信的念头,也是人之常情;这"人之常情"用叙述语气道出,如话家常,让人感到浓郁的人情味。

## 白雪歌送武判官归京

北风卷地白草折,胡天八月即飞雪。
忽如一夜春风来,千树万树梨花开。
散入珠帘湿罗幕,狐裘不暖锦衾薄。
将军角弓不得控,都护铁衣冷难着。
瀚海阑干百丈冰,愁云惨淡万里凝。
中军置酒饮归客,胡琴琵琶与羌笛。
纷纷暮雪下辕门,风掣红旗冻不翻。
轮台东门送君去,去时雪满天山路。

山回路转不见君,雪上空留马行处。

岑参曾两次出塞,在安西节度使高仙芝手下当幕府书记、判官等文职(诗中的"武判官"是他的前任)。多年的边塞生活,使他对边塞军人的生活、情操有深刻的了解与认识。他们不以军旅生活的艰辛为艰辛,不以环境的险恶为险恶,一心只想着建功立业。生活在他们中间的岑参,以他们的这种情思作为创作基调,所以,他的边塞诗也就有了雄奇的大气与瑰丽的色彩。

这首诗的前部主要写"大雪":

开头两句,先对风雪场面来个总写。第一句"北风卷地白草折"写风,这七字可让你想象到风之劲,仿佛看见满地的枯草被席地而过的狂风刮得折弯了腰、抬不起头;而第二句"胡天八月即飞雪",写的是漫天的大雪。本来,光是漫天的雪,并没有什么"奇"处可言,但经诗人点明地点("胡天")与时间("八月"),这风雪之"奇"就显示出来了。八月,在中原正是仲秋,是秋高气爽的时节,但这"胡天",却已是风雪漫天。这对身处中原的人来说,当然是奇景了。

接着诗人的目光从广阔天地集中到大地上的"千树万树"来。早晨走出营帐往外望去,远处近处、高处低处,树木枝叶上都挂满了雪凇。这样的景象,经诗人生花之笔形容为"忽如一夜春风来,千树万树梨花开"——这严峻的秋雪,一夜之间变成春日里漫山遍野的梨花了。

以上四句,紧扣题目,写天地间的"白雪",是写室外之景。接着四句则写室内:早晨,雪花透过"珠帘",飘入营帐,把遮挡风雪的罗幕弄湿了("散入珠帘湿罗幕"),雪花带着寒气袭进营帐,以致营帐里的人就算穿上"狐裘"也不觉暖和,着了"锦衾"也嫌它过薄("狐裘不暖锦衾薄")。"将军"准备出门巡逻查哨,拉了拉"角弓",但"角弓"给冻住了,拉不动("将军角弓不得控");"都护"想穿起铁盔甲,但铁甲也给冻结了,很艰难才穿上了身("都护铁衣冷难着")。这四句,是写室内的冷。虽没明写"雪",但"冷"是雪带来的,所以实质上还是写"雪"。

接着两句,再写室外,当是"将军""都护"巡逻查哨所见的雪后奇伟恢宏的景象。前句写地,是辽阔的沙漠("瀚海")景象,一场雨雪过后,没有融化的雪立刻结成了冰,在广阔的沙漠上留下了纵横交错("阑干")的无数("百丈")冰条("冰");后句写天。万里天空中,是一大片灰蒙蒙的云层,久久不能消散,就好像有什么忧郁凝结在一起似的。这里还是写雪,是雪后的大漠景象。

后面八句是这首诗的后部,主要写送别。

开头"中军置酒饮归客,胡琴琵琶与羌笛"两句,写军营中的饮酒欢送。从前句看,"置酒饮归客"的是军中主帅,因为饮宴是在主帅的"中军"帐篷摆设的;从后句看,这次宴饮,没有别的送别场合中常见的"离愁别恨",而是军中乐队奏响了"胡琴琵琶与羌笛",乐呵呵地送别。这样的描写是军人豪爽性格的写照。边塞军人本来就有"醉卧沙场君莫笑"的乐观,现在遇上送战友归京的乐事,就更是兴致勃勃了。

接着"纷纷暮雪下辕门,风掣红旗冻不翻"两句,写武判官起行。从前句看,直至时近黄昏,"暮雪"纷纷飘落之时酒宴才结束,武判官才"辕门"("军营大门")惜别,上马而去。从后句看,送行队伍在白雪皑皑之山路上,由红旗的仪仗引路,逶迤前行。这就营造了一幅"白皑皑"的山野之中有一点"红"在移动的奇美而秀丽的画图来。这一点"红",是"风掣红旗冻不翻"形成的。

最后四句,诗人与送行队伍一直送到轮台东门("轮台东门送君去"),才再目送武判官踏着遍野皆白的"雪满天山路"逐渐远去,直至"山回路转不见君,雪上空留马行处",仍在驻足相望。这最后四句余味无穷,寄托着送别者的深情与牵挂。

## 走马川行奉送封大夫出师西征

君不见,
走马川行雪海边,平沙莽莽黄入天。
轮台九月风夜吼,一川碎石大如斗,
随风满地石乱走。
匈奴草黄马正肥,金山西见烟尘飞,
汉家大将西出师。
将军金甲夜不脱,半夜军行戈相拨,
风头如刀面如割。
马毛带雪汗气蒸,五花连钱旋作冰,
幕中草檄砚水凝。
虏骑闻之应胆慑,料知短兵不敢接,
车师西门伫献捷。

　　这是一首七言古诗。"君不见"三字,是七言古诗常见的开头,常常会带出后面引人注目的景物描写。这里,"君不见"后面五句,就写出了边地雪海茫茫,飞沙走石的震撼人心的边地风光。诗人一行来到走马川,近看是一派白茫茫的"雪海",远看是一望无际的"平沙",风卷黄沙,卷起"莽莽"一片的黄色沙幕,一直延伸到天上。——这边地环境的恶劣,在此得到了充分的描述。接着,诗人着重写"走石":地点是"轮台",突出这里已是边疆;时间是九月夜晚,说明他们是在夜行军;而"风夜吼"则说明他们在狂风中顶风前行;满平川("一川")的"大如斗"的"碎石",居然会"随风满地石乱走",可见这带着吼声的"风"是如何的狂了。

　　接下来三句,写敌人来犯,军情告急,将军奉命出征。匈奴是汉时塞外民族,常入关侵扰汉朝的边境。这里是以史上的匈奴借代当时入侵的外敌。同样,这里所说的"汉家大将",也是借代,实指唐代将军。在草正黄、马正肥之时,"匈奴"粮草充足,所以趁机犯边。往西边的"金山"方向望去,只见"烟尘"翻滚,那是"匈奴"万马奔腾、汹涌前来而掀起的"烟尘",军情紧急,因而成了"汉家大将西出师",以抵御来犯之敌的缘由了。

再接着六句写"汉家"军士雪夜急行军以及野地宿营的情景:将军即使在夜晚宿营也披甲戴铠,随时准备战斗("将军金甲夜不脱");军士半夜行进,因行军急促,身上的戈矛相互碰撞,叮当作响("半夜军行戈相拨");寒风冷雨扑面,有如刀割脸颊("风头如刀面如割");连续奔腾的马匹全身冒着蒸汽,带汗的马毛沾上了雪("马毛带雪汗气蒸");在寒风中,五花斑驳的马毛冻结成冰,有如连成一串的铜钱("五花连钱旋作冰");宿营时,将军起草命令也困难了,因为墨砚中的水已经凝结成冰("幕中草檄砚水凝")。——这一切说明,往边疆前线进军是多么艰难。

尽管进军艰难,但军士们前进的勇气是锐不可当的。最后三句,写的就是"汉军"那锐不可当的军威。诗人送"封大夫"(封常清)到了前线后,自己要回后方了。临行前,他对封常清说了这么几句告别的话。诗人以想象入诗,写的是预想中的胜利:犯边之敌听到"汉军"到来的消息一定吓破了胆("虏骑闻之应胆慑"),料知自己力量不足,他们是不敢与"汉军"短兵相接的("料知短兵不敢接"),我就在车师城(车师为唐安西都护府所在地,在今新疆吐鲁番境内)西门等候你凯旋、向上级献上捷报好了("车师西门伫献捷")。

这首诗写边塞景物,是在在奇景;写军旅生活,也处处入微。全篇奇句如泉涌,却令人感到"奇而实确",这显然与诗人有边疆生活的亲身体验有密切关系。

# 行军九日思长安故园

**时未收长安。**

强欲登高去,无人送酒来。
遥怜故园菊,应傍战场开。

岑参这首诗的诗题下有小注曰:"时未收长安。"表明此诗约写于安史之乱期间的唐肃宗至德二年(757年)。此时,叛军仍占领着长安,长安周围已成了两军对垒的战场;唐肃宗此时已由甘肃彭原逃至陕西凤翔;岑参亦随行而至。这首诗就是岑参在这年的重阳节时在凤翔写的。

这首诗首句"登高"二字,就点明了诗歌写作的时间。"登高去"前面冠以"强欲"二字,就深刻表现出无可奈何的情绪。重阳节向有登高的习俗,唐肃宗一行到了凤翔,也循此习俗登高赏菊,但诗人因思念故园长安(岑参久居长安,早已视长安为"故园")而心绪不宁,故说成是勉强前去,这是忧郁的思乡情绪的流露。第二句"无人送酒来",是化用陶渊明的典故。据《南史·隐逸传》记载,陶渊明有一次过重阳,没有酒喝,就在宅边菊花丛中独自闷坐了很久。后来正好有王弘送酒来,才醉饮而归。岑参此句承前句而来,衔接自然,虽然用典,却使人觉得如己出,"无人送酒来"就成了这场战乱中登高的一种缺失。本来重九登高,是必然随之以饮酒赏菊的,但在战乱中却"无人送酒来",既无酒可饮,更无菊可赏,就可见这次流亡"行军"的凄惨了。

第三句,其中一"遥"字,渲染此地和故园相隔之远;而"怜"字,则写出对故园菊之眷恋。而这"遥怜故园菊"句又引出关键的最后一句"应傍战场开"。此句是想象之词,读者仿佛可以看到长安城中战火纷飞、血染天街,断墙残壁间,一丛丛菊花依然寂寞地开放着的情景。此句寄托着诗人对千万饱经战争忧患的人民的同情,对国事的忧虑,对早日平定安史之乱、取得和平的渴望。第四句如此作结,顿使全诗的思想和艺术境界出现了飞跃与升华。有了如此一节结句,这首诗已不是一般的思乡曲,而是有关切百姓疾苦的情怀在内的抒情佳作了。

## *卢　纶（约742—约799）

河中蒲州（今山西永济西南）人。"大历十才子"之一。他曾在边塞部队的元帅幕府中任判官,熟悉边塞军士的生活。《塞下曲》是他的代表作,是当时边塞守边军士的军歌。

## 塞下曲

月黑雁飞高,单于夜遁逃。
欲将轻骑逐,大雪满弓刀。

卢纶所写的《塞下曲》有六首,这是组曲中之其三。

头两句写敌军逃遁。"月黑",说明这是个乌云蔽月的夜晚。孤独的鸿雁在空落的天空中飞翔（"雁飞高"）,则显出天空的寥廓与环境的清寂。敌军正是趁黑夜连夜遁逃的。"单于"是汉时匈奴国王,这里是指代敌方首领。

三、四句写唐军追击。得知敌军遁逃,将领欲简装轻骑、乘胜追击（"欲将轻骑逐"）,于是集合队伍,冒着大风雪出发（"大雪满弓刀"）。这两句叙述只写了追击的开头,没写后来的战斗,却把队伍最为英姿勃发的一刻描述出来了：听说敌人遁逃,正是将士斗志最旺之时,个个气势如虹地奔向前方。这是最为威武、最为动人的场景。对此做精细的描绘,正是诗人选材择景独到之处。

## *李　益（746—829）

字君虞，郑州（今属河南）人。大历四年（769年）登进士第。元和后入朝，历任秘书少监、集贤学士、右散骑常侍，最高官职是礼部尚书。曾自编从军诗50首，存于《李益集》。

## 夜上受降城闻笛

回乐烽前沙似雪，受降城外月如霜。
不知何处吹芦管，一夜征人尽望乡。

诗歌前两句写景，景中寓情，描写边塞月夜的孤寂。举目远眺，蜿蜒数十里的丘陵上耸立着座座烽火台（唐代有回乐县，灵州治所，在今宁夏回族自治区内西南。"回乐烽"是指回乐县附近的烽火台），烽火台下是一片无垠的沙漠，在月光映照下如同积雪的荒原。近看，受降城（公元646年，即贞观二十年，唐太宗亲临灵州接受突厥一部的投降，"受降城"之名即由此而来）外月光皎洁，如同深秋的寒霜。沙漠并非雪原，诗人偏说它"似雪"，月光并非秋霜，诗人偏说它"如霜"。诗人如此运笔，使受降城之夜显得格外空寂惨淡。

后两句则写军士们的思乡之情。在万籁俱寂中，夜风送来呜呜咽咽的芦笛声，也许是哪座烽火台上的戍卒，在借芦笛声倾诉那无尽的乡愁吧！这来自"不知何处"的笛声，引得军士们个个披衣而起，目光掠过似雪的沙漠，如霜的月下大地，久久凝望着远方的家乡。此句写出了征人望乡之情的深重。

李益这首诗把景色、声音、感情三者融合为一体，将诗情、画意与音乐美熔于一炉，意境浑成，具有含蕴不尽的特点。

## 二、山水田园诗

山水田园诗人,以孟浩然与王维为代表。其余如张九龄、刘长卿、钱起、常建、张继、韦应物等,在山水田园诗写作方面,也颇有建树。

### *张九龄(673/678—740)

字子寿,韶州曲江(今广东韶关西南)人。他的诗歌多是他身为朝廷命官巡视各地时所作。诗中描画了各处的自然景色,但也常常流露出切切的思乡情怀。

### 望月怀远

海上生明月,天涯共此时。
情人怨遥夜,竟夕起相思。
灭烛怜光满,披衣觉露滋。
不堪盈手赠,还寝梦佳期。

第一句"海上生明月",写出了一个视野开阔,通明光亮的场景。句中令人称叹的一个"生"字,就把富于生命力的动感给予了大海和月亮,让我们看到在海不扬波的洋面上,月亮像一轮闪着银光的明镜,被温柔的大海缓缓托出水面,就像胸怀开阔的大海托起一个富于活力的新生命;这月亮,又反过来映照着海面,让大海洒满了粼粼波光。接着第二句"天涯共此时",是由眼前的月景引起的联想:此刻,在天涯远处的亲人所看到的月亮,一定与我在海边所看到的是一样的吧!这想象中的情景,寄托了对远方亲人的怀念。

第三、四句继前面的第二句,写远隔"天涯"的"情人",望着同一个月亮,在彻夜思念着"天涯"远处的"另一半"("竟夕起相思"),埋怨着这长夜对人的煎熬确实是太甚了("怨遥夜")。

五、六句是对偶句,与前面两句,互相间又有因果关联的:由于"怨遥夜",由于"竟夕起相思",才会看到"床前明月光"那样的"光满"景象,才会引起"怜光满"的感受,也是由于对"光满"美景的"怜爱",才会"灭烛""披衣"外出,去欣赏庭院中的"光满",也因而才会"觉露滋"——感觉到露水把他的衣衫,以及头发、肌肤都给滋润了。这是对庭院"望月"之举的极为细致的描写。

"不堪盈手赠,还寝梦佳期"是全诗的归结。与"天涯共此时"对远方亲人的思念相呼应,说出了捧着月光赠予亲人("盈手赠")的幻想不能实现的现实,我还是,回去睡个好觉,在睡梦中等待与我所思念的人相见的"佳期"好了!——这两句是"望月怀远"感情表达的极致,显示出"绵绵无绝期"的深厚情意。

## *孟浩然(689—740)

襄州襄阳(今湖北襄阳)人,世称"孟襄阳"。孟浩然工于诗,尤精于描写山水田园;他所写的送别诗、思乡诗、归隐诗,也不乏各地风景的描写。孟浩然的诗,摆脱初唐应制,咏物的狭窄境界,在写景同时抒写个人胸臆,给诗坛带来新鲜气息。李白称颂他"高山安可仰,徒此揖清芬",杜甫也赞他"清诗句句尽堪传"。可见他在当时即享有盛名。

## 春 晓

春眠不觉晓,处处闻啼鸟。
夜来风雨声,花落知多少。

这首五言绝句的特点,主要是凭听觉去赏春。但凡文学艺术作品,在描画景物时,大都是诉诸富于色彩的形象。画家画画,是让人们以视觉去感受他描画的形象;作家写作,也常常通过文字的形容描画,让读者的脑海中形成一幅幅图景、一个个形象。说到底,无论是画家还是文人描写景物,大都得调动读者或赏画者的视觉感受。但这首诗中,诗人写春天,却没有通过视觉去影响读者,而是让读者凭听觉想象去体会春天的可爱。这就成了这首诗与众多其他文学作品不同的特点。

春天气候温和,春夜是宜于"春眠"的。"春眠"会舒服得令人"不觉晓"。孟浩然在一次舒服的"春眠"后,被林中小鸟的鸣叫唤醒了。醒来就听见悦耳的鸟鸣,并且不是一两声的鸣叫,而是鸟儿的大合唱——"处处闻啼鸟"。这种景象,是在晴天才出现的。"处处闻啼鸟"在给我们听觉享受的同时,又告诉我们:一个晴明的春天早晨到来了。这开头两句,我们可以感受到诗人那溢于言表的"喜春"情怀。

后面"夜来风雨声,花落知多少"两句,则让我们想到此时的另一种春景,让人有点伤感的春景。虽然今天早晨可能是个大好晴天,但"夜来风雨声"告诉我们,昨夜是有风有雨的;诗人再由风雨声想到"花落知多少"的情景:万紫千红被风吹雨打,引来花落红尘,流瓣飘香。于是不由得又为春之将尽而痛惜。而这"惜春"情怀,也是由听觉感受引发的。

## 宿建德江

移舟泊烟渚,日暮客愁新。
野旷天低树,江清月近人。

孟浩然30岁时,为求仕曾出游吴越。这是他行经浙江建德江(新安江流经浙江建德西部的一段江水）时，因景生情而写下的思乡曲。

　　这首诗以舟泊暮宿为背景。起句"移舟泊烟渚"，就有停船宿夜的含意。它一方面是点题，另一面也是为下面写景抒情作铺垫。第二句"日暮客愁新"中的"日暮"二字，显然和"泊"有联系，因为日暮，船需要停宿在陌生的地方，所以就引发出新的"客愁"来了。第三句"野旷天低树"，从船上望远，远处天空云朵低近树木。第四句写夜已降临，天上的明月映在澄碧的江水中，和舟中的人是那么亲近，似乎是在安慰离人的客愁似的。这三、四句是诗人怀着愁心，观望天上、水上、岸上的周围景色，在这广袤而宁静的天地之中，终于发现还有一轮孤月此刻和他是那么亲近，寂寞的愁心似乎也就得到些许慰藉了。

　　此诗写思乡，却多写这异乡景色，没有在诗中直接表达思乡之意，只是在"江清月近人"句，写出倒映在舟旁的月亮是他这个游子的知心。如此写羁旅夜泊，再叙日暮添愁，而得到明月伴人的慰藉，思乡愁才得一时之宽解。如此写乡愁与月下景色，两相映衬，构成了特殊的意境，反而把离愁写得更加淋漓尽致了。

## 夜归鹿门歌

　　　　山寺钟鸣昼已昏，渔梁渡头争渡喧。
　　　　人随沙岸向江村，余亦乘舟归鹿门。
　　　　鹿门月照开烟树，忽到庞公栖隐处。
　　　　岩扉松径长寂寥，惟有幽人自来去。

　　孟浩然一次在游访家乡附近的鹿门时，凭吊了汉末著名隐者庞德公当年退隐之旧地，怀想起德公当年虽受刘备之邀却不愿参政，仍留乡野耕读之旧事，遂有了步德公后尘、在此退隐之意。这首诗就记载了这件事情。

开头四句,写他"乘舟归鹿门"时一路江行之所见:黄昏时分,在那昏暗的天幕下,江岸上幽绿的青山旁的一座寺庙,传出了悠扬的钟声("山寺钟鸣昼已昏")。——这是一个静谧祥和的、有画外音的画面。接着诗人看见,争着上渡船的人们在河埠头上相互喧闹("渔梁渡头争渡喧")。——与上句的静谧祥和对比,此图景呈现的却是热闹与喧哗。第三个镜头,是看见结束了一天劳作的农夫,过渡后正在沙岸上步行归家("人随沙岸向江村")。第四句"余亦乘舟归鹿门",是诗人在点题,切入了"夜归鹿门"的题意。这第四句,他把自己也融入了村野那静谧祥和的生活图景中去了。

后面四句,进一步写他夜晚回鹿门的情境。第五句写的是:天上的明月,照亮了下面那像烟云似的朦胧的树林,好像是把幽深的山林打开了("鹿门月照开烟树")。——这是一幅月下的鹿门美景,他就是在这月色下、烟树间行进的。接着,"忽到庞公栖隐处"是叙述句,这是写景的补充:他不知不觉间走到了幽深山林中的汉末隐者庞德公的居所遗址,感受到了隐逸先人留下的清幽。而下一句,是进而补充说明这"庞公栖隐处"是如何的清幽:这里,山路从岩石中穿过,就像看见了一座岩石筑成的门扉;松树夹路,则更添山路的幽深与寂寥("岩扉松径长寂寥")。而最后一句,就点明他独自一个"幽人",此刻正在此山路上夜行,独享这寂寥而幽静的乐趣("惟有幽人自来去")。如此一句作结,就更显出他对退隐山林、与大自然融合一体的志向了。

## 过故人庄

故人具鸡黍,邀我至田家。
绿树村边合,青山郭外斜。
开轩面场圃,把酒话桑麻。
待到重阳日,还来就菊花。

孟浩然隐居鹿门后，作诗二百余首。其中一首就是这首《过故人庄》。

这首诗以平白、朴素的语言，描述对故人一次无拘无束的探访。在描写平和、恬静的田园风光的同时，也抒发出诗人对农村环境与田园生活的热爱。

首联"故人具鸡黍，邀我至田家"，道出了这次造访"田家"的原因，同时也让人感到，诗人与"故人"，的确是已经相熟相知得无所拘束了，朋友不是因为有什么喜庆才邀请他，只不过是一顿便饭，随意杀只鸡，煮点玉米饭而已，而他也是一呼即应，可见他们友情之笃厚。这样的开头，为后面叙述的发展打下了基础。

颔联承接开章所说的"应邀"，写进村时看到的乡村环境：村庄的周围种上绿树，村庄就掩映在绿树丛中——这是进村前从村外所见；视线越过村庄的围墙（"郭"），可看见远处"青山"那逐渐向地面低斜的山影——这是进村后从村内往外看。这颔联两句，让我们感受到了村庄空间的舒坦与辽阔。

颈联写进屋后的事情。"开轩面场圃"，写主人打开窗户（"开轩"），和客人一起，面对着窗户外面的打谷场和菜圃（"面场圃"）。接着是"把酒话桑麻"：吃的是自己种的黍、自己养的鸡，一边喝着农家自酿的浊酒，一边"话桑麻"。这两句，无论是环境，还是所做的事情、谈话的内容，都无一不与田园特点相吻合。

尾联以"告别"作结。"待到重阳日，还来就菊花"，是诗人告别时的话。"重阳日"还没到，所以要"待"；但这里的田园风光，这顿田家风味的饭菜，还有故人的亲切邀请与谈吐，都给了他欢愉的感受，所以还没离开故人家门，就已经约定重阳要来就菊喝酒了。

四联按顺序一气写来，记叙看似平淡，却令人感到清雅、舒心。

## 望洞庭湖赠张丞相

八月湖水平，涵虚混太清。
气蒸云梦泽，波撼岳阳城。
欲济无舟楫，端居耻圣明。
坐观垂钓者，徒有羡鱼情。

孟浩然40岁时到长安赶考，却落第而回。但在京师时，也结识了一些名士，时任丞相的张九龄就是他结识的名士之一。落第后，他开始漫游各地，以排解赶考失败带来的郁闷。但他向往仕途之心丝毫未减，还想找机会再叩仕途之门。游洞庭湖后，他写了这首诗寄张九龄，希望能得到张九龄的青睐而举荐自己。他在诗中向张九龄陈述他游洞庭之所见所感，也的确显露了他非凡的文学才华。

诗歌头四句，写"望洞庭湖"。第一句"八月湖水平"，一个"平"字最为显眼，给人一种洞庭湖水浩汤（读shāng）涨满平堤的感觉。这五字，同时也为后面的描画蓄势。果然，第二句"涵虚混太清"，就更是气势不凡了：望远处，湖水好像要包含着那澄空的天幕（"虚"与"太清"，指的就是天空），又像是那天幕要包住无际的湖水，天水"混"成一片，无法分清哪是天哪是水似的。——这一句充分表现了洞庭湖那壮阔浩瀚的气概。第三句"气蒸云梦泽"，写的是洞庭湖之"气"。诗人在首联已经写出洞庭湖的浩浩汤汤、横无际涯了；但洞庭湖外还有湖，是比洞庭湖大得多的云梦大泽。站在洞庭湖边远望，已经望不到洞庭湖的边际，那云梦大泽当然更是肉眼无法看见了，诗人只能看见洞庭湖远处的云雾像水蒸气在刀腾似的（"气蒸"）；而云梦大泽是在云雾"气蒸"之外的。所以，"气蒸云梦泽"五字，诗人是引导读者以想象去感受千里之外浩瀚无比、风云激荡的云梦大泽的存在。而第四句"波撼岳阳城"写的是洞庭湖之"波"。这句中，最为瞩目的是那个"撼"字,它把洞庭波涛那汹涌气势显现出来,仿佛整个岳阳城都可以感到它那震撼的波涛声,感受到那震撼城墙的力量似的。——这四句,被人认为是洞庭湖之绝唱。

后四句写他游洞庭湖之所想所愿:看见这无边的大湖,他萌生了渡湖到大湖那边去的愿望,却找不到船("欲济无舟楫")。他表白道:我生活在"圣明"的时代,端坐家中不做事("端居")那是对不起"圣明"的君主的("耻圣明"),但是我找不到渡湖的船啊!没办法,我唯有坐在湖边看人家钓鱼("坐观垂钓者"),白白地羡慕人家篓里的渔获("徒有羡鱼情")了。——从字面看,这是与游湖相关的感言;但言外之意是明显的,那就是求官。说"欲济",实际上是说"想当官";说"无舟楫",实际上是说"没人举荐";说"坐观垂钓者,徒有羡鱼情",实际上是说,眼睁睁地看着那些当了官的人坐收渔人之利,我于心不甘啊!——诗人求官的愿望,是顺着"望洞庭湖"的意思说出来的;他把求官与渡湖、求官不得与坐在湖边看钓鱼联系起来,顺理成章。由此可见他运词造句之乖巧。

*王 湾(约693—约751)

洛阳(今属河南)人。现存诗10首,其中以《次北固山下》为最著。

## 次北固山下

客路青山外,行舟绿水前。
潮平两岸阔,风正一帆悬。
海日生残夜,江春入旧年。
乡书何处达?归雁洛阳边。

北方诗人王湾，曾多次往来吴楚，为江南清丽山水所倾倒，写下了一些歌咏江南山水的作品，《次北固山下》就是其中最为著名的一篇。

首联"客路青山外，行舟绿水前"，写诗人乘坐的客船正行驶在"青山外""绿水前"。这时，诗人也许正在那艘帆船的甲板上观望眼前的青山和绿水，于是就给读者一种"人在画图中"的感觉。

颔联着重写江面与江面上的航船。出句"潮平两岸阔"是春江水满的景象：是在潮水的涌动下，江水满得好像快要涨齐堤岸，江面显得比过去宽阔了。而对句"风正一帆悬"写的则是一艘悬帆的客船，在和风的吹动下，缓缓地行驶在宽阔的江面上。这两句，在我们面前形成了一幅宁静而又平和的大江景色。诗人描画这幅宁静而又平和的图画是十分精细、周全的。"风正"二字是说风柔和得恰到好处——那艘帆船的布帆，此刻是"悬"着的。由于是和风，帆才会往下垂悬；如果是强风，船帆就会鼓起风兜似的"满帆"，船速也会加快，画面就不会像现在这样宁静柔和了。由此可见，这"风正"与"一帆悬"之间的配搭是十分得当的。

颈联写的是拂晓时分大江河口的黎明景色。出句"海日生残夜"写的是黑暗渐退，江口那仿佛藏在海底的"海日"，眼看就要冲破"残夜"，喷薄而出！而对句"江春入旧年"则告诉我们，此时虽然仍是"旧年"，但江南春来早，春天的景象，已开始出现在"旧年"之中了。

尾联"乡书何处达？归雁洛阳边"，写上面描画的春天将至的景象引发了乡愁。年已近晚，应是游子归家之时了，但此刻他却在远离家乡的千里之外，是无法归家的；就算写好"乡书"，也无处可达，唯有幻想请北归的鸿雁，把他的"乡书"带回家乡洛阳去了！

*王昌龄

## 采莲曲（其二）

荷叶罗裙一色裁，芙蓉向脸两边开。
乱入池中看不见，闻歌始觉有人来。

  这首《采莲曲》，可视之为一幅《采莲图》。这幅图的画面中心自然应该是采莲女。但作者却自始至终不让采莲女在这幅活动的画面上明显出现，而是让她们夹杂在田田荷叶与艳艳荷花中，若隐若现，若有若无，使采莲少女与美丽的大自然融为一体，使全诗别具一种引人遐想的优美意境。这首诗这样的艺术构思，在写田园劳动情景的诗歌中是很少见的，诗人对诗歌的画意做如此构想，的确是独具匠心的。
  开头两句，就描绘出一幅美丽的图景：在那一片绿荷红莲丛中，采莲少女的绿罗裙已经融入田田荷叶之中，几乎分不清孰为荷叶，孰为罗裙；而少女红润的脸庞则与鲜艳的荷花相互映衬，也是人花难辨。如此一幅图景，让人感到这些采莲女子简直就是美丽的大自然的一部分，或者可说是荷花的精灵。这描写既具有生活实感，又带有童话色彩。
  第三句，"乱入"是指荷叶与碧绿的罗裙，粉红的芙蓉与红润的采莲女的面孔，本来就恍若一体，所以说是"乱入人眼"，也就是通常所说的"看花了眼"。然而，正当踟蹰怅惘之际，莲塘中歌声四起，又令人恍然大悟，"看不见"的采莲女仍在这田田荷叶、艳艳荷花之中。此时"始觉有人来"，是与"闻歌"连在一起体味的。本已"不见"，忽而"闻歌"，方知"有人"；但人却又仍然掩映于荷叶荷花之中，虽闻歌而不见她们的身影。直到最后，作者仍不让画的主角明显出现在画面上，那样描写，才能给人留下悠然不尽的情味。

*王　维

## 九月九日忆山东兄弟

独在异乡为异客，每逢佳节倍思亲。
遥知兄弟登高处，遍插茱萸少一人。

这是王维旅居长安时写的七绝。当时正值重阳，他想念起华山以东（"山东"）蒲州（今山西省永济）故乡的兄弟，于是写下这首诗。

开头一句就令人感到奇特清新。按写作常规，一句中用字重复是忌讳，但王维却不为窠臼所限，一句之中同一个"异"字用了两次：第一个"异"字说的是"异乡"，令人感到地方的陌生；第二个"异"字说的是"异客"，则是自己感到在周围人之中的陌生。"独"字也可圈可点，它把客旅他乡的孤独感淋漓尽致地表现出来了。

第二句"每逢佳节倍思亲"，则把许多人都有过的乡愁最贴切地表达出来了。客旅异乡的人，最为思乡往往就是看见周围的人在欢乐度节之时。这种感受许多人都曾有过，但就是没人能"一语道破"。而王维，却用一句最平常的话点破了。

第三、四句，王维以想象与虚构表达自己"每逢佳节倍思亲"的情愫。"遥知"两字表明，这"兄弟"们意气风发地"登高"并"遍插茱萸"的描述，只是他的想象。当然，这情景诗人是经历过的：往年过重阳节，他和他的少年兄弟，是一起头插"茱萸"（一种传说可以辟邪的香草），雀跃欢呼，登上高山的。但他此刻的"遥想"，却与曾经历的情景不同：那种"遍插茱萸"、欢呼雀跃的欢乐，只属于他们，自己是不在其中的。诗中说的那个"少一人"，正是王维自己。如此表述，他对家乡与亲人的眷恋与遗憾，就无遗地表露出来了。

# 画

远看山有色,近听水无声。
春去花还在,人来鸟不惊。

　　王维擅诗亦擅画。宋代文人苏轼在评价王维诗时说:"味摩诘之诗,诗中有画;观摩诘之画,画中有诗。"王维这首五绝,正是以他擅长的"诗"去描画他同样擅长的"画",极写出画的特点。

　　第一句描写画中的"山"。这一句,是赞扬这幅画的逼真的。一个"远"字提醒我们,画里的"山"是远景描写,是作为前面景物的背景而出现的。山本来就有颜色,春天青葱,夏天黛绿,秋天叶红,冬天草黄;一个丹青妙手,在远景处添上或青或黛或红或黄的山色,看来当然是更觉逼真了。

　　第二句写画中的"水"。这一句是从声音的角度写画的静态。画家所要描摹的"水",本来多是有声的,如惊涛拍岸,如飞瀑如雷,如泉水咚咚,等等。可是,无论画家如何施展其百般本领,他也是无法在画面中展现声音的。画面是静态的,所有声音在画中都是听不到的,当然也就"近听水无声"了。

　　第三句写"花"。这是从时间流逝的角度写静止状态的花。万紫千红的花,随着春天的逝去,会坠落,会化为尘土;但入画后,只要画还存在于世,就会"春去花还在",被永远保留在静态的画图中了。

　　第四句写"鸟"。这是从活动与静止的角度去写画的静。鸟儿本来就是动的,不论它原本在做什么,只要人来,它必会惊。但画中的鸟儿就不一样了。在画图中的鸟儿无论是动是静,当人们走近画图时,画里的鸟儿始终都是"人来鸟不惊"的。

　　这首诗是用举例方法对图画特点做了概括的描述。于是,这又增加了这首诗的谜语色彩。而此谜语的谜底,就是"画"。

## 山居秋暝

空山新雨后,天气晚来秋。
明月松间照,清泉石上流。
竹喧归浣女,莲动下渔舟。
随意春芳歇,王孙自可留。

从诗歌的题目可知,"山居"是诗人自己的住所;"秋暝",是指秋天黄昏、天色越来越暗的时光。诗人就是以他的"山居"为观察点,去描写"秋暝"时的山区景象的。

第一、二句,写雨后黄昏山区的宁静与清爽:山区人迹罕至,一场秋雨过后,更显得空蒙一片,山林也更加空寂无声;雨后的天空晴朗,空气清爽;日落之后,初夜来临,甚至可感到些微的寒意。

如果说一、二句写出了宁静美的情境,那三、四句,就显得有点动静了:初夜的月亮慢慢往树梢爬升(这是月亮的动静),它的亮光从松林枝叶间映照过来,给开始昏黑的山区带来光亮;月光下,溪泉在岩石上潺潺流动,又给这月下美景带来潺潺泉水声(这是山泉的动静)。

五、六句,写的就不单只是大自然的动静,而是人的动静了:竹林中传出隐隐约约的人的喧闹声,一群在山里河边洗完衣服的女人,互相笑闹着,拨开茂密的竹林,走向归家的路;在山里那条长着荷莲的河上,渔夫也完成了一天的劳作,正棹动渔船,顺流而下,也在归家途中。人的活动,给这宁静的山野初夜,增添了生气。

第七、八句,是诗人对这山野秋暝景色的赞叹:"随意"是"尽管"之意,"春芳"是春天的花朵,"歇"是凋谢;"王孙",原指贵族子弟,后来也泛指隐居的人,这里是用来指诗人自己。此两句的意思是:尽管在秋天,春花已凋谢,但秋天的美景,也足以让文人雅士、隐者侠客们留恋徜徉,而我也不例外,在这深山中流连忘返。

## 积雨辋川庄作

积雨空林烟火迟,蒸藜炊黍饷东菑。
漠漠水田飞白鹭,阴阴夏木啭黄鹂。
山中习静观朝槿,松下清斋折露葵。
野老与人争席罢,海鸥何事更相疑?

王维这首《积雨辋川庄作》,也是一首诗中有画的作品。

先看开头四句,这是一幅视野广阔的山水田园图。站在这山上,诗人看到的第一个景象是"积雨空林烟火迟":夏雨刚过,寂静得像是没有人的"空林"中,树木还不时滴着雨水;好一阵子,农家才升起炊烟——刚才那场雨,弄得到处都湿漉漉,生火自然比往日困难些、慢些了。第二个景象是"蒸藜炊黍饷东菑":农妇煮好了饭,就送到东边的田畴("东菑"。菑,读zī)让亲人"饷用"。

"漠漠水田飞白鹭"是看到的远处开阔的景象:"漠漠"形容水田,是一片片水田浸满了水时的写照;诗人还在满是绿水的水田之上增添了几只"飞白鹭","漠漠水田"也就亮丽起来了。"阴阴夏木啭黄鹂"是说:夏日的树林,树木枝叶繁茂,墨绿一片;在这墨绿一片上面,那是黄鹂在婉转地歌唱,这就不单给"阴阴夏木"增添了色彩,而且还配上了动听的"画外音"。

前四句是写景,而后四句是写自己在这美景中的闲适生活。

第五、六句"山中习静观朝槿,松下清斋折露葵"写他在辋川庄好静的生活:整天看着花朵朝开夕谢的"朝槿"(一种灌木,读zhāojǐn)以"习静";而吃的,也是在松林下("松下")折取的"露葵"做的"清斋"。这样的生活,对拜佛喜静的王维来说是一种"甘之若饴"的享受。

最后两句"野老与人争席罢,海鸥何事更相疑",王维更是写出了他归隐山野、与世无争的闲适。这两句诗,王维用了典故。"野老与人争席罢",用的是《庄子·杂篇·寓言》的典故:杨朱出发去老子居处学道,路上,旅舍主人欢迎他,住客也都给他让座,说明山野之凡人把他看成高贵客人,和他有隔阂存在;但当他从老子修道归来,旅客们就不再让座,而是与他"争席"了,说明杨朱已得老子处自然之道,与凡人没有隔阂了。这里,王维以"野老"自称,说他刚才还和别人"争席"来着,说明他已习惯村野生活,和村人野老打成一片了。"海鸥何事更相疑"句典故出自《列子·黄帝篇》:海上有人与鸥鸟一向亲近。一天,父亲要他把海鸥捉回家给他玩,所以他又回到海滨,但海鸥却远远避开他了。这是因为他心术不正被海鸥发觉了。王维说"海鸥何事更相疑",是想表白他的清心寡欲、淡泊自然、与世无争,别人就不必防避他有什么"捉鸥之心"了。

## 送元二使安西

渭城朝雨浥轻尘,客舍青青柳色新。
劝君更尽一杯酒,西出阳关无故人。

第一、二句,写王维送别元二之地的环境。渭城,即秦时的咸阳,汉时改称此名,在长安西北。诗句把送别地说得更为具体,就是渭城大路边的"客舍"。那大路是可通往安西甚至通往西域的交通要道。那客舍周围环境清新,是"朝雨浥轻尘",是"客舍青青柳色新"。由这两句,我们可想象到这里原来的模样:由于日日车水马龙,路上灰尘飞扬,客舍也蒙上了尘土。但早晨一场雨,这里就焕然一新了。现在尘土不扬了,客舍干净了,花草"青青"了,柳树也仿佛换上了新装。当时有折柳送别以表达情谊的习俗。雨后杨柳青青,正好为此次送别,以及送别时说出的深情话语做了铺垫。

第三、四句,是送别的话语。从第三句,我们见到,送别的酒是喝了一杯又一杯,到最后王维还在劝元二,要把这最后一杯干了,还不无伤感地说,喝吧,离开渭城,就越走越远了,恐怕出了玉门关,再走到阳关,你就无法找到像我这样的老朋友和你一起喝酒了。——他已经在为朋友出阳关之后的孤独处境发愁了。读着这儿,诗人的离愁别绪已经跃然纸上。

## 鸟鸣涧

人闲桂花落,夜静春山空。
月出惊山鸟,时鸣春涧中。

王维是个好闲好静的人。他在终南山上结庐而居,就是要享受那份闲与静。这首诗,正是他这种独特个性的反映。

第一句"人闲桂花落",就写出了他正在享受着的闲与静。"人",说的就是他自己,此刻他正"闲"着。"闲",是一种悠闲自在的心理状态。在这种心态中,他在做什么呢?他在欣赏"桂花落"。这欣赏,靠的不是视觉,而是听觉。山里的静和夜间的静,使得他能听见桂花落地的声音。

好像是要证实这里环境的"静"似的,第二句"夜静春山空"就着意写春夜山野的"空"与"静"。"空"与"静"是相辅相成的:由于万籁俱静,人会觉得,这座山是一座什么动的东西都没有的"空山";而一座只见树木、夜晚更是行人绝迹的空落的"春山",当然也是"寂静"的。再说,这"山空",这"夜静",也是诗人那悠闲自在的"闲"心的反映,正如陶渊明所说,"心远地自偏"。

第三句"月出惊山鸟"是说能从"闲"听"桂花落"中感受到

"静"的"人",此时,又有了新的发现:"月出"把"山鸟"惊动了。在窝里习惯了"夜"之"静"的鸟儿,连"月出"那样毫无声息的"动"也能把它们惊动,可见"月出"之前,这山里是多么宁静了。

第四句"时鸣春涧中"进一步写"山鸟"的"惊",那就是月出带来了鸟儿的惊鸣。但那惊鸣是短暂的,很快又会平静下来,所以说是"时鸣"。与"花落""月出"相比,这"鸟"之"惊",是此诗所描绘的最大的动静;而鸟之惊鸣,也是此诗所描绘的最大的声音了。然而,就算是如此的"鸟惊"与"时鸣",都没能打破这"空山"的寂静。一是因为鸟惊只是一时的惊动而已,二是这鸟儿惊鸣的声音,在空落的山林中是渺小的,它和溪涧汩汩的流水声一样,只能更加映衬出山林特有的空落与幽静。张籍有"蝉噪林逾静,鸟鸣山更幽"的诗句,也是这个意思。

## 鹿　柴

空山不见人,但闻人语响。
返景入深林,复照青苔上。

鹿柴是王维居住的辋川别墅附近的一个地方。"柴",念"zhài",此题也有写作"鹿砦"的。从诗句看,鹿柴是一个僻静、空落的地方。这首诗着重写的,就是它的僻静与空落。

头两句就让人感到此山间的空落。诗人站在鹿柴这个地方,举目四望,是一座"不见人"的"空山"。但又不能说这里完全没有人,"但闻人语响",就点明了这里还隐约听得见有人说话的声音。诗人之所以既写"空山",又要点出有人在林间说话,是沿用以声音衬托寂静的手法,如《鸟鸣涧》,就是用桂花落地的细微声音("人闲桂花落")去表现"夜静春山空"的。

三、四句则描画出了一座幽深的山林：地上与树木的枝干上长出了"青苔"，可见这片深山老林的"老"与人迹之罕至了。作为画家的王维，又给这幅画图抹上了几丝亮光，那就是诗中的"返景"与"复照"："反景"就是"反影"；"复照"，就是再次发亮。由于日落时光线的反射，天空会短时间地再次发亮，使得自然界中万物的形象鲜明起来，但这种现象是瞬间即逝的，因为没过多久，天就会完全黑下来。诗人兼画家的王维，抓住这一瞬间的亮光，把它写进诗句中，让这瞬间即逝的夕阳的亮光照进"深林"，在林间留下斑驳的光影，乃至把这反射的亮光聚焦在"深林"的"青苔"上，在一片幽暗之中，突出"青苔上"那点稍纵即逝的亮光。这里，与上两句写声音是为了突出幽静是同一种手法；诗人突出描写亮光，特别是"青苔上"那一点耀眼的绿光，并不是为了显现深山老林的"光"，而是为了显现它的"暗"。是为了让人想起亮光消失后深山老林中的那一片幽暗。

诗人创作这首诗，把音乐家的声感及画家的光感与色感也融于诗句中了。我们欣赏这首诗，也要把声感、光感、色感都调动起来，才能感受到王维这首诗的奇妙。

## 竹里馆

独坐幽篁里，弹琴复长啸。
深林人不知，明月来相照。

竹里馆，是辋川别墅中一房舍，房屋周围有竹林，故名。

这首短诗，只有二十字，词句也近乎白描，但内涵却极其丰富，有景有情、有声有色、有静有动、有实有虚。情与景、声与色、动与静、虚与实，对立统一，相映成趣。"幽篁"与"深林"写竹林。"幽"字，让我们想象到竹林绿叶环抱，一派清幽阴凉的氛围；"深"字则让我们想到竹里馆四周竹林茂密的情景。而描写月亮的,是一个"明"字,这"明"字,给画面以光亮。但月光只是淡淡的幽光,与幽深的竹林相配衬,一幅色彩柔和、清静幽雅的风景画就显现在我们面前了。

这幅描画林月的图景,不但有色,还有声。竹林中传出悠扬的古琴声和口哨音,声音是如此柔和,与林月之景色相配合,就更显画图淡雅柔和的情调了。

诗人笔下这首诗,还是一幅饱蘸诗情的人物风情画。明月之下,幽篁深林之中,画中人抚琴嘬嘴,琴声与口哨声相互奏和,闲逸之仪容毕现。更引人注目的,是最后那言情之两句:"深林人不知,明月来相照。"——"独坐"幽篁,身处"深林",其他人是很难发现还有如此隐逸之人深藏其中的;但人虽"不知"有"月"知:我的心不是也如月亮一样皎洁明亮吗?正是清幽之景带出诗人"幽独之情"。而这"幽独之情"是与皎洁的月亮相辉映的。

## *刘长卿(?—约789)

字文房,宣城(今属安徽)人,一作河间(今属河北)人。诗多写仕途失意之感,善于描绘自然景物。长于五言,人谓之"五言长城"。

## 送灵澈上人

苍苍竹林寺,杳杳钟声晚。
荷笠带斜阳,青山独归远。

这首诗是一幅活动的风景画:"苍苍"的竹林、路旁的"青山",是画中的"色";钟声"杳杳",宣示着晚课将临,这是画中的"声";"荷笠"的灵澈上人("上人"是当时对和尚的尊称)身上披着"斜阳",这是画中的"光",并且是极具舞台灯光效果,以突出主人公形象的"光":在越来越朦胧的寺庙轮廓中,夕阳的光束追随着一个"荷笠"的僧人,顺着一条绵延的山路,往翠绿的竹林深处归去,直至肉眼看不到的尽头……

画中虽大部分为风景,人物在画中所占的画面,随着人物的远去越来越小;但由于有夕阳光束的映照,人物的形象却始终是耀眼的,始终是画面的焦点。由此我们可以看出诗人利用文字构建图景的能力是多么高超了。

题目中一个"送"字,说明这是一首送别诗。送别者就是诗人自己。但他在诗中却没有出现,他是站在画面之外的远处,看着"荷笠带斜阳"的"灵澈上人"越走越远,走向"青山独归远"。——诗歌的画面之外,原来还寄托着诗人伫立遥送的真情呢!

## 逢雪宿芙蓉山主人

日暮苍山远,天寒白屋贫。
柴门闻犬吠,风雪夜归人。

这首五绝,是刘长卿一首经典之作,诗家历来广为传诵。

"日暮苍山远",写诗人在大雪纷飞的日暮时分还行走在荒野中,在迷蒙的冰天雪地中,只见远处的山岭苍茫一片。这说明"苍山"离远行中的诗人还很远,要赶到山前找个地方投宿,还得走很远的路呢!

"天寒白屋贫",是一幅近景。诗人已经到了山前,在漫天飘雪之中,看见了一个屋顶已铺满白雪的农家小院("白屋");我们还可以凭那形容"白屋"的"贫"字进而想象:诗人已被这"白屋"的主人请进了屋,看见贫穷人家家徒四壁的景象了。

"柴门闻犬吠",是诗人寄宿在"白屋"农家后之深夜所闻。此时夜深人定,他已被安顿好上床就寝了。突然,他听见"犬吠"之声,而且是院前的"柴门"传来的。自然,他被惊醒了。

"风雪夜归人"句,是说他醒后知道,为生活奔波的"白屋"主人冒风踏雪归家来了。这一句,是诗人知道屋主人归来后联想自己而发出的慨叹:外面风雪交加,屋主人依然得为生活奔波,莫说只有我才如此夜行,居住在这深山野林的穷苦人家,不也一样得为生活奔波吗?

## 长沙过贾谊宅

三年谪宦此栖迟,万古惟留楚客悲。
秋草独寻人去后,寒林空见日斜时。
汉文有道恩犹薄,湘水无情吊岂知?
寂寂江山摇落处,怜君何事到天涯!

贾谊被贬长沙后,曾到湘江边凭吊屈原;而刘长卿在他第二次被贬睦州(隋时以浙江新安故城置睦州,治新安县)路过长沙时,也学贾谊凭吊屈原那样,去寻访贾谊旧宅。在凭吊贾谊旧宅时,刘长卿想到贾谊被贬长沙三年的经历,百感交集,因而写下了这首七律诗。

首联是写贾谊在此旧宅中过了三年凄凉的生活,而他留给楚地后人(长沙地处古楚国)的,就只是人们对他谪居此地的悲苦经历作"万古"的忆念而已。

颔联围绕题中的"过"(过访)字展开描写,写他过访"贾谊宅"时之所见:故园长满"秋草",晚秋的林木正透出寒气,但贾谊宅早已"人去"园空,故园里,就只有落日斜阳映照着"独寻"故人踪迹的诗人刘长卿在徘徊了。这寒林日斜的景象,不仅是诗人眼前所见,也是贾谊当年的实际处境,同时也映射出安史之乱时唐朝危殆的境况。

颈联写诗人就贾谊被贬之事领会到:号称"有道"的汉文帝,对贾谊尚且如此薄恩，现在昏聩无能的唐玄宗，对他刘长卿就必然不会有什么恩遇了。所以，他被一贬再贬，是必然的事。随后，诗人笔锋一转，又写湘水无情，流走多少年华。当年屈原哪能知道上百年后，会有贾谊来湘水之滨吊念自己；同样，西汉贾谊当然也不可能想到，千年之后，还有个刘长卿会迎着萧瑟秋风来故居凭吊自己了！后来者的心曲，古人是不可能听到的；当世人当然也多不能理解"我"那抑郁无处诉的心境了。

尾联两句，写出了作者独立寒风中之所见。他在宅前徘徊，暮色更浓了，江山更趋寂静。一阵秋风掠过，黄叶纷纷飘落，在枯草上乱舞。这景象，正是贾谊当时，也是刘长卿现在所处的环境。你和"我"，究竟是犯了什么事给贬到这偏僻天涯来呀？"君"，既指代贾谊，也指代刘长卿自己；"怜君"，不仅是怜贾谊，更是怜刘长卿自己。此句是对强加在他们身上的贬罚的强烈控诉，也是诗人伤心哀婉的叹喟。

## *张　继（生卒年不详）

字懿孙，湖北襄州（今湖北襄阳）人。诗作爽朗激越，不事雕琢，尤以记游诗为著。《枫桥夜泊》是他的代表作。

## 枫桥夜泊

月落乌啼霜满天，江枫渔火对愁眠。
姑苏城外寒山寺，夜半钟声到客船。

"夜半"，游子半卧在"姑苏城外"枫桥边的"客船"上。抬头望天，"月落"了，一个无眠的夜晚过去了；侧耳听，岸上传来乌鸦的啼叫声；看船窗外的天，是白蒙蒙的飞霜。

"游子"望岸上，趁着"月落"的余光，可看见江岸上枫树那暗红的叶子和江面捕鱼船那闪烁的渔灯。就不知道,是半眠半醒的他望着"江枫"和"渔火"发愁呢,还是孤独的"江枫"和"渔火"愁对他这个彻夜无眠的人了!

正是无眠之际,寒山寺在"夜半"响起了一阵"钟声",传到"夜泊"的"客船"上。这"夜半钟声",也许是召唤和尚做"晨课"的,但却引出彻夜无眠的游子那翻江倒海的"愁思"来了。

这是一首描写游子愁思的诗。诗中只出现了一次"愁"字,但这"愁"字却是贯通全诗的。"月落""乌啼""霜满天",是引起游子乡愁的环境因素;"江枫""渔火"则是"乡愁"满腹的"游子"看到的船窗外的景物。而那"夜半到客船"的"钟声",则是引起"游子"愁思满腹的信号。游子的"愁思",已渗透到全诗的字里行间了。

## *张志和(生卒年不详)

字子同,婺州金华(今属浙江)人,自号"烟波钓徒"。留传后世的《渔歌子》,记录了他在溪边垂钓时所见的山水美景。

## 渔歌子

西塞山前白鹭飞,桃花流水鳜鱼肥。
青箬笠,绿蓑衣,斜风细雨不须归。

张志和曾官至"翰林待诏",后被贬"南浦尉",但他对当官的升迁与贬落并不在意,他在未到任"南浦尉"之时,就辞官归故里,当隐士去了。隐退后,他喜欢钓鱼。但钓鱼只是做做样子,他更喜欢的是钓鱼中那闲适的情调,以及钓鱼时观山赏水的乐趣。于是,他给自己取了个别号,叫"烟波钓徒"。

在这首词里,这个"烟波钓徒"描画了他"做钓鱼状"时看到的"烟波"下的山水美景:"西塞山前白鹭飞",是他抬头所见,是以西塞山为背景、"白鹭"在山前飞翔的美景。青与白,显得和谐、柔和。而"桃花流水鳜鱼肥"则是近景。时值"桃花流水"相映衬的春天,在流水潺潺的河溪旁,红色的桃花陪伴着"渔翁"。"渔翁"低头往水里看,则是"鳜鱼肥"——银鳞披身的鳜鱼正在水里游弋觅食。这两句,的确是把"烟波"之下最美的春景和盘托出在读者面前了。

第三、四句,"烟波钓徒"张志和把自己也写进这幅美丽幽雅的山水图中了。我们应先注意词句中的"斜风细雨",这四字给这幅山水图添上了一层由春风春雨组成的"烟波",就像给画面增添了一层轻纱,从而增添了画面扑朔迷离的美感。另一方面,"细雨"是春雨的特点,但有"斜风"相助,向人袭来,也是能把人浇个湿透的,这就给这个"假渔翁"戴箬笠、穿蓑衣提供了缘由。再一点,在这种情况下,一般人,特别是"假渔翁"一类人,多是"不如归去"的。但这首词中的"假渔翁"却没有归去,而是戴起箬笠、穿起蓑衣,继续做钓鱼状。原因就在于他被眼前这扑朔迷离的美丽山水迷住,不想归去了;再说,有"青箬笠,绿蓑衣"遮风挡雨,就更是"斜风细雨不须归"了。

\*韦应物(约737—791)

字义博,京兆万年(今陕西西安)人。其山水诗景致优美,寄情悠远,清新自然而饶有生意。

## 滁州西涧

独怜幽草涧边生,上有黄鹂深树鸣。
春潮带雨晚来急,野渡无人舟自横。

这是韦应物的代表作,写于他任安徽滁州刺史时。

这首短诗描画了一个幽静闲逸的去处。开头"独怜"二字是给这首诗的感情色彩定调的,道出诗人对此处景色的喜爱,且是一种十分珍惜到了"怜"的程度的"爱"。究竟是怎样的景色竟然引得他如此喜爱?

诗人首先展现的,是河边丛生的幽幽水草("幽草涧边生");再接着,诗人带我们从涧边往岸上深处走,看见的是绿叶青葱的树丛,听见的是树丛深处传来的黄鹂(也就是黄莺)那悦耳动听的鸟鸣("上有黄鹂深树鸣")。这是一幅能给你视觉与听觉享受的图景,一幅令人赏心悦目的水边春色图。——这是令诗人对此景"独怜"的一个缘由。

"春潮带雨晚来急,野渡无人舟自横"句,诗人在我们面前展现了一幅足以让人感受到自在与闲逸的、十分宁静的春涧野渡图。这幅图描写了春潮、夜雨,以及水边的渡船。春天,是春江水满之时,这里离长江不远,是有潮汐的江淮河网地区。此刻是傍晚涨潮时分,加上天下雨,雨势助潮势,西涧的水就涨得更急了,于是就形成了诗人所描画的一幅"春潮带雨晚来急"的图景。此时是傍晚("晚来")又是下雨天,这野外西涧边的渡口埠头上寥无行人("野渡无人"),一派宁静。在描画这幅图景时,诗人还特别描画出了一个"舟自横"的镜头。这特写镜头中,埠头边的小舟,成了画面的主角,它在春潮涨满的河水中,在淅淅沥沥的春雨的浇洒下,随水漂流,随风东西,闲逸自在地浮在无人的渡口边,这使得环境的宁静又增添了几分。——而这宁静,正是诗人"独怜"的又一个缘由。

## *刘方平(生卒年不详)

唐玄宗天宝年间诗人。工诗,其诗多咏物写景之作,善于寓情于景,意蕴无穷。

# 月 夜

更深月色半人家,北斗阑干南斗斜。
今夜偏知春气暖,虫声新透绿窗纱。

这首诗,描写的是初春时分月夜静谧柔和的气氛。

第一句"更深月色半人家",写的是深更时分庭院的情景。"更深",一般是指三更、四更,即晚上十一点到凌晨两三点钟时;那时月亮西斜,只能照亮半边庭院。我们可以根据诗句想象到,此刻庭院一半沐浴着月光,另一半则笼罩在灰淡的然而还能看清轮廓的阴影里。这是一幅灰白相衬、对比柔和的月夜庭院图。接着第二句"北斗阑干南斗斜",则给第一句所描画的"月夜庭院"增添了一个天幕作背景:在夜空中加上了西卧的北斗和南斗("阑干",名词作动用,意思是像阑干那样横卧;"斜",指西斜)。

上两句已写了"月"与"夜"。但这样的月色与夜景的季节特色还不明显。但加上后面"今夜偏知春气暖,虫声新透绿窗纱"两句,这"月夜"的季节特色就显示出来了:诗人所描写的"月夜",是"初春"的月夜。"春气暖"是初春的一个特点,但这"春气"前几天都没让人注意到,是"今夜"才偏偏知道("偏知"),特别感觉到的。是什么事情使他今夜"偏知"呢?第四句点出来了,那是因为"虫声新透绿窗纱"。"新"字说明,这"虫声"是"新"出现的,是漫长的冬天中没有听到过的"虫声"。可见,这"春气暖"并不只是人的"偏知",也是"虫"的感觉。诗人表达虫声也相当独到,那个"透"字,给声音以流水似的实感与动感,它是"透"过窗纱传过来的,变得可见可感了。此外,我们还必须注意那个"绿"字,窗纱什么颜色本来与季节无关,但这里用上了"绿"字,就给这"月夜"增添了春色。有了这颜色的点缀,这幅"初春月夜图"的春意,也就更浓了。

## 三、送别诗及其他

送别诗在盛唐诗人的作品中占有很大分量。就算是边塞诗人,也写有很多送别诗。如王昌龄的《芙蓉楼送辛渐》,高适的《别董大》,岑参的《送杨子》等,都是此类作品。但这些送别诗,却少有凄惨的离愁别恨的流露,反而多显露出豪爽的壮别情怀。

这个单元除送别诗外,还辑录了盛唐诗人其他题材的诗作,如钱起的《省试湘灵鼓瑟》,是他在省试时一首"应帖诗"。而韩翃的《寒食》,则是一首写宫廷及贵族庭院中过寒食节习俗的诗歌。

\*岑　参

## 送杨子

斗酒渭城边,垆头耐醉眠。
梨花千树雪,杨叶万条烟。
惜别添壶酒,临岐赠马鞭。
看君颖上去,新月到家圆。

岑参写的这首送别诗,不但一点没有折柳伤别离的怨气,反而有一股边塞军人的豪气。

首联是对两个大汉豪饮送别的描写:他们在"渭城边"的"垆头"(酒家)喝酒,还"斗酒"比酒量。不知他们是什么时候开始喝的,也不知他们喝了多少,反正都喝得醉醺醺了。——醉了吗?没什么!那"垆头",不正是适合("耐",可解作适宜)醉了就睡去("醉眠")的地方吗?看来他们此刻是醉眼蒙眬地半醉在垆头酒桌旁了。

颔联承接上联的"醉"字,写他们在醉眼蒙眬中看到的自然景色:这时已是春天,窗外一大片梨树林的梨花开放了("梨花千树"),但在醉眼蒙眬的两个大汉看来,就像梨树林的枝叶堆满了积雪似的("雪");而那边的柳树林(杨树也就是柳树,有的版本"杨"字就作"柳"字),也已经伸出摇曳的柳条("杨叶万条")了,但在醉眼蒙眬的他们看来,柳叶随风拂动,不就像是村落里那随风飘摆的缕缕炊烟("烟")吗?——诗人这里写眼前的景色是虚实结合:"梨花千树"是实景,"雪"是虚幻;"杨叶万条"是实景,"烟"是虚幻。实与虚的结合,在醉眼人看来,就是迷茫蒙眬、令人难忘的美景了。

颈联写他们最后惜别的情景:惜别的时刻到了,他们"添壶酒",再喝最后一杯;诗人把离人送到交叉路口("临岐"),才把"马鞭"送到离人手上,让他策马离去。这一"添"一"赠"两个举动,足显出送别双方的感情激荡与豪迈气概。

最后尾联是诗人对离人的祝愿。看来,离人此行是离开长安回故里("到家")。诗人对离人说:现在是"新月",当月儿变圆时,你就会回到颍上和家人团圆了。如此一句既是对离人的祝愿,又多少给这次送别增添了一个令人愉悦的结尾。

\*王昌龄

## 芙蓉楼送辛渐

寒雨连江夜入吴,平明送客楚山孤。
洛阳亲友如相问,一片冰心在玉壶。

王昌龄这首诗，大约写于天宝六年（747年）。之前，他在江宁（现在的南京）当了七年的"江宁丞"，是江宁一郡的最高长官。但有人弹劾他"不检细行"，于是朝廷把他贬到龙标（今湖南黔阳）任"龙标尉"。这职位与"江宁丞"相比，真可谓一个天上一个地下。这首诗，就是在他人生这段逆境时写的。

　　首联两句是以情写景，也是以景抒情：诗人连夜冒着寒雨，乘舟赶往丹阳，坐在客船里，外面是"寒雨连江"。我们既能感到此刻他急切想见朋友的心情，也能感到他此刻心情的凄楚。黎明时分，送别朋友，是在江边一座名叫芙蓉楼的楼阁下。"楚山孤"三字，写出了山头给人以孤零零的感觉；当然，面前的芙蓉楼，此刻给人的感觉也是孤零零的。这个"孤"字出现在句中，令人感到送别双方的凄凉心境。

　　在一、二句描写离别情景之后，诗人推出了倾诉心声的三、四句："洛阳亲友如相问，一片冰心在玉壶。"这是诗人托辛渐带给"洛阳亲友"的话：如果洛阳亲友问起我，你就告诉他们，我玉洁冰清如故，就像是一颗晶莹的心，装进了晶莹的玉壶里，是公开透明、可见天日的！——这反映了诗人面对逆境却"心静如水"的冷静心态。

## *高　适

## 别董大

　　　　千里黄云白日曛，北风吹雁雪纷纷。
　　　　莫愁前路无知己，天下谁人不识君。

　　高适这首诗，送别的对象是著名琴师董庭兰。虽是离别，但高适却以开朗胸襟、豪迈语调，把临别赠言说得激昂慷慨，给离人以鼓舞。

"千里黄云白日曛,北风吹雁雪纷纷"写的是眼前北方冬日特有的自然景象:夕阳西沉时分,蒙上了一层昏黄迷雾的落日映照着苍茫的千里旷野;旷野上,北风呼啸,大雪纷飞;而天上,高空昏黄,一两只孤雁出没于寒云之间。这风、这雪、这昏黄的天空,这迷蒙的白日,还有一望无边的千里旷野,加上孤雁南飞,这是诗人惯写的边塞风光,使人感到天地的寥廓,又不禁使人联想到友人离乡远行的孤独。这景色的描写与送别的情思十分吻合。

但第三、四句"莫愁前路无知己,天下谁人不识君",诗情为之一转,转得慷慨高昂。"莫愁"二字一出,诗人就把这送别的"愁思"搁到一边,而代之以对朋友的劝慰与鼓励:此去你不要担心遇不到知己,天下哪个不知道你董庭兰啊!话说得响亮有力,激励朋友到新的地方去奋斗,去寻找新的知己。诗歌于慰藉之中是充满信心和力量的。这样的送别诗句,一扫送别诗缠绵幽怨的老调,显得雄壮豪迈,堪与王勃"海内存知己,天涯若比邻"的情境相媲美。

## *崔　颢(?—754)

汴州(今河南开封)人。《全唐诗》收录其诗42首。最为人称道的就是《黄鹤楼》。

## 黄鹤楼

昔人已乘黄鹤去,此地空余黄鹤楼。
黄鹤一去不复返,白云千载空悠悠。
晴川历历汉阳树,芳草萋萋鹦鹉洲。
日暮乡关何处是?烟波江上使人愁。

这是一首表达怀古与思乡情怀的诗。

前面四句是追怀"昔人":一代又一代("千载")的"昔人","已乘黄鹤去"。黄鹤西去不会回头,这里人去楼空,就只剩下一座徒有其名的空楼了("此地空余黄鹤楼")。抬头望天,想追寻远去的"昔人"与"黄鹤",他们都已"一去不复返";只留下千万年都如此缥缈的白云在"空悠悠"地飘荡("白云千载空悠悠")了!——这四句用的是仙人乘鹤的典故。人们常用"乘鹤西归"以示人的逝去;用了这典故,怀念古人"人去楼空、世事苍茫"的意味就显得浓郁了。

后面四句则是表达远怀"乡关"的情思。从黄鹤楼上往外望,看到的是汉阳大地,平川一片,在阳光照耀下,树木历历在目("晴川历历汉阳树");再看到的是春天的"鹦鹉洲"茂盛的、带有芬芳气味的野草("芳草萋萋鹦鹉洲")。这些美景,撩起诗人的乡思来了。这是传统的"兴"的手法,他看到的只是眼前的美景,远在夕阳西下之处的"乡关"是无法看见的,所以只能无奈地发问"日暮乡关何处是",也只能望着春雾弥漫、春波荡漾的江水发愁("烟波江上使人愁")了。

这首诗被认为是"咏黄鹤楼的绝唱"。传说李白登黄鹤楼,见此诗即佩服至极,说出"眼前有景道不得,崔颢题诗在上头"。可见李白对此诗的推崇。

## *钱　起(约720—约782)

字仲文,吴兴(今浙江湖州)人。"大历十才子"之一。诗以五言为主,多送别酬赠之作。

## 省试湘灵鼓瑟

善鼓云和瑟,常闻帝子灵。

冯夷空自舞，楚客不堪听。
苦调凄金石，清音入杳冥。
苍梧来怨慕，白芷动芳馨。
流水传潇湘，愁风过洞庭。
曲终人不见，江上数峰青。

这是钱起在天宝十年（751年）考进士时在省试中写下的一首试帖诗。唐朝朝野皆喜诗，因而省试也考写诗，钱起参加的这次省试，考官出的题是"湘灵鼓瑟"。这个题目，出自《楚辞》的《远游》，其中有"使湘灵鼓瑟兮，令海若舞冯夷"的诗句，里面包含着一个美丽的传说——舜帝死后葬苍梧山，其妃子因哀伤而投湘水自尽，成了"湘灵"（湘水女神），常在江边鼓瑟，用瑟音表达哀思。钱起依据这个典故，写出了一首立意新颖的五言古诗。

开头两句说，尧帝女儿（"帝子"）的魂灵（"灵"）还在抚弄着（"鼓"）"云和瑟"（云和山地区出产的琴瑟），她那妙手演奏（"善鼓"）的乐声常常萦绕耳边（"常闻"）。这两句就已点出了"湘灵鼓瑟"的题意。

接着四韵八句，具体展开描写这苍梧潇湘间"常闻帝子灵"的情状。当然，这只是诗人的想象。这想象，打破了时空的局限，也打破了现实与虚幻的界限。第一韵"冯夷空自舞，楚客不堪听"，诗人依据《楚辞》诗句"使湘灵鼓瑟兮，令海若舞冯夷"的意境，写出了传说中的水神冯夷在闻瑟起舞；也写出了现实世界中的"楚客"（流落楚地的异乡客）闻声而伤情。在这两句中，神话世界与现实世界混合在一起了。但冯夷看来并不是知音，一个"空"字表明，他只是闻乐而起舞罢了，对瑟声所寄托的哀怨，他是全无感觉的。反而是现实生活中的"楚客"，能领悟"帝子灵"的哀怨，乃至不能卒听（"不堪听"）。接着第二韵"苦调凄金石，清音入杳冥"则是说：那瑟声的哀婉悲苦，能使坚硬的金石为之凄楚;那冷清的瑟音,能传播到遥远("杳")僻静幽暗("冥")的地方。——这两句,具体写"湘灵鼓瑟"那乐调之凄苦,与环境的"杳冥"相互衬托,其乐调之哀怨,就更显其著了。第三韵"苍梧来怨慕,白芷动芳馨",用拟人手法写植物也被"湘灵鼓瑟"感动:高山上那苍劲的梧桐树也来表示被那琴瑟的哀音所勾起的哀怨和对湘灵的敬慕;而那山野中的"白芷"(一种香草),也闻瑟动心,散发出醉人的芳馨。——"湘灵鼓瑟"影响之深远,在此又得到了童话化的表现。第四韵"流水传潇湘,愁风过洞庭",是"常闻帝子灵"的最为形象的描述。按神话传说,"湘灵"是常常在江边鼓瑟的,这两句就把她的瑟声,顺着"流水"传遍潇湘,随着"愁风"飘过洞庭。其瑟声的悠扬致远,也就有了可感的形象了。

最后"曲终人不见,江上数峰青",诗歌以现实中的景色作结,说明诗人已从"湘灵鼓瑟"的幻觉中回到现实中来了。——"曲终"了,却"不见"鼓瑟之"人",能看到的,只是浮在"江上"的几座("数")郁郁葱葱("青")的山峰。但尽管是"曲终"了,其余音仿佛还在那潇湘的大江大河边那几座青峰之上萦绕着呢!

\*韩 翃(生卒年不详)

字君平,南阳(今属河南)人。"大历十才子"之一。其诗多酬赠送别之作,《寒食》诗较有名。

## 寒 食

春城无处不飞花,寒食东风御柳斜。
日暮汉宫传蜡烛,轻烟散入五侯家。

这是描述唐时寒食节习俗的一首七言绝句。

寒食是中国古代一个传统节日，一般在冬至后一百零五天，清明前两天。古人很重视这个节日，按风俗，家家须禁火，只能吃现成食物，故名寒食。唐代制度，到清明这天，皇帝宣旨取榆柳之火赏赐近臣，以示皇恩。这仪式用意有二：一是标志着寒食节已结束，可以用火了；二是借此给臣子官吏们提个醒，让大家怀念死于火燎的春秋晋国名臣介子推。这个习俗在唐代仍然流行，到宋代才逐渐淡化。

第一、二句，写唐朝都城长安在寒食节时的风貌。此时的长安，处处柳絮飞舞、落红无数；寒食节的东风吹拂着皇家花园的柳枝（"御柳"）。这第一句其实是说春城"处处都开花"，但如此写来的确不美，改为"无处不飞花"意境就大为不同了。在东风的吹拂下，落花到处飞扬，一派灿烂的景象。第二句也突出了"东风"的作用，但不是直接写风，而是通过"御柳斜"中一个"斜"字来写"东风"的威力。

第三、四句，则是写唐朝宫廷及权贵庭院中的寒食节结束时的习俗：寒食日天下一律禁火，唯宫中可以燃烛。为示恩宠，皇帝特许重臣"五侯"也可破例燃烛，并直接自宫中将燃烛向外传送（"日暮汉宫传蜡烛"）。能得到皇帝赐烛这份殊荣的自然不多，难怪由汉宫（实指唐朝宫廷）到"五侯"之家，沿途飘散的"轻烟"会引起诗人的特别注意。

历来有诗家认为，该诗暗藏讽意。诗中写"汉宫""传蜡烛"，说寒食节普天下禁火，但权贵却可得到皇帝恩赐而燃烛。诗中说的"五侯"，原指汉成帝时皇后的五个兄弟王谭、王商、王立、王根、王逢，此处被认为泛指唐朝天子的近身幸臣。所以，这首诗实际上是指责皇室败坏传统风俗的讽刺作品。

## 四、"诗仙"李白的诗作

李白,武周长安元年(701年)出生于西域碎叶城,到唐代宗宝应元年(762年)去世。他生活的年代正值唐朝盛世。在这盛世中,他以其浪漫主义诗风,写下了无数反映唐朝盛世之境况,以及盛唐时人的思想与风貌的诗歌。因此史家称其为"唐朝盛世歌手"。又因其诗歌的浪漫主义风格,被后人誉为"诗仙"。

### (一)求学与游学时的诗作

李白5岁时随父回归四川绵州定居,从此视蜀地为故乡。孩童时,在故乡求学读书,涉猎多方知识。他的《古朗月行》,就反映了他少儿时从神话传说中学习,深受庄老道家的浪漫情怀的影响。21岁离乡远游,途中写下了不少山水诗与交游诗。26岁至28岁三年间,李白东游吴越旧地和湖北襄州(今襄阳),结交孟浩然等诗友,写下《送孟浩然之广陵》《梦游天姥吟留别》等名篇。

李白追求的道家浪漫情怀,在他这个时期的诗作中有了初步显现。

## 古朗月行

小时不识月,呼作白玉盘。
又疑瑶台镜,飞在青云端。
仙人垂两足,桂树何团团。
白兔捣药成,问言与谁餐?
蟾蜍蚀圆影,大明夜已残。
羿昔落九乌,天人清且安。
阴精此沦惑,去去不足观。
忧来其如何?凄怆摧心肝。

南北朝时刘宋诗人鲍照写过一首《朗月行》。李白借用此题，所以叫"古朗月行"。"行"，是一种诗歌体裁。

这首诗分两部分。前八句为上部，写儿时看月时天真的遐想和稚气的发问；后八句为下部，写他如今看见月食时引起的失落与悲怆。

头四句，就让我们看到了一幅美丽的图景：月朗星稀，深蓝的夜空中，淡青的云朵在月亮前慢慢飘浮；夜空下的空场上，儿时李白抬头望着月亮大呼小叫："天上有个白色的玉盘！""这不就是瑶台上的镜子吗？它在云朵的上面飞呢！"（"瑶台"，是传说中神仙居住的地方）

接着四句是写儿时的他看到月亮里的阴影，就像是仙人垂下的两只脚；而月亮里那被吴刚天天砍伐的玉桂树，为何到如今还是那枝叶团团？接着，他又仿佛看见玉兔在捣药，可是它捣药又是给谁吃呢？

下部头两句"蟾蜍蚀圆影，大明夜已残"（神话传说，凡发生月食，都是月亮上那只蟾蜍在食月。"大明"，指月亮），表明诗人已从儿时的回忆回到如今正在观月的现实中来了。他写这首诗时，是他被唐玄宗"赐金放还"之后，这正是他际遇不佳之时，他在失落的情绪中观望夜空，那半边明月，也就成了夜空中被蟾蜍侵蚀的残月了。

接着两句是说，自嫦娥的夫君后羿射落九个"金乌"之后，天宇中只剩下一个太阳，这时"天人"表面虽说是"清且安"，实际是说自己太寂寞、太冷清了。接着两句就说，现在仰望夜空，夜空中就只剩下那残缺的半边月亮（"阴精"，亦指月亮。"沦惑"，指月亮在月食中沦亡，令人迷惑），已经没什么好看的了。最后，诗歌以"忧来其如何？凄怆摧心肝"作结，说出他看见如此凄清之月景后的凄怆心情。

这是一首触景伤情之作。月，还是同一个月，但时候不同心情就不同了，儿时是乐景，如今却成了哀景。

## 峨眉山月歌

峨眉山月半轮秋,影入平羌江水流。
夜发清溪向三峡,思君不见下渝州。

还是李白年轻时第一次离家乡沿江东游时写的一首"咏月歌"。

既然是"咏月歌",咏月就是诗歌的主要内容。诗人写"月"的诗虽然很多,这首早年创作的诗却别具特色。首先,他既写了天上的月,也写了水中的月。诗人当时处身峨眉山下的平羌江上:抬头望山,在巍峨山影上面,夜空中悬挂着半轮秋月("峨眉山月半轮秋");低头看江,是天上那半轮秋月的倒影("影入平羌江水流")。——诗歌一开头,诗人就给我们描出了一个山天作映衬,天水之间有两个月亮的奇异景象。由于诗人是乘舟东下,船顺着江流向东驶去,而月亮则高悬空中,从船的舷窗往外望,空中之月与江中之月都好像随船而动。第三句"夜发清溪向三峡",是说他此行是夜里从家乡开船,现在正路过峨眉山下的平羌江向三峡开去。半轮秋月当空,半轮月影入水,月光朦胧、江水寥寥,在如此情景里,月下行船,孤身一人,思乡念友之情就不由得滋长起来,于是有了最后一句感情的迸发:"思君不见下渝州。"——峨眉山的月亮都随着我向渝州走去了,我那远在清溪的亲人啊,你为什么就不能也伴随在我的身边,和我一起到渝州去呢?

由咏月开始,继而触景生情,以抒怀结篇,于是就冶炼成这一写景与抒情和谐结合的名篇。

## 渡荆门送别

渡远荆门外,来从楚国游。
山随平野尽,江入大荒流。

月下飞天镜，云生结海楼。
仍怜故乡水，万里送行舟。

荆门山在今湖北宜昌西北长江南岸，与北岸虎牙山对峙，自古称为"蜀楚咽喉"。长江未过荆门为蜀地；过了荆门就是楚地了。诗人是时陪伴家乡一友人乘船到荆门，然后在荆门和友人告别。

首联写道，我们坐船从蜀地老远来到荆门山外（"渡远荆门外"）。现在就要进入楚地，开始楚地游（"来从楚国游"）了。这是开头应题，虽没点明"送别"二字，但可看出，诗人的送别是热情的，不是在家乡就告别，而是和友人随船至荆门才道别，可见其情深。

颔联与颈联是诗人对友人将要进入的楚地景致的想象：四川是盆地，四围高山，但出了荆门山，进入楚地山势就趋和缓，乃至"山随平野尽"；大江也在两岸一望平川中流淌（"江入大荒流"）了。航船将会在宽阔的江面上行走，夜晚将可看见月亮在水面的倒影，就像是从天上飞下的"天镜"（"月下飞天镜"）；而白天，则可看到天上云彩聚结成海市蜃楼（"云生结海楼"）。这样的景色都是怡人的。

尾联两句承接颔联与颈联的意思，前面说楚地之美，这两句则说，楚地虽美，但我们仍然要怜爱故乡的水（"仍怜故乡水"）。故乡水是多情的，它不仅把你送出家乡，并且还要把你相送到万里之外（"万里送行舟"）。

整首诗虽无"送别"二字，但读者仍可感受到诗人那浓郁的送别之情。诗人把友人相送到荆门，情深的"故乡水"也会把游子再送至万里之外。——诗歌情调并无哀怨。这样表达送别情，不但新颖，而且还会令读者感觉到诗人的浪漫情怀。

## 望天门山

天门中断楚江开,碧水东流至此回。
两岸青山相对出,孤帆一片日边来。

  天门山位于安徽省和县与当涂县西南的长江两岸,在江北的叫西梁山,在江南的叫东梁山。两山隔江相对,形同门户,所以叫天门山。
  第一句"天门中断楚江开",描画了两山对开一江中流的景色。其中两个动词"中断"和"开"是相互关联的,"中断"的是天门山,谁去"中断"这山呢?是"楚江"。"楚江"要"开"出水道来,所以要"中断"这"天门",让水往下奔流。由于用了这两个动词,水流拟人化了,"楚江"奔流直下、勇往直前、排山开江的形象就显得具体了。
  第二句"碧水东流至此回",是特写江水的。由于长江北岸的西梁山和江南的东梁山隔江相对,向北流淌的江水在此形成了一个比较宽阔的回旋处。句中"东流"二字,是从长江的大趋势而说的,并不是说这段江水向东流。事实上,长江水还没到当涂与和县时,就已经是向北流了。
  第三句"两岸青山相对出",写出了江景与山景的配合。中间是宽阔的江面,两岸是并不高耸却秀丽的"青山""相对"而"出"——浮现在江的两岸。如果从船上望去,面前的水是"碧水",而山是"两岸青山","碧水""青山"两相映衬,就是一幅柔丽动人的山水画。
  最后一句,诗人在这图景的东边或西边画出了一轮红日(可以是朝阳,也可以是夕阳),映照得天边、山岭及大江,处处一片柔和的红光。诗人还特意在画中加上一笔:一艘帆船披着日照,从太阳里驶出,正向你开过来。于是,这幅富于动感的、光彩夺目的山水画就显得更动人了。

## 静夜思

床前明月光，疑是地上霜，
举头望明月，低头思故乡。

要深入理解这首浅白的诗，就要抓住诗题中"静""夜""思"三个字。就是要弄清楚，李白是怎样描写与刻画这三个字的。

先看诗人如何描画"静"。"静"是用来描写"夜"的。通篇仅题目中有一"静"字，然而通读全诗，你又会感到，"静"是遍布全诗的氛围。开头一个"床"字就提醒我们，这已是夜深人静的时间了。而"床前明月光，疑是地上霜"，虽是描画"地上"泛着如霜的亮光，但也可增添深夜寂静的感觉。此时，"静"与"夜"是融合的：悄无人声的寂静，又有冷清的月光映衬，夜的静寂感就更加明显了。

再看诗人怎样写"夜"。诗中写"夜"，主要是表明这是一个明月夜。因此，写出"月"之"明"，就成了描写"夜"的一个重点了。但惜字如金的诗人，描写月就只用了一个"明"字。他要突出月之明亮，是通过"床前明月光，疑是地上霜"去描写的。月光从窗户照进屋里，就像往地面撒上霜粉。月光是如何的"明"，由此就可想而知了。

最后再看"思"字。"举头望明月，低头思故乡"，是写"思"的状态。从"举头"与"低头"四字，我们可以想到，诗人再也睡不着了，也许是从床上坐了起来，"举头望""低头思"；或许是走到窗前去"举头望""低头思"。而"明月"与"故乡"四字，则是"思"的内容。他举头所望见的"明月"和故乡人所看见的"明月"是一样的，于是就产生了联想，于是就思念起故乡来了。

无情不成诗。"明月光"勾起的"思"就是情，是游子静夜思乡之情。

# 送孟浩然之广陵

故人西辞黄鹤楼,烟花三月下扬州。
孤帆远影碧空尽,唯见长江天际流。

  欣赏这首诗,一是要想象诗人送别的场景以及他送别时的心情;二是要想象他此时此刻所看到的景色,以及他头脑中所想象孟浩然登船远去的情景。

  首句"故人西辞黄鹤楼"写送别场景。黄鹤楼位于长江南岸蛇山黄鹄矶头,历来都是文人墨客纪游胜地。李白与好友临别前同游此地,然后孟浩然就要"西辞黄鹤楼",登舟东去。

  第二句是"烟花三月下扬州"。"烟花三月"四个字,为情景增添了色彩。一是送别时黄鹤楼的春花灿烂的景象:"烟花三月",春花似锦,令李白与孟浩然都流连忘返。二是故人要去的扬州的美景:人们常赞美的"江南",其实是专指广陵附近的苏杭地区;"烟花三月"的扬州当然就更美了。另外,我们还可以想象一下李白送别时的心情。这首诗,不像一些送别诗那样笼罩着愁云惨雾。他们面前,是"烟花三月"的黄鹤楼;孟浩然去的地方,是"烟花三月"的扬州,那是骚人墨客都向往的地方,何来愁云惨雾?读着诗句,我们甚至能感到诗人羡慕向往之情呢!

  三、四句"孤帆远影碧空尽,唯见长江天际流",是充满画意的诗句,是诗人对美景的直描。——面前是春江水满的辽阔长江;远望的是友人那向"碧空"远去的帆影;而那滔滔江水也向天边云水相接处流去。这是多么辽阔深远的画面啊!

## （二）第一次京畿求职前后的诗作

开元十八年（730年），李白30岁。他进入长安，后来又到东京洛阳。他徜徉于京畿两地，晋见名士达官，想得到他们的举荐进入仕途。这是他少年时就有的纵横家理想主导了他的行动，他就是想有机会进入仕途，以之纵横天下，建功立业。他这些早年就有的梦想，在他此时的诗作中就有所反映。

# 蜀道难

噫吁嚱（读yīxūxī，惊叹声）！危乎高哉！蜀道之难，难于上青天。蚕丛及鱼凫（"蚕丛""鱼凫"，古蜀国的两个国王），开国何茫然！尔来四万八千岁，不与秦塞（"秦塞"，古代之秦国，有"四塞之国"之称，因其四周都有像关塞一样的山岭拱卫）通人烟。西当太白有鸟道，可以横绝峨眉巅（这两句实际是说，三秦之地，秦塞之国，与蜀地之间，"四万八千岁"以来，只有鸟儿能飞过的"鸟道"，而没有人能走的道路）。

地崩山摧壮士死，然后天梯石栈相钩连（这两句是说，在"五丁开山"之后，才开始有人能行的"蜀道"。"五丁开山"是个传说：古蜀王命人称"五丁"的五力士赴秦迎娶五美女，回程途中遇一危害百姓的长蛇正往山洞中逃窜，五丁合力拉拽长蛇，却致大山崩裂了，五丁都被压在山下，大山因此变成五座矮岭，于是秦蜀间的通道就此打通了。传说，天梯与石栈都是"五丁开山"之后才开通的）。上有六龙回日之高标（神话中，神人羲和每天驾着六条龙拖曳着太阳乘坐的车从东边出发，翻越天空，到了西边才歇息。这里的意思是说，蜀道中的高山，高得连六条龙驾驭的太阳车也不能逾越，唯有回避它），下有冲波逆折之回川。黄鹤之飞尚不得过，猿猱欲度愁攀援（"猿猱"，蜀地崇山峻岭中一种善攀缘的猿猴。"猱"，读 náo）。青泥（指青泥岭；入蜀途中的一座崇山峻岭，以山路盘旋曲折著称）何盘盘！百步九折萦岩峦。扪参历井（"参""井"是二星宿名。"扪参历井"，借比由秦入蜀，因为要翻越很高的山，就像穿过"井"星宿，摸着"参"星宿前行似的）仰胁息（指因山高而呼吸困难，要抬头仰起鼻孔呼吸），以手抚膺（"膺"，胸口，读 yīng）坐（"坐"，徒然）长叹。

问君西游何时还，畏途巉岩（"巉岩"，险恶陡峭的山壁）不可攀。但见悲鸟号古木，雄飞雌从绕林间。又闻子规啼夜月，愁空山。蜀道之难，难于上青天！使人听此凋朱颜。连峰去天不盈尺，枯松倒挂倚绝壁。飞湍瀑流争喧豗（形容瀑布与溪涧奔流湍急，争相发出轰响的情状。"喧豗"，水流轰响声。"豗"，读 huī），砯崖转石万壑雷（水流撞击山石，乃至山石转动，使得山谷发出雷声般的回响。"砯崖"，水撞石之声。"砯"，读 pīng）。其险也如此，嗟尔远道之人胡为乎来哉！

剑阁（"剑阁"，四川北部边陲的一个关隘）峥嵘而崔嵬，一夫当关，万夫莫开。所守或匪亲，化为狼与豺（这两句的意思是：如果不是派亲信把守，把关的人很易造反，变作豺狼，那就难对付了。"匪"，即"非"）。朝避猛虎，夕避长蛇。

磨牙吮血，杀人如麻。锦城（现在的成都）虽云乐，不如早还家。蜀道之难，难于上青天，侧身西望长咨嗟（"咨嗟"，就是嗟叹，指担心友人到蜀地的安全而嗟叹）！

据考究，这首诗可能是李白于公元742年至744年身在长安时为送友人王炎入蜀而写的。他是以友人将去的蜀地的"蜀道难"相告，劝友人快去快回,不要在蜀地久留。为什么这样劝友人,现在已无从稽考了。但他描写的"蜀道"之"难",却成了蜀地景物描写的经典。在描写中,诗歌淋漓尽致地显露了李白本人的个性特点与浪漫主义风格,唐代诗选家殷璠,称此诗"奇之又奇,自骚人以还,鲜有此体调"。我们可以以殷璠这段话为纲,好好鉴赏李白奇特的浪漫主义诗风。

首先是这首诗写出了景物的奇伟:人们在只有鸟儿才能飞过的高峻山岭上开天梯,在猿猱也畏于攀爬的崖壁上凿石洞架栈道的描写,极言道路之崎岖、奇崛与艰险;而崇山峻岭中的悲鸟、古树、夜月、空山、枯松、绝壁、飞湍、瀑流等一系列景象的描写,也极力渲染了蜀道空旷可怖的环境和惨淡悲凉的气氛;还有那"一夫当关万夫莫开"的关隘的形容,以及那猛虎长蛇当道的描写,也极写了蜀道之险要与险恶。这些都足以令人感到景物的奇伟。

其次,感情表露是如此之迸发。开头"噫吁嚱"三字,是令人为之惊异的一声呼喊。也许他是为友人竟然走上那"危乎高哉"的蜀地而惊呼,或许是为想起"蜀道"之"难"而惊呼,以警醒不知危险的友人。诗人也许想,一般的惊呼,如"不得了呀!""哎哟哟!"之类,已不足以表达他的惊异,于是来了句他最熟悉的家乡土话,把他惊异的心情用迸发的方式表露出来。而他那句"蜀道之难,难于上青天"的强烈咏叹,是在后面一而再再而三地重复了的。这句话,是他感情所至,不能不呼喊的。他要警醒友人,取消前行,或者至少也不要在那里羁留,所以就一唱三叹呼喊出来了。而如此强烈的感情,是笼罩了全诗的。

然后是夸张之奇。李白的夸张往往会把笔下事物夸张到极致,《蜀道难》中的夸张也是如此。人说登天最难,他却说:"蜀道之难,难于上青天!"成语有云,谈虎色变,他却道"蜀道之难","使人听此凋朱颜"!民谣相传,"武功太白,去天三百",到他笔下竟成了"连峰去天不盈尺"。为了强调秦蜀交通阻隔时间之久远,他说是"四万八千岁",为了突出青泥岭山路之盘曲,他说是"百步九折";而为了显示蜀道之高耸，他甚至夸张说连为太阳驾车的六龙至此也要掉头……这些极度的夸张，虽不符合事物实际，却有力地突出了蜀道之艰险雄奇，突出了它不可攀越的凛然气势。

还有就是这首诗想象的奇特。诗中显现出天马行空的想象力。从蚕丛开国、五丁开山的古老传说的叙述，到"朝避猛虎，夕避长蛇"的可怕环境，从"连峰去天不盈尺"的高标，到冲波逆折之百丈深渊，都是他神奇的想象力的表现。而"百步九折"的迂回，"枯松倒挂"的峭壁景象描写，以及"悲鸟号""子规啼""砯崖转石万壑雷"诸般音响的描画，乃至"扪参历井仰胁息"的高度，无疑也是出于他神奇的想象。而在他的想象中，还把神话、传说融合进来。在这首诗里，诗人把蚕丛开国、五丁开山、子规啼恨的古老传说及六龙回日的瑰丽神话，编织进他对蜀道艰难的奇特想象中，为笔下的山岭石栈涂抹上一层迷离的色彩，使整首作品散发出浓郁的浪漫气息。

这首诗的诗体是歌行体。歌行体句式自由，时而四言，时而五言，时而七言，有时可以一句三字，有时也可以一句十二字，用韵也十分自由。这也符合李白在写作上不愿受格律限制的个性特点。

殷璠说，这首诗"奇之又奇"。它写的是奇景，抒的是奇情，想象之奇特，以及语言与诗体运用的奇特，处处都显露出李白诗风之特点。

# 行路难（其一）

金樽清酒斗十千，玉盘珍羞直万钱。
停杯投箸不能食，拔剑四顾心茫然。
欲渡黄河冰塞川，将登太行雪满山。
闲来垂钓碧溪上，忽复乘舟梦日边。
行路难！行路难！多歧路，今安在？
长风破浪会有时，直挂云帆济沧海。

"行路难"是乐府旧题。南朝鲍照、释宝月,唐初卢照邻均用过此题,以感叹人生道路之艰难。李白此诗也想表达同样的慨叹。

李白在长安、洛阳等地遍访名家高官,展示自己的诗作,显露自己的才华,希望得到他们的举荐,以步入仕途;但就是得不到他们的青睐。在心灰意冷之余,写下了这一首诗,以慨叹人生道路的艰舛(chuǎn)。但他在诉说人生道路艰舛的同时,仍然保持上下求索的勇气与梦想。这又显露出他积极进取、不轻言放弃的人生观。

"金樽清酒斗十千,玉盘珍羞直万钱",夸张地极写宴会的盛况。"十千"钱的"清酒","万钱"的珍馐,不可谓平贱;加之"金樽""玉盘"装盛,就更显其金贵了。美酒,本是李白的至爱,友人也希望借此安慰李白;但李白此时的心情却是差到了极点,所以面对珍馐美酒,却放下酒杯,扔下筷子("停杯投箸"),不想进食("不能食")。心绪"茫然"之中,"拔剑四顾","舞剑弄清影",以寄托自己的情思。

这首诗当是记下了他舞剑时"天马行空"之遐想。

首先,以"欲渡黄河冰塞川,将登太行雪满山"两句应题,道出"行路难"之意。这两句字面说的是"渡黄河""登太行",其实是说在人生道路上的上下求索。而黄河"冰塞川",太行"雪满山",是说在人生道路上遇到的阻滞。此两句,正道出他追求仕途上的艰难,也反映出他的失望。

"闲来垂钓碧溪上,忽复乘舟梦日边",则是诗人对将要进行的漫游的幻想:"渡黄河"不行,"登太行"无望,他只能盼望"闲来垂钓碧溪上"时能像姜太公那样遇见周文王;又像伊尹"忽复乘舟梦日边"那样遇见商汤,可以重新上路,实现自己的梦想。

然而,这希望毕竟是梦;稍为定神,他又回到现实中来了。"行路难!行路难!多歧路,今安在"几句,正是他面对艰难现实的慨叹。从这慨叹中,我们看到了诗人在不知所向的"多歧路"上,彷徨站立着,呼喊着:我现在是在什么地方啊("今安在")!——他又回到"行路难"的主旨上来了。失望又爬上他的心头。

但李白是个不会让希望之梦消失的人。尽管他现在是站在歧路上,但他还是想找到一条通衢大道的。"长风破浪会有时,直挂云帆济沧海"两句,正是他还有辉煌的梦的写照:他想到了"沧海",想让"云帆"在"沧海"中"长风破浪",驶达对岸。——在艰难人生道路上,他是会继续追求自己的理想前程的。

这首诗中,失望与希望、抑郁与追求,错杂于诗行中,感情激荡起伏。我们从中看到他行路中进退失据的彷徨,看到他强烈的苦闷与愤郁,但也看见诗人不甘自弃、觅路前行的努力。总之,诗歌天马行空,浪荡不羁,尽显诗人浪漫主义诗风的锋芒,给我们留下了深刻印象。

## 春夜洛城闻笛

谁家玉笛暗飞声,散入春风满洛城。
此夜曲中闻折柳,何人不起故园情!

由诗题看,"闻笛"二字当为贯通全诗的"眼"。

既然是"闻笛",当然要写"笛声"。开头一句,就写出了笛声的悦耳,因为如果不悦耳动听,诗人又怎么会去寻找"谁家玉笛暗飞声"呢!再者,句中"玉笛"二字也是写笛声的悦耳的,它由"玉笛"发出,而非一般的"竹管",可想而知这笛声是如何温润柔和了。此外,"暗飞声"中的"暗"字,说明它不是公开演奏,而是不知"谁人"在"谁家"庭院中自吹自奏。"飞声"则表明,这"玉笛声"已飞出私家庭院。这也是对笛声悠扬的描写。

第二句"散入春风满洛城"更是着重写笛声的悠扬。句中的"入"

是说这笛声已散播到洛阳城里去了;而"满洛城"中那个"满"字,则进一步写笛声"散入"洛城的广泛。为什么那笛声会"满洛城"呢?"春风"二字起了很大作用,是春风把那玉笛声传播开来的。"春风"与"玉笛飞声"的结合是和谐的。夏天的热风、萧瑟的秋风、凛冽的北风,在散播笛声时,都不会令人有那种柔和的听觉享受。

既然前面两句是描写笛声,那么后两句就是写诗人听到乐声后的内心感受了。"此夜曲中闻折柳",是写诗人听懂了那"暗飞声"的"玉笛"吹奏的是什么乐曲。"折柳",就是古曲《折杨柳》,是抒发离愁的乐曲。而第四句就直接指出,无论什么人听到《折杨柳》,都不能不想起故乡、勾起一番思乡情!这里说的"何人",当然也包括诗人自己了。

## 望庐山瀑布

日照香炉生紫烟,遥看瀑布挂前川。
飞流直下三千尺,疑是银河落九天。

这首诗,当是李白东游至江西庐山时所作。诗中写了庐山两个景:香炉山与庐山瀑布。

第一句中"日照香炉",是说太阳照在香炉山上;而"生紫烟"则是说,香炉山的周围升起了紫色的水雾。这是日出时,绯红阳光照射着香炉山山谷冒起的蓝色水雾,看来就是一团紫烟在升腾。

第二句"遥看瀑布挂前川",是诗人对庐山一处瀑布的描写。"瀑布挂前川"写出了一道瀑布垂向前面香炉山谷(这里的"川",是山谷之意)的景象。而第一句描写的萦绕着香炉山的"紫烟"似的水雾,正是这道"挂前川"的"瀑布"冲击而成的。

这一、二句的描写是相互关联的,两景重叠展现一幅浪漫而美丽的图景。第一句中，诗人有意无意地以"香炉"指代"香炉山"，指引我们产生一个巨大香炉升起袅袅烟雾的联想。第二句描画的景象也宏伟无比：那香炉后面"飞流直下三千尺"的"瀑布"，也很容易让人联想到，这"瀑布"就像一幅巨大的"神幛"，是天上的神人把它挂在"前川"供人礼拜的。

光是前面两句，已经给人一种神话般幻境的感觉了，但诗人在三、四句中还要做进一步的描写。第三句"飞流直下三千尺"，是夸张的说法，但这夸张却没让人感到离谱，反而是会感到瀑布气势之磅礴。第四句"疑是银河落九天"，更是以想象入诗："银河"是神话中天上的河流；"九天"是神仙居住的仙境。是"九天"中的"天人"让"银河""飞流直下"，"落"到人间的。经过第三、四句的夸张，天上人间也就浑然一体，再也分不清哪里是仙境哪里是人间了。

## （三）在翰林院供职时的诗作

到了四十岁不惑之年，李白那驱之不散的纵横家梦想，又使他中断了浪漫的逍遥游，二次进入长安，继续寻找他建功立业的门路。

李白进取仕途的努力，在唐玄宗天宝元年（742年）他42岁时有了结果。在贺知章等人的举荐下，唐玄宗召李白入宫，供职于翰林院。喜好诗歌咏唱的唐玄宗，在宫廷酒宴场合中，常命李白即兴作些《宫中行乐词》之类来助兴；唐玄宗如此使用李白，令李白觉得自己的才能未被重视，因而滋生失落感。他的诗作《月下独酌》，就反映了他壮志未酬的郁闷。

但他在任职期间，对盛唐首都的风貌以及老百姓的生活状况有了深刻了解，所以也能写出一些有意义的作品来。如《子夜吴歌·秋歌》，就反映了社会的现实；又如《送友人》，就流露出"不如归去"的意愿。

## 月下独酌(其一)

花间一壶酒,独酌无相亲。
举杯邀明月,对影成三人。
月既不解饮,影徒随我身。
暂伴月将影,行乐须及春。
我歌月徘徊,我舞影零乱。
醒时相交欢,醉后各分散。
永结无情游,相期邈云汉。

这首五言古诗,是李白一首"饮酒歌"。饮酒要独酌,已是孤清;现在是对月独酌,自然就更觉孤清了。这种孤寂感,是诗人想排解也排解不了的。

诗歌一开头两句,诗人就把这种孤寂的情状表露出来了:鲜花丛中,摆上一壶酒,显然是以酒赏花;但只能"独酌",身边并无一个相亲的人。这是何等孤独与寂寞啊!

李白是不甘寂寞的人。他要排解这寂寞,于是以诗人丰富的想象,想象出"举杯邀明月,对影成三人"的场面来。明明是一人,他却幻觉成三人——他、月亮,和他在月下的影子,不就是"三人"了吗?如此联想,正是他试图破解孤寂、从孤寂中解脱的一次努力。

但是,想象毕竟是想象,寂寞是现实存在,是无法排解的:月亮不懂喝酒("月既不解饮"),影儿也只是个跟在身边的虚无的阴影而已("影徒随我身")。所以,他做出的"举杯邀明月,对影成三人"的行状,只不过是临时借月亮与影子为伴("暂伴月将影"。"将",和的意思),在春天的花开时节,及时行乐("行乐须及春")、自我作乐罢了。

下面两句,是他不甘寂寞、自我作乐的举动。他唱起来了,对着月亮歌唱，月亮仿佛就是他的知音，所以在云朵间停留、徘徊，就像是倾听他的歌声（"我歌月徘徊"）；他还跳起了舞，而影子仿佛就是他的舞伴，在他身旁翩翩起舞，穿梭不停（"我舞影零乱"）。——他与月亮、影子歌舞相随，看来是有效果的，他的孤独与寂寞多少得到了排解，他也得到了欢愉。

但诗人与月亮与影子的欢愉，毕竟是自我作乐而已，所以说是"醒时相交欢"；但喝醉之后，诗人静下来不唱歌不跳舞了，乃至在月下花前睡着了，那"对影成三人"中的"三人"，当然各走各路了：月亮要继续西沉下去，影子当然也随人之睡去而消失。于是，"三人"也就分手了（"醉后各分散"），孤独与寂寞又回到诗人的现实生活中来了。

这是一种怀才不遇的孤独与寂寞。这种孤独与寂寞缠绕着诗人的一生，在他一生中，的确没遇上过对他有知遇之恩的"伯乐"。所以，他在这首诗的最后，就只能忘却凡世间的人情世故，与月亮、影子永结知音（"永结无情游"），相约到遥远的银河去相会（"相期邈云汉"）了。——由此可见，诗人那人世间的孤独与寂寞是如何深重，如何难以消失了。

## 子夜吴歌·秋歌

长安一片月，万户捣衣声。
秋风吹不尽，总是玉关情。
何日平胡虏，良人罢远征。

李白喜爱民歌，从民歌中吸取了不少养分。这首诗，就是他仿照汉魏六朝民歌风格写的一首乐府古诗。

唐朝是一个边疆战事频繁的朝代，士人武士虽以之为建功立业的机遇，但普通百姓却为此而饱受征发之苦，日子也过得十分艰难。这首诗,借被征发的兵丁或夫役的妻子之口,说出了对征发之苦的怨恨,道出了盼望战争早日结束的心愿。

第一、二句,描写一次大征发前的情景。当时,"万户"(千家万户)人家的"良人"(妇女对丈夫的称呼)就要远赴边疆了,于是长安城里出现了如此奇特的景象:在秋天一片月色之下,千家万户传出了女人们"捣衣"(将衣料放在砧石上用棒捶打)的声音。她们正为"良人"制作出远门的衣服,这"捣衣声"就是她们劳作时传出的。"长安一片月",为我们显示出月光普照下的宽阔的长安城,而"万户捣衣声",则是从长安城四面八方汇聚而成的巨大的"捣衣"的声浪。这是一个多么不同寻常的、气势磅礴的场景啊!虽是间接描写,但也足以让我们想象到这场征发的规模之大了。

第三、四句,则道出了捣衣女子对即将远征的良人的依恋:此时是秋夜,秋风阵阵,带来寒意,女人们在寒夜中捣衣,秋风把捣衣声传送到四面八方,她们一边捣衣,但心已经飞向良人将要奔赴的边关了。玉关,就是玉门关,在长安西边,这里用以泛指边关。

最后两句,写良人还没出发,但女人们已在盼望他平定胡虏、远征归来的那天了。这两句,寄托着女人无限的怨恨,也寄托着她们盼望亲人早日归来的愿望。

## 送友人

青山横北郭,白水绕东城。
此地一为别,孤蓬万里征。
浮云游子意,落日故人情。
挥手自兹去,萧萧班马鸣。

首联写的是送别地的景色。是城外的景色。诗人送君送到城门外,展现在我们眼前的，是一幅用广角镜拍摄下来的远观风景图：这座城北边城墙的后边，是横亘的"青山"（"青山横北郭"）；从"青山"流出的河川，绕着"东城"流过，形成了一条自然的护城河（"白水绕东城"）。——这是一个多么辽阔、雄伟的画面啊！在这样的环境中送别，增强了"壮别"的情意。

颔联是诗人送别时对朋友说的话：我们在这里分别后，你就要像无根的蓬草那样飘到万里之外的远方去了。干枯的蓬草脱离了根，容易被风吹得到处飘荡，因此，古代常用"孤蓬"或"征蓬"，来借代远离家乡的游子。诗人借此表达惜别友人之意，情意也就显得特别浓郁了。

颈联，写送别时的天空：一是在天空浮荡的白云，一是缓缓而下的"落日"。这"浮云""落日"是众多送别诗中常见的景物。但李白在这里的写法很独特，不是光写这"云"这"日"，而是把情与意寄托于其中："游子"离家漂泊在外，他不就是会觉得自己像随风飘荡的"浮云"吗？而把"落日"比作"故人情"也很贴切：老朋友要分别了，自然依依不舍；那不也像是落日缓缓下沉，仿佛是在和天空难舍难分、依依惜别吗？

尾联描写送别情景。大家挥手告别，故人将要起行；离群的马（"班马"）"萧萧"鸣叫，好像要向送别人的马告别似的。这"班马"的嘶叫如此凄凉，又增添了惜别的悲壮气氛。

这首诗，写景、状物、场景描写、心境描述，处处紧扣"别离"，大有情意绵绵、友情隽永之感，的确是送别诗中的杰作。

## （四）"赐金放还"后的诗作

李白常为唐玄宗赋诗侍宴。这点恩宠，翰林院中人也大为妒忌，对其造言中伤。玄宗终于听信谗言，疏远李白，把他"赐金放还"了。李白离开朝廷后，情绪甚为低落，又回复到道家出世求道的状态中。

## 梦游天姥吟留别

　　海客谈瀛洲（"瀛洲"，古代传说中东海上的一座神山），烟涛微茫信（"信"，在这里当"实在"讲）难求；越人（浙江绍兴一带的人，因这一带是战国时越国而得名）语天姥，云霞明灭或（也许）可睹。天姥连天向天横，势拔五岳（"五岳"，指泰山、华山、衡山、嵩山、恒山五座名山）掩赤城（山名，在浙江天台北，因为山石赤色，远看好像红色的城）。天台四万八千丈，对此欲倒东南倾。

　　我欲因之梦吴越，一夜飞度镜湖（"镜湖"，在浙江会稽）月。湖月照我影，送我至剡溪（"剡溪"，浙江绍兴境内的河流。"剡"读shàn）。谢公宿处今尚在（"谢公"，指的是魏晋诗人谢灵运。传说谢灵运曾游天姥山，在剡溪住宿过，留下了"暝投剡中宿，明登天姥岑"的诗句），渌水荡漾清猿啼。脚著谢公屐，身登青云梯。半壁见海日，空中闻天鸡。千岩万转路不定，迷花倚石忽已暝。

　　熊咆龙吟殷岩泉，栗深林兮惊层巅。云青青兮欲雨，水澹澹兮生烟。列缺霹雳，丘峦崩摧。洞天石扉，訇然中开。青冥浩荡不见底，日月照耀金银台。霓为衣兮风为马，云之君兮纷纷而来下。虎鼓瑟兮鸾回车，仙之人兮列如麻。忽魂悸以魄动，恍惊起而长嗟。惟觉时之枕席，失向来之烟霞。

　　世间行乐亦如此，古来万事东流水。别君去兮何时还？且放白鹿青崖间。须行即骑访名山。安能摧眉折腰事权贵，使我不得开心颜！

　　李白被玄宗"赐金放还"后，离开长安，与杜甫、高适等诗友同游东鲁。而后，李白要南下浙江游仙访道，杜、高等因故未能同行，于是李白乃只身前往。行前，李白写下了此诗给杜甫等"东鲁诸公"，所以这首诗又名《别东鲁诸公》。

开头八句写入梦的缘由，是这出"梦游记"的"序幕"。

先说头四句：海上回来的人谈起瀛洲，但那瀛洲隔着茫茫大海，实在难以寻找；但越人谈起天姥却不一样，他们传说中的天姥山虽是在云霞里时隐时现，但或许还是可以看到的。

接着四句，就是"越人"叙说见过的天姥山之高大：他们先拿想象中的天姥山跟天相比，说天姥山顶横在云层之上，仿佛跟天联结在一起了；再拿天姥山跟其他山岭相比，它既超过现实的五岳，又盖过附近的赤城山。接着诗人又拿神话中的天台山来与天姥山对比，说那天姥山东南方的天台山，虽说有四万八千丈，但在天姥神山面前，也矮小得像是在东南方对着它屈膝跪倒似的。——在这里，诗人是通过对比映衬，把天姥山那神奇而挺拔的形象显示在诗行中了，就像要召唤起人们跟着他向天姥山那幻境飞去似的。

从"我欲因之梦吴越"开始至"失向来之烟霞"，写诗人在神话传说的诱导下要去"梦游天姥"，接着就写出了他从"入梦"到"出梦"的全过程。

首句"我欲因之梦吴越"是说，他要追寻"越人语天姥"的神话传说，到吴越寻访天姥山。接着就开始写他的"梦游"。他梦见自己在月夜中飞过漂流着月亮倒影的镜湖，接着，又在镜湖的湖光月色的护送下，飞到了剡溪。——到了镜湖、剡溪，就是到了天姥山的山脚了。他先是梦见自己在山麓找到了谢灵运当年投宿的地方，但如今那里就只有清澈的溪水在荡漾，猿猴在发出凄惨的啼叫了。

接着，梦中的李白就"脚著谢公屐"，"身登青云梯"入山了。才到半山，就看见东海红日喷薄而出，还听见了天鸡在空中啼叫。随后，他继续登山，继续饱览天姥山上那奇幻的仙景：先看见的是在千回万转的山间，道路弯弯曲曲，没有一定的方向；然后，在他倚靠着岩石、迷恋着缤纷的山花之时，不知不觉间天色已昏暗了。就是说，他在梦游天姥时，在迷花倚石间睡着了，于是开始了一场梦中之梦。

在这梦中之梦中，他处身于深山黄昏的昏暗之中，听到的是熊在咆哮、龙在吟啸，那咆哮吟啸的声音震得山石、泉水、深林、峰峦都在发抖；看到的是，青青的云天像要下雨，蒙蒙的水面升起烟雾。突然间，那一片昏黑暗晦中，闪电大作，山峦崩裂；昏黑被冲破了，通向神仙洞府的石门打开了。于是，他眼前豁然开朗：天空一望无际、青色透明；还显现出了日月照耀着的披金镶银的楼阁。——在这段描写中，天地的昏暗和惊天动地的响声，为天门打开后的光辉灿烂的景象起了烘托的作用；而光辉灿烂的景象，又为后面神仙的出场做了渲染。

后面，神仙出场了：许多神仙以彩虹作衣裳，以风作马，纷纷从云彩中走了出来；为了迎候"云之君"的光临，老虎在奏乐，鸾凤在拉车；在这欢乐热闹的气氛中，众多神仙，密密麻麻地，一个跟一个地向天姥山走来了。——梦境写到这里，天姥山上那迷离恍惚、光怪陆离的神仙景象，已达到斑斓无比的高潮了。

最后四句写梦醒。诗人心惊梦醒，一声长叹，枕席依旧，但刚才那美丽的烟雾云霞都不见了。诗在梦境的最高点忽然收住，急转直下，由幻想转回到现实中来了。

最后一段由写梦转入写实。"世间行乐亦如此，古来万事东流水"，是就梦里才消失的光怪陆离的景象发出慨叹：世间行乐之事，也会像梦里"向来之烟霞"一样，终于要消散的；这与"古来万事东流水"是一样的道理。但那梦里的天姥山，李白还是要去追寻的。那么，我"别君去兮何时还"呢？那就要等待时日了。现在我就暂且把载我神游仙山的白鹿放养在山崖间吧，想要起行时就骑上这神鹿，去访问这闻名于世的神山，去与神山上的仙人一起，做愉悦的神游好了。总之，我是不会留在污浊的凡世间"摧眉折腰事权贵"的，那些"使我不得开心颜"的事情我是不会再做了！

最后这段，诗人是向"东鲁诸君"显露自己南游浙江寻仙访道的真实心迹。原来他离开长安东游，就是因为"安能摧眉折腰事权贵，使我不得开心颜"！他就是要摆脱权贵对他的束缚，让自己能自由自在地"开心颜"地过日子！所以这最后一段，该是诗人写这首诗想要表白的主旨。

## 赠汪伦

李白乘舟将欲行，忽闻岸上踏歌声。
桃花潭水深千尺，不及汪伦送我情。

从李白这首赠诗中，可以看到他和汪伦之间情谊之深厚和炽热。

李白喜爱游山玩水。名川大山他要走；偏僻山野、无名溪涧与深潭，他也要钻。于是位于安徽泾县的不知名的桃花潭，他也踏足了。那时泾县有一种民间游乐风俗，叫"踏歌"。每逢节日，或是有什么喜庆，村民就在空场上手拉着手唱歌，脚也按歌曲节拍踏步起舞。这首诗就反映了这种民俗活动。

这首诗，写的是李白离开桃花潭时一件令他激动难忘的事情。

第一句是写诗人准备离开桃花潭时的情景：一艘客船"将欲行"，诗人此刻正在船上往岸上看。也许他在回忆这些天来在桃花潭过的逍遥日子，回味着汪伦请他品尝的美酒佳酿吧。

第二句写诗人站在船上看到的景象：一出以大自然为舞台背景、富有民俗情趣的民间歌舞表演开场了。诗人描述这场民俗歌舞表演很独到，只是写声音，没有做全方位、全过程的描写：一阵歌声和踏着节拍跳舞的脚步声从岸上掩映的树林花丛中传出，飘过桃花盛开的水边，飘过绿水如蓝的水面，飞扬到船上。——这样的描写，已足以给人一种如诗似画、如痴如醉的感觉了。

从诗歌最后一句中,我们可以知道,这场先闻其声的踏歌表演,最后还是在树丛花间里出现了,领唱、领舞者正是汪伦。而本句中"忽闻"两字,则让我们想到,这场踏歌送别,李白预先并不知道。这也许是热情的汪伦的有意安排,为的是要给李白一个惊喜;也许是李白不愿惊动乡亲,没有通知他们,是汪伦知道了,才带着乡亲赶来的。但不管如何,汪伦之"送我情",都是令人感动的。

前面两句主叙事,后面两句主抒情。前面的事,引起后面的慨叹:桃花潭水即使有千尺深,也比不上汪伦送我的一片深情啊!这三、四句,是很好的比拟复句。第三句,诗人既写出了潭水深如蓝的美景,又引出了一个比拟——"桃花潭水深千尺,不及汪伦送我情"。这个比拟,"桃花潭"的"千尺"深水是喻体,"汪伦送我情"是本体,而"不及"是喻词。这是夸张的比喻。但这个比喻虽然夸张,却把汪伦的热情形于色,形于声,形于手足,的确令人很难无动于衷。

## 金陵酒肆留别

风吹柳花满店香,吴姬压酒唤客尝。
金陵子弟来相送,欲行不行各尽觞。
请君试问东流水,别意与之谁短长。

诗人们写送别,大都充满离愁别恨;但在李白这首诗中,"金陵子弟"个个热情奔放,诗人自己也是个豪放的酒客,他们(包括李白本人)表现出来的不是离愁别恨,而是令人难以忘怀的友情。

第一、二句写郊野酒店令人心醉的环境与气氛。"风吹柳花满店香"写的是酒店的环境:春风吹拂,柳条飘动,柳花飘香,香气飘入了这郊野的小酒店。李白的青年朋友们("金陵子弟")就是在这样一个风景迷人、香气袭人的小酒店里聚会,为他送别的。有人考究,柳花并无香味,李白说的"满店香",只是诗人的敏感或想象;但我们也不妨把这"满店"的"香"理解为这酒店里弥漫着种种香味,其中有不可言传的"柳花"香,有江边"红似火"的"江花"香,还有正在酒店里蒸酿着的"酒"香。——这些是酒店内外环境的描写。而第二句"吴姬压酒唤客尝",则是对酒店内气氛的描写。"吴姬"指代酒店女主人;"压酒"是女主人的动作,她正在酒槽压榨酒糟,榨出甜美的酒浆来;"唤客尝"则是她的言语,她正招唤青年酒客过来品尝新酒。美丽的"吴姬"以娓娓动听的吴音软语呼唤酒客过来品酒,酒店氛围的迷人就更活灵活现了;而一个"唤"字也显出了女主人与酒客们的熟络。

第三、四句写他们在酒店相聚的原因和把酒相送的场面。"金陵子弟来相送"是说,李白要离开金陵远行,少年朋友们来相送;"欲行不行各尽觞",从"欲行不行"四字,可见他们依依不舍的情状,而"各尽觞"则显示出"劝君更尽一杯酒",寄情于觥筹交错之中的壮别情景。

第五、六句"请君试问东流水,别意与之谁短长",是作者"留别"的直接抒情:他与这群少年的离情别意,该用什么去比拟呢?诗人说,那就只有长流不尽的"东流水"了;甚至还得说,如此情意,与那长流不尽的"东流水"相比,是很难说出谁长谁短的。

## 闻王昌龄左迁龙标遥有此寄

杨花落尽子规啼,闻道龙标过五溪。
我寄愁心与明月,随君直到夜郎西。

王昌龄原在江宁(现南京)任"江宁丞",但因被人谤以"不检细行"而被贬到偏僻蛮荒的龙标。李白听到消息,不禁为朋友的凄凉遭遇叹息。这时,王昌龄已出发去龙标了,李白于是写下此诗遥寄王昌龄以示慰问。

首句"杨花落尽子规啼",道出李白写诗的时间。"杨花",就是柳花,"杨花落尽"表明此时已是春末夏初了。而"子规",就是杜鹃,杜鹃啼叫,声音哀怨;柳絮纷飞,衬托别离。如此情景,当也衬托出李白听说王昌龄被贬消息时内心的哀伤,从而表达出对王昌龄的同情。

第二句"闻道龙标过五溪"。"闻道"是听说之意;"龙标"指王昌龄。与第一句连起来看,就是说,春末夏初,当我得知消息时,你已经越过五溪到龙标了。

第三、四句"我寄愁心与明月,随君直到夜郎西"则是望月抒怀,寄托自己对朋友的担忧与思念。诗人此时大概是在举头望月,他把看到的情景写进诗行,就仿佛那在云朵中穿行的明月,能为他把对朋友的关怀与安慰带给远在湘西龙标的王昌龄似的。"夜郎",是古代的一个蛮荒小国。李白以"夜郎西"指代龙标,就是要说王昌龄要去的这个地方有多么荒凉,从而更加显示自己是如何为朋友的遭遇表示同情与哀伤了。从"愁心"二字,也可见他对朋友深切的同情。

## 将进酒

君不见黄河之水天上来,奔流到海不复回。
君不见高堂明镜悲白发,朝如青丝暮成雪。
人生得意须尽欢,莫使金樽空对月。
天生我材必有用,千金散尽还复来。
烹羊宰牛且为乐,会须一饮三百杯。
岑夫子,丹丘生,将进酒,杯莫停。
与君歌一曲,请君为我倾耳听。
钟鼓馔玉不足贵,但愿长醉不复醒。

古来圣贤皆寂寞，惟有饮者留其名。
陈王昔时宴平乐，斗酒十千恣欢谑。
主人何为言少钱，径须沽取对君酌。
五花马，千金裘，呼儿将出换美酒，
与尔同销万古愁。

众多诗家评论称，《将进酒》乃李白饮酒诗中的巅峰之作。这首诗以劝酒为题（"将"，读qiāng，是"请"的意思，"将进酒"意思就是"请喝酒吧"），诗人围绕"劝酒"这题目，把从畅饮到豪饮，再到酣饮、狂饮的饮宴过程，淋漓尽致地描绘出来。但从全诗的情思看，这是诗人在"借酒消愁"，诗歌描写的每一个环节，都离不开诗歌最后归结的那个"愁"字。

诗歌一开头就写诗人劝友畅饮。诗人是以大条道理来劝酒的。这大道理，用我们凡人的话来说就是：河水奔腾不会倒流，人生短暂不能再生；在世之时就应畅饮，不要错过了好时光。但现在说这理由的，是"诗仙"李白，当然自有他不同凡响的说法了。且看"河水奔腾不会倒流"的意思，他是怎样表述的：诗人的饮宴地，是黄河边的嵩山之巅，这山巅让他能以巨人的目光与想象力，看到实际上无法看到的景象，于是吟诵出了"君不见黄河之水天上来，奔流到海不复回"的气势磅礴的名句。接着，"人生短暂不能再生"，诗人也不是干巴巴地说出来，而是以"高堂（指父母）明镜悲白发，朝如青丝暮成雪"的特写镜头，具体而形象地表达出来。这起兴的两句，是尽显文学之夸张功能的。诗人把本来就气势磅礴的黄河水夸张放大，说它从"天上来"，就更显其伟大；同样，人是不可能"朝如青丝暮成雪"的，但人活在世上只有几十年，在像黄河水奔流似的历史长河中，不就是如早晚一瞬间吗？于是，这夸张也就有了它的合理性。这本来就苦短的人生，经过李白夸张地缩小，就更显其渺小了。这夸张的两相对照，显示了李白对人生哲学的深刻思考。而接着"人生得意须尽欢"的劝人畅饮，就是以如此堂而皇之的理由说出来的。这是多么大气、多么慨而慷的劝酒啊！后面的"莫使金樽空对月"，则是更为直接的劝酒了，这句话说白了，就是"满上，干了！"。但这话，"诗仙"是以诗意浓郁的诗句说出来的：不要举着一个空空如也的"金樽"，对着天上皎洁柔和的明月啊！这是正话反说，如果从正面去说，那就是：让我们举着满上了的"金樽"，对着皎洁柔和的明月，开怀畅饮吧！这是诗人创造的一个多么惬意的、浪漫十足的意境哟！

"天生我材必有用，千金散尽还复来。烹羊宰牛且为乐，会须一饮三百杯"是李白第二波劝酒，这回诗人是劝人豪饮。李白爱豪饮，豪饮起来，是不惜"千金散尽"的，他自己就说过，"曩者游淮扬，不逾一年，散金三十余万"。看来，朋友的欢聚，畅饮的氛围，已经令李白有些醉意，就像他已是主人，在招待朋友豪饮似的：不是小菜一碟、牛肉二两那样小家子气的细嚼，而是"烹羊宰牛且为乐"的猛嚼；不是一杯乎、两杯乎那样小家子气地慢饮，而是"会须一饮三百杯"地狂饮。钱么，不必计较，因为"天生我材必有用，千金散尽还复来"！这第二波的劝酒，惊人之处不在于他如何劝人猛嚼狂饮，而在于他劝酒的理由："天生我材必有用"，这是何等自信啊！尽管他失官已久，"赐金放还"得到的钱，如果还未"散尽"，大概也用得差不多了，但他依然饮酒如故，大概也散金如故，为什么？就因为他自信，自信"天生我材必有用"，自信"长风破浪会有时，直挂云帆济沧海"，自信还会有"千金散尽还复来"的一天。由此可见他的人生价值观，也可见他对自己是如何看重，又是如何高傲、自信了！——但我们又仿佛感到，诗人无意中又勾起他引来愁思的事情来了，因为，无论怎么说，他这"天生之材"，现在还是处在"天生之材无人用"的状态中啊！

接着，从"岑夫子，丹丘生，将进酒，杯莫停"到"陈王昔时宴平乐，斗酒十千恣欢谑"，是写诗人在醉中劝酒。这一节诗句，长短参差,语气急促,读来就像酒鬼在胡言。但细品味之,他醉得很有分寸,酒话、酒歌也是蛮有条理:一是不忘"劝酒"。"将进酒,杯莫停",就是要朋友不停地喝下去;再者,这几句话还承上启下,上接"会须一饮三百杯",而"与君歌一曲,请君为我倾耳听",又下接后面唱的歌。从"钟鼓馔玉不足贵"到"斗酒十千恣欢谑"就是诗人的"饮酒歌":那种鸣钟击鼓作乐助饮、美玉作盘美食如玉的豪门宴饮,在他眼里是造作,是不足为贵的,只有能喝个"长醉不复醒"才能令他心满意足。古来之所谓"圣王""贤达",他们虽有"钟鼓馔玉"的享受,但多在史上寂寂无闻;但豪饮的陈王曹植,在平乐(地方名)设宴,酒价不菲,一斗酒,价十千,他在所不惜,为的就是尽情欢乐。只有他,才在史上留下"斗酒十千宴平乐"的美名!——诗人把当前的豪饮与曹植的"宴平乐"相提并论了。诗人借此典故,提起曹植,不是因为眼前的饮宴似平乐之宴,而是因为他把自己比作曹植了,他认为自己与曹植有同样的才。但想起曹植,又勾起他的愁思来了:因为曹植的际遇与他极为相似,都是满腹经纶却得不到施展。所以,诗人高唱的"饮酒歌",看似歌颂史上著名的酒徒曹植,其实其中暗藏自己的哀叹!

诗歌最后"主人何为言少钱,径须沽取对君酌。五花马,千金裘,呼儿将出换美酒,与尔同销万古愁"等句,写狂饮。诗人此时已喝得忘乎所以,他已忘记喝了多少杯,还在一个劲儿地大喊"拿酒来";又像是忘记了酒宴的主人是谁,仿佛是自己在宴客:谁说我少钱了?我这就叫人把酒买来与君对饮!"五花马,千金裘"贵重?那算什么!孩儿,你出去,把它们拿去换酒好了!显然是前面的劝酒、饮酒并未能"消愁",反而因席间自觉与不自觉间提到"天生我材""无人用"的状态,从陈王"斗酒十千""宴平乐"而想到自己与陈王相同的际遇,心中的"愁"更浓了,所以到最后来了一句"与尔同销万古愁"作全诗归结。但是这"愁"是"万古"之"愁",是"斗酒十千恣欢谑"也无法消除的。

李白借着这些酒话,披露自己的心声,是他酒中的豪情漫天的真实反映。正是这些豪情的表达,造就了这首绝世好诗,把他的浪漫风格推向了巅峰。

## 秋浦歌(其十五)

白发三千丈,缘愁似个长。
不知明镜里,何处得秋霜。

李白被"赐金放还",其实就是被"炒鱿鱼",由此可知他心情之郁闷如何了。这首诗,就反映了他心中的郁闷。而这郁闷,归结起来就是一个"愁"字。但这"愁",不是一般的"愁",而是惊人的"愁"。

他一开头就来了绝对夸张的一句:"白发三千丈。"白发长一丈也难,何来三千丈?但历来读者却把他这个极度的夸张忘记了,反而觉得这是一个绝妙好句,为什么觉得好?原因就在于后面补充的一句:"缘愁似个长。"——他的"愁",是无法说清的,就与纠结在一起的"剪不断理还乱"的三千丈白发相似。如此比拟,把人们注意的重点移到"愁"上,自然就忘记了李白的极度夸张。

第三、四句"不知明镜里,何处得秋霜",写他照镜子时之所见。镜里面是自己的形象:头发白了。明明是头发白了,却偏要说成是"得秋霜",还要以惊讶的语气来说:是在野外什么地方走,给"秋霜"扑打上去的吧?这显然是说,连他自己也不相信头发会突然变白!这看来也是夸张的写法,头发变白有个渐变的过程,不会是突然间出现的。这里是用了伍子胥一夜愁白了头的典故。可见,他心中的"愁",有多么沉重了!

世上写"愁"的诗歌很多,各自争奇斗妍。这首诗,可以说是其中一朵奇葩!

## 越中览古

越王勾践破吴归,战士还家尽锦衣。
宫女如花满春殿,只今惟有鹧鸪飞。

越中,指春秋时位于越国中部的首府会稽(今之绍兴)。春秋时吴、越两国争霸,越王勾践为吴王夫差所败,此后他卧薪尝胆二十年,终于灭了吴国。灭吴后勾践领军凯旋,回到会稽。这首"览古"诗,写的就是李白游吴越旧地凭吊越中古城遗址时,对当年凯旋景象的遐想。

诗歌前三句,诗人就入题"览古"。诗人"览古"可谓奇特,他从眼前荒野一片的古城遗迹"阅览"到"越王勾践破吴归"时的欢乐:凯旋的将士都得到了越王的赏赐,个个欢天喜地、衣锦荣归;越王勾践回宫后,众多如花似玉的宫女簇拥着他、逢迎他、伺候他。

但是,诗人眼前所见,却只有天空中一只受到诗人惊扰而飞起的鹧鸪。这是越中古城里荒凉与冷清之图景。诗人见此荒凉冷清的情境,只能是呼出一声对人事变化盛衰无常的慨叹了。

## 苏台览古

旧苑荒台杨柳新,菱歌清唱不胜春。
只今惟有西江月,曾照吴王宫里人。

苏台,故址在今江苏省苏州市西南姑苏山上,为吴王夫差所建。当时,吴王夫差战胜越国之后,得意忘形,在国内大兴土木,到处建造宫室庭苑、亭台楼阁,作为他享乐、逍遥之地,姑苏台就是其中之一处。但延至李白所处的唐代,姑苏台已经完全衰颓毁落,李白游览此苏台遗迹时，就只能看见剩下的"旧苑荒台"了。

诗歌头两句，写的就是姑苏台"旧苑荒台"如今春意盎然的景象：在"杨柳新"的一派嫩绿映衬下，是一口连着一口的荡漾着绿水的菱塘；在荡漾着绿水的菱塘里，是采菱村姑坐着采菱船，此唱彼和的采菱歌，歌声使得眼前的不尽春色更为悠长、更为悠远了。这两句诗，诗人描画出了声色俱佳的早春二月的江南风情。但这两句诗，也道出了诗人览阅今景时的思古情怀：昔日吴王淫乐的"姑苏台"上，弦歌已匿声，热舞也不再，全被今人"菱歌清唱"的闹春景象取代了。诗人虽未明说，但"江山依旧，物是人非"的感慨，在此已呼之欲出了。

接着，"只今惟有西江月，曾照吴王宫里人"句，是诗人那"江山依旧，物是人非"的感慨的直接抒发；只不过诗人是用形象语言去表达罢了。诗人在这里还是写景，写的是夜晚的江月景色。写景加之以月下遐想，就把自己的怀古感慨抒发出来了：随着历史的流逝，一切都变了，只有西江升起的月亮亘古不变，它是当年姑苏台上曾有过"吴王宫里人"的弦歌热舞的见证者。

对照上篇《越中览古》，两者"览古"之视角显然不同。《越中览古》从废墟"览"出古时越王勾践击败吴王夫差凯旋后的欢乐与繁华景象，而衬托出如今"惟有鹧鸪飞"的凄凉；而《苏台览古》，则是以如今苏台杨柳发新绿，采菱村姑竞唱菱歌的春意盎然、村姑闹春的景象，衬托出昔日吴宫弦歌热舞的沉沦。然而，两者"览古"视角虽有不同，但都归结出同一的"荣华无常之戒"。在这一点上，两首诗又有了共同之处。

## （五）白帝获赦后的晚年诗作

安史之乱时，发生过永王叛乱事件。李白其时为永王登庐山之召唤而参与了永王幕府，因而获罪于肃宗，终被流放夜郎。但他在前往夜郎途中还没走到白帝城时，听到肃宗大赦天下的消息，于是从白帝返回江陵。但获赦未能使他重归仕途，他只能在孤独、失落、等待与盼望中了此余生。

## 早发白帝城

朝辞白帝彩云间，千里江陵一日还。
两岸猿声啼不住，轻舟已过万重山。

李白在往流放地夜郎途中，听到肃宗的特赦令，立即从白帝城乘船回到他的朋友江夏太守韦良宰的官邸江陵。这首诗就写他从白帝沿江东下江陵的事情，表现了李白听到特赦令后那种重获自由的喜悦心情。

首句"朝辞白帝彩云间"，就洋溢着欢乐的气氛。"朝"字点明这是早晨，"彩云间"三字说明朝霞普照，他就是在这光明、温暖的氛围中告别白帝城的。次句"千里江陵一日还"，则显出航行时的轻快心情，而其中一个"还"字，道出了一种从羁绊中得以解脱的兴奋心情。第三句"两岸猿声啼不住"，写的是巫峡猿声。巫峡猿猴多，郦道元在《水经注·三峡》中就引用渔歌"巴东三峡巫峡长，猿鸣三声泪沾裳"形容三峡猿啼之哀伤。但在心情愉快的李白听来，这"两岸猿声啼不住"，不但没有让他感到哀愁，反而感到愉快，成了这次愉快旅程轻快的伴奏曲了。第四句，写的是"舟过万重山"，事实上，船过三峡，是一段艰难的旅程，但心情愉快的李白却不以为苦，反而感到他乘坐的是"轻舟"，才"一日"就穿过"万重山"了。

## 书怀赠江夏韦太守良宰

天上白玉京（"白玉京"，道教传说中玉帝居住的地方），十二楼五城。仙人抚我顶，结发受长生。误逐世间乐，颇穷理乱情。九十六圣君,浮云挂空名。天地赌一掷,未能忘战争。试涉霸王略,将期轩冕荣。时命乃大谬,弃之海上行。学剑翻自哂,为文竟何成。剑非万人敌,文窃四海声。儿戏不足道,五噫出西京。

临当欲去时,慷慨泪沾缨。叹君倜傥才,标举冠群英。开筵引祖帐("祖",送行),慰此远徂("徂",读cú,往)征。鞍马若浮云,送余骠骑亭。歌钟不尽意,白日落昆明("昆明",西边吐蕃的一个地方,代指西边)。

十月到幽州,戈铤("铤",读chán,小矛)若罗星。君王弃北海("北海",泛指北方远僻之地),扫地借长鲸。呼吸走百川,燕然可摧倾。心知不得语,却欲栖蓬瀛。弯弧惧天狼,挟矢不敢张。揽涕黄金台,呼天哭昭王。无人贵骏骨("骏骨",骏马),騄耳(一良马之名)空腾骧("腾骧",飞腾奔驰之状)。乐毅倘再生,于今亦奔亡。

蹉跎不得意,驱马还贵乡。逢君听弦歌,肃穆坐华堂。百里独太古,陶然卧羲皇。征乐昌乐馆,开筵列壶觞。贤豪间青娥,对烛俨成行。醉舞纷绮席,清歌绕飞梁。欢娱未终朝,秩满(官员任期届满)归咸阳。祖道拥万人,供帐遥相望。

一别隔千里,荣枯异炎凉。炎凉几度改,九土中(中原)横溃("横溃",河水决堤横流,比喻溃乱)。

汉甲连胡兵,沙尘暗云海。草木摇杀气,星辰无光彩。白骨成丘山,苍生竟何罪。函关壮帝居,国命悬哥舒。长戟三十万,开门纳凶渠("凶渠",匪首)。公卿如犬羊,忠谠(指忠诚正直之人。谠,读dǎng)醢与菹(指肉酱与酸菜。人成醢菹,比喻遭践蹋。"醢",读hǎi;"菹",读zū)。二圣(当时胡人对安、史的称呼)出游豫("豫",出巡),两京遂丘墟。

帝子许专征,秉旄控强楚。节制非桓文,军师拥熊虎。人心失去就,贼势腾风雨。

惟君固房陵,诚节冠终古。仆卧香炉顶,餐霞漱瑶泉。门开九江转,枕下五湖连。半夜水军来,浔阳满旌旃(jīngzhān)。空名适自误,迫胁上楼船。徒赐五百金,弃之若浮烟。辞官不受赏,翻谪夜郎天。

夜郎万里道,西上令人老。扫荡六合清,仍为负霜草。日月无偏照,何由诉苍昊。良牧称神明,深仁恤交道。一忝青云客,三登黄鹤楼。顾惭祢处士("祢处士",汉末辞赋家),虚对鹦鹉洲。樊山霸气尽,寥落天地秋。江带峨眉雪,川横三峡流。万舸此中来,连帆过扬州。送此万里目,旷然散我愁。纱窗倚天开,水树绿如发。窥日畏衔山,促酒喜得月。吴娃与越艳,窈窕夸铅红。呼来上云梯,含笑出帘栊。对客小垂手,罗衣舞春风。宾跪请休息,主人情未极。

览君荆山作,江鲍堪动色。清水出芙蓉,天然去雕饰。逸兴横素襟,无时不招寻。朱门拥虎士,列戟何森森。剪凿竹石开,萦流涨清深。登台坐水阁,吐论多英音。片辞贵白璧,一诺轻黄金。谓我不愧君,青鸟明丹心。

五色云间鹊，飞鸣天上来。传闻赦书至，却放夜郎回。暖气变寒谷，炎烟生死灰。君登凤池（这里指代洛阳）去，忽弃贾生才。桀犬尚吠尧，匈奴笑千秋。中夜四五叹，常为大国忧。旌旆夹两山，黄河当中流。连鸡不得进，饮马空夷犹（"夷犹"，犹豫不前）。安得羿善射，一箭落旄头。

　　这首诗，原题为"经乱离后天恩流夜郎，忆旧游，书怀赠江夏韦太守良宰"。从题目看，当是安史之乱后诗人被流放夜郎旋又放回之时所写。诗人在诗中回忆了他与韦良宰之间的几次交游，回顾了自己大半生的心路历程，可以视之为一篇自传形式的诗歌。

　　从整首长诗看，追求功名，是李白毕生的梦想。少年时，他受纵横家影响，就有干大事，为国建功立业之想（说得明白点，就是想当官，并且要当大官）。虽然他是以悔恨的语气谈及这趟事（"误逐世间乐，颇穷理乱情"），但他心底里还是要"试涉霸王略，将期轩冕荣"的。为此，他曾学剑；但学剑不精，而诗文却有成就，并因此得到玄宗赏识，当了"供奉翰林"，却因与同僚不合，被"赐金放还"（实为撤职），他唯有"五噫出西京"了。——这是他第一次追求功名之失败。

　　撤职后，曾深受道家影响的他，萌生了浪迹江河，寻找海上仙山之想，但"建功立业"之念实在太强了，为此他去了幽州。幽州是个大藩镇，为安禄山所执掌。当时各地藩镇林立，都在网罗人才组建幕府；京城不得志的文人武士，都拥向各藩镇，以投"建功立业"之机。李白也是抱着如此目的到了幽州。在幽州，他察觉到安禄山准备叛乱，但当时唐玄宗仍宠信安禄山，李白虽看到了安反叛之心却不敢说（"心知不得语"），于是失去了一个向唐玄宗报警，可能会因此而"建功立业"的机会。

　　安史之乱发生后，两京失陷，李白当时正在庐山隐居（"仆卧香炉顶，餐霞漱瑶泉"）。当时，据守江陵的永王掌拥三十万水军，说要东巡至海,再从海路北伐幽燕的安禄山巢穴,并派人劝李白进入他的幕府,参与东巡("半夜水军来,浔阳满旌旃")。李白心动了,加入了永王幕府。但永王此举其实是想自立争帝位,结果连累了李白。永王为肃宗手下所杀,李白也因此被关押入狱。这是他第三次失去了"建功立业"的机会。第四次失去博取功名的机会,是郭子仪收复西京,太上皇玄帝还京,封赏群臣,李白也在封赏名单中,但此时李白仍被肃宗下狱,他只能"辞官不受赏",还被掌握实权的肃宗流放到夜郎。

流放夜郎,断了他仕途之路。但当他听到肃宗特赦流放犯的消息后,他就从白帝回到韦良宰官邸所在地江陵,后来听说韦良宰升官洛阳,又惹起他博取功名的欲望。于是写了这首长诗赠韦良宰,直陈复出的愿望,可见他那仕途进取之心的强烈了。李白这时已年近六十,但对功名仍如此固执追求。据说,他在送别韦良宰去洛阳时,韦良宰送了他一根镶了白玉的拄杖。李白后来想透了,韦良宰是在提醒他,年已白头,就不要那么固执,一味追求"建功立业"了。

## 独坐敬亭山

众鸟高飞尽,孤云独去闲。
相看两不厌,唯有敬亭山。

天宝十二年(753年),李白受在宣城当官的从弟李昭之邀,第一次游访敬亭山。当时,他诗名如日中天,到宣城后大受当地官员与墨客的欢迎,常与当地名士到山上高楼吟诗饮酒;之后又曾多次造访此名山;后来还干脆在敬亭山下建庐为居,接来子女共住。他那时面对敬亭山,是不会有孤独感的。到安史之乱发生,李白在乱中经历漂泊流离,挨受过蒙冤被囚的牢狱之灾,经历过戴罪流放的屈辱,在放还之后,才回到宣城敬亭山寓所。这一回是他人生最后一次到访敬亭山。但这次登山,没有了昔日友朋如云、迎来送往,也没有了北楼纵酒、敬亭论诗的潇洒,唯有他独自一人爬上敬亭山,独坐良久,触景伤情了。在此情景下,他情不自禁地吟下了这首《独坐敬亭山》的千古绝唱。

人的眼睛是很奇怪的,高兴时,一般景物能看出五彩缤纷;失落时,景物就都萧条落索了。如今寂寞无聊的李白,也是这样看敬亭山的。

一群鸟儿振翅向高空飞去,本应能引起人的一阵兴奋的,但此时的李白看见的却是"众鸟高飞尽"——鸟儿都飞走了;一个"尽"字告诉人们,是飞得一只也不剩,只留下空荡荡的天空了。天空的云朵在飘,本来也是很美的,但此时李白看到的,却是"孤云独去闲"——云朵也变得孤独了;从那个"闲"字,我们可感到,那飘忽着的孤单的白云,正懒散无聊地向天边飞去,只给他留下一个空荡荡的天空。

后面两句"相看两不厌,唯有敬亭山",就更是直接抒写诗人的孤寂了。当然,"相看"是不可能的,只能是寂寞的诗人独自坐在那里,定神地望着敬亭山发呆;"两不厌"也是不可能的,一个人一天到晚老是望着一座景色不变的大山,就算李白不厌,敬亭山也不懂得如何不厌啊。但诗人宁可想象成他和敬亭山在"相看"。为什么呢?就因为此时能安慰他的"唯有敬亭山"了。

## 五、"诗圣"杜甫的诗作

在诗歌的盛唐时期,杜甫是与李白齐名的诗人。他与李白的浪漫主义风格截然不同,他以积极入世的精神去对待现实;他的诗作,也是以现实主义的态度,去反映自己亲历的大唐盛世的客观现实。他的务实的现实主义诗风,赢得了千古诗名,被后世诗家称为"诗圣"。

## （一）少壮游学时的诗作

唐玄宗先天元年（712年），杜甫出生于河南巩县（今河南巩义西南）一般实家庭。祖父杜审言是隋时修文馆直学士，父亲是唐代兖州司马。因而杜甫少时能受到良好的教育，除诗书礼乐的学习外，他还有了个离乡游学的机会。

游学期间，他留下了诸如《望岳·东岳泰山》《奉赠韦左丞丈二十二韵》《绝句·迟日江山丽》等美丽诗篇，显露了他那灿烂的诗才。

## 望岳·东岳泰山

岱宗夫如何？齐鲁青未了。
造化钟神秀，阴阳割昏晓。
荡胸生曾云，决眦入归鸟。
会当凌绝顶，一览众山小。

杜甫有《望岳》诗三首，分别写华山、衡山和泰山。三首诗中，以这首《望岳·东岳泰山》最为脍炙人口。

泰山为五岳之首，被人奉为"岱宗"。古代皇帝要祭泰山以昭示皇权，可见泰山地位之高崇。因此，写泰山就须写出它君临天下的气势。

从诗歌第一句"岱宗夫如何"，可看出诗人在犯难：泰山作为五岳之首的圣山，该怎样形容才好呢？这对作者是个挑战。

第二句"齐鲁青未了"，是对上面提出的问题做出回答。诗人似乎是站在比泰山还高的天上看这巨大的青山：它北边伸入齐，南边延至鲁，那如海的苍绿连绵不止！——这句写出了泰山地域的广阔。

三、四句"造化钟神秀，阴阳割昏晓"，着重写泰山的雄伟：泰山又高又大,太阳没法照遍整座泰山,向阳的一面是早晨,背阴一面却是黄昏。老天爷对泰山情有独钟,把神奇与秀丽都聚拢于泰山一身了。

五、六句"荡胸生曾云,决眦入归鸟"还是写"望岳":他近望所见,是萦绕泰山的层云在山间荡漾,觉得自己心胸也被云层涤荡干净了;他又瞪大眼睛细望,看到了归鸟投林。——这两句是诗人在细致观察泰山之美。

七、八句"会当凌绝顶,一览众山小"是写希冀中的"登望"。前面的"远望""近望""细望",挑起他登临顶峰的欲望,他希望有朝一日能登临绝顶,看一看泰山是怎样"一览众山小"的。有了这冀望中的俯瞰,泰山的风貌也就显得环环相扣,完好无缺了;泰山粗犷的雄伟,细致的神秀,以及"一览众山小"的气势,就都得到了充分的演绎。

史上泰山诗众多,此诗传诵最广,后人誉之为泰山之"绝唱"。后世诗家认为,此诗反映了杜甫的心胸和气魄,杜甫诗中"当以是为首"。

## 绝句·迟日江山丽

> 迟日江山丽,春风花草香。
> 泥融飞燕子,沙暖睡鸳鸯。

这首诗描写春天,是一幅可触可感的春意浓郁的图景。

开头第一句"迟日江山丽","迟日",就是《诗经·七月》中"春日迟迟"的意思——春天来了,白天比冬日长,白天"迟迟"才结束;"江山丽"则写出了在阳光整日的照耀下,江山显得更加绚丽的景象。

第二句"春风花草香",则把焦点转移到"江山"间的"花草"上了。在上句总写之后，诗人从嗅觉感受的角度写春天的植物：在温和春风的吹拂下，大地上的花草复苏了，散发出阵阵清香。

第三句"泥融飞燕子"，诗人在写燕子时没有忘记表现自然界的春天特色：随着春雨的滋润，泥土湿润了；这湿润的泥土为回归的燕子啄春泥，筑新窝提供了条件，所以才有可能出现啄春泥的燕子在河滩、水田、枝头与屋檐间来回飞翔，为筑窝而辛勤奔忙的春天景象。这里，诗人为我们描画出了一幅动态的春日飞燕图。

第四句"沙暖睡鸳鸯"写鸳鸯。鸳鸯是一种雌雄双栖的禽鸟。这句诗，写一对鸳鸯在沙洲上闭目慵睡。同样，诗人也没忘记扣紧春日的特色去描写：在"迟日"的映照下，沙洲上"沙暖"了，这沙洲的暖气为鸳鸯的慵睡提供了舒适的环境。这鸳鸯慵睡的图景，则是一幅静态的图景。于是，这静态的鸳鸯慵睡与第三句动态的燕子飞翔，一动一静，春意盎然。作者在这里不单只是引导读者以视觉器官去看图景，而是连肌肤的感觉也调动起来，让人感到这春天的和暖，乃至感受到春天时分"泥"与"沙"的和暖了。

## 奉赠韦左丞丈二十二韵

纨绔不饿死，儒冠多误身。
丈人试静听，贱子请具陈。
甫昔少年日，早充观国宾。
读书破万卷，下笔如有神。
赋料扬雄敌，诗看子建亲。
李邕求识面，王翰愿卜邻。
自谓颇挺出，立登要路津。
致君尧舜上，再使风俗淳。
此意竟萧条，行歌非隐沦。

骑驴十三载，旅食京华春。
朝扣富儿门，暮随肥马尘。
残杯与冷炙，到处潜悲辛。
主上顷见征，欻然欲求伸。
青冥却垂翅，蹭蹬无纵鳞。
甚愧丈人厚，甚知丈人真。
每于百僚上，猥诵佳句新。
窃效贡公喜，难甘原宪贫。
焉能心怏怏，只是走踆踆。
今欲东入海，即将西去秦。
尚怜终南山，回首清渭滨。
常拟报一饭，况怀辞大臣。
白鸥没浩荡，万里谁能驯？

"韦左丞"，是唐玄宗天宝七年（748年）时的尚书左丞韦济。"丈"，也就是诗中所说的"丈人"，是对尊贵的男子的尊称。杜甫之所以特别写诗送给他，是因为曾受到他的青睐与照顾。诗歌每两句押韵，里面有二十二押韵之处，所以称为"二十二韵"。全诗的基调是向一位赏识自己的长辈诉说自己的苦恼，诉说自己怀才不遇的愤懑。

诗歌头两句"纨绔不饿死，儒冠多误身"的意思是，世上那些纨绔子弟，只管吃喝玩乐，啥事不做，却偏偏不会饿死；而头戴儒冠的读书人，尽管满腹经纶，才华横溢，却偏是无人赏识，白白耽误了自己的前程！——诗歌开头就直抒胸臆，控诉社会的不公。这两句诗，成了全诗的主旋律。当然，这两句也有主次，诗人在这首诗中主要诉说的是后者——"儒冠多误身"。他就是要把自己"误身"的经历，向"丈人"诉说。也许他也感到这两句来得有点唐突，所以三、四句来了个缓冲："丈人试静听，贱子请具陈。"他打算把自己这"儒冠误身"的经历向

"丈人"细细道来，请"丈人"静听，更好地了解自己路途之坎坷与内心的苦衷。

接着，从"甫昔少年日，早充观国宾"到"致君尧舜上，再使风俗淳"，诗人以自豪的心态，陈说自己是怎样一个意气风发的"儒冠"。"甫昔少年日，早充观国宾"，是说他二十四岁那年以"乡贡"的资格在洛阳参加进士考试的事情，好像是刚刚过去的昔日时光，自己还是个少年，就是个被邀请到京都来"观国之光"的宾客。"读书破万卷，下笔如有神"，是说自己读的书多，文字表达的功夫也了得。为了强调读书之认真，他用了个"破"字，读书以至书卷翻破，可见反复阅读不知多少遍了；又用了万卷以强调自己读书之多。至于文字功夫了得，他以下笔如有神助来形容。接着就以事实来说明他如何"下笔如有神"：写起赋来，能比得上西汉扬雄；写起诗来，也和曹植差不多；由于文才了得，文豪、书法家李邕来寻访自己；诗人王翰也企求与自己为邻结友。后面就说自我的评价与高远的志向。他自以为在"儒冠"中是比较突出的，是个能独当一面的把关人物，能辅助皇上成为功绩超越尧舜的君主，能教化民众、使民风恢复到上古那样淳朴敦厚的能人。由此看来，杜甫的自我感觉非常良好。总而言之，他觉得自己是个"颇挺出"的"儒冠"。

下面两句"此意竟萧条，行歌非隐沦"是个过渡，既是前面的归结，也是后面的引言。"此意竟萧条"，是说曾经意气风发的他，现在"萧条"下来了——这是过去的了结；现在的他，就只是在京城"行歌"（其实是奋斗、求出路）了。但尽管如此，他还不至于退缩，还不至于沉沦。——这就为下面说自己如何奋斗挣扎，如何被"误身"，以及打算离开京城再谋出路做了铺垫。

"骑驴十三载，旅食京华春"，是写他在京华的十三春的落魄与悲辛的总起。这十三年，他在长安过着与纨绔子弟完全不一样的低贱生活。人家的坐骑是高头大马，而他的交通工具只是毛驴；人家住豪门大宅，食美味佳肴，而他只是个旅居者、寄食者，在京华过了一春又一春。

接着四句"朝扣富儿门，暮随肥马尘。残杯与冷炙，到处潜悲辛"，则是他"旅食"生涯的具体写照：他只能从"富儿"与"纨绔"那里讨点差事，跟在他们的车马后面做随从，呼吸着他们的肥头大马扬起的尘土；只能从他们那里讨点残羹剩饭，过着乞儿般的到处悲辛、受辱的生活（"潜"字用得极妙，不用"有"，而用"潜"，其实是"处处暗藏着"的意思，极显世态之炎凉）。

在说自己的"误身"经历时，诗人以"主上顷见征，欻然欲求伸。青冥却垂翅，蹭蹬无纵鳞"四句，写宰相李林甫一个忌才的大骗局：皇上最近举行特试，征召人才；消息把他求仕的欲望激发起来了，于是参加了考试。但结果一场空，就像鸟儿飞向高空却铩羽坠落，像鲤鱼跃龙门却被废去了纵身游弋的能力似的。——原来，应试的士子都被主考的宰相李林甫作弄了。李林甫嫉贤妒能，报说全部考生都不合格，还以此上表称贺："野无遗贤。"这对急欲施展抱负的杜甫无疑是个沉重的打击。如果说"儒冠多误身"，这可说是他最明显的一次被"误身"了。

从"甫昔少年日"到"蹭蹬无纵鳞"，前面写了自己是如何意气风发，后面写了自己在追求事业与出路时是如何受辱，如何"被误身"，前后对比非常鲜明，足以显示他失望之深。

接着"甚愧丈人厚，甚知丈人真"两句感激左丞韦济的厚爱，随后"每于百僚上，猥诵佳句新"，则说出他厚爱自己的表现：他多次在众官员面前屈尊朗读我的诗歌，赞颂我诗歌写得好（"猥"，降低身份）。再接着"窃效贡公喜，难甘原宪贫。焉能心怏怏，只是走踆踆"，杜甫表示自己对"被误身"的"不甘"：我不能效法贡禹，学他那样为别人得到升迁而高兴，却把自己成功与否置之度外；我也无法像原宪那样忍受贫穷的煎熬。明明是自己心里不高兴，又怎能若无其事地来去徘徊呢？

最后八句，是诉说自己的失望，他打算离开京城，到东方去寻求出路，并留下此诗向韦济告别。经过十三年谋求仕途的失败之后，杜甫显然是灰心而萌生了退意。"今欲东入海，即将西去秦"，明确表示出他打算离开长安，到东方海边去云游。但又留恋长安的景色：长安的终南山令他留恋；站在渭河边望着清澈的河水流淌，也令他不能忘怀（"尚怜终南山，回首清渭滨"）。令他更不能忘怀的，还有韦济的关照，他是常常不忘报答韦济的"一饭之恩"（"常拟报一饭"）的，何况现在是要辞别一个自己心中敬重的大臣（"况怀辞大臣"），就更是有点儿恋恋不舍了。但他去意已决，离去之后，能像白鸥那样飞向晴空万里的天际（"白鸥没浩荡"），那时还有谁来阻挡自己的前程（"万里谁能驯"）呢！

这是一首直抒胸臆的诗歌，全诗情真意切，读来仍能感受得到诗人向知己长者敞开心扉的热诚。

## （二）安史之乱中苦诵沉吟

在京城寻求仕途的杜甫，终于有了结果。40岁时，他进《三大礼赋》一篇，为唐玄宗赏识，命代制集贤院。但就在他准备上任之时，发生了安史之乱。为国分忧的杜甫，把家小带往陕西后，就往四川投靠已自立为帝的唐肃宗，但中途为叛军俘虏，只因他官位低微，未引起叛军注意，而被遣返沦陷了的长安。滞留京城期间，一次登山，他望着因战乱而疏于修治的京城，满怀感慨而写下悲怆的《春望》。

后来，他逃出京城游走甘肃，打算从此路入川以追随肃宗，路上想念散失各地的亲人，而写下五律《月夜忆舍弟》。至德二年（757年），杜甫到了肃宗行宫所在地凤翔，肃宗急其忠诚，给他当了个"左拾遗"的小官。乾元元年（758年），唐军收复长安，肃宗回朝，杜甫扈从，回到长安，继续在朝中当"左拾遗"。但肃宗所给的薪俸却入不敷出，他写下的《曲江二首》，就反映出此时他的拮据情状。之后他因上疏救房管得罪肃宗而遭贬谪,后来肃宗还进一步遗弃杜甫,把他"赐还"家中了。

他在回陕西住家路上,目睹安史之乱带来的民生凋零景象,愤而写下了"三吏""三别"等名篇。这里选录的《石壕吏》就是"三吏"中的一首。回到羌村家中,见到家人及邻里在战乱中贫苦的生活状况,他又写下《羌村三首》,记录下安史之乱中战祸带给农村的苦难。

## 春　望

国破山河在,城春草木深。
感时花溅泪,恨别鸟惊心。
烽火连三月,家书抵万金。
白头搔更短,浑欲不胜簪。

杜甫在安史之乱中为安禄山叛军俘虏,被押回长安,因他地位不高,加上他也善于隐藏,在长安被扣押时,人身还是自由的。这首诗,是他在一年的三月间,在长安登高有感而作,写出了他所亲历的国破家亡的悲哀。

首联"国破山河在,城春草木深",写的是长安被叛军攻破后的萧条景象。"山河在",是杜甫登高"春望"看到的景物:他看到了依旧的山、依旧的河;然而却已"城头变幻大王旗",这就不能不令诗人产生失落之感。而"草木深",则是对"城春"的描写,其中一"深"字,就显出了草木荒芜无人打理的形态来了。诗人虽没直说"国破"如何如何,但就凭眼前之景象,"国破"之凄凉也就昭然于眼前了。

颔联"感时花溅泪,恨别鸟惊心",写他在"春望"中的心情。"感时",是感于时势,而时势就是上联说的"国破";"恨别",是恨于别离,就是下面说的与家人别离是长留心中的"遗恨"。而想起这些,尽管面前有可引人欢愉的"花"与"鸟",但在苦情人眼中,美丽的花朵却可引得情伤溅泪;而悦耳的鸟鸣,也触动了诗人内心的痛楚。——这就是古代文学评论家常说的"以乐景写哀,更现其哀"了。

颈联"烽火连三月,家书抵万金",承接颔联中的"恨别",写出登高春望时联想到与家人的离别之恨。这两句是流水对,前说因,后道果:因为战争已延续了两春,所以说,如能得一家书,会令人感到如得无价之宝那样高兴的。这两句,实是诉说思念家人之苦,但诗人没有直说,而以盼望家书代之,这就是诗家评论这首诗时所说的"意在言外,使人思而得之"了。

尾联是"白头搔更短,浑欲不胜簪",写在"感时"与"恨别"的愁苦中之情状。当然,他"感时"与"恨别",并不是这次"春望"时才有,安史之乱以来,从逃难开始,到与家人别离、被俘,到现在流落长安而有家归不得,他都是在"感时"与"恨别",所以他的愁苦,是长愁久苦。如何表现如此绵长、久远的愁苦呢?诗人没有直说,而是以形容自己愁苦时的动作来代替:本来就愁白了头了,现在愁闷时会不自觉地搔头,还会不经意地发现头发白了,而且越来越少了,少到简直要用长簪把自己的头发绾成一束也不可能了!——如此表白,当会给人留下一个更为形象、更为深刻的印象。

这首诗所表达的忧国伤时、念家悲己之情,之所以如此恻人心扉,全是诗人"幽情邃思,感时伤事,意在言外"的功力的体现。

## 月夜忆舍弟

戍鼓断人行,边秋一雁声。
露从今夜白,月是故乡明。
有弟皆分散,无家问死生。
寄书长不达,况乃未休兵。

安史之乱中，杜甫家人各散东西。唐肃宗乾元二年（759年），他避祸游走至甘肃秦州（今甘肃天水），秦州是边城，月夜，他看着孤寂的边城景色，想念失散的几个弟弟，于是写下了这首诗。

开头四句写秦州边城的孤寂景象。"戍鼓断人行"写秦州戒严："戍鼓"是守边部队行令的皮鼓，"戍鼓"擂响，是戒严的号令；令行禁止，秦州城里顿时行人断绝，一片寂静。"边秋一雁声"，写秋天边城那空旷的天空中，一只孤雁在哀鸣。这两句从听觉角度给读者以边城孤寂冷清的感觉。而"露从今夜白，月是故乡明"，则是从视觉角度写自然景色。"露从今夜白"写诗人在白露时分看见的景象：露水落在树叶与草地上，就会结霜，好像披上了一层白粉。"月是故乡明"则是写秋空中的朗月。本来，各处的月亮都是一样的，无所谓哪里明哪儿暗，但这一句，却道出了这里月亮的孤清，好像不如故乡月亮的柔和与温情似的。这是杜甫怀乡情感的流露。

下面四句，由"月是故乡明"引入，转入乡愁的抒发，是挂念起家人了。此时安史叛军已攻陷汴州，家已不成家，几个弟弟正散落在沦陷了的河南、山东，所以他不由得慨叹"有弟皆分散，无家问死生"了。他曾有名句云"烽火连三月，家书抵万金"，这里最后两句抒情"寄书长不达，况乃未休兵"，正是对"烽火连三月，家书抵万金"很好的阐释。在古时候，就算是平时，书信也是很久都不能寄达的，何况是现在正处于战争环境中，书信就更难寄达了。书信的寄达，大概得等到"休兵"吧，但什么时候才能休兵，现在又有谁能知道呢！

全诗的"文眼"，当是题中一个"忆"字。诗句中虽无一"忆"字，但仔细体味之却无处不"忆"：开头四句的孤寂环境的描写，是勾起"忆"的缘由，特别是"月是故乡明"一句，更是"忆乡"的直接表达。后面四句抒情，则可以说是直抒对分散各地的几个舍弟之"忆"，四句情真意切，表达了强烈的忧虑与思念，"忆"的意味就更浓了。

## 石壕吏

暮投石壕村，有吏夜捉人。
老翁逾墙走，老妇出门看。
吏呼一何怒，妇啼一何苦！
听妇前致词：三男邺城戍。
一男附书至，二男新战死。
存者且偷生，死者长已矣！
室中更无人，惟有乳下孙。
有孙母未去，出入无完裙。
老妪力虽衰，请从吏夜归。
急应河阳役，犹得备晨炊。
夜久语声绝，如闻泣幽咽。
天明登前途，独与老翁别。

  这是一首叙事诗，叙述了诗人看见的一起"有吏夜捉人"的事件。当时正是安史之乱期间的759年，这一年，唐军在河南安阳（就是诗中提到的"邺城"）打了场败仗，随后退守河南孟县（就是诗中的"河阳"），为补充兵力，唐军在河南大肆抓丁。

  这首叙事诗，按事情经过，可分为开始、发展、结束三个部分。

  "暮投石壕村，有吏夜捉人。老翁逾墙走，老妇出门看"，是事情的开始：诗人黄昏时投宿石壕村，到夜晚，就发生了官吏带兵来捉丁抓差的事情。这里为什么要用上这"暮"与"夜"二字呢？"暮"，天还未黑，还算是白天。但官家白天不捉人，偏偏是夜了才捉！为什么？夜晚人已睡下，人好捉啊！由此可见，官家是如何之居心叵测了！"老翁逾墙走，老妇出门看"则是这户百姓对"有吏夜捉人"的反应。一敲门,"老翁"就"逾墙走","老妇"就出门应付。两位老人动作如此熟练,如此自若,可见他们对"夜捉人",已习以为常了。

接着写"夜捉人"事件的发展。"吏呼一何怒,妇啼一何苦"这两句用词值得推敲:"呼"是叫喊,"啼"也是叫喊,但"吏"之"呼",与"妇"之"啼",对比十分鲜明,感情色彩大有不同。加之"一何怒"与"一何苦"的形容与对照,官吏呼喝的残暴与老妇啼哭的凄苦,就更明显了。诗人的感情取向,在字里行间也就显示出来了。

这两句之后,是具体写"吏呼一何怒,妇啼一何苦"。"听妇前致词","听"是诗人在听。接着下面就是写诗人听见的老妇"一何苦"的哭诉。先说的是有三个儿子:二男战死,一男犹在战场"且偷生"——这的确是"一何苦"!再说儿媳及孙儿:孙儿还在吃奶,儿媳是穷得连条完整的裤子也没有("裙"作衣服解,但也常用作只指裤子)——这也的确是"一何苦"!最后说的"老妪力虽衰,请从吏夜归。急应河阳役,犹得备晨炊",意思就是,我们家没人可捉,要捉,就捉我好了。这无可奈何的话语,同样也可看出她的内心是如何地"苦"了!

读到这里,我们也许会问,为什么没写"吏呼一何怒"呢?其实,这"吏呼一何怒"虽没有在字面写出,但其实已经意在言外。差吏呼喝的"一何怒",已经暗藏在老妇"前致词"的叙述中了。

老妇的"前致词",其实就是她对差吏喝问的回答。说三个儿子死的死,活的也只能偷生,是回答"你家的男人都到哪里去了"的喝问;"室中更无人",是对"你家其他的人呢"的回答;而"惟有乳下孙"的申诉,大概是孙儿啼哭引起了官吏的喝问:"说没人怎么有孩子哭?"而对儿媳"出入无完裙"的哭诉,可能是对差吏呼喝"孩子的母亲怎么不出来?"的回答。——诗人没有把"吏呼一何怒"的情状一一写出来,但我们还是能够感觉到,这些呼喝声,早就隐藏在诗歌的字里行间了。

诗歌的结束部分,是事件的尾声。"夜久语声绝",是说夜深了,老妇的哭诉声早就没有了,差役抓不到男丁,就把老妇也抓去充数了;儿媳的哭泣声也停下来了;但诗人仍然"如闻泣幽咽",则是诗人自己思绪的表白:就好像这些声音还在耳际回响,久久不能散去,使得他的心无法平静下来。这句看来是描写,却也是诗人感情最直接的表白。最后两句"天明登前途,独与老翁别",是诗歌的结语,显示出这件"夜捉人"事情的结局:避祸的老头回来了,但老妪却被抓走了;诗人要离开这石壕村赶路去,就只能与孤零零的老头告别了。

## 羌村三首(其三)

群鸡正乱叫,客至鸡斗争。
驱鸡上树木,始闻叩柴荆。
父老四五人,问我久远行。
手中各有携,倾榼浊复清。
苦辞酒味薄,黍地无人耕。
兵革既未息,儿童尽东征。
请为父老歌,艰难愧深情。
歌罢仰天叹,四座泪纵横。

《羌村》三首诗主题一致,反映了安史之乱中民间生活的艰辛。这第三首,写邻人来杜家探望回乡的杜甫的情景。

邻人到来时,杜家养的鸡正在上演一出斗鸡的游戏:公鸡厮斗,群鸡乱叫("群鸡正乱叫,客至鸡斗争");诗人走出院场,把群鸡赶到它们栖息的矮树上,才听见客人叩击柴门的声音("驱鸡上树木,始闻叩柴荆")。——诗歌开始四句,就把一幅生动的村居生活图景展现在读者面前了。再接着写邻人们前来慰问九死一生有幸还乡的诗人:

来的邻人都是老人家("父老四五人"),他们是为诗人离家那么久还能活着归来而表示慰问的("问我久远行")。他们手中各自带有贺礼("手中各有携"),从酒器倒出来的都是或浊或清的家酿土酒("倾榼浊复清"。榼,读kē,酒器)。——这写乡邻们到访的四句,充溢着浓浓的乡情。但这乡情的描述也给后面的诗句留下了伏笔。为何来的都是老人?为何他们带来作为贺礼的,只是或浑浊或清淡的土酒,而不能更丰盛些呢?

父老们说:土酒淡薄,不成敬意("苦辞酒味薄");"黍地无人耕",酿不出好酒啊!仗还在打,年轻人都东征去了("兵革既未息,儿童尽东征")!——父老的话使人感到战乱中的艰难。但父老依然浓情厚谊前来慰问,诗人又怎能不感动呢!于是诗人"请为父老歌,艰难愧深情"——乡亲们的温存慰问,真让"我"惭愧啊,就让"我"为父老"歌"一曲,以表谢忱吧!诗人唱了什么,诗中没说,但从"歌罢仰天叹,四座泪纵横"两句看,他的歌显然是触动了老者心中之哀痛了。

### (三)在成都草堂时的诗作

已沦为平民的杜甫,在羌村没停留多久,就带着家小离开陕西,避安史乱到了四川成都。到成都之后,在友人帮助下,他在成都近郊建"草堂",过上一段较安定的生活。此时写下不少描写草堂周围山水景色的诗歌,如《水槛遣心》《西郊》《绝句·两个黄鹂鸣翠柳》等。由于草堂位于成都城郊乡野,杜甫有了接触农民的机会,因而在他的诗作中,出现了反映农民生活和农村风貌的作品,如《春夜喜雨》《江畔独步寻花》等。战乱中的生活还是艰难的,此期间写下的《茅屋为秋风所破歌》,就反映了当时的艰难。

## 水槛遣心（其一）

去郭轩楹敞，无村眺望赊。
澄江平少岸，幽树晚多花。
细雨鱼儿出，微风燕子斜。
城中十万户，此地两三家。

杜甫在成都建成草堂之后，得以暂时安居，他心情稍安。这首诗，描述了他于新建成的"水槛"处望江景山景以"遣心"的情景，显示出一种平和闲逸的氛围。

首联"去郭轩楹敞，无村眺望赊"，写的是草堂所处的地方离城甚远，房屋都可以建得较大较宽敞；从草堂望四周，周围无村落，草堂独处一地，更显得视野的宽阔。这显示出，这里的确是个可以"遣心"的好地方。

颔联"澄江平少岸，幽树晚多花"，江，是澄清的江，清澈见底；春江水满，水平江堤，差点儿连岸边的陆地也淹没了。从草堂水槛往外望周围的树与花，一片树木茂密，由于是傍晚，树林更显得幽深；而太阳下山后，花儿绽放，散发着阵阵幽香。此情此景，也是能遣心解闷的。

颈联"细雨鱼儿出，微风燕子斜"，"细雨鱼儿出"写水中的鱼：鱼儿出没在水里，露出鱼嘴，喷着水泡。那是一幅得细致入微观察才能看见的"鱼乐图"。这幅图，加入"细雨"二字，就更是恰当得天衣无缝了：如是大雨，或狂风暴雨，鱼儿就会潜藏水底，就不可能出现鱼儿那么悠闲地浮出水面的图景了。而那燕子在微风中轻巧斜飞，也是同样观察得细致入微的：只有在微风中，燕子才会飞得如此轻巧；如果在狂风之中，燕儿就只能是"纷飞燕"，到处乱飞乱撞了。

尾联"城中十万户，此地两三家"，与首联呼应，再次写此地环境的幽静遣心。"城中十万户",是写成都城中的热闹与拥挤,这一句不是实写诗人亲见的情景,而是个想象或回忆的虚写,是为了衬托"此地两三家"而写的,为的是突出这草堂的幽雅与周围视野的宽阔。如此描写,就更能突出这个"去郭"甚远的"水槛"是如何"遣心"的。

## 绝句·两个黄鹂鸣翠柳

两个黄鹂鸣翠柳,一行白鹭上青天。
窗含西岭千秋雪,门泊东吴万里船。

杜甫这首诗中的四句,就好像是画家画的四幅小品画,一句一幅,一幅一景;每一幅都是如此精美绝伦。

第一幅是"两个黄鹂鸣翠柳"。在画面上,我们看到的是"黄鹂"和"翠柳"。"柳"之"翠"告诉我们,此时已是春天了。我们光从颜色的角度去欣赏,柳梢头翠绿一片,上面的黄鹂则是点缀在一片翠绿上的两个鲜艳的黄点,翠绿与黄色的配合是那么和谐,已令人有赏心悦目之感;再加上"两个黄鹂"鸣唱的悦耳的歌声,就不仅是悦于目,而且还有悦于耳的听觉享受了。这幅声色和谐结合的小品画,给人以一种春天特有的美感。

再看第二幅"一行白鹭上青天"。这行诗,让我们想象到成群的白色鹭鸟从水面扑翅膀而起,一飞冲天,在空中排列成行,飞向远方的活动图景;随着白鹭从江面飞起、升空,画面的背景就由澄碧的江水慢慢转为晴朗的蓝天。这让我们看到一幅"水阔天高任鸟飞"的美景。

第三幅"窗含西岭千秋雪"。这个句子描画了一幅带画框的风景画。"窗"就是画框;"西岭千秋雪",就是画框所取的景。西岭,是成都西面的一座山岭,它常年积雪,所以说是"千秋雪"。

这三幅图结合起来,给读者展现出有趣的景象,近处是"翠柳"

飘拂大地,和"白鹭上青天"的春天景象,而远处则是常年积雪的西岭,反差之大,不能不令人感到同一地方、同一时候出现的季节不同的奇妙。

第四幅"门泊东吴万里船"。我们看到的是,草堂的篱笆门外的埠头上,有一艘艘航船停泊在那里。春江水涨,正是商旅买舟东下之时。此刻,泊在门口的船只,让人们向往日出的东方,给人以一种即将扬帆远航、前程似锦的感觉。

四句诗四幅画,却不是没有关联的。这四幅画都是以"草堂"为中心去描写的。"两个黄鹂鸣翠柳"是鸟声引起草堂主人的注意,想来是诗人在院中柳树梢头看见的;"一行白鹭上青天"则是草堂主人在堂前"水槛"抬头所见;"窗含西岭千秋雪",应是主人透过窗台远望所见;"门泊东吴万里船" 则是从屋内往门前望去所见。四个角度互为补充,合成了一套反映草堂四周环境的组画。

## 客　至

舍南舍北皆春水,但见群鸥日日来。
花径不曾缘客扫,蓬门今始为君开。
盘飧市远无兼味,樽酒家贫只旧醅。
肯与邻翁相对饮,隔篱呼取尽余杯。

首联出句"舍南舍北皆春水",是对草堂所处的自然环境的描写:这草堂坐北向南,南北都有春水萦绕。如此的环境描写令人感到了此居处的舒心怡人。而对句"但见群鸥日日来"则表明,这草堂不仅宜人宜居,就算是"群鸥",也喜欢到此来戏水嬉游。如此之联句,一方面形成了一幅富有动感的春水绕草堂,群鸥舞江面的美丽图景;另一方面,首联如此美丽图景的描画,也为后面引出"客至"的描述做"起兴",

烘托出"客"将"至"的欢乐氛围。

颔联"花径不曾缘客扫，蓬门今始为君开"，就写出了家人为迎接客人而洒扫庭除的欢乐情景：他们从来不曾为迎接客人而打扫过"花径"，现在却为稀客到来而精心打扫了；从来很少打开的草蓬竹门，今天也为贵客的到来而敞开了。读到这里，读者自然想知道，来者究竟是谁，值得杜甫一家如此隆重地准备迎候？其实，杜甫在《客至》这个题目下面有自注："喜崔明府相过"。诗中的客就是崔明府。相过，即探望、相访。但他如此隆重地迎接崔氏，并不是因为他是当官的"明府"，而是另有原因。有人考究，杜甫母亲姓崔，因而推想，这位崔姓客人，可能是他母姓的亲戚。所以才会有下面所描写的一见如故，闲话家常的熟稔情状的出现。

颈联"盘飧市远无兼味，樽酒家贫只旧醅"，这是对杜甫待客的一顿家常便饭的描写。菜肴，因是避难中的处境艰难，加之草堂远市，只能如此"无兼味"了；喝的酒，由于家贫，也只能是些陈酿淡酒。这颈联，一方面写出了杜甫避难生活的艰辛，但另一方面从他的努力张罗中，也可看到他接待亲人的那份真挚与盛情。

尾联"肯与邻翁相对饮，隔篱呼取尽余杯"写的是杜甫在便宴途中对宾客的建议。显然，他是想把宴客的气氛搞得热闹些，所以才会出此建议。诗人的这首诗歌，至此没有再写下去，但我们可以想象，这个建议的后面，必然是邻居加入这场欢宴，饮宴于是出现更亲热而欢畅的热闹场面了。

这首七律，是一首至情至性的纪事诗，表现出诗人纯朴与好客的性情。这首诗把居处景、家常话、故人情等富有情趣的生活场景刻画得细腻逼真，表现出了浓郁的生活气息和人情味。

## 江畔独步寻花（其五）

黄师塔前江水东，春光懒困倚微风。
桃花一簇开无主，可爱深红爱浅红？

"黄师塔前江水东"是诗人"独步寻花"之所向：他独自散步，来了锦江东岸的"黄师塔前"。宋代陆游对"黄师塔前"四字作考究后云：蜀人呼僧为师，葬所为塔。由此观之，"黄师塔"是一个黄姓僧人的墓所，大概也算是当地一处名人古迹了。第二句"春光懒困倚微风"，则写出了他寻访此地时的闲逸的神态：春光和煦，春风送暖，很容易使人产生慵懒与困倦的感觉。第三句"桃花一簇开无主"，写他偶然发现墓地上的一簇无主的桃花。第四句"可爱深红爱浅红"，写他"寻花"寻得这簇无主的桃花时的惊喜。看来，这是一簇开得十分烂漫的桃花，有"深红"的，也有"浅红"的。那"深红"的桃花固然可爱，但那些"浅红"的桃花也是同样可爱的。他一下子说不出来，他是爱"深红"的还是爱"浅红"的了。在这最后一句中，"爱"字用了两次，"红"字也用了两遍，如此造句有点儿违反常规，但我们读来倒觉十分自然，反而把诗人难以抉择的心情十分恰当地表现出来了。这正是诗人运词造句精妙之所在。

## 江畔独步寻花（其六）

黄四娘家花满蹊，千朵万朵压枝低。
留连戏蝶时时舞，自在娇莺恰恰啼。

这首诗写的是寻常百姓家的春日景象。

首句"黄四娘家花满蹊"，"黄四娘家"的称谓，增添了这首诗的"寻常百姓家"的感觉,就好像在我们眼前出现了一个稔熟妇人的寻常农家小院似的。"花满蹊"三字,是说在这农家小院前面有一条长满鲜花的小路。第二句"千朵万朵压枝低",是对"满"字做具体说明,它除了"茂密"的意思外,还有"多"的意思。如何"多"?那是多到"千朵万朵";此外,就是"朵头大","大"到"压枝低"了。——这两句是写静态的景,诗人画了一幅农家门前繁花似锦、万紫千红的图景。

接着的第三句"留连戏蝶时时舞",则是在上面这幅静态图景上添画上了彩蝶戏舞的动画。这里形容蝴蝶的飞舞有三个词,一是"戏",犹如游戏似的,可见它们飞得如何欢快了;二是"时时",说明蝴蝶不是偶尔出现,而是常常都能看见,可见这花丛上的蝴蝶是不少的;三是"留连",也就是"流连忘返",蝴蝶为什么会"流连忘返"呢?原因就在于这"千朵万朵压枝低"的花丛有花香。于是,我们面前这幅自然风景图,就不但有静态、动态,而且还伴有花香了。

第四句"自在娇莺恰恰啼"是结句。这句写的是"莺啼","莺"在诗中没有做直接描写,只是写了它的声音——它暗藏于树林的枝叶之间。"莺啼"有三处描写,一是"自在",那是说黄莺此刻是在树林的枝叶间自由自在地歌唱;二是"娇",那是写黄莺声音的娇滴;三是用"恰恰"形容"莺啼"的恰好及时(一说"恰恰"为鸟叫声),在戏蝶在花丛上飞舞时,它那娇滴滴的声音就及时鸣唱起来,好像要给舞蹈中的蝴蝶伴奏似的。

## 绝句漫兴(其七)

糁径杨花铺白毡,点溪荷叶叠青钱。
笋根稚子无人见,沙上凫雏傍母眠。

《绝句漫兴》共九首,这是其七。漫兴,就是随意写来的意思。但这组诗虽是"漫兴"之作,却也按季而写,颇有先后次序。这一首写的是初夏景色。

这首诗的第一景,是"糁径杨花铺白毡"。诗人在我们面前展现的,是绿白相映衬、飘逸雅致的初夏美景:既有夹道的枝叶轻扬的绿柳,又有铺地的落花如白毡的柳絮,还有仍在不时飘下的柳絮做点缀。这个句子中,杨花是主角,是它,往小径洒下像磨碎谷粒似的柳絮,给柳荫夹道的小径铺上白色的地毯的。

第二景是"点溪荷叶叠青钱"。这也是写初夏美景:小溪上,绿色的荷叶铺满水面;团团的荷叶,就像是在水面上叠放着一个个圆圆的、青色的铜钱。这句子中,莲荷是主角,是它,在小溪中点画上一个个像铜钱一样的荷叶的。

第三景是"笋根稚子无人见"。这是初夏竹林中的一个特写镜头:竹林里的绿荫下,一些竹笋已变成笋根,快要往上长竹子了;但是,在初夏充沛雨水的浇灌下,那些显出了老态的笋根之间,还有幼嫩的竹笋在冒尖。那些老笋根就好像是护卫着稚子的母亲那样,庇护着小竹笋,不愿人们轻易地发现它。——这里是把植物动物化了,让我们看到了一幅如童话般,并且富于动感的"笋根护幼笋"的图景。

第四景"沙上凫雏傍母眠",是一幅动物的景象。但此景虽写动物,却是一幅闲静的图景:在河溪的沙滩上,一只水鸭幼崽正依偎在母鸭身旁,大概是因为有母鸭在身旁有安全感吧,此刻正在宁静地睡觉。——这样恹恹欲睡的情景,与初夏开始闷热的气候很相衬,不禁令人有一种长夏永昼的宁静感。

四幅图景,各自为一独立的图画,虽说是随手写来,但四幅图合起来,却又构成了一幅陆上、水面,植物、动物内容丰富的图画。这首诗虽是写夏日,但四句中却没有"夏日"两字出现,然而夏日气候与物象的特点,却在字里行间自然地显现出来,这看来又并不是随手就可写出来的。

## 春夜喜雨

好雨知时节，当春乃发生。
随风潜入夜，润物细无声。
野径云俱黑，江船火独明。
晓看红湿处，花重锦官城。

"好雨知时节，当春乃发生"，一开始，就点明这是一场"好雨"。为什么"好"？因为它"知时节"——现在是"当春"，是农事最需要雨水帮助的时令，它"乃发生"，仿佛是知道农人的心意似的，这当然是"好雨"了。第三、四句，则说出它是"好雨"的另一个原因——它无形无态，细得令人难以发觉，是在人们不知不觉中，甚至是在睡梦时"随风潜入夜"的；它无动无静，细得"无声"，却静悄悄地把地上的万物都滋润个透。总之，这四句是直接赞颂"春雨"的好处所在。

后面四句，"野径云俱黑，江船火独明"，写的是细雨中野外的夜晚景色。夜晚，荒野中的小径本来就模模糊糊了；加上下雨，夜空上的雨云就更显黑了。于是出现了铺天盖地一片漆黑的"野径云俱黑"的景象。为了映衬这近乎"伸手不见五指"的漆黑，作者来了句"江船火独明"。诗人让我们在这浓重的漆黑中，在这又密又细的雨雾中，看到光亮形成的朦胧的光环，感受到这无法冲破黑暗的微弱的光亮。诗人是以这一点微弱的光亮来衬托黑暗，就更显其黑暗的浓重了。这与王维在《鸟鸣涧》中以桂花落地的微细音响衬托夜静是一样巧妙。而最后一联"晓看红湿处，花重锦官城"，写的是经过一夜春雨后"锦官城"（成都之别名）中的自然景象。这两句没有一个"雨"字，但锦官城内"红湿"处处，"花重"垂枝——红花的花瓣都给淋湿了，花瓣沉甸甸地压着枝条,这正是春夜透雨留下的痕迹。

至于题目中那个"喜"字,也是贯穿于诗歌的字里行间的。他称赞这是一场"好雨",说它"知时节",说它"润物",说它"细无声"地默默做出了贡献,就处处表现出诗人对雨之"喜";而眼下到处湿漉漉的锦官城,在他笔下居然成了令人早晨起来眼前一亮的"红湿"处处、"花重"垂枝的美景——这也正好反映了诗人喜雨的心情。

## 蜀 相

丞相祠堂何处寻?锦官城外柏森森。
映阶碧草自春色,隔叶黄鹂空好音。
三顾频烦天下计,两朝开济老臣心。
出师未捷身先死,长使英雄泪满襟。

在古人心目中,诸葛亮是一位为国家命运"鞠躬尽瘁,死而后已"的楷模。《蜀相》,就是一首赞颂与怀念诸葛亮的诗歌。

开头四句描写武侯祠环境。首联出句"丞相祠堂何处寻"是设问句,带出了对句"锦官城外柏森森"。出句"何处寻",已有诸葛丞相祠堂乃藏于幽深之处的意味了,对句则具体点出它置身于"锦官城"的郊野,还有"柏"林"森森"将之隐蔽,就更显武侯祠之幽深了。

颔联"映阶碧草自春色,隔叶黄鹂空好音"写祠堂景色:台阶上"碧草"嫩绿,"映"出"春色";树林里"黄鹂""隔叶"歌唱,给春色配上了"好音"。但句中用了"自"与"空"两字,就显得碧草是"徒自"显摆,黄鹂也是"空自"歌唱了。"碧草春色"与"黄鹂好音",是掩盖不了祠堂的孤清与冷落的。

后四句转入对诸葛亮的忆念与赞颂。

颈联描述诸葛亮的功绩:"三顾频烦天下计",是说他与刘备两人在"隆中对"时商讨平定天下的大计；而"两朝开济老臣心"，则是说他辅助刘备与刘禅两朝君主，尽显忠心。这两句，把诸葛亮从助刘备起兵到稳定蜀汉江山，到刘备去世后辅助刘禅继位的主要功绩陈述出来了。

接着是尾联，出句"出师未捷身先死"，是说他在第六次"出祁山"途中得病而死于军中；而 "长使英雄泪满襟"，则是他的死使得后世多少有志之士，当然也包括诗人杜甫自己，为之泪流满襟啊！

## 茅屋为秋风所破歌

八月秋高风怒号，卷我屋上三重茅。
茅飞渡江洒江郊，
高者挂罥长林梢，下者飘转沉塘坳。

南村群童欺我老无力，忍能对面为盗贼。
公然抱茅入竹去，
唇焦口燥呼不得，归来倚杖自叹息。

俄顷风定云墨色，秋天漠漠向昏黑。
布衾多年冷似铁，娇儿恶卧踏里裂。
床头屋漏无干处，雨脚如麻未断绝。
自经丧乱少睡眠，长夜沾湿何由彻。

安得广厦千万间，
大庇天下寒士俱欢颜！风雨不动安如山。
呜呼！何时眼前突兀见此屋，
吾庐独破受冻死亦足！

在杜甫的诗歌中，有许多对成都草堂的美丽的描写，但其实，草堂只是一处茅屋，是他在战乱中偷生活命之所；他当时的贫穷潦倒，不是几首写草堂美景的诗歌所能掩盖的。这首诗，与他别的草堂诗最大不同，就是直接写出了他当时的贫困，也表现了社会当时普遍的贫困现象，因而更具人文价值与现实意义。

诗歌的一个特点，是运用环境描写去反映当时生活的困苦。开头五句写秋风肆虐，这是自然环境的描写。"风怒号"是从声音去写风之"狂"，"卷我屋上三重茅"以下四句，则是从景物的状态反映狂风的肆虐：从"屋上三重茅"被卷起，到"茅飞渡江"，到胡乱洒落的状况（"高者挂罥长林梢，下者飘转沉塘坳"），都可见这场风刮的时间是如何长，刮风的势头是如何狂、力量又是如何猛了。——这自然景象的描写，为下面描写狂风酿成的灾害做了铺垫。

接着，"南村群童"五句是场面描写，描写狂风过后儿童哄抢飘落的茅草，"公然抱茅入竹去"，以及诗人无法阻止的状况。

再接着"俄顷风定云墨色"八句，是狂风过后的天空景象，以及室内环境的描述：天黑了，下雨了，屋漏了。"布衾"本来就"多年冷似铁"，不能御寒的，现在被风雨"沾湿"，屋里的大人无法入睡，棉絮也因"娇儿恶卧"而"踏里裂"，连小孩也睡不安稳了。

从开首到此，从空中景象，写到地面的场景，再写到屋内环境，其实都是环境描写，凡一十八句，其中虽无一字提到生活的困苦，却无处不显出"贫困"。

如果这首诗只有上面三节描写，它让我们看到的只不过是一个困顿的老人形象而已。但这首诗之所以流传万世，主要是因为有了第四节以己之苦念及人之苦的表述。这第四节，让读者联想到，这位老人的孤苦与困顿，只不过是当时社会困顿的一个缩影而已，"窥一斑而知全豹"，从老人的困顿我们可以推知，"天下寒士"也有同样的困顿。——一篇文学作品之所以被公认为优秀作品,就在于能让人们从它所表述之一斑中,看到当时的社会状况,让人们在认识作者的同时,认识到那个时代的社会。这样的作品才谈得上有社会意义。

最后一节,写一段幻想,这是这首诗中诗人情感抒发的高峰。诗人在"屋漏偏逢连夜雨"的茅屋中,衾被沾湿,不知漫漫长夜何时才是个尽头。此情此境,引起诗人对"风雨不动安如山"的"广厦"的期望与幻想,是很自然的。但不同寻常的是,诗人幻想的,不是自己一家人享受用的"广厦",而是"大庇天下寒士俱欢颜"的"广厦千万间",并且还说,如能"眼前突兀现此屋","吾庐独破受冻死亦足"。如此想己及人的幻想,乃至只为他人着想的幻觉,虽然是当时不能实现的,但也足见诗人心胸的开阔,"先天下之忧而忧,后天下之乐而乐"的崇高的情怀了。而整首《茅屋为秋风所破歌》的思想光辉,也因为这后面几句诗,达到了光芒四射的极点。

## (四)安史之乱后在川江漂泊时的诗作

到了唐代宗广德年间,唐军收复河南洛阳、开封,随后又收复蓟北(叛军的根据地),安史之乱遂告平定。消息传到四川,杜甫以饱含激情的笔墨,写下《闻官军收河南河北》,在欢庆胜利之余,也抒发出他"青春作伴好还乡"的宏愿。

其实,他真正的意愿,是重返长安,为朝廷服膺。所以在他出川回乡的一路上,他都在探求重返政坛之路。出川途中他曾入严武幕府任职。但不久严武因病去世,幕府继任者把他去职,他梦想破灭,于是返回成都继续蜗居。他失去严武幕府职务后生活十分困窘,只能又携带家小离开成都出外谋生,随船到了嘉州(乐山)、戎州(宜宾)、渝州(重庆)等地,最后于大历元年(766年)到达夔州(奉节),在此暂住。

# 闻官军收河南河北

剑外忽传收蓟北,初闻涕泪满衣裳。
却看妻子愁何在,漫卷诗书喜欲狂。
白日放歌须纵酒,青春作伴好还乡。
即从巴峡穿巫峡,便下襄阳向洛阳。

这是杜甫为欢庆唐军取得平叛胜利而写下的一首七律。

首联"剑外忽传收蓟北,初闻涕泪满衣裳",写胜利消息传来时自己的心情。"蓟北",是在千里之外;而"剑外",是指不远处的四川剑门关。消息是从千里之外"忽传"到剑门关来,可见这喜讯来得突然。正因为突然,才会有惊喜,诗人才会"涕泪满衣裳"。

颔联"却看妻子愁何在,漫卷诗书喜欲狂",写家人的惊喜。"却看",是诗人在"涕泪满衣裳"之余回头看,看到妻与子此刻的情状:长久伴随他们的"愁"已经烟消云散,不知飞到哪里去了。"漫卷诗书"是对"喜欲狂"的具体描画:他们听到消息,就把手中的"诗书"随意卷起来,就像他们是要立刻收拾书卷,立即准备回乡似的。他们是如何"喜欲狂",就可想而知了。

颈联"白日放歌须纵酒,青春作伴好还乡",写的是诗人庆祝胜利的打算。在这阳光灿烂的日子里,我们要"放歌",光"放歌"还不够,还"须""纵酒",尽情地喝,一醉方休!另一方面呢,就是应该立刻做"还乡"的打算,现在正是春光大好,有如此大好春光伴随,不正是还乡的大好时机吗?

尾联"即从巴峡穿巫峡,便下襄阳向洛阳",是承接"青春作伴好还乡"的意思,进一步写出了诗人急于回乡重建家园、重过和平生活的急切愿望,把全诗情感的表达推向了最高峰。这一联里,出现了四个地名,我们从这些地名中,可以感觉到他希望日行千里、赶快回乡的心情:巴峡、巫峡在西,襄阳在千里之外的东边,洛阳又在襄阳千里之外;而"即从""便下",是形容动作的急迫,"穿""向"两个动词,则让我们想到回乡船只顺流而下,出川过峡,"千里江陵一日还";回乡的马匹日行千里,直奔洛阳的情景。由这两句想象中的景象描写,我们就更能体会作者回乡心情的急切了。

顺便说,"襄阳"与"洛阳",都不是诗人的故里,因而只能看作是"故乡"的代名词而已。

## 旅夜书怀

细草微风岸,危樯独夜舟。
星垂平野阔,月涌大江流。
名岂文章著,官应老病休。
飘飘何所似,天地一沙鸥。

严武病逝后,杜甫带着家人乘船,离成都沿川江南下。在漂泊的旅途中,杜甫饱受风霜雨雪的摧残,有时甚至居无定所,只能以船为家。这首《旅夜书怀》,就是他在凄怆旅途中写下的一首情景交融的五律。

首联与颔联,诗人着重写景,写"旅夜"的环境。首联出句"细草微风岸",是从孤舟上望江岸所见:江岸上,是连绵的"细草",在"微风"的吹拂下,"细草"轻柔地摆动,令人感到岸上大地的荒凉;加上题目中所提示的夜色,这细草连绵的江岸,就显得若暗若明,这样的情景,在心存忧伤的诗人看来,是会徒增几分孤独与落拓的愁思的。对句"危樯独夜舟"是写船,诗人坐卧船上,抬头所见是一支高高的樯桅插入寥廓的夜空;望周围江面,就只有这么一艘孤独的小船停泊在夜色苍茫的江面上:这景象不也是显示着环境的孤独与寂寞吗?

在接着的颔联"星垂平野阔,月涌大江流"中,诗人写出了他所望见的天地的寥廓与江月下大江的涌动。如此磅礴的气势，本来应是能激动人心的；但在心境如此失落与孤寂的诗人看来，恐怕就只会觉得，这天空，这大江，竟如此空荡荡、无所依傍。

颈联与尾联，诗人主要是"书怀"，抒发自己这次因"休官"而引起的苦闷心情。颈联"名岂文章著，官应老病休"，就是他因"休官"而说出的牢骚话：人们说我由于文章好而成名了，我看倒不见得；但有人说我"老病"了，该是"休官"时候了，这说法现在倒是应验了。诗行间，隐约道出了他对"休官"的不满。事实上，这两句牢骚话，表明他这次"休官"是被迫的，他是带着政治上的挫败与失落的悲哀离开他任职的幕府的。

尾联"飘飘何所似，天地一沙鸥"两句，杜甫的情思又回到他正在漂泊的川江上来了。他说，他现在在川江上漂泊，以船为家，可以用什么来形容呢？看看在广阔的天地间飞翔的那只孤独的"沙鸥"吧，它不就像我那凄怆孤独的模样吗？诗人在这里以沙鸥作喻，充分显示了他在这次孤舟旅夜中内心那漂泊无依的伤感。

## 阁　夜

岁暮阴阳催短景，天涯霜雪霁寒宵。
五更鼓角声悲壮，三峡星河影动摇。
野哭千家闻战伐，夷歌数处起渔樵。
卧龙跃马终黄土，人事音书漫寂寥。

766年冬，杜甫漂泊到了夔州。夔州在瞿塘峡东峡口，是个军事要塞。杜甫这时住在瞿塘峡江边一小阁中，写下了这首寄托着忧思、充满了忧国忧民思想的作品。

首联写的是他在寒夜中所见的霜雪初霁时的瞿塘峡景象：出句"岁

暮阴阳催短景"说的是时间,此时是"岁暮",是挨年近晚之时,此时日月运行("阴阳")的特点是昼短夜长,有日光("景",即"影",指日光)的时间变短了。这里加上一个"催"字,是显示诗人对时光流逝如此迅速的感慨。对句"天涯霜雪霁寒宵",是诗人对夔州霜雪初霁("霁",霜雪停下)时景象的描写。"天涯",指的就是夔州。

颔联两句,写他在黎明前所见的瞿塘峡的肃杀景象。出句"五更鼓角声悲壮",写军事要塞夔州那肃杀紧张的战争氛围:"五更",天还没亮,就响起了边塞将士备战操练的"鼓角声",声音如此"悲壮",仿佛告诉人们,战争将要发生了,残酷的战斗马上就要到来了。而对句"三峡星河影动摇",则写三峡黎明前天上星河辉映、那星河的倒影在水中荡漾,那星光摇晃闪烁的景象。黎明前,江水是黑黢黢的,能令你感觉到江水的存在的,就是天上的星河留在水中的、似有似无的、摇摇曳曳的光影了。这星光、这水影,给人以肃杀的、秘不可测的印象,与"鼓角声"所渲染的紧张备战的氛围相互配合、相互映衬。联系上句,我们可以想到,诗人是通宵达旦夜不能寐,可见诗人的忧心是如何深重了。

颈联两句,写的是民众对当地将要发生战事的惶恐状况。"野哭千家闻战伐"是说,崔旰川西兵变的消息传来,大地上就传出了千家万户恐惧战争发生的哀号。而"夷歌数处起渔樵",则写另一种战争预兆:崔旰已在夷蛮之地川西起兵,虽然唱夷歌、说夷语的川西夷民还没到夔州来,但夔州已四面楚歌,仿佛四面八方都有川西的渔民与樵夫在高唱"夷歌"了。

上面三联写出了夔州战前的肃杀与不安后,尾联两句,诗人是直接抒发胸臆。"卧龙跃马终黄土",是他遥望远方的"丞相祠"与"白帝庙"在慨叹:"卧龙"丞相诸葛亮、"跃马"自立为白帝的公孙述,都是蜀地抗御外侮的英雄,但现在不是都成了一抔黄土了吗?意思很显明，诗人是在哀叹，现在很难有"卧龙"与"跃马"出来消除这藩镇割据的乱局了。尾句"人事音书漫寂寥"，则是诗人对时局失望而发出的慨叹：既然无人来挽救残局，那我就只好把目前的人情交往，以及亲友间相互慰藉的书信都抛诸脑后，让它白白地自生自灭，继续沉寂好了。

# 登 高

风急天高猿啸哀，渚清沙白鸟飞回。
无边落木萧萧下，不尽长江滚滚来。
万里悲秋常作客，百年多病独登台。
艰难苦恨繁霜鬓，潦倒新停浊酒杯。

杜甫漂泊到夔州后，因病在夔州白帝城住下了。这首诗，是他在养病时一次登高后所写。写他登高所见引起的悲秋情怀，以抒发心中的怨恨与家国的哀愁。

首联与颔联，都是出句写往上望，对句写往下看。首联出句"风急天高猿啸哀"，写抬头所见的"天高"，以及与这天高云淡相呼应的疾风劲吹，还有猿猴的哀啸。对句"渚清沙白鸟飞回"写从山上望长江：水中小洲的草木有水的滋润所以依然青绿，岸边的沙滩则是白色一片；而在江面上是白色的鹭鸟在盘旋徘徊。颔联出句"无边落木萧萧下"写山头周围高处的树木在落叶，并且在劲风狂吹之下，处处树木的落叶在陆续往下飘，发出"萧萧"声响。对句"不尽长江滚滚来"又是从高处往下望长江：尽管此时已是秋季，但峡谷中的长江水依然保持着滚滚东流的磅礴气势。

颈联与尾联，是诗人触景生情写下的感慨。颈联"万里悲秋常作客，百年多病独登台"，让我们感受到了诗人这次"登台"观秋景而撩起的哀愁：为在这离家乡"万里"的三峡夔州羁留而"愁"，为"作客"成了"常"态，为自己年迈"多病"（诗中以"百年"指代自己的年暮）而愁；也是为自己孤独无助而愁。种种忧、种种愁，都是冷清寂寥的秋景引起的，也是自己那些坎坷的身世经历诱发的。尾联"艰难苦恨繁霜鬓，潦倒新停浊酒杯"，说艰难与极度的遗憾使得白头发越来越多了——这是从事业的艰难与人生之苦辛的角度说"哀愁"；穷困与潦倒，使得他连仅有的嗜好也成了奢侈，连杯"浊酒"也喝不起了，只好把这嗜好也戒掉了。以如此之窘境作结尾，就把感情的抒发推向了高峰。

## 咏怀古迹（其三）

群山万壑赴荆门，生长明妃尚有村。
一去紫台连朔漠，独留青冢向黄昏。
画图省识春风面，环佩空归夜月魂。
千载琵琶作胡语，分明怨恨曲中论。

这是杜甫在夔州时写的一首咏古诗，借相关古迹咏汉代王昭君的"出塞"事迹。

王昭君，就是王嫱，她是汉元帝时汉宫中一宫女。晋时为避司马昭讳，改称为"明妃"。传说元帝命画工毛延寿为宫女画像，她因不肯贿赂，被画为丑，因而被元帝冷落。后匈奴呼韩邪单于入朝求和亲，她自请嫁入匈奴。王昭君远离家国，在"朔漠"中度过了十余载，最后死于匈奴，青冢一座也留在那里。她远嫁匈奴的壮举，带来了民族的融合与汉朝边疆的安宁，所以后人评述说，她的功绩并不亚于汉代名将霍去病。

但杜甫此诗并不是要歌颂王昭君的功绩，而是借咏古抒发他对王昭君被冷落的同情。同时也借此发泄自己长期被朝廷冷落的愤懑。

首联"群山万壑赴荆门,生长明妃尚有村"应题写古迹,描写王昭君生长的昭君村(位于湖北兴山县,过去属秭归县)。但诗人并没有亲游昭君村,而是身在瞿塘峡之上的夔州白帝城遥望湖北的"昭君村"。当然,昭君村是望不到的,诗人只能想象它在"群山万壑"之外的远处。"群山万壑赴荆门",写出了像野马奔腾似的"群山万壑"正在奔赴东方的情状。"生长明妃尚有村"则指出,在"群山万壑"之外的荆门,"尚有"一个明妃生长的村庄。此两句,交代了要咏怀的人物的来历,同时也似乎表明了这么一个意思:明妃是"群山万壑"中藏着的难得的瑰宝。

接着的颔联,写明妃这位绝代佳人可怜可悲的遭遇。本应受到珍惜的明妃,却"一去紫台连朔漠,独留青冢向黄昏"。出句写她生时的遭遇:打从离开"紫台"(宫廷)就到了"朔漠"(朔风劲吹的大漠),来到风土人情与汉地迥异的异族世界中,经受着陌生与孤独。而对句则写她死后的凄惨:死后只留下一座孤坟在那辽阔无边的"朔漠"之中。"青冢"之"独留"与"朔漠"之辽阔,是鲜明的对比,加之这"青冢"是处于"漠漠向昏黑"的黄昏之中,就更显这"独留"之凄惨了。

颈联承接颔联,继续诉说王昭君的生死别离。起句"画图省识春风面",委婉地指责了汉元帝的昏庸:他只凭"画图"的模样挑选宠幸的宫女,以至被画师毛延寿蒙蔽,无法知道王昭君有如此姣好的"春风面",轻易地就把她送给匈奴单于了。而对句"环佩空归夜月魂"是说"画图省识春风面"带来的后果:到头来,王昭君的魂魄,就只有在夜深时分,在月亮的冷光下,孤独、凄寒地归来了。

尾联"千载琵琶作胡语,分明怨恨曲中论",是想象王昭君弹琵琶的情景。王昭君去国十余载,生活在胡人中间,熟悉了胡人使用的琵琶,弹奏的曲调也已是胡人曲调了,所以说,那回响在月夜中的琵琶声是"千载琵琶作胡语"。诗人想象听到了昭君的琵琶曲,还听出她曲中的心声,"分明怨恨曲中论"——她心中的"怨恨",分明就在她的乐曲中诉说着呢！也许，此刻杜甫还想到了自己，他不也像王昭君一样，受到宫廷的冷落，心中积着无边的怨恨吗？

一般咏古诗都会发议论，这首诗却只叙明妃，无一语涉议论。但诗人对明妃的同情，对元帝及画师毛延寿的鞭挞，都在叙述中得到了深刻表达；诗人不得志的郁闷，也从叙说明妃故事中得到了发泄。诗人是把议论都藏掖于叙述中了。

### （五）晚年漂泊时的诗作

因战祸再度临近，长安路断，杜甫终于打消了再入长安的念头，带着家小蜗居扁舟，沿江东下，以寻找生活之出路。

在此漂泊期间，杜甫写下了最能反映这漂泊生活的两首诗，一是《登岳阳楼》，一是《江南逢李龟年》。特别是其中的《江南逢李龟年》，更是写出了他与李龟年随着盛唐末期国运衰落而漂泊流落的苦况，这首诗可以说是盛唐最后一段历史的缩影。

## 登岳阳楼

昔闻洞庭水，今上岳阳楼。
吴楚东南坼，乾坤日夜浮。
亲朋无一字，老病有孤舟。
戎马关山北，凭轩涕泗流。

这是杜甫东行过洞庭登岳阳楼后写下的被后世奉为"登楼第一诗"的一首五律。

首联"昔闻洞庭水，今上岳阳楼"点题，表明"上岳阳楼"是他长久之心愿。诗人通过"昔闻""今上"四字的对应，把如愿以偿之感表现出来了。再者，这首句中的"水"字，也启示了全诗的"眼"。他之所以"上岳阳楼",为的是是岳阳楼前面那洞庭湖之"水"。

　　颔联"吴楚东南坼,乾坤日夜浮"两句,就完全写"水"了。诗人让自己站在幻想的高处,俯瞰这湖水的浩瀚与气势。自古以来,人们提起洞庭湖,都把它等同于神话传说中的云梦大泽,说它东连吴越,南接湘楚。这里说洞庭湖水把东边的吴地与南边的楚地分拆开来("坼",读chè),就极写了洞庭的浩瀚;而星辰、日月、昼夜等天地间的一切("乾坤"),就好像都在那浩瀚的湖面上漂浮似的,可见那湖水浩瀚的气势是如何雄伟了。

　　颈联"亲朋无一字,老病有孤舟"两句,是诗人触景伤情之一笔:由湖水之一望无际,想到远在天边的"亲朋"的音信全无;由湖水浮托乾坤的雄伟气势,想到自己只是这浮托万物的浪涌中的一叶扁舟!这种亲朋相隔之惨情,以及生病流落湖海之凄苦,在这无限大的"湖水"与无限小的"孤舟"映衬中,就更明显了。

　　尾联"戎马关山北,凭轩涕泗流",仍是诗人在触景伤情:他还是在凭轩(窗户)远眺,从望不到边的远处,诗人想到了更为远处的、还在炮火中的"关山",想到了守边的亲朋。此时他感慨而流泪了,以至泪水纵横,就像泗水奔流似的。

　　诗人触景生情,由湖水之"大",想起自己在大千世界中飘零之"小";由湖水无垠之"远",想到"更远"的关山与兵戎,此时感情迸发至高潮,给人以诗境完美的感受。

## 江南逢李龟年

　　　　岐王宅里寻常见,崔九堂前几度闻。
　　　　正是江南好风景,落花时节又逢君。

　　盛唐初,诗歌、音乐、舞蹈等文艺事业都有蓬勃的发展。在上流社会人士的雅集中，常以吟诗、歌唱、舞蹈为乐事。因此，文艺家雅集中献艺，也就成了雅集中的盛事。这首七绝中提到的"岐王宅"与"崔九堂"等，就是当时上流社会雅集的地方；而"寻常见""几度闻"则显示出，音乐家李龟年常常在这些"雅集"中献艺，而杜甫也常常参与其中，亲身体会到李龟年显示的风骚。

因安史之乱、藩镇割据等乱象，文人艺术家也受尽了苦，纷纷逃离长安，流落到异地他乡。杜甫作此诗时，和李龟年都已流落到江南的长沙，在流离颠沛之中，杜甫遇见昔日雅集华堂的故旧，不由得百感交集，于是写下了这首诗。

杜甫这首七言绝句，历代好评如潮，乃至有人做出了"子美七绝，此为压卷"的评价（清代邵长蘅《唐宋诗醇》）。

此诗只有二十八字，但之所以获得"千秋绝调"的美誉，是因为它有许多旁人没能达到的水平。

一是诗歌涉及之世事沧桑，内容极为丰富。"岐王宅里寻常见，崔九堂前几度闻"是诗人回忆盛世往时之景象；而"正是江南好风景，落花时节又逢君"则是现实的情景，是安史之乱后两个老艺人在漂泊中相逢的情景。诗歌虽只有四句，却道出了唐玄宗、唐肃宗，乃至唐代宗时代从盛世到安史之乱的二十多年间的时代沧桑巨变。

二是简练而又具体的情景描述。乍看起来，这首诗并没有着眼于情景描述，却在似有似无之间，写出了过去与现在两幅截然不同的图景。"岐王宅里寻常见，崔九堂前几度闻"两句是回忆，虽然没有场面的直接描述，却足可让读者想象到盛世中王府豪宅里冠盖满堂、雅士云集、歌舞升平的景象。而"正是江南好风景，落花时节又逢君"两句，写的是眼前的"江南好风景"，但这"好风景"所突出的，是"落花时节"落英缤纷的情景，让读者联想到盛世已去的颓落景象。区区二十八字，却发酵成盛世与颓年两幅对比鲜明的图景。

三是抒情寄意的深切。诗人在江南遇见故旧，心情是复杂的。但诗人把复杂的心情寄寓于所描述的情景：从前两句寥寥十四字诗人对过去那精华荟萃、莺歌燕舞、歌舞升平的文化雅集的描写看，他对如此文化生活的留恋，已溢于言表。而后两句则让我们看见了诗人隐藏在"乐景"中的哀愁。在这"乐景"之中相遇的，是流落异乡的故旧李龟年，想起过去曾一起经历过繁华岁月，现在却都如此流离落魄，自然是百感交集。此时，那哀愁在"乐景"的反衬之下，不言而喻。

再说，这首诗有许多"千言万语尽在不言中"的妙笔。如诗中虽无"哀愁"二字，但"哀"与"愁"已自然而然地表露于字里行间了。

# 第三章 中唐诗坛

代宗大历年间,藩镇争霸频繁,盛唐走向衰落,是为中唐时期的开始。是时唐朝内外交困、经济萧条,百姓怨怼日增。正所谓"乱世出诗人",曾一度冷落的诗坛,在德宗贞元时期,再度出现兴盛现象。

白居易适应时代要求,首倡"新乐府运动",提出要改变"宫体诗"之类的靡靡之音,要用诗歌总结历史教训,揭露时弊,反映百姓疾苦,使诗作回归淳朴、现实的风貌。

在白居易的推动下,唐诗出现了第二次高潮,还涌现了许多有成就的诗人:柳宗元诗风独特;韩愈诗作求险、求深、求不平凡;刘禹锡诗作风格简洁明快,极富艺术张力;元稹与白居易共同开创的"元和体"新诗风,仿如孤凤悲吟,动人肺腑;李贺,想象丰富,后人常称之为"鬼才"。此外,孟郊、皎然、张籍、贾岛、李绅、王建等,也都有所建树。

## 一、"诗王"白居易的诗作

白居易(772—846),字乐天。他一生诗作很多,以讽喻诗为最有名;诗作语言通俗,"老妪能解"。其被誉为"诗魔""诗王"。

### (一)求学求职时的诗作

白居易祖籍山西太原,出身官宦家庭,从小就受到很好的教育。唐代科举盛行考诗,所以他读书时就经常练写应试诗歌。相传,他16岁时写的《赋得古原草送别》，就是他为科考准备的应试诗。

白居易31岁时，考中进士，授秘书省校书郎，开始踏上仕途。其间，他接触了安史之乱的历史，写下颇有警世意味的《长恨歌》。

## 赋得古原草送别

离离原上草，一岁一枯荣。
野火烧不尽，春风吹又生。
远芳侵古道，晴翠接荒城。
又送王孙去，萋萋满别离。

唐代科举要考写命题诗。按规矩，由考官出题，考生就在考官出的题目面前加上"赋得"二字作为自己的诗题。白居易这首诗的题目是"赋得古原草送别"。那么，考官出的题目就是"古原草送别"了。

按题目，要写"送别"，而且一定要在"草"上送；并且，这个"草"非得是"原草"——原野上的草地不可；还有，这"原草"一定要"古"。这对阅历尚浅的白居易来说，确实有点强人所难了。好在他懂得见招拆招。首先，他虚拟了一个"远行者"；还幻想出了一个与题目切合的"古原草"的虚拟环境；再幻想自己就是在这个虚拟环境中为这个虚拟的"远行者"送别的人。他这大胆的虚拟与幻想，终于把这道怪题设置的重重障碍一一破解了。

白居易是怎样凭想象虚拟一个"古原草"来应题的呢？

先看"古原草"三字，"草"是中心词，于是他极力描写"草"。也许是受了《楚辞》那句"王孙游兮不归，春草生兮萋萋"的影响，他也把"草"写成"春草"：第一句写春草"离离"（繁茂的样子）；第二句写春草"一岁一枯荣"的生长规律；第三、四句写草在秋天被"野火烧"、春天在"春风"的吹拂下"又生"的景象；第五句写春草的芳香("远芳");第六句写春草的颜色("晴翠");第七、八句具体描写送别场景,但也没有忘记在第八句环境描写中再一次交代春草之繁茂("萋萋"),并以春草之"萋萋"去烘托他送别"王孙"的深情厚谊。

白居易是怎样切题中的"原"字呢?他描写的"原"是带有"野性"的、广袤的、春草萋萋的草原。"离离原上草"点出"原"的生态;"野火烧不尽,春风吹又生"写"原"上的"草"旺盛的生命力;"远芳侵古道,晴翠接荒城"写"草"之多之绿。

白居易审题也没漏掉那个"古"字。"远芳侵古道,晴翠接荒城"已能与"古"字切题。我们可从这两句想象到如下场景:一辆马车在古道上奔走,古道两旁,野草芳香,正往路中心疯长,把古道上车辙留下的历史痕迹都快要遮盖住了;从车上往外望,在阳光的照耀下,野草翠绿,延伸到远处,尽头隐隐约约可以看到一座"荒城"。——这"古道"与"荒城",就增加了历史的沧桑感。

最后"又送王孙去,萋萋满别离",直接点出"送别"之意。这句可让我们幻想出这么一个情景:"我"站在"古原""古道"上,望着"王孙"的马车向"春草萋萋"的"古原"深处的"荒城"奔去。可能是不想把别离写得过于凄惨吧,白居易写的是春天的别离,让芳草的气息和春草的颜色来渲染这"送别"的场景;再说,这个远行的"王孙",是个以"游"为乐,以至"游兮不归",乐不思蜀的"旅行家",这不过是他"又"一次旅行罢了,又何必伤悲呢!

## 长恨歌

汉皇重色思倾国(这里的"汉皇"指唐玄宗),御宇多年求不得。杨家有女初长成,养在深闺人未识。天生丽质难自弃,一朝选在君王侧。回眸一笑百媚生,六宫粉黛无颜色。春寒赐浴华清池,温泉水滑洗凝脂。侍儿扶起娇无力,始是新承恩泽时。

云鬓花颜金步摇,芙蓉帐暖度春宵。春宵苦短日高起,从此君王不早朝。承欢侍宴无闲暇,春从春游夜专夜。后宫佳丽三千人,三千宠爱在一身。金屋妆成娇侍夜,玉楼宴罢醉和春。姊妹弟兄皆列土(赐爵封土),可怜(可爱的、富丽堂皇)光彩生门户。遂令天下父母心,不重生男重生女。骊宫高处入青云,仙乐风飘处处闻。缓歌慢舞凝丝竹,尽日君王看不足。

渔阳鼙鼓(鼙,读pí)动地来,惊破霓裳羽衣曲。九重城阙烟尘生,千乘万骑西南行。翠华摇摇行复止,西出都门百余里。六军不发无奈何,宛转蛾眉马前死。花钿委地无人收,翠翘金雀玉搔头。君王掩面救不得,回看血泪相和流。
黄埃散漫风萧索,云栈萦纡登剑阁。峨嵋山下(泛指四川境内。事实上,唐玄宗避难并没有经过峨眉山下)少人行,旌旗无光日色薄。蜀江水碧蜀山青,圣主朝朝暮暮情。行宫见月伤心色,夜雨闻铃肠断声。
天旋地转(指形势好转)回龙驭,到此踌躇不能去。马嵬坡下泥土中,不见玉颜空死处。君臣相顾尽沾衣,东望都门信马归。

归来池苑皆依旧,太液芙蓉未央柳。芙蓉如面柳如眉,对此如何不泪垂。春风桃李花开夜,秋雨梧桐叶落时。西宫南内多秋草,落叶满阶红不扫。梨园弟子白发新,椒房阿监青娥老。夕殿萤飞思悄然,孤灯挑尽未成眠。迟迟钟鼓初长夜,耿耿星河欲曙天。鸳鸯瓦冷霜华重,翡翠衾寒谁与共。悠悠生死别经年,魂魄不曾来入梦。
临邛道士鸿都客,能以精诚致魂魄。为感君王辗转思,遂教方士殷勤觅。排空驭气奔如电,升天入地求之遍。上穷碧落下黄泉,两处茫茫皆不见。忽闻海上有仙山,山在虚无缥渺间。楼阁玲珑五云起,其中绰约多仙子。中有一人字太真,雪肤花貌参差是。金阙西厢叩玉扃(扃,读jiōng,门环),转教小玉报双成。

闻道汉家天子使,九华帐里梦魂惊。揽衣推枕起徘徊,珠箔银屏迤逦开。云鬓半偏新睡觉,花冠不整下堂来。风吹仙袂飘飘举,犹似霓裳羽衣舞。玉容寂寞泪阑干,梨花一枝春带雨。含情凝睇谢君王,一别音容两渺茫。昭阳殿里恩爱绝,蓬莱宫中日月长。回头下望人寰处,不见长安见尘雾。惟将旧物表深情,钿合金钗寄将去。钗留一股合一扇,钗擘黄金合分钿。但教心似金钿坚,天上人间会相见。

临别殷勤重寄词,词中有誓两心知。七月七日长生殿,夜半无人私语时。在天愿作比翼鸟,在地愿为连理枝。

天长地久有时尽,此恨绵绵无绝期。

白居易的《长恨歌》,是中国文学史上一首杰出的叙事长诗。诗中以安史之乱中的马嵬坡兵变为背景,以唐玄宗与杨贵妃的爱情故事为题材,写出了一个凄美的、令人悱恻的爱情故事。

从题目看主题,这首诗写的就是"恨"。"长恨",就是"绵长的恨"。然而,"恨"这个中国字词的意思是相当复杂的。有时,"恨"和"爱"是同义词,两者间是紧密相连的,往往"爱",特别是"狠狠地爱",就会说成"恨"。有时,爱与恨是错综复杂地纠缠在一起的,那就是爱恨交加,说不清哪是爱哪是恨了。有时,则是乐极生悲,爱极生恨,"爱"以"恨"的形态"绵绵无绝期"地延续下去。所以,《长恨歌》就是一首"绵绵无绝期"的爱情悲歌。

围绕着这个主题,我们可将诗歌从时间分段,把诗歌分为三个部分。第一部分是马嵬兵变前，交代唐玄宗与杨贵妃间那热烈的爱情，但也暗示了他们这种不顾一切的爱情，是后面发生的唐玄宗的"长恨"的根源。第二部分，写唐玄宗由"爱"生"恨"：在马嵬坡兵变中不得不杀死杨贵妃那无奈之"怨恨"，逃难四川途中对杨贵妃之死念念不忘的"抱恨"，在"天旋地转"回驾长安途中路过马嵬坡想厚葬杨贵妃而不得之"遗恨"。第三部分，以想象与幻想的方式，写唐玄宗对杨贵妃的追忆与寻觅，突出描写成了仙人的杨贵妃对唐玄宗的爱的坚贞与忠诚，从而延续了他们两人间那"绵绵无绝期"的"长爱"与"长恨"。

从艺术欣赏角度看这首诗，它一个突出之处，在于对杨玉环之美做了经典性的描写。杨玉环，在中国文学史上，被称为古代"四大美人"之一，人称她"天生丽质"。这种说法究其根源，就是出自《长恨歌》中对杨贵妃的美做了定性的描述。诗歌开头"天生丽质难自弃"一句，是作者用评述的语气说出了杨玉环之自然美。这是对她的美丽之最高评价。

白居易对杨玉环的美做了许多具体描写："回眸一笑百媚生"，是从神态上写她的"媚"；而"六宫粉黛无颜色"，则是用对比手法写她的美，是她的"美"把宫中所有美女都比下去了。接着"春寒赐浴华清池，温泉水滑洗凝脂。侍儿扶起娇无力，始是新承恩泽时"，则写出"贵妃出浴"时显现的"凝脂"似的肌肤美与"侍儿扶起娇无力"的娇媚的体态美；而"云鬓花颜金步摇"，则是写她金饰浓妆之打扮美；"缓歌慢舞凝丝竹"则是写她引得"尽日君王看不足"的歌舞姿态之美。乃至杨玉环死后成了仙人，诗人也没忘记对她的美做描写：她成了"太真仙人"再露面时，诗人还在说她的"雪肤花貌"与生前的杨贵妃一模一样。而她"下堂来"时，"风吹仙袂飘飘举，犹似霓裳羽衣舞"的描写，则以服饰的飘逸来突出她动作轻盈之美。

这首诗的心理活动描写也甚为突出。这首诗在描写唐明皇时，就在描画他的心理活动方面下了大功夫。

第一部分，在描写杨贵妃的种种美态之后，诗歌以"尽日君王看不足"一句，就可令人想象到唐明皇欣赏杨玉环的眼神，是如何充满了对她的爱意。

第二部分，写唐明皇对杨贵妃的爱情，由热烈的"爱"转为"恨"。一是在马嵬坡兵变中，当唐明皇看见爱妃"宛转蛾眉马前死。花钿委地无人收，翠翘金雀玉搔头"时，他是"君王掩面救不得，回看血泪相和流"。——这是以动作与表情表示他心中此刻无奈的怨恨。二是逃难四川途中，唐明皇对杨贵妃念念不忘的"抱恨"，则是通过沿途萧索的景物描写，以及人物的触景伤情表达的：四川是"天府之国"，素有"蜀江水碧蜀山青"的美誉，但在逃难中"朝朝暮暮"思念杨贵妃的唐明皇眼里，此刻所见的却是"黄埃散漫风萧索，云栈萦纡登剑阁。峨嵋山下少人行，旌旗无光日色薄"。如此惨淡的景色，正衬托出此刻他心情的惨淡。而"行宫见月伤心色，夜雨闻铃肠断声"，则写出荒野与月色的冷清，是如何引起他脸部表情的"伤心色"；旷野中飘入营帐的雨声与马铃声，仿佛又使得他听见自己肺腑里那伤心的"肠断声"。三是唐明皇乱后回驾长安路过马嵬坡一节，着意描写他心中的"遗恨"：到了马嵬坡，他的车马"踌躇不能去"，其实是他自己"踌躇不能去"，他想再见到香消云散的杨贵妃，要重新厚葬她；但"马嵬坡下泥土中，不见玉颜空死处"，此时他是多么失落与遗憾啊！接着，"君臣相顾尽沾衣"，是对悲痛神情的直接描写，而"东望都门信马归"，则是借随行马匹的状态，反映出驭马者的心理状态：马的踌躇，不正是映射出唐明皇正处于满怀遗恨的失落中吗？

对唐明皇回朝，回到旧时宫苑时的心理活动描写，也是动人心扉的。"归来池苑皆依旧"四句，就直写他睹物思人的情状：他看见旧时池苑的芙蓉与杨柳时，想到杨贵妃如芙蓉的"面"，如柳的"眉"。而接着四句是写池苑冷落的春景与秋景："春风桃李花开"本来是热闹的春色，但偏偏在夜晚开放，就自然盖上一层黯淡了。而"秋雨梧桐叶落时"，则直写出秋雨中梧桐叶落的冷落景象。这是借写景衬托出人的冷清、孤独的心境。接着"西宫南内多秋草，落叶满阶红不扫"，则描画出了面对满园秋草，满阶落红，主人却无心打扫的落索心态。后面，"梨园弟子白发新，椒房阿监青娥老"，是唐明皇看见眼前"梨园弟子"与"阿监青娥"那"白发新"的"老"态时，自然发出唏嘘与感叹：当年正是这些人陪伴他和杨贵妃度过一个个良辰美宵的，但现在他们都老去了。而最后"夕殿萤飞思悄然"八句，则是对唐明皇因思念杨贵妃而辗转反侧、夜不能寐的心理状态的直接描写。

如上心理描写，把唐明皇对杨贵妃的绵绵情意，淋漓尽致地描写出来。如此心理描写，在文学史上留下了经典性的一页。

文学作品，往往是想象与虚构的艺术。想象、虚构，往往会比现实的场景给人以更为深刻的印象。这首长诗，描写了唐明皇与杨贵妃种种情爱的场景，以及逃难中的种种经历，虽都是白居易想象出来的，却让我们有了仿若进入时光隧道，亲历其境的感觉。诗歌的第三部分，更是运用幻想手法，创造出了一个神仙境界，从而延续了唐明皇与杨贵妃的爱情，把他们之间的相栖相恋延续为生死之恋，天上与人间之恋，给故事增添了一个梦幻的结局，也从而增添了故事的浪漫情调。

## （二）贬官丁忧时的诗作

白居易34岁那年，因得罪权贵被贬官到长安附近的周至县当县尉。这是知县下的小官职，执行收粮催饷等任务，因而有机会接触贫苦大众，于是他写下了反映贫苦农民被强征粮饷的诗歌《观刈麦》。同时，他又联想起京城生活中之所见，于是又写下了反映"宫市"对农民强买豪夺的霸道行为的名作《卖炭翁》。《卖炭翁》被后世人推崇为伟大的现实主义诗篇。

后来白居易母丧，他按习俗"丁忧"，远离政治旋涡，过上一段隐逸之生活，其间写下的《村夜》就是这种隐逸情趣的反映。

## 观刈麦

田家少闲月，五月人倍忙。
夜来南风起，小麦覆陇黄。
妇姑荷箪食，童稚携壶浆，
相随饷田去，丁壮在南冈。
足蒸暑土气，背灼炎天光，
力尽不知热，但惜夏日长。
复有贫妇人，抱子在其旁，
右手秉遗穗，左臂悬敝筐。
听其相顾言，闻者为悲伤。
家田输税尽，拾此充饥肠。
今我何功德，曾不事农桑。
吏禄三百石，岁晏有余粮。
念此私自愧，尽日不能忘。

这是白居易的一首以悯农为主题的五言古诗。

开头四句写的是农村五月景象：田家是一年四季都忙碌的，到了"刈麦"的五月，就更是忙碌了；此时，南风吹动，成熟了的麦田里一片金黄，看来是个丰收年，田家当然会比往年更是忙碌了。——如此农忙时节的村野景象，为后面的抒写做了铺垫。

接着四句，写"饷田"：田家的媳妇（"妇"）和婆婆（古时称婆婆为"姑"），还带着小孩子（"童稚"），箪食壶浆，为在南冈的"丁壮"送去午餐。——这样的情景，是村野中农忙景象的延续。

再接着四句，写田野中"丁壮"劳动的艰辛。前两句"足蒸暑土气，背灼炎天光"显示：脚板下是灼热的土块，暑热之气往上蒸发，闷热可知；而天上还有炽热阳光烘晒着背脊。——这两句，显然是比"锄禾日当午，汗滴禾下土"的描述更显深刻了。而"力尽不知热，但惜夏日长"两句，写的是刈麦的"丁壮"珍惜夏日的时光，要趁着还有阳光的白天，拼力收割的情景。

　　以上十二句是《观刈麦》的第一节，写五月农忙时节乡村的男女老少辛勤劳作的景象。

　　下面八句，是本诗的第二节。开头"复有贫妇人"句，是承前面写"丁壮"而说的：如果说"丁壮"是艰辛的话，那么，这里"复有（还有）贫妇人"，则是更加艰辛的。从接着的描写中，我们看见一个"贫妇人"，抱着幼小的孩子站在麦垛旁，把拾到的"遗穗"，往提着的破竹筐（"悬敝筐"）里装。她向劳作中的"丁壮"，也向到田垄来的"妇姑""童稚"诉说她家的遭遇：她家本来也是户"田家"，但因交税（"输税"）而把土地与收获都交光了（"尽"），才不得已拾遗穗充饥。如此哀怨的诉说，怎能不令"闻者为悲伤"呢！——他们可能会想，下一个遭殃的会不会就是我们呢？

　　最后六句，是本诗的第三节，是诗人看见农忙现场情景后的慨叹。他目睹"丁壮"的艰辛劳作，亲闻拾遗穗妇人的诉说，于是有所感触了：作为"曾（竟）不事农桑"而"吏禄三百石，岁晏有余粮"的官员，他是田家输税的受益者；但也是为朝廷向田家强收赋税的加害者，所以感到惭愧（"念此私自愧"），这种羞愧是诗人自己"尽日不能忘"的。这是诗歌的尾声，以诗人自责的感言作结束。至此，诗歌的情调转为沉重，这首诗悯农的主题也就更加鲜明了。

## 卖炭翁

苦宫市也。

卖炭翁,伐薪烧炭南山中。
满面尘灰烟火色,两鬓苍苍十指黑。
卖炭得钱何所营?身上衣裳口中食。
可怜身上衣正单,心忧炭贱愿天寒。
夜来城外一尺雪,晓驾炭车辗冰辙。
牛困人饥日已高,市南门外泥中歇。
翩翩两骑来是谁?黄衣使者白衫儿。
手把文书口称敕,回车叱牛牵向北。
一车炭,千余斤,官使驱将惜不得。
半匹红纱一丈绫,系向牛头充炭直。

《卖炭翁》是白居易写作的"新乐府诗"中的一首,大概写于唐宪宗元和初年。这是白居易传扬最广的现实主义诗作。

文学作品中,人物刻画是重要的元素。人们提起各个时代的文学作品,第一时间想起的,就是作品中一个个典型人物。文学家塑造人物形象,通常是从外貌、动作、语言,以及心理活动等诸方面入手;此外,文学家们塑造典型人物,往往得托赖故事情节的铺排;再一点就是离不开他们那个时代的社会环境的描写,只有把人物放在时代环境中去表现,人物才能刻上时代烙印,成为隽永于文学史册上的文学人物。

先谈《卖炭翁》中人物的外貌描写。这首诗是以外貌描写开头的。它的开头有点像我国古代传统戏曲中的"亮相":"南山中",就是舞台背景(所谓"南山",就是长安郊外的大山"终南山","南山"后面加个"中"字,给人以"深山老林"的感觉);而"卖炭翁",就是在"深山老林"的舞台背景前,以"伐薪烧炭"的动作登台的。接着"满面尘灰烟火色,两鬓苍苍十指黑"两句,是容貌描写,就像传统戏曲中角儿抬头亮相似的,让观众看清了"卖炭翁"的容貌:"满面尘灰烟火色"与"十指黑",正是年长日久地"伐薪烧炭"留下的难以洗刷的痕迹;而"两鬓苍苍"则显示他的苍老。再接着两句,则好像是角儿亮相后的自白。——因为他"两鬓苍苍"却仍在"伐薪烧炭",人们自然会问:如此苍老,却进行如此艰辛的劳作,为的是什么?诗人就让角儿以自白来解画:"卖炭得钱何所营?身上衣裳口中食。"——他是由于生活所迫,才待在这深山老林的"南山"中"伐薪烧炭"的。

上述六句是亮相,是对卖炭翁的年纪、身份,以及外貌的描写,是对人物的概括描述。概括描述之后,是情节完整的故事叙述。这故事的题目就是"卖炭"。

"可怜身上衣正单,心忧炭贱愿天寒。夜来城外一尺雪,晓驾炭车辗冰辙"四句,是"卖炭"这个故事的开端:天气冷了,下雪了,卖炭翁驾车进城。这四句中,主人公的活动,是配以心理描写来表达的。"可怜身上衣正单,心忧炭贱愿天寒",是天冷时主人公心中之所想:身上穿着单薄的衣裳,但心里担忧的不是自己的"衣正单",而是怕天气不够冷,怕"天暖"导致"炭贱"!如此两句心理状态的描写,在诗歌的历史长河上,成了描画穷苦者心理状态的经典金句,一直广为传播,可见其文学魅力之显赫。接着两句"夜来城外一尺雪,晓驾炭车辗冰辙",是以行为描写刻画人物。从其行动的轻快与敏捷看,这两句也有心理描写的影子渗入其中。正在"心忧炭贱愿天寒"的卖炭翁,看见了"夜来城外一尺雪",是难免流露惊喜之情的;于是大清早就驾车出发,让炭车在雪地里碾出第一道"冰辙"来,那种迫不及待的神态,也就跃然于脸上了。所以说,故事才开端,就从形态到心态描写上,为我们活灵活现地显现出了一个对生活充满了美好愿望的卖炭翁形象。

接着两句,是故事情节的过渡。卖炭翁"晓驾炭车辗冰辙",经过

"牛困人饥"的远行之后,在"日已高"之时,来到了"南门外"。"南门外",按习惯,是城乡交易的场地。就是说,来到这里,卖炭翁的这次远行可以结束了,卖炭可以开始了。于是,他在城门外的泥地里歇下了脚("泥中歇"),等候着买主的到来。这两句,是开端与发展之间的过渡。这样的过渡是平和的,但这"平和",就像是暴风雨之前的宁静,预兆着暴风雨将要来临了。

接着四句是故事情节的发展与高潮。"翩翩两骑来是谁?"——顾客来了!卖炭翁充满希望地想,他们是谁呢?但到他看清楚时,就不由得害怕了:来者原来是他最怕看见的人——宫廷派出来强征强买的穿着黄衣白衫的"宫使"。此时,故事情节是发展了,但没有按卖炭翁的意愿发展,而是走了个逆方向,并且是按逆方向走向高潮:这些"黄衣使者白衫儿","手把文书口称敕",强说是奉宫廷之命,动动嘴皮,就要卖炭翁掉转车头,把满载的炭车向京城北边的宫殿牵去了("回车叱牛牵向北")。——在这故事情节的发展与高潮中,主人公之所见所闻所历,表现了他由希望到失望到无奈的心情。

最后四句,是故事的结局。"一车炭,千余斤",是他"伐薪烧炭南山中",不知积聚了多久才攒下来的,是他的"身上衣裳口中食",现在被"宫使驱将"抢夺,自然是"惜不得"的。但他只有无奈,唯有望着那"系向牛头充炭直"的"半匹红纱一丈绫"哀叹了。

上面谈的,是这首诗如何通过故事情节,以及人物在故事情节中的言行乃至心理活动的表现,塑造出了一个勤劳的、为生活奔波,却受到封建王朝"宫市"制度盘剥与欺凌的老人形象。

我们还得谈谈这首诗的社会环境描写,也就是对具有当时时代特点的"宫市"制度的描写。正如诗人在题目下的自注中所说的"苦宫市也",诗人写"宫市",就是要写出"宫市"制度如何令人受苦。"宫市",使得卖炭翁受欺凌,使得他失去"身上衣裳口中食"。诗人写"宫市"的残酷,是通过两个"黄衣使者白衫儿"的言行来表现的:从他们骑着高头大马进入市场的目空一切的姿态,从他们那显示身份的衣着("黄衣""白衫",特别是"黄衣",更是宫廷气派的象征),从他们"手把文书口称敕"的不可一世的气势,以及以"半匹红纱一丈绫"以"充炭直(值)"的蛮横无理,还有把那些对农家来说既不能当"身上衣裳"也不能当"口中食"的东西,随意"系向牛头",就打发了人的举动,都显示了他们的骄横跋扈,当然也显示了这"宫市"给人以"苦"。这样描写"宫市"制度,就给刻画"卖炭翁"的形象提供了很好的环境衬托。由于有了环境的衬托,诗人刻画了一个在"宫市"这特定环境中受到欺凌的人物,这个人物才能给后世留下深刻的印象。

## 村 夜

霜草苍苍虫切切,村南村北行人绝。
独出门前望野田,月明荞麦花如雪。

白居易的诗,以文字浅易见称。但他的诗文字虽浅易,格调却并不低下。且看这首诗,遣词用句无虚浮、繁华的文字雕琢,选材也是人们都熟悉的极为平常的乡村景色,写作也是平白的素描而已,但在我们面前展现的,却是一幅幽雅而宁静的深秋"村夜图"。

我们首先来看这首诗是怎样写村野的。诗中描写的"村野",有村外野地里的草地、有村里村外的小路,以及田野和田野中的荞麦。这些都是村野极为寻常的景色,但作者把这些景色放在夜晚和"月明"的环境下去写,就把这些景色恬静、美丽的意境,充分显现出来了。

第一句"霜草苍苍虫切切"。"霜草苍苍"是他对"霜草"在"月明"状态中的描画——秋天的草,就算还有一点残余的绿色,颜色也已变黯淡,加上一层薄薄的霜粉,再加上月色,草地就更是给了人一种苍茫、朦胧,以至纯净、幽雅的感觉了。而"虫切切",是诗人的听觉感受,但与"苍苍"的"霜草"密不可分,这"切切"的虫声,是在"苍苍"的"霜草"中发出的。这虫声给这幅苍苍霜草的夜景增添了画外音。但这些虫子,又好像是生怕扰乱了"村夜"的宁静似的,只敢"切切"私语。因而,这画外音,在诗境画意中,不但没有扰乱村夜的安宁,反而还增添了村夜的静谧美。

第二句"村南村北行人绝",则是直接写月下村庄的宁静。村路上,行人绝,可见此刻已是夜深了,也许,除了诗人自己外,人们都已回到家里,甚至已经上床睡觉,不会在这乡村小路上行走了。这样一幅图景,尽管给人以孤寂的感觉,但这句诗描画的图景,与第一句的苍苍霜草与切切虫声相配合,村夜的静谧美就更为明显了。

第三句是"独出门前望野田"。此句表明,诗人在这个有月光的晚上出门,并且是独自出门的。他之所以独自出门,就是要"望野田",就是要看看野田之夜的静谧。这句话,特别是"望野田"三字,既是承上,归结了他前面所望的"野",也启下提出了下句要写的"田"。

第四句"月明荞麦花如雪"写的是"田"。首先,我们得注意"月明"二字,这二字,是"荞麦花如雪"的直接缘由。秋天,正是荞麦扬花结穗的时节,正是由于有了月光的照耀,"荞麦花"才增添了"如雪"般的洁白。这最后一句描写夜色,让诗歌增添了雪般恬美的情调。

### (三)贬职江州时的诗作

元和年间,白居易上表请求严缉刺死宰相武元衡的凶手,被贬为江州司马。在江州期间,一次送客浔阳江畔,偶遇琵琶女,而写下名作《琵琶行》,写下了他与琵琶女"同是天涯沦落人"的慨叹。

是时白居易尽管处于近乎流放的状态,但仍不失诗人本色,对江州山水美景仍然热情关注,《大林寺桃花》就寄寓着他的情趣所向。

# 琵琶行

　　元和十年，予左迁（贬官、降职谓"左迁"）九江郡司马。明年秋，送客湓（pén）浦口，闻舟中夜弹琵琶者。听其音，铮铮然有京都声。问其人，本长安倡女，尝学琵琶于穆、曹二善才。年长色衰，委身为贾人妇。遂命酒，使快弹数曲。曲罢悯然，自叙少小时欢乐事，今漂沦憔悴，转徙于江湖间。予出官二年，恬然自安，感斯人言，是夕始觉有迁谪意。因为长句，歌以赠之，凡六百一十六言。命曰《琵琶行》。

　　浔阳江头夜送客，枫叶荻花秋瑟瑟。主人下马客在船，举酒欲饮无管弦。醉不成欢惨将别，别时茫茫江浸月。忽闻水上琵琶声，主人忘归客不发。
　　寻声暗问弹者谁？琵琶声停欲语迟。移船相近邀相见，添酒回灯重开宴。千呼万唤始出来，犹抱琵琶半遮面。

　　前六句交代了琵琶女出场的时间、地点与环境。地点是"浔阳江头"，时间是"夜"，而"枫叶荻花秋瑟瑟"则说明了此时已是秋季。月亮照着江面，暗淡的江面上浮动着粼粼波光；在月亮的微光下，在瑟瑟秋风的吹拂下，红色的枫叶、黄色的荻花，显现了它们那摇晃的倩影。这是环境描写，给后面描写的送别铺设了背景，也给全诗的描述设下了一个淡淡的哀愁的基调。接着四句具体写送别时的情景。"醉不成欢惨将别"，就写出了喝醉了也无法引起欢乐的气氛。接着，"忽闻水上琵琶声"，是气氛突变：这琵琶声非同凡响，"铮铮然有京都声"，在此"蛮荒之地"，有如此"仙乐"似的乐音，引得"主人忘归客不发"，一定要探寻这种美妙乐音的究竟。白居易与他的客人都是"知音者"，他们不想惊扰如此美妙乐音，所以发问时只是声音很低的"暗问"。而琵琶演奏者听见如此有礼貌的"暗问"后,停止了弹奏,想说话,却迟迟没开口。这是她还沉浸在自己的弹奏中的表现。接着,两位知音者"移船相近"热情相邀,"添酒回灯重开宴"以迎接。盛情难却,琵琶女终于出场了。"千呼万唤始出来,犹抱琵琶半遮面"的出场描写,有着极其丰富的潜在内容:她之所以"千呼万唤始出来",是在里面调整心态,让自己从刚才弹奏时的哀伤中跳出来,而"犹抱琵琶半遮面",则是对自己伤感神情的掩饰。如此描画,也给下面的描述留下了悬念:她为什么会有如此的神情呢?

转轴拨弦三两声,未成曲调先有情。弦弦掩抑声声思,似诉平生不得志。低眉信手续续弹,说尽心中无限事。轻拢慢捻抹复挑,初为《霓裳》后《六幺》。大弦嘈嘈如急雨,小弦切切如私语。嘈嘈切切错杂弹,大珠小珠落玉盘。间关莺语花底滑,幽咽泉流冰下难。冰泉冷涩弦凝绝,凝绝不通声暂歇。别有幽愁暗恨生,此时无声胜有声。银瓶乍破水浆迸,铁骑突出刀枪鸣。曲终收拨当心画,四弦一声如裂帛。东船西舫悄无言,唯见江心秋月白。

这一部分主要写琵琶女的高超技艺与蘸满情感的演奏。
诗人在这里用了一系列的生动比喻,调动读者的听觉感受、视觉感受以及生活中常见的事物来让读者体会琵琶乐声之美妙,使比较抽象的音乐形象变得具体可感了。

沉吟放拨插弦中,整顿衣裳起敛容。自言本是京城女,家在虾蟆陵下住。十三学得琵琶成,名属教坊第一部。曲罢曾教善才服,妆成每被秋娘妒。五陵年少争缠头,一曲红绡不知数。钿头银篦击节碎,血色罗裙翻酒污。今年欢笑复明年,秋月春风等闲度。弟走从军阿姨死,暮去朝来颜色故。门前冷落鞍马稀,老大嫁作商人妇。商人重利轻别离,前月浮梁买茶去。去来江口守空船,绕船月明江水寒。夜深忽梦少年事,梦啼妆泪红阑干。

这一部分主要写琵琶女自述身世。开头四句,写她自述出身,也写了她自述时的神情。随后十句,写她昔日红极一时的情景。"弟走从军阿姨死"以下十句写时过境迁,琵琶女飘零沦落。面对今天的孤独冷落,回想昔日的锦绣年华,对比之下,她又怎能不伤痛欲绝呢!

我闻琵琶已叹息,又闻此语重唧唧。同是天涯沦落人,相逢何必曾相识!我从去年辞帝京,谪居卧病浔阳城。浔阳地僻无音乐,终岁不闻丝竹声。住近湓江地低湿,黄芦苦竹绕宅生。其间旦暮闻何物?杜鹃啼血猿哀鸣。春江花朝秋月夜,往往取酒还独倾。岂无山歌与村笛,呕哑嘲哳难为听。今夜闻君琵琶语,如听仙乐耳暂明。莫辞更坐弹一曲,为君翻作《琵琶行》。
感我此言良久立,却坐促弦弦转急。凄凄不似向前声,满座重闻皆掩泣。座中泣下谁最多?江州司马青衫湿。

这一部分主要写诗人感慨自己的身世,抒发与琵琶女同病相怜之情怀。
诗人听完琵琶女的诉说后被感动,发出了"同是天涯沦落人,相逢何必曾相识"的慨叹。这慨叹最为深沉,落千古失落者之泪。
从"我从去年辞帝京"至"呕哑嘲哳难为听"十二句,专写自己"谪居卧病浔阳城"以来"沦落天涯"之孤苦,以说明自己与琵琶女"同是天涯沦落人"。他先以浔阳"无音乐","终岁不闻丝竹声"这种文化上的落后来形容此地之偏僻;接着又以"住近湓江地低湿,黄芦苦竹绕宅生。其间旦暮闻何物？杜鹃啼血猿哀鸣"的环境描写，说明他居住环境之苦朴与谪居生活之孤寂；再接着"春江花朝秋月夜"四句，写他在"春江花朝秋月夜"中"取酒独倾"以解忧，则是他苦闷的谪居生活中的一个特写镜头。在这里，只有"呕哑嘲哳难为听"的"山歌村笛"，品味高雅的诗人，心中之孤苦难以解除啊！

直至"今夜闻君琵琶语"，才感到"如听仙乐耳暂明"，"左迁"带来的孤独与伤感才得到了缓解。

\* \* \*

《琵琶行》作于唐宪宗元和十一年（816年），记载了一歌女弹奏琵琶，对她弹奏的琵琶声做了惟妙惟肖的描摹。后世认为是描摹乐音之范例。

纵观全诗，"同是天涯沦落人，相逢何必曾相识"，是贯穿全诗的感情线索。开头送客时"醉不成欢惨将别"的凄惨冷清，已令人对诗人的"沦落天涯"有所感；琵琶女出场的哀伤神情以及弹奏的哀伤情调，又加重了诗人"沦落天涯"的伤感。随后，琵琶女诉说身世，说明她也是个"沦落天涯"之人，于是诗人结合自己之遭遇，道出了"同是天涯沦落人，相逢何必曾相识"的心声；最后是琵琶女"感我此言良久立"，"却坐促弦"再次演奏；诗人再听演奏后潸然涕下，泪湿青衫。这些都是"相逢何必曾相识"的知己之间情感交融的表现。

这首诗成功的重要因素，在于诗人在诗中成功塑造了琵琶女的形象。诗的开头未写琵琶女出场，却是先闻"琵琶声"；然后是"琵琶声停欲语迟"的一声回应，接着是"千呼万唤始出来，犹抱琵琶半遮面"。如此未见其人先闻其声的先声夺人的描写，已经让人对出场的琵琶女有一个不同凡响的预感。接着以描写琵琶女弹奏乐曲来揭示她的内心世界。先是"未成曲调"之"有情"，然后"弦弦""声声思"，诉尽了"生平不得志"和"心中无限事",展现了琵琶女内心世界的起伏回荡。再然后进而写琵琶女自诉身世:当年技艺曾教"善才服",容貌"妆成每被秋娘妒",京都少年"争缠头","一曲红绡不知数"。然而,时光流逝如水,"暮去朝来颜色故",最终只好"嫁作商人妇"。这段自述,就好像是给前面演奏中的情感跌宕作解画,以人生经历给演奏时流露出来的内心世界以补充,完成了琵琶女这一形象的塑造。

这首诗在艺术上的成功,还表现在诗人把别样的视觉感受与听觉感受糅合起来,把琵琶声形象化施与读者。如"大珠小珠落玉盘"句,就是以群珠落玉盘那错杂无序倾泻的情景,让读者从视觉上去体味琵琶演奏时的"嘈嘈切切";但同时,也让读者从听觉上感受到了珠落玉盘时声音的高雅与柔润。"银瓶乍破水浆迸,铁骑突出刀枪鸣",则让读者从视觉感受去领会琵琶乐音之激烈的同时,又让读者从银瓶爆裂声以及铁骑交锋时刀枪的撞击声的听觉感受去体味琵琶乐音的亢奋激昂。当然,其中也有以别样的听觉感受去比拟乐音,如说琵琶声"如急雨""如私语",就是使用视觉与听觉的比拟,运用"移感",把琵琶声形象地展示在读者面前。

## 大林寺桃花

人间四月芳菲尽,山寺桃花始盛开。
长恨春归无觅处,不知转入此中来。

这首诗歌,描写同一地方山上山下气候物候却不一样的奇妙景象。"人间四月芳菲尽",写的是山下景象:四月初夏,大地春天已归去,春花已凋谢("芳菲尽");"山寺桃花始盛开"则写山上景象:山上桃花四月才开花,这说明山上的春天是四月才开始。第一、二句相对比,突显了平地与山上气候物候的不同。这两句用的是说明方式,但由于白居易用诗歌手法表达，给人的印象就更深刻了。

第三、四句是诗人对这气候物候奇妙现象的感慨：我从来都以春天苦短为憾，春天归去后，这一年就再也找不到春天了（"长恨春归无觅处"），谁知道春天竟然是躲到这山里来了（"不知转入此中来"）！——这两句突出说明了山区春晚的现象，然而由于诗人做了拟人化的描写，又给这首以说明方式作表达的诗歌，增添了不少文学的美感与谐趣。

### （四）在苏杭任官时的诗作

长庆二年（822年），白居易得到升迁机会离开江州，调任杭州刺史。在入杭一路上，饱览江南风土人情，写下《暮江吟》《池上》《钱塘湖春行》等名篇。到杭州任职后，又曾调任苏州刺史，因而对苏杭等江南风光留下美好印象。后因病离任回洛阳后，又写下《忆江南》（三首），记下他对江南的美好回忆。

## 暮江吟

一道残阳铺水中，半江瑟瑟半江红。
可怜九月初三夜，露似真珠月似弓。

首句"一道残阳铺水中"写夕阳照在江面上。但他不说"照"而说"铺"，是因为"残阳"已接近水平线，几乎是贴着水面照射过来，看来确是"铺"在江上。这个"铺"字，就使夕阳显得更柔和、亲切了。

第二句"半江瑟瑟半江红"，写近处江边的江水呈碧绿色（"瑟"，原指碧绿的玉石，引申为碧玉似的颜色）；而对岸江面受落日霞光映照，则呈红色。此两句写出了残阳照射下，暮江光色变化的灿烂景象。诗人被眼前景色陶醉，把自己的喜悦之情也寄寓到景物描写中了。

第三句"可怜九月初三夜"点明时间,"可怜"二字,表明此时的夜景是令人喜爱的("可怜"就是"可爱")。如何可爱?第四句"露似真珠月似弓"做了回答。江边草地挂满了晶莹的露珠。这绿草上的滴滴清露,很像是镶嵌在上面的粒粒珍珠。如此比喻,不仅写出了露珠的圆润,而且写出了在新月的辉映下露珠闪烁的光泽;而再抬头看,一弯新月初升,如同在天幕上悬挂了一张精巧的弯弓。诗人把天上与地下两种美妙景象压缩在一句诗里,正是对暮江夜景喜爱的最佳说明。

# 池　上

小娃撑小艇,偷采白莲回。
不解藏踪迹,浮萍一道开。

《池上》写的是一个水乡孩儿划船采白莲的故事。虽只有二十字,却描画出了江南水乡生活的情趣。

从前两句,我们看到了这么一幅图景:在一个荷叶田田、有白色荷花点缀的池塘里,有一个小娃正撑着"小艇"进入画面,在荷花池里"偷采白莲"。"小娃撑小艇"五字,显示出水乡小娃的聪明能干;"偷采白莲"中那个"偷"字,则显出这"小娃"的活泼淘气。

诗人由第二句描写"小娃"大摇大摆的摇船动作,引出一句"不解藏踪迹",表明了那活泼淘气的"小娃",不懂得或是根本就没想到要去隐蔽"偷采白莲"的踪迹,才如此大大咧咧地划着小艇回家去的。他得意忘形地荡开"浮萍",不觉间已留下了一道明显的水路痕迹,暴露了他"偷采白莲"的淘气行径。

诗人对"小娃"的描写,既有行动描写,也有心理刻画;对荷塘的景色描写也尽显江南水乡的特色。无论是景色描写还是人物描画,诗人都极尽细致逼真,富有情趣,给读者留下了深刻的印象。

## 钱塘湖春行

孤山寺北贾亭西,水面初平云脚低。
几处早莺争暖树,谁家新燕啄春泥。
乱花渐欲迷人眼,浅草才能没马蹄。
最爱湖东行不足,绿杨阴里白沙堤。

钱塘湖,就是西湖。诗中提到的白沙堤,就是时任杭州刺史的白居易为改善杭州水利而兴建的。

这首诗,写作时间当是在白沙堤建了大部分,白居易还在任上之时。这是他一次春行西湖的记载。

先看写启游的首联。出句写启游的地点:他是从"孤山寺北贾亭西"出发的。对句"水面初平云脚低",当是从孤山岛上看到的湖天景象。"水面初平"是写湖:钱塘湖与钱塘江连接,春江水满,也带来湖水的涨满,所以才有湖水与湖岸相平的感觉。而"云脚低"写天,看来是春雨将临。这三字,突出了天气的湿润,也增添了春季气候的特色。

颔联写"行"中所看到的动物。出句"几处早莺争暖树"写莺,对句"谁家新燕啄春泥"写燕。作者写这些动物时,没有忘记交代题目中那个"春"字。"莺"是"早莺",是发现春天到来而从巢里飞出来的黄莺;"燕"是"新燕",是刚从温暖的南方回到转暖的江南来的燕子;"树"是"暖树",是被春天的阳光照暖了的树;"泥"是"春泥",是被春江淹过、春雨湿润过的柔软的泥。为什么早莺才"几处","新燕"不知"谁家"呢?因为春天尚早,黄莺与燕子出来活动的还不多。"早莺争暖树"与"新燕啄春泥"也写得很贴切,也没忘记春天的特点。是因为天气才转暖,太阳还不够炽热,被晒暖的树木还不多,黄莺才会"争暖树";而诗人把新燕用小嘴啄春泥的特写镜头写出来,也就把燕子春天垒窝具体化、形象化了。

颈联写春天的植物。"乱花渐欲迷人眼"写花,"浅草才能没马蹄"写草。作者写花写草也没有忘记初春气候的特点。花,是野花,在野地上随意开放,所以说是"乱花";开放的花朵尽管也"迷人眼",但因为开得还不多,有的刚开放,有的还在含苞,有的才露出点点花蕊,所以说是"渐欲"迷人眼。而"草"还"浅",浅到刚能淹没马蹄。这样的"乱花""浅草",是颇能反映初春花草的特点的。

前三联写的"寺、亭、水、云、莺、燕、花、草",是他由孤山沿路"行"来所见。这些都已可构成"钱塘湖之春"美景了,但尾联以"最爱"二字开始,又把诗歌描画推向高潮,让我们看到了最为瑰丽的美景。看来此时白居易已走上白沙堤,向湖东走去。在堤上走,近处是"绿杨阴里白沙堤":成荫的绿树,依依的杨柳;中间夹着的,是笔直的"白沙堤";透过树荫往外看,左边是湖,右边是湖,是沁人心肺的湖水。如此美景,难怪诗人会觉得"最爱湖东行不足"了。

## 忆江南(三首)

### 其一

江南好,
风景旧曾谙。
日出江花红胜火,
春来江水绿如蓝。
能不忆江南?

这首词,除题目外,"忆"字虽只出现一次,却是一根把这阕词的字字句句贯串起来的"线"。第一句"江南好"是诗人回忆江南时总的印象;第二句"风景旧曾谙"是说,江南的风景是他老早就熟记在心头的了——依然是回忆的口吻。第三、四句"日出江花红胜火,春来江水绿如蓝",是回忆中的江南春天的美景。第五句"能不忆江南",是接着第三、四句来说的,第三、四句是因,第五句是果,正是因为江南如此美丽迷人,所以才如此不能忘怀。

这首词中最美的两句是:"日出江花红胜火,春来江水绿如蓝。"江花当然不一定是红的,但诗人却突出了"红"。红花本来就够夺目的了,加上是"日出"时分,在曙光的映照下,"江花"就更红、更夺目了;"红胜火"三字也很引人注目,因为这三个字,把"江花"红得发光、红得闪亮的状态描画得淋漓尽致。诗人描画江南的"水"之美也是独出心裁的。"春来"两字表明,他是选择了一年之中"江水"最美的季节去写江南的"水"。此时春江水满,水势和缓,江河中不会翻起沙泥,江水也比其他季节清澈,"绿如蓝"三字,就是极写江水的清澈的。有过水边生活经验的人都会知道,较浅的水,清澈时的颜色是绿色的,较深的清澈的水,则会呈蓝色。江南的江河水都比较深,于是就在诗人眼前呈现出"绿如蓝"的景象。

## 其 二

江南忆,
最忆是杭州。
山寺月中寻桂子,
郡亭枕上看潮头。
何日更重游?

白居易在江南逗留时间最长的地方就是杭州,对杭州有最深切的印象是很自然的。

一是"山寺月中寻桂子"。山寺,大概指的是离西湖不远的灵隐寺。灵隐寺多种桂树。寺僧为此炮制出一个有点儿神话色彩的传说,把秋日从树上落下的桂子说成是"月中桂子",中秋望月,即可拾得月亮上坠落的桂子。白居易是诗人,自然不乏浪漫,他徘徊在桂树下,时而举头望月,时而俯首细寻从树上落下的桂子,并说成是"月中寻桂子"。我们可以想象,诗人夜游灵隐寺捡拾桂子,是如何充满美丽动人的浪漫情调了。

二是"郡亭枕上看潮头"。如果说,"山寺月中寻桂子",只是诗人在月下捡拾桂子时的浪漫想象;那么钱塘观潮就是诗人亲身的经历了。钱塘江自杭州东南流向东北,至海门入海。钱塘潮每昼夜从海门涌入,异常壮观。钱塘潮在每年中秋后三日潮势最大,潮头可高达数丈。白居易为杭州刺史时,"郡衙门"就离钱塘江不远。诗人躺在他郡衙的亭子里,就能看见那卷云拥雪的潮头。——诗人在这圆月的夜晚,侧身静卧枕上,悠然观看澎湃的钱塘潮在月光下滚动前来;耳朵倾听着钱塘江那咆哮的怒潮声。如此情景,一静一动,静中观动,我们可以想象,诗人的感觉有多么震撼、多么难忘了。

这些美景都是诗人难以忘怀的,难怪诗人要在最后作一句遗憾的慨叹:"何日更重游?"——不知哪一天才能重游此地啊!

## 其 三

江南忆,
其次忆吴宫。
吴酒一杯春竹叶,
吴娃双舞醉芙蓉。
早晚复相逢?

第一句还是说"江南忆",诗人在离开江南后,还是不忘他心爱的江南。承接第二首说的"最忆是杭州",这首就说:"其次忆吴宫。""吴宫",可以看作是苏州的指代。苏州是战国时吴国的首都,吴王夫差在此建造了许多宫室,当然,这些宫室到了唐朝,早已被历史湮没得痕迹全无了。所以,白居易所忆的"吴宫",就只能看作是苏州的代称了。那么,白居易把苏州摆在江南难忘之地的第二位,究竟对这"吴宫"旧地有什么值得特别记忆的呢?接着三、四句"吴酒一杯春竹叶,吴娃双舞醉芙蓉"就做了回答。这"吴酒",名称叫"竹叶",酒液就像竹叶那样青翠而晶莹,仿佛是春色在荡漾;喝下一杯,就能引起心中浓浓的春意。而"吴娃"("娃",即美女,西施就被称为"娃",吴王夫差为她建的房子就叫"馆娃宫"),那酒后带着醉意的"吴娃",双双起舞,那婀娜的舞姿,就像芙蓉在微风中飘摆摇曳。——这两句用动态描写了美酒与佳人,也可理解为,是当年在苏州饮酒观舞的欢乐情景,才令得诗人如此神往乃至念念不忘。正是由于此情此景如此难忘,所以,十多年后,他在洛阳,回忆起当年,仍不禁叹道:"早晚复相逢?"——什么时候,我才能与苏州再次相逢呢?

## 二、中唐诗坛群星

在唐诗的第二个高潮中,除白居易外,其他中唐诗人也很有建树。

柳宗元创造出了一种苏轼称之为"外枯而中膏,似淡而实美"的诗歌风格。而韩愈的诗作,诗家认为有"求险、求深、求不平凡"的特点。刘禹锡的诗,则以题材广泛著称,其中特以山水诗为佳,作品风格简洁明快,极富艺术张力和雄直气势。元稹,其诗词言浅意哀,仿佛孤凤悲吟,动人肺腑。李贺诗作的特点则是想象丰富,常用神话传说来托古寓今,因而后人称他为"鬼才"。

除了上述诗人,还有孟郊、皎然、张籍、贾岛、李绅、王建等诗家,都在这唐诗发展的第二个高潮中努力创新求变。

## *柳宗元(773—819)

"唐宋八大家"之一。字子厚,河东(现在山西运城永济一带)人,是唐代著名政治家,曾官至礼部员外郎。但他的政治生涯颇为坎坷,他的改革的政治主张受到朝廷中保守势力的抵制,乃至被贬外任。他的诗作与他政治生涯的坎坷相依相循,《登柳州城楼寄漳汀封连四州刺史》《渔翁》和《江雪》,就记录了他贬官后的遭遇与生活,记载了他念佛学道、修身养性,寄情于山水,仿隐士之闲逸的姿态。

### 登柳州城楼寄漳汀封连四州刺史

城上高楼接大荒,海天愁思正茫茫。
惊风乱飐芙蓉水,密雨斜侵薜荔墙。
岭树重遮千里目,江流曲似九回肠。
共来百越文身地,犹自音书滞一乡。

唐顺宗永贞元年,柳宗元参加朝臣王叔文的"永贞革新",但革新运动,受到朝内保守势力的抵制。柳宗元被贬柳州。这首诗,是他初到柳州登临柳州城楼时写下的。这时,他想起了同是支持革新,后来又同时被贬往百越的四位同僚:被贬为福建漳州刺史的韩泰,被贬到福建汀州当刺史的韩晔,被贬到广东封州(今广东封开县一带)的刺史陈谏,和被贬为广东连州(今广东连州一带)刺史的刘禹锡。

首联"城上高楼接大荒,海天愁思正茫茫",写他登城楼远望之所见所思。此时,在满腹愁思的诗人眼中,所见的当然不会是美景,而是满目苍茫:连接着城楼的,是一片荒芜的"大荒";这"大荒"绵延到无法看见的远处,是一片迷茫的"海天"。此刻他想到,眼前的满目荒芜与迷茫,不就像是他满腹迷茫的愁思吗?

颔联"惊风乱飐芙蓉水,密雨斜侵薜荔墙",诗人以眼前湖池中的芙蓉被风吹得胡乱飘摆("乱飐"。飐,读zhǎn,风吹物使其颤动)来形容"风"之"劲";以依附城墙的"薜荔"(一种野生攀附植物)被"斜雨"侵袭得狼藉一片来形容"雨"之"密"。这两句描写,足见南方多风多雨、气候险恶的特点。联系诗人的政治遭遇,这受惊风乱飐的芙蓉、被密雨斜侵的薜荔,不就像他与漳汀封连四位挚友受到的排挤与欺压吗?所以,这写险恶气候的两句,同时也映射出政治气候的险恶。

颈联"岭树重遮千里目,江流曲似九回肠",诗人又写他远眺城楼外大地的景观。重重的"岭树",遮挡住他远眺千里的目光;而远处是河流,又像他内心的"九曲愁肠"那样迂回曲折,不知什么时候才能流到远方挚友的身旁。——如此写眼前的大地景色,就把写景与他远眺时愁肠满腹的心情结合起来了。

尾联"共来百越文身地,犹自音书滞一乡"两句,是上述登楼所见之感慨,直抒对远方挚友的怀念:我们是一起被贬到"百越"这块南蛮之地的("文身",百越人在皮肤上涂画图腾。在中原人看来,这是南方蛮族的陋习)。"百越"地方偏僻,山川隔绝,"音书"阻滞,挚友很难相见。——诗人在诗歌的末尾,抒发出了对挚友怀念的最强音。

## 渔　翁

渔翁夜傍西岩宿,晓汲清湘燃楚竹。
烟销日出不见人,欸乃一声山水绿。
回看天际下中流,岩上无心云相逐。

此诗作于永州(今属湖南)。是时,曾任监察御史里行的柳宗元,在政治上受到沉重打击，被贬永州。其间，他寄情于山水，仿隐士的闲逸，写下了这首《渔翁》。这是他的一首代表作。

如题目所言，这是描画"渔翁"的诗作，是一首描写人物的诗歌。但他描写人物，是把人物放到山水环境中去描绘的。所以，准确地说，这是一幅用诗的语言描画的、有山水作背景的人物画。

一开头，诗人就打出了"渔翁夜傍西岩宿，晓汲清湘燃楚竹"的画面。从诗人推近的镜头中，我们看到：在江岸西山的石岩边，岩洞里栖身宿夜的渔翁还在睡梦中；东边天际刚露鱼肚白，渔翁就忙碌起来，从湘江里"汲"来清澈的江水，砍来几条干枯了的"楚"地盛产的竹子，生起了炉子。——这些近写镜头，把渔翁早晨的活动清晰地显现在人们面前。无疑，尽管有山岩、江山、斑竹等大自然景色的衬托，但渔翁在这画面中是处于中心位置的。

顺着时间次序，下面"烟销日出不见人，欸乃一声山水绿"，是太阳出来以后的情景。与上面两句相比，这两句是中镜头画面，画面显然开阔多了：刚才楚竹燃起的炊烟熄灭了，太阳出来了，但渔翁却"不见人"了。诗人把读者引向画面去寻找，让读者在展开了的青山绿水中发现渔翁的踪迹：在青山绿水之中传来"欸乃一声"，那是渔翁在摇橹摆桨啊！——在这幅图景中，炊烟消散，太阳出来，映得山更青，水更绿了，景物在画面的比例显然更大了；而渔翁在画面上却只闻其声，不见其人，然而，这却掩盖不了他在画面中的中心地位，他的"欸乃一声"不单说明了他的存在，而且还彰显着他的作用：你看，他"欸乃一声"，居然唤来了"山水绿"！所以，在这中镜头中，渔翁的描写是虽隐犹存的。

"回看天际下中流，岩上无心云相逐"，是远镜头描写。诗人此时大概是跑上高山之巅去远视了，他看到了"天际"下的大江，渔翁处于大江一叶扁舟中，已经走到"中流"了，此刻正抬头遥望那"岩上"的云朵，而那云朵却在漫无目的地（"无心"）伴随着他的扁舟，扁舟前行云也行("云相逐"),它也在向前飘浮呢!——在这第三个情境中,渔翁所占的画面,在高山大江之间是显得细小了,但在画面中的中心位置却是最明显的。

诗歌中写景占据了大部分篇幅,但人在诗中却始终处于中心位置,所以还是一首以写人为主的诗歌。在这首诗中,我们看见渔翁在天地间、山水中飘飘若仙地遨游。也许这正是柳宗元所向往的美好境界吧!

## 江 雪

千山鸟飞绝,万径人踪灭。
孤舟蓑笠翁,独钓寒江雪。

这首短诗,虽然只有二十个字,却是一幅场面恢宏、只有一个人物在其中活动的山水画,也是一幅抒发寂寞与孤独感受的风情画。

这画图中有"千山"——层层叠叠的、连绵不断的山岭,有"万径"——在"千山"之间有数不清的山路通向四面八方;而在"千山"与"万径"前面,还有飘着雪花的"江"。

但如此恢宏的广角镜头,却是异常僻静:"千山"上,"鸟飞绝"了,连声音也没有;"万径"中,"人迹灭"了,连人影也没个。

寒冷,笼罩着画面中的一切:题目已表明,这正是江上雪飘的时候;"寒江"二字,更是明告,不仅江面的空气,连江里的水都是冷的。

这幅画是诗人在诉说孤独与寂寞。在偌大的"千山""万径"前,在大雪纷飞的寒江上,只有一艘"孤舟"和舟上一"蓑笠翁"在静坐独钓。那孤独与寂寞的感觉,借助这孤舟和蓑笠翁已经跃然纸上了!

## *韩　愈（768—824）

韩愈，字退之，河南河阳（今河南孟州南）人，自称郡望昌黎，世称韩昌黎。他的政治命运和柳宗元相仿，曾因上疏请免关中赋役，被贬为广东阳山县令；后因上表谏迎佛骨，贬潮州刺史。但他仕途总算顺利，因做过吏部侍郎，死谥文公，故世人称之"韩吏部"或"韩文公"。

### 听颖师弹琴

昵昵儿女语，恩怨相尔汝。
划然变轩昂，勇士赴敌场。
浮云柳絮无根蒂，天地阔远随飞扬。
喧啾百鸟群，忽见孤凤凰。
跻攀分寸不可上，失势一落千丈强。
嗟余有两耳，未省听丝篁。
自闻颖师弹，起坐在一旁。
推手遽止之，湿衣泪滂滂。
颖乎尔诚能，无以冰炭置我肠！

颖师，是唐宪宗时一个善于鼓琴的"竺僧"——印度来的和尚，曾有好几位诗人写诗赞扬他的琴艺。韩愈听了他的弹奏后，也写下这首诗颂扬他。这首诗可分为两部分。前十句写颖师的琴声，后面八句写韩愈听到颖师演奏后的反应。

诗歌开头四句是直接写琴声的，突出写"听"以应题。"昵昵儿女语，恩怨相尔汝"，写出了多情儿女间那耳鬓厮磨的亲昵细语，还有那恩恩爱爱（"恩怨"当是偏义复词，强调的是恩爱而不是怨怼）的卿卿我我、尔汝相称的调谑——这是人们生活中常可听到的话语声,诗人就是要人们凭这些可感受的轻柔亲昵的语声,去想象琴声的柔和与细腻。"划然变轩昂,勇士赴敌场",描写似亲昵人语声的乐音突然间变成"轩昂"的、犹如勇士杀入敌阵的呐喊声。这里用的也是"移感"手法,以人群呐喊声来比拟高昂激越的琴音。接着"浮云柳絮无根蒂,天地阔远随飞扬"两句,让人想起琴声就像无根蒂的"浮云"与"柳絮",在开阔、辽远的天地间舒展与自由地随处"飞扬"。这里用的也是"移感",调动人们对浮云柳絮的视觉回忆去感受那乐音的飘忽不定与舒展自由。"喧啾百鸟群,忽见孤凤凰"两句,是以人们常常听到的鸟鸣声来比拟颖师所弹奏的琴音。诗人以"喧啾"一片的百鸟群鸣,来比拟琴声的纷繁与嘈杂。而忽然间有一平和悦耳的鸟鸣声在"喧啾"一片的群雀争鸣声中出现。诗人写这平和悦耳的凤凰鸣唱,就是要读者想起颖师的独奏,是如何从纷繁的琴音中奏出悦耳的乐调来。而"跻攀分寸不可上,失势一落千丈强",诗人以人们攀爬山崖以及失足跌落,来比拟琴音时而达到最高音,时而又降至最低音的现象。

  接下来八句则是写诗人听琴声后的感受。

  "嗟余有两耳,未省听丝篁。自闻颖师弹,起坐在一旁"四句,是诗人的嗟叹:自己虽然是"未省听丝篁"("丝篁",即"丝竹",本指弦乐器与竹管乐器,这里是代指音乐)的乐盲,但听了颖师的弹奏,也被激动得心境不能宁静,忽而要起立、忽而要坐下了。接着两句,是进一步描摹自己听到颖师弹奏后的行为举止:大概是颖师的琴音,勾起了诗人自己曾经经历的伤心往事,他不禁一边流泪,一边举手制止颖师,不让他再弹奏下去了("推手遽止之")。——从诗人那"推手遽止之,湿衣泪滂滂"的行为举止中,我们不难想象,颖师弹奏出来的琴声,是如何凄厉激越,是如何动人心弦了。最后两句,是诗人制止了颖师的演奏后,对颖师说的话:颖师啊,你当然是个有本事的琴师了("颖乎尔诚能"),但你也不好以你的琴声让我一下子如置身冰窟雪堆,一下子又使我如置身火炭洪炉之中啊("无以冰炭置我肠")!——从这么一句形似恚怒实为赞扬的话语中,我们可以想象这忽而慷慨激越忽而清泠冷峻的琴音,是如何撩拨人的心扉了。

声音是无色无味无形无体的,但诗人以移感手法,让读者从人的听觉、视觉,以及人的感情变化去写颖师琴声的多姿多彩。于是那无色无味无形无体的琴音,也就可感可觉了。

## 早春呈水部张十八员外

天街小雨润如酥,草色遥看近却无。
最是一年春好处,绝胜烟柳满皇都。

这是韩愈写给诗人张籍的一首赠诗。诗人按照以官职称呼别人以示尊敬的惯例,在张籍名字前后缀以"水部员外"的称呼;此外,直呼人家的名字也属不敬,所以诗人又以其在叔伯兄弟中排行"十八"而称之为"张十八";再在前面加上一"呈"字,就更显得毕恭毕敬了。然而,实际上,韩愈的官职远在张籍之上,又是张籍科考之时的主考官,张籍应尊称其为"恩师"才对。现在,韩愈却显得如是卑恭,读来有点调谑的感觉。其实,在生活中,韩愈与张籍是好朋友,常有诗歌唱和与共同游乐,这首《早春呈水部张十八员外》之"其二"(本诗是"其一")透露:诗人是在春天来临之时邀张籍游春,张籍说太忙没答应,他才写下这首诗再邀。由此看来,题目故作尊敬之状以示调谑,就不足为奇了。

这首诗的亮点,在于诗人不同凡响地写出了不那么为人注意的早春美景。

人们写春天、歌唱春天,大都写烟花三月、柳暗花明。早春二月,春寒料峭,莺未唱、燕未舞,花未开、柳未明,河流也没完全解冻,人们是很难找到什么美景的。但诗人却满怀热情地去发现、去歌颂那早春之美。这是相当别出心裁的。

第一句"天街小雨润如酥",写的是早春季节的绵绵细雨。"天街",是"皇都"(说的是东都洛阳)中轴线的一条街道。它虽不是实际街名,但读来也容易让人联想到,这条街道有如"天上的街市"般的美丽。早春的雨,诗人先用一"小"字去形容,再以"润如酥"三字去装点,就把"小雨"那"润物细无声"地轻轻洒落在万物之上那轻柔姿态描画出来了;同时"润如酥"三字也可令人想象到,这人间的"天街"上,万物,包括下面所说的地上的草芽,都给抹上了一层油润的"酥油",这"天街"给装点得更亮丽了。

第二句"草色遥看近却无",乍看起来是平和无奇的描写,却是全诗景色描写之精华所在。那精华之处,就在那若隐若现、似有似无的"草色":天街的黄土之上,冒出了草芽;由于是早春,草芽稀疏,这里一星点,那里一星点的,低头近看,那"草"不是那么容易发现的;唯有"遥看",星星点点的草芽才会连成一片,成为可以看到的"草色"。这"草色",是早春时分最早的绿,最嫩的绿,最有生命力的绿。诗人的慧眼,为我们发现了和描写了这春天中最为灿烂、最为耀眼的颜色,也为我们奉献出了一幅他心目中最为美丽的春景。

第三句"最是一年春好处",是对上两句"小雨如酥","春草初露"的美景的赞叹:一年最好是春天,春天最好之处在此时。这是上两句的归结,也是诗人对"早春"的礼赞。

第四句"绝胜烟柳满皇都",是诗人礼赞初春的总的评价。烟花三月,绿柳满城,这固然美丽,而且这些都是历代文人咏春时不可或缺的景物。但是诗人却认为,早春才是最美的;那"小雨如酥""春草初露"的美景,是绝对会胜过那"烟柳满皇都"的景色的。与"烟柳满皇都"的奢华相比,"小雨如酥""春草初露"的早春景色那朴实无华的朴素美就充分显示出来了。

## 晚　春

草树知春不久归，百般红紫斗芳菲。
杨花榆荚无才思，惟解漫天作雪飞。

　　《晚春》与《早春呈水部张十八员外》，可以说是配对之作。《早春呈水部张十八员外》中，诗人以细微的观察，发现了大地最早出现的早春景象；而《晚春》，则是诗人在观察晚春景物时，以己度"物"，体会晚春植物也有惜春、留春的情思。这些都是诗人对景物细心观察体会的结果。

　　上两句写晚春草木万紫千红、繁花似锦的情状。诗人把万紫千红的"草树"看作含情脉脉的美人，她们"百般红紫斗芳菲"，是因为她们"知春不久归"，才以春花最后的盛放来表示惜春、留春的盛情。

　　下两句写晚春景象，与上两句万紫千红的景象又不同，是"杨花榆荚"（白色的柳花与白色的榆树钱）犹如冬日似的"漫天作雪飞"的绽放。诗人以"无才思"来比拟"杨花榆荚"，她们没有"红紫"与"芳菲"，但也在春日将尽时，来个"漫天作雪飞"，以示与春天惜别的情怀。

## 左迁至蓝关示侄孙湘

一封朝奏九重天，夕贬潮阳路八千。
欲为圣明除弊事，肯将衰朽惜残年？
云横秦岭家何在？雪拥蓝关马不前。
知汝远来应有意，好收吾骨瘴江边。

元和十四年（819），唐宪宗下令从凤翔府法门寺将释迦文佛指骨迎入宫中供奉，后又送往各寺庙要官民敬香礼拜。韩愈对这种劳民伤财的行为看不过眼，便写了一篇《论佛骨表》劝谏唐宪宗。他的上表触怒了唐宪宗，要用极刑处死他。幸好有裴度等人说情，才改为贬谪潮州，并责令即日上道。潮州在粤东，距离长安甚远。韩愈只身上路，走到蓝田关口时，侄孙韩湘赶来陪伴他。韩愈于是写下了这首诗，悲歌当哭，送给韩湘。

首联写他因上表而被贬的经历。"一封"，就是他的那封谏书。这谏书早上呈献与皇帝，晚上就接到皇帝把他贬官到潮阳去的命令了。从"朝""夕"二字可见时间的仓促。"朝"上书，"夕"就被扫地出门，并且一扫就是"八千里"外，可见当时唐宪宗是如何恼怒，对不合心意的谏臣又如何狠心了。

颔联两句是表明自己对皇帝的忠心，自己之所以上谏书，完全是"欲为圣明除弊事"。既然是一颗忠心为"圣明"（皇帝），那怎能以老朽为借口而爱惜残年、缄口不言呢？从这两句看，韩愈上书之前就已预感到这次上书会带来什么样的恶果了。

颈联写被贬往潮阳路上之所见所想。出句"云横秦岭家何在"，是他离开长安看见秦岭时之感想：面前是云雾缭绕的连绵大山，没法看见长安故园的影子了，离乡别井的伤感就油然而生；而对句"雪拥蓝关马不前"，则是写他过蓝田关时的境况。蓝关是陕西省内秦楚古道上的关隘。此时，大雪纷飞，积雪好像差不多要把关隘覆盖起来，马踏深雪，步履维艰。而"马不前"，也含有老马留恋故园、不欲前行之意。此联写出了秦楚古道上的艰难前行，也显出了诗人心情的惆怅。

尾联写他的侄孙韩湘从长安赶来护送他，要在旅途中照顾老人。拳拳之亲情令韩愈感动，所以他说"知汝远来应有意"，但想起自己遭贬谪的地方远离中原，必定是蛮荒遍野，江水也必然是瘴气弥漫，他想到此生也许会在这"瘴江边"了结，所以他哀伤地写出了最后一句：你随我到潮阳,正好可为我送终("好收吾骨瘴江边")!——从这尾联可见被贬所带来的忧郁与烦闷,是如何凝重了。

## *刘禹锡(约772—约842)

字梦得,洛阳(今属河南)人。唐朝文学家、哲学家,有"诗豪"之称。

刘禹锡的诗歌常常表现出高扬开朗的精神。如《酬乐天扬州初逢席上见赠》,就表现出一种开阔疏朗的境界和高扬向上的情感。如《望洞庭》,就写出了一种超出空间实距的、半虚半实的开阔景象。又如《杨柳枝词》《浪淘沙》《秋词》等,也可见其观察景物的雄直的气势。

## 酬乐天扬州初逢席上见赠

巴山楚水凄凉地,二十三年弃置身。
怀旧空吟闻笛赋,到乡翻似烂柯人。
沉舟侧畔千帆过,病树前头万木春。
今日听君歌一曲,暂凭杯酒长精神。

刘禹锡的诗作成就与白居易齐名,史称"刘白"。他们俩神交已久,但至唐敬宗宝历二年(826年),两人始得在扬州相见。初逢后,白居易写了一首《醉赠刘二十八使君》(刘禹锡在同族同辈人中排行二十八,故被称为"刘二十八")送给刘禹锡。刘禹锡这首诗,乃酬答白居易之作,着重写谪居和州二十三载重回故里之后睹物思人之所感。

这是一首酬赠诗。白居易在赠诗中提到刘禹锡那坎坷的二十三年,所以刘诗也从那二十三年讲起。

首联"巴山楚水凄凉地,二十三年弃置身"两句,就写尽了他那二十三年的坎坷:"巴山楚水",以地方特征指代他贬官谪居的"和州";"凄凉地"则极写这个地方的偏僻凄凉;而他,就被弃置在这个地方,孤寒寂寥地虚度了二十三年的光阴。

颔联"怀旧空吟闻笛赋,到乡翻似烂柯人",则写他离乡二十三载之后重返故里所产生的有如隔世的感觉。这颔联借用了两个典故。出句"怀旧空吟闻笛赋"则借用的是西晋向秀《思旧赋》的典故:三国曹魏末年,向秀的朋友嵇康、吕安被杀。后来,向秀经过嵇康、吕安的旧居,听到邻人吹笛,勾起了对故人的怀念,于是写下《思旧赋》追念他们。刘禹锡在这里借用这个典故怀念老朋友王淑文、柳宗元等人。而对句"到乡翻似烂柯人"借用南朝梁代任昉《述异记》的典故:新安郡有石室山,晋代王质砍柴时到了这山中,看到有几位童子在下棋,王质就近前观看。童子把一个形状像枣核一样的东西给王质,他吞下那东西后,不觉得饥饿,就继续看下去。过了一会儿,童子对他说:"你为什么还不走呢?"王质这才起身,他看自己的斧子时,发现那木头的斧柄已经完全腐烂了。等他回到自己村里,才知道已过了一百年,同代人都已经亡故了。刘禹锡借此典故表达世事沧桑,人事全非,暮年返乡恍如隔世的心情。

颈联继颔联的意思,讲出自己谪居巴湘的二十三年,人世间发生了巨大变化:社会并没有因自己被弃置巴湘一隅而停顿。他把自己比作"沉舟","沉舟"是沉于水底不动的;又把自己比作"病树","病树"是只会枯萎,生机难再。但"沉舟侧畔过",社会发展就像"千帆竞渡",是不会在沉舟面前停止的;而"病树前头万木春"则是说,大地也不会因为你一棵病树的凋谢而失去春光。这是诗人被弃置二十三载、失去大好光阴的至痛心情的流露;但同时也可看出,诗人对重新投入争流的万舸中,可再看到"万木春"的绚丽景象,内心还是喜悦的。

所以,他在尾联"今日听君歌一曲,暂凭杯酒长精神"中,显现的心情毫无哀伤,反而是有点兴奋了。白居易的诗是对刘禹锡无可奈何地蹉跎岁月表示同情，但在重返江南与京城的刘禹锡看来，却是知心朋友的安慰与鼓励，难怪他要说，喝完这杯祝福与鼓励的酒之后，要"长精神"了。

## 附：白居易《醉赠刘二十八使君》解读

首联"为我引杯添酒饮，与君把箸击盘歌"，写两人见面时"酒逢知己千杯少"的情景。

颔联"诗称国手徒为尔，命压人头不奈何"，指出刘的诗才堪称国手，但无奈命运艰舛，受权势所压，无出头天。

颈联"举眼风光长寂寞，满朝官职独蹉跎"，指出官场是满眼风光，满朝官职无数，但刘禹锡却是寂寞无助，岁月蹉跎，两相对照，显出对刘禹锡被贬二十三年的同情。

尾联"亦知合被才名折，二十三年折太多"以调谑的语气，点出刘禹锡受压无法出头的原因：也合该你受点苦、受点难啊！谁叫你的诗才与名气如此突出呢！但最终还是不无同情地说：这时间也太长了，二十三年啊，受到的磨难也够多了吧！

## 望洞庭

湖光秋月两相和，潭面无风镜未磨。
遥望洞庭山水翠，白银盘里一青螺。

刘禹锡这首诗，写的是秋月下洞庭湖的湖光山色。

诗题很平常，但读完全诗，我们会发觉，刘禹锡的"望"十分不简单。他是站在人们无法想象的高处往下望啊！因此，在他的眼里，两千多平方公里的辽阔大湖，变成了"潭"，甚至变成了一只小小的"白银盘";而湖里一座偌大的君山,当然也只能是一只小小的"青螺"了。

前两句是泛写夜晚的洞庭湖景色。"秋月",特别是中秋的月亮,最为明亮、最为柔和;此时"秋月"与"湖光"的配合是"两相和"的。在"秋月"的映照下,人们所看到的"湖光",不如白天清晰,却有一种白天所看不到的温柔美和朦胧美。刘禹锡一句"潭面无风镜未磨",可谓把夜色下洞庭湖的温柔美和蒙胧美写绝了。"潭面"本来就够小的了,是很难掀起涟漪的,由于"无风",当然就更加平静如镜了。但如果用明镜去形容夜晚的湖光是不恰当的,因为太明亮了。用"镜未磨"去形容就恰到好处。未磨之镜不失镜的本色,能反映景物,但又不太光滑,景物的朦胧美和柔和美就显现出来了。

后两句诗具体写"秋月"下的湖光山色。在柔和而又明亮的月色的映照下,从高空遥望下去,犹可朦胧感觉到湖中的绿水和湖中那座山的翠色。月光下,湖面泛着银光,就像是一只"白银盘";而湖中的山,虽然朦胧,但还隐约可见,就像是"白银盘里一青螺"似的。这是对"湖光秋月两相和"的洞庭湖的朦胧美和柔和美的具体描述和补充。

## 秋 词

自古逢秋悲寂寥,我言秋日胜春朝。
晴空一鹤排云上,便引诗情到碧霄。

西风、落木、白霜等秋天景象,往往会引出文人墨客一番"自古逢秋悲寂寥"的哀叹。但刘禹锡这首诗,却道出了不同的感受:"我言秋日胜春朝"。从这句诗,我们当可感到诗人与众不同的豪气。

上面两句是亮观点,下面两句是举例:这是一幅与往常文人墨客描画的截然不同的秋景——晴朗的蓝天中,一只白鹤推开白云,向高空冲去("晴空一鹤排云上")。如此图景,既是"秋日胜春朝"的明证,也是引得诗人"诗情"激荡,豪情直冲"碧霄"的因由。这是以景起兴,引出后面情感的迸发。

其实,诗人们所看到的"秋景",都是大同小异的,但由于诗人性格、情感各不相同,他们眼中的秋景,就能引出"悲秋"或者"乐秋"的不同感觉。如这里的"一鹤飞天"的图景,"悲秋"者可以说是寂寥,而豪放诗人则会看成是振奋精神的"乐景"。

这首诗,是诗歌式样的"诗论",是对自古以来的"悲秋诗"的弹劾,提出了可以用明快的笔调写"秋日"的主张。

# 浪淘沙(其一)

九曲黄河万里沙,浪淘风簸自天涯。
如今直上银河去,同到牵牛织女家。

刘禹锡写有《浪淘沙》九首。这是第一首。

"浪淘沙",人们印象中是个曲牌或词牌。但刘禹锡这首七绝,内容却与"浪淘沙"三字关系紧密,写的就是黄河大浪淘沙的磅礴气势。

第一句"九曲黄河万里沙",在写出了万里黄河弯弯曲曲的特点的同时,又用一"沙"字,让我们看到了一条黄龙逶迤而下的风貌。接着第二句"浪淘风簸自天涯",则着重写气势。这句诗,是对李白的"黄河之水天上来"的很好的注脚,它把"水从天上来"的情景具体化、形象化了:浪,"淘"的是黄河的"沙";风,"簸"的也是黄河的"沙"。在哪儿"淘",在哪儿"簸"?是在"天涯"之上。于是,在我们想象的画图中,带"沙"的黄河水,在"浪"的冲击中,在风的簸扬下,自"天涯"磅礴而下。这就是"黄河之水天上来"的奇特景象了。

三、四句"如今直上银河去,同到牵牛织女家",是第二句引发的联想：既然"浪淘风簸"的黄河水来自"天涯"，我们顺着那河水，就一定可以"直上银河去"，"同到牵牛织女家"去拜访了。

这首诗的一、二句气势磅礴，三、四句却轻松浪漫。前后的气氛与情调是迥然两样的。

## 浪淘沙（其七）

八月涛声吼地来，头高数丈触山回。
须臾却入海门去，卷起沙堆似雪堆。

首句"八月涛声吼地来"，写八月雨季时狂风巨浪来势之猛。浪涛的声音由远而近，以一"吼"字形容，突出了涛声的震撼感觉。第二句"头高数丈触山回"写潮势高峰时的壮观：潮头高达数丈，撞击着岸边的山崖，再回头向大海流去。这两句，以"吼地来"和"触山回"相对照，描写海潮进退的全过程，衬托出潮势奔腾的急遽变化。

第三、四句"须臾却入海门去，卷起沙堆似雪堆"，由动态描写转入风暴后的静态描写。刚才还是"惊涛拍岸"的海浪此时退回海门，给山崖下的沙滩留下了一幅静态的美景：浪涛在海岸上卷成了座座沙堆，就像是座座晶莹洁白的雪堆。

\*李 贺（790—816）

字长吉，福昌（今河南宜阳西）人，是唐宗室郑王李亮后裔。著有《昌谷集》。李贺诗作想象丰富，经常用神话托古寓今，后人称他为"鬼才""诗鬼"。

# 李凭箜篌引

吴丝蜀桐张高秋,空山凝云颓不流。
江娥啼竹素女愁,李凭中国弹箜篌。
昆山玉碎凤凰叫,芙蓉泣露香兰笑。
十二门前融冷光,二十三弦动紫皇。
女娲炼石补天处,石破天惊逗秋雨。
梦入神山教神妪,老鱼跳波瘦蛟舞。
吴质不眠倚桂树,露脚斜飞湿寒兔。

  李凭,唐朝著名的箜篌弹奏高手。诗人顾况在《李供奉弹箜篌歌》中,说他是"天子一日一回见,王侯将相立马迎",可见其身价之高。"箜篌引",当是李凭弹奏的乐曲名。

  诗歌头四句,就应题点题:李凭弹箜篌,琴音远播四方。前三句先写乐音。"吴丝蜀桐张高秋",是说李凭的箜篌声在秋空中回响:此箜篌,琴弦是用天下最好的"吴丝"制的,音箱是用最好的木料"蜀桐"制的,演奏起来("张"),其音质当然美妙绝伦,乃至能在秋高气爽、天高云淡的秋空("高秋")中响彻云霄。"空山凝云颓不流",是更具体形容这"张高秋"的琴音如何声遏浮云:那在空中飘浮的白云,听到这萦绕"空山"的乐音,也不由得驻步停留,凝固不动了——它是给箜篌的乐音迷住了。"江娥啼竹素女愁",则描写乐音远播至苍梧山间、湘江河畔时,那动人的箜篌声令神话中的仙人"江娥"与"素女"也闻声而泣。江娥,是神话传说中舜帝的女儿娥皇与女英,她们的父亲舜帝南巡而死,葬于湘江河畔的苍梧山,二女伤心哭泣,泪下沾竹,从此之后,湘竹竹纹有如泪斑,并得名为"湘妃竹"。"素女",是传说中的神女,她曾以五十弦的瑟鼓出了悲怆的乐声,令秦帝悲痛不已,于是令人把她的瑟砍去一半,成了二十五弦,使之不能再发出如此悲怆的乐音。这里用了"江娥"与"素女"的典故，是在显示那曾泪下沾竹的"江娥"，还有那以演奏哀音而闻名的素女，现在听到李凭那箜篌的琴音，都有所感触而伤心起来，可见那"张高秋""凝云流"的箜篌声是多么动人心扉了。在三句对声音的夸张描述之后，到了第四句"李凭中国弹箜篌"，诗人才点出这远播四方的美妙声音的来源：原来是李凭在京城中（"中国"）弹奏箜篌啊！

接着四句描述李凭的箜篌声在帝都中传播。"昆山玉碎凤凰叫，芙蓉泣露香兰笑"两句，昆山玉，是昆仑山出产的玉石，"昆山玉碎"，形容箜篌声的清脆；而"凤凰叫"，则是形容箜篌声的吉祥和缓；"芙蓉泣露"，以荷叶上滚动水珠像在流泪的情状，形容琴声的凄清；而"香兰笑"则形容琴声的轻快。这些加以拟人化的物象形容，乐声也就活络了。接着"十二门前融冷光，二十三弦动紫皇"，京城长安有十二个城门，"十二门前融冷光"是说，能表达千种风情的箜篌声把闪着冬日冷光的整座京城都烘暖了；而"二十三弦"，则用以指代李凭那正在弹奏着的竖箜篌，"动紫皇"则是说那箜篌声使得天子也为之动容。——这里"紫皇"二字用得很妙：从上文看，是指尊贵的皇帝，但"皇"字前加了个"紫"字，又令人想到了天上的玉皇大帝（道教中称玉皇大帝为"紫皇"）。诗人就是用这"紫皇"二字，引出下面箜篌声在天上传播的描写。

"女娲炼石补天处，石破天惊逗秋雨"是说，李凭的箜篌声传到"女娲炼石补天处"，把女娲炼出的石头震破了；这"石破天惊"，"逗"来了阵阵秋雨。"梦入神山教神妪，老鱼跳波瘦蛟舞"则说，李凭带着箜篌到了天上的神山，教天上的仙女弹奏箜篌，他们弹奏的乐音，引得天池中"老鱼"也生蹦活跳起来，而天河中瘦弱的蛟龙也恢复了生气，在水中舞动。而最后"吴质不眠倚桂树，露脚斜飞湿寒兔"则是说，李凭的箜篌声传到月宫，被罚日日砍伐桂树的吴刚听到了，晚上睡不着，倚着那白天砍、夜里长的桂树，流出了思念人间的眼泪；那连珠泪水滴落脚下,溅起了水花;那水花"斜飞",把月宫里独守寒宫的玉兔的皮毛也沾湿了。——从这四句,可见这箜篌声是如何惊天动地了。

通篇看来,诗人使用了拟人、象声、幻想,乃至把神话、传说及鬼怪故事入诗等手法,去描写乐音,使得本来虚渺的声音,变得仿如现实,尽显诗人被后人称为"鬼才"的艺术特点。

## 雁门太守行

黑云压城城欲摧,甲光向日金鳞开。
角声满天秋色里,塞上燕脂凝夜紫。
半卷红旗临易水,霜重鼓寒声不起。
报君黄金台上意,提携玉龙为君死。

唐人爱写近体诗,但李贺觉得近体诗受格律约束,故宁愿写古体诗。但他的古体诗也吸取了某些近体诗的风格,如这首《雁门太守行》就貌似七律却不是七律。李贺看重表情达意,是不会顾及格律的。

李贺受《楚辞》影响,诗风浪漫,常用奇特的想象和瑰丽的语言写出奇诡的诗歌来。这首写当时平定藩镇叛乱战争的诗歌就与一般的战争诗不同,一般的战争诗色彩是灰暗的,以示战争的肃穆与悲壮;但这首诗虽然同样显示战争的肃穆与悲壮,用的却是秾丽、灿烂的色彩。

头两句就以对比鲜明的色彩来描写敌我双方。描写攻城的敌方,诗人用"黑云压城城欲摧"来形容;而描写守城的己方,则是"甲光向日金鳞开"——城头上是在阳光照耀下金光闪烁的铠甲,就像是麒麟身上的鳞甲。同一个画面中,大部分是阴森的"黑云压城城欲摧",只是在画面中最为突出的部位用直射的强光映照出守城将士那"甲光向日金鳞开"的形象;这对比既突出敌人的气焰,也显示出守城将士的英雄形象。这正是诗人利用色与光构建场景才能的反映。

三、四句写了一场刚结束的战斗。但是，诗人写这场战斗却没见硝烟弥漫或厮杀呐喊，而是在我们面前展现了一幅有声有色的沙场秋色图：此时的秋空是晴朗的，万里无云，一片蔚蓝；战场上却是一派草木枯黄。而在一片蔚蓝与一派枯黄的衬托下，是号手吹响号角的身影，以及连天的号角声。虽看不见刀光剑影，但我们依然可以想象得到悲壮的战斗景象。而"塞上燕脂凝夜紫"则是用秾丽的色彩写战后的沙场之夜。白天的厮杀给沙场留下了斑斑血迹，那血迹给战场染上了嫣红的"胭脂"；夜晚，秋天的寒风吹拂，沙场上的血迹凝固了，颜色变深了，在月光的映照下，就像是闪着紫光似的。——这是沉重的、凝固的颜色，用此写战后沙场，给人以凝重的感觉，令人感到诗人对抛头颅洒热血的将士的深切同情。

后四句写己方将士出发对敌人进行偷袭。大概是昨天一场战斗，我军虽然保住了城关，但战斗十分惨烈，牺牲惨重，于是决定对敌人进行报复性的偷袭。"半卷红旗临易水"写的就是部队偃旗裹甲前进的情景。易水，不一定是真实的地名，可能只是用来指代与敌方交锋的前线。而"霜重鼓寒声不起"，则是写对敌人的进击。古语一向有云"击鼓进军，鸣金收兵"，这里写击鼓，显然是潜入到前沿的我军已对敌军发起攻击了。这两句中，没有直接描述战斗，而是以"半卷红旗"写部队前行，以"霜重鼓寒声不起"写部队在恶劣天气环境中发起攻击的苦战。这两句，诗人同样发挥了他以色彩营造场面与气氛之能事：在这幅图像中有白霜覆盖的塞外原野，有在白地里半卷着的红旗；有身穿金甲的鼓手在敲击着"鼓寒声不起"的皮鼓；还有同样穿着金甲在霜雪遍地的原野上奋勇进击的将士。——这是一幅多么色彩鲜明而雄伟壮丽的战斗图景啊！而最后两句写的是奋勇前进中的将士们的战斗决心："报君黄金台上意"。"黄金台"是古代帝王的"选将台"，既然是受到帝王的信任，就应该提着皇上赏赐的宝剑（"玉龙"是宝剑的代称），为皇上不惜牺牲地去战斗。

整首诗描写战争,却没有摇旗呐喊,刀光剑影。但我们从战场的斑斓色彩描写中却可感受到战争的悲壮惨烈。这的确是别出心裁的。

## 秦王饮酒

秦王骑虎游八极,剑光照空天自碧。
羲和敲日玻璃声,劫灰飞尽古今平。
龙头泻酒邀酒星,金槽琵琶夜枨枨。
洞庭雨脚来吹笙,酒酣喝月使倒行。
银云栉栉瑶殿明,宫门掌事报一更。
花楼玉凤声娇狞,海绡红文香浅清,
黄鹅跌舞千年觥。仙人烛树蜡烟轻,
**清琴醉眼泪泓泓。**

诗中的主人公是秦王。有人说,诗人所写的是秦始皇,但也有人说是建立唐朝的秦王李世民,还有人说是曾以天下兵马元帅的身份平定内乱,并以关内元帅之职出镇咸阳,防御吐蕃的唐德宗李适(kuò)。究竟写的是谁,诗人没有明说,我们就姑且把他看成是一个文学形象,一个立下了显赫战功后归来豪饮庆功,乃至得意忘形的君王就是了。

全诗按情节可分为三章。

开头四句是第一章,写秦王的显赫战功。诗歌一开始,就以"秦王"英武的形象示人:骑着老虎这世上最威武的动物,向天地间最远的地方进发(所谓"天地之间,九州八极",天地之间有"九州",而九州最远之处,就是"八极")。他"骑虎""挎剑",这"剑"也非同一般,剑锋上的寒光,能把昏黑的天空照成澄碧一片。他远征八极,还有神人相助。"羲和敲日玻璃声"是说,为太阳赶车的神人羲和,正敲击太阳那个明亮的"玻璃"球（"玻璃"，不是现代意义的玻璃，而是晶莹的玉石。因太阳是发亮的，诗人就想象太阳是晶莹的玉石球），唤醒太阳起来赶路，好为秦王照亮征战八方的路途。而第四句说的是秦王平定了九州八方（劫难已化为灰烬，古今遗迹也全都消失，无所谓"古"无所谓"今"，天下已太平了）。——这四句写神化了的秦王，以及他征战的显赫功绩。

接着六句是第二章，写秦王征战胜利后与群臣、嫔妃通宵达旦的狂饮豪宴。豪饮的酒器，是巨大的"龙头"（史载，唐宫正殿前有铜龙酒器具，长二丈。又有铜樽，容积四十斛。大宴群臣时，将酒从龙腹装进，由龙口倒入樽中。李贺所写"泻酒"的"龙头"，当以此为原型），而"泻酒"所邀的主客，竟然是天上主管宴饮的"酒星"。在宴席上有豪华的乐队奏乐助庆：装着镶金弦码的琵琶，在夜色中弹出"枨（chéng）枨"的声响；而乐队中芦笙的奏鸣，有如洞庭湖上滂沱大雨洒落湖面沙沙作响。秦王豪饮，酒虽酣而心不休，于是对着西斜的明月喝令，命它"倒行"，好延长这良宵的欢乐。但是月亮还是自管自地西斜下去了，东方已露鱼肚白，银光透过排比繁密的云朵、树丛映照而下，照亮了琼楼玉宇的宫殿。但就在这东方已露鱼肚白之时，却见"宫门掌事报一更"。他迎合秦王的心意，特意敲梆打更，报上此刻时辰才一更。——诗人如此一段狂饮豪宴的场面描画，极尽想象与夸张之能事，把秦王那张扬得近乎轻狂的个性披露得淋漓尽致。如此描写，显然不无批判讽刺的意味。

接着五句是第三章，写残夜时的酒宴残局。秦王虽酒意还浓，但陪伴他的嫔妃却受不了了。"花楼玉凤"（指歌女）的娇美歌声已露出困乏的弱音（"声娇狞"，古人注释曰："'狞'当作'儜'……儜，弱也，困也。"）。穿着南海鲛人织绣的红色海绡纱裙的才女，衣裙上的清香也变得幽淡了；拿着名贵酒觥献舞献酒的舞娘，也因失神而跌落了酒觥。这时，仙人使用的、形状似树的巨大烛台上，蜡烛也快烧尽了，冒着青烟,在烛台旁酒酣的宫女("清琴",即青琴,传说中的神女,这里指宫女),醉眼蒙眬,就像积着残烛蜡液的烛台,满眶都是"泓泓"的泪水了。——诗歌以如此酒宴残局结尾,显然不无讥诮,诗歌也因而显出余意无穷来了。

## 马 诗(其五)

大漠沙如雪,燕山月如钩。
何当金络脑,快走踏清秋。

李贺曾写《马诗》二十三首,这是其中的第五首。

"大漠沙如雪,燕山月如钩",写边塞的大漠景色。李贺笔下的大漠,是冷峻严酷的:望不到头的沙漠刮起了沙尘暴,那狂风刮起的风沙,就像是暴风雪时的大雪;而作为大漠背景的,则是崇山峻岭的"燕山"(边塞山峰的泛指),以及爬上燕山山顶的如钩的月亮。这头两句之描写,都显出了边塞风光的严峻。

"何当金络脑,快走踏清秋",则反映了诗人此刻的心情。这两句诗,诗人借马言志,说出了他心中的向往。当时李贺和许多读书人一样,总是希望有个"伯乐"把他相中,让他像千里马那样,戴着金络做装饰的辔头,在清爽的秋天中,在一望无际的原野上,或在"沙如雪"的"大漠"中,勇往直前地驰骋。

这首诗,表情达意手法奇特,曲笔言志,确实是诗坛中的一朵奇葩。

\*孟 郊(751—814)

字东野,湖州武康(今浙江德清)县人。他的诗风格凄寒,特别讲究格律及炼字,因而有诗家称之为"诗囚"。

## 游子吟

*迎母溧上作。*

慈母手中线,游子身上衣。
临行密密缝,意恐迟迟归。
谁言寸草心,报得三春晖?

苏轼曾说孟郊诗是"诗从肺腑出,出辄愁肺腑"。这首《游子吟》就是如此的一首诗。

此诗题下有自注:"迎母溧上作"。孟郊50岁时在江苏溧阳当县尉。他念及母亲养育之恩,决定迎母来溧阳供养。此诗就是此时写的。

"慈母手中线,游子身上衣"表示,自己身上的衣服,是母亲一针一线缝出来的。这是诗人从身上的衣服,想到了母亲的辛劳。

"临行密密缝,意恐迟迟归",是具体描画母亲急促与认真的缝衣动作。其中"意恐迟迟归"句,则是她"临行密密缝"的原因:她担忧儿子长久不能回家,担忧衣服缝得不牢靠而不能长期穿用,担忧缝得不够厚实不能御寒。这临行缝衣两句,有情节叙述,有场景描述,还有心理活动的描写,作者是满怀感激之情来描写母亲的关爱的。

前面四句,是诗人对母亲的回忆。这蘸着浓情厚谊的回忆,已可催人泪下;随后两句,更是出自肺腑的呼喊:"谁言寸草心,报得三春晖?"——寸来嫩草又怎能报答得了三春(早春、仲春、暮春)阳光带给它的温暖呢?意即母亲恩情是报答不了的。

"诗从肺腑出",诗歌是诗人的心声,它道出了人们对母爱的普遍感受,感动了千万读者,这就是"出辄愁肺腑"的艺术魅力的体现。

## 春雨后

昨夜一霎雨,天意苏群物。
何物最先知?虚庭草争出。

此诗描写春雨带来万物苏醒、百草冒新芽的春天景象。

"一霎雨",就是一阵雨。这"一霎雨"看来是一阵透雨,是足以让"群物"从冬眠中苏醒过来的春雨。这"一霎雨"虽不显眼,但与后面"天意苏群物"一联系,它的伟大就显现出来了,它是奉"天"之"意"而下的雨,是带着"苏群物"的伟大使命而下的雨。

后面"何物最先知?虚庭草争出",承前面"苏群物"之意,说"群物"被春雨呼唤后是如何苏醒过来的。这里诗人没有直写"群物",而是以最先知的"草"作"群物"的代表去体现"群物"之"苏"。诗歌第四句"虚庭草争出",写的就是草儿在被春雨唤醒之后生意盎然的状态——原来的庭园,由于秋冬干燥而群物凋零,连草儿也长不出来,所以庭园显得空落;现在由于"一霎雨"的作用,草芽竞相冒出地面了,庭园也就亮丽了。

## *贾 岛(779—843)

字浪仙,范阳(治今河北涿州)人。早年出家为僧。据说长安曾有令禁止和尚午后外出,贾岛作诗发牢骚,被韩愈发现才华;后受教于韩愈。他的诗喜写荒凉枯寂之境,颇多寒苦之词。注重词句锤炼,刻苦求工。与孟郊齐名,诗家有"郊寒岛瘦"之评说。

# 寻隐者不遇

松下问童子，言师采药去。
只在此山中，云深不知处。

贾岛曾为僧人，因而对隐者十分了解。这首诗就写出了隐者生活的特点——"隐"。因而"寻隐者不遇"，当是必然的结果。

第一句虽没有点明，但我们仍可想象得到，诗人是寻访来到隐者"松下"之庐舍了。松，乃山中之物，傍松而结庐，深藏于群山中，可见是一处不易寻访的幽居；再者，松树乃清傲的象征，这隐者喜爱苍松，也可见他洁身自重、不愿受凡尘污染的情志。

"言师采药去"，是童子对诗人"松下问童子"的回答。他说出了隐者生活的一个侧面——采药。隐者采药，也许是为了与大自然为伴，寻找更清净的去处，以修身养性；也许是为了悬壶济世，好与山中村野之人结友；又或者是去寻找"长生不老之药"，以益寿延年。总之，童子的答话，也显示了隐者一种闲逸清净的生活状态。

"只在此山中，云深不知处"，也是童子对诗人松下所问的回答。隐者所在，是连最熟知隐者的童子也说不清的：说他近也近，"只在此山中"；说他远亦远，"云深不知处"！"云深"已是深不可测，"不知处"更是叫人茫然难寻！如此结尾，突出了隐者的神秘莫测。

钱钟书在《谈中国诗》中谈到这首诗时说，"这'不知'得多撩人"！他提到，外国诗评家说过，用"不知""何处是"等疑问语气做结束的诗，在表达上是聪明的，给人以耐人寻味的感觉，因而中世纪以来，就被看作是写诗的一个公式，西洋诗人都喜欢这样的公式。中国诗人虽不知世上还有如此公式，但"中国诗人用疑问语气做结束的，比我所知道的西洋任何一首诗来的多"。贾岛这首诗，只是其中的一例而已。

## 题李凝幽居

闲居少邻并,草径入荒园。
鸟宿池边树,僧敲月下门。
过桥分野色,移石动云根。
暂去还来此,幽期不负言。

本诗中的"僧"即贾岛本人。

首联"闲居少邻并,草径入荒园",写李凝幽居周围环境。当是贾岛对"幽居"远观所见。"闲"与"空"同义,闲居,就是一个很少有人居住的房宅;"少邻并"是说,这"闲居"坐落偏僻处,没几座房舍与它比邻;而"草径入荒园"则说,这"闲居"有个"园子",是个"荒园",看来是屋主人疏于料理;通往这"闲居"和"荒园"的小路两旁,也疯长着野草。——这两句表明,这房宅主人把自己与尘世隔绝了。

首联是僧人向"幽居"走去时从外面看"幽居";颔联则是僧人来到"幽居"门前敲门。

至于这里为什么要用"敲"字而不用"推"字,是值得探究的。一是因为,"幽居"是有主人居住其中的,僧人贾岛也知道有人在里边,所以非敲门不可。二是因为,也只有这个"敲"字,才能与宁静的画面相配合:"敲"门,人就要站立在门前。有人的画面才更有意思。如果是"推",推门之后,人就进去了,画面就显得空荡了,就算只是描画推门的一刹那,动作也显得莽撞,就会破坏了宁静感。三是因为,这"敲"字也与"鸟宿池边树"有关,因为从视觉说,诗人向"李凝幽居"走去时,只可能看到"池边树",至于"鸟宿池边树"则无论怎样都是不能看到的。然而,这里太僻静了,些许音响都可能引起"惊鸟"。现在是那敲门声,惹得池边树上的鸟一阵惊叫,才让他注意到

"鸟宿池边树"的。所以,这是一幅含有画外音的图景呢!

颈联"过桥分野色,移石动云根",当是僧人进入"荒园"后所见:园里有桥在中间,把"荒园"分为两边,由于主人的不经心,僧人从桥上往两边望去,是草木一片荒芜,呈现一派"野色"。"移石动云根"("云根",指石头。古人认为,石是云之根)是"过桥分野色"的对句,从对偶的常识看,"移石"与"过桥"一样,都是僧人的动作。"移石动云根"当是"走过石山,触动了石山旁松动的石头"。看来,石山也是年久失修了。

这"荒园"处处都显得偏僻荒芜;但与隐者李凝同道的贾岛,反而觉得优雅,于是才有尾联"暂去还来此,幽期不负言"的约定。

## *张　籍（约767—约830）

字文昌,苏州(今属江苏)人。他的诗多反映当时社会矛盾和民生疾苦。和王建齐名,世称"张王"。有《张司业集》。

## 秋　思

洛阳城里见秋风,欲作家书意万重。
复恐匆匆说不尽,行人临发又开封。

题目是"秋思"。"思"的内容,就是思乡,想家。而思乡、想家是通过一个托人带家书的故事叙述来表达的。

第一句,诗人说,在"洛阳城里","秋风"是遍地可见的。当然,"秋风"事实上是看不见的,但我们的生活经历和想象力却能帮助我们看见秋风。所谓"梧桐落尽西风恶",当我们看见"洛阳城里"满地黄叶时,这不正是"秋风"留下的足迹吗?一个"见"字,就把秋风这种不可见的景象,展现在我们眼前了!

秋风瑟瑟的秋天,是最引起游子思念故乡的季节,当诗人在"洛阳城里见秋风"时,就想念起故乡的亲人,于是"欲作家书"托人带回家。但想说的东西太多了("意万重"),一纸家书根本说不完。

信写完了,但诗人"复恐匆匆说不尽",于是在带信人临出发之时,他又恳请行人等一下,要求"行人临发又开封"——把已经封了口的信又打开来。

诗歌写到"行人临发又开封"就戛然而止了。"开封",显然是要把"说不尽"的"万重意"再往信里多添几句。但诗人没把以后的事情再写下去,而是留给读者自己去想象。这就给诗歌留下了余音袅袅的效果。

## *王　建（约767—约830）

字仲初,许州(治今河南许昌)人。其诗篇以国事及蚕妇、织女、水夫等民事为题材,对时政弊端及民生疾苦颇有所反映。所作《宫词》一百首,则多描写宫廷内日常生活。有《王司马集》。

## 雨过山村

雨里鸡鸣一两家,竹溪村路板桥斜。
妇姑相唤浴蚕去,闲着中庭栀子花。

这首诗中提到"浴蚕",那是农户用盐水或温水洗浴蚕子以选种的劳作。此劳作在仲春进行。所以这首诗写的,就是仲春农忙时的山村景象。

开头两句描写的是蒙蒙细雨中的一个小山村。这"雨"字很重要,一个"雨"字,就把整个小山村,以及小山村里发生的事情,都笼罩在一片蒙蒙细雨中了。"鸡鸣一两家"则着意写山村之小:农户这里一家、那里两家的,零落分散在山间;因其小,农村中常见的鸡鸣狗吠的声音也少,因而显得很宁静。与这宁静相映衬的环境,则是"竹溪村路板桥斜":溪水在溪涧旁的竹林中流淌(别忘了还有细雨洒落在竹叶上的淅淅沥沥的声音);小村里连通这一两户人家的"村路",掩映在竹林与绿草之间(也别忘了,细雨早已把绿草与小路湿透了);还有溪涧上那简朴的"板桥",大概是因为走的人不多,所以搭建得很随意,显得有点歪斜。所有这些景象,都为小村的宁静与祥和增添了色彩与氛围。

第三、四句写的是在这宁静的村落里,没看见几个人,只看见"妇姑"(婆媳)二人在屋前"相唤",但也只是出现了一下子就"浴蚕去"了。山村更宁静了,只剩下"中庭"(院子里)的"栀子花"在"闲着"。——这两句十分耐人寻味:虽然诗中有"妇姑"二人的"相唤"声,但呼唤声过后就只留下一个空落而宁静的村落。但尽管宁静,却不觉闲逸,因为"乡村四月无闲人",村里人都忙去了!

有人说,"栀子花"又名"同心花",古时少女爱采撷以送情人。因此,此花多人眷顾,是不会"闲着"的,但此刻却"闲着"了,可见人们忙得顾不上谈情说爱了。此说很有趣,故也记下来。

## 十五夜望月寄杜郎中

时会琴客。

中庭地白树栖鸦,冷露无声湿桂花。
今夜月明人尽望,不知秋思落谁家。

首句"中庭地白树栖鸦",写诗人首先看见的,是庭院地面一片银白。这既反映出八月十五月光的明亮,还给大地带来了宁静,如此宁静引得栖身高树上的乌鸦也安静地睡去了。次句"冷露无声湿桂花",写诗人仰望夜空,看到了在明月映照下,寒冷的霜露从天而降,洒落在桂树清香的桂花上,把桂花的花瓣都浇湿了,湿重的桂花飘落庭院中。诗人望着飘落的桂花,心里大概想着,这些桂花,就是传说中所说的,是嫦娥从月亮桂树上摘取下来洒向人间的吧!

第三、四句直写诗人望月时之联想。作者由自己以及眼前一群人的望月,联想到今夜天下间许多人都在望月。他想,天下人人同此心,大概都在思亲怀远吧!身在故乡的人是在望月思亲;而离乡之人也是在望月遥想家乡亲人吧。诗人望月,推己及人,把望月者的范围扩大了。但同是望月,那感秋之意,怀人之情,却是各不相同的。所以诗人才在第四句说,"不知秋思落谁家"。诗人的确是"不知",那么多人在望月,各人的思念各不相同,他又怎能知道哪一家的秋思是什么呢?诗人的问句"不知秋思落谁家",就将诗人对月怀远的情思,推广到世上所有望月怀远人身上去了;那秋思随着银月的清辉,已在人世间传播了。

## *李绅(772—846)

字公垂,无锡(今属江苏)人。与元稹、白居易交游甚密,为新乐府运动的参与者。著有《乐府新题》二十首,已佚。

## 悯　农(其一)

春种一粒粟,秋收万颗子。
四海无闲田,农夫犹饿死。

开头两句对偶,拿"春种"与"秋收"作对。春天种下一粒粟种,经过辛勤劳动,秋天就有"万颗子"的收获。这两句,是对农民一年劳动的概述。此外,拿"春种一粒粟"与"秋收万颗子"对比着写,也突出了这是一个丰收年。接着第三句"四海无闲田",又进一步加深了四海范围内丰收的意味。诗人如此强调今年的丰收,是为了突出最后一句"农夫犹饿死"。全国大丰收,理应人人丰衣足食,但事实上却相反:种田人在饿肚皮,乃至饿死人。这社会的不公就更加显著了!

诗人以全面丰收与农夫饿死两相对照,反衬的效果是十分鲜明的。诗人没说更多的农民受剥削与压迫的状况,但诗中对苛捐杂税的愤慨已在这平直的叙述与鲜明的对比中得到了充分的表达。

## 悯 农(其二)

锄禾日当午,汗滴禾下土。
谁知盘中餐,粒粒皆辛苦。

这首诗表达了尊重劳动、珍惜粮食的思想。

第一句"锄禾日当午"点出了劳作的内容和时间。"日当午",是劳作的时间,那是一天中日光最烈最毒之时,人们都知道,对毒烈的阳光避之则吉;但农民这时还要"锄禾",可见这种劳作的艰辛。第二句"汗滴禾下土",是个特写镜头:在当午烈日的淫威下,汗珠从俯首劳作的农民脸上一滴一滴地往下落,而承接这些汗珠的,则是禾苗正在生长的土地。这又给了人一个幻觉:这些禾苗是农民的汗水浇灌大的。

如此艰辛的劳作场面引起了诗人的联想,于是他有了直抒胸臆的第三句和第四句。他想到,我们吃饭时碗里的每一颗饭粒,都是农民"辛苦"换取来的。

文艺作品的主题,其实就是作者千方百计要读者读明白的东西。在这首诗的一、二句中,"悯农","农民辛苦"的主题思想已经相当清楚了，但作者仍想把这层意思进一步挑明，于是用"直抒胸臆"的方法，在三、四句中把这个意思呼喊出来。这呼喊振聋发聩。每当人们饭碗里剩下饭粒时，"谁知盘中餐，粒粒皆辛苦"的警句，就会在耳边响起来。

## *林 杰(831—847)

字智周，福建人。林杰小时候非常聪明，六岁就能赋诗，下笔即成章。他写七夕习俗的《乞巧》，就反映了他超人的想象能力和天马行空的构思天赋。

## 乞 巧

七夕今宵看碧霄，牵牛织女渡河桥。
家家乞巧望秋月，穿尽红丝几万条。

自古以来，以"七月七"作题材的诗作不少，林杰这首《乞巧》，可说是其中的佼佼者。他在构思这首诗时，看来并没有局限在某一特定地点或某一特定情景，而是站在空中俯瞰大地，看着七夕夜晚大地上处处都在上演的"乞巧戏"。

第一句"七夕今宵看碧霄"说，人们在"七夕"晚上抬头观看那夜晚的碧空。诗人对夜空只用一"碧"字形容，就把秋天夜空的特点，此"霄"最美之处显现出来了。

第二句是承接第一句而来的，第一句说"看碧霄"，而看"碧霄"看的重点就是"牵牛织女渡河桥"——牵牛的牛郎与织女渡过喜鹊桥，走向对岸，与亲人相会的情景。

第三、四句，是写这个夜晚在辽阔大地上"家家"进行的"乞巧戏"。诗人写"乞巧"抓重点,只写"穿针"这个项目:"家家"女儿都在"望"着"秋月"穿针,希望自己的"巧手"能让"红丝"穿过针孔。这么多人的"赛巧",的确是要"穿尽红丝几万条"的。——诗人的眼界无比宽阔,他把我们带进一个无比宽阔的大赛场,让我们看见千家万户女儿在月下穿针。这虽是诗人的想象,姑娘们"穿尽红丝几万条"也只是虚数,但规模之宏大,可想而知了!

"乞巧""赛巧",寄托着女子追求幸福、追求智慧的美好心愿;诗人写千万人的乞巧活动,其实也是在推崇中国妇女的传统美德。

## *胡令能(785—826)

他的诗语言浅显而构思精巧,生活情趣很浓。长期隐居于圃田(河南中牟县)的山水乡野之中。《小儿垂钓》是其代表作品。

## 小儿垂钓

蓬头稚子学垂纶,侧坐莓苔草映身。
路人借问遥招手,恐得鱼惊不应人。

开头两句是对"小儿"形象的描写:"小儿"的头发是蓬乱的,脸庞充满稚气;他坐没坐相,是随意"侧坐"水边。如此描写,符合"稚子"的特点,如果头发不蓬乱,满脸严肃,还端坐在一把小凳子上,那就像个老头而不是小孩了。"学垂纶"("纶"是系在钓鱼竿上的丝线,"学垂纶"就是学钓鱼)三字,突出说明他只不过是个学钓鱼的新手,这也与"稚子"身份相称;而这"稚子"置身于莓苔草丛之中,也是很恰当的。这景色作陪衬,也不是随意之笔,这小儿居然懂得选择人迹罕至的、长着莓苔(一种长在水边的、类似藓苔之类的植物)与草丛的水边来钓鱼，至少可说明，这小儿"学垂纶"已经有点心得了。

如果说，第一、二句主要是写"形"，那么，第三、四句则主要写"神"，写小儿的神情。第三句，画面又加入一个"路人"作背景：赶路的路人看见水边的小儿，就向他"借问"——大概是问路吧。但这"路人"出现，还只是背景衬托，这两句主要刻画的还是"小儿"：他听见叫声时"遥招手"，是因为那路人和小儿相隔比较远，问路时比较大声，小儿"遥招手"，就是叫"路人"不要大声说话，同时还有"别过来"的意思。第四句"恐得鱼惊不应人"，就说出了他"遥招手"的原因——他之所以"不应人"，是恐怕路人惹得鱼儿惊动，不来上钩。这两句虽只写小儿"遥招手"的动作，但我们已可想象到这小儿招手时那诡秘、机灵的神情了。

作诗写画，描写人时都要注意形神俱备。这首诗，写了小儿蓬头稚脸的"形"后，又写下"遥招手""不应人"的诡秘、机灵的"神"，"小儿"的形象就显得完美了。诗歌以小儿的神态作结，把全诗定格在那诡秘、机灵的神情上，这个"小儿"给人的印象就更加深刻了。

# 第四章　晚唐诗坛

晚唐，是指从黄巢、王仙芝起义开始，到天祐四年（907年）唐朝灭亡这个时期。公元874年，黄巢、王仙芝等起兵反对朝廷，先后历时十数年，沉重打击了唐朝的统治根基，唐朝实际上已被封锁在一个以长安为中心的小圈子里了，唐帝国的统治已岌岌可危。到唐僖宗在唐末的动乱中死去，由其弟唐昭宗继位，唐朝统治已名存实亡。到朱全忠逼唐哀帝禅位，改国号梁，唐朝遂灭亡。

随着唐朝的日益衰亡，诗人们对晚唐社会种种衰颓现象，显得更加敏感与伤感，于是写下了许多咏史怀古之作。这些作品，伤悼与反思成了写作的焦点所向，风格显得更加沉重忧郁。此外，晚唐诗人生活于各种矛盾之中，自身遭遇大都坎坷困苦，因而渴望自由、解脱，也因此写下了不少遣怀之作，其中以爱情诗与思乡诗居多，这些诗歌，情调则往往显得忧伤沉郁。

从诗歌创作的层面看，晚唐是诗歌创作更加成熟的时期。这个时期，诗人们写出的作品，无论是描写事物，还是抒情；亦无论行文炼字，抑或声调音律，都显出更为完美的功力。

晚唐诗人，如李商隐、杜牧、温庭筠、胡曾、马戴、罗隐、皮日休、王驾、吕岩等，都在晚唐诗坛上留下了一些名篇，给后世诗坛留下了深远的影响。

## *李商隐（约813—858）

字义山。其诗构思新奇，风格秾丽，类太白诗风。他的诗歌，尤其是一些爱情诗和无题诗写得缠绵悱恻，优美动人，后世广为传诵。

## 无 题

相见时难别亦难，东风无力百花残。
春蚕到死丝方尽，蜡炬成灰泪始干。
晓镜但愁云鬓改，夜吟应觉月光寒。
蓬山此去无多路，青鸟殷勤为探看。

这一首诗，描述一个与丈夫离多聚少的留守夫人在诉说她思念丈夫之苦。

从首联出句看，她和丈夫的"相见"，是久别后的"相见"，所以说"相见时难"；而现在则是短暂"相见"后，丈夫又要离去了，所以说"别亦难"。这夫妻俩总是离多聚少，这样的境况是无可奈何的。如何无奈？对句中，诗中女子以"东风无力百花残"打比方：到了暮春，东风减弱了，曾经受到春风、阳光、雨露抚育而灿烂开放的"百花"，也凋谢了。——看来，是眼前的暮春景色引起了诗中人的感慨：春花是总会衰竭的；夫妻欢愉相聚的了结，不也和春花的凋谢一样无可奈何吗？

颔联写女子在她那离多聚少的生活中对丈夫的思念。留守妇人的家居生活是孤寂的。日间料理蚕桑，夜间独守空房。在料理蚕桑时看见蚕嚼桑叶，吐丝成茧，触发了她对丈夫的思念，这思念，不就像"春蚕到死丝方尽"那样，情长意绵，"到死思方尽"吗？在夜晚，望着烛台上点燃的"蜡炬"，看着"蜡泪"往下滴，她又联想到了自己思念丈夫的眼泪:我思念丈夫的泪水,不也像"蜡炬成灰泪始干"那样,等到我化成了灰才会干涸吗?

颈联是想象相隔两地的夫妻间的思念。出句"晓镜但愁云鬓改"写留守夫人在白天对丈夫的思念:早晨起来照镜子,只是担心满头的青丝都因思念丈夫而变斑白了。而对句"夜吟应觉月光寒",则是想象丈夫夜里对自己的思念:他夜不能寐,吟读诗书应该也能感觉到家乡的月亮,和他在远方异地一样,也是寒光遍地的吧。

尾联"蓬山此去无多路,青鸟殷勤为探看"是留守夫人诉说对身处异地的丈夫的挂念。丈夫在异地,她把这异地与蓬莱仙境相比,那"蓬山"遥不可及,但在海市蜃楼中,往往又是近在眼前的。这种可望而不可即的感觉,正是她在思念远方亲人时特有的感觉。既然是可望不可即,诗中人唯有借助神话中的"青鸟"以传情了。在神话中,"青鸟"是为西王母取食传信的神鸟。留守夫人没办法到"蓬山"去,唯有请青鸟多多地为她去探看自己的丈夫了。

## 锦 瑟

> 锦瑟无端五十弦,一弦一柱思华年。
> 庄生晓梦迷蝴蝶,望帝春心托杜鹃。
> 沧海月明珠有泪,蓝田日暖玉生烟。
> 此情可待成追忆,只是当时已惘然。

李商隐这首《锦瑟》,历代诗家评价甚高,认为是这位后唐执牛耳的诗人一首登峰造极的代表作;甚至还有认为这是中国诗歌史上罕见的一首美丽的言情诗。这首诗写的是诗人听了瑟的富于表现力的演奏后,联想自己的身世,在心中泛起了如波似浪的感情的波澜。

诗中所说的"瑟",是我国一种传统的弹拨弦乐器;"锦瑟",是绘画有彩色花纹的瑟。瑟除弦之外，还有柱，每弦之下有一可移动的柱（又称码子、雁柱），用来调音。

首联"锦瑟无端五十弦，一弦一柱思华年"，说的是"锦瑟"在演奏，这演奏的曲调，就像是诉说人的变幻无定、百感交集的一生。诗人看到的瑟，事实上只有二十五弦，但他还是依古制，硬说瑟有五十弦，是为了强调瑟的表现力——它的"一弦一柱"，似乎都在表现着人的"华年"中种种酸甜苦辣与悲欢离合。"无端"的意思是无缘无故，用上"无端"二字，就好像诗人是在不无妒忌地质问：你这"锦瑟"，老天爷怎么会给你这么大的能耐，你的每一根弦、每一根柱发出的声音，仿佛都是在诉说人生的"心中无限事"啊！

接着颔、颈两联所展示的，是诗人听"锦瑟"的乐音时联想到的自己在"华年"中的各种生活图景。

颔联出句"庄生晓梦迷蝴蝶"，是说诗人从锦瑟演奏中，听到了一首如"庄生梦蝶"似的"梦幻曲"。熟悉"庄生梦蝶"典故的人都知道，梦蝶是会"晨晓梦醒"的，醒来就会进入不知庄生是蝶，还是蝶是庄生的迷惘中。诗人随着这梦幻曲的奏鸣，想到的也许是他曾有过的如花似锦的浪漫人生，以及回到现实时那美丽的浪漫骤然失去吧。这诗句，正是他从如梦如痴的梦幻曲中得到的"人生如梦"的感悟。对句"望帝春心托杜鹃"，演奏的乐章是"杜鹃啼血"，乐章表现的情调是伤春忧世，声调是如泣如诉的。在过去的岁月中，他也曾有过像望帝一样的"春心"荡漾之时，但后来都如望帝那样失望了——望帝虽有"春心"，但到头来，只能化作杜鹃，泣血哀啼"不如归去"；他不也是爱情、理想同样陷入迷惘与失望中吗？这对句是哀怨的乐声，引起他对"人生艰舛"的休悟。

到了颈联，诗人描写的瑟声转为清寥、缥缈，诗句的情调也进一步转为失落跌宕，"似诉人生不得志"了。出句"沧海月明珠有泪"，引用了"鲛人泣泪，颗颗成珠"之典故，写出了瑟声清寥的情调，营造出了一幅悲苦的"沧海遗珠"图。这又引起了诗人的"华年"回忆：他不也是如"沧海遗珠"般有过怀才不遇、被上流社会遗弃的悲哀吗？对句"蓝田日暖玉生烟"引用了"蓝田玉生烟"的典故，传说蓝田之玉山由于内蕴玉石，所以山上常有缕缕青烟萦绕。时人就以"蓝田日暖""良玉生烟"以喻"望之若有，近之则无"的可望而不可即的景象。此对句就是引用如斯典故，以描画乐音之虚无缥缈，同时也引起诗人身世经历的哀叹：以往之追求，不就是在"可望而不可即"的渴望中终结了吗？

尾联"此情可待成追忆，只是当时已惘然"，是全诗的归结。诗句说，上述那些失意哀伤的往事，并不是因锦瑟的弹奏才引起追忆与惆怅的，而是在他的人生经历中早就存在，早就郁结于心了。

这首诗，是中国诗歌史上耐人揣测的诗中的一首，历代学者对它进行猜度、解说的甚多。对诗歌的主旨做不同解画者也很多，有说是诗人哀自己身世的，有说是他悼念亡妻的，有说是他怀念一个相好之婢女锦瑟的，还有说是对政治的不清明做鞭挞的，不一而足。如此众多的解说，我只能取其一，认为这是哀身世之作。

此诗，的确有不少朦胧之处。《锦瑟》只是以诗歌开头二字作题，却不是写锦瑟的咏物诗。但这首诗又不是与锦瑟完全没关系，它的四个典故，就象征锦瑟演奏的音乐形象。但你说这四个典故就是音乐形象吧，看来也不太像，诗人其实是以这四个典故描画自己经历过的"华年"。但你说这四个典故就是诗人经历过的"华年"吧，它却无一处实情实事的叙说，只不过是四个象征性的图景而已。

我们如果拿白居易的《琵琶行》来与之对照，就可看到这同是写及乐器的两首诗，却有一实一虚的不同写法。白居易写琵琶乐声，是"大珠小珠落玉盘"的具体的、可以感觉到的描写；而这里的颔、颈二联，只是以象征性的图像让你去猜想锦瑟的音乐形象之迷幻、哀怨、清寥与缥缈。《琵琶行》是通过弹奏者与听琴的知音者的陈述去解说琵琶声的"似诉平生不得志"，给人以他们是如何"不得志"的实感；而这里则是通过四个典故形成的象征性图景,在描画音乐形象的同时,又以此引出诗人对华年往事种种遭际的联想。《琵琶行》主题的揭示,是让弹奏者与知音者发出"沦落天涯"的慨叹;而这里则是借助"一弦一柱思华年"的描述,以及颔颈二联的四句诗的象征性描述,把诗人华年时之种种挫败,以及他在坎坷人生中之种种迷惘的感受予以揭示。但他的迷惘,似乎什么也没有说,然而这迷惘已经尽在不言中了。

## 夜雨寄北

君问归期未有期,巴山夜雨涨秋池。
何当共剪西窗烛,却话巴山夜雨时。

从题目《夜雨寄北》看,这是李商隐在某个下雨的夜晚写下的一封给久别的妻子的书信,当时,李商隐在四川(诗中的"巴山"就指代四川),他妻子在长安,所以要"寄北"。这封信,读来诗味浓郁,情调缠绵悱恻,是一封诗体的情书。

诗歌第一句,"君问归期未有期":妻子来信了,问"我"什么时候回家,"我"回答说,现在还不能说一个准确的日子。——这第一句虽是回答妻子的话,妻子在来信中说了什么,我们不得而知,但我们从这七个字中,还是可以体味到妻子对他的思念之情。而他呢,接到妻子的信,也是情思涌动。"君"字一般用于称呼男子,用"君"称呼自己的妻子十分少见,如今李商隐如此称呼,则令人感到他与妻子的相敬如宾。而"未有期"的回答,也显示了他心中思念之苦。盼望着"归期"的,不只是他的妻子,他自己也是在盼待着归期的啊!

第二句"巴山夜雨涨秋池"是写景。这写景,是他惆怅的内心世界的衬托。"独在异乡为异客"的他,已经够孤独的了,现在又是有家归不得,心中的愁闷是不难想象的。偏偏此时又遇上了连夜秋雨,淅淅沥沥的雨声，自然会增添他内心的烦恼与孤寒。此时他大概又是想家想得夜不能寐了，以至会发呆似的望着屋前那被秋雨不断地浇灌着的池塘。要不，怎么连秋池水满也注意到了呢！但从他对这景色的专注看，他心中的烦闷、对妻子的思念，确是到了无可复加的境地了。

　　第三、四句是说，在以后见面时，我们一定会在"共剪西窗烛"的彻夜长谈中，再谈起今夜这"巴山夜雨时"我对你诉说的情话的。诗人用"共剪西窗烛"为我们幻想出一幅未来才会出现的温馨场面：恩爱夫妻伴烛长谈，谈到烛芯结茧化灰、烛光转暗，就把烛芯上的茧花剪去，使烛光明亮起来再继续谈下去。如今这"巴山夜雨"中的思念寄托着绵绵的情意，在以后相会的时刻回想起来，将会是一个温馨暖心窝的话题啊！

　　三、四句的情调与一、二句的哀怨有很大不同。他把妻子带到对未来见面时的美丽想象中，但这只不过是幻想，"何当"二字告诉我们，"共剪西窗烛"，共话"巴山夜雨时"，是不知什么时候才能够变成现实的。因此，李商隐这回给妻子寄去的，只不过是无可奈何的离愁罢了。

## 嫦　娥

　　　　云母屏风烛影深，长河渐落晓星沉。
　　　　嫦娥应悔偷灵药，碧海青天夜夜心。

　　这是一首缠绵悱恻的诗歌，反映一名孤寂无聊，以至夜不能寐的独居女子的生活状态。

　　第一、二句写诗中人的孤寂。第一句写她看到的室内环境："云母屏风"是豪门大宅才有的豪华家具。这"屏风"由"云母"（一种矿物质）的薄片缀成，用来间隔房间厅堂。云母片是呈黄灰色的半透明体，透光性能不太好，因而透过"云母屏风"显出的"烛影"是朦胧的，容易令人有幽深的、穿不透黑暗的感觉。第二句是她望窗外所见的星移斗转的景象。随着天体的运行，"长河渐落"（长河就是银河星系，天将曙时，就向西边的天空渐渐下降）；此时，"晓星"也"沉"了（晓星就是启明星，启明星在天亮之前特别明亮，但随后也向西天沉下）。这两句都是写景，一写室内，一写室外，都显得凄凉孤寂。我们可以想象，诗中的女子彻夜未眠，眼巴巴地望着空洞洞的大宅，能见到的只是色彩黯淡的"云母屏风"和幽深孤独的"灯影"；天之将晓，她又眼巴巴地望着窗外的星移斗转，直至所有的星宿都已沉降，天空露出鱼肚白，仍然未能入睡。这是一种多么难以忍受的孤单和悲苦啊！

第三、四句写诗中人的联想。她望着窗外西沉的明月，由自己在这无眠之夜的孤寂，想到月里嫦娥的孤寂，于是发出了同病相怜的哀叹。这里引用了神话典故：嫦娥偷吃后羿的"不死药"，身体就不由自主地飘离地面，一直飘到月亮的广寒宫，再也回不到地面了。嫦娥得到了"不死"，却从此困在寒冷的广寒宫，"夜夜"望着"碧海青天"，孤寂难熬地过活。在这三、四句中，诗中人望着西沉的月亮在猜想，此刻的嫦娥大概是在悔恨偷了"灵药"吧！我自己在地上的孤寂已是这么难受，广寒宫里的孤寂又何堪！

## 贾　生

宣室求贤访逐臣，贾生才调更无伦。
可怜夜半虚前席，不问苍生问鬼神。

这是李商隐一首借古讽今的咏史诗。

题目提及的"贾生"，是西汉著名学者贾谊；诗中说的，是汉文帝名为"求贤"实为"问仙"的故事。当时汉文帝出榜求贤，他听说贬谪边远的臣子（"逐臣"）贾谊，是个才华与气质（"才调"）都无与伦比（"无伦"）的大学问家，于是就把贾谊从贬谪地召回京城，专门在"宣室"（帝王在宫中召见近臣商议国事的私密宫室）中接见贾谊，还"虚前席"，请贾谊上坐，与他彻夜长谈，以显示他礼贤下士、求贤心切的"明君"风度。但"可怜"的是，他在这"夜半虚前席"的长谈中，请教问询的，不是治国理政、教养"苍生"之道，而是迷信"鬼神"的歪理。

"咏史诗"首先要"说史"，所以要把汉文帝求贤问仙的故事说出来；而"咏史"，就要显示对史实的褒贬态度。李商隐在表明褒贬态度时，不是用发表意见的议论方法，而是在"说史"的叙述中用上带感情色彩的词语来表示态度，如"可怜"二字，就表现出对汉文帝以"夜半虚前席"的造作来掩盖"不问苍生问鬼神"的虚伪之嘲讽与愤慨。

## 七 夕

鸾扇斜分凤幄开，星桥横过鹊飞回。
争将世上无期别，换得年年一度来。

七夕的夜晚，诗人仰望天空，遥想牛郎织女相聚的情景，不由想起自己爱妻早亡，于是写下此诗追悼亡妻。

此诗前二句，写诗人在七月七日晚仰望天空，遥想牛郎织女在天上相会的情景：织女乘车过了银河，用鸾扇挑开车上帐房的凤幄走出来与牛郎相会；喜鹊完成填河铺桥的任务，全都撤回去了。诗人不由得联想到爱妻早亡，自己独留人间，再也无法与她相会，于是诗人在后两句发出沉痛的感叹，渴望能像牛郎织女那样每年与亡妻相会一次。但其中第三句以"争将"（怎能把）两字开头，就表示了他的期望只是幻想，是不可能实现的。因而只能是两句哀叹而已。"无期别"的生离死别是换不来如"牛郎织女"的一年一度相会的。

全诗想象丰富,从天上想到地下,从牛郎织女想到自己的爱情生活,语言精美,感情深厚,借景抒怀,诗意在诗人的想象中奔驰,充分表现了诗人悼念亡妻的悲痛心情。

## *温庭筠(约801—866)

字飞卿,太原(今山西太原)人。其诗辞藻华丽,内容多写个人遭际,于时政也有所反映。他的词多写闺情,风格秾丽,注重文采和声情,有"花间鼻祖"之称。

### 商山早行

晨起动征铎,客行悲故乡。
鸡声茅店月,人迹板桥霜。
槲叶落山路,枳花照驿墙。
因思杜陵梦,凫雁满回塘。

商山,位于陕西商州。诗人当时是从长安往襄阳,路过商山。

首联写行旅晨起启程时的氛围,以及这种氛围挑起的诗人心中的悲乡情。出句"晨起动征铎"是对商山旅舍早晨氛围形象的描写:早晨起来,远行的骡马队(或骆驼队)的铃铛("铎")响动了,行旅也就要开动了("征")。对句"客行悲故乡",则写行旅出发的氛围撩起了旅人(当然也包括诗人自己)的情思。行旅要开动了,现在还是咫尺之遥的家乡,将要越离越远,心中又怎能不"悲故乡"呢?

颔联与颈联四句,紧扣题目中的"早"字,描画早行人所看见的旅途之晨早景色。"鸡声茅店月",构成了一幅有声(公鸡打鸣)有光（天上残月）有实景（茅店）的郊野风景图；而"人迹板桥霜"则为我们展现出春寒料峭的清晨景色：板桥上还铺盖着霜雪，是早行人打破这宁静，踏破这霜雪，在这板桥上留下足迹的。"槲叶落山路，枳花照驿墙"写的是有北国特色的早春景象："槲叶落山路"说明这时已是春天，因为槲树是一种冬天不落叶的植物，要到春天到来，自身长新芽时才落叶；而"枳花照驿墙"句中一个"照"字，就把晨光引进画面，映照着春天开花的"枳花"，把它的身影也印在驿站的墙壁上了。

尾联"因思杜陵梦，凫雁满回塘"，则直写思乡。是前面四句描写的春景与晨景，使诗人想起了昨夜的"杜陵梦"（杜陵是长安附近一处游览胜地，诗人曾在夜宿杜陵时梦见家乡的青山绿水，所以把思乡梦叫作"杜陵梦"）：他梦见在家乡那有曲曲折折水边的湖泊池塘里，大群野鸭与鸿雁正在戏水游弋。

这首诗，看来是写景为主，但写景却明显是为抒发"悲故乡"之情服务的。中间四句写客途景色，但也是为引起最后两句思乡做铺垫。然而最后两句写思乡也不用直抒胸臆的方法，而是用回忆故乡景象的梦境来表示，诗人思乡情怀给人的印象就因此而更深刻了。

## 菩萨蛮

小山重叠金明灭，鬓云欲度香腮雪。
懒起画蛾眉，弄妆梳洗迟。

照花前后镜，花面交相映。
新帖绣罗襦，双双金鹧鸪。

这首词，先描写女子晨起时那慵懒的行状，表现出女子梳妆前那种浪漫的姿态；后又描写了女子晨起后穿戴整齐、精心打扮的妆容。整首词要展现在读者面前的,就是妇女的容貌美,服饰的华贵美,以及体态的娇柔美。词的画意,就是一幅引人注目的仕女图。

开头"小山重叠金明灭"句中,"小山"指小山眉,是唐代女子一种画眉样式;"小山重叠"则是说,经过一夜,"小山眉"已变得模糊,仿佛重叠在一起了;"金",是女子化妆时涂在额头上的金黄色彩妆,但经过一夜时间,彩妆也模糊了,显出一处明一处暗的模样。第二句"鬓云欲度香腮雪",诗人以"乌云乱度"去形容那一绺绺乱了的鬓发;而以"香腮雪"去形容女子那像漫山遍野的白雪那样雪白的、还残留着昨日脂粉香气的脸蛋。如此一来,就显示出女人起床时那散漫、慵懒的媚态。

接着的"懒起画蛾眉,弄妆梳洗迟",写女子起床后梳梳洗洗,整理妆容的状态。一个"迟"字,再次显现出她那散漫而舒坦的生活状态。"照花前后镜,花面交相映"则是写女子照镜戴花的情状。她对着镜子戴花,镜子是"前后镜",既照前面,也照后面,当然可以把花戴得更为完美。戴起花来,"花面交相映",人就显得更美了。

"新帖绣罗襦,双双金鹧鸪",是说女子穿起"罗襦"(丝绸短袄),罗襦上面还有金线贴绣的鹧鸪。如此精心装扮,就使得女子容貌显得更为夺目了。

# *杜 牧(803—约852)

字牧之,京兆万年(今陕西西安)人。因晚年居长安南樊川别墅,故后世也称"杜樊川"。杜牧诗以七言绝句著称,风格类盛唐杜甫,故人称"小杜",以别于"老杜"杜甫。后世常把李商隐与杜牧并举,合称为"小李杜"。

# 山 行

远上寒山石径斜，白云生处有人家。
停车坐爱枫林晚，霜叶红于二月花。

"诗中有画"，是人们在欣赏诗歌时常说的一句话。杜牧这首诗，就让我们看见了一幅山景图。

第一句"远上寒山石径斜"是描画一座高山的山坡的。从绘画的角度看，这高山当画在山景画的高处。"寒山"，是诗人由深秋的寒冷天气引起的对这座高山的感觉。这"寒山"很高，要上去，非"远上"（向高处爬上去）不可。谁上去呢？是"石径"。山坡上那"斜"着（弯弯曲曲）的"石径"向高处延伸，不就像是在往上攀登吗？

第二句"白云生处有人家"，是这幅山景图中的一处特写。诗人先让我们看到了"石径"上头的"白云"，然后让我们看见了在飘忽的云雾之间的一户"人家"。一个"有"字，显示出诗人的惊奇：在如此高山上居然有人烟，确是令人惊奇的。这里的"生"字，也让我们觉得，这萦绕山间的"白云"，是这户"人家""生"出来的。问题是，这"人家"怎么能"生"出白云呢？我们且注意下面"停车坐爱枫林晚"句中那个"晚"字吧！这时分，有"人家"的地方是炊烟袅袅的。炊烟与山上的云烟相会，不就给人一个此"人家"正是"白云生处"的错觉吗？

上面两句是这幅山景图的背景。后面两句"停车坐爱枫林晚，霜叶红于二月花"才是作者的描画最吸引眼球的地方。

这两句描画的图景，该是画在这幅山景图前方最突出的位置上的。从全诗看，诗人观赏红叶的地点，是在路上。这路，该在诗人一、二句描画的那座高山的山腰处，这里也许是一条比较宽阔的官道，可以行走骡马拉曳的车。诗人之所以"停车"，是"坐爱枫林"——因为喜爱枫林红遍山野的灿烂景色。我们可以设想，诗人坐在车上，被车窗外灿烂的枫林所吸引，不由得把车停在路旁。举目远眺远山，是漫山遍野的枫树林；往山腰下看，也是火红一片的枫树林。这景色之迷人，以致诗人忘记了赶路，直至傍晚时分，山上人家升起了炊烟，他还在观看。迷人的景色，让他发出了一声赞叹：这给霜打红了的枫叶，比二月开放的春花，还要艳丽，还要鲜红呢！

## 泊秦淮

烟笼寒水月笼沙，夜泊秦淮近酒家。
商女不知亡国恨，隔江犹唱后庭花。

这首七绝，描写的是杜牧在南京的游乐地秦淮河看到的景象。杜牧看见眼前的景象，想起唐朝国将不国，感慨万千，于是写下这首诗。

第一句"烟笼寒水月笼沙"，写的是朦胧的夜景：他的船在萧瑟的、寒气逼人的河道上（"寒水"）航行；夜雾（"烟"）弥漫河上，河上一派迷茫；天上的月亮洒下月光，月光透过迷雾，照着河滩上的白沙。——这样的景色，给人一种冷落萧条的感觉，与杜牧此刻的心情、与当时大唐的颓势是吻合的。

第二句"夜泊秦淮近酒家"，是说他们的船驶进了秦淮河，在一酒家的埠头泊了岸。这句诗有丰富的画外情景：秦淮河是一处游乐地；而酒家，更是这游乐地中一个花天酒地之去处。

第三、四句"商女不知亡国恨，隔江犹唱后庭花"，写酒家传出的歌声带来感慨，是叙述，但也是感慨的抒发。酒家传出的歌声当然不只是《后庭花》，但诗人偏偏要用《后庭花》来指代歌女的歌声，原因乃在于这是一首亡国之音，是南朝陈后主写的曲子《玉树后庭花》的简称。陈后主是个不理国事的玩乐君主，要亡国了，他还在唱他的《玉树后庭花》,结果是不但亡了国,连自己也成了敌国的俘虏。现在杜牧听见酒家的歌女也在唱《后庭花》,就不由得联想起颓败的唐帝国来了。唐帝国也处于亡国的边缘,但"商女"在这江南一隅的秦淮河,唱着那亡国之音《玉树后庭花》!——这表面说的是"商女",是说歌女醉生梦死,不知有亡国之苦,其实锋芒所向,是"商女"周围享受着这靡靡之音的"客官",特别是那些不管会不会亡国还照样玩乐的达官贵人!

读完这后面两个诗句,我们可以想到,诗人流露的,正是一种不同寻常的哀痛!

## 赤 壁

折戟沉沙铁未销,自将磨洗认前朝。
东风不与周郎便,铜雀春深锁二乔。

这是一首咏史诗,用的是起兴手法。一般的起兴,是以景起兴,但这首诗却以事起兴,所以显得很特别。用以起兴的事情是当时的一则新闻:在长江边赤壁古战场的江底沉沙中,发现了三国赤壁之战时的一件武器——戟。诗人就是由这事情引发怀古思史的感慨,写成这首七言绝句的。

诗歌前两句写诗人眼见的新闻:一支破烂了的戟("折戟")从江底的沉沙中给挖出来,尽管六百年过去了,但是沉在江底的铁戟却没被江水和岁月销溶("铁未销"),经过一番"磨洗",还可确认是三国时("前朝")的遗物。正是这件前朝遗物引起了诗人的情思汹涌,于是以此起兴,写出对这段历史的感慨:"东风不与周郎便,铜雀春深锁二乔。"这个感慨虽然只有浓缩的两句,却回顾了与那场战争相关的许多事情。一是指出了那场胜利的战役的指挥者是周瑜;二是指出他取得胜利,是因为他善于利用天气("东风");三是指出了这场战争的意义——这是一场与东吴命运攸关的战争,如果"东风不与周郎便",东吴就会战败,就会出现"铜雀春深锁二乔"的国破家亡的后果。二乔是三国时出了名的美人,大乔是当时吴国国君孙权的夫人,而小乔则是吴国军事统帅督军周瑜的夫人。如果没有东风就烧不成曹操的连环船,曹操就会成为胜利者,"二乔"就会被掳到北方,在"春深"之时,被锁闭在"铜雀楼"深宫之中,为曹操所玩弄了(根据野史,曹操在战前就建了"铜雀台",准备打败东吴后锁闭二乔之用)。诗人是从设想去阐述这场以弱胜强的战争的意义的。由此观之,这是一首议论性很强的咏史诗。

## 秋 夕

银烛秋光冷画屏,轻罗小扇扑流萤。
天阶夜色凉如水,坐看牵牛织女星。

这是杜牧写宫女的孤寂情状的一首诗。

第一句"银烛秋光冷画屏"写宫室内的环境。宫内的陈设是炫耀着贵气的,连宫女房间的烛台也是银造的,蜡烛就插在银烛台上;房间还有绘上图画的屏风来装饰。但华丽的装饰却不能掩盖深宫的孤寂与冷清。秋夜那朦胧的月色不能使宫室光亮,点燃的蜡烛也不能冲破宫室的幽深;那烛光与月光,映照在画屏上,反而增添了宫室的冷清,令人感到淡淡的寒意。

就在如此冷清、寂寞的背景映衬下,诗歌的主角出场了,她拿着一把"轻罗小扇"在"扑流萤"。她的举动有些蹊跷:一是道具不对,现在已是秋天,已经有点冷,怎么还拿着一把不合时的轻罗小扇呢?——原来古代作品中向有妇人拿扇的描写,用于写"弃妇";现在这个拿扇宫女,看来也是深居冷宫,从未被皇帝望过一眼的。正是因为如此,她才如此无聊,乃至要用轻罗小扇扑打流萤以解闷。再者,流萤一般出现在荒野,现在居然出现在皇宫里,看来,这里当然不会是皇族,或者受宠的妃嫔的居所,只能是被打入冷宫的宫女居所,所以才会有如此荒废似山野的景象。

第三句"天阶夜色凉如水"又写景,突出"天阶夜色"的"凉"。"天阶"是皇宫石阶,本来就"凉",加上现在是秋天,就更是凉"如水"了。此外还有如水的"夜色",都是能增添凉意的。——这一句是对深宫寂寞冷清景象的补充,为宫女在第四句中的举动做了环境的衬托。

第四句"坐看牵牛织女星","坐看",是坐在冷如水的"天阶"上看,看什么?"牵牛织女星"。看来这无聊的宫女扑打流萤未能解闷,唯有独坐在"天阶"上望着天上的星星发呆了。望着星星,宫女想起了牛郎织女还有鹊桥会那样幸福的瞬间,又怎能不想起自己被冷落的命运呢?

这首诗两句写景,两句写宫女举止与情思。情与景密切结合,既令人感到环境的冷清,也令人体会到宫女的孤寞,两者是相得益彰的。

## 清 明

清明时节雨纷纷,路上行人欲断魂。
借问酒家何处有?牧童遥指杏花村。

这是一首从气候特点、人文习俗,还有自然风貌等方面去描写清明时节的诗歌。

第一句"清明时节雨纷纷",写清明时节的天气。"雨纷纷"是"清明时节"的常态,多是"黄梅雨""蒙蒙细雨""淫雨"。这就给人们在清明时节的活动设置了一个灰蒙暗淡的背景。

第二句"路上行人欲断魂",写清明时节"路上行人"的状态。清明时节郊野的一个特点,就是大路小路上,多了许多行人:多是上坟扫墓的,也有到郊野游春的。这句诗中,"欲断魂"三字用来描画"路上行人"的思绪与神情,是既形象又概括的。人在雨中步履维艰地行走,或者是为怀念先人而伤感,或者是为天气恶劣无法畅游而郁闷,心情不佳,就会有"断魂"之感了。

上面两句是一幅视野广阔的清明郊野行人图,而第三、四句则是上面这幅大图中的一个特写镜头。一个上坟或是郊游归来的行人,被连绵细雨与泥泞的郊野道路弄得精疲力竭了,想找个酒家歇歇脚,喝杯热酒暖暖身子,见到一个牧童,于是,"借问酒家何处有",而"牧童"呢,他不言语,手指向远处("遥指")的一条村庄。这两句诗,是一个富有情趣的特写镜头,我们随着那"牧童"的"遥指",又可想象到雨雾朦胧之远处的"杏花村"的美景:杏林茂密,杏花飘香;在杏林掩映之中,有酒家的酒旗在飘拂。于是,这句诗又给我们带来了未尽的余韵。

这首诗,既有视野广阔的环境描写与气氛衬托,又有富有情趣的特写镜头,还有远处"杏花村"美景的写意描画,可谓既概括形象,又耐人寻味了。

# 江南春

千里莺啼绿映红,水村山郭酒旗风。
南朝四百八十寺,多少楼台烟雨中。

第一句"千里莺啼绿映红",是一幅有声有色的图景:"莺啼"让我们听到了黄莺在歌唱;"绿映红"则让我们看到春天迷人的树林与草地的"绿",加上还有"江花红胜火"那绚丽的红色相映衬,那景色的美可想而知。读这句诗，我们还不能忘掉"千里"二字，这两字把我们带到了广阔无边的江南，我们就仿佛是走在辽阔千里的江南，在鸟声不绝中，目不暇接地欣赏着一路上的绿树红花。

第二句"水村山郭酒旗风"，是续写在"千里"江南所看到的景色：诗人除看到"莺啼绿映红"之外，还看到了水边的村落、山岭上的城郭以及酒家门前在春风中飘扬的酒旗，这些景色虽然是人为的，但有了人们这些有意无意的点缀，自然景色就显得更迷人了。

第三、四句"南朝四百八十寺，多少楼台烟雨中"，是进一步续写"千里"所见："四百八十寺"不是确数，意在说明到处都可望见寺院，而"南朝"二字，也不是指寺院都是南北朝时期的，而只是要突出这些寺院的古老。寺院的建筑一般都有美丽的"楼台"点缀其中。这两句，让我们在"烟雨"笼罩"千里"的"绿映红"，以及"水村山郭酒旗风"之中，又看到了无数美丽的"楼台"。

读完全诗，一幅集山水、绿树、红花、城郭、村落、寺庙于同一画面的长卷就显现于我们面前了，这画卷长至"千里"，有烟雨笼罩，有"莺啼"作"画外音"加入，就更显江南春景的特色了。

## 寄扬州韩绰判官

青山隐隐水迢迢，秋尽江南草未凋。
二十四桥明月夜，玉人何处教吹箫。

头两句"青山隐隐水迢迢，秋尽江南草未凋"，写江南深秋的大环境，从诗歌是文字的绘画的角度看，这两句是给这幅诗意图画上了美丽的背景：江南的晚秋，霜露之中的山，苍绿还在，仍然是那样绰约；霜露之中的水，依然默默地往远方流淌，没有一点消退。而郊野的草地，也依然绿草如茵，毫无凋谢之意。"隐隐"二字，突出了杜牧此刻描写的是月夜，在淡淡的月光下，景色就仿佛涂上了一层朦胧的色彩。

以上是杜牧描画的江南秋意图。而"二十四桥明月夜，玉人何处教吹箫"则是这秋意图中的特写。"二十四桥明月夜"写的是明月映照之下瘦西湖中的二十四桥。瘦西湖中，传出缥缈的乐音，这是"玉人"（就是韩绰）在教美人吹箫。如此一来，"青山隐隐水迢迢"的瘦西湖美景，有不知何处传来的玉笛柔和的乐音的伴随，画面上虚幻、缥缈的氛围增强了，更能显出画面隽永之美。

## *赵 嘏（生卒年不详）

字承祐，楚州山阳（今江苏淮安市淮安区）人。诗风清圆流畅，格律工稳，与杜牧、许浑颇相近。有《渭南诗集》二卷。

## 江楼感旧

独上江楼思渺然，月光如水水如天。
同来玩月人何在，风景依稀似去年。

这首诗写月夜登江楼忆往昔携友同游之事，故命题为《江楼感旧》。

第一句"独上江楼思渺然"，其中的"独"字表明，此刻他是"独自一人"登上江边的楼台的；而"思渺然"三字，则说他此刻登楼的心情——他触景生情，思绪"渺然"，既想得辽阔，又想得深远。

第二句"月光如水水如天"，写的是引得他如此触景生情之"景"。"月光如水"，是诗人描写"月光"的绝妙一笔。"月光"是不可捉摸的，很难做一个具体形象的描述。而"月光如水"就是一个恰到好处的比拟，它写出了有月光的碧空的通明剔透；而"水如天"，则是说水面上还有一个"天",那是"月光如水"般的天空的倒影。如此一来,我们看见"水天相接"的远处,再也分不清哪儿是水哪儿是天了。这确实是一幅非常迷人的风景。

第三、四句写的是诗人此刻触景生的"情"。"同来玩月人何在"表明,他此刻登楼,是在思念曾与他"同来"登楼"玩月"的故人。"玩月"二字说明,当年他们登楼的心情是愉悦的,但如今,他是"独上江楼",他连故旧好友"人何在"都不知道。诗人对故人如何苦苦思念,以及心情如何之孤寂,就可想而知了。

末句"风景依稀似去年"是由上句"同来玩月人何在"引发的感慨。去年"同来玩月",如今"风景依旧",却"物是人非",于是诗人就不由得发出如是慨叹来了!

钱钟书在《谈中国诗》中,特别赞赏这首诗第三句"同来玩月人何在"。他以此句作例,再一次说明了中国诗人是懂得运用"问而不答""以问代答"的手法的。他说,赵嘏正是以如此的"问而不答","引得你遥思远怅",使诗歌显得隽永无穷的。

## *许　浑(?—858)

字用晦,一作仲晦,润州丹阳(今属江苏)人。其诗长于律体,多登高怀古之作。

## 咸阳城东楼

一上高城万里愁,蒹葭杨柳似汀洲。
溪云初起日沉阁,山雨欲来风满楼。
鸟下绿芜秦苑夕,蝉鸣黄叶汉宫秋。
行人莫问当年事,故国东来渭水流。

诗人登咸阳城东楼,遥想东方的江南故乡,想起历史的沧桑变化,联想当今王朝的颓势,有所感而写下了这首七律。

此诗首联"一上高城万里愁,蒹葭杨柳似汀洲"即扣题。这里的"上高城",就是登上"咸阳城东楼"。而登楼的过程引发了他的"万里愁"。为什么是"万里愁"呢?原因就在于:他向远处望去,是一片烟笼蒹葭、雾罩杨柳的广阔大地。这就使他想起了万里之外的江南故乡,思乡之情就涌上了心头。

颔联"溪云初起日沉阁,山雨欲来风满楼","溪",指磻溪;阁,指慈福寺。诗人傍晚登上城楼,只见磻溪罩云,暮色苍茫;夕阳西下,靠近寺阁而落。这是一个黄昏落日的阴暗景象,加之此时凉风突起,咸阳东楼顿时沐浴在凄风之中,一场山雨眼看就要到了。这是对自然景物的临摹,也是对唐王朝恶劣局势的形象化的勾画。此时,诗人对心中的"愁"的表述,已由万里乡愁延伸到对唐王朝"风雨欲来"的担忧了。

颈联写登楼晚眺。山雨将到,鸟雀仓皇逃入曾是昔日秦苑的绿芜草丛中("鸟下绿芜秦苑夕");秋蝉也躲进了旧时汉宫的将要脱落的黄叶丛中悲鸣("蝉鸣黄叶汉宫秋")。诗人对眼前晚景的描写,因与已荡然无存的"秦苑""汉宫"作联想,就把自己的愁怨从"万里愁"推向"千古"之怨,吊古之情也就油然而生了。

尾联两句,则是观景后的感慨:羁旅过客还是不要索问当年秦汉兴亡之事吧("行人莫问当年事")!陈旧的历史往事,世事的沧桑变化,都已经消失殆尽,现在"故国"是连遗址都寻不着,只有渭水还像昔日一样长流不止了("故国东来渭水流")。此两句,实令人感慨,让读者从悲凉颓败的自然景物中钩沉历史的教训;对句一个"流"字,则暗示出颓势难救的痛惜之情。渭水无语东流的景象,蕴含着诗人感古伤今的悲凉,委婉含蓄,令人伤感。

## *罗　隐（833—910）

字昭谏，杭州新城（今浙江杭州富阳西南）人。唐末一位道家学者。他屡次参加科举考试都不成功，对社会的不公颇为怨恨；自己也终于失望，放弃了仕途的追求。黄巢起义后，他就避乱隐居九华山了。其诗颇有讽刺现实之作，多用口语，于民间流颇广。

## 蜂

不论平地与山尖，无限风光尽被占。
采得百花成蜜后，为谁辛苦为谁甜？

这是一首寓言诗。诗人借蜂寓言，表达自己对某些人对权位蝇营狗苟的否定态度。

这首寓言诗的前三句，写蜂的忙碌：蜜蜂采蜜的时节，"不论平地与山尖"，凡是鲜花开放的地方，都是它占领的领地。它们在"平地"乃至仅能立足的"山尖"上，都是要占尽风华的。它们在那广阔的地域中，采来百花又酿蜜，总之是忙忙碌碌，没完没了。后面一句则是诗人就蜜蜂的故事所发表的议论："为谁辛苦为谁甜？"这是一句只提出问题没说出答案的问句，究竟如何解读这个问句，诗人没说。因此，这首寓言诗的寓意何在，就只好让读者自己去猜测了。

有人从歌颂蜜蜂的角度去理解这首诗。蜂，在现代许多人心目中，是一种勤劳的小动物，扑花采蜜，成了它们辛勤劳动、无私奉献的象征。因此，人们多是从赞誉蜜蜂的角度去看待前面三句的。认为这三句写出了蜜蜂漫山遍野扑花采蜜的情景。顺着这个思路想第四句，第三句的答案就是：蜜蜂是在为人类辛苦，为人类酿造甜蜜的生活了。

但是，我们结合作者诗作的特点，以及这首诗的感情色彩看，可得出不同的观点。罗隐以写讽刺诗文著称。从这首诗行文的感情色彩看，这也应该是一首带有揶揄意味的讽刺寓言诗。

从这首诗的感情色彩看，诗人对"蜂"并没有多少好感。它是"不论平地与山尖"都要占尽，越是"无限风光"的地方越要霸占的"霸王"；它采花酿蜜，不就像那些财迷、恶霸那样，贪得无厌吗？所以，最后一句，应是诗人对蜜蜂的最终命运的哀叹。当然，他也承认，蜜蜂是辛苦的，是忙碌的，但它是为敛财争权而辛苦钻营；到头来，这些庸庸碌碌的钻营又有什么结果呢？大家都知道，蜜蜂尽管留下了许多蜂蜜，但这些"财富"是带不走的；蜜蜂最后是逃脱不了自动死亡的命运的。

寓言诗是文学作品，写的是寓言。该如何理解，仁者见仁，智者见智，那是不足为奇的。

## *皮日休（约838—约883）

字逸少，后改袭美，襄阳（今属湖北）人。诗多酬唱咏物之作，重视技巧追求。与陆龟蒙齐名，世称"皮陆"。

# 天竺寺八月十五日夜桂子

玉颗珊珊下月轮，殿前拾得露华新。
至今不会天中事，应是嫦娥掷与人。

题目告诉我们，诗人在中秋节夜晚，到天竺寺赏月。这个晚上，他是透过桂树的枝叶，仰望夜空与圆月，引发出一些奇思妙想；他把这奇思妙想记录下来，就成了这首诗。

第一句"玉颗珊珊下月轮"，是写桂子从高大的玉桂树上落下时的情景。他透过高大的玉桂树的浓密的树叶抬头望月，恰巧这时，桂子从树上落下，于是产生了幻想，就好像这桂子是从夜空中那一轮明月上掉落下来似的。他以"玉颗"去形容那玉绿色的桂子，既然是"玉颗"，它掉下来的声音，用玉佩摆动时那"珊珊"作响的声音去形容，是再恰当不过的。

第二句"殿前拾得露华新"是说他在寺院的大殿前的大树下拾得桂子。"露华新"是说桂子上还沾着露花。这句诗告诉我们，诗人在玉桂树下赏月，大概是月色皎洁明亮，令他流连忘返，以至到了夜深雾起时仍在仰望明月，所以，他捡起的桂子会沾上刚由雾气凝结而成的露花，就不足为奇了。

第三、四句是由"玉颗珊珊下月轮"引起的奇思异想。大概他是由"月轮"上落下"玉颗"，想到了月亮传说中的玉桂树；再由玉桂树想到天天砍斫玉桂树不止的月中英雄吴刚，想到困于月宫的嫦娥了吧！对这些天上的故事，他有太多的不解了（"至今不会天中事"）：吴刚为什么要砍树？这棵玉桂树一定很大吧，要不，为什么天天砍都砍不倒呢？寂寞的嫦娥现在在月宫里又想些什么呢？此刻，我在地上捡到的"玉颗"，是嫦娥捡起吴刚砍树震落的桂子，从月亮上掷下来给我们的吧（"应是嫦娥掷与人"）？那么，她又为什么要把这"玉颗"掷向人间呢？诗人不解的"天中事"实在太多了！

## *王 驾（851—？）

其诗以绝句为佳。人称许他绝句构思巧妙，自然流畅。这在他的七绝《社日》中可以得到印证。

# 社 日

鹅湖山下稻粱肥，豚栅鸡栖半掩扉。
桑柘影斜春社散，家家扶得醉人归。

"社"，是乡村里的土地庙，"社日"，就是古时候农村中祭祀土地神的活动日。社日分"春社"与"秋社"，分别于仲春与仲秋举行。"春社"活动的意义，在于祈求一年的丰收；"秋社"活动的意义，则在于感谢土地恩赐了一年的收成。这首诗歌中第三句告诉我们，这里的"社日"是"春社"。

"社日"的乡村是喜庆热闹的，但这首诗头两句写的却是村里的一派宁静。第一句是说，"鹅湖山下"的这个村庄，到处稻粱满仓、粮食满库。第二句"豚栅鸡栖半掩扉"，则是写村里人家的景象：圈养的畜禽满得连门也只能半掩。与第一句连起来看，这是一个多么富足的乡村啊！在这两句中，没有一个人物出场。因为人都到村头社庙参加春社的祭祀、游神和酒宴去了。但是，画面中的宁静并不妨碍我们去想象，在村庄的另一头，也许正是锣鼓喧天、人声鼎沸呢！

诗歌的三、四句写的是傍晚时分"春社"散后，村人回家的情景。"桑柘影斜春社散"——在夕阳的映照下，桑树、柘（zhè）树的斜影落在大地上，热闹了一天的"春社"活动结束了。"家家扶得醉人归"——人们带着"社日"的余庆，带着宴饮后酒足饭饱的满足，踏上了归家的路。于是在刚才还是宁静的村道上，年轻的扶着老的，清醒的扶搀着酒醉的，静谧的村落中掀起了一阵喧闹的涟漪。——不直接写"社日"的活动，而去写"社日"散后的景象。这也是相当新颖的写法。

全诗都是侧面描写。但如此描写，我们也同样能感受到"社日"的欢愉，感受到民俗活动的喜庆。

## *吕 岩（798—？）

即吕洞宾，唐末著名道士。其《牧童》写尽了牧童的轻松闲适，一派无牵无绊的天然随意。

## 牧 童

草铺横野六七里，笛弄晚风三四声。
归来饱饭黄昏后，不脱蓑衣卧月明。

这首诗描写牧童的放牧生活，刻画了一个天真活泼、潇洒自在的牧童形象。

头两句描写牧童白天的放牧。"草铺横野六七里"是放牧的环境："六七里"是个约数，用来形容大和多，这是一个大草甸。"草铺横野"的描写很形象：青草把整个原野都铺满了，左右横着看，都看不到头。这四个字，把草甸的开阔写绝了。而"笛弄晚风三四声"则写牧童在这开阔的大草甸上的放牧活动。放牧有各种各样的活动，但作者偏要选择牧童吹笛这种近乎玩耍的活动来描写，原因就在于它有利于显现牧童的天真。"晚风"吹拂着给太阳烤热了的大地，给人们带来了凉意；也许是夕阳西下、晚风习习的景象引起了牧童的兴致吧，于是他吹起了欢快的放牧曲。牧童吹奏牧笛，这在诗人的诗歌里并不少见，但这里的牧童吹笛却写得很有特色，明明是"晚风"撩起了牧童吹笛的兴致，但作者却偏要说是"笛弄晚风"。"弄"的意思就是戏弄、舞弄，牧童吹笛"三四声"，是在撩拨和捉弄"晚风"，让它在笛声的拨弄下，随着笛声起舞，而那大草甸上的青草，也随着笛音在为"晚风"伴舞。在这场大自然的舞蹈中，我们也仿佛可以看见一位少年持笛起舞的身影。

诗中的牧童生活，有如俗语所说，就是"日出而作，日入而息"。一、二句，写他白天的劳作，三、四句写的则是他夜晚的休憩。牧童看来是个天然的"小乐天"，在他来说，放牧是劳作也是游戏。放牧回家，他就休憩去了。我们从三、四句就可看到，他的休憩是多么潇洒自在！

第三句"归来饱饭黄昏后"，交代他休憩的时间。第四句"不脱蓑衣卧月明"，则描画牧童休憩的情景。这两句诗，特别是第三句诗中那个"饱"字，和第四句中的"卧月明"，让我们感到了牧童心中的满足感：饭是"饱"的；还可以"卧月明"——躺在空场上，仰面朝天看月亮。我们可以想象这样的情景：饱饭之后，月亮升起来了，牧童来到屋前的空场上，或村旁的野地里，以"蓑衣"为睡垫，躺下来看月亮，做着无边无际的遐想，这是一幅多么悠然自得的图景啊！

## *韦　庄（约836—910）

字端己，长安杜陵（今陕西西安东南）人。唐末时，他的词作已颇负盛名。他清丽的词风与温庭筠相近，后人把两人并称为"温韦"。有《浣花集》十卷。

## 菩萨蛮

人人尽说江南好，游人只合江南老。
春水碧于天，画船听雨眠。
垆边人似月，皓腕凝霜雪。
未老莫还乡，还乡须断肠。

韦庄写这首诗时唐代已濒于衰亡，五代十国的分裂割据局面正在形成。是时韦庄的故乡京兆一带，以及中原地区，已陷入战乱之中。他为避乱到了江南，因而得到了一时的安逸。这首词，就是他在江南避乱时写下的。

开头"人人尽说江南好，游人只合江南老"两句，借众人之口，赞扬江南的宜人宜居："江南好"，那是"人人尽说"，天下公认的；连那作为异乡客的"游人"，对此地也是流连忘返，甚至认为江南正是他们可以安家，终老的地方。——这第二句特别抽出"众人"中那"游客"的话来说，就更是强化了第一句中"人人尽说江南好"的意思了。

江南究竟有什么好？接着四句，就做了具体的描述。"春水碧于天，画船听雨眠"说的是江南的景色美。江南景色，最突出的就是水景。这里描画的"春水澄碧，碧于青天"，以及"卧睡江船，细听雨声"的情境，正是最能显示江南水景美的特色的。而"垆边人似月，皓腕凝霜雪"，则说的是人美：垆边卖酒的少妇，像月亮似的姣好迷人；她那皓白的臂膀，就像凝结着的霜雪一般。这让人想起了江南的水，养育出如此水灵灵的美丽姑娘来。——这四句说的就是江南水美、景美，人更美。

最后两句"未老莫还乡，还乡须断肠"，是作者直言自己的感慨，是对开头"游人只合江南老"的说法的呼应。现在他是"游人"在江南，但人却"未老"，然而也呼出了"莫还乡"的慨叹。为什么？是不是他要早早就在此地享受江南的水美、景美、人情美，以至要在江南等待终老呢？都不是，最后一句道出了原委——此刻，他的家乡正沉沦于战祸，此时还乡，的确是"还乡须断肠"的。

这首词，描写了江南的风光美和人物美，表现出诗人对江南的爱恋；同时也抒发了诗人漂泊异乡难归故里的愁苦心情。

卷三 唐后诗歌

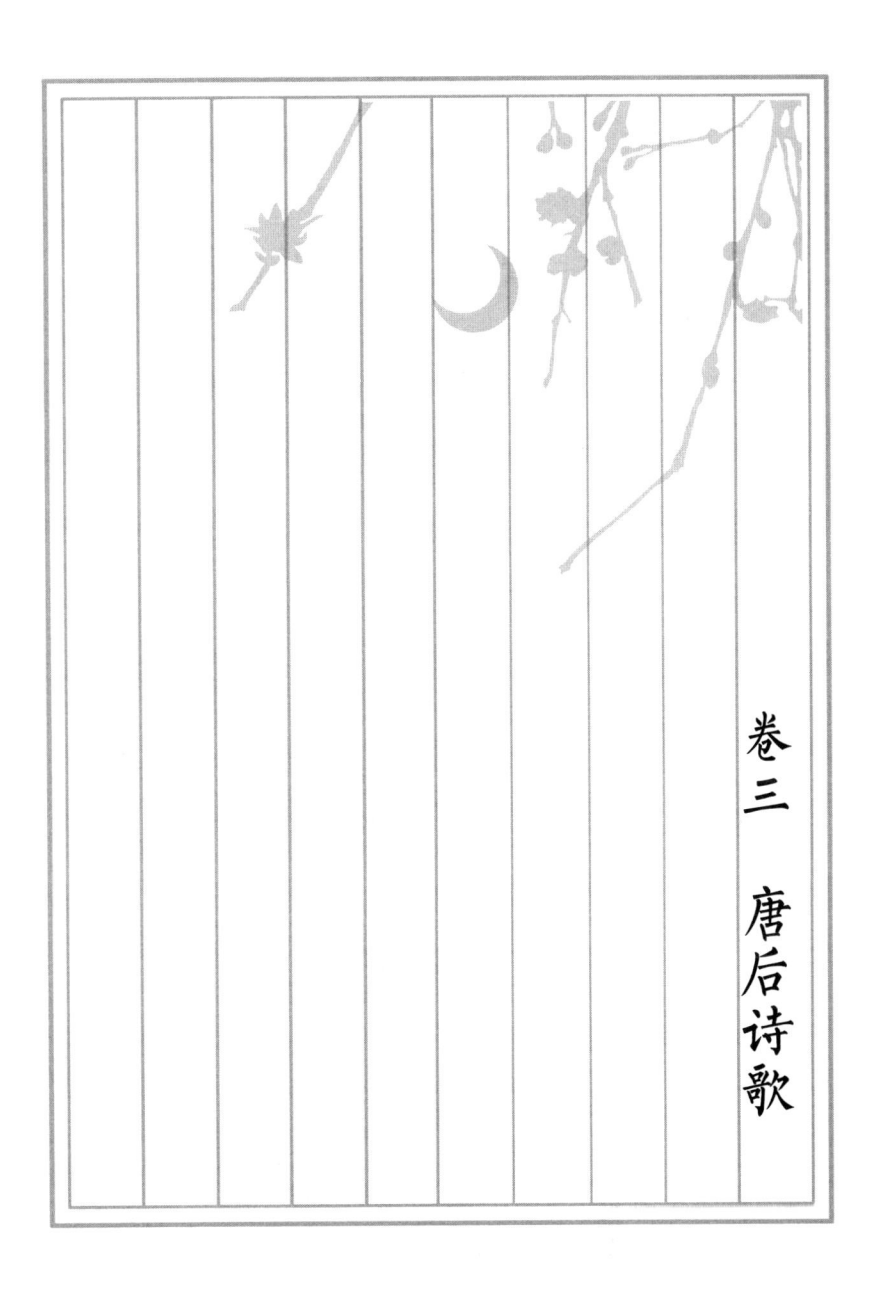

# 第一章　五代十国的诗歌

五代十国（907—979）是对五代（907—960）与十国（891—979）的合称，指的是唐朝灭亡到宋朝建立之间的历史阶段。这个时期，战乱频繁，各国为保地盘，穷兵黩武，对文化极少关注，因而文化无甚发展。唯有到了南唐，由于君王喜好文学，才使词作盛行，"花间词"得以再次兴起，盛行于宫廷宴会，乃至坊间茶肆的演唱中。

## *李　璟（916—961）

五代时南唐第二位皇帝。后受到后周威胁，削去帝号，改称国主，史称南唐中主。李璟有与宠臣饮宴赋诗作词之好。他的词，感情真挚，风格清新，语言不事雕琢。

### 浣溪沙

手卷真珠上玉钩，依前春恨锁重楼。
风里落花谁是主，思悠悠。

青鸟不传云外信，丁香空结雨中愁。
回首绿波三楚暮，接天流。

这首词，是李璟借一个春恨绵绵的怨妇的自白，哀诉自身的厄运。

先看上阕。首句"手卷真珠上玉钩",是描述诗中女主角在掀帘子,把帘子挂上帘钩。帘,是"真珠"缀成的;挂帘子的钩,是"玉钩",尽显女主角的雍容华丽。但第二句"依前春恨锁重楼"中"春恨"二字却表明主角心情的沉重,并且这沉重的"春恨"是早就存在的,现在仍然存在;这春恨有如被一排排楼宇("重楼")"锁"着、围困着,以致难以冲破。三四句"风里落花谁是主,思悠悠",是她心中"春恨"的具体描述:眼前的时节是晚春,落花飘零。李璟此时似乎忘记了他是在借女主角之口说话,而直接说出了他作为废帝被后周掣肘,就像落地的春花,已经失去依托,成了无主孤魂了!他由眼前飘零的花朵想到自己无以为国的悲哀,以至令他"思悠悠",万思不得其解。

下阕承接上阕,续写那"思悠悠"的春恨。一开头,诗人回复到诗中怨妇的角色,写她思君之苦。"青鸟不传云外信",是说夫君在远处,连神话中传书的"青鸟"也无法到达;而"丁香空结雨中愁"句,是写她"春恨"在胸中郁结。纤小文弱的丁香花结簇成团,正是愁苦"千千结"的象征;现在加上连绵春雨浇洒,就更是耷拉一团,更像怨妇的愁眉苦脸了。这愁苦之所以说是"空结",是因为"愁"也没用,她是没法把愁思送给远方亲人的。最后两句"回首绿波三楚暮,接天流",是怨妇凭窗远望所见,其实也是李璟心中"愁"的具体形容。南唐就处于鄱阳湖与赣江"绿波""接天流"的"三楚"大地("三楚",《汉书·高帝纪》所注:今湖北江陵一带为南楚,今江苏吴县一带为东楚,今江苏铜山县一带古为彭城,是为西楚)。望着这笼罩在一片暮色中的"三楚"大地,诗人心中的"愁"与"恨",不也像这暮色之中的"绿波""接天流",是"此恨绵绵无绝期"的吗?

# *李　煜（937—978）

南唐最后一位国君。开宝八年（975年），宋军攻破金陵，李煜降宋，封为违命侯，软禁于汴京。太平兴国三年（978年），李煜死于汴京，世称南唐后主。李煜通音律，诗文均佳，尤以词的成就最高。其词作语言明快、形象生动、用情真挚、风格鲜明，亡国后词作更是题材广阔，含意深沉。

## 相见欢（其一）

林花谢了春红，
太匆匆，
无奈朝来寒雨晚来风。

胭脂泪，相留醉，
几时重？
自是人生长恨水长东。

上阕"林花谢了春红，太匆匆，无奈朝来寒雨晚来风"，写观花而伤花之早谢。一开始，他眼前看见的就是"林花谢了"的颓败景象；"春红"二字，则提示了这"谢了"的"林花"是春天的红花。第二句则直言"太匆匆"：可惜了，这"春红"在春天逗留的时间太短了。第三句"无奈朝来寒雨晚来风"是说"林花谢了"的原因："朝来寒雨晚来风"对花儿的摧残太残酷了；"无奈"二字，就显示了诗人看见"春红"早谢时的无可奈何。花儿无力抵挡"朝来寒雨晚来风"的袭击，诗人自己也是只能为花伤怀而已。此刻，诗人也许是触景生情，也在为自己的遭遇伤怀，他自己不也是同样阻挡不了"朝来寒雨晚来风"对命运的冲击吗?

下阕"胭脂泪,相留醉,几时重?自是人生长恨水长东",是诗人与"谢了"的"春红"泪眼相看时的伤怀之言。"胭脂泪",是诗人泪眼中所见的"春红"的模样,它耷拉着的样子,就像美人脸上的胭脂被泪水划出了一道道泪痕。他与美人此刻泪眼相看,他哀伤"春红"的即将逝去,也哀伤自己曾经有过的美好年华的消逝,而饮下一杯杯苦酒。"春红"什么时候会再现?我的美好年华什么时候能再来?难啊!自古以来,人生都是长恨无了期,大江也是东流不复西的啊!

## 相见欢(其二)

无言独上西楼,
月如钩。
寂寞梧桐深院锁清秋。

剪不断,理还乱,
是离愁。
别是一般滋味在心头。

李煜创作这首词时,已被宋朝软禁于汴京一深深庭院中。在这囚禁生涯中,李煜想起往事之欢乐,想起故国江山,想起亡国之痛,自然感慨万千。

这首词的上阕,写他被囚禁的庭院环境,主要突出"寂寞"二字。首句"无言独上西楼",诗人把自己寂寞的行为也写进图画中去了,给这本来就寂寞的图画再增添了几分寂寞。"无言",是这首词点睛的字眼,是形态描写,是缄口不说话:也许是由于身陷囹圄,又背着个"违命侯"的骂名,有话也无法直说;又或许,在这样孤独的环境中,也无人可诉说；还有，他那如此复杂的愁思，不是常人所能理解的，说了也无用。随之一"独"字，显出了他此时正是独自一人，闭口无言，走上西楼观看风景，以排解心中的孤独与寂寞。其余两句，写他"独上西楼"所见：抬头看，"月如钩"——诗人用"如钩"来比喻月亮，一可见月之"残缺"，二可见月之寒光如铁般冷，三可见月如钩般尖刻。这些，都是被囚的人对弦月独特的观感。"寂寞梧桐深院锁清秋"，则是低头所见，尽管只有九字，但整个庭院的寂寞冷清、牢笼似的氛围就已表露无遗。一个"锁"字，锁的不仅是梧桐，还有诗人自己。

下阕着重写"独上西楼"所见景象引发的"离愁"。"离愁"是个借用之词，其实就是他心中的亡国之痛，失去了往日欢乐之痛，何止"离愁"这么简单。

"离愁"，是看不见、摸不着的，诗人只能用打比方来表达。"剪不断，理还乱"六字，可以说是表达"离愁"最恰当的言辞了。这六个字，可能引起人们想起乱麻乱丝，可乱麻乱丝就算再乱，始终还是可以剪断，可以理顺的；但他心中的"离愁"，却如李白所说"抽刀断水水更流"，是连绵不断、无法剪断、也无法理顺的。"别是一般滋味在心头"，是诗人对"离愁"的进一步描写。他告诉读者，他的"离愁"是"别是一般滋味"的，是一般人难以理解的。所以，他只能"无言独上西楼"，独自在寂寞冷清中自怨自艾了。

## 浪淘沙

帘外雨潺潺，春意阑珊。
罗衾不耐五更寒。
梦里不知身是客，一晌贪欢。

独自莫凭栏，无限关山。

别时容易见时难。

流水落花春去也，天上人间！

这首词所描述的，是李煜在软禁期间一个暮春深夜中梦醒嗟叹的情状。

上阕写梦醒与梦中的境况。诗歌先是用三句倒叙，描写梦醒后之所见闻。"帘外雨潺潺"，是听觉上对声音的感受：那被窗帘阻隔了的雨声在窗外"潺潺"作响。而"春意阑珊"，则是这"潺潺"流淌的春雨声引发的感受：外面此时是湿红遍地，柳暗了，花残了，春天正在收拾残局，意兴阑珊地失落离去。"罗衾不耐五更寒"，则是梦醒之后，肌肤上与心理上对"五更寒"的感觉：五更梦醒，感到寒冷，尽管身上盖着丝绸被褥，但肌肤还是感到寒意。这三句，从听到的春雨"潺潺"声，想象到外面春花凋零、湿红遍野的"春意阑珊"景象，以及肌肤感受到的"五更"的寒意，组成了一派阴暗、失落、凄凉的氛围。环境是清苦的，情调是凄楚的。这是他这个失国废君的被囚生涯的真实写照。接着后两句"梦里不知身是客，一晌贪欢"是对刚才的梦境的追记。他在梦里并不是客居他乡，而是在他金陵（李煜时的南唐首府是金陵）的故国宫廷中尽情地、贪婪地享受着帝王的欢娱生活；尽管只是一会儿，只是"一晌"间就梦碎，就回到凄清与哀伤的现实中来了，但他刚才的梦境毕竟还是欢愉的。——这上阕对梦中与梦醒两种截然不同的情境的描写，一悲一乐，对比鲜明，更显出了他对昔日欢乐的留恋及对如今羁留汴京的怨怼。

下阕是诗人梦醒之后对自己当前处境的慨叹。"独自莫凭栏"为起句。本来，凭栏远眺家国寻回梦中欢愉，是情所驱使之必然。但他却对自己的冀望说不，一是因为这会加深自己孤独的凄凉感觉，二是因为汴京距金陵甚远，中间有"无限关山"的阻隔。此时此刻，诗人慨叹"莫凭栏"，不是词人不想凭栏，而是不能凭栏，是为避免思见故国而勾起悲苦的一种自我强制行动。接着一句慨叹——"别时",指当初投降被俘,辞别江陵,被押往汴京之时;"见时",指现在囚禁汴京,思念故国,欲重见旧地之时。说前者"容易",是指被强制押离家园,那是很轻易的事情;但现在,就算是梦想重归家国也难了。在这"别时容易见时难"的一易一难的鲜明对照中,蕴含着词人多少故国情思,夹杂着多少伤心悔恨啊!最后两句"流水落花春去也,天上人间"也是慨叹:落红逐水流,春光已逝去,是比喻世事变化急速,好景一去不复返。而"天上",是比喻从前过着的帝王生活;"人间",则是比喻今日暗无天日的俘虏生活。一在"天上",一在"人间",一天一地,差别何等巨大!诗人发出如此慨叹,正是他被囚禁、被侮辱的"人间"生活,使他的内心极其痛苦的真实表现。

这首词,生动地刻画了一个亡国之君的文学形象。字里行间,情真意切、哀婉动人,深刻地表现了词人的亡国之痛和囚徒之悲。词中虽不着悲、愁等字眼,但悲苦之情处处可见。

## 虞美人

春花秋月何时了?往事知多少。
小楼昨夜又东风,
故国不堪回首月明中。

雕栏玉砌应犹在,只是朱颜改。
问君能有几多愁,
恰似一江春水向东流。

"愁"字是这首词的"眼"。词中写的,是句句皆"愁"。我们阅读分析这首词时,抓住这个"愁"字,就能品味出这首词内涵的意味来。

第一句，"春花秋月"：春天的花，无比艳丽；秋天的月，无比明亮。这无疑是美景。但景虽美，李煜的心却是在"愁"：春花谢了，秋月来了，是一年又一年循环出现的，而他囚禁在此又一年了，这样的日子何时是个尽头啊！这"何时了"三字，道出了他不能掩饰的"愁"。接着第二句"往事知多少"：眼前的"春花秋月"，勾起了多少花前月下的往事啊！这些"往事"，看来应该都是美好的回忆，但在他这被囚之身想起来，就自然变成令他生愁的事了。

第二组与第一组一样，诗句也是先写当前美景："小楼昨夜又东风"，是说现在是春天；而后面的"月明中"，是说昨夜的春景还有明月相伴。这些都是"乐景"，但这"乐景"是在囚禁他的"小楼"中看见的，那就乐不起来了。再者，"昨夜又东风"句，显然是说又一年的春天来了，他被囚在这"小楼"中又多了一年了！所以，这诗句，看似写美景，但被囚禁的愁苦，还是无法被眼前的"乐景"掩盖的。反而，眼前的"乐景"勾起了他在"月明中"思念"故国"的"愁"来了：在千里之遥的金陵，那儿曾有属于他的城池与山河，但现在沦亡了，已经成了"不堪回首"的伤心地了。这当然还是免不了一个"愁"字的。

第三组"雕栏玉砌应犹在，只是朱颜改"，更是直言不讳的失国之"愁"了。南唐迁都金陵后曾大兴土木，"雕栏玉砌"当是南唐宫殿里的建筑。现在他是在北宋的汴京想念他过去的宫殿：他人不在了，但宫殿"应犹在"，只是其中一切美好的东西，一切令人赏心悦目的人和事都变样了，不再属于他了。这又是不能不令他生"愁"的事。

上面三组，虽没一"愁"字出现，但句句写的都是"愁"，这些"愁"，林林总总，堆积如山，压上心头，不知该用什么去形容啊！

最后一组两句"问君能有几多愁？恰似一江春水向东流"就是对上述问题的回答，也是他郁闷于心的那么多的愁苦的发泄。我们只要想起春江水满、滔滔东流的气势，再想想他心中那么多"不堪回首"却又不得不回首的"往事",想想他那些驱之不散的"多少愁"——那"多少愁"与"一江春水向东流"之间,不是有很多相似之处吗?

　　李煜写他的"愁",是极尽自己汹涌的情思去写的。后世诗家评论李煜的诗词是"血泪之花"。这首词,就毫不遮掩地写出了他对失国之悔恨与对故国之怀念。据传说,宋太宗在看了这首词后十分恼怒这个虽已投降但还于心不甘的"违命侯",于是赐毒酒毒杀了他。所以,这首词,也同时成了李煜的"绝命词"。

# 第二章 宋代诗歌

宋朝（960—1279），是中国历史上承五代十国、下启元朝的朝代，分北宋与南宋两个历史阶段。宋朝是中国古代史上经济、文化教育与科学高度繁荣的时代。史学家陈寅恪曾说："华夏民族之文化，历数千载之演进，造极于赵宋之世。"西方与日本史学界中还有人认为，宋朝是中国的文艺复兴时期与经济革命时期。

## 一、北宋诗词

北宋（960—1127），建都于东京（今河南开封），是中国历史上科技最发达、文化最昌盛、艺术最繁荣的朝代之一。中国历史上很多重大发明都出现在北宋；北宋在文学艺术方面，更是登峰造极，名人辈出。

### （一）北宋的诗

北宋文人继承唐诗遗风，也写出了不少上乘诗作。如唐宋八大家中的苏轼、欧阳修、王安石等，除精于散文写作外，也写出了不少反映社会现实，题材、风格倾向于通俗化的诗歌。

\*苏　轼（1037—1101）

字子瞻，号东坡居士，眉州眉山（今属四川）人。宋代文学最高成就的代表，尤擅七言古体和律绝，内容富有哲理，语言清新自然，风格多变；其新颖独特的感受、巧妙妥帖的比喻、出人意料的联想，尤其令人赞叹。

## 惠崇春江晚景

竹外桃花三两枝，春江水暖鸭先知。
蒌蒿满地芦芽短，正是河豚欲上时。

这是苏轼的一首题画诗。惠崇是个和尚，是当时著名的画家。苏轼题诗的画，正是惠崇画的一幅题为《鸭戏图》的画。

惠崇和尚的原画没有留传下来，但人们通过苏轼这首七绝，仍然可以把画面想象出来，甚至画面所不能描画的季节特点、水下生物的状态，以及人们看这幅画时可能引起的联想，都会勾上心头。

根据开头三句，我们可以设想这么一幅图画：岸上有绿色的竹林，竹林外的水边，长着几枝粉红色的桃花；而在翠绿竹林与几枝粉红桃花前边的江水中，有几只鸭子在游弋。这几只鸭子才是这幅图画的主角，其他所有景物皆是它们的陪衬。

除了这些画面上有的东西，苏轼还对画面的景象做出了更多的说明。

一是，他根据"竹外桃花三两枝"的画面，认定这是桃花初放的春天；再根据"鸭戏"水中的图景，依据水鸟下水就是春天来了的常识，再认定这是"早春"，于是来个联想，造出了"春江水暖鸭先知"的佳句来。这么一来，就把静止的画面变成了用诗句描画的活泼生动的早春二月的景象了。

二是，把画面描画不出来的图景也想象出来了。画面上有的，只是竹子、桃花、鸭子、蒌蒿和芦芽，水底的"河豚"是没法在画面上表现出来的。但在这首诗歌中,却出现了"正是河豚欲上时"的诗句。但这"河豚"的联想却不是无根之木,它是由画面上的"满地芦芽短"引发的。这"蒌蒿"与"芦芽",与"河豚"一起烹饪,味道奇美。也许,美食家苏东坡,此刻由画里河岸上的"蒌蒿"与"芦芽",想到也许正在水下奋力往上游游去的"河豚"(河豚在早春时分会逆流而游,到江河的上游去产卵),想到这也是捕捉河豚、品尝河豚"美食"的最好时机了吧(河豚美味,但有毒,处理不当会中毒,但民间却有"舍命食河豚,死了也值得"之说,可见,河豚之美味的吸引力,是多么难以抵挡了)。于是,这画面上没有的"河豚",就出现在诗歌中,堂而皇之成了三四句中的主角了!

## 新城道中(其一)

东风知我欲山行,吹断檐间积雨声。
岭上晴云披絮帽,树头初日挂铜钲。
野桃含笑竹篱短,溪柳自摇沙水清。
西崦人家应最乐,煮芹烧笋饷春耕。

《新城道中》是苏轼任杭州通判时写的两首七律诗。这里所选的是其一。新城是杭州的属县(今浙江省杭州市富阳区)。是时是春天,苏轼到新城去视察。在他去新城途中,所见皆美景;此次山行,他心情愉悦有所感,因而写下了这首诗。

首联"东风知我欲山行,吹断檐间积雨声"两句,交代了出发前令人愉悦的天气:东风送暖,春雨初晴。这两句描写,诗人把促成如此好天气的"东风"拟人化了,一"知"一"吹",就把春季里的"东风"写活了。而春雨初停的形容,也同样形象易感。诗人说,是"东风""吹断檐间积雨声"。

颔联"岭上晴云披絮帽，树头初日挂铜钲"，诗人写的是他在山间行走时所见的晴日山景：蓝天下是青山，山岭高处白云萦绕，就像是给青山戴上了一顶白色的棉绒帽；透过山上的树丛，可以看见早上的太阳正升上"树头"，看去就好像树头上挂着一个光亮的、圆圆的"铜钲"（古代一种铜制的乐器，形状像钟）。——如此颜色鲜明、光亮通透的晴日山头美景，自然会给山行者一种心地宽广的精神振奋的感觉。

颈联两句，是山行靠近一条山村时所见的景色。"野桃含笑竹篱短"，是村边所见，前面是矮小的竹篱笆，"竹篱"后面是比竹篱笆高大的野桃树，桃树上的桃花正在开放，好像妙龄少女在含笑。"溪柳自摇沙水清"，说的是山村旁的小溪流的景色：溪边柳树已长成柔嫩的枝条，在春风的吹拂下轻轻地摇曳，溪中流水清澈，连溪流中的沙石也清晰可见。——这是山村一派灿烂、清明的春天景象，也是可以令山行者为之愉悦的。

尾联是"西崦人家应最乐，煮芹烧笋饷春耕"。看来，诗人是已经进入了西崦山（"崦"，念yān）的山村里面去了。他看到了家家户户煮芹烧笋，为春耕劳作的家人准备晌午的田间饮食。在他看来，这是女人们最为愉快的劳作，因为春天的到来，以及春耕的开始，是山村人家最为快乐的时光了。——这是山行的结束，诗歌在此画上句号，是以最愉快的情调做结尾。

## 饮湖上初晴后雨

水光潋滟晴方好，山色空蒙雨亦奇。
欲把西湖比西子，淡妆浓抹总相宜。

题目告诉我们，苏轼在船上游湖喝酒时，天气先晴后雨，他因而既看见了西湖晴天时的景象，也看见了西湖雨天时的景象。两种景象他都喜欢,他觉得,西湖无论晴天还是雨天都是美丽的。

第一句"水光潋滟晴方好"是描写和评述西湖晴天时的景色。但他的描写惜字如金,只有"水光潋滟"四个字。"水光潋滟"是这么一种情景:阳光照在西湖的水面上,映得水面波光粼粼。应该说,晴天时的西湖景色是有很多可书可写的景致的,但作者就只抓住这一点去写。因为"水光潋滟"最能反映出西湖的神韵。"晴方好"是对晴天西湖景色的评述。——晴天西湖在诗人眼中是恰到好处的。为什么恰到好处呢?诗人大概是认为阳光虽然照耀湖面,但有广阔的水面的调节,阳光柔和了,水面的热度也减弱了,给了游人一种舒适感,所以才会"晴方好"。

第二句"山色空蒙雨亦奇"是描写与评述雨天的西湖的。描画雨天的西湖,诗人把目光转向"山色"。自古以来,湖光山色是相配的。上一句写了西湖的"湖光",第二句再写西湖的"山色",诗人描画的西湖图景就全面、完整了。诗人描画的雨景也抓重点。雨天西湖可描画的景色也很多,但诗人选择的景色只是湖边的山色。而形容山色时也惜字如金,只用了"空蒙"二字。"空蒙",就是"雾气迷茫"的意思,可以想象得到,诗人所看到的、所描画的"山色"具有朦胧美,他从湖面上看到的,是岸边那在迷茫的雾气笼罩下显得朦胧的山峰和那山上的庙宇与尖塔。后面"雨亦奇"三字的意思是下雨天的西湖也很奇妙。

写到这里,诗人心中的西湖无论什么时候都是美丽的观感就呼之欲出了。

后面两句"欲把西湖比西子,淡妆浓抹总相宜",是直接的类比。诗人把西湖比作吴越美女西施,民间称西施为西子姑娘。西施天生丽质,"浓抹"是锦上添花,"淡妆"也可突出她天生的丽质,即完全不施粉黛,也是"天生丽质难自弃"。而西湖在这一点上与西子很相似:不管是"湖光"还是"山色",不管是"晴天"还是"雨天",西湖都是美丽的,都是可人的。在这第四句诗中,诗人是以西子的"天生丽质"来比拟西湖的自然美,是对西湖的自然美的赞叹。

## 六月二十七日望湖楼醉书(其一)

> 黑云翻墨未遮山,白雨跳珠乱入船。
> 卷地风来忽吹散,望湖楼下水如天。

这是苏轼游西湖时在"望湖楼"上写的诗歌。大概是游湖时湖山奇伟的景象引起他精神的欢愉,再加之饮酒,精神更加亢奋,于是借酒兴奋笔写下了这一首描画西湖山水风云变幻的壮丽景象的诗歌。

第一句"黑云翻墨未遮山"是抬头远望。从诗歌描写的情景看,当是诗人游湖时从船上望湖边的山,以及山上的天空。"黑云翻墨"是对天空中乌云状况的描写,以"翻墨"描写"黑云",一可见"黑云"之浓,二可见"黑云"在天空中翻滚的动态,这样的情景是颇为震人心弦的;而"未遮山"则突出了山头屹立于翻滚的乌云之间的形象,不禁令人有"乱云飞渡仍从容"的感觉。

第二句"白雨跳珠乱入船"是低头近望。从诗歌描写的情景看,当是游湖时从船上望湖面,以及看见船篷外的船板。如果说上面主要写"云",那么,这一句则主要写"雨"。这里的雨景,不是和风细雨,而是狂风骤雨,在人的视觉中成了"白雨"。这是瓢泼大雨时才有的视觉感受;而且,诗人以"跳珠"来形容"白雨"跌落船板的状态——居然会像珠子似的反弹,就更是令人感到这雨点坠落之猛烈程度了。而"乱入船"三字中之"乱"字,更是令人感到在风势推动下雨势的狂乱。

继"第一句"写"云",第二句写"雨"之后,第三句"卷地风来忽吹散"则着重写"风"。其实,"风"在前面两句中已经有所描写,"黑云翻墨"是狂风所致,"白雨跳珠"也是狂风所致,这第三句则是写风向转变带来的景象。这"卷地风"一来,"忽"把天上"翻墨"的"黑云""吹散"了,把坠落在船上"跳珠"的"白雨"也"吹散"了。这一句,写出了风云变幻、风雨骤停的状态。

第四句"望湖楼下水如天"描写的,当是风云变幻的状态引起诗人心情的振奋。最后,他登楼远眺,极目湖天,看见一派晴明的情景:由于卷地风席卷湖面,湖天恢复晴明,展现在诗人眼前的,又是一派水天相若的澄明清朗的景象了。

## 题西林壁

横看成岭侧成峰,远近高低各不同。
不识庐山真面目,只缘身在此山中。

苏轼对庐山,心仪已久,但直至元丰七年(1084年),他的愿想才得以实现。此次游庐山,他"往来山南北十余日",但留下来的"庐山诗",据他《自记庐山诗》所记,只有七首;其中直接咏赏庐山景物的,则只有三首。并且,在《自记》中全诗录下的就只有《题西林壁》这一首。

《自记庐山诗》中说,他写《题西林壁》并不轻易,是经历过十分认真的思考过程才写出来的。《题西林壁》传诵甚广。他把这首诗题写于西林寺壁,并以此传世,可见他对这首诗的自我感觉还是良好的。这是他在庐山流连十余日后对庐山印象所做的一次总结,也是对自己流连十余日,仍未能认识庐山真面目的原因的自我醒悟。

前面两句"横看成岭侧成峰,远近高低各不同",没有具体去写庐山的什么岭,什么峰,却写出了对庐山的总印象,写出了庐山的迷人。在苏轼的笔下,庐山成了一个令人看不透的、迷人的百变美人。接着诗人仿佛又像个思想深邃的哲学家似的,道出了之所以不那么容易看透庐山的原因:"不识庐山真面目,只缘身在此山中。"

苏轼把这首诗写成了一首哲理诗。苏轼其实是要告诉我们,他在游庐山的十余天中,对庐山山水进行了深刻的思考,还悟出了一个哲理:看事物不能以偏概全。诗歌中用庐山景色"横看成岭侧成峰,远近高低各不同"的特点,对"当局者迷"的思想现象做了很贴切的剖析。游十几日庐山,能有如此深刻的哲理体会,也可以说是不枉此行了。

## *苏 辙(1039—1112)

字子由,为苏轼胞弟。嘉祐二年(1057年)与其兄苏轼同登进士科。苏辙工古文,尤擅长议论。也好诗文,自号颍滨遗老。为唐宋八大家之一,与父洵、兄轼齐名,合称"三苏"。

## 文氏外孙入村收麦

欲收新麦继陈谷,赖有诸孙眷老人。
三夜阴霾败场圃,一竿晴日舞比邻。
急炊大饼偿饥乏,多博村酤劳苦辛。
闭廪归来真了事,赋诗怜汝足精神。

这首诗描写苏辙晚年闲居颍昌时的生活情景。在麦收季节,文氏诸外孙来村里帮助苏辙家收割麦子,苏辙写下这首诗记录此事。

首联"欲收新麦继陈谷,赖有诸孙眷老人",写出了文氏外孙对年迈的作者做出了及时的帮助:秋收时节,苏辙正为如何"收新麦继陈谷"而犯愁,多位眷爱老人的文氏外孙就及时入村来帮忙苏家收割麦子。

颔联"三夜阴霾败场圃,一竿晴日舞比邻",运用了对比手法。诗人把"三夜阴霪"和"一竿晴日"做对比,用环境陡然变化,来突出村民以及入村收麦的诸位外孙由沮丧到喜悦的转变。用词生动形象,富有内涵。"三夜"突出了"阴霪"之长带来的沮丧,而"一竿"是说"晴日"已升至"一竿"高,带出农人之惊喜;"败"字突出了天气给他们带来的失望、忧虑,"舞"字则突出了他们收获时热火朝天的辛勤与喜悦。

颈联"急炊大饼偿饥乏,多博村酤劳苦辛",没有直接描写麦收场景,而是通过苏辙家里人忙着做饭、忙着酤酒的场面,以此表示诗人一家对文氏诸外孙前来帮助秋收的感激之情,同时也表示诗人全家对诸外孙收麦劳动的艰辛和劳苦表示衷心的慰问。

尾联"闭廪归来真了事,赋诗怜汝足精神",是对外孙劳动结束、归来关仓后的赞叹,诗人表示要写一首诗表扬众外孙。语言风趣,充满喜悦,表现了诗人的洒脱情怀与拳拳亲情之乐。

## *王安石(1021—1086)

字介甫,号半山,抚州临川(今属江西)人。他广泛学习唐代诗人,尤其推崇杜甫,曾编辑《老杜诗后集》。杜甫在宋代逐渐受到推崇,是以他为起点的。他的诗歌十分讲究语言锤炼,并善于不留痕迹地化用前人的诗句和意象,形成了语言精练圆熟、意境清丽含蓄的风格。

### 泊船瓜洲

京口瓜洲一水间,钟山只隔数重山。
春风又绿江南岸,明月何时照我还?

政治家王安石也善于抒情。

王安石的诗,大都没标明写作年份。一些研究者根据他的年谱考证与猜测,这首诗大概是在他从江宁府(今南京)奉诏入京,路过瓜洲时写的。这次奉诏入京,是由于宋神宗要起用他为相。在这之前,他的变法大计,由于受到司马光的阻击而失败,他也因而被贬江宁。这次入京二度为相,应该是高兴的。但在这首诗中所表现的,却是离愁别绪,尽显对江宁的眷恋。

原来他在出知江宁府时,已爱上江南了。据说,他遍游江宁美景,最后选择了钟山(紫金山)作为建庐隐居之地。此时,钟山已成了他心中的第二故乡了。这就是他在这首诗中显示出对江南,特别是对钟山眷恋之情的缘由。

由江宁进京,首先得路过江宁以北的京口渡口,然后渡江到北岸的瓜洲渡,再由陆路去汴京。王安石离开江宁,特别是离开他心爱的钟山,心情是惆怅的。所以,当他的渡船越过茫茫长江到了瓜洲,泊船在瓜洲渡口之后,回首江南,依依不舍的眷恋就油然而生了。

诗歌的第一句"京口瓜洲一水间"是实景描写,与第四句的"明月"二字结合起来看,我们可以想象,诗人是在明月之夜,站在渡船所泊的瓜洲江岸上,望着茫茫的江水,遥想南岸的京口——京口尽管望不见,其实与瓜洲只是一水之隔。第二句"中间只隔数重山"进一步指出,从南岸的京口到他思念的钟山,也只不过是隔了数重山。这两句是说,离家的确不远,离家的时间也的确还短。这两句为下两句表现思念之情做了铺垫。第三句,他在月下眺望着茫茫的江水,思念着魂牵梦萦的钟山,脑海中就出现了江南此刻的美景:"春风又绿江南岸"——东风吹来,春天到了。其中的"绿"字很美,这个"绿"字在这里是个动词。我们可以想象得到,这代表春天的"绿",仿佛是一个巨人在春天的大地上倾泻绿颜料,就像是画家在宣纸上"泼墨"似的,春天的绿色逐渐在江南大地上渲染开来,把江南都绿遍了。此外还得注意那个"又"字,是说又一年过去了。但是,事实上,他离开钟山才不久啊,顶多才几天，但他却似乎觉得又过了一年似的。由此可见其思乡之切了。最后一句是一声哀叹："明月何时照我还？"——他是刚离开"家乡"的，此时已经在想什么时候才能再回来了。

# 元 日

爆竹声中一岁除，春风送暖入屠苏。
千门万户曈曈日，总把新桃换旧符。

这首诗，把过年习俗与新春气息结合起来，写出了暖烘烘、喜洋洋的新年气氛。

"爆竹声中一岁除"，写的是过年燃放爆竹的习俗。"爆竹声"，是人们送旧迎新的宣言，人们借助这爆竹声，送走旧年的秽气，迎来新年的顺景。总之，这声声爆竹，就寄托着人们对新的一年的期盼。

第二句"春风送暖入屠苏"，是写另一习俗：喝屠苏酒。屠苏是一种香草，可浸酒，过年喝屠苏酒的习俗，表示驱除秽气。读这句诗，我们可想象到一家老小围炉喝屠苏酒的情景。而"春风送暖"四字，给这喝屠苏酒的情景带来了春意。这暖烘烘的春意，好像进入了屠苏酒，把屠苏酒也温热了。这句诗，把过年时喜洋洋、暖烘烘的气氛显现出来了。

第三、四句"千门万户曈曈日，总把新桃换旧符"，写的又是一个习俗："贴新符"。"新桃"与"旧符"字词互有借用，互有省略，"新桃"就是"新桃符"，"旧符"就是"旧桃符"。桃符，是画上了门神像或图腾的桃木板，是挂在门上避邪挡灾的。把旧桃符摘下，换上新桃符的习俗，反映人们祈求新年平安的愿望。诗人先写户外环境："曈曈"，形容阳光灿烂；是说家家户户都沐浴在阳光之下。接着就写家家户户都在把旧桃符摘下，换上新画的桃符，给这首诗增添上一层新春喜庆的色彩。

## 登飞来峰

飞来山上千寻塔，闻说鸡鸣见日升。
不畏浮云遮望眼，自缘身在最高层。

据记载，这首诗是王安石三十岁时写的。是时他在浙江做知县，在回故乡江西临川时路过绍兴，顺路登上绍兴城外宝林山。山上有塔，名应天塔（8层，高38米）。王安石登塔观景，壮丽景色引起他的感慨，于是写诗抒发胸中的雄心壮志。

诗歌前两句写景。有趣的是，这两句景色描写，描画的都不是实景，而是借用传说描画了一幅带有想象与夸张意味的图景。第一句，借用传说，把这山峰叫作"飞来峰"，给人以山峰凭空突出的感觉，然后在山峰之上，再增加一座千寻高塔（一寻相当于八尺）——"千寻"是夸张的描写，山之高耸加上塔高，让读者有亲临其境的感觉。第二句"闻说鸡鸣见日升"用了传说：听当地人说，早晨登上应天塔，在鸡鸣时分，就可以看见日出了。事实上，诗人不一定是黎明前登山，也不一定是闻鸡声观日出，但一幅鸡鸣声中在高塔上望东方观日出的美景就显现在读者面前了。

诗歌后两句"不畏浮云遮望眼，自缘身在最高层"是抒怀。诗人此时站在塔上"最高处"，眼前是一片"遮望眼"的云海（这也不是实写，只有38米左右高的木塔，不可能高耸于云海之上），引起他的浮想：或许他想到了汉代陆贾在《新语》中的话："邪臣蔽贤，犹浮云之障白日也。"又或许，他想到了唐李白《登金陵凤凰台》中的诗句："总为浮云能蔽日，长安不见使人愁。"更进而想到，宋代朝廷"邪臣蔽贤"的状况。但步入官场不久的年轻诗人是豪情满胸的。他想，只要"身在最高层"，站得高，望得远，"浮云"是遮不住"望眼"的。

这首诗,流露出青年王安石要改革朝政的宏伟的政治抱负。有人评论这首诗时说,这是王安石写长达万言的《上仁宗皇帝言事书》的前奏。这样的评述,看来也是符合现实情况的。

## 书湖阴先生壁

茅檐长扫净无苔,花木成畦手自栽。
一水护田将绿绕,两山排闼送青来。

"湖阴先生",即杨德逢,是个隐居之士,是王安石退居金陵时的邻居和经常往来的朋友。

这是王安石造访湖阴先生的庐舍后留下的题诗,以赞颂他庐舍的清净与美丽,以及他喜爱清闲和雅好整洁的情怀。

头两句,是从细处写杨家的庭院。第一句"茅檐长扫净无苔","茅檐"是借代,指代整个庭院;由于主人经常打扫而到处干干净净,连一点苔藓的痕迹也没有。第二句"花木成畦手自栽",镜头聚焦于"花木成畦"上:花木分门别类,各自成畦,可见庭园布置点缀得整齐得当。这两句是诗人对庭院环境的清净雅致的赞叹。但同时,他又不忘点出这"清净雅致"之所由:"净无苔"是由于"长扫","花木成畦"的原因是湖阴先生之"手自栽"。这几个字一经点出,诗人赞扬湖阴先生心境清闲、雅好整洁的情怀也就显现出来了。

后两句是从大处写杨家庭院的外围风光。"一水护田将绿绕"是写庭院外的第一重环绕:一道小河把庭院外的田园围绕起来,使得庭院外面田野中绿色的禾稻苗圃,好像被捆上一条闪亮的光带;而"两山排闼送青来"是写庭院的第二重环绕:在绿色田野的后面,在小河的后面,是两座青山。那两座青山,就好像是两扇大门,从庭院往外看,就好像有一个巨人,把这两座青山从外面往里推开,把满山的青绿,泼进前面的水田，再泼进这"花木成畦"的庭院似的。整首诗以"两山排闼送青来"作结，是浓彩着色的一笔，把浓烈的绿色铺满了整个画面，于是，整首诗幽雅、洁净的隐居情调就更为显著了。

## 梅 花

墙角数枝梅，凌寒独自开。
遥知不是雪，为有暗香来。

熙宁九年（1076年），王安石因改革朝政失败，再次被朝廷革除宰相官职；他心灰意冷，放弃了改革，退居钟山。此时作者孤独心态和艰难处境与傲雪凌霜的梅花有着共通之处，因此写下这首诗。

前两句"墙角数枝梅，凌寒独自开"，写墙角梅花不惧严寒，傲然独放。"墙角"是不引人注目的地方，但"梅花"却毫不在乎，映射出诗人所处环境的恶劣，但依旧坚持洁身自爱的态度。诗歌表面写的是梅花的品质，其实是写自己的人品。"独自"，语意刚强，反映出诗人无惧旁人的眼光，体现出诗人坚持自我的信念。

后两句重点放在梅花的幽香上，"遥知不是雪"，是说这香气是从老远墙角飘过来的。诗人嗅觉灵敏，发现这悄悄传来"暗香"的，不是"雪花"，而是"梅花"。诗人以梅拟人，以梅之凌寒独开，暗香沁人，喻他本人之品格高贵，才气横溢。此两句，诗意含蓄，耐人寻味。

## *范仲淹（989—1052）

字希文，苏州吴县（今江苏苏州）人。北宋中叶的政治家、军事家和文学家。范仲淹是北宋诗文革新运动的先驱。他的诗歌坚持风雅传统，有重议论的散文化倾向。他的《江上渔者》，就是对喜好河鲜美食的人们发议论,要他们珍惜与尊重出没风波里的渔夫的劳作。

# 江上渔者

江上往来人,但爱鲈鱼美。
君看一叶舟,出没风波里。

　　整首诗看来就是在发议论:鲈鱼虽然好吃,但你们不要忘记给你们提供美味的人的艰辛啊!但诗歌毕竟是诗歌,如果光是这样发议论,那就不是诗歌了。在这首诗歌中,"鲈鱼好吃"的议论,是通过"江上往来人,但爱鲈鱼美"的叙述来表达的。这两个句子,容易让人想起客人在江上往来,在航船上尽享鲈鱼美食、赞誉鲈鱼鲜美的情状。但它毕竟是在议论,是要表达观点的。在这两句诗中,起观点表达作用的,就是一个"但"字。"但"字在古汉语中,可解作"只是","爱鲈鱼美"的叙述,加上"但",那些"江上往来人",就成了只是懂得欣赏鲈鱼美味的饕餮者。而"君看一叶舟,出没风波里"两句,就有针对性了。它描画的是惊心动魄的镜头:在大江大河的风波浪尖间,江上渔者那一叶小舟在风浪中拼搏,为的是捕捉饕餮者餐桌上喜好的鲈鱼。诗人这两句诗,就是要提醒"但爱鲈鱼美"的"君子",不要忘记这么一幅图景。这两句警醒的语句,虽是文学家用以表达观点的特殊手法,却会让人们对他提出的警醒留下深刻印象。

## (二)北宋的词

　　词,这种诗歌样式,始于唐朝,兴于五代之南唐,到了宋朝又得以进一步提升。宋词的创作,从题材到形制,从作家到作品,都有蓬勃的发展并逐步达到巅峰状态,从而成了宋代文学的标志,成为与唐诗并举的文学奇葩。

北宋词人众多，佳篇迭出，可说是词的鼎盛时期。北宋初，词人风格多秾丽婉约，被称为婉约派，如著名词人晏殊、张先、晏几道等；到柳永，则可视为婉约词派之集大成者。

与婉约词风不一样的豪放词风，也在稍后的北宋文坛上出现了。最初崭露头角的是范仲淹。他的词作正视社会现实，是为豪放词风之兴起。苏轼继而为之，使豪放词风得以进一步发展。北宋，豪放词风初兴，持豪放风格作词的文人还不多。但他们创立的豪放风格，为南宋豪放词人的发展打下了基础。

## *柳　永（约987—约1053）

原名三变，北宋专力写词第一人。其词打破文人词以小令为主的传统，借鉴民间俗曲自制长调慢词，对词的题材有较大拓展，除了反映仕女生活的婉约词外，部分作品也展现了北宋中期都市的民情风俗。

### 雨霖铃·寒蝉凄切

寒蝉凄切，对长亭晚，骤雨初歇。
都门帐饮无绪，留恋处、兰舟催发。
执手相看泪眼，竟无语凝噎。
念去去，千里烟波，暮霭沉沉楚天阔。

多情自古伤离别，更那堪冷落清秋节！
今宵酒醒何处？杨柳岸、晓风残月。
此去经年，应是良辰好景虚设；
便纵有千种风情，更与何人说？

这首词，是代表宋时婉约词风的巅峰之作。与苏轼的《念奴娇·赤壁怀古》相互辉映，各自成趣。宋时已有"柳郎中词，合十七八女郎，执红牙板，歌'杨柳岸、晓风残月'；苏学士词，须关西大汉，铜琵琶、铁绰板，唱'大江东去'"的评论出现，由此可见，柳永与东坡这两首词各领风骚，都是可称之为绝唱的。

词的上阕写一对恋人饯行时难分难舍的情景。起首"寒蝉凄切"三句，写别时之萧瑟秋景：蝉，是一种夏生秋死的小动物，秋天蝉的"凄切"鸣叫，是蝉之将死的哀鸣；且值天晚，暮色阴沉；又是在骤雨滂沱之后，就更是令人生出萧瑟、惨淡之感了。"都门帐饮无绪"，写他的恋人在都门外长亭边设帐摆酒给他送别，然而，如此萧瑟秋景已搅得他心绪不宁，虽有美酒佳肴，也毫无兴致；他正在"留恋"与"红颜知己"相聚的短暂时刻，船家却在"兰舟催发"了（古代传说鲁班曾刻木兰树为舟，所以船有"兰舟"的美称）。这是典型环境与典型心理描写的精妙结合：一边是留恋情浓，一边是兰舟催发，这样的矛盾冲突何其尖锐！"兰舟催发"，以直笔写离别之紧迫，是更能促使感情的进一步深化的。后面迸出"执手相看泪眼，竟无语凝噎"二句，就是他俩感情深挚的表现。而随后的"念去去"三句，写的是临别时柳永内心的思念。"念"字后面的诗句，是他念想到的他远行后要面对的孤清寂寞的环境。"去去"二字连用，就显出去路之茫茫、前程之修远。而"千里烟波，暮霭沉沉楚天阔"两句，则是对前路孤清冷落之想象。既说"烟波"，又说"暮霭"，更说"沉沉"，就显出远环境之沉闷与寂寞；既说"千里"，又说"阔"，也显出空间的广阔与辽远。"去去"之远方如此孤清寂寞，他俩离别忧愁之深，就可想而知了。

上阕是正面话别，下阕则从侧面写念想中的情景与别后之离愁。

下阕开头，就以"多情自古伤离别"句，说明"伤别离"乃自古以来人之常情，随之接以"更那堪冷落清秋节"句，则表明在冷落凄凉的秋季，离情别绪会甚于常时。随后"今宵酒醒何处？杨柳岸、晓风残月"两句,是对今宵旅途中情景之想象:一舟临岸,词人酒醒梦回,只见习习晓风吹拂萧萧疏柳,一弯残月高挂杨柳梢头。此画面气氛凄清,增添了离愁之沉重。此两句,用的是景语,但景中寓情;但随后的"此去经年"四句,则改用直抒胸臆的情语。"此去经年"是说,此次别后将非止一日,甚至会年复一年。过去,他们每逢良辰好景,总会感到欢娱;但从今以后,纵有良辰好景,也引不起兴致,只能徒增惆怅了。最后"便纵有千种风情,更与何人说"两句,是以问句作结,就更显出他在离别"红颜知己"的"去去"远处,无人可以宽解其孤寂之心的烦恼。

## 望海潮

东南形胜,三吴都会,钱塘自古繁华。
烟柳画桥,风帘翠幕,参差十万人家。
云树绕堤沙,怒涛卷霜雪,天堑无涯。
市列珠玑,户盈罗绮,竞豪奢。

重湖叠巘清嘉,有三秋桂子,十里荷花。
羌管弄晴,菱歌泛夜,嬉嬉钓叟莲娃。
千骑拥高牙,乘醉听箫鼓,吟赏烟霞。
异日图将好景,归去凤池夸。

这首词,是为贺好友孙何升迁进京而写的一首赠词。

柳永这首描写杭州景象的词,就像是在一张大画纸上画出了一幅视野宽阔、景象宏伟的横幅风景画,让我们看到一个十万人家的大都会,以及与它毗连的大江与大湖。

开头"东南形胜,三吴都会,钱塘自古繁华"三句,就是整首词的主题所在。这里点明了钱塘(也就是杭州)的方向("东南")、位置("三吴",为今属浙江的吴兴、绍兴的会稽和苏州的吴郡)。而"形胜""繁华"四字,更是这首词要描述的城市特点。"形胜",是地理环境优越,胜景无数;而"繁华",则说的是钱塘的经济富庶与文化发达。

上阕的其余部分,先说钱塘的市区与城郊是如何的"形胜"与"繁华"。"烟柳画桥,风帘翠幕,参差十万人家",描写的是这个城市的美丽,以及人烟之稠密:路边、湖边的处处柳树,散布着"烟花三月"似的春天气息,堤上的座座桥梁就像是画在水面上,十万人家的屋舍参差错落,鳞次栉比,窗户上的绿色帘子被和风吹拂,在轻轻地飘动。接着写这个城市的郊外胜景。"云树绕堤沙,怒涛卷霜雪,天堑无涯"三句,写的是郊外的钱塘江。诗人先写钱塘江堤,钱塘江弯弯曲曲,钱塘江堤也弯弯曲曲;江堤上种着树,树木成荫,也形成了像飘忽的云朵般的绿带。这里,一个"云"字,写出了树荫浓密的景象;一个"绕"字,又增添了堤岸上树木那连绵萦绕的景象。此外,就是写钱塘江潮。"怒涛卷霜雪",写的就是钱塘江潮的雄伟景象:海潮推涌而起的波涛,就好像巨人发怒把惊涛骇浪掷向江堤,卷起千堆霜雪。这是何等惊心动魄!此时站在虽受冲击却屹立不动的江堤上,向远处无边的大海望去,这海,这浪,这惊心动魄的浪涛声,是不难生出这"天堑无涯"的想象来的。最后三句,则着重写城市经济的繁华。"珠玑"是女人身上佩戴的闪亮的珠宝;"罗绮",是女子身上穿的亮丽的丝绸衣服。这些珍贵的东西,在街市上是成行成市地罗列着;在市民家中,也是"盈满"屉柜。商家与住户,都在竞相显示着自身的富有与奢华。

这上阕,是对钱塘这座城市所做的宏观的、整体的描写。而下阕,则是对这座城市最为突出的部分——西湖做精细的特写。

"重湖叠巘清嘉",是对西湖的湖光山色的赞美:"重湖",是以白堤为界,把西湖分隔为两个湖,一为内湖,一为外湖。走在白堤上,两边都是水光潋滟，这是西湖最美的湖景所在。"叠巘"则是指西湖附近重重叠叠的山岭，如大孤山、小孤山、罗隐山等，这些山岭形成的湖边山景，是西湖可见的最美丽的山色。诗人用"清嘉"二字形容这湖光山色，是把这重湖叠巘的清新与柔美做了个恰当的形容。而"三秋桂子，十里荷花"，又把夏季与秋季中最美好的景色展现出来，让人闻到秋天桂子的香气，以及看到夏日满湖红荷的美丽。接着是"羌管弄晴，菱歌泛夜，嬉嬉钓叟莲娃"：白天有钓叟的箫管之音，夜晚有采莲少女采菱之歌声。乐声歌声，嬉笑取闹，其乐融融。这三句，写的是西湖上的人文风光的美，是文化繁华之美。"千骑拥高牙，乘醉听箫鼓，吟赏烟霞"，写达官贵人在西湖游乐的情景："千骑拥高牙"——千骑簇拥，表示官位之牙旗高举，显示出了高官出巡西湖时阵仗之盛大。他们边听音乐边喝酒，还边欣赏着烟霞中的湖光山色，边吟诗作词。这是一种高品位的文化享受，当然也可看作是钱塘文化繁华的一个表现了。

最后两句"异日图将好景，归去凤池夸"是说，孙何游过钱塘，就应该用图画画下钱塘，尤其是要把西湖美景画下来，日后升官晋爵，回到京城（"凤池"，即凤凰池，是宫中禁苑中之池沼，一般借指中书省或宰相，这里是说孙何日后会当大官，是吹捧孙何的话），就可以以这些图画向宫廷同人夸耀，说起自己曾有过的人间天堂的享受了。从全词来看，这两句结尾的话显得多余，但想到这首词是写给当了大官的老朋友的，柳永献词的目的显然是希望得到进荐而作奉承之态，那就不足为奇了。

## *潘　阆（？—1009）

宋初著名隐士。性格疏狂，曾两次坐事几致亡命。真宗时释其罪，任滁州参军。善诗，亦工词，但今仅存《酒泉子》十首。

# 酒泉子（其十）

长忆观潮，满郭人争江上望。
来疑沧海尽成空，
万面鼓声中。

弄潮儿向涛头立，手把红旗旗不湿。
别来几向梦中看，
梦觉尚心寒。

钱塘江八月既望之潮汐，向为奇观；钱塘江观潮，自古以来就是人们向往之盛事。这首词，记载的就是宋时钱塘江观潮的盛况。

上阕第一句"长忆观潮"，就指明他写的是回忆中的一次观潮。次句"满郭人争江上望"中，"满郭人"是说全城万人空巷，都到钱塘江边来了；"争江上望"，则写人们引颈相望，等候来潮。这是在预告，一个震撼的潮涌场面将要出现了。接着两句，就是写钱塘江潮汹涌的情景：潮水从海口排山倒海推涌过来，就好像整个大海被一种不为人知的力量抽空了似的；而那潮涌的声音，就像是万面鼙鼓在敲响。这气势如何震撼人心，就可想而知了。

下阕头两句写潮涌时的水军演练。我们看到表演者视铺天盖地的潮涌如等闲，他们在潮涌中游弋，就像在"弄潮"似的，所以诗人把他们称为"弄潮儿"。他们站立在潮头之上，手里拿着的红旗，还不会被江水溅湿呢！——这些表演，无疑是比钱塘江潮涌更吸引人了。

整首词是用回忆语气写的。"长忆"，就是"常忆"；观潮的经历实在太难忘了，所以会"长忆"。最后两句也是以回忆结尾：自从那次看过钱塘潮涌后，诗人是连做梦也想到观潮，那情景是多次在梦中出现的，而每当梦醒想起梦中那潮涌的气势与惊心动魄的表演，心里还有余悸呢。——可见这场面、这气势,是多么令诗人印象深刻了。

## *范仲淹

范仲淹的词作突破了五代词的绮靡风气,开拓了宋词的表现领域,开辟了宋词新的审美境界,开启了宋词贴近社会生活的创作方向。

## 渔家傲·秋思

塞下秋来风景异,衡阳雁去无留意。
四面边声连角起,
千嶂里,长烟落日孤城闭。

浊酒一杯家万里,燕然未勒归无计。
羌管悠悠霜满地,
人不寐,将军白发征夫泪。

头两句以"风景异"评论眼前"塞下秋来"之景,以南飞衡阳的大雁在此逗留一下也不愿意来表明此地的荒凉;而接着的"四面边声连角起,千嶂里,长烟落日孤城闭"三句,就直接描写塞下秋色。诗人先写"四面边声"——四处响起的西风呼啸声、落木萧萧声、野狼嚎叫声、胡笳弹奏声等,与连营的号角声相呼应,就更觉边地的凄凉了。接着写这里是长城脚下的黄土高坡,满目是层峦叠嶂("千嶂");其中升起了孤直的"长烟"(大概是军士们野炊的炊烟吧),"落日"映红了"千嶂",隐藏于"千嶂"中的边塞关上了城门("长烟落日孤城闭")。——如此描写,边地冷漠肃杀的秋色就显现在读者眼前了。

上阕着重写秋景,下阕则着重写秋思。上阕的秋色,撩起了诗人的"秋思"。乡愁驱之不散,唯有借酒消愁,把对家乡的思念寄托于浊酒中("浊酒一杯家万里"),但边乱未平(宋时西边有与西夏的战争),"燕然未勒"(燕然是蒙古山名,东汉窦宪追击北匈奴,出塞三千余里,至燕然山刻石记功而还。这里用这个典故,说明还没有打胜仗),所以无法归家。借酒消愁中,外面传来"羌管悠悠"的边地异声;望窗外,是"霜满地"的边地异景,就引得思乡人"借酒消愁愁更愁"了。于是有了极写乡愁的两句:"人不寐,将军白发征夫泪。"——乡愁使得将军与征夫都流下思乡泪来了。

## *晏 殊(991—1055)

字同叔,抚州临川(今属江西)人。他诗、文、词兼擅,在北宋文坛上享有很高的地位。但其诗文大都散佚。

## 破阵子·春景

燕子来时新社,梨花落后清明。
池上碧苔三四点,叶底黄鹂一两声,
日长飞絮轻。

巧笑东邻女伴,采桑径里逢迎。
疑怪昨宵春梦好,元是今朝斗草赢,
笑从双脸生。

开头"燕子来时新社,梨花落后清明"两句将时令交代得很有特点,作者以"燕子来时"带出"新社"时节("新社",即春社,在立春后、清明前);以"梨花落后"带出将近"清明"。这春分至清明,正是人们所说的"仲春"时分,是一年中春天最为灿烂的时候。作者这两句,把仲春时节那温暖而灿烂的特点具体化、形象化了。这第一、二句仅以"燕子来""梨花落"两个景象,已为整首词带来春意了。

"池上碧苔三四点,叶底黄鹂一两声,日长飞絮轻"三句,给读者带来了浓郁的仲春氛围:满池绿水漂着"三四点"比绿水还要碧绿的浮苔;漫野的绿叶丛中隐约可见几只亮丽的"黄鹂"在跳跃,在发出一两声悦耳的鸣叫。这三句,诗人给读者展现的,是一幅既有鲜明的色彩衬托,也有悦耳的鸟鸣相随的有声有色的仲春图。

以上是上阕,写仲春景色;以下是下阕,写人在仲春时的活动。

"巧笑东邻女伴,采桑径里逢迎"两句,是词中人物"东邻女伴"出场,出场地点是"采桑径里",她们是相约到桑林里"采桑"的。她们见了面就"巧笑"(笑得美好,笑得灿烂)"逢迎"。随后的三句"疑怪昨宵春梦好,元是今朝斗草赢,笑从双脸生",是对她们如何"巧笑逢迎"的具体描画。前两句写她们互相取笑的话语,一个取笑说:"大概是昨天晚上做了个'春梦',梦见情郎了吧?"另一个则说:"才不是呢,她刚才和我玩'斗草',赢了我,现在还在偷着乐呢!"在描写这些互相取笑的话语后,则是一句对她们的外貌描写:"笑从双脸生"。我们可以想象得到,打趣的话语,引来了女伴们一阵银铃般的笑声,个个笑得像是朵朵鲜花在她们的双颊上开放。

春意浓郁的风景,加上少女在其中的欢声笑语,这幅仲春图就成了一幅春意盎然的"人物风情画"了。

## *欧阳修(1007—1072)

字永叔,号醉翁、六一居士,吉州吉水(今属江西)人。是北宋古文运动的领袖。其词婉丽,与晏殊并称"晏欧"。

## 采桑子

轻舟短棹西湖好,绿水逶迤。
芳草长堤,隐隐笙歌处处随。

无风水面琉璃滑,不觉船移。
微动涟漪,惊起沙禽掠岸飞。

欧阳修的《采桑子》共十首,这首是其一,描写了丽春时节颍州西湖的绚丽春色,从中折射出欧阳修挂冠退隐后从容自适的闲雅心态。

上阕首句"轻舟短棹西湖好"中,"轻舟短棹",是他观景的"观察点",他是在"轻舟"上手持"短棹",边划船边观看颍州西湖美景的。如此四字,已委婉写出他观赏湖光山色时的悠闲心态。接着"绿水逶迤,芳草长堤",写他由湖心经水面划到堤岸;而"隐隐笙歌处处随",又从听觉角度将西湖的欢乐情调刻画出来,"隐隐"和"处处"四字,凸显出西湖中远处近处都传来悠扬"笙歌"的欢乐情景。

下阕开头"无风水面琉璃滑,不觉船移"两句,写水面平滑。"无风",西湖水面才会像琉璃似的平滑,游人才会"不觉船移"。结尾"微动涟漪,惊起沙禽掠岸飞"两句,写船动惊禽,打破了湖面的平静。已习惯了平静的沙禽,轻舟带来的小小涟漪,也会使它们掠岸飞起,飞向天空,为静雅的西湖增添了立体感与动感。

### *王安石

王安石在词作方面也有卓越贡献。其词写物咏怀吊古,均意境空阔苍茫,形象淡远纯朴。他的《桂枝香·金陵怀古》,同范仲淹的《渔家傲·秋思》,共开豪放词之先声,给后来词坛以影响。

## 桂枝香·金陵怀古

登临送目，正故国晚秋，天气初肃。
千里澄江似练，翠峰如簇。
归帆去棹残阳里，背西风，酒旗斜矗。
彩舟云淡，星河鹭起，画图难足。

念往昔，繁华竞逐，
叹门外楼头，悲恨相续。
千古凭高对此，谩嗟荣辱。
六朝旧事随流水，但寒烟衰草凝绿。
至今商女，时时犹唱，后庭遗曲。

此词中"门外楼头"的典故出自杜牧《台城曲》的"门外韩擒虎，楼头张丽华"句。当时，韩擒虎是隋朝开国大将，统兵伐陈，已兵临金陵朱雀门外，但陈后主仍与宠妃张丽华于结绮阁上寻欢作乐。结果，陈后主、张丽华均被韩俘获，陈遂亡于隋。

王安石出知江宁府时登临金陵城楼，面对长江碧水，遥望周围美景，特别是遥想远处的秦淮河，想起"门外楼头"的历史典故，继而联想到北宋面临的危局，有所感触而写下这首满怀忧患意识的词作。

此词上阕描绘金陵壮丽景色，下阕转入怀古，揭露六朝皇室"繁华竞逐"的腐朽生活，对六朝兴亡发出意味深长的感叹。

上阕以"登临送目"四字领起，拓出高远的视野。"正故国晚秋，天气初肃"句中，"故国"，就是六朝古都金陵。"晚秋"则是指当时的季节。"千里澄江似练，翠峰如簇"，则是写临江所见，"澄江似练"，是远望所见美景之一（澄江，是说长江之水清澈碧绿），"翠峰如簇",则是远望所见的岸上翠绿的峰峦正一簇一簇地散铺展开。此处一写江,一写山,一幅金陵城楼所见的锦绣江山图就展现在我们眼前了。"归帆去棹残阳里",是写在黄昏"残阳"映照的江面上,水手正升起风帆,划动短棹,击水滑行澄江上;而"背西风,酒旗斜矗"句,则是写岸上:酒家门前那斜矗的"酒旗",在西风送爽下徐徐飘扬。无论是江上还是岸上,都是一派和平安详的景象。后两句"彩舟云淡,星河鹭起",其实是写遐想中的金陵城外的秦淮河景象。"彩舟"所指,就是秦淮河上的游船,而"星河",就是指秦淮河众多游船上的彩灯在闪烁;"云淡",写的是秦淮河上黄昏时分的天色,"鹭起",就是游船经过,惊动得鹭鸟腾飞而起。这里描画的图景,不仅把整幅金陵秋景图展现得活灵活现,而且进一步开阔了观察的视野。如此开阔旷远的视野,美不胜收,难以尽述,因此上阕末尾总赞一句:"画图难足"。

下阕承接上阕末繁华的秦淮河的描写,进而写出金陵六朝以来在繁华表面掩盖下的纸醉金迷的情状。"念往昔,繁华竞逐"开头后,紧接着是一声叹息,引出"门外楼头"的典故。"悲恨相续",是指其后的江南各朝,依然挥霍无度,覆亡相继。"千古凭高对此,谩嗟荣辱"二句,是凭吊古迹,追述往事,抒发对前代君王作为之不满。"六朝旧事随流水,但寒烟衰草凝绿"二句,借眼前的萧条景象,寄惆怅之情。六朝已随着流水消逝,眼前就只剩下"寒烟、衰草"了。但可悲的是"至今商女,时时犹唱,后庭遗曲"。此句抒发出深沉的感慨,是对当朝统治者醉生梦死的严肃的鞭挞。


## *苏　轼

　　苏轼认为诗词同源,本属一体,词"为诗之苗裔",诗与词虽有外在形式上的差别,但它们的艺术本质和表现功能应是一致的。还提出作词应抒发自我的真实性情和独特的人生感受。他将传统的表现女性柔情之词扩展为表现男性的豪情，使词像诗一样可以充分表现作者的性情怀抱和人格个性，是以开豪放词派之先河。

## 念奴娇·赤壁怀古

大江东去，浪淘尽，千古风流人物。
故垒西边，人道是，三国周郎赤壁。
乱石穿空，惊涛拍岸，卷起千堆雪。
江山如画，一时多少豪杰。

遥想公瑾当年，小乔初嫁了，雄姿英发。
羽扇纶巾，谈笑间，樯橹灰飞烟灭。
故国神游，多情应笑我，早生华发。
人生如梦，一尊还酹江月。

上阕开头，"大江东去，浪淘尽，千古风流人物"，就把一幅空间视野非常宽阔、时空沉积非常深厚的图像，展现在读者面前：以"大"形容"江"，突出了江的壮阔；以"去"形容水，写出了江水东流的气势；加之"浪淘尽"三字，更是让人看到大江浪涛翻滚、冲刷崖岸与沙石的景象。而这三字，同时也写出了被历史长河的波浪所"淘尽"的，是"千古风流人物"，把真正的英雄载入史册，把历史的渣滓沉入深潭，这就让人想到了历史的公正与无情。诗人是在"后浪推前浪"的滔滔大江之上，在"逝者如斯乎"的历史长河中怀古的。

接着，就是诗人的怀古："故垒西边"，给人以历史的沧桑感；而"人道是，三国周郎赤壁"，则让人感到历史久远所带来的模糊与不确定的感觉。但诗人到此是"怀古"，不是"考古"，此地是否果真有"三国周郎赤壁"，对"怀古"是毫无影响的，所以，他只用"人道是"三字略略带过，不再深论，而是继续去发"思古之幽情"，去观赏这传说中的古战场。

"乱石穿空，惊涛拍岸，卷起千堆雪"是对"故垒西边"的古战场遗址的描写："乱石穿空"，给人以"乱石"突兀以至"穿空"的奇伟感觉；而"惊涛拍岸，卷起千堆雪"，则让人在想起"乱石"任由"惊涛拍岸"，"我自岿然不动"的同时，也让人听到了"惊涛"那如战鼓擂鸣的响声，看到了"拍岸"的浪花飞溅，变成"千堆雪"的情景。由于历史长河的冲刷，这里就算真的是"三国周郎赤壁"，也不可能有什么历史留存了。但"乱石穿空，惊涛拍岸，卷起千堆雪"的景象，也是足以令人想起当年那惊心动魄的战争情景的。

"江山如画，一时多少豪杰"两句中，"江山如画"是眼前雄伟景物的概括描述。在如画的"江山"中，"多少豪杰"在那时（指赤壁之战时）演绎出多少英雄故事啊！——如此作结，在归结上阕怀想赤壁之同时，也为下阕转向怀想公瑾做了铺垫。

下阕开头，"遥想公瑾当年，小乔初嫁了，雄姿英发"句，着重写周瑜的年少英姿。"小乔初嫁了"，是以此突出周瑜此时还是个英俊青年，正是"雄姿英发"之时。如此描画，与下面周瑜那"羽扇纶巾"的风流倜傥儒将形象，是十分吻合的。接着"羽扇纶巾，谈笑间，樯橹灰飞烟灭"三句，是赤壁之战时周瑜形象与姿态的直接描写。这是战争场面的描写，但诗人没写金戈铁马的奔突，没写金鼓齐鸣的喧闹，只写了戴纶巾摇羽扇的战将周瑜在战火弥漫的战场上谈笑风生。就在儒将斯文淡定的谈笑间，战争就以敌军船队的"灰飞烟灭"而告终了。如此描写，把周瑜当年的"雄姿英发"、风流倜傥的儒将形象刻画得更为完美了。

接着五句，则是写诗人自己的感受——到此，才是整首词真正怀古之处。"故国神游"，是说自己这次"神游"，心神已从眼前的赤壁遗址游走到870多年前的古战场去了。接着则是自我调侃地说：我是自作多情啊，已是"早生华发"，却一事无成，与"雄姿英发"的周公瑾相比，只能徒然哀叹，增添心有宏愿却无法实现的伤感，唯有以"人生如梦"来宽解自己，于是举起盛满了酒的酒杯，把酒酹向江水，回敬那见证过无数英雄业绩的江中月亮了。

从整首词看，"大江东去"的威武雄壮是主旋律：眼前的大江，经历千年的历史长河，以及想象中的古战场，都令人有磅礴雄伟之感，对古代战将的描写，也令人感到运筹帷幄、叱咤风云的气概。最后诗人的抒怀，虽令人有英雄气短之感，但所抒发的胸中情怀，毕竟也是男儿企求建功立业之想。

## 水调歌头

明月几时有？把酒问青天。
不知天上宫阙，今夕是何年？
我欲乘风归去，
又恐琼楼玉宇，高处不胜寒。
起舞弄清影，何似在人间？

转朱阁，低绮户，照无眠。
不应有恨，何事长向别时圆？
人有悲欢离合，月有阴晴圆缺，
此事古难全。
但愿人长久，千里共婵娟。

这首词是宋神宗熙宁九年中秋，苏轼在密州时所作。题下有小序："丙辰中秋，欢饮达旦，大醉，作此篇，兼怀子由。"此年，苏轼与胞弟苏辙分别已七载，但仍未得团聚。此刻，他面对一轮明月，心潮起伏，于是乘酒兴正酣，挥笔写下此名篇。

此词上阕写望月，下阕写怀人。上阕是神游天上宫阙，下阕是他那天马行空的思绪回到了人间，继续思念与祝福远方的亲人。

上阕开头就提出问题："明月几时有？把酒问青天。"这一问，与屈原的"天问"和李白的"把酒问月"极相似。其问之痴迷与超尘出世，确实有一种与屈原、李白类似的精气神贯注其中。苏轼这首词，是中秋望月，欢饮达旦后吟出的狂想曲，因为他想在月亮最绚丽之时飞往月宫，所以询问"明月几时有"，语气就显出了关注与迫切。

接下来两句："不知天上宫阙，今夕是何年"，把对于明月的赞美与向往之情推进了一层。诗人幻想到月亮上有美丽的"天上宫阙"，想到了月宫里今晚一定是一个什么好日子，所以月才这样圆、这样亮吧！他很想去看一看，所以接着说："我欲乘风归去"。读到这里，我们要特别注意"归去"二字。后世评论家对此做出了解释：唐人称李白为"谪仙"，黄庭坚则称苏轼与李白为"两谪仙"，苏轼自己也设想前生是月中人，所以对明月十分向往，早已把那里当成自己的归宿了。然而，这"我欲乘风归去"仅仅是他的一种打算，未及展开，便被另一种相反的思想打断了："又恐琼楼玉宇，高处不胜寒"。天上的"琼楼玉宇"虽然富丽堂皇，美好非凡，但那里高寒难耐，不可久居。诗人故意找出天上的美中不足，来坚定自己留在人间的决心。

苏轼毕竟更热爱人间的生活，与其飞往高寒的月宫，还不如留在人间趁着月光起舞呢！"清影"，是指月光之下自己清朗的身影。"起舞弄清影"，是与自己的清影为伴，一起舞蹈嬉戏的意思。"高处不胜寒"并非作者不愿归去的根本原因，"起舞弄清影，何似在人间"才是根本之所在。这首词从幻想上天写起，写到这里又回到热爱人间的感情上来了。从"我欲"到"又恐"至"何似"的心理转折中，展示了苏轼作为凡人情感的波澜起伏。

下阕怀人，即兼怀子由，由中秋的圆月联想到人间的离别，同时感念人生的离合无常。

"转朱阁,低绮户,照无眠"这三句,是以温柔婉约的风格描画月亮的运行。月亮升上深蓝色的夜空,它的光亮照耀着雄伟的"朱阁",又向地面沉降,照进了女眷那秀丽的窗户,照着"朱阁"与"绮户"中一个个今夜无眠、思念远方亲人的男男女女。这些今夜无眠、苦思亲人的,既指自己,又可以泛指那些中秋佳节因不能与亲人团圆以致难以入眠的一切离人;也泛指那些在家中因为不能和亲人团圆而感到忧伤,以致不能入睡的所有人。

在做出对那么多月下无眠的人的描述后,诗人开始埋怨起明月来了:"不应有恨,何事长向别时圆?"无理的质问,进一步衬托出词人思念胞弟的手足深情,却又含蓄地表示了对于不幸的离人们的同情。

接着,诗人把笔锋一转,对明月说出一番宽慰的话:"人有悲欢离合,月有阴晴圆缺,此事古难全"——人固然有悲欢离合,月也有阴晴圆缺。凡间的凡人凡事也好,月亮的阴晴圆缺也好,自古以来都是难得有十全十美的。这三句,从人到月、从古到今,做了客观的评论,是代明月对前面提问的回答。既是为月亮开脱,也表现出诗人对人事的达观态度,也寄托着诗人对未来的希望。

词的最后说:"但愿人长久,千里共婵娟。""婵娟"是美好的样子,这里指嫦娥,也就是代指明月。"共婵娟"就是共明月的意思,典故出自南朝谢庄的《月赋》:"隔千里兮共明月。"既然人间的离别是难免的,那么只要亲人长久健在,即使远隔千里也还可以通过普照世界的明月把两地联系起来,把彼此的心连接在一起。这两句,表达了作者对亲人的思念,表现了作者对亲人那美好而旷达的柔情,也是苏轼在中秋之夜,对一切经受着离别之苦的人表示的美好祝愿。

全词设景清丽雄阔,立意高远,构思新颖,意境清新如画。最后以旷达情怀收束,是诗人豁达情怀的自然流露。情韵兼胜,境界壮美,具有很高的审美价值。

# 定风波

　　三月七日，沙湖道中遇雨。雨具先去，同行皆狼狈，余独不觉，已而遂晴，故作此词。

　　莫听穿林打叶声，何妨吟啸且徐行。
　　竹杖芒鞋轻胜马，谁怕？
　　一蓑烟雨任平生。

　　料峭春风吹酒醒，微冷，
　　山头斜照却相迎。
　　回首向来萧瑟处，归去，
　　也无风雨也无晴。

　　苏轼写这首词时，正是他因"乌台诗案"被贬黄州（今湖北黄冈）任团练副使。此时应是他情绪最为低落的时候，但其性格中豁达的一面，却又使得他坦然、乐观地应对着面前的人生挫折，置荣与辱、擢升与贬谪等于不顾，以逍遥自在为乐。他置田买地，筑室于东坡，自号东坡居士，打算于此地退隐终老。这首《定风波》，就借一次路途中遇雨的小事，抒发他笑傲人生的态度。

　　上阕写雨中徐行吟啸。从下阕"料峭春风吹酒醒"句可得知，诗人雨中徐行吟啸时，是处于酒醉状态中：他以酒醉亢奋的姿态行进；所行所吟，无不显示出他向自然界的狂风暴雨，也向掣肘他的恶势力挑战的勇气。狂风骤雨，"穿林打叶"，大自然的淫威不可谓不狂。但是，没有雨具（"雨具先去"）的他却在风雨中闲庭信步（"徐行"），低头吟诵、昂首高歌（"吟啸"）；那"莫听""何妨"四字，正好道出诗人向狂风骤雨挑战的英姿。此时，在泥泞的山路上，他原先为行山赶路而准备的行头"竹杖""芒鞋"，在风雨中是寸步难行的，当然更不可能"轻胜马"，但他在一句"谁怕"的声言后，就继续前行了。而最后一句"一蓑烟雨任平生"，则是诗人由眼前的风雨前行畅想开去，想到"平生"遭遇到的或将会遭遇到的风雨。在人世间的风风雨雨中，他还是要勇往直前，一生"任"纵横的！

下阕写天晴酒醒后的悟觉。刚才是在醉梦中风雨前行，其中不乏以酒壮胆的狂想，而现在是被"料峭春风吹酒醒"了，"料峭春风"吹来，不免有几分凉意（"微冷"）；但西山的夕阳也露脸了（"山头斜照却相迎"），又送来了几丝暖意。气候已经回复正常了。此刻，诗人刚才那狂热的、笑傲风雨的情思，也开始冷却下来了；冷静了的脑袋，开始"回首向来萧瑟处"。显然，他"回首"的"向来萧瑟处"，语意双关，既是指刚才那场"穿林打叶"的风雨，更是指他在政治舞台上遭遇的暴风骤雨。他得开始思考该如何对待那些政治角力中的风风雨雨了。思考的结果，就是紧接着的"归去"二字。——"归去"哪里？看来是陶渊明的《归去来兮辞》中那"归去"的意思，就是归隐山林，不再涉足官场。因为退出官场，出世闲居，就无是无非，无荣无辱，无所谓擢升无所谓贬谪，也就是词中最后所说的"也无风雨也无晴"——风雨天与晴天都一样，不必再去区分了。

## 浣溪沙（其四）

簌簌衣巾落枣花，村南村北响缫车，
牛衣古柳卖黄瓜。

酒困路长惟欲睡，日高人渴漫思茶，
敲门试问野人家。

这首词，原在题后有一题记："徐门石潭谢雨，道上作五首。"这是五首中之其四。苏轼曾任徐州太守。题记中提到的石潭在城东二十里。"谢雨"，是因先前曾求雨，老天下了雨，所以得祭祀以致谢。祭祀后有酒宴，大概是苏轼喝多了，回程路上，他醉醺醺、蒙蒙眬。这首词描述的，正是他醉眼蒙眬的回程路。这首词，半醒半睡的醉态写得有趣，醉眼人所见的景物，也自有一种与常人不同的朦胧美。

上阕三句写声音："簌簌"，是枣花落衣巾的声音，半睡半醒的诗人，居然能听到"衣巾落枣花"的"簌簌"声响，的确是醉得可爱。接着他听到的是四周一片嗡嗡作响的缫车声——他能听出嗡嗡的声响，说明他还没全醉。第三句"牛衣古柳卖黄瓜"还是写声音：醉眼蒙眬间，他还能看清是一个农民穿着粗布衣衫在老柳树下叫卖。——三句尽管只写声音，但三种声音合起来，却构成了一派安谧祥和的乡村景色。

为什么着重写听呢？下阕第一句"酒困路长惟欲睡"做了交代。酒，让他困了，路长，让他更困，以致昏昏欲睡，眼睛自然是蒙眬了，所以感受外界景物，就主要靠耳朵了。第二句"日高人渴漫思茶"仍然写醉态：他醉眼蒙眬地赶路，太阳在烤着大地，他渴了，脑袋里想来想去的就是，能有一杯茶解渴就好了。于是有了第三句"敲门试问野人家"。野人家，就是普通农家。为什么要"敲门试问"呢？也许是因为"日已高"，农家都到田里去了，所以只能"试问"了。而"敲门"两字，与著名诗句"僧敲月下门"有异曲同工之妙，由于"敲门"的动作，在我们面前就形成了一幅"太守草扉前敲门"的静止画面。

## 江城子·密州出猎

老夫聊发少年狂，左牵黄，右擎苍；
锦帽貂裘，千骑卷平冈。

为报倾城随太守,亲射虎,看孙郎。

酒酣胸胆尚开张,鬓微霜,又何妨?
持节云中,何日遣冯唐?
会挽雕弓如满月,西北望,射天狼。

　　词的上阕叙事,叙写密州出猎的宏伟气派;下阕抒情,抒写诗人急切要求戍边报国的心愿。整首词作气势雄豪,读之令人耳目一新。
　　词作开头,就是一个"语不惊人死不休"的诗句:"老夫聊发少年狂"。这诗句,引人注目,引得人们看下去,看看这"老夫"是怎样"聊发少年狂"的。其实,这个"老夫",当年并不老,才四十出头,但总比少年人老成些吧,要装出个"少年"范儿,并且还要是个"少年"的"狂"样儿,那的确不容易。但他还是"狂"出个样子来了。如何"狂"?请看下面,他"左牵黄,右擎苍"——左手牵着黄狗,右手托着苍鹰,如此一个威武若"狂"的少年形象,就亮相在"千骑"的大部队面前了。这是从人物形象上去写"老夫"的"少年狂"。诗人以如此英姿亮相,为这次狩猎活动(其实是一次军事演习)的开场奏响了一曲亮丽的前奏曲。接着,"锦帽貂裘,千骑卷平冈"两句,是写围猎队伍的装束和围猎场景的盛况。你看,参加围猎的军民,个个"锦帽貂裘"——头戴华美鲜艳的帽子,身穿貂鼠皮衣,这可是汉代羽林军的装束啊。如此威风凛凛的围猎队伍,骑着千骑骏马,由"老夫"引领,在"平冈"(指山的脊梁平坦处)上奔跑,引来尘土飞扬,就像卷席子一般掠过山冈。那是多么壮观的围猎场景啊!如此两句,表面看来,是写围猎场面,其实诗人也是在显示他这个"老夫"的能耐:如此威武雄壮的"千骑"队伍,都是他这个"老夫"带领出来的。然后,诗人转写自己的感想:"为报倾城随太守,亲射虎,看孙郎。"他决心亲自射杀猛虎,答谢全城军民的深情厚谊。在这写感想的两句中,苏轼采用了"孙郎射虎"的典故。孙郎,是三国时期东吴的孙权。《三国志·吴志·孙权传》中有载:有一年十月,孙权带领部队行进于吴地,到凌亭时,他在马上拉弓射虎,把虎射伤了;随之又投以双戟,把虎伤废。随从张世,随后击以戈,把虎击毙,获取虎尸。诗人在这首词中,把自己比喻为能射虎的孙权,也是想表示自己还有带兵杀敌的本事。词作写到这里,苏轼组织这次围猎活动的本意已经昭然若揭了。他就是要以这貌似年轻力壮的威武姿态告诉朝廷,他"廉颇未老"。

下阕,诗人着重抒怀。先是描述猎后开怀畅饮的"少年狂"的狂态。"酒酣胸胆尚开张,鬓微霜,又何妨?"三句,描写了"酒酣"后的自我形象。在开怀豪饮之后,"胸胆""开张"了,说别看我现在"鬓"有"微霜",但这对我那报国的信心,又有什么妨碍呢!——这是酒后说出的豪言壮语!但他在说出这段豪言壮语之后,却回到残酷的现实中来了。他此刻不正是处于流落密州的恶劣境况之中吗?所以,他不得不向朝廷问询:"持节云中,何日遣冯唐?"——这里,诗人又运用了一个《史记·冯唐列传》中的典故。汉文帝时,魏尚为云中(汉时的郡名)太守。匈奴曾一度来犯,魏尚亲率车骑出击,所杀甚众。后因报功文书上所载杀敌的数字误报多了六个而被削职。他的朝中好友冯唐认为判得过重,代魏尚向文帝辩白;文帝知晓后,就派冯唐"持节"(带着传达圣旨的符节)去赦免魏尚的罪,让魏尚仍然担任云中郡太守。苏轼此时因政治处境不好,自请调密州太守,故以魏尚自许,希望能得到朝廷的重新信任,所以才向朝廷发出"持节云中,何日遣冯唐"的呼唤。结尾,他以"会挽雕弓如满月,西北望,射天狼"三句直抒胸臆,抒发杀敌报国的豪情:总有一天,我要把弓弦拉得像满月一样,射掉那贪婪成性的"大狼星",将西北边境上的敌人一扫而光。在这三句中,诗人又一次运用典故:《楚辞·九歌·东君》中有云:"长矢兮射天狼。"苏轼词作中以"天狼星"隐喻侵犯北宋边境的辽国与西夏;以"射天狼"表示自己平定边乱的决心。

此词作是东坡豪放词代表作之一。此词融叙事、言志、用典于一体，调动各种艺术手段形成豪放风格，多角度、多层次地从行动和心理上表现了作者宝刀未老、志在千里的英风与豪气。

## 江城子·乙卯正月二十日夜记梦

十年生死两茫茫，
不思量，自难忘。
千里孤坟，无处话凄凉。
纵使相逢应不识，
尘满面，鬓如霜。

夜来幽梦忽还乡，
小轩窗，正梳妆。
相顾无言，惟有泪千行。
料得年年肠断处，
明月夜，短松冈。

这是苏轼写作的一首悼亡词，悼念已去世多年的原配妻王弗。

我们先看题目。除了词牌"江城子"外，诗人还在后面附加小题。小题中的"乙卯"年，指的是公元1075年（宋神宗熙宁八年），其时苏轼年已四十，正在密州为官。由此推知，苏轼所记录的与妻子在家乡相逢的梦，是在他四十岁时，于远离家乡的密州发生的。

上阕，诗人写出了在密州任上对亡妻的思念。开头"十年生死两茫茫"，说的是他们夫妻俩阴阳相隔已是茫然十年了；"不思量，自难忘"则是说，人虽已亡去，而过去少年夫妻相亲相爱的美好情景，就算是不去想，也是自难忘却的。诗人将"不思量"与"自难忘"并举，真实而深刻地揭示自己内心情感的涌动。于是他想把"自难忘"的内心感受向安眠在墓穴中的亡妻诉说,但"千里孤坟,无处话凄凉":亡妻的"孤坟"在"千里"之外,而他如今却身处"千里"之外的密州。这种"千里相隔",其实是"阴阳相隔"之情状,的确是"无处话凄凉"的。这两句痴语、情语,表达了作者孤独寂寞、凄凉无助而又急于向人诉说的情感,显得格外感人。接着,"纵使相逢应不识,尘满面,鬓如霜"三个长短句,又把现实与幻想混同起来。"纵使相逢应不识",是一种不可能出现的假设。他假设了一个已死十年的妻子与年迈的自己相见的情景:妻子还是以前那么年轻美丽,见到了年已四十的夫君;夫君已是"尘满面,鬓如霜",早逝的妻子是"纵使相逢"也认不出自己了。如此三句,表现了作者对爱侣的深切怀念,这感情是多么深沉、悲痛,而又无奈!

  下阕主要是"记梦"。下阕头五句,就记下了一个凄美的梦:诗人写自己在梦中回到想念中的故乡,在那两人曾共度甜蜜岁月的家乡旧居中相聚、重逢。妻子正坐在旧居小窗前,像十年前一样年轻美貌,正在梳妆打扮。那小室,那窗棂,亲切而又熟悉;妻子那容貌,那情态,依稀似当年。作者以这样一个从前常见而难以忘怀的场景,表达出爱侣在自己心目中永恒的印象。而随后的"相顾无言,惟有泪千行"两句,是梦里夫妻阴阳相隔十年后重逢的虚幻景象。诗人没有写夫妻久别重逢时卿卿我我的亲昵,而是写"相顾无言,惟有泪千行"。这正是东坡笔力奇崛之处。正因为"无言",方显沉痛;正因为"无言",才胜过了万语千言。别后种种,难以言说,唯有任凭泪水倾盈了。"料得年年肠断处,明月夜,短松冈"是结尾三句,大概是诗人梦醒了,从梦境回到了现实。诗人料想长眠地下的爱侣的魂灵,在年年伤逝的这个"明月夜",一定是还站在长满低矮松树的山冈上("短松冈",就是王弗坟头所在的小山冈),为眷恋人世,为难舍亲人,而柔肠寸断。诗人在这里设想亡妻的痛苦,以寓自己的悼念之情。不说自己如何,反说对方如何,使得诗词意味,更加深沉,更加耐人寻味。

## *黄庭坚(1045—1105)

字鲁直,号山谷道人,又号涪翁,洪州分宁(今江西修水)人。黄庭坚为苏门四学士之一,生前与苏轼齐名,世称"苏黄"。他宣扬"温柔敦厚"的诗学观念,对杜甫尤为推崇。在总结前人经验基础上逐渐形成了一整套"诗法"。他主张"无一字无来处",善用典故古语,他的诗词在语言上刻意求新求异,给宋代诗词带来了一种新的变化。

## 清平乐

春归何处?寂寞无行路。
若有人知春去处,唤取归来同住。

春无踪迹谁知?除非问取黄鹂。
百啭无人能解,因风飞过蔷薇。

作者写这首词的时候,应该是盛夏之时。此时,大地上的花朵,已失去盛春时的灿烂,在夏雨的摧残下,变得落红无数,飘落泥尘了;嫩绿的青草和树叶,也越来越变为深绿、墨绿的颜色;此时,和煦的东风也逐渐变为夏天的热风,天气也变得越来越闷热了。惜爱春天的诗人,对春天是有无尽的留恋的,于是就产生了追春、寻春之幻想。这首词,就写出了他追春、寻春的种种幻觉。从这些幻觉的描写中,我们当可发现诗人那浓浓的惜春之情。

上阕开首两句以疑问句,对"春归何处"做出追寻,但他往春天归去的路望去,却是"寂寞无行路":路上连个"春"的踪影也没有。一个"归"字,一个"无行路",就把春天拟人化了。后面两句,转而对人世间所有的人提出:"若有人知春去处,唤取归来同住。"诗人呼唤所有的人把"春天"给叫喊回来。这是一种梦幻般的设想,是有意用曲笔渲染出他惜春的程度。

下阕头两句,把思路引到物象上:大概是无人能说出春的去处了,诗人只好去问黄鹂了("春无踪迹谁知?除非问取黄鹂"),因为黄鹂是在春去夏来时才会出现的,它是应该知道春天的消息的。但黄鹂只是关关百啭地鸣叫,说着"无人能解"的鸟语,接着就"因风飞过蔷薇"去了。蔷薇是连春接夏时开花的花朵,所以它也是应该知道"春归之处"的。但蔷薇却是无声的,它又怎么能告诉你春归何处呢?

## *李之仪(约1035—1117)

字端叔,号姑溪居士。沧州无棣(今属山东)人。能诗文,又工词,语言通俗明白。有《姑溪词》《姑溪居士文集》。

### 卜算子

我住长江头,君住长江尾。
日日思君不见君,共饮长江水。

此水几时休,此恨何时已。
只愿君心似我心,定不负相思意。

《唐宋词鉴赏集》中有评述:"李之仪的《卜算子》,是一阕歌颂坚贞爱情的恋歌。有较高的艺术性,很耐人寻味。"

这首词以长江起兴。头两句,"我""君"对起,一住江头,一住江尾,显出两人空间距离之悬隔,也暗寓两人相思之难耐。从"我住长江头,君住长江尾"两句,读者可感触到这对男女深情的思念与叹息。

是前两句引出了第三句"日日思君不见君"的遗恨;但前两句也述及他俩同住长江之滨的事实,于是又引出了他俩"共饮长江水"的亲近感。这就是前后四句之间含而未宣、任人体味的转折:日日思君而不得见,可知思而不见之苦,但"共饮长江水"的事实,又给了相思之人一根心连心的红线,这给了相思的人以心灵的安慰。

下阕头两句"此水几时休,此恨何时已",仍紧扣长江水,进一步抒写别恨。长江之水,悠悠东流,不知道什么时候才能休止,自己的相思离别之恨也不知道什么时候才能停歇。用"几时休""何时已"这样的口吻,一方面表明男女主角双方祈望恨之能"已"(停止),另一方面又暗中道出客观上恨之无已。就是说,长江水永无不流之时日,自己的相思隔离之恨也无消歇之时。如此直率而又含蓄的表达,是很有文学品位的。写到这里,词人以女方的口吻,翻出一层新的意蕴:"只愿君心似我心,定不负相思意。"——"我心"即是江水不竭,相思无已,"我"是不会背负相思之意的,自然也希望"君心似我心",两颗相互挚爱的心灵是始终相通的。这样一来,单方的相思便变为双方的期许,化为永恒的相爱与永不歇息的期待了。这样,阻隔的双方心灵上便得到了永久的滋润与慰藉了。

全词以长江水为贯串全词的抒情线索,以"日日思君不见君"为整首词意念的主干。分住江头江尾,是"不见君"的原因;"此恨何时已",是"不见君"的结果;"君心似我心""不负相思意"是虽有恨而无恨的交织。有恨的原因是"不见君",无恨的原因是"不相负"。悠悠长江水,是双方相隔千里的天然障碍,又是遥寄情思的天然载体;既是悠悠相思、无穷别恨的象征,又是双方永恒相爱与期待的见证。就是如此新巧的构思和深婉的情思,构成了这首词特有的风韵。

## *秦 观（1049—1100）

字少游，一字太虚，号淮海居士，高邮（今属江苏）人。"苏门四学士"之一。工诗词，词多写男女情爱，也颇有感伤身世之作，风格委婉含蓄，清丽雅淡。

## 鹊桥仙

纤云弄巧，飞星传恨，
银汉迢迢暗度。
金风玉露一相逢，
便胜却人间无数。

柔情似水，佳期如梦，
忍顾鹊桥归路。
两情若是久长时，
又岂在朝朝暮暮。

在中国诗史上，以"牛郎织女"为题材写作的诗人数不胜数。但那些诗作，大都因袭了"欢娱苦短"的传统主题，格调哀婉凄楚。而秦观这首词，却以豁达的人生观去咏唱牛郎织女这段悲欢离合的经历，确是别出心裁、与众不同。特别是词中有"两情若是久长时，又岂在朝朝暮暮"的佳句，更是被后世诗家誉为"化腐朽为神奇"的妙手之笔。

这首词分上下两阕。上阕写佳期相会的盛况，下阕则以豁达的心态去宽解牛郎织女两人惜别的惆怅。

"纤云弄巧"四字，就像是给"鹊桥会"的舞台挂上的一幅云彩奇巧变幻的天幕；"飞星传恨"，则是描画出了天河中流星闪烁的美丽景象，但也"传"出了"银汉"两边的牛郎织女，对"迢迢银汉"隔开他们的怨恨。以上八字描写，都是为牛郎织女每年一度的聚会渲染气氛的。

"银汉迢迢暗度"句只有六字，却有丰富的情节藏于其中。传说当年"七仙女"化作"织女"与凡间的牛郎结婚生子的事情曝光后，王母娘娘恼怒至极，取下插在髻发间的头簪向下面星空一划，就形成了一条迢迢的、不可逾越的"银汉"（也就是银河），把牛郎织女分隔在"银汉"两岸。但王母娘娘仍然顾念"织女"是"七仙女"，就准许她每年"七夕"走过银河去看望丈夫孩子。至于如何渡过"银汉"，王母娘娘就不告诉织女了。这事情让乐于助人成好事的一群"喜鹊"知道了，就前来帮助。它们趁着王母娘娘不留神，就用它们自己的身体搭成"鹊桥"，把牛郎织女接到鹊桥上相会。这就是"银汉迢迢暗度"六字所包含的丰富的内容。此六字，为"牛郎织女鹊桥会"增添了些许喜庆的气氛。

"金风玉露一相逢"句，叙述了牛郎织女鹊桥会的一时欢愉。"金风玉露"，是对"七夕"那个秋风送爽、白露为霜的夜晚美景的描述，牛郎织女就是在那个美好的夜晚"一相逢"的。"便胜却人间无数"，词人开始由叙述转为议论，表达出词人豁达的爱情理想，说出他对牛郎织女短暂相会的慰勉：他们虽然难得见面，却心心相印、息息相通，而一旦得以聚会，在那清凉的秋风白露中对诉衷肠，是多么富有诗情画意啊！这岂不远远胜过尘世间那些长相厮守却貌合神离的夫妻？

下阕则是写牛郎织女在短暂相聚后的依依惜别。"柔情似水"，是形容牛郎织女的缠绵情思，犹如天河中的悠悠流水，永无休止；"佳期如梦"，既点出他们欢聚时光的短暂，又揭示出他们久别重逢那种如梦似幻的心境。但"忍顾鹊桥归路"，情调为之一转，写出他们临别前的依恋与怅惘。不说"忍踏"而说"忍顾"，意思更为深曲：鹊桥在他们相会后会变为断桥，他们踏着自己一边的"断桥"，却不忍心回头望一眼离自己越来越远的亲人。这是多么凄凉的情景啊！这时，诗人忘记了自己只是故事叙述者的身份，站出来对断桥两边的牛郎织女说出了两句慰勉的话："两情若是久长时，又岂在朝朝暮暮。"这是词人以豁达的心态对牛郎织女致以深情的慰勉。这一惊世骇俗之笔，使全词升华到新的思想高度。显然，作者否定的是朝欢暮乐的庸俗生活，歌颂的是天长地久的忠贞爱情。

## 行香子

树绕村庄，水满陂塘。
倚东风，豪兴徜徉。
小园几许，收尽春光。
有桃花红，李花白，菜花黄。

远远围墙，隐隐茅堂。
飏青旗，流水桥旁。
偶然乘兴，步过东冈。
正莺儿啼，燕儿舞，蝶儿忙。

这首词描绘春天的田园风光，写景抒情质朴自然，语言生动清新。用朴素的语言、轻快的格调描写出一幅乡村春天风景图。

上阕先从整个村庄起笔。"树绕村庄，水满陂塘"，就勾勒出整个村庄的轮廓，显见村庄里春意正浓的概貌。"倚东风，豪兴徜徉"句，"东风"言明时令，"豪兴"是说心情，"徜徉"则写其怡然自得地在村庄周围徜徉的神态。正是这春意正浓的村庄，引起他进村游春的雅兴。"小园"五句，是集中写进村看见的几个"小园"，并着重写小园里的花："有桃花红，李花白，菜花黄"。——我们从中可感觉到园中花的色彩鲜明,绚烂多彩。这些花朵,是充满生机,"收尽春光"的。

下阕是从另一角度写村庄的风貌。"远远围墙,隐隐茅堂。飐青旗,流水桥旁"四句,作者的视野由近放远,围墙、茅堂、青旗、流水、小桥,是一幅广角镜的风景画,是诗人又徜徉到村外去了。"偶然乘兴,步过东冈"两句表明,他已由村里的"小园"徜徉到村外的原野之中了。"正莺儿啼,燕儿舞,蝶儿忙"三句,就是特写村外原野一隅的景色的。但与上阕描写静静绽放的开花植物不同,这里集中写的是动感极强的虫鸟,写出了春的活力,比起小园来,这村外原野是别一种春光。

这首词结构方面,上下两阕对称,组成两幅相对独立的活动图画,相互辉映而又和谐统一,使人对这乡村春景有一个完整的、全面的印象。

## 二、南宋诗词

1127年,金兵攻入开封,俘虏徽、钦二帝,北宋至此灭亡。同年,赵构在临安建立政权,是为南宋。

两宋交替,使得南宋诗人心境动荡,这在他们的诗作中也有所反映。如从中原逃避战祸,南渡江南的李清照,其前期作品的柔丽婉约与后期作品的悲愤哀伤,就明显地烙上了时代的烙印。南宋进入比较稳定与繁荣的中兴期与中期后,国力有所恢复,光复中原的盼望,成了时代的强音,陆游、辛弃疾等人的爱国诗篇,就是这时代强音的显现。还催生了如范成大之类诗人的田园诗。到宋朝末期,宋朝在与金元对峙的战争中显露颓势,宋朝被驱赶南下闽粤,于是又有爱国诗人文天祥等显露气节的诗歌的涌现。

## （一）两宋之交时的诗词

两宋之交时至南宋偏安江南一隅，最著名的诗词作者是李清照；此外，陈与义、曾几等的诗，也很著名。

### *李清照（1084—约1151）

号易安居士，有"千古第一才女"之称。她生于书香门第，打下良好的文学基础；婚后与丈夫赵明诚开始书画金石的搜集整理，同时也有反映悠闲生活的诗词。北宋亡后，她流寓江南，境遇孤苦，所作诗词多感伤。其词作语言清丽，崇尚典雅，亦甚受推崇。

## 如梦令

常记溪亭日暮，沉醉不知归路。
兴尽晚回舟，误入藕花深处。
争渡争渡，惊起一滩鸥鹭。

北宋未灭之时，李清照家境优越，过着平和宁静的生活。如此生活反映到词作中，就是一种欢快的情调。这首《如梦令》就反映了如此情调。

开头两句写道，还记得是一次愉快的宴饮，那天，"我"是在郊外河边的亭子（"溪亭"）宴饮，至夕阳西下（"日暮"）才尽欢而散，各自摇艇回家。"我"此时已喝醉，并且醉得不轻（"沉醉"），以致"不知归路"了。诗句中，"常记"就是"现在还常常记得"。说明这"沉醉不知归路"，是一件令诗人印象深刻的事情。

"兴尽晚回舟，误入藕花深处"两句写她的醉态。此两句与前两句有因果关系,她就是因为"沉醉不知归路"才"误入藕花深处"的。

最后两句"争渡争渡,惊起一滩鸥鹭",与上面的词句又有承接关系,正是因为"误入藕花深处",不知如何是好,才会发出"怎样才能出去呢?怎样才能出去呢?"("争渡争渡")的惊呼。最后一句"惊起一滩鸥鹭"与前面一句又有勾连,正是"争渡争渡"的惊呼与乱冲乱窜,才会把河滩上日暮归巢的"鸥鹭"惊得聒噪一片,甚至惊飞起来。

读完整首词,对诗人描写半醒半睡的醉态,当会留下深刻的印象。同时,诗人以醉眼描写景物也是极妙的:溪边的亭台、日暮的归舟、河潭深处的藕花、河滩上惊起的鸥鹭,本已笼罩在苍茫的暮色中了,现在再加上诗人的醉眼蒙眬,就更显出无与伦比的朦胧美来了。

## 一剪梅

红藕香残玉簟秋。
轻解罗裳,独上兰舟。
云中谁寄锦书来?
雁字回时,月满西楼。

花自飘零水自流。
一种相思,两处闲愁。
此情无计可消除,
才下眉头,却上心头。

李清照写这首词,当是她与赵明诚婚后不久。此时,赵公干离家远行;李在家思念夫君,时日越久,思念越切。

首句"红藕香残玉簟秋",诗人以户外荷塘中的荷花凋谢,香味消散("红藕香残")的现象,以及户内床上竹席("玉簟",簟读

diàn）冰凉的物象，来点出此时正是秋天。

交代时令后，上阕其他五句，诗人写出她"独上兰舟"览秋以排解"望夫"之苦。诗人脱下罗裙（"轻解罗裳"），换上轻便的衣服，独自来到屋外水边，登上兰花装点的小船（"独上兰舟"）。在"兰舟"中，她抬头望"云中"，希望有"传书鸿雁"出现，能有"谁寄锦书来"（"锦书"，指家书，书信写在锦上，可见其珍贵）。但雁阵从北方飞回（"雁字回时"）又继续向南方飞去，却什么也没留下。诗人就这样仰望天空，直至"月满西楼"。我们从她的盼望中，当也可感受到她思念夫君的拳拳心意了吧！

下阕写她在兰舟上俯首所见时之所想。"花自飘零水自流"：花瓣从花枝上飘落到水里；流水也顺着水势向前流淌，连带飘落的花瓣，都送到远方去了。这是写景起兴，她由低头所见，想起他们夫妇不也像花瓣与流水一样，正在"一种相思，两处闲愁"吗？——各自在两地相思，心结都一样；但到头来都是要给流水送到远方去的。最后三句"此情无计可消除，才下眉头，却上心头"，是诗人想通过游河览秋疏解心结而不得的慨叹；这种相思之苦，是无法消除的。即使是心结得到了暂时的疏解，紧蹙的眉心得以暂时舒展，但立刻又会有新的愁结涌上心头的。

# 夏日绝句

生当作人杰，死亦为鬼雄。
至今思项羽，不肯过江东。

有传说云，此诗是李清照对丈夫赵明诚一次临阵脱逃的丑行的鞭挞。赵为建康知府时，城里发生叛乱，赵明诚没有恪尽职守，连夜缒城逃跑。为此，赵明诚被革职；李清照也深为丈夫的行为感到羞愧。1128

年,他们为避难向江西方向逃亡,行至一大江边,传说此江连接当年项羽兵败自刎的乌江。李清照站在江边,心潮激荡,随口吟就这首诗。赵明诚站在她身后,听后愧悔难当,从此一蹶不振,不久便急病而亡。

头两句直抒胸臆,表示有志男儿当"生当作人杰,死亦为鬼雄"。"人杰"二字是用典,汉高祖曾称赞张良、萧何、韩信是"人杰"。李清照表明:活在人世,就应该当这样的"人杰"。"鬼雄"也是用典,屈原诗中有"身既死兮神以灵,魂魄毅兮为鬼雄"句,李清照这里表示,有志男儿就算死了,也要当"魂魄毅兮"的"鬼雄"。

后两句"至今思项羽,不肯过江东"是借凭吊古迹怀念英雄项羽。这两句是以历史典故来说事。这个典故的重点是项羽"不肯过江东":垓下之战,项羽战败,来到乌江之畔,有亭长劝项羽回撤江东,重整旗鼓,但他回想当年领江东子弟起事,逐鹿中原,成就了霸业;后来却在楚汉之争中惨败下来,撤退至乌江。他心感羞愧,就回答道:"苍天要亡我,我为什么要渡江呢?想当年我与江东八千子弟渡江向西,今无一人生还,纵然江东父老可怜我,难道我就不觉得愧疚么?"他拒绝回江东,为了维护英雄一世的"人杰"的荣誉,他放弃坐骑,举剑迎敌,在汉军重重包围中,一人就杀死了二百汉军,终寡不敌众而战死,他确实是"死亦为鬼雄"的。李清照提起这个历史典故,显然是对南宋贪生怕死的官员的揶揄。

## 声声慢

寻寻觅觅,冷冷清清,凄凄惨惨戚戚。
乍暖还寒时候,最难将息。
三杯两盏淡酒,怎敌他、晚来风急?
雁过也,正伤心,却是旧时相识。

满地黄花堆积。憔悴损，如今有谁堪摘？
守着窗儿，独自怎生得黑？
梧桐更兼细雨，到黄昏、点点滴滴。
这次第，怎一个愁字了得！

赵明诚去世后，李清照的生活日益困难，只能靠变卖家中文物勉强维持生活。这首词，就是她孤单而凄苦的孀居生活的写照。

词作开头那著名的十四言叠字句，是整首词的悲怆情感的点睛之笔。昨夜"晚来风急"的冷清，早晨起来"三杯两盏淡酒"也无法暖身的"寒"意，白日"怎生得黑"的哀怨，以及直至"黄昏"那"点点滴滴在心头"的悲戚，都在这十四字中做了个总起的陈说。这陈说，读起来如泣如诉、若续若断，把"寻寻觅觅"的失落、"冷冷清清"的孤寂，以及"凄凄惨惨戚戚"的凄苦，一起往听众的心扉上撞击，先声夺人地给读者留下了难忘的印象。

接着两句，是按时间顺序往下写。秋天早晨，太阳刚出来，"大地微微暖气吹"，但还没有足够的热度把寒气吹走，所以说是"乍暖还寒时候"。经过无眠之夜的柔弱女子，是很难抵御这秋晨的寒气侵袭的，所以说是"最难将息"。——这样的气候描述，加深了"冷冷清清"的意思，同时也显现了一个受到逃难的折磨与亡夫之痛而变得愁容满面、愁思满腹的"凄凄惨惨戚戚"的弱质女子的形象。

因为"乍暖还寒"，所以就有了"三杯两盏淡酒"的"驱寒"。也许是因为昨夜的"晚来风急"太劲了，或者是因为这"三杯两盏"太"淡"了，所以，"怎"么喝，也"敌"不过"他"（秋夜的寒风）。——从此两句中，我们也可感到早晨时刻的冷清与诗人无奈独酌的孤清，感受到她此刻的愁情。而且她喝的是酒力不足的"淡酒"，而不是昔日的"美酒"，从这一个"淡"字，也可看见，她南渡以前富足安逸的生活，再也无法寻觅了。

上阕最后,以"雁过也,正伤心,却是旧时相识"三句结尾。雁过晴空之景,当是她饮酒时抬头所见。雁从北方飞来,来自沦陷了的中原家乡,所以诗人说这南飞的大雁,"却是旧时相识"。——这就不由得引起诗人的乡愁,引起诗人的"伤心"来了。

下阕头三句是"满地黄花堆积。憔悴损,如今有谁堪摘"。此时,诗人的寻觅,从天空回到地面,回到自家庭院来了:遍种庭院的菊花层层叠叠,由于缺乏打理,就像随意堆积在那儿似的。花园主人"如今"是"憔悴损",病态毕现,不能像往年重阳那样去摘菊赏菊,饮菊花酒了,但除了她,还有谁会去摘花呢?这三句,当是白日庭院的"冷冷清清",以及心中"凄凄惨惨戚戚"之愁情的描写。而字里行间不也暗藏着对往日满地黄花灿烂开放(而不是"堆积"),家人精神爽朗(而不是"憔悴损")地摘花饮酒(而不是"有谁堪摘")的和美欢乐情景的追忆与寻觅吗?所以说,这里的场景描画,正是那十四言叠字句的形象的注脚。当然也是对诗人的愁思进一步的形象描写。

接着,诗人还是写自己白天的愁思。诗人在《醉花阴》一词中,有"愁永昼"之说,而这里两句,正好是"愁永昼"三字的最为形象的描画。"愁永昼"是怎么一种心情呢?"守着窗儿,独自怎生得黑",就是最好的、最为形象的表达。

接着三句写的是挨晚时分的愁思。昏黄的天空,不断铺厚的满地梧桐叶,加上细雨的飘洒,在黄叶上"点点滴滴"地落下。本来秋雨就少见,现在下的是"细雨",那雨声就更是轻微了。但诗人却以"点点滴滴"形容之。可见诗人此时是寂寞得连那细微的雨声,都觉到是"点点滴滴在心头"。诗人此时的愁思如何,可见一斑了。

从上所见,上面句句,虽当中并无一"愁"字,但句句皆写"愁"。词作到"这次第",可以说已经把那"愁"字写得活灵活现,仿佛是可掬可捧了。但诗人到最后两句,还是给这"愁"字做了一个无言的表达、无言的解说,以示她心中的愁思的深重。文学史上,写

"愁"的诗句上千上万，或言愁有千斛万斛，或言愁如江如海，可是无论怎样形容、怎样解说，都是无法说清，确实是"怎一个愁字了得"的。

## 渔家傲

天接云涛连晓雾，星河欲转千帆舞。
仿佛梦魂归帝所，闻天语，
殷勤问我归何处。

我报路长嗟日暮，学诗谩有惊人句。
九万里风鹏正举；风休住，
蓬舟吹取三山去。

李清照《声声慢》有名句云："寻寻觅觅，冷冷清清，凄凄惨惨戚戚。"她总想把已经失去的平和与宁静找回来。但对过去的寻觅，只是她的一面，她还有对未来、对理想的追寻。在如此的追寻中，她也有像屈原那样"路曼曼其修远兮，吾将上下而求索"的精神。这首《渔家傲》所显示的正是这种"上下求索"的勇气。

从第一二句中，我们可看到，女词人正处于"寻寻觅觅"的旅途中。她在大海中航行，望远处，看到"天接云涛连晓雾"——天上的"云涛"与海面的"晓雾"接连一处，浑然一体，已无法分辨哪儿是"云涛"哪儿是"晓雾"了。而往上望，看到的是"星河欲转"；再望洋面，则是"千帆舞"。这两句是女词人在狂风暴浪中勇猛觅路航行之所见。这景象描写场面之恢宏，气势之雄伟，就是许多男诗人也不能出其上。有人考证，这是李清照南渡后一次惊险的、在风口浪尖上航行的记录，是她在颠簸的航船上看到的天水之间的情景的真实写照。

往下三句女词人展开了幻想的翅膀,顺着"晓雾"驶进了"云涛";又从"云涛"驶进了"星河欲转"的天河,来到天帝居住的地方。她认为自己是天之骄子,是天上的星宿下凡,所以,她把在梦幻中到了天上,说成"梦魂归帝所"。其中,"仿佛""梦魂",都突出了她所写的是个梦境,而"闻天语,殷勤问我归何处"句,更是增添了梦幻的感觉:尽管她来到了天帝居住的地方,但天帝竟是如此之虚缈,不能亲见其人,只能"闻天语",声音就像是从缥缈的云层上飘下来似的,而天帝的问话,又似乎敲定了她是"天之骄子"的自诩。——这三句,把女词人在寻寻觅觅之中神游太虚的情状做了虚幻的描摹,她心中的浪漫情怀在此也得到了充分的表露。

下阕中,女词人继续幻想自己在天上的情状。先是她对天帝问语的回答:"我报路长嗟日暮,学诗谩有惊人句。"——这回答表明了,她正像屈原那样,正在"路曼曼其修远"的长路中"上下求索",从日出寻到日暮,但"路"长得没尽头,她也就只能长叹自己的功力不够了。她用"学诗谩有惊人句"的嗟叹,来借指自己的功力不足:学了许多古代名家的诗歌,写诗作词也能写出"惊人句"来,但这些都只是徒有虚名,其实是于事无补的。尽管如此,她还有梦,她依然想到达她梦想的境界中去。于是,她在最后三句中,先是想到了庄子描写过的"九万里风鹏正举"的雄伟景象,再想到她自己也被这"九万里风"送到了"帝所"。于是,她向"九万里风"呼喊:"风休住,蓬舟吹取三山去。"——她求助这具有无比能量的"九万里风",把她送到那"三山"去。"三山",就是古代神话传说中蓬莱等三座仙山,现在是女词人追寻的梦乡。那里是她梦想中的幸福乐土,是没有颠沛流离、没有战乱的人月两团圆的完整家园。

\*陈与义(1090—1139)

字去非,号简斋,洛阳(今属河南)人士,两宋之交时的诗人,其诗风极力模拟杜甫。陈与义同时也工于填词。其词存于今虽仅十余首，却别具风格，词风尤近于苏东坡，语意超绝，笔力横空，疏朗明快，自然浑成。

## 临江仙·夜登小阁忆洛中旧游

忆昔午桥桥上饮，坐中多是豪英。
长沟流月去无声。
杏花疏影里，吹笛到天明。

二十余年如一梦，此身虽在堪惊。
闲登小阁看新晴。
古今多少事，渔唱起三更。

作者写作此词时北宋已亡，他历经流离，抵达江南绍兴落脚，并担任了公职。他一次登临城中某小阁，追忆二十多年前在洛中（指洛阳一带）一次旧游，有所感而写下这首词。

上阕忆旧。开头两句"忆昔午桥桥上饮，坐中多是豪英"，是回想往昔在午桥桥上雅集宴饮的情景。那雅集中，参与者多是文豪英才。用"忆昔"二字开篇，直接把往事展开。"长沟流月去无声。杏花疏影里，吹笛到天明"三句，说出他们白天在午桥畅饮，晚上围坐在杏树底下尽情吹奏，一直玩到天明，竟然不知道月光也随着桥下的流水静悄悄地消失，桥下已是一片宁静。这三句写景叙事，显示了北宋当时祥和安乐的氛围，也将当时文人雅士那种充满闲情雅兴的生活情景反映出来了。

下阕感怀。作者在北宋沦亡后饱尝颠沛流离、国破家亡的痛苦。残酷的现实和往昔的一切形成鲜明对照，很自然会有一场噩梦似的感触。

"二十余年如一梦,此身虽在堪惊",就是他久经历难,劫后余生的血泪回忆,是他身世之感和家国之痛的兴叹。接着"闲登小阁看新晴。古今多少事,渔唱起三更",则是触景生情。所"触"之"景"就是"新晴"——雨后新晴的月色。此登临小阁楼所见的"新晴"之月,与上阕所写的"长沟流月"是相照应的,巧妙地将忆中之事与目前的处境联系起来,作者今昔不同的精神状况从中得以显现,从中可联想到二十多年来,乃至"古今"之间多少年来发生的"多少事",都是难以忘怀的。此句大大地拓展了感慨的内涵,把目光转向历史和人生,去做哲理性的思考。但作者却是遗憾地写道:古往今来"多少事",都已转瞬即逝,没人再把它记在心里,只有江上渔者,才把它们编成"渔歌",在那半夜三更里低声歌唱了。

此词直抒胸臆,表情达意真切感人,通过上下两阕的今昔对比,抒发对家国和人生的感慨,韵味的确是深远绵长的。

## 襄邑道中

飞花两岸照船红,百里榆堤半日风。
卧看满天云不动,不知云与我俱东。

这是一首记游诗,既写了船行时所看到的景象,也通过描写抒发了在航行时欢快的感受。

第一句"飞花两岸照船红",写船在红花夹岸的河道上航行。看来,诗人是在"江花红似火"的大好春光中坐船经过这条河的。"飞花"二字表明,由于船只顺风航行,船速较快,就产生了这种"飞花两岸"的幻觉,就好像红花向船头扑来似的;并且由于红花的茂密与烂漫,又仿佛把正向前行走的船只也照红了。

第二句"百里榆堤半日风",直接写船只顺风航行。从"半日风"

三字，我们可以猜想到，这船是在借风力扬帆航行的。"百里榆堤"又告诉我们，船才走了半日，就走过"百里"了，尽管这是夸张说法，但我们也可从中感到船速之快。"榆堤"是对两岸景色的补充。我们可想象到，船只是在夹岸榆树与红花之中行走，那是多么惬意的航程啊！

第三四句"卧看满天云不动，不知云与我俱东"，"卧看"是躺在船板上仰望天空，"满天云不动"是说，满天的云朵就像挂定在天空中。当然，这只是错觉，云朵随风飘荡，是不可能不动的，所以在第四句中他就自我解嘲地说出了原委："不知云与我俱东"。原来，我的船在向东走，天上的云朵也随着风势，和我同步向东飘移啊！——这句诗，其实也是在说明船行速度之快啊。

## *曾　几（1085—1166）

字吉甫、志甫，自号茶山居士。他的学生陆游在为他作的《墓志铭》中称他"治经学道之余，发于文章，雅正纯粹，而诗尤工"。其诗多属抒情遣兴、唱酬题赠之作，闲雅清淡。

## 三衢道中

梅子黄时日日晴，小溪泛尽却山行。
绿阴不减来时路，添得黄鹂四五声。

第一句"梅子黄时日日晴"写天气。"梅子黄时"就是人们常说的"黄梅时节家家雨"的时节，这里写的"梅子黄时日日晴"，反而难得一见。光从这一句，读者当可想象到此时诗人看到这少见的好天气时的好心情了。正是这样的好心情，促使诗人出门去欣赏这少见的好景色的。

第二句"小溪泛尽却山行"写诗人入山与登山。"小溪泛尽"是写他入山。泛,是沿小溪坐小船入山。沿溪景色,诗人没直接描绘,但前句有"梅子黄时",后句有"绿阴不减来时路",可见入山的水路是有"黄"了的"梅子"与夹岸的"绿阴"相伴的。正是这"黄梅"与"绿阴",使得诗人"小溪泛尽"仍兴致不减,才弃舟再前行("却"有再、进一步的意思),开始登山的。

第三句写登山之后归途所见。下山回程中,是"绿阴不减来时路",可以想象,满山的绿荫,路旁的绿荫,都能给人以舒心的感觉。第四句则是给全诗的描画添上了"黄鹂四五声",给了读者以听觉的欢愉。

## (二)南宋中兴期的诗词

宋朝迁都临安后,有一段比较稳定的时期,是为南宋中兴期。

以岳飞为首的"中兴四将"奋起抗战与北伐,使得宋朝能维持半壁江山。岳飞也是一位爱国诗人,传说他写的《满江红》,就曾激起宋代许多爱国文人投笔从戎并在抗敌斗争中写出不少爱国诗篇,陆游就是其中一位。

中兴时期的南宋,经济与文化也有所恢复与繁荣,一批诗人恢复了田园山水诗的创作,范成大、杨万里,就是这方面创作的代表。

## *岳 飞(1103—1142)

岳飞,字鹏举,宋相州汤阴县(今河南安阳汤阴县)人,历史上著名军事家、战略家,位列南宋中兴四将之首。

## 满江红

怒发冲冠，凭栏处，潇潇雨歇。
抬望眼，仰天长啸，壮怀激烈。
三十功名尘与土，八千里路云和月。
莫等闲，白了少年头，空悲切！

靖康耻，犹未雪；
臣子恨，何时灭？
驾长车，踏破贺兰山缺。
壮志饥餐胡虏肉，笑谈渴饮匈奴血。
待从头，收拾旧山河，朝天阙！

这是一首言志的诗歌，充分反映了岳飞将军精忠报国，一心收复失地为国雪耻的爱国情怀。

头两行诗，作者为我们描画出爱国将领岳飞的英雄形象：在风雨暂时停歇的间隙（"潇潇雨歇"），一位将军在凭栏（"凭栏处"）远望（"抬望眼"），他"怒发冲冠""仰天长啸"——这里鲜明地刻画出他脸部表情的严峻与愤慨，从中我们可感觉到岳飞将军的无奈与失望。而"壮怀激烈"四字，则写出了岳飞此刻的心潮澎湃，一股想奔向前方与敌人厮杀的豪情在胸中翻滚。

接着是对偶句"三十功名尘与土，八千里路云和月"。这是对岳飞征战生涯的回顾：三十岁的年华过去了，其中得到的"功名"不少；征战所走过的路也何止八千里！这些功名与征战，有征途中的"尘与土"相随，有天空中的"云和月"做证。读着这两句诗，我们仿佛已经听到征战部队行军的脚步声，看到了战马奔腾时扬起的尘土，看到伴随着军旅行进的白日的云朵和晚上的月亮。诗人把对军旅征战生涯的回顾形象化、具体化,以至到了人人可感的地步了。

然而,上面两句回顾,又似乎是要让读者感觉到将军那"壮志未酬"的遗憾:三十年过去了,但只留下了尘土,留下了足迹,收复故土的宏愿依然不能实现;于是又引出了"莫等闲,白了少年头,空悲切"的言志之句来,将军要表达的,是他"奋发须趁年少"的迫切心愿。

"靖康耻,犹未雪;臣子恨,何时灭"是提出问题。一方面承接前面表达了救国宏愿的急切;另一方面也使得下阕中情怀与抱负的抒发得以引发。"靖康耻",说的是北宋末期靖康二年四月金军攻破东京,掳徽宗、钦宗二帝和后妃、皇子、宗室、贵卿等数千人北撤回金国。这事情给宋朝臣民留下了难以泯灭的"国耻"与"国恨"。这样的"国耻",何时能"雪"?这样的"国恨",何时能"灭"?下文给了回答。

现在就是"驾长车,踏破贺兰山缺。壮志饥餐胡虏肉,笑谈渴饮匈奴血"的时候了,也就是雪国耻、灭国恨的时候了。诗人在这里以想象的情景来回答问题:我们的军队会驾驭着又长又大的战车,向敌人占领的山头冲去,冲出一个缺口来;我们的战士会收复失地,会在敌人原来的阵地上笑谈壮志得以实现的喜悦,会"饥餐胡虏肉",会"渴饮匈奴血"。这是一个多么文学化的回答方式啊,不说"我们胜利之日,就是雪国耻、灭国恨之时",不说"胜利的一天是一定会到来的",而是以这样豪情满怀的想象去表达,充分显示了诗歌表达的文学特点。

最后三句"待从头,收拾旧山河,朝天阙"承接上文风格,以想象战后重建,以及朝拜皇宫的情景来表达争取胜利的信心。

有人怀疑这首词的作者不是岳飞,因为在后来收集岳飞作品的《岳飞诗词集》中没有载入这首词;再者,这首词在宋朝没有出现过,最初见诸书籍是在明朝;还有,整首《满江红》是以第三人称去描述岳飞,诗句中刻画的英雄形象不像是英雄本人的自我描画。因而有人提出此诗是后人歌颂岳飞之作。这也是一个观点,看来也很有可能。但是无论作者是谁,这首词都是一首反映抗金名将岳飞爱国情怀的诗歌。对这一点,论家似乎是没有异议的。

## *林 升(生卒年不详)

字梦屏,平阳(今属浙江)人。大约生活在南宋绍兴至淳熙年间,善诗文。

## 题临安邸

山外青山楼外楼,西湖歌舞几时休。
暖风熏得游人醉,直把杭州作汴州。

这首讽刺诗,锋芒直指失去中原国土的大宋王朝。南宋定都临安后,偏安一隅,沉迷于游乐。这首诗就是对这种腐败现象做出辛辣的讽刺。

第一句"山外青山楼外楼"写西湖美景,是诗人游西湖时眺望周围景色之所见,他看见的是层层叠叠的山岭和楼宇;而第二句"西湖歌舞几时休"则写西湖游船上、亭台楼阁中,处处是一派歌舞升平的景象。但此句语气,明显是对这种沉迷歌舞的行为做出谴责。第三、四句是对湖山之间游山玩水的人的特写,"暖风熏得游人醉"写游乐者的神态,其实抒写出了那种"不知亡国恨"的醉生梦死的人的丑态;"直把杭州作汴州"则直写游乐者对失去半壁江山的视而不见。这寥寥十四字,把南宋官员沉沦颓废的状态充分显现出来了。

## *陆　游（1125—1210）

字务观，号放翁，越州山阴（今浙江绍兴）人。为官期间，他力陈光复中原等主张，反遭弹劾，被罢官回乡。他一生创作诗歌极多，今存九千余首。既有抒发政治抱负，反映人民疾苦的，也有抒写日常生活之作，亦工词，杨慎谓其纤丽处似秦观，雄慨处似苏轼。

## 游山西村

莫笑农家腊酒浑，丰年留客足鸡豚。
山重水复疑无路，柳暗花明又一村。
箫鼓追随春社近，衣冠简朴古风存。
从今若许闲乘月，拄杖无时夜叩门。

现代学者钱钟书曾说，陆游诗也有"闲适细腻"的一面，可让你"咀嚼出日常生活的深永的滋味，熨帖出当前景物的曲折的情状"来。这首《游山西村》就属于这种类型的诗歌。

首联"莫笑农家腊酒浑，丰年留客足鸡豚"，略带浑浊的"腊酒"写出了十足的农家风味，以丰年的肥鸡小猪"留客"更显农家的盛情厚谊。这两句诗，充分反映了"农家"可爱的淳朴民风。

颔联"山重水复疑无路，柳暗花明又一村"，是一联脍炙人口的名句，写饭后"农家"划小艇送酒醉饭饱的诗人回家路上的情景。出句中一"疑"字将小艇穿行于山峦与流水中时那迷路似的感觉刻画得形神毕现；对句承上，写在"山重水复疑无路"之时，小艇拐过一个弯后，前面河汊中却"柳暗花明又一村"。可想而知，此时诗人是如何惊喜了。如果说，首联所表现的，是被"农家"的盛情和淳朴的民风陶醉，此时则是被"景物的曲折的情状"陶醉了。

"箫鼓追随春社近，衣冠简朴古风存"是颈联，写他所见的"又一村"的民俗活动。"春社"之时要举行祭祀仪式，要按风俗习惯游行庆祝。现在，"春社"还未到，这"又一村"已经吹起箫打起鼓来预演，已经是一派节日的欢快气氛了。诗人描写这种习俗，充分表达了诗人喜爱农村生活的真挚感情。

尾联"从今若许闲乘月，拄杖无时夜叩门"是前面三联所描述的民情、民俗，以及好山好水引发的感想。它以相约频来之语结束，可见作者对这里的山水与民风民俗是如何的喜爱与眷恋了。

清代方东树在《昭昧詹言》中说，这首诗"以游村情事作起，徐言境地之幽，风俗之美，愿为频来之约"。这是对诗的结构与情思线索的分析。诗人运用凝练的笔触，围绕着一个"游"字铺展诗篇，不仅写得层次分明，而且勾勒出了一幅色彩明丽的江南农村风情画来了。

## 卜算子·咏梅

驿外断桥边，寂寞开无主。
已是黄昏独自愁，更着风和雨。

无意苦争春，一任群芳妒。
零落成泥碾作尘，只有香如故。

陆游这首词，写出了一株不同一般的、有感情宣泄、有性格特征的梅花。同时，也以描画梅花的品性宣示自己高洁的情操。

上阕写这株梅花的孤清与哀愁。这株梅花长在郊野驿站旁那条残断的小桥边（"驿外断桥边"），是一簇"无主"的花，"寂寞"地开放着（"寂寞开无主"）。此刻，这簇梅花正"独自愁"着呢。怎样的"愁"？诗人没直说，但周围空间的偏僻、无主的孤独、时间的局限

("已是黄昏")、环境的险恶("更着风和雨"),都是令其发愁的因素。联想到陆游本人的身世,以及他满怀壮志却不为人所重视的生平遭遇,我们不由得想到,陆游笔下那孤清得发愁的梅花,不正是他自己的写照吗?

下阕着重写梅花之高洁。"无意苦争春,一任群芳妒",说梅花对"争春"之事是无意的;但它虽"无意争春",然而它确实比其他花朵开放得更早,这正是"群芳妒"的原因。但"群芳"之"妒",并不是梅花造成的,它们要"妒",也只好任由("一任")它们了。这两句在道出了梅花"无意争春"的高洁品性的同时,也反衬出了"群芳""苦争春"与妒忌之丑恶。所谓"苦",就是拼命追求、抢夺,"群芳""苦争春",就是为了争妍斗丽。读到这里,联想起陆游的为人处世,他那不愿同流合污的特点不也显露出来了吗?最后两句"零落成泥碾作尘,只有香如故",更是梅花自己一心保持心地高洁的情操的表白了。那么诗人自己会如何呢?联系上面的词句,我们当会想到,尽管孤独,尽管愁苦,他也是要保持雪中红梅那样的高傲与纯洁的。

## 病起书怀(其一)

病骨支离纱帽宽,孤臣万里客江干。
位卑未敢忘忧国,事定犹须待阖棺。
天地神灵扶庙社,京华父老望和銮。
出师一表通今古,夜半挑灯更细看。

淳熙三年(1176年),陆游五十一岁。是时陆游投名四川抗金名将王炎,在他的幕府中当参议官,是他军旅生涯的开始。这与先前在朝廷中受秦桧等投降派大臣排挤相比,总算是有了个报国抗敌的机会。但不幸的是他生病了,还因此被免去参议官之职,移居到成都城西南的浣花村养病。他病中曾挑灯夜读诸葛亮的《出师表》,写下《病起书怀》二首,这里选的是其中的第一首。

这首诗从衰病起笔。"病骨支离纱帽宽"是写病态:身子骨像散了架似的,瘦弱得连头上的纱帽也似乎过大了;"孤臣万里客江干"是说自己孤单一人客居于万里外的岷江江岸。可见诗人生病偏居蜀地的孤寂无奈了。

接着颔联写病中所思。"位卑未敢忘忧国"是说,他病前虽只是一个地位卑微的参议官,但心中始终不敢忘记为国分忧的职责。而"事定犹须待阖棺"则是忧患长久未能解除引发的慨叹:恢复中原的大事看来遥遥无期,也许还得等到我死后才能实现啊!

颈联"天地神灵扶庙社,京华父老望和銮",写出自己与沦陷区百姓对光复中原的迫切心愿:他期待"天地神灵"都来保佑大宋的社稷江山,而沦陷区百姓("京华父老","京华"指已沦陷的宋朝旧京汴京)也在盼望宋天子御驾亲征收复河山("和銮"指天子车驾)。

尾联写诗人自己病中"夜半挑灯",又一次"细看"《出师表》。这里一句"出师一表通今古",与上面说的"位卑未敢忘忧国",是一脉相通的。《出师表》的精髓在于表现了诸葛亮光复汉室的百折不挠的精神和永不磨灭的意志。陆游病中"夜半挑灯更细看"这篇名著,引起了"出师一表通今古"的联想:当今世人不是也应以《出师表》为鉴,以光复统一为志吗!前面诗人所表达的"位卑未敢忘忧国"的爱国情怀,正是夜读《出师表》后受到启迪而激发出来的。

# 书 愤

早岁那知世事艰,中原北望气如山。
楼船夜雪瓜洲渡,铁马秋风大散关。
塞上长城空自许,镜中衰鬓已先斑。

> 出师一表真名世，千载谁堪伯仲间！

　　陆游曾有过一段军旅生活，曾参加过与南侵的金人的作战，并因而官至礼部郎中；但后被劾去职，归老故乡。这首诗就是他在归老故乡之后写的。这里面的"愤"，既是人虽年老，但仍常怀报国心之"义愤"；也是虽有报国之心而未得实现的"怨愤"。

　　开头"早岁那知世事艰，中原北望气如山。楼船夜雪瓜洲渡，铁马秋风大散关"四句，是回忆当年驰骋山河的往绩。那时宋军抗争的力量犹在，也有"北望""中原"的"如山"勇气；二十多年前，宋人也曾凭着这股力量与勇气，在"瓜洲渡"与"大散关"打过大败金兵的胜仗。但诗人的这段回忆，同时也是心存遗憾与愤懑的："那知"二字告诉我们，他为自己"早岁"不知光复中原不能一蹴而就而遗憾；同时也为自己"早年"有报国心愿却受到阻挠不能实现而愤懑。

　　后面四句，是为自己雄心犹在，但已很难实现而慨叹。"塞上长城空自许"两句，坦承自己当年以"塞上长城"自诩（采用南朝宋时名将自诩为"万里长城"的典故）只不过是句空话，现在是"镜中衰鬓已先斑"，要想再起护国干城的作用，已无能为力了。接着两句说，心中是想以诸葛孔明为榜样，像他那样，"出师一表真名世"的；但像诸葛亮那样英雄盖世的人，千百年间，又有谁可以和他并肩齐名呢！遗憾与无能为力之情在此已表露无遗了。

## 秋夜将晓出篱门迎凉有感

> 三万里河东入海，五千仞岳上摩天。
> 遗民泪尽胡尘里，南望王师又一年。

　　这首诗，乃陆游作于1192年（宋光宗绍熙三年）秋天。当时，中原地区已沦陷于金人之手六十多年；陆游因遭罢斥而蛰居于故乡越州山阴（今浙江绍兴市）也年月长久了。他对国土沦亡，以及沦陷区人民亡国失家之苦痛仍然是铭刻在心的。这首诗的标题，就点明了他写作这首诗时的环境与心情：在一个"秋夜"，东方"将晓"之时，诗人仍然夜不能寐，"出篱门"眺望眼前的群山与溪谷，一阵"凉"风"迎"面而来，心中顿生凄凉之感，想起沦陷了的中原大好河山，想起沦陷区的百姓亡国失家之苦，于是"有感"而命笔，写下了这首不朽的爱国诗篇。

诗歌第一、二句写景，但显然不是眼前之景，眼前有的只是江南低矮的群山与溪谷；他是从眼前的山与溪想开去，怀想起北方与中原的"三万里河东入海，五千仞岳上摩天"来了。他怀想中的"河"，是黄河，是"三万里"长河，"东入海"三字，把三万里长河奔流至海不复回的浩浩荡荡的动态突显出来了；"岳"，应该是梦想中的无数雄伟的山岳的化身，诗人用夸张的词语说它们是"五千仞岳"，再加之以"上摩天"去形容，令人想象到中原的崇山峻岭是如何雄伟奇特！"上"字与"摩"字，还给人以直戳云天的动感。在这两个诗句中，诗人写出如此雄伟的山河图景，令人心神向往，但如此大好河山如今却丧失了，诗人是如何痛惜国土之沦亡就不难想象了。

第三、四句是从望山景所引发出来的想象。诗人想到了中原沦陷区人民亡国失家的苦痛。"遗民"，就是被大宋朝廷遗弃了的、亡国失家的中原百姓。"泪尽胡尘里"则是对中原百姓深受的哀痛与苦难的极为形象的描写：国土遭到践踏，百姓的泪水，就只能洒落在胡人铁蹄所掀起的翻滚的尘烟中。"南望王师又一年"一句，也可让我们想象得到中原百姓泪眼翘首"南望"时的复杂的眼神，里面有盼望，盼望的是"王师"（南宋的军队）来解救他们于苦难之中；但也是失望，又一年过去了，"王师北定中原"的那一天，什么时候才能到来啊！

## 十一月四日风雨大作

僵卧孤村不自哀，尚思为国戍轮台。
夜阑卧听风吹雨，铁马冰河入梦来。

这是一首言志诗。言志诗，多为直抒胸臆，豪言壮语在所难免，但往往诗味寡淡，无法给人留下深刻印象。而诗人这首诗的言志却甚为不同，他用营造文学环境、塑造文学形象以表达心志，所以给人留下的印象就难以磨灭了。

在这首短诗中，诗人连题目也融入了环境描写中。"十一月四日"说明，这个时候已是冬天，而"风雨大作"，也给下面所说的"夜"增添了凄凉的氛围；而作为地点的交代，这是一条与前线相距甚远的、与世隔绝的村落。与这凄凉孤寂的环境相衬的，是一个同样凄凉孤寂的老人。诗歌以第一人称表达，因此，读者就看到诗人作为文学形象也出现在诗行中了：他是一个有血性、有抱负但壮志未酬的老人。

第一句，出现了一个"僵卧孤村"的老者形象，这是一个令人感到哀伤的老年病人，但他却言"不自哀"，不以自己"僵卧孤村"为哀。就是说，他自有觉得"哀"的东西，尚有挂念着的东西："哀"的，那就是他在另一首诗中所说的"但悲不见九州同"；而尚有挂念的东西，那就是下面所说的"尚思为国戍轮台"了。轮台，此时已不入宋朝版图久矣，这里是运用汉代军队驻守新疆轮台的典故，已暗含光复失地之意。第三句"夜阑卧听风吹雨"，字面看，是对病态的描写。夜阑时分（天将亮了），仍然没有睡着，还在听外面风吹雨打的声音，是多么凄凉啊！但这个胸怀壮志却病魔缠身的老人，却把外面的风雨声想象为"铁马冰河入梦来"——自己横跨"铁马"，驰骋在冰天雪地的边疆战场上。诗人把周围环境与自己的心志如此相映衬，就益发突出了他壮志未酬的遗憾，诗歌的悲壮色彩也就更加明显了。

## 示 儿

死去元知万事空，但悲不见九州同。
王师北定中原日，家祭无忘告乃翁。

　　心怀复国抱负的陆游，面对国土沦亡，心情是悲愤、怨恨的。但他已届弥留之际，无能实现自己的愿想了，唯有把未了的心愿寄托给下一代。从这首诗，我们可感受得到诗人心中这种复国为怀，乃至死不瞑目的爱国情怀。

　　首句可解读为"元知死去万事空"——我本来就知道，人死了就什么也没有了。就是说，没有什么东西可惦念，值得我留恋的了。这一句显然是哀调。但第二句却以一"但"字（解作"只是"）做个急转弯，突出了他心中还有唯一一件令他悲哀的事情，那就是"不见九州同"。九州，在典故中是指代整个神州大地的，诗人以此指代整个国家。九州不统一（不同），就是诗人在弥留之际心中最感到悲哀的事情。这是一句撕心裂肺的呼喊，是一句震人心弦的哀号，道出了他心中唯一的"悲"，道出了他的死不瞑目。第三四句"王师北定中原日，家祭无忘告乃翁"，是对胜利的憧憬，也是他死前最为殷切的嘱托，他把光复统一的愿望寄托给下一代。他相信，一辈又一辈人的前赴后继的努力，是一定能实现光复的理想的。

## *范成大（1126—1193）

　　字致能，号石湖居士，苏州吴县（今江苏苏州）人。曾使金，坚强不屈，几被杀。其组诗《四时田园杂兴》六十首，描写农村风光和民生疾苦，较为突出。诗与尤袤、杨万里、陆游齐名，称"中兴四大家"。

## 四时田园杂兴（其二十五）

梅子金黄杏子肥，麦花雪白菜花稀。
日长篱落无人过，唯有蜻蜓蛱蝶飞。

范成大的《四时田园杂兴》共六十首，描写了农村春、夏、秋、冬四个季节的景色和农民的生活。这首是"夏日"十二首中的第一首。

前两句，描述夏日南方乡野多彩缤纷的景色。"梅子金黄杏子肥"，写大地的富饶："梅子"熟了，漫山一片"金黄"；"杏子"肥了，遍野果实累累。而"麦花雪白菜花稀"，写的也是田野中作物的蓬勃生长：麦花雪白，菜花露花蕊，也是作物高产的先兆。

后两句，则是描述农忙时节乡村里格外宁静的景象。"日长篱落无人过"：夏日的太阳整天照耀着农舍篱笆间那条无人穿行的村道，尽显这村落的寂静。其实，这是村里人大清早就离开村庄到村外田野忙碌去了。所以，这村里的宁静是掩盖不了田野间农夫的繁忙与热闹景象的。而最后一句"唯有蜻蜓蛱蝶飞"，则是对"日长篱落无人过"的寂静做进一步的描写。这诗句，以蜻蜓与蛱蝶在寂静的村道上飞行的微小"动静"，来反衬出偌大而空洞的村道上的"静"。这是以动显静。如此描写，是诗人观察景物细致入微的表现。

## 四时田园杂兴（其三十一）

昼出耘田夜绩麻，村庄儿女各当家。
童孙未解供耕织，也傍桑阴学种瓜。

这首诗是"夏日"的第七首。

头两句"昼出耘田夜绩麻,村庄儿女各当家",直陈农人自觉为维持家庭的安稳生活而辛勤劳作的情景。第一句写农人在夏日的劳作。夏日,春耕已完,秋收未到,本是可以比较休闲的;但农人为有更好收成,仍在"昼出耘田"。"耘田"是把稻田里的杂草除去,这是一项艰苦而细致的农活。"夜绩麻",则是写夜晚的劳作。"绩麻",就是把麻丝搓成麻线后卷成麻纱,这也是一种烦琐细致的劳动。第二句"村庄儿女各当家",既指出了"昼出耘田夜绩麻"的正是"村庄儿女",同时也把他们的劳动提升到"各当家"的高度去赞颂,赞颂他们为支撑家庭与家庭幸福而做出贡献。

第三四句"童孙未解供耕织,也傍桑阴学种瓜",是描写儿童玩耍的特写镜头。在桑树的浓荫旁,还不懂得从事耕织("供耕织")的"童孙",也拿着小铲小锄小桶,像煞有介事地"学种瓜"。他们的"学种瓜"其实是游戏,但也"寓教于乐",是在学劳动,学习日后的当家本领。其中一个"也"字,固然突出了孩童也参与了农村的全员劳动;同时也告诉我们,勤劳的品性,已经在下一代农人那里得到继承与发扬了。

## *杨万里(1127—1206)

杨万里,南宋著名诗人。他一生作诗20000多首,只有4200首留传下来,被誉为一代诗宗。杨万里诗歌大多描写自然景物,且以此见长;语言浅近明白,清新自然,富有幽默情趣。

## 小 池

泉眼无声惜细流,树阴照水爱晴柔。
小荷才露尖尖角,早有蜻蜓立上头。

诗歌开头的"泉眼无声惜细流"句，就让我们看到一个"宁静"的小池。我们读过不少描写泉水的文句，都说泉水是有声的，"泉水叮咚""泉水淙淙""泉水汩汩"等皆是，但杨万里这首诗却冒出了一句"泉眼无声"，并说这是泉眼在"惜细流"，它就像收藏家把宝贝拿出来时轻手轻脚那样，把泉水"倒"进小池时，也是轻手轻脚，生怕弄出声音来。这描写就把泉眼写出了人情味，同时也凸显了这小池的宁静。

第二句"树阴照水爱晴柔"，重点就是"晴柔"二字。"树阴照水"，是"晴柔"景象形成的缘由：一是树林在阳光照射下形成阴影，遮盖小池，使小池显得阴凉；二是这池边树林在水中留下倒影，使水边与水里有了两个树林的柔美景色；三是那个"照"字，它指的是阳光透过树林，把斑驳的光亮照在水面上，给小池带来亮光，于是小池的"阴柔"就成了"晴柔"，成就了"树阴照水爱晴柔"的美景。

这首诗前两句，描画的是夏日的宁静与柔美；但诗人也许觉得情景过于清幽，于是写出"小荷才露尖尖角，早有蜻蜓立上头"两句，给画面增添一丝动静。但这动静不会破坏画面的柔美与宁静，小荷的出现，会给池水带来绿意；蜻蜓飞到小荷尖角上，也是会给图景带来生意的！

## 宿新市徐公店

篱落疏疏一径深，树头新绿未成阴。
儿童急走追黄蝶，飞入菜花无处寻。

这首诗记下诗人途经新市（今湖北京山市）投宿客店时之所见。从这首诗中，我们应好好学习诗人构思情节与构建画面的本领。

第一句是"篱落疏疏一径深"。诗人先是在画纸上画上了一道篱笆。也许是因为年久失修吧，所以它是"疏疏"的。但正因其"疏疏"，我们才能透过"篱落"，看到后面的"一径深"：在杂草丛生的野地里有一条弯弯曲曲的通往远方的小路。于是，近处"篱落"的后面，也就有了那条小路的远背景，画面的纵深感加强了。

第二句"树头新绿未成阴"描画的是一棵树。这树是"树头新绿"，但还"未成阴"，还没到能遮阴的地步。这棵树在菜园中不是主角，也应该画在篱笆外做背景好了。

但是，作为一幅画，光有前面两句说的背景是不够的。画画怎能只画了后方的景物，却把占画面显著位置的前面一大块空出来呢？于是诗人就写出了三四句："儿童急走追黄蝶，飞入菜花无处寻。"以此作为这幅图画的主要内容。我们先看图画中这主要位置上的景物：这里是一片长着黄色菜花的菜地。由于有了黄色的装点，菜地艳丽起来了。于是，在画的背景——篱笆、树木、草丛、小径的衬托下，前面黄色的菜花成了主角，一幅完整的夏日"菜园小景"就形成了。

然而，不管怎么说，这样一幅"菜园小景"，顶多只能算是一幅静态的风景画。但我们现在读到的，不是风景画，而是一幅情趣盎然的人物风情画。从"儿童急走追黄蝶"一句中，我们会发觉，画面中有两个动点：一个是"儿童"，他在"急走"，在"追"——从篱笆外弯弯曲曲的小路追着一只黄蝶，穿过"疏疏"的篱笆跑进了菜园；另一个动点是"黄蝶"，它在"飞"，也飞进了长着黄花的菜地。由于有了这两个"动"点，画面就生动起来了；但作者还是引而不发，到了第四句，才推出最为精彩的镜头："飞入菜花无处寻"。在这句中，仍然是有两个"动"点：一是"飞入菜花"的"黄蝶"，二是"无处寻""黄蝶"的"儿童"。此刻，诗人把"黄蝶"的"飞"推到"菜花"中去，让"儿童"再也寻不到。画面上只留下那个"急走追黄蝶"的"儿童"在菜花丛中发呆的百思不解的一张大脸的特写镜头。——诗人以如此谐趣的画面来结束整首诗，的确是引人发笑的。

## 过松源晨炊漆公店

莫言下岭便无难，赚得行人空喜欢。
正入万山圈子里，一山放过一山拦。

诗家评论杨万里诗，说他以"新奇、活快、风趣、幽默"见称。阅读这首诗，当对杨万里诗的"新奇、活快、风趣、幽默"，有更加深刻的体会。

从题目看，大概是诗人（还有其他同行的同伴）大清早起来，就去攀登松源的一个山岭了。既然称为"岭"，当不会太高。翻过这山岭到了漆公店（地名），看见前面是更多更高的大山，于是停下来支火"晨炊"，吃完早饭再走。这漆公店应该就是诗人和他的伙伴观望前面群山的观察点。

第一、二句"莫言下岭便无难，赚得行人空喜欢"，是他们登上松源岭又下岭到达漆公店后说的话：谁说的"下岭便无难"啊？这话可说不得啊（"莫言"），害得我们空欢喜一场！诗歌一开头，就来了这调侃的两句，杨万里的风趣、幽默，已可见一斑。

这既然是调侃，当然不是怨言，也不是追究责任。我们本可不必深究谁被"赚"了，又是谁"赚"了他们；但我们从这"赚得"二字，却可以想到"言之外"的情景："下岭便无难"——攀爬到山顶，下坡路就好走了！——这可能是某同行者在上坡时按常理推测的话，这话显然是引起他们如此调侃的原因。

前面两句是调侃，后面两句"正入万山圈子里，一山放过一山拦"，则是无奈的慨叹。这两句慨叹表现手法很新奇。他本身是慨叹：松源岭刚把我们放过，前面又有一道大山把我们拦住了！但这慨叹却让我们看到了奇特的山景：诗人把他们走进万山之中形容为"正入万山圈子里"，"圈子里"，是说山中盆地之小；而周围是"万山"，可见他们是处于万山的重重包围之中。而后面的"一山放过一山拦",则让我们既看见才把他们放过的松源岭,和早饭后要攀爬的拦路的"一山",还有让他们预见到这"一山"后面还有拦路的"万山"。——诗人是寓慨叹于景色描写中,读者略思考,那些慨叹的诗句,也就成了对雄伟奇特山色的赞叹了。

## 稚子弄冰

稚子金盆脱晓冰,彩丝穿取当银钲。
敲成玉磬穿林响,忽作玻璃碎地声。

这是一首描写"稚子"(天真幼稚的孩童)玩冰的诗歌。"稚子"玩的游戏是别出心裁的。他们早上发现家里装了水的铜盆("金盆")结了冰("晓冰"),于是就把像"银钲"(一种铜锣)的冰块从铜盆中脱胚;然后在那冰块"银钲"上穿个孔,用丝带穿过吊起来,提到屋外到处敲打,这"银钲"也就像"玉磬",发出悦耳的声音来了。这支由"稚子"组成的敲击乐队,穿过村里的林樾,到处播送着他们的欢乐,给村落带来了欢声笑语。但也许是这"稚子"敲击乐队过于兴奋,敲击过猛,把那"银钲"敲碎了。于是,"银钲""忽作玻璃碎地声",他们这场别出心裁的"弄冰"游戏也就结束了。

杨万里热爱儿童。对他们幼稚天真的儿戏,往往会细致观察,因此,对他们敲"银钲",穿林樾,打破"冰锣","玻璃"撒地的可笑行为的描写,也尽显孩童天真与稚气。此时,"天真"与"稚气"相映成趣,融为形之于笔端的盎然诗意,确实令人难忘。

\*朱　熹（1130—1200）

南宋著名的理学家、思想家、哲学家、教育家、诗人；闽学派的代表人物，儒学集大成者，世尊称为朱子。朱熹是唯一非孔子亲传弟子而享祀孔庙的后世学者，位列大成殿十二哲者中。

## 观书有感（其一）

半亩方塘一鉴开，天光云影共徘徊。
问渠那得清如许？为有源头活水来。

题目《观书有感》，提示了此诗的内容与读书的感悟有关。既然是读书的感悟，当然与哲理的思考有关。从整首诗看，它说出了这么一个道理：人的知识，反映了他对世界的认识程度；有的人的知识始终保持清新鲜活，是他不断阅读学习、不断积累更新知识得来的结果。

但是，如果就这样把上面的意思写出来，就不是诗歌，而是议论文了。写诗，自有写诗的规矩；朱熹虽然是个教育家、哲学家，但他现在写的是诗歌，他当然知道诗歌是不能这样写的。于是，他以"观景"代替"观书"，以"观景之感"比喻"观书之感"，以对景物的感悟取代读书哲理的阐述，而只以题目的"观书有感"四字引导读者去联想，把诗中的景物、感想与读书联系起来。正因为如此，这首《观书有感》才给读者带来了深刻的印象。

开头两句"半亩方塘一鉴开，天光云影共徘徊"，写的是游方塘所见。方塘，确有其塘，位于福建尤溪城南郑义斋馆舍内。该水塘只有半亩，因而也叫"半亩塘"。这么一个小水塘，在作者的笔下却是美丽可人的。作者把它形容为一面打开了的镜子（"一鉴开"，鉴，是古代的铜镜，不用的时候以布包着，用的时候才打开），它是如此明亮，以至把飘浮的"天光云影"都反映到"鉴"里了。

后面两句"问渠那得清如许?为有源头活水来",主要是写方塘景色引发了作者的联想。第三句是问句,目的是引发出后面的回答。作者先对前面描写的方塘景色做了补充,这方塘之水是清澈见底的(作者这首诗中要强调的,就是水之"清"),并提出问题:池水("渠"解作池水)为什么如此清澈呢?最后回答:是因为流到这水塘来的水只有"活水",有"源头"的"活水",而不是死水。

光从诗的内容看,只能说它是一首描写景物的诗歌,但有了题目"观书有感"的指引,人们读后自然会联想到读书:铜镜映照"天光云影",与知识反映对世界的认识有共通之处;水清,缘于源头有活水,与知识保持清新鲜活,缘于不断阅读积累,不断更新知识,也是有密切联系的。题目如此一引导,人们就自然会领悟到开头提到的那些读书哲理了。

## 观书有感(其二)

昨夜江边春水生,艨艟巨舰一毛轻。
向来枉费推移力,此日中流自在行。

同前一首诗一样,朱熹是观书有得,欲借写景表现自然之理来阐发"观书"的心得。

这首诗歌描绘的,是一幅动态的江上春航图:昨夜春潮初涨,江面上升,水大流急,往日常常搁浅于江边的艨艟巨舰今天也犹如羽毛漂浮,显得是如此轻盈。回顾江水低浅之时,船夫们虽然竭尽全力费尽周折去拉纤、推移,也依然是白费力气,船只难以前进;今日江水充盈,巨船驰骋于江心,无须外在的推拉之力也能够昂首挺胸地向前航行。这首诗全以形象思维来说话,没下一句理语,而道理却自然寓于其中。

全诗以江边、春水、巨舰为意象，通过水涨水落船行船止的日常现象展现出了这样一条自然规律：万物运行各有其理，条件不成熟时无论如何推进也是徒劳无益，只有水到渠成、条件成熟，事物的运行才会悠游自如。

如此哲理如何与"观书"联系呢？从诗歌的写景中，我们可以想到，朱熹是把"读圣贤书"比喻为水手驾驭着"艨艟巨舰"在江河上行驶，其目的，就是要到汪洋大海去自如游弋。达到如此境界的读书人，就是对"圣贤书"有所顿悟了，就是说，思想境界豁然开朗了，能运用"圣贤书"挥洒自如地去应对"家事国事天下事"了。但是，这"顿悟"并不是突如其来的，而是有前提的，那就是"春水"涨满。就是说，在浅滩上是"枉费推移力"也很难前行而搁浅的"艨艟巨舰"，必须待以时日，到"春水涨满"时才能脱离险境，扬帆远航。想从读书中得到顿悟的学者，当然也要在积累与增长知识上下功夫，才能进入在事业上挥洒自如的境地。

## 春　日

　　胜日寻芳泗水滨，无边光景一时新。
　　等闲识得东风面，万紫千红总是春。

朱熹这首赞颂春天的《春日》，情调欢快，但朱熹毕竟是哲学家，因而，我们从这首写景诗中，还是可找出哲学家抽象思维的特点来。

第一句"胜日寻芳泗水滨"，是一个记叙要素基本齐全的叙述句，有时间："胜日"（佳日，好日子），从诗句看，那也确是个天气晴朗、适于踏春游玩的好日子；有地点："泗水滨"；有事件："寻芳"——寻找鲜花盛开的景象；人物：隐去没说，因为已经不言而喻，这人就是作者自己。但是，读这句诗时，也不必太认真，没必要去考证朱熹是否真的有过这样的远足旅行。"胜日"固然没有指明时日,"泗水"看来也是引用典故(传说孔子曾经在泗水讲学),表示这是个游览胜地罢了。但我们还是可从中感受到这是春天中一次欢快的旅游。

第二句"无边光景一时新",描画的画面非常广阔,"光景"是"无边"的,并且是"一时新"的。——春天到来,一下子都"万象更新"了。但"光景"究竟怎么样,如何"无边",如何"一时新",作者都没有具体描画。但不能否认,这种没有具体描写的描写是高超的,作者是概括了无数的"无边光景一时新"的景象才得出这一句的。这也许就是哲学家的语言概括能力的表现吧!

明代诗人于谦对朱熹的这个句子却有独特的解说,他认为,朱熹是以春游作喻,把读书比作春日郊游,可以得到"无边光景一时新"的功效。他在《观书》中写出了"东风花柳逐时新"的句子,旨在说明读书有如花和柳沐浴"东风",会收到知识常新的功效的。

第三句"等闲识得东风面",作者这里描画的"东风",就是人们常说的"春风"。东风是看不见、摸不着的,更不用说有谁能说出"东风"的"面孔"是怎么样的了。但作者却偏要说他"识得东风面",并且还是在"等闲"之时"识得"的。作者的这种说法虽然抽象,虽然缥缈,但已把"东风"虽然看不见、摸不着,却无处不在的特点具体揭示出来,似乎这无形的风也变得可掬可捧了。

第四句"万紫千红总是春"是对第二句"无边光景"的具体描写:到处都是"万紫千红"的春天景色;也是对第三句"东风面"的具体补充:"东风面"是什么样子的呢?它就表现在"万紫千红总是春"的"无边光景"中,而这"无边光景",正是"东风"带来的。但是,哲学家眼里的"具体"也是概括的。"万紫千红总是春"虽然形容了百花盛开、色彩缤纷的春天景象,但这也是概括抽象的形容,作者没有去具体描写某几种花。至于那些花如何"万紫千红",那就只能靠读者自己去想象了。

## （三）南宋中期诗词

南宋中兴潮过后，开始步入中期。这一时期，南宋文坛词作继续兴旺。一是以爱国词人辛弃疾为代表的慷慨激昂的词作产生；二是以姜夔为代表的婉约词人，继续把婉约词风发展到了极致。

### *辛弃疾（1140—1207）

字幼安，号稼轩，历城（今山东济南）人，南宋豪放派词人，人称"词中之龙"，与北宋苏轼齐名。时人把二人合称"苏辛"。

辛弃疾是个豪气十足的志士。家乡被金人侵占后，他参加了当地的抗金义军，随后又领军回归南宋，希望能随南宋立帜抗金，收复失地。他在南宋曾任江西安抚使、福建安抚使等官职。他现存词600多首，强烈的爱国情怀和战斗精神是他词作的基本思想。他的词作，风格沉雄豪迈，力图抒写恢复与统一国家的期盼。但他也有婉约柔美的词作，此类词作以吟咏美丽河山，以及悠闲幽静的山野园田生活为主，极少言情的、柔弱的词作。

## 永遇乐·京口北固亭怀古

千古江山，英雄无觅孙仲谋处。
舞榭歌台，风流总被雨打风吹去。
斜阳草树，寻常巷陌，人道寄奴曾住。
想当年，金戈铁马，气吞万里如虎。

元嘉草草，封狼居胥，赢得仓皇北顾。
四十三年，望中犹记，烽火扬州路。

可堪回首，佛狸祠下，一片神鸦社鼓。
凭谁问，廉颇老矣，尚能饭否？

京口，也即镇江，是江南历史名城。三国时孙权曾以此为"京城"。晋末，刘裕占据此地，四方征战，曾两次伐魏（南北朝时期的北魏），收复洛阳与长安，并废晋立宋，后人称之为"刘宋"，刘裕因而成为南朝第一帝。刘宋建国后，刘裕以此地为基地，进行了多次北伐（包括这首词中的"元嘉北伐"在内）。所以，辛弃疾登临京口之高亭怀古，是有当地许多历史故事做依托的。

这首词写于1205年。是时辛弃疾已六十六岁，离他率义军回归南宋已有四十三年。在这四十三年间，收复失地的愿望一直未能实现。好不容易盼到朝廷有了北伐的打算，正为"隆兴北伐"做准备，作为一直主张北伐收复失地的抗金老臣，在支持朝廷进行北伐的同时，也为备战北伐的草率举措担心，希望自己能直接参与策划，乃至直接参加北伐。这首词，就是借登临北固亭怀古，抒发自己此时的情怀，说出自己的主张。

开头四句，写登临北固亭，看到充溢着历史沧桑感的苍茫大地（"千古江山"），想到这里正是当年孙权雄踞江左，与魏、蜀抗衡，形成三国鼎立局面之地。他怀想当年的"舞榭歌台"，遥想东吴的繁华，追忆孙权那风采特异、昭著显赫（"风流"）的往绩。但由于沧海桑田的变迁，那些"舞榭歌台"与"风流"往事，早就被千百年的"雨打风吹"，不知刮到什么地方"去"了。然而，遗迹虽难觅，但诗人怀念孙仲谋之意已表达出来了。——诗人是要向当事者表明：当年孙权雄踞江东，成就抗衡江北的大业是成功先例，应是当前的"隆兴北伐"效仿的榜样。

再接着六句，是对在京口立国的南朝第一帝——宋武帝刘裕的怀想。"斜阳草树，寻常巷陌"，显出了几分苍凉，与怀古之意十分吻合。但就是这"寻常巷陌",却走出了个英雄刘裕("人道寄奴曾住");而随后的"金戈铁马,气吞万里如虎"的怀想镜头,正是刘裕南征北战,拓宽刘宋江山的伟绩的描写。这是"怀古"之笔,但从发表政见的角度看,诗人是又一次以历史事实提供了北伐成功的先例,为朝廷进行北伐的设想打气。

上阕怀念史上的江左英雄的成功业绩,情调是雄伟高昂的。下阕词作的情调为之一转,转得沉痛悲切。

下阕先是承接上阕"怀古"之意,继续念想在此京口发生过的历史故事。头三句"元嘉草草,封狼居胥,赢得仓皇北顾",是对刘裕儿子刘义隆一次失败北伐的回顾。元嘉年间,刘义隆无充分准备就草率北伐,北魏皇帝拓跋焘抓住机会,以集团式骑兵突击,把刘宋军追至长江北岸。这就是史上作为败仗战例的"元嘉北伐"。诗人在此回顾那次失败,是要提醒当事者,进行"隆兴北伐",切莫草率行事,否则也是会引来"仓皇北顾"的后果的。

接着,他由怀想史上的"仓皇北顾",想到了如今身处南方"北顾神州"的可悲。他从沦陷区南归杭州,已有"四十三年"。四十三年了,他还是忘不了在"烽火扬州路"上,金兵一路烧杀过来,他们一路边战边退的凄苦情景。当年拓跋焘率骑兵在瓜步山大败刘义隆,还在那里建立了行宫。经过沧海桑田的历史变迁,现在行宫已变成了庙宇。因庙宇是拓跋焘所建,而其小名叫佛狸,所以当地人称这庙宇为"佛狸祠"。现如今,"佛狸祠下,一片神鸦社鼓"。"神鸦",指老鸦在庙宇上空盘旋,准备啄食村民供奉的供品;"社鼓",是村民敲锣打鼓,举行社日盛典——人们已忘记了这是一座为入侵者纪功的神庙,而把它视为自己村里的"土地庙",每逢社日,还设供拜祭了。人们已忘却了沦陷的悲痛,因此,诗人才满怀悲愤地道出了一句"可堪回首"?

诗人这两段"北顾神州"的抒怀,是休戚悲痛的,显示了诗人对至今未能收复失地的郁闷与哀伤,显示了他对丧失江山是耿耿于怀的。

最后三句"凭谁问,廉颇老矣,尚能饭否",是整首词的结语。在怀古之后,诗人借廉颇老年请战的典故,表达了自己壮志犹存,希望能参与"隆兴北伐"的策划,乃至参与收复失地的作战的宏愿。

## 丑奴儿·书博山道中壁

少年不识愁滋味,爱上层楼。
爱上层楼,为赋新词强说愁。

而今识尽愁滋味,欲说还休。
欲说还休,却道天凉好个秋。

根据资料,当时的辛弃疾,因力主抗金而得罪当朝权贵被罢官,正赋闲于江西上饶家乡。他上饶家乡附近有博山,风景颇佳,为排遣心中愁苦,他常会过访博山以消愁。但正如"借酒消愁愁更愁"一样,他过访博山并没能消愁,反而在宁静的山野之间越想越添愁,愁思积聚至极,他愤而命笔,在博山山道的石壁上,题写了这首词,抒发胸中的郁结。

上阕四句,"不识愁滋味",就写出了少年连"愁"是什么都不知道的天真烂漫。重叠的两句"爱上层楼",读来意味非凡。前句"爱上层楼"的意思是:虽然他这个读书哥儿"不识愁滋味",却也像许多吟风花咏雪月、悲秋风伤别离的诗人墨客那样"爱上层楼"。后句的"爱上层楼",则是点出了少年"爱上层楼"的原因:"为赋新词强说愁"!如此四句,就描画出了一个天真烂漫的少年"强作愁"的模样来了。——当时的文人墨客赋诗作词,悲秋风伤别离是流行的主题,于是都得无愁找愁、无病呻吟一番。正值年少的读书郎,"为赋新词",也就"强作"愁模样,登层楼,寻愁觅愁了。

下阕四句一开始"而今识尽愁滋味"就点出了这首词的主旨。这是与"少年不识愁滋味"相对的一句。"少年"时是"不识"愁,而今却是"识尽"了。少年时的"愁"是不知"愁"为何物的"愁",是风花雪月的"假愁",是"强作"的"愁";"而今"的"愁",是人生阅历无数后得知的"愁",是辛弃疾本人坎坷人生所带来的"愁",是虽有心报国却报国无门的"愁",是有收复失地之想却受权贵阻挠而无法实现之"愁"——这样的"愁"是真"愁"。接着是"欲说还休"的两句重叠。心中有了许许多多的愁,一生中"识尽"了的、饱尝了的真正的"愁",却"欲说还休"。本来,有"愁"是一定要说出来,才能得以消解的,但为什么"欲说还休"呢?按文理发展,诗人在下面是应该回答这个问题,说明"欲说还休"的缘由的。但他"却道"的,反而是"顾左右而言他"的一句:"天凉好个秋"!然而,这"天凉好个秋",却是对为什么"欲说还休"这问题的绝妙回答。这句话用中国近代生活中兴起的一句话来说,就是"今天天气哈哈哈"!——你问人家愁些什么呀,他的回答却是:"今天天气哈哈哈!"这虽是牛头不对马嘴,但"愁"的是什么,为什么有愁却说不出,不也就不言而喻了吗?

## 南乡子·登京口北固亭有怀

何处望神州?满眼风光北固楼。
千古兴亡多少事?悠悠。
不尽长江滚滚流。

年少万兜鍪,坐断东南战未休。
天下英雄谁敌手?曹刘。
生子当如孙仲谋。

上阕写登亭眺望。开头"何处望神州？满眼风光北固楼"，就是一句撕心裂肺、饱含亡国失地之哀的慨叹。他登楼远眺，看见的是"满眼风光"，但哪里才能看尽他朝思暮想的神州大地啊！他看见的景物，只是"不尽长江滚滚流"。这又使他的思绪从"怀远"转到"思古"。他想到在历史长河中，上演过多少兴亡故事（"千古兴亡多少事"）啊！但现在，这些故事，是一件件地出现，又一件件地消失，只留下悠长的历史（"悠悠"），就像眼下这"不尽长江"那样，一去不复返了。

上阕是"思古"的开头，下阕则是有意选择一个特定历史事件"思古"。

下阕开头两句"年少万兜鍪，坐断东南战未休"，写曾在此大江南北叱咤风云的孙权的英雄业绩。他十九岁（"年少"）就继承父兄基业，统率东吴几十万大军（"兜鍪"是士兵头上的头盔，这里指代士兵）镇守东南，与优势很大的曹刘抗争几十年。面对如此史事，辛弃疾提出了一个天下谁能与他争雄（"天下英雄谁敌手"）的问题，然后就发思古的慨叹：也就只有曹刘二家了！最后一句"生子当如孙仲谋"则是突出孙权的智勇双全、年少有为。连曹操也不得不赞叹一句"生子当如孙仲谋"！

辛弃疾为何选孙权做思古对象？究其缘由，应与南宋此时的时势有关。当时宋朝偏隅东南，与金朝以淮河为界对峙，情势与孙权当年据守东南十分相似。一心盼望有朝一日收复失地的辛弃疾，对军事羸弱、主战主和争执不断的南宋朝廷是十分焦虑的，心想为什么南宋就不能出个像孙仲谋那样的好君主呢！——辛弃疾在下阕中如此推崇孙仲谋，其主要想表述的意思乃在于此。

## 破阵子·为陈同甫赋壮词以寄之

醉里挑灯看剑，梦回吹角连营。

八百里分麾下炙，五十弦翻塞外声，
沙场秋点兵。

马作的卢飞快，弓如霹雳弦惊。
了却君王天下事，赢得生前身后名。
可怜白发生！

这首词，记下了一个壮丽的梦。

第一句，写一个醉酒的将军回到营帐，挑亮了灯，拔出宝剑，看了又看。这将军是在借酒消愁，他的愁思，都寄托在这把剑里。

他拿着剑，看着看着就睡着了，还做了个梦。在梦里，号角声把他唤醒了，他看见营寨里，营帐一个接着一个，号角声此起彼落；连绵八百里的演兵场上，将领在点兵；拔了头筹的先锋队正在饱餐烤牛肉以壮行；军乐队也以五十架弦乐齐奏着塞外情调的乐曲。出征的壮士刻就要出发了。

下阕第一二句继续写他的梦。梦里的他，看到了战马冲锋、万箭齐发，作为将军的他，正领着军士向敌人展开进攻。军士们的马匹，匹匹都如三国刘备的坐骑"的卢"那样跑得飞快；军士们射出的箭嗖嗖向前飞，犹如电闪雷鸣；嗡嗡作响的弓弦也足以吓破敌胆。第三四句写胜利后的情景。胜利了，作为将军，他为君王完成了博取天下的伟业；他自己也因此赢得了奖赏，赢得了可以享用一生的好名声。

这是美好的梦，但梦醒了，刚才梦中的一切都消失了，他仍然是个壮志未酬的白发老人。于是他只能哀叹一句"可怜白发生"了。

辛弃疾借此梦写出他上前线，收复河山的理想。但他始终壮志未酬。这首词末句的"可怜白发生"，才是他面对的现实。

## 西江月·夜行黄沙道中

明月别枝惊鹊，清风半夜鸣蝉。
稻花香里说丰年，听取蛙声一片。

七八个星天外，两三点雨山前。
旧时茅店社林边，路转溪桥忽见。

据资料，黄沙，是江西上饶黄沙岭乡黄沙村；黄沙道，就是该村茅店旁的一条可以通往县城的官道。作者曾在此当官。这首词，写的是他"夜行黄沙道中"的所见所闻。这首词的绝妙之处是写夜——夜行中所见的夜色、夜景、夜声、夜风和夜雨。

先说夜色与夜景。这首词写的是一个月朗星稀的夜晚，在明月映照下，树木、稻花、山岭、茅店，以及溪水和小桥等夜景，都历历在目，给人以舒心的视觉感受。

再说夜声。诗人墨客往往爱写夜晚的万籁无声，以显示夜晚的宁静。但作者要展现的却是另一种美，一种由各种小生物轻吟合奏所产生的和谐的音乐美。这样的听觉享受是悦耳沁心的。

对夜风与夜雨的描写也很有特色。词中对"夜风"有多处描写："清风半夜鸣蝉"句就写了风引起蝉鸣。再是作者写了"稻花香"，"稻花"有"香"，不也是清风送来的吗？还要注意"两三点雨山前"句，夏夜气候变化无常，刚才还是"清风徐来"，立刻就可转为狂风，以至带来"两三点雨山前"。至于夜雨，虽除了"两三点雨山前"，就没有更多描写了，但我们可以想象，这"两三点雨山前"，就是一场大雨的前奏，所以他才要赶到"旧时茅店社林边"躲雨。

## 太常引·建康中秋夜为吕叔潜赋

一轮秋影转金波,飞镜又重磨。
把酒问姮娥:
被白发,欺人奈何?

乘风好去,长空万里,直下看山河。
斫去桂婆娑,
人道是,清光更多。

从词题中的"建康中秋夜"可知,此词当作于宋孝宗淳熙元年(1174年)中秋夜,为赠友之作。当时辛弃疾任江东安抚司参议官,治所建康(今江苏省南京市)。这时作者南归已整整十二年。十二年中,作者曾多次上书,多次奏议,反复陈说光复之事,但始终被冷落一旁,未被采纳。在阴暗的政治环境中,作者只能以诗词当书信,向知己朋友诉说自己光复国土,让百姓过上清明的生活的心愿。

这首词的上阕五句,写中秋夜的美丽景色:向大地放射出粼粼金光的月亮,就像是一块磨了又磨的明镜在夜空中飞翔。诗人望着明镜似的月亮,仿佛月亮就是个明鉴的判官似的,于是向月亮诉说:月中嫦娥哟,老天如此欺负我这个白发老人,我也就只能如此无可奈何了!——如此诉说,反映了诗人怀才不遇的内心矛盾。

这首词的下阕,作者展开想象的翅膀,翱翔直入月宫,俯瞰大地山河;还幻想着砍去了那棵吴刚老是砍不倒的桂树上遮住月光的婆娑枝叶,让月亮的银光更多地照亮人间。这下阕中诗人的想象虽离奇,却表现了他的理想与为实现理想的坚强意志。

## 清平乐·村居

茅檐低小,溪上青青草。
醉里吴音相媚好,白发谁家翁媪?

大儿锄豆溪东,中儿正织鸡笼。
最喜小儿亡赖,溪头卧剥莲蓬。

这是一首描写农人村居生活的词作。

上阕头两句写村居环境:一间房檐低矮的小茅屋;屋前有小溪,小溪边长着野草。如此简朴环境却很优美。三四句"醉里吴音相媚好,白发谁家翁媪?"还给这环境描写添上了画外音。有趣的是,这声音是"醉里"听到的。这大概是作者在郊游时喝酒了,在醉眼蒙眬中,看到那"茅檐低小"的茅屋,听到从茅屋里传出的"吴音"。"吴音"是江浙一带方言,以声调柔美见称。茅屋里老人的话儿,声声柔美,就像是一曲令人陶醉的抒情小调。但这对老年夫妇究竟是哪家邻里,"醉里"的诗人却想不起来了。

下阕直写老年夫妇说的话,他们在叙说家人的活动。"大儿"在"溪东""锄豆";"中儿"在屋前"织鸡笼";最令人喜爱的是"小儿亡赖",他一副顽皮模样,此刻正在"溪头卧剥莲蓬"。老年夫妇所说的情景,也许正是作者在这小屋前亲眼所见的。老夫妇的话于是就成了给这幅村居图做解说的画外音了。

## *叶绍翁(生卒年不详)

南宋中期诗人。长期隐居钱塘西湖之滨。他的诗以七言绝句最佳,《游园不值》《夜书所见》,都是他的名作。

## 游园不值

应怜屐齿印苍苔,小扣柴扉久不开。
春色满园关不住,一枝红杏出墙来。

先看题目,"游园不值"的意思就是,想游园而没遇上机会。

第二句"小扣柴扉久不开"是事情的记叙:诗人来到园子的柴门前轻轻地敲门,但敲了很久都没人应门。什么原因呢?第一句"应怜屐齿印苍苔"做了个猜测:大概是主人爱惜园里绿色的草苔,生怕游人的木屐踏在绿色的草苔上,屐齿把它们踏坏了。

三、四句"春色满园关不住,一枝红杏出墙来",写诗人"游园不值",只好"望园兴叹"。幸好的是,"春色"是"关不住"的,从那"出墙来"的"一枝红杏",诗人还是能想象到园里的"满园"春色的。这也可算是对"游园不值"的一点慰藉吧!

## 夜书所见

萧萧梧叶送寒声,江上秋风动客情。
知有儿童挑促织,夜深篱落一灯明。

叶绍翁这首七绝,是一首悲秋怀乡的诗歌。

诗题是"夜书所见"。这个诗题提示我们,诗人是在"夜"晚"所见",有所触动,于是"书"下这首诗,以抒发心中思乡的情怀。

诗题的"夜"字,诗句第四句的"夜深",表明诗人所见的时间,而第二句的"江上",则表明诗人"所见"的地点是在一艘泊在江面上的客船上。至于诗人见到、听到的,是岸上梧桐叶落,以至漫天飞卷;

是狂风吹拂梧桐叶而发出的"萧萧""送寒声",以及"秋风"吹拂江面的呼啸声。他还看到江岸篱落边一户人家的生活小镜头:"儿童提灯挑促织"。蟋蟀好斗,儿童常常捕捉并养之以为戏。捕捉蟋蟀要在晚上,因为蟋蟀是昼伏夜鸣的,小童常常挑灯循声捕捉之。本来,儿童是早睡的,但为了玩耍,也会舍弃睡眠,以"挑促织"为乐。

诗人之所见所闻,究竟如何"动"了他的"客情"呢?此刻,诗人独卧船舱,面对梧桐落木萧萧,以及江上萧萧秋风,引起对家乡的怀想是很自然的。再是他看到了"儿童提灯挑促织"的特写镜头,大概让他想起家乡孩童"挑灯捉促织"的情景吧。

\*姜　夔(约1155—1209)

南宋文学家、音乐家。他少年孤贫,屡试不第,终身未仕,靠卖字和朋友接济为生。他多才多艺,精通音律,能自度曲;词喜自创新调,重格律,音节谐美。其作品素以空灵含蓄著称。

## 扬州慢

淳熙丙申至日,予过维扬。夜雪初霁,荠麦弥望。入其城,则四顾萧条,寒水自碧,暮色渐起,戍角悲吟。予怀怆然,感慨今昔,因自度此曲。千岩老人以为有《黍离》之悲也。

> 淮左名都,竹西佳处,
> 解鞍少驻初程。
> 过春风十里,尽荠麦青青。
> 自胡马窥江去后,
> 废池乔木,犹厌言兵。

渐黄昏，清角吹寒，都在空城。

杜郎俊赏，算而今，重到须惊。
纵豆蔻词工，青楼梦好，难赋深情。
二十四桥仍在，波心荡、冷月无声。
念桥边红药，年年知为谁生。

　　姜夔在诗作中对国家分裂、江河变异，常有握腕慨叹之句。这首《扬州慢》，就是一首就扬州城被战火蹂躏的破败景象发出慨叹之作。

　　题目下有题记，交代词的写作背景：时间——淳熙丙申至日（1176年的冬至日）；地点——淮扬；写作动机——过淮扬见破败景象（城池荒废，变成了荞麦地；城内四顾萧条；流经城内外的河流冷冷清清；黄昏时分，戍城军士的吹角悲号，发出了孤独而凄厉的哀鸣），引起他心中怆然之感。此外，题记还写了"千岩老人"（即他的岳丈老诗人萧德藻）读这首词后的评议，说这首词有"《黍离》之悲"（《黍离》是《诗经》中的篇名，周大夫经西周旧都，见已荒废了庄稼地长了野黍，故作诗吊之）。

　　上阕着重写诗人在扬州之所见。开头"淮左名都，竹西佳处，解鞍少驻初程"，是说他在旅途中走过最初的一段路程后到了扬州（宋朝设置淮南东路和淮南西路，淮南东路称淮左，扬州是淮南东路的治所，故曰"淮左名都"），路过"竹西"（扬州城东有竹西亭，是扬州的一处名胜），"解鞍少驻"，休息片时。——这是个平和的开头，但诗人却别具匠心，以这样的开头让人想起扬州昔日的繁华，以反衬当下的萧条与冷落。接着八句，写的是他"解鞍少驻"时所看到的扬州冷落破败的景象："过春风十里，尽荠麦青青"，是说他经过曾经是"春风十里扬州路"（杜牧《赠别》的诗句）的扬州城池与乡野，所见的只是一片片荠麦地，昔日的亭台楼阁都湮没殆尽了。"自胡马窥江去后，废池乔木,犹厌言兵"则说,自从金人侵扰扬州之后,城池破旧了,乔木也凋零了,这些都是兵灾的历史见证,但人们都唏嘘往事,至今还不愿提及那场令人不堪回首的战事。"渐黄昏,清角吹寒,都在空城",是说如今扬州那"废池"之中的萧索,尽显出空城的冷落萧条。本来,作为淮扬东路重地,扬州是应有重兵把守的,但如今这里却是如此冷清萧索。如此景象的描写,也多少显露出诗人对南宋政权只求偏安一隅不思光复山河的不满。

下阕,诗人写重游扬州所感。主要是借杜牧诗说事。杜牧曾屡次游扬州,写下许多赞赏扬州的诗。他对扬州是可称为"俊赏者"的,然而就算他如今重游此地,也是会为它的萧条吃惊的。他有能写出"豆蔻"词句的好功夫(因杜牧在《赠别》中写出"娉娉袅袅十三余,豆蔻梢头二月初"之美句,所以姜夔以"豆蔻词工"来表示杜牧独到的笔力),有写出"十年一觉扬州梦,赢得青楼薄幸名"的神来之笔("青楼梦好"之说,出自杜牧《遣怀》),看到如今扬州的破败,也是无从下笔表达深情的。最后五句是就自己所见发出感慨:曾是玉人吹箫处的扬州"二十四桥",虽然现在还矗立在湖水之上,但如今再也听不到玉人的吹箫声了;能看到的,只是湖心涟漪的颤动,和那天上"无声"的"冷月"了。最后两句"念桥边红药,年年知为谁生",是诗人把目光转向"桥边"的"红药"(也就是芍药花),它是年年都要开放的,就是不知今年又是为谁而开了!——那是对如今的"红药""寂寞开无主"的想象。

## *赵师秀(1170—1219)

字紫芝、灵芝,永嘉(今浙江温州)人,与徐照、徐玑、翁卷并称"永嘉四灵"。诗学唐代贾岛、姚合一派,反对江西派的艰涩生硬。

# 约　客

黄梅时节家家雨，青草池塘处处蛙。
有约不来过夜半，闲敲棋子落灯花。

在诗的丛林中，写访客不遇的诗很多，却少见写约客未到的。这首《约客》可谓是别出心裁，它描绘了苦等客人时那种孤寂无聊的情状。

诗人的孤寂是与自然界声响相映衬的。一是"黄梅时节家家雨"，一是"青草池塘处处蛙"。在他等待时，这些声音听来都是令人烦闷的。

在这单调的雨声与蛙声中，诗人独坐家中等待客人的到来。但客人尽管"有约"在先，但已过"夜半"仍然"不来"。他越等越感烦躁、孤寂，于是无聊得以指头"闲敲棋子"以解闷，眼睛望着前面油灯的"灯芯"，一直到它烧得结焦成灯花，再到灯花成灰自动落下。可见他敲棋子敲了多久，望灯花望了多久了。

从全诗看，诗人以单调的喧闹音映衬孤寂，以闲散的"敲棋子"的动作显示无聊，以"落灯花"说明等候时间的长久与失望。诗人把孤寂与失望描写得如此真切，就好像可以直接捉摸似的。

## *翁　卷（生卒年不详）

字续古，永嘉（今浙江温州）人。诗学晚唐。终身未仕。

# 乡村四月

绿遍山原白满川，子规声里雨如烟。
乡村四月闲人少，才了蚕桑又插田。

江南的暮春四月已是农忙时节。此诗写的正是此时的农忙景象。

第一句"绿遍山原白满川","绿遍"二字表明,整个"山原"已由稀疏的点点嫩绿,变为一片郁郁葱葱了。而这里的"川",是指山下的"一望平川"的水田。诗人用"白满川"形容这片水田,原因乃在于水田为准备插秧,已犁过耙平,还灌满了水。田水映照着天空与日光,从远处望去,就像镜子泛着白光。泛着白光的水田和做背景的绿山相映衬,就成了一幅色彩美丽的自然图景了。

诗歌的第二句"子规声里雨如烟",是给第一句的描绘做补充的。这句子加入了"子规声"做画外音。"子规",就是杜鹃,它的啼叫声有如"布谷",就像是叫农人赶快到田里插秧似的,这声音与白光满田的春耕景象十分吻合。再者,"雨如烟"三字是描写雨雾的。这雨雾笼罩就给这幅田野图披上了一层薄薄的轻纱,给这幅春景图增添了朦胧美,这幅山川图的线条与景色又显出了几分柔和。

第三、四句"乡村四月闲人少,才了蚕桑又插田",写的是四月乡村劳作的"忙","闲人少"就是个个都忙。春天时分,农人采摘桑叶喂养春蚕,已经够忙了;紧接着又到了"插田"季节,就必然更忙了。这两句还有因果关系,正是因为"才了蚕桑又插田",活儿一个接着一个,所以,非全家、全村都得出动不可,当然会是"乡村四月闲人少"了。

由这后两句,我们可以想象得到许多人在水田中活动:灌水浸田、犁田、播种、育秧、送秧、插田,等等。有了这两句,这幅山野农田风景图,就变成了一幅有人在其中活动的春耕风俗画了。这么一来,一幅寂静的风景画也就变活了。

## （四）南宋末期的诗词

元人灭金（1234年）后，挥军南下，剑指南宋；南宋开展了抗元战争，是为南宋末期之开始。宋恭帝德祐二年（1276年），元军陷临安，俘恭帝。南宋皇室南逃福建，丞相文天祥在福建江西继续抗元战争。1278年，文天祥在广东海陆丰被俘，陆秀夫等继续在广东沿海抗元。1279年，南宋船队在崖山海面战败，陆秀夫背上小皇帝赵昺投海，南宋于是灭亡。

南宋末期诗人，著名的有蒋捷、文天祥等。

## *卢　钺（生卒年不详）

钱钟书《宋诗纪事补正》云："本书卷六十六有卢钺，字威仲，永福人，疑梅坡其号也。"疑卢梅坡与卢钺是同一人。

## 雪　梅

梅雪争春未肯降，骚人搁笔费评章。
梅须逊雪三分白，雪却输梅一段香。

这是一首寓言诗。雪花与梅花争辩谁更洁白，谁更清香。它们谁也不服输（"未肯降"）。唯有请来诗人（"骚人"）做评判（"评章"）。诗人左右思量都做不出判断，想搁笔逃避。但雪梅双方都不相让，诗人最后只能说了句"梅须逊雪三分白，雪却输梅一段香"的公道话来。

寓言是用来说理的。这首诗是用说故事的办法去说理，读来饶有风趣。它告诉我们，任何事物都是一分为二的，有长处必然也有短处；另外也说明了，比较是我们认识事物的好方法，因为有比较才能有鉴别。

## *雷 震（生卒年不详）

传说是眉州（今四川眉山）人，活动于宋宁宗嘉定年间（1208—1224）。《村晚》其诗见《宋诗纪事》卷七十四。

## 村 晚

草满池塘水满陂，山衔落日浸寒漪。
牧童归去横牛背，短笛无腔信口吹。

这是一首用绘画手法写出的诗歌。其目的，就是要展现村野傍晚时分的自然景象与人文景观。

诗歌前两句"草满池塘水满陂，山衔落日浸寒漪"，写的是傍晚时分村野的自然景象。水草长满了池塘，池水漫上了塘岸（"陂"，音bēi，池岸），山像是衔着落日似的倒映在带有寒意的水纹上（"寒漪"）。这第二句中的"衔"字与"浸"字，用得很有特色：一个"衔"字把"山"拟人化了，把"日落西山"的景象变得具体形象了。而一个"浸"字，也像是有人把"山衔落日"的美景慢慢地"浸入"池塘似的，也是拟人化的描述。

诗歌的后两句"牧童归去横牛背，短笛无腔信口吹"，这是一幅饶有生活情趣的农村晚景图：村童举止悠然自得，他"横牛背"而坐，无拘无束；吹笛则是"无腔信口"，随意乱吹，一副随心所欲、悠然超凡的模样，的确是令人羡慕的。

# *蒋 捷（约1245—约1305）

字胜欲，世称竹山先生，常州宜兴（今江苏宜兴）人。先世为宜兴巨族，南宋亡，深怀亡国之痛，隐居不仕，其气节为时人所重。长于词，是"宋末四大家"之一。其词作以"练字精深，调音谐畅"著称。

## 一剪梅·舟过吴江

一片春愁待酒浇，
江上舟摇，楼上帘招。
秋娘渡与泰娘桥，
风又飘飘，雨又萧萧。

何日归家洗客袍，
银字笙调，心字香烧？
流光容易把人抛，
红了樱桃，绿了芭蕉。

这首词，是作者在一年春天客途中舟过吴江时所写。

上阕写在客途中泛起乡愁。第一句"一片春愁待酒浇"，就写出了他客途间乡愁中烧的状况。句中的"春"字告诉我们，此时是春季；又如题目所示，此时他是"舟过吴江"。在这春天的黄梅雨季里，他坐在客船上经过这里，也许是客途的寂寞挑起了心中越烧越旺的乡愁，他很想靠岸找一酒家喝上一壶，以浇灭那难以抑制的愁闷。接着是"江上舟摇，楼上帘招"，是写客船在河汊中前行，河汊边是一家家酒楼上飘动的"酒帘"，就琢磨着，该在哪一家泊岸才好。再接着"秋娘渡与泰娘桥"，是客船经过的两处地方，以唐代著名歌女秋娘与泰娘命名，看来是酒家歌楼密集的地方。但到头来,喝酒的念头扑灭不了中烧的乡愁,于是作者就让这"秋娘渡与泰娘桥"在船边划过。"风又飘飘,雨又萧萧",客船又载着他那浓浓的乡愁,划进那飘荡的春风和萧萧的春雨中去了。

下阕写他在舟过吴江时对家的思念,把上阕所写的"春愁"做了具体的陈述。开头三句,是诗人想象中的归家情景:又是"归家洗客袍"(把客途中穿着的沾着路途尘土的衣服脱下来洗了),又是"银字笙调"(自己或是亲人把镶嵌着银字的芦笙拿出来调音),又是"心字香烧"(把心字形的熏香炉拿出来,把熏香放进炉子里点着,这"心字香烧"是人们在悠闲时才有心思去点的,它的幽香散发,会衬托出人们那闲逸舒适的心态)。这是多么圆满和谐的家庭团聚的美好情景啊!但是,现实并非如此。现实是他正在客途中奔波,度过了无数的岁月。最后三句,就把这岁月流逝的意思点了出来:"流光容易把人抛"是说,时光像流水一样迅速流逝,人是无法赶上时光流逝的速度的;而"红了樱桃,绿了芭蕉",则是以具体的物象说明时光的流逝:刚才还是"红了樱桃"的初夏,现在已经是"绿了芭蕉"的盛夏时分了。回到这首词的主题上看,刚才诗人还在幻想家庭团聚的美景,现在却在慨叹"流光"之迅速。他是在表明,时光流逝了,又一年过去了,但归家团聚的渴望,却是不知什么时候才能实现呢!

## *文天祥(1236—1283)

吉州庐陵(今江西吉安)人,南宋末年大臣,在抗元战争中,与陆秀夫、张世杰并称为"宋末三杰"。1276年被派往元军营中谈判,被扣留,后脱险南归,继续坚持抗元战争。祥兴元年(1278年)兵败被俘,在狱中坚持斗争,1283年在柴市从容就义,时年47岁。受俘期间,元世祖以高官厚禄劝降,文天祥宁死不屈,以忠烈名传后世,著有《过零丁洋》《文山诗集》《指南录》《指南后录》《正气歌》等。

## 过零丁洋

辛苦遭逢起一经,干戈寥落四周星。
山河破碎风飘絮,身世浮沉雨打萍。
惶恐滩头说惶恐,零丁洋里叹零丁。
人生自古谁无死,留取丹心照汗青!

文天祥被元军俘虏后,元军企图让他前往崖山宋军水师处劝降。但文天祥却在押解途中路过伶仃洋时写下了这首七律,叙说自己人生经历,表达自己"留取丹心照汗青"的志向与心迹。

首联"辛苦遭逢起一经,干戈寥落四周星",是对他的人生经历的概述。出句说的是他少年读书,青年中举当状元,后来当了个辛苦官的事情。"辛苦遭逢",是说他担任的官职的辛苦以及遭遇的坎坷。"起一经"则是说,他的"辛苦遭逢"都是由一本经书引起的。为什么这样说呢?因为朝廷科举考试的题目往往都与某部经书某一句有关,这回他卷子答好了,就高中而当了官。所以说"辛苦遭逢起一经"。这显然是一种近乎调谑的说法,但如此开头却显得平易,给了人一个轻松的感觉。(这第一句还有两种解法:一是把"遭逢"解作"遇到","起"解作提拔,整句理解为由于遇到朝廷科举考试的提拔才当上现在这个辛苦差使。此解法比较通俗,为一般人所接受。还有一种说法,是把"一经"看作一个叫作"赫经"的元军使者,他出使宋朝,被宋朝扣押,元军以此事为由侵南宋,所以说南宋王朝的"辛苦遭逢"全是由那一个叫"赫经"的人引起的。这种说法看来过于复杂,把南北战争的原因系于一人的说法也欠妥。但也列于此以供参考。)对句"干戈寥落四周星"则是说他最近四年的战争经历。"干戈",是兵器,这里指代抗元战争;"寥落",是说敌众我寡敌强我弱的战争态势;"星"就是"岁星","四周星"就是"四年"。这四年间,他于南方几省辗转苦战,但战果甚微,所以说"干戈寥落"。

颔联"山河破碎风飘絮,身世浮沉雨打萍",是对国家命运和个人命运的慨叹。国家是山河破碎了,像随风飘荡的柳絮一样,处于风雨飘摇的危难状态中;而自己的身世,则像是雨打浮萍那样,时浮时沉。这是国破家亡、个人遭难的状况的写照。

颈联,是说他自己近年在江西的战斗经历以及如今经过伶仃洋(作者取同音,作"零丁洋")时的凄苦心情。出句"惶恐滩头说惶恐"是说他四十岁时从元军军营逃脱后,组织义军于江西"惶恐滩"与元军作战败退而惶恐的往事;而对句"零丁洋里叹零丁",则是说他现时再次被元军俘虏,被押经伶仃洋,前往崖山劝宋朝水军将领投降之事。这对句说的,就是他对所处的孤苦伶仃状态的哀叹。

尾联"人生自古谁无死,留取丹心照汗青",是文天祥流传千古的明志之句。此时他已处于"人为刀俎我为鱼肉"的状态中,孤苦伶仃,四望无援,随时都有被杀的可能。这两句就是他面对死亡威胁而发出的义震南天的豪言壮语。后来文天祥果然被杀。这两句诗,也就成了文天祥之后的仁人志士铭记在心的人生格言了。

## 南安军

梅花南北路,风雨湿征衣。
出岭同谁出?归乡如不归!
山河千古在,城郭一时非。
饿死真吾志,梦中行采薇。

文天祥写下《过零丁洋》诗以表心迹后,元军佩服其忠义,再次劝降,并拟送他往大都见元帝。文天祥遂绝食八日以抗争。其间,元军押其过梅岭(大庾岭上多植梅花,故名梅岭),又于五月四日出梅岭。在经南安军(治所在今江西大余)时文天祥写下此诗。

首联"梅花南北路,风雨湿征衣",略写行程中的地点和景色。文天祥被押至南安军时,已跨越梅岭南北两路。他与押解他的元军经过梅岭时,不一定就有梅花开放,这里只不过是与对句的"风雨"对照,写出了梅花在风雨中摇曳的景色,并以此衬托出在风雨中濡湿了衣衫的一行人的凄苦形象,同时也显示出诗人此时的凄苦心情。

颔联"出岭同谁出?归乡如不归"两句,出句是说行程的孤单,而用问话的语气写出,显得分外沉痛。对句是说这次的北行,本来应回到故乡庐陵省亲,但身系拘囚,不能自由,虽经故乡而犹如不归。这两句抒写了这次行程中的悲苦心情,而此联中两"出"字和两"归"字的重复对照,使得声情更为激荡。

颈联两句承上抒写悲愤。"山河千古在"是说,祖国山河是永远存在的,不会因元朝的替代而消失。"城郭一时非"是说城池被元人占据只是暂时现象。这两句对仗整饰,蕴蓄着极深厚的爱国感情和自信心。

尾联"饿死真吾志,梦中行采薇"两句,表明自己的态度:决心饿死殉国。于是他开始绝食,用商朝士人伯夷、叔齐抗议周武王伐商,隐居首阳山,不食周粟,采薇而食,以致饿死的故事,表示誓不投降的决心。一句"饿死真吾志",说得斩钉截铁,大义凛然,感人肺腑。

这首抒写自己忠义情怀的诗,表现出强烈的爱国感情,显示出民族正气,是用血和泪写成的作品。

# 第三章　元代诗歌

蒙古族人入主中原，带来中国历史上又一个统一的王朝元朝。在政治上统一的同时，在文化上也出现了北方民族与中土民族的融合。元曲，就是这种文化融合的结果。它是继唐诗、宋词之后出现的又一个新的诗歌样式。

这种新的诗歌样式多为文人创作。元朝时，士人（当时的知识分子）社会地位骤然降低，当时所谓"八娼九儒十丐"，读书人的社会地位，几与娼妓、乞丐齐平。社会地位的下降，使得士人开始接触社会底层，也因而自然滋长出渴望自由的思想。这种变化反映在文艺创作中，就是作品的自由化气息浓厚了，更加贴近现实，为雅俗所共享。

元曲分两类，一类是类似唐诗、宋词那样的诗歌样式，被称为散曲；另一类就是可供演唱表演的词曲或元杂剧中的词曲。

词曲，以北方音乐为基础做演唱。每一折用一个套曲，每一个套曲由同一宫调的若干支曲牌组成。如关汉卿的《南吕宫·不伏老》，睢景臣的《般涉调·高祖还乡》都是这一类作品。这些作品虽可供演唱，但写作都是按散曲的套数规格写成的，所以还是应视为散曲。

另外，元代也开始盛行杂剧的演出。关汉卿的《窦娥冤》、睢景臣的《莺莺牡丹记》《屈原投江》就是著名的杂剧作品。其中的唱词被称为剧曲，也是元代诗歌的一种类型。

中国诗歌发展到唐宋，已是登峰造极；元曲这种新诗体，其发展势头不大，无法取代唐诗宋词。所以，元朝文人仍有不少以唐诗宋词体制进行写作的，只是留存后世的并不多。

## *马致远（约1250—1321至1324）

元大都（今北京）人，元曲作家。与关汉卿、郑光祖、白朴并称"元曲四大家"。其戏曲创作以格调飘洒脱俗，语言典雅清丽著称。

### 天净沙·秋思

> 枯藤老树昏鸦，
> 小桥流水人家，
> 古道西风瘦马。
> 夕阳西下，
> 断肠人在天涯。

文学史上以"秋思"为题的诗数不胜数，但以这首最为脍炙人口，以至妇孺皆知、家喻户晓。

这是一首散曲。它诗如其题，全诗所表现的就是一个"人在天涯"的游子在秋季时对亲人、对故乡的思念。整首曲子，既无一"秋"字，也无一"思"字，人们却能从中感到秋意，以及游子思念亲人和家乡的深情。这就是这首诗的独到之处。

第一句"枯藤老树昏鸦"，写的就是远行者看到的秋景秋色。"藤"是"枯"的（虽无"秋"字，但"枯"，正是由于秋天水分不足），"树"是老的（也是由于秋天，老树落叶，只有枯枝留在树上），"鸦"是"昏"的（还是由于秋天，乌鸦无精打采地站在枯干了的老树的枝丫上，也许正为觅食困难而发愁吧）。这三个名物并列出现于画面，已经给了我们一个萧瑟落寞的深秋的感觉。

第二句"小桥流水人家"，一座"小桥"，小桥下面是一溪"流水","流水"之旁是一户人家。与第一句的萧瑟落寞相比,"小桥""流水""人家"三个名词缀成的秋景,情调是欢快的。远行者在看了"枯藤老树昏鸦"的秋景之后,再看这颜色鲜明的秋景,该是眼前一亮!

这两句秋景秋色,一灰暗、一鲜明。这一暗一明,就像说书艺人"卖关子"似的,留给了我们一个疑团:通常写游子怀乡思家,都以"萧瑟""冷落""孤寂"相衬,但这里却来一句情调欢快、色彩鲜明的"小桥流水人家",又该作何解释呢?我们唯有往下再看了。

第三句"古道西风瘦马",是对远游人的写照:在了无人烟的"古道"上,在凛冽的"西风"中,远游人骑着"瘦马"踟蹰前行。这无疑给了读者一个孤寂、冷落的印象。

这前面三句,让读者看到了秋景秋色,以及秋景中一个远行的游子。

至于题目中的"思",主要是通过最后两句"夕阳西下,断肠人在天涯"去描写的。在"夕阳西下",夜之将至的暮色中,远行的游子,"人在天涯",此情此景,撩起了他思乡怀亲的情怀;他思得深,怀得苦,以致到了欲"断肠"的境地。——这两句虽无"思"字,却把远行者的思念,十分真切、十分深切地描写出来了。

远行人思家怀乡,是与前面的秋色秋景有密切关系的:"枯藤老树昏鸦"会催人思乡,"小桥流水人家"也会令人想起老家的温暖,而"古道西风瘦马"则会令他想起此刻他正"人在天涯"。诗中的情景与思念,就是这样纠结在一起的。——触景生情情更苦,苦中看景景更衰,难怪"在天涯"的游子会成为"断肠人"了。

## *张养浩(1270—1329)

字希孟,号云庄,济南(今属山东)人,元代著名政治家、文学家。诗文自成一家,与元明善、曹元用齐名,号"三俊"。散曲以豪放著称。代表作品有《三事忠告》,散曲《山坡羊·潼关怀古》等。

## 山坡羊·潼关怀古

峰峦如聚,波涛如怒,
山河表里潼关路。
望西都,意踌躇。
伤心秦汉经行处,
宫阙万间都作了土。
兴,百姓苦;
亡,百姓苦。

潼关,是长安东面的关隘,前有黄河做护城河,后有华山做天然屏障,形成了"一夫当关万夫莫开"的易守难攻的地势,因而成了长安的门户,历史上的帝王将相要取西京或者守西京,都必须先战潼关。张养浩曾在陕西做官,行经此雄关,想起历朝在此有过的一场场恶斗,不禁感怀万分,于是从同情老百姓的史学角度,写出了这首著名的散曲。

开头三句写潼关的雄伟。"峰峦如聚",写潼关城墙围着的华山。诗人用一"聚"字写华山奇峰峻峭、山峦集聚的险峻,可谓是抓住了华山奇伟的特点了。而"波涛如怒"是写黄河。黄河波浪翻滚,诗人以一"怒"字去形容,也足以让人想起黄河奔腾、河水拍岸所发出的像野兽似的咆哮声。而"山河表里潼关路"是点明上面两句的景象所出现的地点就是"潼关"。但这一句在点明地点的同时也写景,"潼关路"三字让人知道,这不但是"关",也是"路",是连接西东的通道。"山河表里"则表明,这有关隘把守的通道,前有河为"表",后有山为"里",关隘的险峻如何,就可想而知了。

后面的诗句是"怀古",可分为两部分。"望西都,意踟蹰",是引子,就是说,是前面的潼关景象,引起下面对潼关与长安关系的回顾与沉思。每次朝代更迭,帝都长安都会有刀光剑影,都会有血光之灾,因此才会引起他的"意踟蹰"来。后面就是他"意踟蹰"的具体内容了。诗人回顾历史,说到了秦汉两代的更迭。秦朝建都咸阳(在长安范围之内),建阿房宫;汉灭秦,毁阿房宫,在长安建未央宫,但在魏汉更迭之中,未央宫也毁了。所以诗人说,"伤心秦汉经行处,宫阙万间都作了土"。其实,何止秦汉,后来隋朝建都长安,唐朝定都长安,都建有"宫阙万间",但在改朝换代的战火中,不是也"都作了土"吗?诗人只说"伤心秦汉经行处",只是回顾历史的举例而已。所以,"兴,百姓苦;亡,百姓苦",作为诗歌的结语,就不仅是秦汉历史的归结,而是元朝之前的全部历史的归结与感慨了!而这八个字,也正是全诗最为引人注目的精华所在。

## 山坡羊·骊山怀古

骊山四顾,阿房一炬,
当时奢侈今何处?
只见草萧疏,水萦纡,
至今遗恨迷烟树。
列国周齐秦汉楚,
赢,都变做了土;
输,都变做了土。

这是《山坡羊·潼关怀古》的姊妹篇。骊山,在陕西临潼西南,秦时咸阳的宫殿阿房宫一直延伸至此。诗人登临骊山,怀想起这骊山的脚下曾是奢华的秦宫,感慨万千,于是成此作。

开头三句"骊山四顾,阿房一炬,当时奢侈今何处",写登山四顾,周围再也找不到阿房宫的一点儿影子了,阿房宫已经被项羽的一把火烧光了。接着三句"只见草萧疏,水萦纡,至今遗恨迷烟树"写如今四顾骊山所能看到的景色:疏落、荒芜的野草,回旋弯曲的水流,历史的"遗恨",如今只能寄托于周围烟树弥漫的一片朦胧之中了。最后三句"列国周齐秦汉楚,赢,都变做了土;输,都变做了土",更是由眼前的萧条景物引起的怀古情思的直接抒发:"列国周齐秦汉楚",是纵向的历史回顾,说的不是春秋战国的"列国",而是由周说至战国时代的齐秦,再说至秦后的汉楚之争的"列国";在这些争霸的历史中,赢了又如何?输了又如何?到头来不都变成我们脚下的泥土了吗?

这首曲只使用了"赋"的手法,句句都是直抒胸臆,情感的显露鲜明。这与元曲的总体风格是一致的。元曲散曲是为演唱而作的,用词讲究口语化,讲究通俗。这首曲,用词显浅,就极具如此特点。但显浅通俗不等于低俗,比如最后两句"赢,都变做了土;输,都变做了土",语句平易得令人有"土得掉渣"之感,却显示了历史的真谛,乃至可说是历史经验的总结了。

## *关汉卿(生卒年不详)

"元曲四大家"之首,被誉为"曲家圣人"。他的创作以杂剧成就最大,最著名的是《窦娥冤》。他的散曲,内容丰富,格调清新刚劲,具有很高的艺术价值,《南吕宫·不伏老》,是他的散曲代表作。

## 南吕宫·不伏老

我是个蒸不烂、煮不熟、捶不匾、炒不爆、
响珰珰一粒铜豌豆,

恁子弟每谁教你钻入他锄不断、斫不下、
解不开、顿不脱、慢腾腾千层锦套头？
我玩的是梁园月，饮的是东京酒，
赏的是洛阳花，攀的是章台柳。
我也会围棋、会蹴踘、会打围、会插科、
会歌舞、会吹弹、会咽作、会吟诗、会双陆。
你便是落了我牙、歪了我嘴、瘸了我腿、折了我手，
天赐与我这几般儿歹症候，尚兀自不肯休！
则除是阎王亲自唤，神鬼自来勾。
三魂归地府，七魄丧冥幽。
天哪！那其间才不向烟花路儿上走！

这种可演唱的杂曲形式叫"套曲"，由好几首曲牌的曲子配套而成。如这首"套曲"，总的曲调是叫"南吕"（"南吕宫"的略称）的宫调，其中含"一枝花""梁州""隔尾""尾"等曲牌。这里摘录出来的唱词，是这"南吕宫"套曲中的"尾"。

我们从这摘录的唱词中就可得知，关汉卿当时的心志与志趣，是不同于一般士人的。一般士人，追求的是功名利禄，因而随着当时科举制度的取消，失去仕途进取的途径而显得颓丧；但他向往的不是仕途进取，而是文艺的志趣，所以仍然能保持奋发向上的锐气。这首元曲唱词所反映的，正是他性格中对士人视为正途的功名利禄传统的反叛。

开头一句"我是个蒸不烂、煮不熟、捶不匾、炒不爆、响珰珰一粒铜豌豆"，以"铜豌豆"来比喻自己，就道出了他刚强的、不易屈服的抗争的个性。接着第二句"恁子弟每谁教你钻入他锄不断、斫不下、解不开、顿不脱、慢腾腾千层锦套头"，所谓"套头"，指的就是圈套与罗网，但由于它是用千层丝绳编织的，所以，它是会"慢腾腾"地、把你舒舒服服地捆缚住，而在它把你捆缚住的时候，你是"锄不断、斫不

下"、无法"解开"、无法"顿脱"的。这两句连起来意思就是：一些年轻的士人一旦陷入"烟花路儿上"那像"千层锦套头"似的温柔之乡，就不能自拔了；而自己却是在"烟花路儿上"多年滚打，练就一身功夫的"铜豌豆"，不但不会沉迷在这风月之地，反而会把它看成是能让自己大展身手的场所。因为这些"烟花路儿"，正是歌伎、舞伎和琴瑟高手集中之地，是那个时代文化水平最高的文化人汇聚之处，当然也就成了当时文化活动的中心了。如此处所，正是关汉卿的多才多艺可以得到发挥的地方。

"我玩的是梁园月，饮的是东京酒，赏的是洛阳花，攀的是章台柳。我也会围棋、会蹴鞠、会打围、会插科、会歌舞、会吹弹、会咽作、会吟诗、会双陆。"这段唱词的前面是说，他自己玩月、饮酒、赏花、折柳，看来是在烟花柳巷间浪荡的样子。但接着后面却指出，他的所谓玩赏，其实是在显示他的文艺才华：玩"围棋"、踢足球，是体育才能的展现；"打围"，是像如今的"私伙局"那样的几个人自发的自弹自唱活动；插科、歌舞、吹弹、咽作，是戏剧、歌唱、舞蹈、演奏乐器等文艺活动（"咽作"，有人考究，说是一种歌唱的形式）；"吟诗"，是文人常有的文艺创作活动；"双陆"，是一种纸牌博弈游戏，玩起来也是相当文雅的。——这几句从侧面说明他与一般的"子弟每"不同，他没有被烟花柳巷那"千层锦套头"困住，而是让自己多方面的才艺在这文化精英汇聚之地得到了非常充分的发挥。

"你便是落了我牙、歪了我嘴、瘸了我腿、折了我手，天赐与我这几般儿歹症候，尚兀自不肯休！"是说自己对上列这些文艺样式的喜好和热爱。他故意把自己的百般技艺说成是"歹症候"，是顺着世俗对那些文艺活动的蔑视说法而说的，但他自己却认为是"天赐与我"的"这几般儿"看家本领，就算是"落了我牙、歪了我嘴、瘸了我腿、折了我手"，"尚兀自"（仍然还是）不肯罢休的。——由此可见，他对这些技艺的热爱，已经到了迷恋的程度了。

"则除是阎王亲自唤,神鬼自来勾。三魂归地府,七魄丧冥幽。天哪!那其间才不向烟花路儿上走",是他坚持自己的文艺道路决心的宣示:除非是"阎王亲自唤,神鬼自来勾。三魂归地府,七魄丧冥幽",他那对文艺爱好,才会罢休。——这说明,他对文艺爱好的执着,是至死不渝的。

从这段唱词中,我们可感觉到诗人对束缚与禁锢人的思想行为的世俗观念的厌恶与反抗。世俗对说书、演戏、唱歌、跳舞等技艺是瞧不起的,视之为"歹症候";从事这些活动的人也被视为娼妓、乞丐、腐儒,被认为是不正派的"铜豌豆""浪子"。关汉卿故意反其道而言,说自己就是"铜豌豆",就是"浪子班头",还说自己除非死了,不然还是要向这"烟花路儿上走"!如此表白,正显示作者决不与现实妥协的决心;同时也显现了他狂放高傲的个性与顽强、乐观、热爱生活的性格。

*睢景臣(生卒年不详)

字景贤,扬州(今属江苏)人,有散曲集《睢景臣词》,其中收有《般涉调·高祖还乡》;此外有《莺莺牡丹记》《屈原投江》等杂剧留世。

# 般涉调·高祖还乡

【哨遍】
社长排门告示,但有的差使无推故,这差使不寻俗。一壁厢纳草根,一边又要差夫,索应付。又是言车驾,都说是銮舆,今日还乡故。王乡老执定瓦台盘,赵忙郎抱着酒胡芦。新刷来的头巾,恰糨来的绸衫,畅好是妆么大户。

【耍孩儿】

瞎王留引定火乔男女，胡踢蹬吹笛擂鼓。一彪人马到庄门，匹头里几面旗舒。一面旗白胡阑套住个迎霜兔；一面旗红曲连打着个毕月乌。一面旗鸡学舞，一面旗狗生双翅，一面旗蛇缠葫芦。

【五煞】

红漆了叉，银铮了斧，甜瓜苦瓜黄金镀，明晃晃马镫枪尖上挑，白雪雪鹅毛扇上铺。这些个乔人物，拿着些不曾见的器杖，穿着些大作怪的衣服。

【四煞】

辕条上都是马，套顶上不见驴，黄罗伞柄天生曲，车前八个天曹判，车后若干递送夫。更几个多娇女，一般穿着，一样妆梳。

【三煞】

那大汉下的车，众人施礼数，那大汉觑得人如无物。众乡老展脚舒腰拜，那大汉挪身着手扶。猛可里抬头觑，觑多时认得，险气破我胸脯。

【二煞】

你身须姓刘，你妻须姓吕，把你两家儿根脚从头数：你本身做亭长耽几杯酒，你丈人教村学读几卷书。曾在俺庄东住，也曾与我喂牛切草，拽坝扶锄。

【一煞】

春采了桑，冬借了俺粟，零支了米麦无重数。换田契强秤了麻三秤，还酒债偷量了豆几斛，有甚糊突处。明标着册历，见放着文书。

【尾】

少我的钱差发内旋拨还，欠我的粟税粮中私准除。只通刘三谁肯把你揪摔住，白甚么改了姓、更了名、唤做汉高祖。

《高祖还乡》借助一个"喂牛切草，拽坝扶锄"（"拽坝"，即"拽耙"）的乡民的视角，用讽刺手法描画出汉高祖"威加海内兮归故乡"的丑恶一面。这出"套曲"，以反传统的勇气，冲破史学观点的限制，在元曲史上留下了不可忽略的一页。

这套曲以曲牌"哨遍"开场，以汉高祖家乡一乡民的视角，唱出乡中准备接驾的情况。社长（元时，五十户为一"社"，设一"社长"为头人。这里是借用元时体制指代汉时之事）挨户通知（"排门告示"），一件不寻常（"不寻俗"）的事情来了，汉高祖要"还乡"（这里用"车驾""銮舆"等皇帝的用物指代"汉高祖"）。他要乡民"一壁厢"（一边）为皇帝的马队准备草料（"纳草根"），"一边"准备出人当"差夫"，为汉高祖一行服劳役。为了迎接汉高祖，王乡老（"乡老"，乡里头面人物）、赵忙郎（"忙郎"，一般农民的称谓）就忙碌起来，翻出盛贡品的"瓦台盘"（陶制的高脚盘子），找来装酒的"酒胡芦"；把头上的"头巾"洗刷干净，把准备见驾的绸衫"糨"（用煮沸的米水给洗净的衣服上浆）好。个个都装扮得（"妆幺"）像是（"畅好是"）"大户"人家。

"耍孩儿""五煞""四煞"铺陈汉高祖车驾的排场。在"耍孩儿"中，"瞎王留引定火乔男女，胡踢蹬吹笛擂鼓"句，写乡民到村口迎接皇帝。领头的是瞎子王留，他找来一伙（"引定火"）不三不四的人（"乔男女"），让他们胡乱（"胡踢蹬"）吹打（"吹笛擂鼓"）起来。——说明这是一支胡乱拼凑的迎驾队伍，这样写，增添了所谓"迎驾"场面的滑稽。接着写汉高祖一行的威严阵势。先是说"一彪人马到庄门"（一聚马为彪，或三百匹，或五百匹，可见气势之盛）。接着说这队人马前面（"匹头里"）的仪仗队：五面旗子正在舒展地飘扬（"几面旗舒"），分别画有日、月、凤凰、飞虎、蟠龙等图案,代表着皇帝的神圣与尊严。可是,这样的旗帜,在"我"眼中却是不伦不类的:月旗在他眼里成了"白胡阑套住个迎霜兔"(一个白色的圆环套住一只兔子),日旗被他看成了"红曲连打着个毕月乌"(红圈圈住个鸟儿。"毕月乌",传说中的三足鸟,是太阳的图腾),凤凰旗则被看作是"鸡学舞",飞虎旗被看作是"狗生双翅",蟠龙旗被看作是"蛇缠葫芦"。——这些旌旗,都成了滑稽可笑的了。接着"五煞",写皇帝仪仗的"一彪人马"尽是些装模作样的怪人物("乔人物"),"拿着些不曾见的器杖,穿着些大作怪的衣服"。这里特别描写了这些器杖之"怪":"叉"给涂了红漆,"斧"给镀上了银,样子像甜瓜苦瓜的"瓜锤"镀上了黄金,装在长枪上的是个擦得锃亮的马镫(其实是种武器,叫"朝天镫"),扇子也给缀上了白雪雪的鹅毛。这些都令人觉得稀奇古怪。接着"四煞",写这"一彪人马"的情状:"辕条上都是马,套顶上不见驴",是说这天子车队的牲口是一色的骏马,而不是农户的毛驴;"黄罗伞柄天生曲",是描画天子座驾,上面是一顶叫"曲盖"的黄色大罗伞,伞柄弯曲着,样子怪异得很;而随从的男官与女官,也同样形状怪异,"车前八个",像是阎王庙里的"天曹判","车后若干",则像是官府里押解犯人的差役("递送夫");还有几个("更几个")女官,都是娇滴滴的女子("多娇女"),穿着一样的衣裙,都做一样的打扮。——这皇家仪仗与护卫,尽显皇家气派,但在讨厌这排场的乡人眼中,就成了丑角戏班在游行,确实令人忍俊不禁。这样的描写,显然是对皇家气派的极大讽刺。

"三煞""二煞""一煞"与"尾",写乡民发现"高祖"原来是庄里一无赖,于是数落他当年劣迹,揭穿他隐藏在黄袍之后的真面目。

"三煞"写皇帝到达庄门。先是说"那大汉"(用"那大汉"称呼"高祖",已显露他对高祖的蔑视)下车时,乡人向他"施礼数","展脚舒腰"礼拜,他却"觑得人如无物",对曾是自己乡亲的"众乡老",虚情假意地挪挪身子("挪身"),做了个要将人扶起的手势

("着手扶",其实并没有真的去扶),十足个目中无人的模样。接着再写"我"这个乡民,在随俗礼拜之后,"猛可里抬头觑",觉得眼熟,于是再多看几眼("觑多时"),终于认出来了("认得")。原来这个叫作"汉高祖"的,竟然是个"险气破我胸脯"的人。

　　"二煞"中,"我"把"汉高祖"的底细像剥笋那样层层剥开。原来这家伙家底并不高贵。他姓刘,老婆姓吕;做亭长时就是个酒徒,在家也是个"喂牛切草,拽坝扶锄"的庄户。——这段"二煞"是揭老底,下面"一煞",就揭出他的无赖面目来了:那年春天,你采了"我"家的桑;那年冬天,你借了"我"家的粟;平日里,你零支了"我"家的米麦,数目更难以计算了。你与我换田契时,强称了我家的"麻"三十斤("三秤"。一秤为十斤)。还"我"酒债时,又偷偷地量走"我"家的豆几十斗("几斛",一斛为十斗)。你的骗账与行状,是"明标着册历,见放着文书",难道还有什么不清楚明白的地方("糊突处"。糊突,即糊涂)?——这义正词严的揭露,汉高祖那道貌岸然的画皮也就荡然无存了。

　　最后的"尾",是对汉高祖的嬉笑怒骂:你这无赖欠账一定要还,你少我的钱,也要在差使中("差发内")立即("旋")拨还;欠我的粟,应从税粮中自行("私")扣除("准除")。你这无赖"刘三",不说自己真名实姓,却改名换姓,"唤做汉高祖",莫非你是想赖账不成!——这几句挖苦话,令帝王的尊严扫地,是会令听众拍案叫绝的。


## *王　冕(1287—1359)

　　诸暨(今属浙江)人。他出身贫寒,幼年替人放牛,靠自学成为诗人、画家。他以画梅著称,尤工墨梅。

# 墨 梅

我家洗砚池头树，个个花开淡墨痕。
不要人夸好颜色，只留清气满乾坤。

这首诗原题叫《墨梅图题诗》。王冕确有一幅《墨梅图》留世至今，但诗题中所说的"墨梅图"是否就是王冕自画，已不得而知。

开头两句是写画中情景的：画上有个池塘；池塘边有棵并不高大的梅树，树上绽开着梅花。这个池塘为什么叫"我家洗砚池"呢？这是有意使用典故。传说东晋书法家王羲之家中有小池，王羲之练书法常常在这池中洗笔和墨砚，久而久之，整个小池就变成墨黑色了。王冕因自己与王羲之同姓，所以说这个池塘为"我家洗砚池"。而池边的那棵"池头树"，此刻已经是"个个花开"了。"淡墨痕"是写花的颜色。人人皆知，梅花是颜色鲜艳怡人，不可能留下什么"淡墨痕"。但这两句诗不是真的写梅花，而是写水墨画中的梅花，那画面上"个个花开"的，当然只能用"淡墨痕"来描画了。正因为如此，题目才把这画中的"梅"称作"墨梅"。

诗人咏物，其实是歌颂人中君子的默默奉献精神。以水墨画梅，当然没什么好颜色，也没有什么香气了。它留下的只有"淡墨痕"，只有墨香留下的"清气"。诗人借此咏志，赞颂默默奉献、不追求赞赏的高尚品格。像"墨梅"一样的君子留下的高风亮节，是会香"满乾坤"的。

## 第四章　明代诗歌

1368年,朱元璋建立明朝,随后北伐驱逐元廷,元廷于1368年退回蒙古大漠,史称北元,后北元臣鬼力赤篡权建立鞑靼,北元灭亡,从此退出了中华历史舞台。

在中华文化建设史上,明朝的主要功绩,是恢复古老的汉族文化传统,如在诗歌领域,明朝文人恢复了唐诗宋词体制的诗歌写作;但由于社会及时势的局限,佳作却很少出现。此外,明朝的诗歌新体制的建设,也建树甚少,主要是发展了元时已经开始了的散曲的创作。元朝时散曲主要流行地区是北方,因此被称为"北曲"。到了明代初期,主要的文化活动区域是在南方,于是明代的散曲,添加了南方(长江以南)戏曲的各种曲调,用韵以南方(江浙一带)语音为准,音乐上用五声音阶,声调柔缓婉转,以箫笛等伴奏,是为"南曲"。明代的南戏和传奇,都以南曲为主。明代散曲作家王磐的曲作就都用南曲,因之被称作南曲之冠。

\*于　谦(1398—1457)

字廷益,钱塘(今浙江杭州)人。于谦诗作,显示出他慷慨悲凉的人生风格。他是明朝名臣,战功也显赫,在讨伐汉王朱高煦与保卫京师的战事中都卓有奇勋。天顺元年(1457年),有朝臣诬其谋立襄王之子而被诛杀;成化初,朝廷才平反赐祭;万历中,改谥忠肃。于谦与岳飞、张煌言,都是在杭州被杀,因而被称为"西湖三杰"。

## 石灰吟

千锤万凿出深山，烈火焚烧若等闲。
粉骨碎身浑不怕，只留清白在人间。

此诗据说是于谦在十六岁时所作。

第一句"千锤万凿出深山"，是写石灰石的开采。石灰石的开采，一般是在"深山"，经过石工的"千锤万凿"开出小块，才能运出深山送去灰窑中烧制。第二句"烈火焚烧若等闲"，是写石灰石在灰窑中炼制这道工序。石灰石是一定要经过"烈火焚烧"这层"炼狱"的。于谦笔下的石灰石，面对炼狱的态度是"若等闲"，它不把"烈火焚烧"当作一回事。第三句"粉骨碎身浑不怕"承接前面两句，写石灰石面对"千锤万凿"和"烈火焚烧"的态度。本来石灰石经过"千锤万凿""烈火焚烧"，就会"粉骨碎身"。但在"粉骨碎身"的结局面前，它的态度是"浑不怕"。第四句"只留清白在人间"是结句，因为它知道，只有"粉骨碎身"，才能成为石灰，才能"只留清白在人间"。这"只留"二字，用字很贴切，因为"粉骨碎身"之后，除了留下"清白"的石灰之外，就什么都不存在了。

也许，十六岁少年于谦在创作这首诗时，也想到了他的人生也应该像石灰那样，做"粉骨碎身浑不怕，只留清白在人间"的人吧，也许他已把这作为自己的人生理想、人生标的了。后来于谦为官，官至兵部尚书，始终保持正直、廉洁、爱国，以至为维护大局利益而不避危险的高尚品质，到最后坦然面对被杀。他也是在实践自己少年时立下的志向啊！

# 观 书

书卷多情似故人，晨昏忧乐每相亲。
眼前直下三千字，胸次全无一点尘。
活水源流随处满，东风花柳逐时新。
金鞍玉勒寻芳客，未信我庐别有香。

于谦这首七律，写出了他以读书为乐的高尚情操。

首联写他视书籍如故人。这个"故人"是"多情"的。"他"每个早上或是每个黄昏，不管你是在忧愁还是在快乐，都愿意陪伴着你，和你亲近的。于谦把书籍拟人化了，把它视作和自己最亲近的故人。——这是读书之一乐。

颔联写读书可以修身养性。看书有所感触时，就会觉得，眼前的华章就有如李白所说的"飞流直下三千尺"（"眼前直下三千字"），给你以"醍醐灌顶"，以至使你心中杂念全消（"胸次全无一点尘"）。这是让你有心灵被洗刷的清心寡欲的感觉。——这又是读书之一乐。

颈联"活水源流随处满，东风花柳逐时新"，是说书籍可以助你丰富知识，乃至更新知识。这又是一乐。诗人这是引用朱熹诗作典故来说明的。出句引用的诗句是"问渠那得清如许？为有源头活水来"。于谦以此说明，只要读书，处处都能找到"活水源流"，使你的知识得到积累和丰富（"随处满"）。对句用的则是朱熹《春日》的典故，朱熹用春游作喻，说读书有如春日郊游，可以得到"无边光景一时新"的功效，于谦借此说"东风花柳逐时新"，是要说明读书有如花和柳沐浴"东风"，会收到知识常新的功效的。

尾联两句，用那些"金鞍玉勒"的"寻芳客"的追求，与自己从书中寻乐做对比。"金鞍玉勒"四个字，说明那些"寻芳客"是如何富甲天下；他们要"寻芳"，就是想找到最香最美的鲜花。但他们是没办法找到的，因为他们不可能想到，世上最香的鲜花，就在清贫的读书人那破旧的书屋中（"未信我庐别有香"）。这两句，以书香为"别有香"，并以此作结。可见他心目中，读书之乐是世上多么无与伦比的乐趣了。

## *夏完淳（1631—1647）

明末诗人，生于松江府（今上海市松江区）。夏完淳是明末殉国的少年英雄，殉国时年仅十六岁。《别云间》是他殉国后流传后世的一首名作，作品中爱国情怀洋溢，极为感人。

### 别云间

三年羁旅客，今日又南冠。
无限山河泪，谁言天地宽！
已知泉路近，欲别故乡难。
毅魄归来日，灵旗空际看。

在父亲夏允彝与老师陈子龙的影响下，生长在明末乱世中的夏完淳，13岁就参与了父与师的反清活动，在家乡一带抗击清军；失败后，夏允彝投水自殉，夏完淳乃追随陈子龙参与太湖义军领袖吴易的抗清军事活动。后被清军在其家乡松江府缉捕，押至南京，为明朝叛将洪承畴所杀。这首五律诗是他被捕后在狱中所作。是时洪承畴正要把他押离松江，解往南京。松江又叫"云间"，所以题目叫《别云间》。

首联"三年羁旅客，今日又南冠"，写诗人自己近三年（从十三岁到十六岁）的遭遇。"羁旅"，是长期寄居他乡的意思。这是对自己跟随父亲与老师投入抗清斗争的三年历程的概括。"今日又南冠"用了《左传》中的典故：楚人钟仪被晋人俘虏，押至晋王处。晋王看见他戴着南方人的帽子，就问左右："那个被捆绑着的、戴着'南冠'的是什么人？"这里是用"南冠"代指当了俘虏。这首联写的是一段战斗历程，但少年诗人却说得很平和，就像是和家里人叙家常。

颔联两句，是对这三年转战异乡而又遭遇失败的经历的慨叹。这三年间，眼看国土沦亡，山河哀歌（"无限山河泪"），但自己却无力回天，于是发出了"谁言天地宽"的怨叹：天虽空，地虽大，但老天留给我们走的路却是这么狭窄！——诗人的哀恸，在这两句诗中充分表露出来了。

颈联是"已知泉路近，欲别故乡难"。解往南京，他已预知是他年轻生命的终结，是已到了与故乡诀别之时了。但他对故乡、对故乡亲人是如此难舍难离，所以以"欲别故乡难"表达这生离死别的哀情。

最后，尾联"毅魄归来日，灵旗空际看"两句，是对死后状况的憧憬，表达了少年诗人以身许国的必死决心。"毅魄"二字，显示他的忠贞不渝、刚毅不屈的决心。他憧憬自己死后魂魄飘荡、魂兮归来的状况，想象着在空中遥望亲人为自己摇幡招魂的情景。如此深沉的想象，把他对亲人、对家乡的眷恋表露无遗了。

## *王　磐（约1470—1530）

字鸿渐，号西楼，高邮（今属江苏）人。少时薄科举，一生没做过官，尽情放纵于山水诗画之间，尤以散曲脍炙人口，被称为南曲之冠。

### 朝天子·咏喇叭

喇叭，唢呐，曲儿小腔儿大。
官船来往乱如麻，全仗你抬声价。
军听了军愁，民听了民怕。

哪里去辨甚么真共假？
眼见的吹翻了这家，吹伤了那家，
只吹的水尽鹅飞罢！

明朝正德年间，宦官当权，他们的官船来到大运河边的乡镇，则吹喇叭骚扰民间，强征硬夺，王磐作此南曲以讽。

开头四句"喇叭，唢呐，曲儿小腔儿大。官船来往乱如麻，全仗你抬声价"，写的是运河上喇叭聒噪的景象。当运河上出现从京城来、往京城去的官船时，就特别引人注目，因为官船上，或官船码头上迎来送往的喇叭唢呐，声音特别刺耳，高腔高调的，聒噪不停。那声音是为官船张声势、抬身价的。王磐家乡高邮就在大运河边，这种景象见得多了，多到"乱如麻"的程度。我们从"乱如麻"三字，已可感觉到这喇叭的扰民，是多么频繁，给百姓增加多么沉重的负担了。

接着三句"军听了军愁，民听了民怕。哪里去辨甚么真共假"，写喇叭声之惊民。老百姓听到这样的喇叭声，就知道京城宦官来了，地方的军民又得遭殃了！他们狐假虎威，强征硬夺，所以百姓才"军听了军愁，民听了民怕"。对于这些"手把文书口称敕"的宦官，百姓"哪里"能"去辨甚么真共假"哟！他们也不敢去"辨甚么真共假"。由此可见，这代表"官威"的喇叭声，是如何让老百姓惊骇了。

最后三句"眼见的吹翻了这家，吹伤了那家，只吹的水尽鹅飞罢"，写出了王权与官宦势力的强征硬夺对百姓的祸害。老百姓这家倒了，那家伤了，富庶的江南水乡也变得水尽鹅飞，显出了一派萧条死寂的景象。

咏物，要抓特征。赞颂它，要抓人们喜爱的特征。现在写喇叭讨人厌，当然也要抓住它讨人嫌之处。喇叭唢呐讨人嫌，莫过于它那聒噪的声音，所以整首曲都是抓住这声音的特点去写。此外，咏物，要有象征意义才能起作用。这里的喇叭声，象征强征硬夺的官宦势力，也象征狐假虎威。有了这个意思,这首曲才有了鞭挞黑暗势力的现实意义。

这首明代南曲语言通俗,继承了元曲接近民俗的风格。诗歌由调谑的语调开始,说这喇叭声"曲儿小腔儿大",说它给官宦"抬声价";接着是以挖苦语调,说"哪里去辨甚么真共假";最后说它"吹翻了这家,吹伤了那家,只吹的水尽鹅飞罢",则是近乎怒不可遏的责骂了。这些都是江南民间的通俗语言,都是明代南曲民间风格的反映。

## *汤显祖(1550—1616)

临川(今江西抚州)人。明代戏曲作家、文学家。被誉为"中国戏圣""东方莎士比亚"。代表作有戏剧作品《紫钗记》《牡丹亭》《南柯记》《邯郸记》,合称"临川四梦"。

# 牡丹亭·游园

【皂罗袍】
原来姹紫嫣红开遍,
似这般都付与断井颓垣。
良辰美景奈何天,
赏心乐事谁家院!
朝飞暮卷,云霞翠轩;
雨丝风片,烟波画船。
锦屏人忒看的这韶光贱。

《牡丹亭》全剧共五十五出,描写了南安太守杜宝女儿杜丽娘与书生柳梦梅的爱情故事。这段唱词,出自《牡丹亭》的第十出,是剧中女主角杜丽娘一次在家中的后花园中"游园"时,看见庭院中姹紫嫣红、百花盛开的灿烂春景时,联想起自己被封建家规禁锢的闺阁生活,有所感触而吟唱的一段曲名为"皂罗袍"的唱词。

第一句"原来姹紫嫣红开遍",就显示杜丽娘对姹紫嫣红的美景的赞叹,这是她第一次发现这"断井颓垣"的后花园居然有如此美丽景致的惊叹。过去,他受严父管制,不能步出闺阁半步。这次她趁父亲不在,私自到后花园游园,所以才有如此惊诧的语句出现。

第二句,则写出杜丽娘对后花园"似这般都付与断井颓垣"的颓败景象的惋惜。此句也表示出她对被严父禁锢于深深宅院之中,不准涉足外面世界的埋怨情绪。

接着的"良辰美景奈何天,赏心乐事谁家院"两句,是杜丽娘对外面世界的"良辰美景"及"赏心乐事"的赞叹,显示出她对青春年华的"良辰美景"与"赏心乐事"的羡慕与追寻。这两句是一声哀叹:如此"良辰美景""赏心乐事",就不知道会落到谁家的院落去呢!

"朝飞暮卷,云霞翠轩;雨丝风片,烟波画船",是杜丽娘对外面不知"谁家院"的"良辰美景"与"赏心乐事"的想象。前两句描画了"朝飞暮卷"的"云霞"萦绕着"翠轩"的"美景",后两句则描写出"画船"正在细雨微风("雨丝风片")、朦胧"烟波"中游弋的"乐事"。

但是,如此"良辰美景"与"赏心乐事",在杜丽娘看来,却引起了哀伤与惆怅。"锦屏人忒看的这韶光贱",就是这么一句伤心的哀叹。这些"良辰美景"与"赏心乐事"的"韶光",都是外面"不知谁家院"享有的,而她这个"锦屏人"(深藏于闺阁的女子),是无可奈何的,唯有哀叹一句"奈何天"了。这是一句近乎自我调侃的话:在"大家闺秀"的"锦屏人"眼中,这些"良辰美景""赏心乐事"都是下贱人才向往的。如此说来,她的感觉,就好像有点"吃不着葡萄就说葡萄是酸的"了。

# 第五章　清代诗歌

清朝是中国最后的封建王朝。清建国于1616年，初称后金，1636年始改国号为清。1644年，清兵入关，顺治帝登基北京，清朝转为统治全中国的中央王朝。

清朝也是一个诗歌文化繁盛的朝代。诗人数量之多，诗歌创作之丰，都堪与唐代相比。清代诗坛之所以如此繁荣，与清代民族矛盾激化，沧桑变化频繁，唤起文人的民族意识与创作才情有密切关系。

## 一、康熙至乾隆时期的诗歌

清初至康熙年间，明朝遗民抗清斗争虽尚未停歇，但大势已定，清王朝开始执行笼络汉族文人的政策。这种文化政策反映在诗坛上，一是满族诗人仿唐宋诗词的产生，如纳兰性德的词作《长相思》，就是这类诗歌的代表；二是汉族文人也恢复了唐宋体制诗词的创作，并且风气日盛，如郑燮、袁枚、高鼎等的唐宋体诗词，也蔚为大观。

### *王士禛（1634—1711）

原名王士禛，字子真，一字贻上，号渔洋山人，人称王渔洋。新城（今山东桓台）人，清初杰出诗人。康熙时主盟诗坛。王士禛论诗以神韵为宗，要求诗歌具有含蓄深蕴、言尽意不尽的特点。他的神韵说对清代诗坛影响极大。

## 将至桐城

溪路行将尽,初过北峡关。
几行红叶树,无数夕阳山。
乡信凭黄耳,归心放白鹇。
龙眠图画里,安得一追攀。

王士禛一次到安徽桐城北边的北峡关,被北峡山和远处的龙眠山景色陶醉了,于是写下这首诗,以描述将至桐城时所看到的这些美景。

首联"溪路行将尽,初过北峡关",说明他已到了"北峡关"。"北峡关"位于桐城北边与舒城之交界,也是说他"将至桐城"了。这就应了《将至桐城》之题意。这两句诗,就是一句大白话。这样平和的开头,为下面描画"北峡山"和"龙眠山"美景留下了余地。

颔联"几行红叶树,无数夕阳山",写"北峡山"与"龙眠山"的美景:近处是"几行红叶树"的"北峡山";远望则是"无数"被"夕阳"映红了的山岭,那就是尾联提到的"龙眠图"里的"龙眠山"。

颈联"乡信凭黄耳,归心放白鹇"是写这山区(包括近处的北峡山和远处的龙眠山)的僻静。这一联很有特点,不是以景物描写去表现僻静,而是用典故来表达。"乡信凭黄耳",是魏晋时陆机靠黄耳犬传家书的故事。陆机从家乡吴县到洛阳,随行带了一只机灵的黄耳犬。他要和家人通消息,就写下一封信,系于黄耳犬之脖颈,让它从洛阳跑回吴县给家里送信;后来又把家书从吴县带回洛阳来。眼下这龙眠山区是个偏僻的难通音信的地方,要和家人联络,就只能幻想寄希望于神奇的"黄耳犬"了。"归心放白鹇",用的则是唐朝诗人雍陶的一首诗作典故。雍陶《和孙明府怀旧山》诗云:"五柳先生本在山,偶然为客落人间,秋来见月多归思,自起开笼放白鹇。"这首怀古诗是说陶渊明秋来思乡,想起白鹇也会思归山林,于是就把笼里的白鹇放走了。这典故也是取地方偏僻引起思乡的意思。

尾联"龙眠图画里，安得一追攀"，承接前面说的此地清雅、宁静的意思，进而赞美龙眠山区的美。桐城出现过号称"龙眠居士"的大画家李公麟，他画的《龙眠山图》为世人称颂，所以诗人才有走进"龙眠居士"绘画的"图画里"的感觉。这是以"图画"来比拟风景的美不胜收。最后一句"安得一追攀"，是缘于"龙眠居士"与其他隐士喜欢选择这"龙眠山"做隐逸之地；王士祯这句诗意思是说，如果能效法"龙眠居士"，也到这山上来享受安逸的退隐生活就好了。

## *纳兰性德（1655—1685）

满洲正黄旗人，清朝著名词人。纳兰性德自幼饱读诗书，文武兼修。据资料，纳兰性德是康熙的一等侍卫。而他的词以"真"取胜，写景逼真传神。词风清丽婉约，格高韵远，独具特色。

## 长相思

山一程，水一程，
身向榆关那畔行，
夜深千帐灯。

风一更，雪一更，
聒碎乡心梦不成，
故园无此声。

《长相思》是一首描写军旅生活的词，描写了行军宿营中军士心中对家乡、对亲人的长久思念。

上阕头三句"山一程,水一程,身向榆关那畔行"写的是白天的行军:山山水水,他们走了一程又一程;现在已出了榆关(山海关),到关外的这边来了。我们仿佛可以看到,长长的行军队伍,翻过了一座座高山,蹚过了一道道恶水,现在正行进在关外冰天雪地的崇山峻岭之中。第四句"夜深千帐灯"是写宿营:夜晚到了,军士宿营休息,这又让我们看到漫山遍野营帐里的灯光,让我们感觉到这军阵的宏伟。

下阕承接上阕那句"夜深千帐灯",特写营帐里军士心中的情思。头两句"风一更,雪一更",承接"夜深千帐灯",对这次行军的宿营地做了具体的补充描写:在点着微弱灯火的营帐里,军士们正在睡觉。一更又一更过去了,他们在帐幕里面,听到的,是帐幕外烈风持续不断地呼啸,是雪花在狂风助虐下不停地扑打着帐幕的声音。接着作者重点写帐幕中军士的心境:"聒碎乡心梦不成"。"聒"是声音嘈杂,这嘈杂的声音,就是帐幕外面的响了一更又一更的风雪声。这风雪声使得军士"梦不成"。梦不成,是最容易引起"乡心"的。于是帐幕里的军士不由得想起家乡和亲人来。而聒吵的风和雪,就像是毫不留情的重锤,把"乡心"都敲碎了。毫无疑问,这个夜晚是一夜无眠的。最后一句是无可奈何的哀叹:"故园无此声"。温暖的家乡是不会有如此令人心碎的风雪声的!——这是对家乡、对亲人多么深情的怀念啊!

这首词,上下阕的头两句,都是三字句,运用了互文和重字,不但节奏鲜明,也给人们增加了山重水叠、风雪交加的感觉。

有人说,这首词是纳兰性德随乾隆从北京回关外清朝发源地长白山途中所写。然而这首词却并未提及此事。反而从词作的诗句中可感觉到,他已经把长期居住的京城看作故乡,而把关外祖先的故乡旧地看作远离家乡的塞外了。但是否如此,无关紧要。我们只把它看作是军旅生活的写照,看作是军士常有的思乡情思的反映,似乎更具文学的普遍意义。

## *郑 燮（1693—1766）

号板桥，江苏兴化人。乾隆间进士。曾任山东范县、潍县县令。做官前后，均居扬州，其诗、书、画世称"三绝"，以擅画兰竹在扬州扬名，为"扬州八怪"之一，是清代比较有代表性的文人画家。

## 竹 石

咬定青山不放松，立根原在破岩中。
千磨万击还坚劲，任尔东西南北风。

这首题为《竹石》的题画诗，颇能反映郑板桥"书、画、诗皆能"的特点。他以画竹著称，这首诗大概是他在自己一幅命名为"竹石"的画作上题的诗。但很可惜，这幅画作没有留传下来。

原画作已无法看到，我们只能根据诗句去想象了。幸好诗人既是擅画的丹青妙手，又是用文字描述画意的高手。他这首诗，描出了丹青描画之不能，把平面的、静默的竹石画变成了立体的、活动的诗歌画面。

第一二句"咬定青山不放松，立根原在破岩中"，是一幅静态的竹石图。诗人把石竹的英姿定格在画纸上："立根原在破岩中"，让我们看到，在悬崖峭壁上，在石崖之间的缝隙间，长出了一棵竹子或一丛竹子。这里，崖悬壁峭，泥土不多，但竹子却"咬定青山不放松"，把根深深地扎进岩缝深处的泥土里；不但屹立不倒，而且还挺拔生长。画面上，竹子与悬崖峭壁并在一起，斜出崖壁的竹子给人以坚韧不拔之印象，于是竹子的英雄形象就在人们的脑海中建立起来了。

第三四句"千磨万击还坚劲，任尔东西南北风"，是对竹子"咬定青山不放松"的坚韧不拔形象的具体刻画。与上两句静态画面不同，这两句是一幅活动图景。郑板桥写到这两句时，也许脑海里涌出了狂风暴雨中东西南北风乱刮、雨点飘洒不定的景象；想到了狂风暴雨把竹丛吹刮得时而弯腰时而挺身，把崖缝中的须根压低，在"破岩"上磨来磨去的情景了吧！也许，他还想到电闪雷鸣下的石竹：电的闪光映照着崖壁，雷的击打直扑崖缝上的石竹，但石竹任凭你东西南北风"千磨"，任凭你雷电"万击"，它依然"还坚劲"，还是"咬定青山不放松"。石竹在狂风暴雨、电闪雷鸣中时昂时伏、须根在崖缝中磨来磨去的形象，是静态的丹青图画描画不出来的，但郑板桥用文字给画出来了。

郑板桥把石竹拟人化，我们读诗时当会联想到一些高风亮节的人。他们抱定宗旨，矢志不移，不也像石竹那样"咬定青山不放松"吗？

## *袁 枚（1716—1798）

清代诗人、散文家、文学评论家，晚年自号随园主人、随园老人。于江苏历任县令七年，辞官后隐居于南京小仓山随园，吟咏其中，著述以终老。其写诗倡导"性灵说"，强调"性情之外本无诗"。与赵翼、蒋士铨合称为"乾嘉三大家"。

## 所 见

牧童骑黄牛，歌声振林樾。
意欲捕鸣蝉，忽然闭口立。

这首描写夏日情趣的诗歌，用的完全是白描手法。袁枚的文学才华不是在辞藻的华丽，而是体现在选材、在捕捉富于生活情趣的镜头的本领上。

诗人捕捉的镜头是一幅夏日生活小景：牧童骑着黄牛，唱着歌走进鸣蝉聒噪的树林；为了捕捉鸣蝉，他停止了歌唱，静悄悄地站立树下，准备伺机扑上去偷袭蝉儿。

这幅生活小景的"背景"是声色俱备的。"林樾"是色。"林樾"就是绿荫覆盖的树林。这浓荫在夏日中是最为宝贵的,炎日下、旷野中,牧童看见这"林樾",怎能不趋之若鹜呢?"鸣蝉"是声。蝉儿藏在树荫中聒噪,正是夏天的特点。这时在树林中行走,抬头是不见天日的密林,阴凉的感觉会让你忘记了炎热;但蝉儿"热哟热哟"的聒噪会提醒你,浓荫外面,正是白日炎炎的夏天。——这样的"林樾",这样的"鸣蝉",就为诗中主角的出场预设了背景。

主角就是"牧童"。前面两句"牧童骑黄牛,歌声振林樾"是写人物登场:一个短衣短裤的孩童,骑着黄牛、唱着歌儿,走进了这片浓荫覆盖的树林。诗中一个"振"字,显示了他的歌声是怎样的嘹亮。这两句诗,让我们看到一个天真、活泼,充满了朝气的孩童。后面两句"意欲捕鸣蝉,忽然闭口立"是写孩童伺机捕蝉。捕捉小虫是孩童们的一大乐事。为了捕捉蝉儿,他停止了歌唱,缄口不语站在树下往上观看。诗人本来也可继续写下去,写他如何静悄悄地爬上树,如何在蝉儿不知不觉时把它逮住。但是诗人却没有再往下写了,随着牧童戛然而止的歌声,诗歌也戛然而止了。但仔细想想,这戛然而止的确是恰到好处。在这定格下来的镜头里,我们看到的是一个忽然缄口不语的孩童,脸上是一副顽皮、机灵的神情!

袁枚在其《诗话》中提到,他写诗不爱用典故,不追求韵律,不拘泥诗歌中的情景是否与事实相符,也不在乎别人是否看他是大家还是名家。他这一首诗中写的"所见",的确脱离了许多诗人写诗的陈规旧俗,写得如此清新,如此别具一格,大概与他写诗的这些主张有关吧。

## *赵　翼（1727—1814）

清代文学家、史学家。江苏阳湖（今江苏省常州市）人。主讲安定书院。长于史学，考据精赅。论诗主"独创"，反模拟。五、七言古诗中有些作品，嘲讽理学，暗含对时政的不满。

## 论　诗（其二）

李杜诗篇万口传，至今已觉不新鲜。
江山代有才人出，各领风骚数百年。

赵翼这首诗，从"史"的角度论述诗风发展的历史趋势。诗歌本身论述的语气很强，而且论题明确，论点论据齐全，论证气势磅礴，是一篇既精且微的"诗体论文"。

头两句说的是诗歌发展的历史和现状。"李杜诗篇万口传"是说历史："李杜诗篇"流传了四百多年，万口传诵；"至今已觉不新鲜"是说现实："李杜"诗已不适于当今时代，当代人已觉得不新鲜了。——这是论据。接着后两句就是由论据引申出来的论点。"江山代有才人出"是说，中华的大好江山，过去就孕育出了一代代有才之士，包括"李杜"；但同时也包含着这样的主体意思：既然"江山代有才人出"是历史的必然规律，那我们这个时代也应有我们时代的才人出现，也是会引领今后数百年间的"风骚"的（"各领风骚数百年"）。这是直言的呼吁，是这篇"论文"论点的直接呼出：新的领军人物，必须改造"已觉不新鲜"的诗风，推出崭新的、适合时代要求的诗风来。

这篇诗体论文，敢对几成定论的李杜诗风提出挑战，说出"至今已觉不新鲜"的时代现实；他从历史发展的观点看问题，概括历史的规律，引古论今，论述之气势磅礴，读来似乎有一种无可辩驳的力量。这的确是兼有诗人的豪情，又兼有理论家那"指点江山，激扬文字"风格的好作品。

## *黄景仁（1749—1783）

乾隆年间诗人。他一生途穷，生活潦倒，但"诗穷者而后工"，他写下无数反映现实的凄凉悲苦的诗歌。他的诗具太白遗风，诗评家袁枚就曾称之为"当世李白"。

## 酷相思·春暮

犹记去年寒食暮，曾共约，桃花渡。
算花开花落今又渡。
人去也，春何处？春去也，人何处？

如此凄凉风更雨，便去也，还须住。
待觅遍天涯芳草路。
小舟也，山无数；小楼也，山无数。

头三句写"共游桃花渡"与"共约桃花渡"的往事。其中"犹记"二字是提起，随后是写往事："去年寒食"，去年清明时节前一天，诗人与故人共游桃花渡，至"暮"方归；他们流连忘返，临别游兴未尽，于是"共约"明年暮春再游。如此丰富的内容却只用十三字写出，不能不令人叹服诗人惜字如金之妙笔。

接着写今年重游。"算花开花落今又渡"，是说诗人一天天"算"，算到今年"花开"，再算到"花落"，"又"算到春暮，终于把"共约"重游的日子盼来了，于是搭小舟"渡"向桃花渡。此句中的

"算"字，可谓是把诗人对这次重游的期盼写绝了。盼望这一天到来竟然要"算"，还要算过又算，可见期盼之迫切了。接着"人去也，春何处？春去也，人何处？"十二字，把诗人在一个春日的傍晚来到"桃花渡"，既不见故人也不见花时那失望的情状充分显露出来了。古人写忆旧游或凭吊胜迹的失望，常以"物是人非"来形容，但诗人这次面对的，却是"物非人也非""人不在物也空"，诗人此刻的惆怅与忧伤就可想而知了！

以上是上阕，写两游桃花渡。一是旧游，一是今游。旧游愉悦可人，因而引出"共约"今游；但今游却因"人去""春去"而失落。下阕则写"人去""春去"带来诗人心中那苦苦的追寻：怎样才能把不知"何去"的"人"和"春"找回来呢！

下阕第一句"如此凄凉风更雨"，写的是眼前"桃花渡"的景物，其实要反映的却是诗人在觅人寻春路上遭遇凄风苦雨的情状。遇到"如此凄凉风更雨"，的确是"便去也，还须住"——即使想上路，还是要停下来的。接下去，"待觅遍天涯芳草路"，则是诗人对"住"下来再上路寻觅的情状的想象：他是盼望着有一天（"待"），能"觅遍天涯芳草路"，把不知"何去"的"人"和"春"都找回来的。但那"天涯芳草路"却是"路难行"啊！如何难行？诗作的最后四句点明了："小舟也，山无数；小楼也，山无数。"——借舟前往寻觅吧，路上不知要穿过多少崇山峻岭；一路上总要寄住无数的小楼吧，从那些小楼望出去，窗外也不知会看见前路有多少重岩叠嶂呢！——从下阕的描写中，看来诗人觅春寻人的梦想是很难实现了，于是只能借此以表示思念之迫切了。

这首词的题目是"春暮"，自然该写春暮景色。但诗人没有直接描写景物，而我们却能从字里行间感受到去年暮春时节"桃花渡"那"江水绿如蓝"，江岸桃花纷飞的美景；也可感受到今年"春暮"桃花在"凄凉风更雨"中凋零殆尽、冷落成泥的衰败景象。

钱钟书在《谈中国诗》中说，诗歌表达，贵在"无声弦指妙"。这首词写暮春，就是"意在言外"的"无声"，让你在文字之外，想象他所要描画的景象。此外，诗歌中情的表达，贵在朦胧，诗人所要表现的诗情，往往说得不那么直白。留给读者想象的空间，反而适宜，哪怕是"一千个读者，就有一千个哈姆雷特"也无妨。这样才会诗味更浓，令人有文学隽永的感觉。

## *高　鼎（生卒年不详）

清代后期诗人。仁和（今浙江省杭州市）人。其人生平事迹不详，但因写了一首儿童春日放风筝的《村居》，而得以留名于后世。

## 村　居

草长莺飞二月天，拂堤杨柳醉春烟。
儿童散学归来早，忙趁东风放纸鸢。

头两句，就生动地描画了春日南方农村特有的明媚、迷人的景色。首句"草长莺飞二月天"，就是一幅天地广阔的图景。早春二月，南方大地上，小草已长出嫩绿的芽儿；蓝天中，黄莺在飞翔。黄莺，在文学家的笔下，从来都是歌唱家，因而我们在这幅"草长"与"莺飞"组成的"春日图"中，还可以听出黄莺歌唱的画外音来。次句"拂堤杨柳醉春烟"是描写早春二月江南景色的特写镜头，其中那个"醉"字最为传神。江边的长堤上，竖立着长排的柳树；柳树上那长长的枝条，轻轻地拂着地面，仿佛是喝醉了的美人在春天的烟雾里摇曳着身肢、醉态万千地在舞蹈。总起来说，这两句，不只是静止的风景画，而是有声有色的卡通动画片了。

诗歌的后两句由景及人，诗人饶有情致地为读者描画了一幅群童放风筝的风情画。第三句"儿童散学归来早"，可令我们想象到这样的情景：学堂外春日的景色太撩人，贪玩的学童早就按捺不住了。书塾先生一声"散学"，孩童们就冲出学堂大门匆匆赶回家去。诗歌说到这里，诗人"卖"了个"关子"，顿住了，"儿童"为什么会"散学归来早"呢？这就引得你不得不追看下面的第四句。果然，第四句就说出了第三句那谜语的谜底来："忙趁东风放纸鸢"。这让我们想象到，那是一群天真的孩童，奔跑回家，拿出纸鸢，在广阔的天地间放飞。纸鸢越过空中歌唱着的黄莺，冲上蓝天；儿童在欢叫，与歌唱的黄莺一起，赞美那大好的春光。

全诗前半部分写景，后半部分写人，前半部分虽有柳叶的摆动，黄莺在枝头歌唱，但基本上写的是静态，后半部分则添加了孩童奔跑放飞纸鸢的动态。物态人事互相映衬，动态静态彼此补充，使全诗在《村居》这一题目的范围内，得到了完美和谐的统一。

## 二、鸦片战争至辛亥革命前夕的诗歌

道光年间，即鸦片战争前后，诗风发生了变化。先是有龚自珍为代表的启蒙诗人开启了近代诗风。他们透过清朝社会平静的外表，看到了这个社会潜伏的危机。他们的诗歌对现实政治，或批判，或抒慨，为清代以来所罕见，一新诗坛面貌。

鸦片战争后，西方的入侵，引起了中华民族极大的愤慨和震惊，广东诗人张维屏等，写出了不少歌颂人民群众和抗英将领抵抗侵略军的光辉业绩，揭露讽刺清王朝和投降派贪生怕死和通敌误国为内容的诗歌。接着，到光绪年间，戊戌变法前后，又出现了黄遵宪为代表的维新诗派。黄遵宪是维新运动的重要人物，他的诗歌，吸取现代生活中的材料入诗，"古人未有之物，未辟之境，耳目所历，皆笔而书之"，表明他重视以诗歌反映不断变化的生活内容；而在诗歌形式上提出"以单行之神，运排偶之体"，并"用古文家伸缩离合之法以入诗"，这表明他的诗歌已开始有散文化倾向。他的一些诗歌语言通俗且形式自由，虽然艺术成就不高，但已经带有向白话诗靠拢的意味。他的诗友丘逢甲说："茫茫诗海，手辟新洲，此诗世界之哥伦布也。"

晚清时文人学者已感到，唐宋诗体已不适应新时代的需要，于是开始了创造新诗体的尝试。龚自珍、张维屏、黄遵宪等，从诗歌内容到诗歌形式，都做了大胆尝试，试图形成一种维新改革的新诗风。但是，国内外形势的瞬息万变，没有留下时机容他们进行更多的改革；随后发生了辛亥革命，推倒了清王朝的一切文化制度，龚自珍等人的诗界革命，也就无疾而终了。

到辛亥革命前夕，民主革命思潮兴起，更有热血青年投身推翻清朝统治的革命中去。秋瑾烈士的诗歌《满江红》，就向人间宣告了中华大地即将发生巨变的信息。

## *龚自珍（1792—1841）

清代诗人、文学家和改良主义先驱者。曾任内阁官职；主张革除弊政，曾全力支持林则徐禁除鸦片。48岁辞官南归，在从京城回杭州途中，写下诗歌达315首。这些诗歌，都以《己亥杂诗》命名。

## 己亥杂诗（其五）

浩荡离愁白日斜，吟鞭东指即天涯。
落红不是无情物，化作春泥更护花。

头两句，写离别京城上路回乡。第一句"浩荡离愁白日斜"突出

"离愁"。辞官归故里,虽是他自己提出的,但毕竟在京城为官多年,朋友还是不少的,其中也不乏志同道合的知己者,现在要离别他们,当然不无离愁。诗人用"浩荡"来形容"离愁",让人不由得想起南唐李后主的名句"问君能有几多愁?恰似一江春水向东流"来,是那样澎湃奔腾,以致不可遏止。"白日斜"三字,是写离别的时间,那时正是日落时分,离愁如此浩荡,加之西斜的太阳,诗人可谓是把这离愁渲染得更加凄惨了。第二句"吟鞭东指即天涯"写上路。"吟鞭东指"写的是他上路时的状态:他吟诵着心中的诗篇,手中的马鞭指向东方——太阳升起的地方,那里是与京城相隔甚远的"天涯"。离开不能实现自己政治理想的京城,离开那处处受人掣肘的官场,说不准,在那东边的"天涯",能找到他舒展政治抱负的机会呢!——因此,我们可感觉到,第二句诗的情调与第一句不同,我们多少可以看到一点欢快,乃至可以感受到诗人心中的豪气:他是唱吟着歌诗,骑着马、扬起鞭,指向东方,奔向天涯的。

三、四句"落红不是无情物,化作春泥更护花",以诗人言志作结,使诗歌在悲壮的情调中结束。诗人自喻"落红"是有积极意义的:首先,他先做解释,落下泥土的红花,对曾经养育过它的土地不是无情的;它没有孤芳自赏、一心只求保持自身的洁净如故。而且,它就算溶烂成了春天的泥土,也要为新的花朵做肥料;为了将要开放的花朵,它是愿意保驾护航的。这就是他在离别朋友时表示出的一种绝不消沉、要为政治理想奋斗下去的决心。

作为政治家的龚自珍,官场就是他的舞台,离开这舞台当然不无遗憾,加之要离开志同道合的友人,所以有了"浩荡离愁白日斜"的哀愁;但离开官场,对于正在寻找社会出路的思想家来说,也许"天涯"会更为广阔,所以又有"吟鞭东指即天涯"之句;至于"落红不是无情物,化作春泥更护花"句,则表示了他继续战斗的决心,表白自己愿为实现理想自我牺牲的决心。这些又是文学家风骨的体现。

# 己亥杂诗（其二百二十）

九州生气恃风雷，万马齐喑究可哀。
我劝天公重抖擞，不拘一格降人材。

这是一首政治色彩鲜明的诗歌。但诗歌自有诗歌的特点，政治家、思想家写诗也不能没有如此特点。我们阅读这首诗，就应好好探究，这首诗是如何既阐明了作者的政治思想，又保持了诗歌写作的特色的。

第一二句"九州生气恃风雷，万马齐喑究可哀"，写清朝末期中国大地的政治气氛。当时，中国大地（"九州"）的确是太需要蓬勃的"生气"了，而大地上的生气是要靠（"恃"）"风雷"去焕发的。但那时候，神州却处处"万马齐喑"，既没有"风雷"，也没有风雷所激发起来的战马嘶鸣声。试想一下（"究"，探究），那是令人感到多么"可哀"的一片静寂啊！龚自珍对当时的政治气氛做这样的描写，显然与政论式的表达不同，"生气""风雷""万马齐喑"等，都是诗人以对自然景象的文学描写，去表达清代社会那种令人忧心的、沉闷的政治氛围，表现出先进的思想家、政治家虽有胸怀救国救民的大志，但在清廷禁锢言路的高压政策下却无所施展的"可哀"局面。

第三四句"我劝天公重抖擞，不拘一格降人材"，是诗人仰天疾呼的情状的描写。"天公"啊，你再"抖擞"精神吧！把与过去的"人材"不同"一格"的能人降临人间，以解除普天之下的人间苦况吧！——这两句诗继承前面两句，用的还是借代手法，他所求的"天公"，实际上是指清廷，他是在向清廷发出广开言路、起用有改革思想的政治人才的呼吁。

## *张维屏(1780—1859)

字子树、南山,号松心、松轩,晚年也自署珠海老渔、唱霞渔者,广东番禺(今广州)人。工诗文,善书法,通医学。曾作长诗等讴歌三元里抗英运动,是一位爱国诗人。

## 新 雷

造物无言却有情,每于寒尽觉春生。
千红万紫安排著,只待新雷第一声。

《新雷》是一首立意积极的诗歌。它歌颂"新雷"给人们送来了春天的信息,反映了一种向上的精神。

"造物无言却有情","造物",指的是能创造万物、给予大自然种种恩惠的"老天爷"。这个"老天爷"是"无言"的;但他虽"无言"却"有情"。这句诗,提出了一个有意义的话题,所以说,这一句是一个很好的开头。

第二句承接上句,道出了"造物有情"的原因,就在于他让人们"每于寒尽觉春生":在那寒冬将尽还没尽,酷寒还在肆虐的时候,就让人们醒觉到,春天就要到来了。他在酷寒中给人们带来春天将到的希望,这当然可说是眷顾生灵的"有情"的表现了。句中"每于"(常常在,每年都一样)二字也很重要,它反映了规律性,说明了老天爷对生灵是常常按时节给予眷顾的,从而也加重了老天爷"有情"的分量。

第三句"千红万紫安排著",继续赞扬"造物"。将要出现的"千红万紫"景象,是"造物"早就安排好("安排著")的。这一句既对"无言却有情"做了进一步阐释,又使诗情得到进一步的伸展。句中"千红万紫"承接前面"春生"二字,续写诗人在"寒尽"之时对春天

"千红万紫"的憧憬,如此叙说,正是诗情的进一步伸展。

第四句"只待新雷第一声"是结句,与题目"新雷"呼应,是最后点题。但这句与前面也有联系,前面说"造物"每于寒尽之时会让人醒觉到春天要到来。那靠什么去让人们"觉"呢?靠的就是这"新雷"。"只待新雷第一声"轰响,万物就会复苏,"千红万紫"的花朵就会按"造物"的安排陆续开放,那时春天就要出现在人们面前了。

诗歌要表达的似乎是感谢造物主,但我们感受更深的,却是诗人那种在酷寒中盼望"新雷"轰响、春天早日到来的激情。

## *谭嗣同(1865—1898)

清末维新派政治家、思想家。字复生,号壮飞,湖南浏阳人。十一岁时,曾随父湖北巡抚谭继洵赴任,遍游西北、东南各地。谭嗣同幼怀大志,能文章,通剑术,为人慷慨任侠。甲午战争后,力倡改良,鼓吹变法图强。光绪二十三年(1897年)在湖南创办"南学会",办《湘报》,宣传维新。失败后被捕入狱,与林旭等人一起遇害,世称"戊戌六君子"。他的诗,风格豪迈、气势雄浑,充满着积极进取的爱国精神。

## 潼 关

终古高云簇此城,秋风吹散马蹄声。
河流大野犹嫌束,山入潼关不解平。

此诗是诗人十八岁所作,时为光绪八年(1882年)。这年春天,诗人从浏阳往其父任职地甘肃兰州。途经潼关,诗人被眼前雄伟壮丽的景色所吸引,由衷写出这首赞美诗。此诗以雄健豪放的笔触描绘山河的雄伟壮阔，折射出诗人一种冲决一切罗网、奋勇向前、昂扬进取的心态。

诗歌的第一、二句，少年诗人用文字刻画出了一幅展现潼关一带苍茫雄浑气象的图画，并且把自己也写进图画中了。其时，他正骑马奔驰在潼关大地上，以一种远景式的遥望，把云雾萦绕的亘古高山簇拥着的城关尽收眼底（"终古高云簇此城"。"终古"，自古以来。"簇"，丛聚）。他在疾跑的骏马上听见了凛冽的秋风呼啸，这呼啸的"秋风"，把坐骑的马蹄声也淹没了（"秋风吹散马蹄声"）。诗人以轻捷、有力的笔调，将"秋风""马蹄声"引入诗中，以听觉形象补充了前一句所造成的视觉形象，进一步渲染出潼关一带独具的氛围，而且打破了原先画面的静态，给全诗增添了一种动感。这对胸怀大志的诗人来说，秋风的呼啸与那矫健的马蹄声催动了豪情，引出了后两句满腔豪情的抒发。

接下来三、四句，则转向河与山的描写。诗人极目四望，眼前的自然景物呈现出雄奇的姿态。从群山中冲决而出的黄河，尽管已奔入辽阔的平原，但仍嫌受束缚似的不断冲击着河岸（"河流大野犹嫌束"）；而西去的群山，虽然走向与黄河相反，但仿佛也在力戒平坦，一峰更比一峰高（"山入潼关不解平"。"不解平"，不知道什么是平坦）。如此把写景与言情巧妙地结合起来，融进了诗人要求冲破约束的奔放情怀。这里的诗人即高山、即大河；高山、大河也即是诗人。诗人已与山河彼此相融，浑然不分了。这"犹嫌束""不解平"的黄河、高山，就是诗人傲岸不羁、雄奇磊落胸怀的写照，是诗人特有的冲决一切罗网、奋发昂扬的心态的表露。

诗人的如此心态，正是有志于改革社会的年轻人，在社会发生变革之际特有的精神状态。

**\*黄遵宪**（1848—1905）

清末诗人、外交家、政治家、教育家。黄遵宪出生于广东嘉应州（今广东省梅州市），1876年通过科举试成为举人，中举后，历任驻日参赞、旧金山总领事、驻英参赞、新加坡总领事。工诗，喜以新事物熔铸入诗，有"诗界革新导师"之称，被誉为"近代中国走向世界第一人"。黄遵宪作品有《人境庐诗草》《日本国志》《日本杂事诗》等。

## 今别离（其一）

别肠转如轮，一刻既万周。
眼见双轮驰，益增中心忧。
古亦有山川，古亦有车舟。
车舟载离别，行止犹自由。
今日舟与车，并力生离愁。
明知须臾景，不许稍绸缪。
钟声一及时，顷刻不少留。
虽有万钧柁，动如绕指柔。
岂无打头风？亦不畏石尤。
送者未及返，君在天尽头。
望影倏不见，烟波杳悠悠。
去矣一何速，归定留滞不？
所愿君归时，快乘轻气球。

诗人这首诗，写的是一个亘古的主题——"别离"；但前面多加一个"今"字，又点明了他写的"别离"与古来的"别离"不一样，是如今处于新时代的人的"别离"。所以，读者读这首诗时，对诗歌中如何表现"别离"之"新",应特别给予关注。

诗歌开头"别肠转如轮,一刻既万周。眼见双轮驰,益增中心忧"四句,就描写诗人送别友人之惜别情在肺腑中翻腾。其翻腾之情状,诗人是以眼前蒸汽轮船的运转去形容的。诗人那时代所见的轮船,大概还是工业革命早期的产物:船的两边各有一个犹如轮状水车那样的大转轮,轮船就靠转轮里的车叶拨动而驱动向前。其车叶的转动,"一刻既万周"("既","已"之意),是形容其转速之快。现在,诗人以转轮的"一刻既万周"形容肺腑中心潮("别肠转如轮")之翻腾,当可令人想象到其离愁别绪是如何之激烈。送别双方"眼见双轮驰",心中的离愁别绪也就更为增长了("益增中心忧")。

接着六句,诗人拿古来的"舟车"与如今的"舟车"做对比,说如今的舟车更能惹发人们的离愁。古来的"舟车",载人离别或送别,人的"行止",早点离别,是延迟点再走,还是有自主自由的。但今日的"舟与车"就不同了,它们会一起出力("并力"),只催促人们早点上路,使得别离更为仓促,因而也就更加增添人们的离愁别绪了。

再接着四句,诗人写"今日"之"舟与车"是如何对离人"并力生离愁"的。诗人"明知"码头送别时间短暂("须臾景"),是不容你稍作缠绵("绸缪",这里形容缠绵不断的离别之情)之态的,待催客登船的钟声一响("钟声一及时"),离人是"顷刻不少留",立刻就要登船的。

随后十句写目送轮船轻捷快速远去时之所见所思。开始两句写轮船的舵轮轻捷转动:它的尾舵"虽有万钧"重,但转动起来,却好像是丝绳缠在指间绕动("动如绕指柔")似的轻捷。接着写轮船巨大,即使遇上"打头风"与"石尤风"(迎面吹来的逆风,民间称为"打头风";而"石尤风"的叫法,则源于一民间传说。传说古代有商人尤某娶石氏女,情好甚笃。尤远行不归,石思念成疾,临死叹曰:"吾恨不能阻其行,以至于此,今凡有商旅远行,吾当作大风为天下妇人阻之。"后因此称逆风、顶风为"石尤风")也无所畏惧。接着"送者未及返,君在天尽头"两句,则写轮船航速之快。接着写的是诗人望着轮船"望影倏不见,烟波杳悠悠"地远去,勾起了心中的一阵惆怅与寄盼:心中牵肠挂肚的故人啊,你离开这里,是如此快("去矣一何速"),到你归来时,路途上当也不会有什么阻滞吧("归定留滞不")?——这里所描写的目送轮船远去的情景,与李白的送别名句"孤帆远影碧空尽,唯见长江天际流"所描画的景象十分相似。都是遥望友人乘船远去,但李白的眺望时间是长久的,待到"孤帆远影碧空尽"时,李白不知要在黄鹤楼上站立多久呢!现在黄遵宪望着友人的轮船远去,却是"送者未及返,君在天尽头"了。诗人触景生情,他那与"唯见长江天际流"相似的惆怅,是须臾间就能产生的。这就是在工业革命时代的"今别离"与旧时"别离"之不同吧!

最后,诗歌以"所愿君归时,快乘轻气球"作结。诗人刚刚才送别友人,就盼望友人快点归来了,他希望友人归来时,改乘行速更快的"轻气球"(当时才出现不久的"飞船"),由此可见他此刻惜别友人的情深意切。

这首诗,把新出现的事物熔铸入"别离"的古意中,使得"别离"有了时代气息。这就是这首别离诗"新"的所在吧!


## *秋 瑾(1875—1907)

字璿卿,号竞雄,别署鉴湖女侠。近代民主革命志士,为辛亥革命做出了巨大贡献;提倡女权女学,为妇女解放运动的发展起到了推动作用。

## 满江红

小住京华,早又是,中秋佳节。
为篱下,黄花开遍,秋容如拭。
四面歌残终破楚,八年风味徒思浙。
苦将侬,强派作蛾眉,殊未屑。

身不得,男儿列;
心却比,男儿烈!
算平生肝胆,因人常热。
俗子胸襟谁识我?英雄末路当磨折。
莽红尘,何处觅知音?青衫湿!

秋瑾生于一个封建家庭,由父亲做主,将她许配给湘潭富家公子王廷均为妻,1903年春,王廷均用钱捐得户部主事官职,秋瑾随夫入京。词中"小住京华"指的就是这回事。她在京期间,结识了一些革命志士,常要出外参加活动。而与她志趣不合的丈夫百般阻挠,甚至毒打她,他只把她做娇小"蛾眉"看待,只想把她禁锢在贵妇人的脂粉堆里。因此,她与丈夫情同冰炭,最后由于没法弥合夫妻之间的矛盾,与丈夫分居了。这首词,当是她在与丈夫分居后所写,是一首言志的词作。

上阕头六句,写萧索的秋色。"小住京华"交代所处的地方,"早又是,中秋佳节"交代所处的季节:一年一度的中秋佳节"早又是"——早就过去了,可见此时已是晚秋。因为,独立寒秋的黄菊已经开遍篱下("为篱下,黄花开遍"),而深秋的大自然,又好像抹拭过似的,晴明通透、洁净如洗("秋容如拭")。接着两句,是秋色引起的秋思。"四面歌残终破楚",是她想到了国事——大概她想到了八国联军攻陷北京，慈禧从北京出走往西安避祸的事情了。八国联军包围北京，情况与当年项羽在"四面楚歌"之中败北情况相似，秋瑾提起此事，表明她正在忧心国家的危难。而"八年风味徒思浙"，则是她又想到了家事——离开家乡浙江与王廷均结婚已经八年了，这八年的酸甜苦辣（"八年风味"），是只有她自己才最清楚的。而最后三句，则是她想到了自己，在八年酸甜苦辣的"风味"中，当然重点在于一个"苦"了。"苦"就苦于老天爷把自己（"将侬"）"强派作蛾眉"——也含有被丈夫看作娇小"蛾眉"，禁锢闺阁之意。对如此"派作"，秋瑾的态度是"未屑"（不打算接受）的，而且不是一般的"未屑"，是"殊未屑！"——特别不愿意接受的。

下阕承接上阕末尾"未屑蛾眉"之意，进一步言志。"身不得，男儿列；心却比，男儿烈！"四句，是秋瑾的自我写照。她运用"身"与"心"、"列"与"烈"两句四字谐音和意义不同的显著变化，来表达她的抱负与志向。接着"算平生肝胆，因人常热"两句，则是她对自己为人的评述，她说她也可算是忠肝赤胆，向来都是热心为人，愿意为百姓、为他人付出的。在对自己的心态、抱负，以及为人的男儿风度做了自我评述之后，最后五句，是女侠慨叹仗义前行的孤独。第一句先是一声慨叹："俗子胸襟谁识我"！——自己的胸襟、抱负，是凡夫俗子，包括她的丈夫在内所无法理解的。对别人的不理解，她以"英雄末路当磨折"来激励自己。女侠在这里是用"英雄末路"的原意（英雄走的最后一段路程）入诗。《战国策·秦策五》中有句话："《诗》云'行百里者半于九十'，此言末路之难。"——英雄行百里路，走了九十里，只可以看成是走了五十里，因为最后的十里，往往是最难走的，只有坚持走完这最后十里，才能到达胜利的终点。女侠以此自勉：既然已经上路，就不论多么困难，无论多么孤独，也要坚持走下去，直至胜利的终点。最后三句"莽红尘，何处觅知音？青衫湿"，是再一次发出了孤独的慨叹——路是要走下去的，但在莽莽的大千世界里，摩肩接踵的人间凡尘中,哪里可以找到"明明白白知我心"的知音与同路人啊!想到这里,女侠也不由得像"江州司马"白居易那样,泪湿青衫了。

秋瑾写这首词,正是她刚挣脱家庭羁绊,打算参加革命的时候。她虽具有革命志向,但仍未结识到像孙中山那样的革命同志,深感力量的薄弱与孤独。这首诗,正是她当时心态的反映。后来,也许是这种要摆脱孤独、寻找志同道合者的心态,使得她远渡东瀛,投靠孙中山,最终成为推翻帝制的民主革命的女中豪杰。